红星照耀中国

〔美〕**埃德加·斯诺**
著

董乐山
译

1

人民文学出版社

图书在版编目（CIP）数据

红星照耀中国：全 11 册 /（美）埃德加 · 斯诺著；董乐山译 .—2 版 .—北京：人民文学出版社，2023
(初中名著高分计划)
ISBN 978-7-02-018026-4

Ⅰ．①红… Ⅱ．①埃…②董… Ⅲ．①纪实文学—美国—现代 Ⅳ．① I712.55

中国国家版本馆 CIP 数据核字（2023）第 109753 号

策划编辑 脚 印
责任编辑 王 蔚
装帧设计 刘 静 刘 远
责任印制 宋佳月

出版发行 人民文学出版社
社 址 北京市朝内大街166号
邮政编码 100705

印 刷 北京侨友印刷有限公司
经 销 全国新华书店等

字 数 527千字
开 本 710毫米×1000毫米 1/16
印 张 39.75
印 数 1—10000
版 次 2016年6月北京第1版
2017年6月北京第2版
印 次 2023年7月第1次印刷

书 号 978-7-02-018026-4
定 价 78.00元（全十一册）

初中名著高分计划

编 委 会

埃德加·斯诺

1937年英文初版

1939年英文修订版

毛泽东

红军总司令朱德

苏维埃中国四巨头（自右至左）毛泽东、朱德、周恩来、博古

“高歌与战斗”

“穷人也要读书”

红小鬼

目录

中文重译本序

胡愈之

本书作者斯诺的姓名是中国人民早已熟知的了。但是，为了未读过和已读过这本书的人们更深刻地了解这本书，对这一位杰出的新闻工作者、作家的一生经历以及写作《西行漫记》的时代背景和历史背景，作概括性的介绍，也仍然是必要的。

埃德加·斯诺在一九〇五年出生于美国堪萨斯城的一个贫苦家庭。他年轻时，当过农民、铁路工人和印刷学徒。大学毕业以后，他开始毕生所从事的新闻工作，在堪萨斯城的《星报》和纽约的《太阳报》初露头角。往后他在开往外洋的货船上当了海员，历游中美洲，最后到了夏威夷，仍然为美国的一些报纸供稿。一九二八年，在中国大革命陷入低潮的时候，他到了上海，担任《密勒氏评论报》的助理编辑，以后兼任纽约《太阳报》和伦敦《每日先驱报》的特约通讯员。一九三〇年以后，他为采集新闻，遍访中国主要城市和东三省、内蒙古、台湾以及日本、朝鲜、荷属东印度。他在中国西南各省作长时间的旅行，徒步经过云南省西部，到达缅甸和印度，访问了甘地和其他印度革命领袖。一九三一年九一八事变时，斯诺正在上海，目睹一九三二年的淞沪战争和一九三三年的热河战争。在这以后，他在北平燕京大学担任新闻系教授两年，同时学习了中国语文。在这一时期，他认识了美国著名的进步新闻记者史沫特莱，还和鲁迅、宋庆龄以及一些中共地下党员有所接触。他编译了一部英文的现代中国短篇小说选《活的中国》，是首先把鲁迅著作介绍到西方的人之一。

一九三六年是中国国内局势大转变的关键性的一年。斯诺带了当时无法理解的关于革命与战争的无数问题，六月间由北平出发，经过西安，冒了生命危险，进入陕甘宁边区。他是在红色区域进行采访的第一个西方新闻记者。

他达到了目的。他冲破了国民党以及资本主义世界对中国革命的严密的新闻封锁。首先他到了当时苏区的临时首都保安（即志丹县），和毛泽东同志进行长时间的对话，搜集了关于二万五千里长征的第一手资料。然后，经过长途跋涉，他到达了宁夏南部的预旺县，这已经是和国民党中央部队犬牙交错的前沿阵地了。最后他冒着炮火，重新折回保安，由保安顺利地到了西安。当他回到北平时，正是西安事变爆发前夕。他在北平首先为英美报刊写了许多篇轰动一时的通讯报道，然后汇编成一本书，书名是《红星照耀中国》。

“红星照耀中国”，甚至还照耀世界，作为一个资产阶级报纸的新闻记者，他已经预感到了，虽然他当时的报道，局限于中国的“西北角”—— 一片人口稀少的荒凉的被国民党强大部队重重围困的红军根据地。

这四个月旅行使一个来自资本主义发达国家的新闻记者，在思想感情上起了极大的变化。他对于中国共产党，它的领导人，革命的战士、农民、牧民、工人、共青团员、少先队员，有了真挚的热烈的感情，从而对于在革命与战争的激浪中的中国，有了深刻的正确的认识。这种认识不久就为西安事变的和平解决和卢沟桥事变以后的全面抗日战争所证实了。

一九三七年十月，《红星照耀中国》就由伦敦戈兰茨公司第一次出版，到了十一月已发行了五版。这时候斯诺正在上海这个被日本帝国主义包围的孤岛上。当时上海租界当局对中日战争宣告中立，要公开出版发行这本书是不可能的；在继续进行新闻封锁的国民党统治区，是更不必说了。但是得到斯诺本人的同意，漂泊在上海租界内的一群抗日救亡人士，在一部分中共地下党员的领导下，组织起来，以“复社”的名义，集体翻译、印刷、出版和发行这本书的中译本。斯诺除了对原著的文字作了少量的增删，并且增加了为原书所没有的大量图片以外，还为中译本写了序言。由于当时所处的环境，中译本用了《西行漫记》这个书名，作为掩护。《西行漫记》出版以后，不到几个月，就轰动了国内以及国外华侨所在地。在香港以及海外华人集中的地点，出版了《西行漫记》的无数重印本和翻印本。直到现在，在中国人民中间，《西行漫记》和斯诺这个姓名是不可分离的事。虽然早已没有必要再用这个隐晦的名称，但是为了保存初版的本来面目，现在的重译本仍然用《西行漫记》作为书名，是恰当的。

由于他在西北红色区域四个月的冒险中引起的激情和对中国人民的热爱，他用了他的后半生的几乎全部精力，对中国问题作继续探索和报道。抗日战争开始以后，他担任英美报纸的驻华战地记者。一九三九年，他又一次到了延安，和毛主席进行了谈话。这些对话后来是在《密勒氏评论报》发表了。一九四一年斯诺对于皖南事变作了如实的报道，受到国民党反动派的打击，被迫离开中国。一九四二年到一九四三年他又来过一次中国，在这以后他要访问中国越来越困难了。在麦卡锡主义控制的时期，美国联邦调查局把他看作危险分子，不容许报刊发表斯诺的文章，他被迫迁居瑞士。他的护照也禁止去中国旅行。直到一九六〇年六月，他得到我国领事馆的单独签证，才第一次来到解放后的新中国，和毛主席、周总理进行了会谈。一九六四年到一九六五年初，他再一次访问中国，毛主席又接见了他。一九七〇年十月斯诺同洛伊斯·惠勒·斯诺夫人一同来华，国庆节在天安门上同毛主席，同周总理会了面。十二月十八日他和毛主席进行了长时间的也是最后一次的谈话。这是在中共九届二中全会以后，在那一次会上毛主席对林彪、陈伯达一伙的唯心主义先验论和英雄创造历史的谬论，进行了严肃的批判。

假如说，《西行漫记》以及斯诺其他关于中国的著作是中美人民友谊的催化剂，那么就中美两国关系来说，他是第一个报春的燕子。

一九七二年二月，斯诺刚回到瑞士不久，美国乒乓球队第一次应邀访问北京，揭开了中美友好的新篇章，尼克松总统来华的时候，斯诺准备以记者身份，再一次作中国之行。由于病魔缠身，不能达到他的愿望。到了一九七二年二月十五日凌晨二点二十分，埃德加·斯诺与世长辞了。

在弥留之际，他在病床上用生命的最后力量，面对中国派去的以马海德医生为首的医疗小组，说出了一句话：

"我热爱中国。"

根据斯诺的遗愿，他的骨灰的一部分，安葬在北京大学内，即前燕京大学的校园里，这是适当的。这是一九三六年他去西北探险旅行的出发点，也是一九三七年他整理资料写作《西行漫记》的地方。

在斯诺的一生，除了为欧美报刊写作通讯稿以外，他完成了十一本著作，其中极大部分是和中国问题有关的。一九七一年回到瑞士以后，他还写了《漫长的革命》一书，由于抱病在身，还没有作最后的审订。

但是所有后来的著作，都不能和《西行漫记》相比拟。即使是杰出的报告文学，在事过境迁之后，往往成为明日黄花。唯有四十三年前写作的《红星照耀中国》始终是许多国家的畅销书。直到作者去世以后，它仍然是国外研究中国问题的首要的通俗读物。它在全世界有亿万的读者，这是并不奇怪的。它是忠实描绘中国红色区域的第一本著作。初版《西行漫记》除了有关西安事变和《关于朱德》部分引用了尼姆·韦尔斯的笔记材料以外，都是他亲自采访的第一手资料。更重要的是斯诺西北之行，正值中国和世界局势大转变的开端。一九三六年，中国正酝酿着由长期的反共内战转变为对日本帝国主义的全面抗战，而这也就是全世界反法西斯战争的序幕。这一切是中国共产党领导下的工农兵群众和革命知识分子艰苦斗争所取得的丰硕成果。由于斯诺的惊人的洞察力和锐敏的分析能力，才使他认识了问题的本质，而这是西方的所谓"中国通"所不能办到的。

正如斯诺为中译本《西行漫记》初版写的序文里所说："从字面上讲起来，这一本书是我写的，这是真的。可是从最实际主义的意义来讲，这些故事却是中国革命青年们所创造，所写下的。这些革命青年们使本书所描写的故事活着。所以这一本书如果是一种正确的记录和解释，那就因为这是他们的书。…… 他们的斗争生活就是本书描写的对象。…… 此外还有毛泽东、彭德怀等人所作的长篇谈话，用春水一般清澈的言辞，解释中国革命的原因和目的。还有几十篇和无名的红色战士、农民、工人、知识分子所作的对话。从这些对话里面，读者可以约略窥知使他们成为不可征服的那种精神，那种力量，那种欲望，那种热情。—— 凡是这些，断不是一个作家所能创造出来的。这些是人类历史本身的丰富而灿烂的精华。”

现在的中译本根据英国戈兰茨公司一九三七年版重新译出，同一九三八年复社版中译本所据原书是相同的。复社版当时未译《那个外国智囊》一节，现在补全，这是很好的。从内容来看，这一部分是关于党内路线斗争的叙述和分析，大部分资料是从当时和毛主席及其他领导同志谈话中得到的。现在看来，这一部分仍然是重要的历史资料。

显然，斯诺在当时还没有机会读到毛主席正在写作的《实践论》和《矛盾论》。但是在本书的末章，他引用了列宁的这一段名言：“一般历史，特别是革命的历史，总是比最优秀的政党、最先进阶级的最觉悟的先锋队所想象的更富有内容，更多种多样，更生动活泼，‘更巧妙’。这是不言而喻的，因为最优秀的先锋队也只能表现几万人的意识、意志、热情和想象；而革命却是在人的一切才能特别高度和集中地表现出来的时候，由千百万被最尖锐的阶级斗争所激励的人的意识、意志、热情和想象来实现的。”①

这也就是说，千百万人民群众 —— 不是少数领袖们 —— 的革命实践才是检验真理的唯一标准。可以说，这是《西行漫记》这一本书的总结。

今天，在又一次伟大的历史性转变的日子里，为了解放思想，开动机器，大踏步向社会主义现代化建设迈进，重读四十三年前这样一本书是值得的。

一九七九年八月于北戴河

① 列宁：《共产主义运动中的“左派”幼稚病》，见《列宁选集》第四卷，第249页。

一九三八年中译本作者序

埃德加·斯诺

这一本书出版之后，居然风行各国，与其说是由于这一本著作的风格和形式，倒不如说是由于这一本书的内容罢。从字面上讲起来，这一本书是我写的，这是真的。可是从最实际主义的意义来讲，这些故事却是中国革命青年们所创造，所写下的。这些革命青年们使本书所描写的故事活着。所以这一本书如果是一种正确的记录和解释，那就因为这是他们的书。

而且从严格的字面上的意义来讲，这一本书的一大部分也不是我写的，而是毛泽东、彭德怀、周恩来、林伯渠、徐海东、徐特立、林彪这些人 —— 他们的斗争生活就是本书描写的对象 —— 所口述的。此外还有毛泽东、彭德怀等人所作的长篇谈话，用春水一般清澈的言辞，解释中国革命的原因和目的。还有几十篇和无名的红色战士、农民、工人、知识分子所作的对话，从这些对话里面，读者可以约略窥知使他们成为不可征服的那种精神，那种力量，那种欲望，那种热情。—— 凡是这些，断不是一个作家所能创造出来的。这些是人类历史本身的丰富而灿烂的精华。

但是这自然并不是说，共产党或红军或红军领袖，对我自己对于他们以及他们的工作的意见或印象，可以负责。因为我和共产党并无关系，而且在事实上，我从没有加入过任何政党，所以这一本书绝对不能算作正式的或正统的文献。在这里我所要做的，只是把我和共产党员同在一起这些日子所看到、所听到而且所学习的一切，作一番公平的、客观的无党派之见的报告。这样就是了。

自从这本书在英国第一次出版之后，远东政治舞台上发生了许多重大的变化。统一战线已经成为事实了。可是当这一本书写了大部分的时候，国共积极合作这一件事，大部分人还认为非常遥远。现在民族解放战争已成为唯一出路，而一切其他问题，都给扔开去。当我写这一本书的时候，日本以“中、日合作”为名，并吞并华北这一企图的和平成就，似乎还不是不可能。而现在，帝国主义中间的矛盾已经深刻化。中、日战争扩大为法西斯主义和国际和平战线的世界斗争，在最近将来，是可以想象得到了。

人类行动的客观环境和条件，往往会把人类在社会演变中的任务的性质和意义变换过来。战争所促成的大的变化之一，就是中国国民党和民族资产阶级中间的进步分子，在蒋介石委员长贤明领导之下，恢复了他们的革命意志。对日本帝国主义，已没有妥协余地。当前的历史途径，不是战斗，就只有灭亡，而除了完全投降出卖外，也再没有一条中间的路，这一个真理，现在已成为事实。中国资产阶级的最先进分子已经懂得，在他们的需要与中国革命的需要之间，已经没有基本的冲突，因此他们现在抱定决心，要领导这民族救亡图存的斗争。现在已再没有所谓“红军”“白军”互争胜负的斗争了。现在全世界已没有人再称中国共产党员为“赤匪”了。第八路军和国民党士兵现在肩并肩地在作同样广大的战斗。现在已只有一个军队，就是为争取民族独立而斗争的革命中国的军队。

从最近时局发展的观点来看，这本书有的地方写得过分，有的地方写得不够，这是断然不可避免的。本书英文本第一版原有的一些错误，已经在这里改正了。其他的错误自然也还有着。但是中国在这最紧急的时候，找到了民族最伟大的统一，找到了民族的灵魂，基本的因素在哪里？原因在哪里？关于这一点的研究，这一本著作是颇有一些价值的。在事实上，最值得注意的，就是这书里面所说到的许多意见，始终是一种准确的判断。我并不是指我自己说过的话，而特别是指本书中那一些部分，就是共产党领袖们用了神奇的远见，正确地分析那些促成对日抗战的事实，预测这一次抗战的性质，而且指出中国为求生存起见，政治上、经济上、军事上的各种绝对必要。

此外《西行漫记》值得一提的，是通过红军的经验所得到的一种客观教训，就是有组织的民众——尤其是农民大众——在革命游击战争中的不可征服的力量。我记起毛泽东向我说过一句话，因为毛所预测的许多事，现在已变成真实的历史，所以我把这句话再重述一遍。他说：“红军，由于他自己的斗争，从军阀手里，争得自由，而成了一种不可征服的力量。反日义勇军从日本侵略者的手里夺得行动自由，也同样地武装了自己。中国人民如果加以训练，武装，组织，他们也会变成不可征服的伟大力量的。”

毛泽东再三重复地说，为了要打败日本帝国主义，中国人民自己起来，完成统一，抱定抗战决心，是十分必要的。其他一切都要从这统一和决心来决定。只有中国人民自己能够使中国打胜；也只有中国人自己会使中国失败。不管打了多少次胜仗，日本现在已在失败和最后崩溃的路上走着——即使要在几年之后，而且中、日双方都受极大痛苦，日本军阀才会失败，但这总是不免的。能够挽救日本的，只有一个条件，就是妥协或者“暂时的和平”。坚决而强硬的抵抗，要是多继续一天，日本的国内国外矛盾，也一定一天比一天更严重，等到恐怖的强制手段已经镇压不住的时候，日本军阀只好停止下来，或者折断了帝国的头颅。

到那时国际反日行动，就要到来。这种国际行动已经用多种间接的方式在开始着。将来这种行动的效力会逐渐增加。最后日本在大陆消耗力量过多，实力削弱，不能再成为世界的大国，到那时各大民主国的人民一定会起来一致对日本实行制裁、封锁、抵制。这种国际行动是完全确定了的。只有一件事可以阻止这种国际行动，就是中国停止抗战。可是这本书里所描写的中国的各种力量，已经显示出，日本发动得太迟，中国现在已经不能再被征服了。

我愿意感谢在前红军中各位朋友，因为当我在他们那里做客的时候，受了他们的慷慨而亲切的款待。我以门外汉的资格，来写他们的故事，一定有许多缺点和不正确的地方，这得请他们原谅。创造这本书的故事的勇敢的男女战士，现在正在每天用了英勇的牺牲精神，在写着许多的别的书，对于这些男女战士，我愿意和他们握手道贺。原来在这些老资格“赤匪”之中，有许多位，是我在中国十年以来所遇见过的最优秀的男女哩。

最后，我还得感谢我的朋友许达（郭达的化名），当我在北平最不稳定的状况下，写这本书的时候，他曾经跟我一块儿忠诚地工作。他不仅是一个第一流的秘书和助手，而且他是一个勇敢的出色的革命青年，现在正为他的国家奋斗着。他译出了这本书的一部分，我们原打算在北方出版，可是战事发生之后，我们分手了。后来别的几位译者起首在上海翻译这本书。现在这本书的出版与我无关，这是由复社发刊的。据我所了解，复社是由读者自己组织起来的非营利性质的出版机关。因此，我愿意把我的一些材料和版权让给他们，希望这一个译本，能够像他们所预期那样，有广大的销路，因而对于中国会有些帮助。

承译者们允许留出一些地位，使我有机会作这一番说明。而且承他们看得起，费了很多气力翻译出来，认为这本书值得介绍给一切中国读者。对于他们我是十分感激的。

谨向英勇的中国致敬，并祝“最后胜利”！

埃德加·斯诺

一九三八·一·二十四　上海

（据一九三八年上海复社版《西行漫记》排印）

整本书导读

“《红星照耀中国》是一部文笔优美的经典**纪实文学作品**。作者曾于1936年6月至10月间在中国西北地区的陕甘宁苏区进行实地采访，这部作品真实记录他的所见所闻。作者以**中立**的政治立场，**客观公正**的态度，向全世界报道了红色中国的真实情况，使全世界第一次了解了中国共产党和红军。”

扫码听名家导读

关于作者

基本信息

埃德加·斯诺（1905—1972），**美国著名记者、作家**。于1928年来到中国，1936年6月访问陕北革命根据地，写了大量通讯报道，成为**第一个在红色中国进行采访的西方新闻记者**。

主要作品有**《红星照耀中国》（《西行漫记》）**、《活的中国》、《今日红色中国》等。

《西行漫记》与《红星照耀中国》

1938年2月，《红星照耀中国》一书在中国出版时，出版者考虑到当时的政治环境，将中文版书名更换为《西行漫记》。后来在董乐山的译本中恢复英文版原名《红星照耀中国》。

本册导读

本册基本信息

本册是整本书的第一分册 ——《探寻红色中国》，该篇包括《一些未获解答的问题》《去西安的慢车》《汉代青铜》《通过红色大门》四个部分，主要讲述了作者斯诺只身带着一封给苏维埃政府主席毛泽东的介绍信和一些新闻记者必备的装备，途经西安，来到延安，开始了深入红区，探究苏维埃共和国、红军、共产党等秘密的漫长旅程。途中他经过西安，拜访了杨虎城和邵力子，了解到他们对共产党和抗日的态度。

阅读计划自检

开始阅读时间

______ 年 ______ 月 ______ 日

实际结束时间

______ 年 ______ 月 ______ 日

阅读所用时长
（建议时长：1 周）

_____ 天

阅读感受

- [ ] 轻轻松松读完，无压力，意犹未尽
- [ ] 能在建议时长内读完，并且读懂了
- [ ] 稍有些拖沓，理解起来不是很顺利
- [ ] 时间太短了，没有读完而且没看懂

扫码听名师说书

第一篇 探寻红色中国

1 一些未获解答的问题

内容速览

作者斯诺怀着一种冒险的心情，带着一些未获解答的问题，准备深入红区，去探究中国红军、苏维埃和共产主义运动的秘密。

阅读指南

- **章节阅读属性：**【略读】
- **阅读方法落实：**【阅读纪实作品】关于红军和共产党，斯诺充满了好奇，他提出了大量的问题，想要得到答案，但作为一个记者，他坚信没有经过实地考察和历史验证的材料都是不可信的，因此他决定深入红区，去追寻红色中国的真相。阅读时体会作者冒险进入红区的目的和决心。
- **核心内容感知：**【梳理情节，品味情感】体会作者的冒险精神，感受他追寻事实真相的决心。

章节图解

- **一些未获解答的问题**
  - **九年新闻封锁**
    - 关于红区，国民党的答案不能令人信服
    - 九年的新闻封锁使红区成为一个谜
    - 外界对红区充满了疑问
  - **未获解答的问题**
    - 红军和共产党为什么有这么大的号召力
    - 中国共产党人与其他地方的共产党人或社会党人有何关联
    - 红军为什么具有顽强的不可战胜的精神力量
    - 中共领导人到底是什么样子的
    - 生存下来的原因和制定战略战术的人都是谁
    - 中国苏维埃政权是社会主义性质还是农民运动政权
    - 共产党人的生活生产是什么样的
    - 红军的军事力量和对日态度如何
    - 中国的共产主义运动能否胜利，会产生什么影响
    - “民族统一战线”是什么
  - **决定深入红区采访**
    - 确定采访红军有巨大价值
    - 准备抓住西北政治局面改变的机会进入红区

原文阅读

我在中国的七年中间，关于中国红军、**苏维埃**[1]和**共产主义**[2]运动，人们提出过很多很多问题。热心的党人是能够向你提供一套现成的答案的，可是这些答案始终很难令人满意。他们是怎么知道的呢？他们可从来没有到过红色中国呀。[3]

事实是，在世界各国中，恐怕没有比红色中国的情况是更大的谜，更混乱的传说了。中华天朝的红军在地球上人口最多的国度的腹地进行着战斗，九年以来一直遭到铜墙铁壁一样严密的新闻封锁而与世隔绝。千千万万敌军所组成的一道活动长城时刻包围着他们。他们的地区比西藏还要难以进入。自从一九二七年十一月中国的第一个苏维埃在湖南省东南部茶陵成立以来，还没有一个人自告奋勇，穿过那道长城，再回来报道他的经历。

哪怕是最简单的事情，也是有争议的。有些人否认红军的存在，认为根本没有这么一回事。只不过有几千名饥饿的土匪罢了。有些人甚至否认苏维埃的存在。这是共产党宣传的捏造。然而，亲共的人却称颂红军和苏维埃是中国要摆脱一切弊害祸患的唯一救星。在这样的宣传和反宣传中，要想了解真相的冷静的观察家就得不到可信的证据。关心东方政治及其**瞬息万变**[4]的历史的人，都有这样一些感到兴趣而未获解答的问题：

中国的红军是不是一批自觉的马克思主义革命者，服从并遵守一个统一的纲领，受中国共产党的统一指挥的呢？如果是的，那么那个纲领是什么？共产党人自称是在为实现土地革命，为反对帝国主义，

老师有话说

1- 拓展知识

苏维埃：俄语的音译，本义是指会议或者代表会议。1917年俄国十月革命胜利后，苏维埃成为新建政权的名称。我国土地革命战争时期曾把当时的工农民主政权组织也叫苏维埃。

2- 拓展知识

共产主义：既指科学的、革命的无产阶级思想体系，也指人类最理想的社会制度。在这种制度的高级阶段，人们的思想觉悟很高，生产力高度发展，社会产品极大丰富，实行“各尽所能，按需分配”的原则，劳动成为生活的第一需要。

为争取苏维埃民主和民族解放而斗争。南京却说，红军不过是由“**文匪**”[5]领导的一种新式流寇。究竟谁是谁非？还是不管哪一方都是对的？

在一九二七年以前，共产党员是容许参加国民党的，但在那年四月，开始了那场著名的“清洗”。共产党员，以及无党派激进知识分子和成千上万有组织的工人农民，都遭当时在南京夺取政权的右派政变领袖蒋介石的大规模处决。从那时起，做一个共产党员或共产党的同情者，就是犯了死罪，而且确实有成千上万的人受到了这个惩罚。然而，仍有成千上万的人继续甘冒这种风险。成千上万的农民、工人、学生、士兵参加了红军，同南京政府的军事独裁进行武装斗争。这是为什么？有什么不可动摇的力量推动他们豁出性命去拥护这种政见呢？国民党和共产党的基本争论究竟是什么？①

中国共产党人究竟是什么样的人？他们同其他地方的共产党人或社会党人有哪些地方相像，哪些地方不同？旅游者问的是，他们是不是留着长胡子，是不是喝汤的时候发出咕嘟咕嘟的响声，是不是在皮包里夹带土制炸弹。认真思索的人想知道，他们是不是“纯正的”马克思主义者。他们读过《资本论》和列宁的著作没有？他们有没有一个彻底的社会主义经济纲领？他们是斯大林派还是托洛茨基派？或者两派都不是呢？他们的运动真是世界革命的一个有机部分吗？他们是真正的国际主义者吗？还“不过是莫

① 国民党是孙逸仙博士等人所建立，掌握一九二四年到一九二七年所谓国民革命的领导权。共产党创建于一九二一年，在国民革命中是国民党的主要盟友。—— 原注（本书中未标注出处的注释，皆为作者原注）

【阅读纪实作品】

共产党和国民党各执一词，但是作者并不偏向任何一方，表现他奉行独立公正的职业操守，坚持中立客观的政治立场。

3- 考点 重点句子分析

纪实作品的真实性是第一位的，所以虽然有现成的答案，但是作者始终不满意，他坚信只有亲历采访得来的材料才可信，体现出他恪守新闻报道的真实原则，始终持有质疑精神，追求事实真相。

4- 字词解释

瞬息万变：形容在极短的时间内发生了多且快的变化。这里的“瞬”指一眨眼，“息”指一呼吸，都指极短的时间。

5- 字词解释

文匪：有一定文化水平的匪徒。这是南京国民政府对共产党领导人的污蔑之语。

斯科的工具”，或者主要是为中国的独立而斗争的民族主义者？

这些战士战斗得那么长久，那么顽强，那么勇敢，而且——正如各种色彩的观察家所承认的，就连蒋介石总司令自己的部下私下也承认的——从整体说来是那么无敌，他们到底是什么样的人？是什么使他们那样地战斗？是什么支持着他们？他们的运动的革命基础是什么？是什么样的希望，什么样的目标，什么样的理想，使他们成为顽强到令人难以置信的战士的呢？6说令人难以置信，是同中国的那部充满折中妥协的历史比较而言的，但他们却身经百战，经历过封锁、缺盐、饥饿、疾病、瘟疫，最后还有那六千英里的历史性“长征”，（中央红军）穿过中国的十二个省份，冲破千千万万国民党军队的阻拦，终于胜利地出现在西北的一个强大的新根据地上。

6- 考点　修辞手法赏析

连续使用三个“什么样的……”，构成排比句式，突出斯诺对红军表现出如此顽强的战斗力的疑惑，体现了他想要获得答案的急切心理。

【阅读纪实作品】

历史在不断的“折中妥协”中度过，但是这里的红军却绝不妥协，无论条件多么艰苦，依然坚持战斗，因此作者说他们“令人难以置信”。这里提到了长征，作者用“历史性”来形容它，表现出对这一举世无双的军事壮举的敬佩之情。

他们的领导人是谁？他们是不是对于一种理想、一种意识形态、一种学说抱着热烈信仰的受过教育的人？他们是社会先知，还只不过是为了活命而盲目战斗的无知农民？例如，毛泽东，南京通缉名单上的第一号“赤匪”，蒋介石悬赏二十五万元银洋不论死活要缉拿到他，他是怎样的人呢？那个价值这么高昂的东方人脑袋里到底有些什么名堂呢？或者像南京官方宣布的那样，毛泽东真的已经死了吗？朱德，称作红军总司令的这个人的生命在南京看来具有同样的价值，他又是怎样的人呢？林彪[1]这个二十八岁的红军天才战术家，据说在他率领下的红军一军团从来没有

① 林彪后来叛党叛国，于一九七一年九月十三日私乘飞机外逃，摔死在蒙古的温都尔汗。——译注

打过一次败仗，他又是谁？他的来历如何？还有其他许多红军领导人，多次报道已经毕命，可是又在新闻报道中重新出现，不但毫毛无损，而且仍旧在指挥着新的军队同国民党对抗，他们又是些什么人呢？

红军抗击极大优势的军事联合力量达九年之久，这个非凡的记录应该拿什么来解释呢？红军没有任何大工业基地，没有大炮，没有毒气，没有飞机，没有金钱，也没有南京在同他们作战时能利用的现代技术，他们是怎样生存下来并扩大了自己的队伍的呢？他们采用了什么样的军事战术？他们是怎样训练的？是谁给他们当顾问的？他们里面有一些俄国军事天才吗？是谁领导他们在谋略上不但胜过所有被派来同他们作战的国民党将领，而且胜过蒋介石重金聘请来的、以前由希特勒已故的国防军头目冯·西克特将军领导的大批外国顾问？

中国的苏维埃是怎样的？农民支持它吗？如果不支持，那么是什么力量在维系住它的？共产党在他们的权力已经巩固的地区实行"社会主义"达到什么程度？为什么红军没有攻占大城市？这是不是证明红军不是真正由无产阶级领导的运动，而基本上仍然是农民的造反吗？中国百分之八十以上的人口仍然是农业人口，工业体系即使不说是患小儿麻痹症，也还是穿着小儿衫裤，在这样的国家怎么谈得上"共产主义"或"社会主义"呢？

共产党怎样穿衣？怎样吃饭？怎样娱乐？怎样恋爱？怎样工作？7他们的婚姻法是怎样的？他们的妇女真的像国民党宣传所说的那样是被"共妻"的吗？中国的"红色工厂"是怎样的？红色剧团是怎样

【阅读纪实作品】

这说明关于苏区的红军领导人，外界虽然有很多传言，但是没有谁真正了解他们，作者对这些人充满了好奇，因此他在之后的苏区之行中专门采访了他们中的大多数人，向世人介绍了真实的、有血有肉的、有爱国精神和崇高理想的中共领导人。

7-考点 修辞手法赏析

连用多个"怎样……"句式构成排比，表现对共产党生活和工作的好奇，这说明由于新闻封锁，外界不但不了解共产党的政策方针、作战情况，也不了解他们的生活和生产方式。

的？他们是怎样组织经济的？公共卫生、娱乐、教育和“红色文化”，又是怎样的？

红军的兵力有多少？真像共产国际出版物所吹嘘的那样有五十万人吗？果真如此，他们为什么没有能夺取政权呢？他们的武器和弹药是从哪里来的？它是一支有纪律的军队吗？它的士气怎么样？官兵生活真是一样吗？如果像蒋介石总司令在一九三五年所宣布的那样，南京已经“消灭了共匪的威胁”，那么共产党到一九三七年在中国战略地位最重要的西北占领了一块比以前更大的整块土地，又怎样解释呢？如果共产党真的是完蛋了，那么，为什么日本在著名的广田弘毅[①]第三点中要求南京同东京和纳粹德国缔结反共协定以“防止亚洲布尔什维化”呢？共产党是真正“反帝”的吗？他们真要同日本交战吗？在这场战争中，莫斯科会帮助他们吗？或者，像著名的胡适博士拼命说服他在北京的情绪激昂的学生那样，他们的激烈的抗日口号只不过是争取公众同情的诡计和绝望的挣扎，是亡命的汉奸和土匪的最后呼号？

中国共产主义运动的军事和政治前景如何？它的具有历史意义的发展是怎样的？它能成功吗？一旦成功，对我们意味着什么？对日本意味着什么？这种巨大的变化对世界五分之一的人口会产生什么影响？它在世界政治上会引起什么变化？在世界历史上会引起什么变化？它对英、美等外国在中国的巨额投资会产生什么后果？说真的，共产党究竟有没有“对外政策”呢？

最后，共产党倡议在中国建立“民族统一战线”，停止内战，这到底是什么意思？

相当一个时期以来，竟没有一个非共产党观察家能够有把握地、准确地，或是用亲身调查过的事实解答这些问题，这似乎是荒唐可笑的。因此，这里有一个日益使人感到兴趣和日益变得重要的值得采访的消息，正如记者们在无关紧要的枝节问题上发出电讯之余相互承认的一样，这是中国的唯一值得采访的消息。[8]然而，我们大家对它却一无所知，实在令人可悲。要在“白区”同共产党人发生联系极为困难。

共产党人的头顶上随时笼罩着死刑的威胁，不论在上等社会里，或者在非

① 一九三三年至一九三六年任日本外相。——译注

上等社会里，他们都是不会暴露自己身份的。哪怕在外国租界里，南京也有出高价雇佣的侦探网在那里活动，其中有C. 帕特里克·吉文斯那样热心的反共分子，他原来是上海公共租界英国警务处中主要负责侦缉共产党的人。据说吉文斯督察每年要逮捕好几十个共产党嫌疑犯，大多数年龄在十五岁到二十岁之间，然后由国民党当局从租界引渡过去加以监禁或处死。一九三四年南京为了酬答这个有名警察的效劳，授给他一枚宝玉勋章和大量现款作为礼物。中国为了要缉拿本国的激进青年，雇用了不少外国侦探，吉文斯不过是其中的一个罢了。

我们都知道，要对红色中国有所了解，唯一的办法就是到那里去一趟。但我们推托说“没有法子”。有少数人尝试过，但失败了。这就被看成是做不到的事。大家都认为没有谁能够进了红区后活着回来的。在报纸受到像意大利或德国那样严格检查和管制的国家里，长年累月的反共宣传就有那么大的力量。

后来，到一九三六年六月，我的一位中国好友带给我中国西北出现了使人惊讶的政治局面的消息——这后来终于导致蒋介石总司令被扣的惊人事件，扭转了中国历史的潮流。但是，当时对我来说更重要的是，我在得到上述消息的同时，了解到我可能有办法进入红区。这需要我立即动身。机会千载难逢，不能错过。我决定抓住这个机会，设法打破这一已经持续了九年的新闻封锁。

我那样做，确实是有危险的，不过后来报上发表我的死讯，说是“已遭土匪杀害”，那又太夸张了。但是多年来关于共产党暴行的恐怖故事层出不穷地充

8- 考点 句子含义理解

在提出了数十个问题之后，凭借着极高的新闻敏感性，斯诺认为对红军和共产党的采访具有极大的价值，更坚定了他要深入苏区采访的决心。

【阅读纪实作品】

这个“惊人事件”是指西安事变，爱国将领张学良和杨虎城于1936年12月12日发动“兵谏”，在陕西临潼扣留了蒋介石，目的是逼迫蒋介石停止“剿共”，联合抗日。

斥于中国那些领津贴的本国报纸和外国报纸，在这种情况下，我在旅途上很少有什么东西可以叫我感到放心的。说实在的，除了带着一封给苏维埃政府主席毛泽东的介绍信，确实没有什么东西可以叫我感到放心。我只要找到他就行了。这要经过怎样的冒险呢？我不知道。但是，在这些年的国共内战中，已经有千千万万的人牺牲了生命。为了要探明事情的真相，难道不值得拿一个外国人的脑袋去冒一下险吗？我发现我同这个脑袋正好有些联系，但是我的结论是，这个代价不算太高。9

9- **考点** 人物形象分析

斯诺愿意冒着生命危险去探寻“红色中国”的真相，体现出他的求真务实和勇敢无畏。

就是怀着这种冒险的心情，我出发了。

第一篇 探寻红色中国

1 去西安的慢车

内容速览

斯诺怀着冒险和兴奋的心情，打了几针预防针，从北京出发，乘坐慢车前往西安。列车上，与斯诺同行的两人表达了对共产党的不同看法。在西安城，斯诺先拜访了杨虎城将军，他却不愿与斯诺讨论政治。之后斯诺又拜访了陕西省主席邵力子。

阅读指南

✦ **章节阅读属性：**【细读】

✦ **阅读方法落实：**【阅读纪实作品】这一章节中作者简要介绍了杨虎城将军和邵力子主席的生平，字里行间透露出对这两位人士的不同态度，阅读时可重点品味。

✦ **核心内容感知：**【梳理情节，品味情感】初步感知作者对蒋介石、张学良、杨虎城、邵力子等人的态度。

章节图解

- **去西安的慢车**
  - **出发前的北京**
    - **学生游行**：面对日本政府的威胁、政府的无能，学生要求“一致抗日”
    - **国共态度**
      - 共产党要求出兵长城，对日作战，收复失地
      - 国民党派精锐部队阻止共产党北上抗日
  - **出发前的准备**：斯诺接种了五种疫苗，有点不舒服
  - **行程路线和见闻**
    - 北京 —— 郑州 —— 西安
    - 遇到青年人和老人，听到一些对红军的看法
  - **探访杨虎城**
    - 出身农民，做过土匪，有坚强的性格和意志
    - 不愿讨论政治，斯诺对他的困境感到同情
  - **探访邵力子**
    - 早年曾加入共产党
    - 抗日态度：我们能打吗？

原文阅读

那是六月初，北京披上了春天的绿装，无数的杨柳和巍峨的松柏把紫禁城变成了一个迷人的奇境；在许多清幽的花园里，人们很难相信在金碧辉煌的宫殿的大屋顶外边，还有一个劳苦的、饥饿的、革命的和受到外国侵略的中国。在这里，饱食终日的外国人，可以在自己的小小的世外桃源里过着喝威士忌酒掺苏打水、打马球和网球、闲聊天的生活，无忧无虑地完全不觉得这个伟大城市的无声的绝缘的城墙外面的人间脉搏 —— 许多人也确实是这样生活的。

然而，在过去的一年里，就连北京这个绿洲，也难免那弥漫于全中国的战斗气氛的侵袭。日本征服的威胁，在人民中间，特别是在愤怒的青年中间，激起了盛大的示威抗议。几个月以前，我曾经站在那弹痕累累的内城城墙下，看到上万名学生在那里集合，他们不顾宪警的棍棒，齐声高呼:“一致抗日！反对日本帝国主义分割华北的要求！”[1]

北京的全部砖石屏障都阻挡不住中国红军试图穿过山西向长城挺进的这一惊人之举引起的反响。这次远征号称要对日作战，收复失地，但未免有些堂·吉诃德味道，立即被蒋介石总司令的十一师精锐新军所拦截，但是，这却阻止不了那些爱国学生，他们不怕坐牢，也不怕可能丢脑袋，大批走向街头，喊出了那被禁的口号:“停止内战！国共合作抗日救国！”

一天午夜，我登上了一列破败不堪的火车，身上有点不舒服，可是心里却非常兴奋。我所以兴奋，是因为摆在我面前的这次旅行是要去探索一个跟紫禁城的中世纪壮丽豪华在时间上相隔千百年、空间上相距

老师有话说

【阅读纪实作品】

北京城美丽的春景和外国人轻松无忧的生活，与劳苦的、饥饿的、革命的和受到外国侵略的中国其他地区形成鲜明的对比，从中可以感受到斯诺对处于水深火热之中的中国民众的同情。

1- 拓展知识

这里说的是一二·九抗日救亡运动。1935年，日本帝国主义妄图策动“华北自治”，在华北地区进行全面侵略。在中国共产党的领导下，北平大中学生在1935年12月举行了大规模的示威游行，要求停止内战，一致抗日。

千百里的地方：我是到“红色中国”去。我所以“有点不舒服”，是因为我身上注射了凡是能够弄到的一切预防针。[2]用微生物的眼睛来看一下我的血液，就可以发现一支令人**毛骨悚然**[3]的队伍，在我的臂部和腿部注射了天花、伤寒、霍乱、斑疹伤寒和鼠疫的病菌。这五种病在当时的西北都是流行病。此外，最近还流传着令人吃惊的消息，说淋巴腺鼠疫正在陕西省蔓延开来，陕西省是地球上少数几处流行这种风土病的地方之一。

而我的第一个目的地就是西安府。这个地名有“西方平安”的意思，是陕西省的省会，要从北平向西南坐两天两夜劳累的火车，才能到达陇海路西端的这个终点站。我的计划是从那里向北走，进入位于大西北中心的苏区。在西安府以北大约一百五十英里的一个市镇——洛川，当时是陕西红区的起点。洛川以北的地区，除了公路干线两旁的几个狭长地段以及下文将要提到的几个地点外，已经全部染红了。大致说来，陕西红军控制的地区南到洛川，北到长城；东、西两边都以黄河为界。那条宽阔的浊流从西藏边缘往北流经甘肃和宁夏，在长城北面进入内蒙古的绥远省，然后曲曲折折地向东流行许多英里，又折而向南，穿过长城而构成陕西、山西两省的分界线。

当时苏维埃活动的地方，就在中国这条最容易闹灾的河流的这个大河套里——陕西北部、甘肃东北部和宁夏东南部。这个区域同中国诞生地的最初疆界差不多相符，真可谓历史的巧合。数千年前，中国人当初就是在这一带形成统一的民族的。

第二天早晨，我观察一下我的旅伴，看见一个青

2- 考点　句子含义理解

作者说此时的西北有许多流行病，所以注射了能够弄到的一切预防针，说明他虽然保持中立立场，但此时还是对苏区有一定的偏见，认为那里是疫病流行的可怕地区。即便知道那里危险，仍然怀着兴奋的心情踏上前往陕西的路途，体现出他勇于探索的冒险精神。

3- 字词解释

毛骨悚然：形容很害怕的样子。

【阅读纪实作品】

作者先对陕西红区大致位置和范围进行了介绍，又简述了黄河的相关情况，这些背景知识的介绍，有助于读者理解文章内容。

年人和一个面目端正、留着一绺花白胡子的老人，坐在我对面**呷**[4]着浓茶。那个青年很快就跟我攀谈起来，先是客套一番，后来就不免谈到了政治。我发现他妻子的叔叔是个铁路职员，他是拿着一张免票证乘车的。他要回到离开七年的四川老家去。不过他不能肯定究竟能不能到家。据说他家乡附近有土匪在活动。

“你是说红军吗？”

“哦，不，不是红军，虽然四川也有红军。我是说土匪。”

“可是红军不也就是土匪吗？”我出于好奇心问他，“报纸上总是把他们称为赤匪或共匪的。”

“啊，可是你一定知道，报纸编辑不能不把他们称作土匪，因为南京命令他们这样做，”他解释说，“他们要是用共产党或革命者的称呼，那就证明他们自己也是共产党了。”

“但是在四川，大家害怕红军不是像害怕土匪一样吗？”

“这个嘛，就要看情况了。有钱人是怕他们的，地主、做官的和收税的，都是怕的。可是农民并不怕他们。有时候他们还欢迎他们呢。”[5]说到这里，他不安地望了那老人一眼，[6]那老人坐在那里留心地听着，却又显得并不在听的样子。“你知道，”他接着说，“农民太无知了，他们不懂得红军不过是要利用他们。他们以为红军说话是当真的。”

“那么他们说话不是当真的了？”

“我父亲写信给我，说红军在松潘取缔了高利贷和鸦片，重新分配了那里的土地。所以，你看，他们并不完全是土匪。他们有主义，这没有问题，但是他

4- 字词解释

呷（xiā）：小口地喝。

【阅读纪实作品】

群众的眼睛是雪亮的，青年人的回答说明红军并不是报纸上报道的那样。报纸是受南京国民政府控制的，上面的消息是不足信的。

5- 考点 句子含义理解

从青年人的这些话里可以了解到红军是人民的军队，他们维护农民的利益，打击剥削阶级。

6- 考点 人物描写赏析

神态描写和动作描写，青年人的不安侧面反应出南京政府对红军的态度，他们对支持红军的人采取恐怖的暴力政策，这让人民十分惧怕，因此在谈到支持红军时十分谨慎。

们是坏人。他们杀人太多了。”

这时，那花白胡子忽然抬起他那温和的脸孔，十分心平气和地说出一句惊人的话来：“杀得不够！”7我们两人听了都不禁**目瞪口呆**8地望着他。

不巧火车这时已经快到郑州，我在那里得换乘陇海路的车，因而不得不中断讨论。可是，从那时起，我心里一直在纳闷，这位模样儒雅的老先生有什么确凿的证据来支持他那**骇人听闻**9的论点呢。在第二天的旅途上，火车（这列火车还新，很舒适）在河南和陕西的景象奇异、层层重叠的黄土山中缓慢地爬行，最后开进西安府新建的漂亮车站，我却整天都在纳闷这件事。

我到西安府不久，就去拜访陕西省绥靖公署主任杨虎城将军。杨将军在一两年以前，在陕西那些未被红军控制的地区，还是个唯我独尊的土皇帝。他当过土匪，后来经由中国那条许多极有才能的领导人由此上台的途径而掌握了权势，据说也在这条大道上照例发了大财。但是在最近，他不得不同西北的其他几位先生分享他的权力了。因为在一九三五年，以前满洲的统治者张学良“少帅”，带着他的东北军开到了陕西，在西安府就任这一带的最高红军征剿者——全国剿匪总部副司令。而为了监视这位少帅，又派来了蒋介石总司令的侍从邵力子。这位邵先生便是陕西省的省主席。

在这些人物——还有其他一些人——之间，维持着一种微妙的均势。而在所有这些人的背后牵线的，就是那位手段厉害的总司令本人，他力图把他的独裁统治扩大到西北去，不但要消灭正在奋斗中的苏

7- 考点　人物描写赏析

动作、神态和语言描写，有着“温和的脸孔”的老人“心平气和地”说出了一句惊人的话，表明他对红军行为的拥护，和前文青年对红军“杀人太多”的评价形成强烈对比，也更加激起了斯诺对红军的好奇心。

8- 字词解释

目瞪口呆：形容受惊而愣住的样子。这里是说老人明目张胆地支持红军，这种态度让作者和青年人十分吃惊。

9- 字词解释

骇人听闻：使人听了非常吃惊。这里是指老人的观点让作者十分吃惊。

【阅读纪实作品】

斯诺在这里介绍了陕西除红军以外的其他三方势力，从中可以看出陕西地区各方势力纠缠，局势复杂。

维埃民主，而且要把老杨和小张两人的军队都消灭掉，用的就是使他们互相残杀这个简单的办法——这是政治军事方面一出出色的三幕剧，而戏中的主要谋略，蒋介石显然认为只有他自己才懂得。正是这种估计错误——在追求上述目的时有些操之过急，在肯定对手的愚蠢时又有些过分自信——导致蒋介石几个月以后在西安府成了阶下囚，听由这三方面发落！我在下文中要谈到总司令被逮的这一惊人事件，说明它怎样把中国的历史引导到了新的方向。

【阅读纪实作品】

作者毫不客气地对蒋介石的错误进行批评调侃，可见他保持中立的政治立场，不畏惧强权，以客观公正的态度，从事实出发，对人物进行评价。

我在一所新近竣工、耗资五万的巨石宅第里会见了杨将军。当时他没有带着太太而是单身住在这所有着多间寝室的拱顶建筑物——绥靖公署主任的官邸里。10原来杨虎城也同这个过渡时期的许多中国人一样，为家庭纠纷所苦，因为他有两个太太。第一个太太是他年轻时娶的小脚女人，是他的父母在蒲城给他娶的。第二个是像蒋介石夫人那样的一位活泼而勇敢的女性，年轻貌美，已经是五个孩子的母亲，既摩登又进步，据说从前参加过共产党，是杨将军自己看中的。据传教士们说，在杨将军这个新居落成的时候，两个太太看来都向他提出了相同的最低要求。她们互相憎恨；她们都为他生育了儿子，都有权做他的合法妻子；双方都坚决不肯搬到那巨石营建的宅第里去住，除非对方不住在里面。

10-考点 重点句子分析

作者描写了杨虎城将军的住处，“新近竣工”“耗资五万”“有着多间寝室”，体现出宅子的宏伟奢华，与后面介绍的红军领导人的住宿条件形成鲜明对比。

在一个局外人看起来，事情好像很简单：显而易见的解决办法是，离去一位太太或者另娶第三位太太。但是杨将军还没有打定主意，因而他还是单身住着。他的这种尴尬处境，在现代中国并不少见。蒋介石同那位有钱的、美国留学的、相信基督教的宋美龄结婚的时候，也曾遇到同样的问题，他给资遣散了他的两位老式太太，解决了这个问题。这一决定受到了传教士们的高度赞许，他们从此以后一直在为他的灵魂祈祷。[11]然而这样的解决办法是从西方输入的新颖思想，许多中国人对之仍然要皱眉头。至于出身草莽的老杨，对于自己的灵魂的归宿，大约是不如对祖宗的传统那么关心的。

11-考点 语言风格赏析

作者用幽默风趣的语言调侃了蒋介石的私生活和传教士们的荒唐行径，充满着辛辣的讽刺意味。

绝不要以为杨虎城将军早年当过土匪，就必然没有资格做领袖了。这样的假定在中国是不适用的。因为在中国，一个人青年时当过土匪，往往表示他有坚强的性格和意志。翻一翻中国的历史，就可以发现中国有些极能干的爱国志士，都曾一度被人贴上土匪的标签。事实上，许多罪大恶极的无赖、流氓、汉奸，都是以正人君子的面目，陈腐的诗云子曰的伪善，中国经书上的愚民巫术，爬上显赫的地位的，尽管他们常常也要利用一个纯朴的土匪的有力臂助来达到这一目的 —— 今天多少也仍是如此。

【阅读纪实作品】

作者结合中国的历史，提出“许多爱国志士曾被贴上土匪的标签，而不少正人君子却披着伪善的外衣”的观点。结合中国当时的情况，作者的这些议论实际上是否定了国民党对红军的污蔑，也暗示了以蒋介石为首的爬上显赫地位的“正人君子”们的伪善。

杨将军反正在大多数外国传教士中间名声不佳，因此他不可能真的是个坏人。[12]他的革命历史，说明他原来是个粗鲁的农民，可能一度有过崇高的梦想，要大大改变自己的世界，但是他掌了权以后，却没有找到什么办法，他听着他周围那些食客的进言，也逐渐感到腻味和混乱起来了。不过，他假如有过这样的梦想的话，他并没有向我吐露。他拒绝讨论政治问题，客气地委派他的一个秘书陪我参观市容。再说，我见他的时候，他害着严重的头痛和关节炎，在他这样多灾多难的当口，我当然不想坚持向他提出为难的问题。相反，对于他所处的困境，我倒是十分同情的。

12-考点 句子含义理解

作者以幽默的口吻说杨将军不可能是坏人，原因是他在外国传教士那里名声不好，可见作者对当时大多数外国传教士的质疑态度。

因此，我对他作了简短的访问之后，便知趣地告辞了，打算去找省主席邵力子阁下，向他寻求一些答案。

邵主席在他那宽敞的衙门的花园里接见我，经过尘土飞扬的西安街头的酷热之后，分外觉得那里凉爽舒适。13我上次见到他是在六年前，当时他是蒋介石的私人秘书，他帮助我访问了总司令。从那时起，他就在国民党里飞黄腾达起来。他是一个能干的人，受过良好的教育，现在总司令赐给了他省主席的殊荣。但是可怜的邵力子，也同其他许多文官当省主席的一样，他统治的地盘不出省会的灰色城墙——城外的地方是由杨将军和张少帅瓜分的。

13-考点 表现手法赏析

凉爽舒适的衙门花园和尘土飞扬的西安街头形成鲜明的对比，表现出国民党高官不顾民生、贪图享乐的特点。

邵力子阁下自己一度当过“共匪”，现在再提这件事未免有些不恭。他事实上是中国共产党的一个创始者。但是我们不应当对他太严厉，在那些日子里，当共产党是一桩时髦的事情，没有人十分明白入党究竟意味着什么，只知道许多有才华的青年都是共产党。后来邵力子反悔了；因为在一九二七年以后，当共产党是怎么一回事，已经可以看得十分清楚了，那是可以叫你脑袋搬家的。此后邵力子便成了一个虔诚的佛教徒，再也没有表现出信仰异端的痕迹了。

“现在红军怎么样了？”我问他。

“没有留下多少了。在陕西的不过是些残余。”

“那么战事还在继续？”我问。

“不，现在陕北没有多少战斗。红军正在转移到宁夏和甘肃去。他们似乎要跟外蒙古取得联系。”

他把话题转到西南的局势，当时那里的反叛的将领正在要求出兵抗日。我问他，中国应不应该同日本打仗。他反问道：“我们能打吗？”接着，这位信佛的省主席将他对日本的看法如实地对我说了，但不允许我发表，正像那时所有的国民党官员那样，他们对日本的看法可以告诉你，但是不能发表。

这次访问以后几个月，可怜的邵力子和他的总司令一起，就为这个抗日问题，被张学良少帅部下的一些反叛的年轻人弄得狼狈不堪，他们不再讲理了，不再接受“也许有一天”这样的答复了。而邵力子的那位小胖子夫人——从莫斯科回来的留学生，后来也“叛变”的前共产党员——则受到一些反叛分子的围困，奋勇拒捕。

可是，在我们那次谈话的时候，邵力子对于这一切并没有透露出半点预感来，我们经过交换意见，在看法上已有极为接近之处，我该向他告别了。我已经从邵力子那里弄明白我要知道的事情。他已经证实了我在北京的熟人通知我的消息：陕北方面的战斗已暂时停止。因此，如果有适当的安排，到前线去应当是可能的。于是我就着手进行这些安排。

第一篇
探寻红色中国

1

汉代青铜

内容速览

简述斯诺住在西安的某旅馆里等到一位姓王的接头人，他向斯诺介绍了西安的局势以及自己的经历。又介绍了张学良的生平经历，其中详细讲述了他与共产党达成协议的原因和经过。最后，在王牧师的安排下，斯诺遇到了邓发，了解了他的生平，并将在他的安排下进入红区。

阅读指南

- **章节阅读属性：**【细读】
- **阅读方法落实：**【阅读纪实作品】阅读斯诺对王牧师、张学良、邓发等人的描写，感受他对这些人的情感态度。
- **核心内容感知：**【梳理情节，了解人物】了解张学良的生平经历，体会他的爱国主义思想。

章节图解

- **汉代青铜**
  - **西安府接头**
    - 红军指挥员写介绍信
    - 在西安旅馆等接头人
    - 接头人王牧师
      - 身材高大，胖但结实，仪表堂堂，会说英语
      - 曾在基督教圈子颇有地位，交游广泛
      - 游说爱国人士参加抗日民族统一战线
  - **探秘张学良**
    - 受蒋介石蒙骗，坐失满洲
    - 成蒋替罪羊，远赴欧洲
    - 戒毒回国，立志收复满洲
    - 奉命“剿共”，却被红军抗日主张影响
    - 与共产党秘密结盟，决定抗日
  - **游览古城遗址**
    - 王牧师带作者游览遗址
    - 认识邓发
      - 中共秘密警察的头子
      - 热情、孩子气、机警
      - 热烈欢迎斯诺访问
    - 邓发安排作者入红区具体事项

原文阅读

西北的危机在我到达西安府大约六个月后就要令人意想不到地爆发，富有戏剧性地使全世界都知道，张学良少帅统率下的大军同他以“剿共”军副总司令身份奉命要去剿灭的“匪军”令人惊诧地结成了联盟。但是在一九三六年六月，外界仍完全蒙在鼓里，不知道这些奇怪的发展，甚至在蒋介石自己的控制西安府警察的蓝衣社宪兵总部，也没有人知道到底要发生什么事情。西安府的监牢里关着大约三百名共产党员，蓝衣社还在继续搜捕。当时空气极度紧张。到处是特务和对方的特务。

但是现在已经没有必要**秘而不宣**[1]这些兴奋紧张的日子里发生的事情，和当初不得已才让我知道的秘密了，因此可以在这里报道出来。

我在到西安府之前从来没有见到过一个红军战士。在北京为我用隐色墨水写了一封介绍信给毛泽东的人，我知道是个红军指挥员，但是我没有见到过他。这封介绍信是通过第三者，我的一个老朋友给我的。但是除了这封介绍信以外，我在西北要取得联系，只有一个希望。我得到的指点就是到西安府某家旅馆去，要了一个房间住下来，等一个自称姓王的先生来访，除此之外，我对他一无所知。确实是一无所知，除了他会设法给我安排搭乘 —— 他们这样答应我 —— 张学良的私人座机去红区！

我在旅馆里住下来后过了几天，有一个身材高大，胖得有点圆滚滚的，但是体格结实，仪表堂堂的中国人，身穿一件灰色绸大褂，穿过打开着的房门进来，用一口漂亮的英语向我打招呼。[2]他的外表像个

老师有话说

【阅读纪实作品】

交代西安事变发生的背景，张学良少帅充分了解了共产党的抗日主张，与共产党结成了联盟。

1- 字词解释

秘而不宣：守住秘密，不对外宣布。这里是指张学良与红军之间的联盟一直保密，外界始终不知道。

2- 考点 人物描写赏析

这是斯诺对接头人的外貌描写，高大、胖但结实，仪表堂堂，穿灰色大褂，还会说英语。

富裕的商人，自称姓王，提到了我在北京的那个朋友的名字，并且还以其他方式证实了他就是我等的那个人。

在这以后的那个星期里，我发现即使仅仅为了王一个人，也值得我到西安府一行。我每天花四五个小时听他聊天，回忆往事，还听他对政局作比较严肃的解释。他是我完全意想不到的一个人。他曾经在上海一所教会学校里受教育，在基督教圈子里颇有地位，一度自己有个教堂，我后来知道，在共产党中间，大家都叫他王牧师[①]。像上海的许多发达得意的基督教徒一样，他参加过操纵该市的**青帮**[3]，从蒋介石（也是青帮中人）到青帮头子杜月笙，他都认识。他一度在国民党中担任过高级官员，但是我现在也不能泄露他的真实姓名。

3- 拓展知识

青帮：中国民间成立的一个帮会，最初的帮会成员多以漕运为职业，后来组成成员相对复杂，开始勾结官府，变成反动统治阶级的爪牙。

一些时候以来，王牧师就丢官弃教，同共产党合作。这样有多久了，我不知道。他成了一种秘密的、非正式的使节，到各种各样的文武官员那里去进行游说，帮助共产党把他们争取过来，使他们了解和支持共产党成立“抗日民族统一战线”的建议。至少在张学良那里，他的游说是成功的。这里就需要介绍一些背景情况，才能说明当时已经达成的秘密谅解的基础是什么。

大家知道，张学良在一九三一年之前还是受人爱戴、为人慷慨、有现代化思想、能打高尔夫球、却又喜好赌博、吸毒成瘾这样一个性格矛盾的主宰满洲三千万人民的军阀独裁者。南京的国民党政府承认了他从他土匪出身的父亲张作霖那里继承下来的职务，

① 这位“王牧师”的真名是董健吾。—— 译注

并且还给了他中国军队副总司令的头衔。一九三一年九月日本一开始征服东北，张学良的厄运就开始了。侵略开始时，张少帅在长城以南的北京协和医院治疗伤寒，无法独力应付这场危机。他只有依靠南京，依靠和他歃血为盟的“大哥”蒋介石总司令。但是蒋介石要不惜一切代价避免打仗，主张不抵抗，向后撤，依赖国际联盟。张学良当时有病在身，年轻（只有三十三岁），没有经验，又受到腐败无能的食客的包围，于是接受了蒋介石的意见和南京的命令，结果就坐失了他的老家满洲，几乎没有放一枪来进行保卫。这样的牺牲使得总司令能够在南京维系他自己的摇摇欲坠的政权，开始对红军发动新的围剿。

这就是在中国叫作东北军的满洲军队的大部转移到长城以南中国本土来的背景。日本侵略热河时又发生了同样的情况。张学良当时没有在医院里，其实他是应该住院的。南京没有给他任何支援，也没有作抵抗的准备。总司令为了要避免打仗，准备让热河也沦于日本之手——结果就是这样。张学良背了黑锅，驯服地扮演了替罪羊的角色，在全国义愤填膺的情况下，总得有人辞职以谢国人。本来这不是蒋介石就是张学良，结果是张学良屈服下台，他到欧洲去“考察”一年。4

张学良在欧洲所经历的最重要的一件事，不是他见了墨索里尼和希特勒，会晤了麦克唐纳[①]，也不是苏俄愚蠢地不让他去访问，而是他治愈了吸毒恶习。他像许多中国将领一样，几年前在作战间隙染上了吸鸦片的恶习。要戒烟不是件易事，他没有时间进行必要

【阅读纪实作品】

作者在这里说张学良有病在身，又年轻没有经验，受蒋介石蒙骗，因此才丢失了满洲，体现出对张学良的同情和理解。

4-考点 句子含义理解

作者认为张学良是背了黑锅，代蒋介石受过，东北沦陷，应该受惩罚的是蒋介石，但是张学良忍辱负重、顾全大局，甘愿做了替罪羊。

① 当时英国工党领袖（一八六六——一九三七年）。——译注

的长期治疗，他天真地盲目相信的一个医生告诉他可以用打针的办法治愈。他固然戒掉了烟瘾，可是等到疗程结束时，这位少帅却成了一个吗啡鬼了。

我在一九二九年在沈阳第一次见到张学良时，他是全世界最年轻的独裁者，当时他的气色还不错。他人很瘦，脸色清癯发黄，但是思想敏捷活跃，看上去精神饱满。他是公开激烈反日的，他很想实现把日本赶出中国和把满洲现代化这两个奇迹。几年后他的健康状况大为恶化。他在北京的一位医生告诉我，他一天用“药”要花两百元钱 —— 这种药是特别调制的吗啡，从理论上来说能够“逐步减少用量”。

但是在欧洲，张学良取得了一个大胜利，他戒了吸毒恶习。到一九三四年他回国时，他的朋友们看到他又惊又喜：他的体重增加了，肌肉结实了，脸色红润，看上去年轻了十年，人们在他身上又看到了年轻时代那个杰出有为的领袖的痕迹。他本来思想敏捷，讲究现实，现在他就给他这种头脑一个发展的机会。他到汉口重掌东北军的统率权，当时为了打红军，东北军已调到了华中。尽管他过去犯有错误，他的部下仍旧热烈地欢迎他回来，由此可见他人望之高。

张学良实行了新的生活习惯 —— 六时起床，锻炼身体，每日练武读书，吃的是粗茶淡饭，过的是简朴生活。当时东北军还有十四万人，他除了同军官以外，还同部下直接接触。东北军开始出现了新面貌。怀疑派逐渐相信，少帅又成了一个值得注意的人，因此认真对待他在回国时立下的誓言：他要把毕生精力用于收复满洲，为人民雪耻。

与此同时，张学良对总司令还没有失去信心。在他们的全部交往的关系中，张学良对那个长者始终忠心耿耿，从未动摇，他曾经三次拯救那个长者的政权免于崩溃，而且充分信任那个长者的识见和诚意。他显然相信蒋介石所说的要收复满洲，决不再未经抵抗就让出一寸领土的话。但是，一九三五年日本军国主义者继续进行侵略，成立了冀东傀儡政权，并吞了一部分察哈尔，提出了华北脱离南方的要求，对此，南京已经默认了一部分。少帅麾下的官兵甚为不满，特别是在调到西北继续对红军打不受欢迎的内战，而对日本却不开一枪以后，更是普遍啧有怨言。

在南方同红军打了几个月的仗以后，少帅和他的一些军官开始有了几点重要的认识：他们所打的“土匪”实际上是由抗日爱国的能干指挥员领导的；“剿共”这件事可能要继续好几年；一边同红军打仗，一边要抗日是不可能的；而在这期间东北军却在同自己毫不相干的战事中很快地消耗兵力，土崩瓦解。

尽管如此，张学良把他的司令部迁到西北以后，仍开始大举进攻红军。有一阵子他打了几次胜仗，但是到一九三五年十月和十一月间，东北军吃了大败仗，据说丢了整整两个师（一〇一师和一〇九师）和另外一个师（一一〇师）的一部分。成千上万的东北军士兵“投向了”红军。也有许多军官被俘，扣了一阵子受“抗日教育”。

这些军官释放回到西安以后，大肆赞扬地向少帅作了关于苏区士气和组织的报告；特别是关于红军有诚意要停止内战，用和平民主方法统一全国，团结起来抵抗日本帝国主义。这给了张学良很深刻的印象。使他印象更为加深的是，他的部队送上来的报告说，全军都有反对与红军作战的情绪，红军的“中国人不打中国人”和“同我们一起打回老家去”的口号影响到了东北军的全体官兵。

与此同时，张学良本人也受到了强烈的“左倾”影响。他的东北大学的许多学生来到西安，在他手下工作，其中有些是共产党员。一九三五年十二月日本在北京提出要求以后，他传话到北方去，凡是抗日的学生，不论政治信仰如何，都可以投奔到西安府来。在中国其他地方，进行抗日宣传的人都遭到南京的逮捕，唯独在陕西，他们却受到了鼓励和保护。张学良的一些年轻军官也受到学生的很大影响，当被俘的军官从红区回来，谈到那里到处都有公开的抗日群众团体和红军在人民中间的爱国宣传时，张学良开始越来越把红军当作天然的盟友而不是敌人了。

据王牧师告诉我，就是在这当儿，也就是一九三六年初，有一天他去拜访张学良，开门见山地说：“我是来向你借飞机到红区去的。”

张学良吃了一惊，跳起来瞪着眼睛说：“什么？你敢到这里来提出这样的要求？你不知道凭这一点就可以把你押出去枪毙吗？”

王牧师详细作了解释。他说他同共产党有联系，知道许多张学良应该知道的情况。他谈了很久，谈到他们政策的改变，谈到中国需要团结抗日，谈到红军为了使南京抗日愿意作出很大的让步，因为这一政策，红军认识到他们单方面是不能实现的。他建议，由他来安排一次会见，请张学良和某些共产党领导人进一步讨论这些问题。张学良开始时很惊异，后来却留心地听了这一些话。他有一个时期以来就一直在想他可以利用红军；现在看来他们也显然认为可以利用他。那么好吧，也许咱们可以在结束内战团结抗日的共同要求的基础上互相利用一下。5

5- 考点　句子含义理解

从这句话中可以看出，共产党和张学良军队有着共同的目标：停止内战，一致抗日。这是他们结盟的基础，体现出双方在民族危亡之际，愿意放下成见，联合抵御外敌，表现了他们具有强烈的爱国主义精神。

最后王牧师还是坐了张少帅的私人座机飞到了陕北的延安。他进了苏维埃中国，带回来一个谈判方案。过了不久，张学良本人飞到延安去，见了红军指挥员周恩来（关于他的情况下文还要述及）。在经过了同周恩来长时间的详细讨论以后，张学良相信了红军的诚意，相信了他们的统一战线建议的合理可行。

东北军与共产党之间的协议的第一步执行就是停止陕西境内的战事。双方未经通知对方都不得调动兵力。红军派了好几个代表到西安府去，穿上东北军的制服，参加了张学良的参谋部，帮助改组他的军队的政治训练方法。在王曲镇开办了一所新学校，张学良把他部下的低级军官送去集训，课程有政治、经济、社会科学和日本如何征服满洲以及中国因此受到什么损失的详细统计。另外又有成百上千的激进学生纷纷来到西安，进了另外一个抗日政治训练学校，少帅也经常去作演讲。东北军中采用了苏俄和中国红军所采用的政治委员那种制度。从满洲时代遗留下来的一些头脑封建的年老高级军官给撤换了，张学良提拔了激进的年轻军官来代替他们，指望依靠这些年轻军官作为建设新军的主要支柱。在张学良“花花公子”时代包围他的一些腐败的阿谀谄媚之徒也由东北大学的热心认真的学生所代替。

但是这种改革都是在极端秘密的情况下进行的。虽然东北军不再同红军作战，在陕晋交界处，在甘肃、宁夏，仍有南京军队驻扎，激战仍在进行。张学良与共产党真正关系的消息没有泄露给报界。蒋介石在西安的特务虽然知道有什么事情正在酝酿之中，但是他们无法得悉确切的内容。偶尔有卡车开到西安来，载着一些共产党乘客，但是他们在外表上是看不出来的，因为他们都穿着东北军制服。偶尔有其他卡车离西安去红区，也没有引起怀疑：因为这些卡车同其他东北军去前线的卡车没有什么两样。

在我到了不久之后，王牧师有一次告诉我，我就是要搭这样的卡车到前线去。坐飞机的计划告吹了：这样做很有可能引起少帅难堪，因为如果有一个外国人丢在前线不回来，他的美国飞行员可能嘴快说出来。

一天早晨，王牧师同一个东北军军官，或者至少是个穿着东北军军官制服的年轻人一起来见我。他建议我们到西安城外汉朝古城遗址一游。在旅馆外面有一辆挂着窗帘的汽车等着我们，我们进了汽车以后，我看到里边坐着一个戴一副墨镜，身穿一套国民党官员穿的中山装的人。我们驱车前往汉朝一个皇宫的遗址，在那里，我们走上了有名的汉武帝坐在他的御殿里君临天下的隆起的土堆。你在这里还能拾到一些二千多年以前大屋顶上的碎瓦片。

王牧师和那个东北军军官有几句话要说，所以他们站在一旁去说话了。那个国民党官员在我们坐汽车出来的尘土飞扬的路上一直坐在那里没有说话，这时向我走了过来，卸下墨镜，摘掉白帽。我这才看出他相当年轻。他的一头黑油油的浓发下面，一双闪闪发光的眼睛紧紧地盯着我，他的青铜色的脸上露出了恶作剧的笑容，在他卸掉那副墨镜以后，你一眼就可以看出，他的制服是件伪装，他并不是个坐办公室的官僚，而是个户外活动的人。他中等身材，看上去力气不大，所以当他走过来，突然一把抓住我的胳膊时，我没有想到他的手像铁爪子似的那么有力，不禁痛得退缩了一步。我后来注意到，这个人的行动有一种黑豹的优美风度，在那套硬邦邦的制服底下，一点也不失轻巧矫捷。

他把脸凑近我，露出笑容，锐利的眼光紧紧地盯着我，把我的两条胳膊紧紧地握在他的那双铁爪子中，然后摇摇脑袋，滑稽地噘起了嘴，向我眨着眼！“瞧瞧我！”他低声说，好像一个有什么秘密的孩子一样高兴。“瞧瞧我！瞧瞧我！你认出我来了吗？”6

6- 考点　人物描写赏析

从动作、神态、语言等方面细致描写邓发，表现出他的孩子气。

我不知道这个人是怎么回事。他兴奋地不知在说些什么东西，结果这种兴奋情绪也感染了我，但是我觉得很尴尬，因为我不知说什么才好。认出他来了吗？我这一辈子从来没有遇到过像他那样的中国人！我抱歉地摇摇头。

他从我的胳膊上松开一只手，用手指指着他的胸膛：“我以为你可能在什么地方见过我的照片，”他说，“我是邓发，”他告诉我说——“邓发！”他的脑袋向后一仰，看着我对这个炸弹的反应。

邓发？邓发……哦，邓发是中国共产党秘密警察的头子。而且还有，悬赏五万元要他的首级！

【阅读纪实作品】

邓发的态度代表着共产党的态度，体现出红区对斯诺的到访是十分欢迎的。

邓发泄露了他的身份以后高兴得跳了起来。他按捺不住自己，对目前这种情况感到好玩：他，这个鼎鼎大名的“共匪”，就生活在敌营中心，不把到处追缉他的特务放在眼里。他看到我，一个自告奋勇到“匪”区去的美国人感到很高兴——不断地拥抱我。他什么都愿意给我。我要他的马吗？啊，他的马好极了，红色中国最好的马！我要他的照片吗？他收集得不少，都可以给我。我要他的日记吗？他会带信到仍在苏区的妻子，把这一切，还有别的东西都给我。他后来真的没有食言。

7- 考点　重点句子分析

作者认为，作为中共的情报人员，应该行为谨慎，低调内敛，然而邓发却热情且孩子气，实在出乎作者的意料，让作者深感惊异的同时，也对真正的共产党人充满好奇。

真是个你意想不到的中国人！真是个你意想不到的赤匪！7

邓发是个广东人，出身工人阶级家庭，曾经在一艘来往于广州与香港之间的轮船上当西餐厨师。他是香港海员大罢工的一个领导人，被一个不喜欢罢工的英国警察打伤了胸口，折断了几乎全部肋骨。他接着就成了共产党，进了黄埔军校，参加了国民革命，一九二七年以后到江西参加了红军。

我们在那个土堆上站了一个多小时，一边谈话，一边看着下面绿草掩盖的皇城遗址。我无法向你形容那一时刻在我感情上引起的奇怪冲击 —— 由于我们所在的环境而这么强烈，又是这么奇怪地富有预兆性质，这么奇怪地超脱于我、超脱于中国的那部分变化无穷的历史；因为这些共产党人把这个地方当作我们四个人可以安然无事地碰面的安全场所，似乎是很不协调的，但是又是很合乎逻辑的，而且毕竟是在这里，在二千多年以前，当时已经够激进的大汉族统治着一个统一的、当时是进步的中国，成功地在战国的混乱中巩固了一个民族和文化，使得后代从此以后以汉族子孙自称，就在这样的地方会见这个令人惊讶的现代革命年轻战士，又是多么合适啊！

就是在这里，邓发告诉我由谁护送我去红区，我一路怎么走，我在红色中国怎么生活，并且向我保证在那里会受到热烈欢迎。

“你不怕丢掉你的脑袋吗？”我们坐车回城里去的时候我问他。

“不比张学良更怕，”他笑道，“我同他住在一起。”8

8- 考点 人物形象分析

对邓发的语言描写，体现出他为革命事业置生死于度外的勇敢无畏的高尚品质。

第一篇
探寻红色中国

1

通过红色大门

内容速览

黎明之前，斯诺离开了西安，经过渭河，住过洛川的土炕，见过窑洞。在一个骡夫的陪同下，越过无人地带，到达一个黄土村落，那里的贫民会主席刘龙火接待了斯诺，热情款待之后，安排他进入安塞。

阅读指南

- **章节阅读属性：**【细读】
- **阅读方法落实：**【阅读纪实作品】本篇详细介绍了斯诺前往苏区的所见所闻，对土炕、窑洞、黄土地带的地貌等都进行了描述，阅读时可体会陕北地区的民情风貌。
- **核心内容感知：**【梳理情节，了解人物】阅读斯诺到达苏区后和当地贫民会主席刘龙火的交往细节，分析刘龙火的人物形象。

章节图解

- **通过红色大门**
  - **前往延安**
    - 通过木头城门，回忆稻米文化、秦始皇、万里长城
    - 渡渭河，宿洛川土炕，看西北窑洞
  - **到达延安**
    - 蒋介石封锁红军，红军反封锁
    - 国民党军队投送的物资大多落在红军手中
    - 红军不再围攻延安，双方停战
  - **到达苏区**
    - 经过无人地带，到达黄土村落
    - 遇到刘龙火，斯诺付钱被拒，兑钱币

原文阅读

我们在黎明之前离开西安府，那一度是“**金城汤池**”[1]的高大的木头城门在我们的军事通行证魔力前面霍地打开了，拖着门上的链条当当作响。在熹微的晨光中，军用大卡车隆隆驶过飞机场，当时每天都有飞机从那个机场起飞，到红军防线上空去侦察和轰炸。[2]

对于一个中国旅客来说，在这条从西安府北去的大道上，每走一里路都会勾起他对本民族丰富多彩的绚烂历史的回忆。中国最近发生的历史性变化——共产主义运动，竟然选择在这个地方来决定中国的命运，不可不谓恰当。一小时以后，我们摆渡过了渭河，在这个肥沃的渭河流域，孔子的祖先、肤色发黑的野蛮的人发展了他们的稻米文化，形成了今天在中国农村的民间神话里仍是一股力量的一些传说。快到正午的时候，我们到了宗蒲县。大约两千两百年前，那个最先“统一”中国的威赫一时的人物秦始皇就是在这个筑有雉堞的城池附近诞生的。秦始皇第一个把他的国家的古代边境城墙都连接起来，成了今天仍然是地球上最宏伟的砖石工程——中国的万里长城。

在那条新修的汽车路上，沿途的罂粟摇摆着肿胀的脑袋，等待收割。新修的路面经过水冲车轧，到处是深沟浅辙，因而我们那部载重六吨的道奇卡车，有时也甚至无法通行。陕西长期以来就以盛产鸦片闻名。几年前西北发生大饥荒，曾有三百万人丧命，美国红十字会调查人员把造成那场惨剧的原因大部分归咎于鸦片的种植。当时贪婪的军阀强迫农民种植鸦片，最好的土地都种上了鸦片，一遇到干旱的年头，

老师有话说

1- 字词解释

金城汤池：金属造的城墙，灌满滚水的护城河，形容城池十分坚固，不易攻破。

2- 考点 重点句子分析

环境描写，暗示出前线仍然战事不断，与前文邵力子主席说陕北没有多少战斗形成鲜明对比。

【阅读纪实作品】

斯诺描写了陕西盛产鸦片所带来的严重后果——粮食短缺，大饥荒导致三百万人丧命，体现出他对生活在水深火热中的中国人民的同情，和对贪婪军阀的批判。

西北的主要粮食作物小米、麦子和玉米就会严重短缺。

那天晚上，我在洛川一间肮脏的茅屋里的土炕[①]上过了一夜，隔壁屋里关着猪和毛驴，我自己屋里则有老鼠，闹腾得大家都睡不了多少觉。第二天早上刚出城数英里，那片黄土地面便逐层升高，险峻起来，地势古怪地变了样。

这一令人惊叹的黄土地带，广及甘肃、陕西、宁夏、山西四省的大部分地区，雨量充分的时候异常肥沃，因为这种黄土提供了无穷无尽的、有几十英尺深的多孔表土层。地质学家认为，这种黄土是有机物质，是许多世纪以来被中亚细亚的大风从蒙古、从西方吹过来的。这在景色上造成了变化无穷的奇特、森严的景象——有的山丘像巨大的城堡，有的像成队的猛犸，有的像滚圆的大馒头，有的像被巨手撕裂的冈峦，上面还留着粗暴的指痕。[3]那些奇形怪状、不可思议有时甚至吓人的景象，好像是个疯神捏就的世界——有时却又是个超现实主义的奇美的世界。

在这里，虽然到处可以看见田畴和耕地，却难得看见房屋。农民们也是在那些黄土山里藏身的。在整个西北，多少世纪以来已成了习惯，都是在那坚硬的淡褐色的山壁上掘洞而居的，中国人称之为“窑洞”。可是这种窑洞同西洋人所说的洞穴并不是一回事。窑洞冬暖夏凉，易于建造，也易于打扫。就连最富有的地主，也往往在山上挖洞为家。有些是有好几间屋子的大宅，设备和装饰华丽，石铺的地板，高敞的居室，

3-考点 修辞手法赏析

运用比喻和排比的修辞手法，描写黄土地带的地形，生动形象地描绘出它的奇特、森严和奇美。

① 中国房屋中土垒的平台，一头有灶，下面有迷宫一样的弯弯曲曲的烟道，可以把土炕烧暖。

光线从墙上的纸窗透进室内，墙上还开有坚固的黑漆大门。

在那辆颠簸的卡车里，一位年轻的东北军军官坐在我身旁，在离洛川不远的地方，他将那样一个“窑洞村”指给我看。那地方离汽车路只有一英里左右，中间只隔着一个深谷。

“他们是红军，”他向我透露说，“几个星期以前，我们派一队人到那里去买小米，村子里的人一斤也不肯卖给我们。当兵的笨蛋就动手抢了一些。他们退出村子的时候，农民便开枪打他们。”他用双臂划了一条大弧线，把国民党军队驻守的许多堡垒——构筑在山顶上的机枪阵地——严密保护下的公路两边的一切都包括在里面。“赤匪，”他说，“在那边，全部都是赤匪的地盘。”

我怀着更加浓厚的兴趣凝望他指出的地方，因为几小时之内，我就要踏进那莫测究竟的山丘和高地的那一边去了。

在路上，我们遇见了一〇五师的一些部队，他们都是东北人，正从延安回到洛川去。他们是瘦削而结实的青年，大多数比一般中国士兵的身材高些。我们在路边的一家小客店歇下来喝茶，有几个士兵在那里休息，我在他们的附近坐了下来。他们是刚从陕北的瓦窑堡回来的，在那里曾经和红军发生过遭遇战。我听到了他们相互间谈话的一些片断。他们是在那里谈论红军。

“他们吃的比我们好得多。”一个说。

“是的，他们吃的是老百姓的肉呀！”另一个答道。

【阅读纪实作品】

对一〇五师士兵的语言描写，反映出士兵对共产党所做的事情——打地主的认同，以及他们不愿打中国人、只想打日本人的心愿，同时透露了三千多东北军加入红军的情况。表明经过与红军的战斗之后，士兵们反而更偏向红军一方，侧面反映出红军的政策深得民心。

“那没有关系，不过是少数地主，反而有好处。我们到瓦窑堡去，有谁感谢我们呢？是地主！你说是不是？我们为什么要为那些有钱人送命呢？”

“他们说现在有三千多东北军已经加入他们一边了……”

“这又是他们有理的一件事。我们除了打日本人，同谁也不想打的，为什么我们要打起自己人来呢？”

一个军官走了过来，于是这番引人入胜的谈话就中止了。那个军官命令他们上路。他们捡起了他们的枪，拖着脚步走上了公路。不久我们也坐车走了。

第二天午后不久，我们到达延安，在长城以南约四百华里①，陕北唯一可以通车的道路到这里便是终点。延安是一个历史名城，在过去几个世纪里，从北方来的游牧部落曾经通过这里入侵中原，成吉思汗的蒙古铁骑大军也曾经通过这里南征西安府。

延安是个理想的要塞，它位于一个深谷中间，四周都是岩石嶙峋的高山，坚固的城墙一直延伸到山巅。4现在，城墙上新建了许多工事，像蜂窝一样，工事里一挺挺机枪都对着不远地方的红军。公路以及与公路直接毗连的地方，那时仍然在东北军手里，可是直到最近，延安是完全被切断联系的。蒋介石总司令对红军进行了封锁，红军利用封锁来对敌人进行反封锁，据说有数以百计的人活活地饿死。

就是用飞机来对付周围的红军也证明是不起作用的。红军把机关枪架在山顶——因为他们没有高射炮——结果很有效，以致南京的飞行员来给城里空投供应时，不得不飞得极高。事实上，大多数的供应

① 一华里约等于三分之一英里。

4-考点 环境描写赏析

这是对延安的描写，它位于深谷，群山包围，有绵长的城墙，体现出它易守难攻的特点。

品都落在红军手里，他们就在延安城外开了一个市场，将食物卖回给城里被困的居民。连张学良自己的外国驾驶员，因怕机关枪的高射，也有点胆怯起来，有一个美国人竟因此而辞职。后来我在西安府看见少帅的漂亮的波音式私人座机满身都是弹孔，我对那飞行员深表同情。

红军对延安①的长期包围，是在我到达那里以前几个星期才解除的，但是从居民的面有菜色，从店铺里的货架空空如也或者店门紧闭，还可以明显地看到围城的迹象。食品极少，价格高昂。可以买到的那一点东西，都是因为同红军游击队达成暂时的休战而得到的。5当时曾达成协议，东北军不在这条战线上向苏区发动攻势。作为交换条件，苏区的农民开始出售粮食和蔬菜给那些饥饿的“剿共”军队。

5-考点 重点句子分析

反映出打仗时民众的生活艰难，表达出斯诺对中国人民的同情。

我有到前线访问的证件。我的计划是第二天一早离开延安，到“白军”前线去。那里的军队限于防守阵地，没有前进的意图。到了前线后，我打算岔入一条据说是商贩偷运货物出入苏区的山道。

我如愿以偿，安然通过最后一个岗哨，进入无人地带——这个经历，我要是如实地叙述出来，就可能给那些帮助我前去的国民党方面的人造成严重困难。现在我只消说，我的经历再次证明在中国任何事情都可能办到，只要照中国的方式去办。因为到了第二天早上七点钟的时候，我确实已经把最后一挺国民党的机关枪抛在后边，走过那个把“红”“白”两区分开的狭长地带了。

【阅读纪实作品】

这说明斯诺的苏区之行也得到了国民党内部人员的帮助，侧面反映出国民党内部分化，有些人是愿意接纳共产党的。

跟着我的，只有一个骡夫，他是我在延安雇来的。

① 延安后来为红军所占领，现在（一九三七年）是红区临时首都。

他答应把我简单的行李——铺盖卷、一点吃的、两架照相机和二十四卷胶片，运到红军游击队的第一个前哨。我不知道他本人是赤匪还是白匪，不过他的样子的确像个土匪。几年以来，这一带反复被那两种颜色的军队交替控制，所以他很可能不是做过赤匪就是做过白匪——也许两者都做过。我决定最好是不要问莽撞的问题，只是乖乖地跟着他走，希望一切顺利。

我们沿着一条弯弯曲曲的小溪走了四个小时，一路没有见着一个人影。那里根本没有路，只有小溪的溪床，两边岩壁高耸，溪水就在中间湍急地流过，在岩壁上面就是险峻的黄土山。要结果掉一个过分好奇的洋鬼子，这是个好去处。[6]使我**惴惴不安**[7]的一个因素，是那个骡夫对我的牛皮鞋子多次表示羡慕。

“到啦！”他突然转过头来大声说。这里，岩壁终于消失，一个狭小的山谷展现在我们面前，山谷里一片绿油油的麦苗。“我们到啦！”

我放下了心，朝着他的前面望去，看见一座小山的山边有一个黄土村落，缕缕青烟从村里那些高大的泥烟囱里袅袅上升，那些烟囱像长长的手指一样竖立在峭壁的面前。[8]几分钟之后，我们就到了那里。

一个年轻的农民，头上包着一条白毛巾，腰间插着一支左轮手枪，从村里走出来，惊愕地望着我，问我是谁，到那里去干什么？

“我是个美国记者，”我说，“我要见这里的**贫民会**[9]主席。”

他面无表情地看着我，回答说：“hai pa！”

我过去听到中国人说“hai pa”就只有一个意思：“我害怕！”我心里想，如果他感到害怕，那我该感到

6- 考点 环境描写赏析

这是对小溪的描写，水流湍急、岩壁高耸，又偏僻又危险，本来就怕骡夫“谋财害命”的作者心里更加害怕了。

7- 字词解释

惴惴不安：发愁又害怕，内心不安定。这里是说斯诺对骡夫过分关注他的牛皮鞋子感到害怕。

8- 考点 修辞手法赏析

这是对黄土村落的环境描写，运用比喻的修辞手法，描绘出了村落的安静祥和。

9- 拓展知识

贫民会：土地革命时期，在中国共产党的组织指导下，各地成立的以贫雇农为核心的农民组织。

10- 字词解释

泰然自若：形容镇定、毫不在意的样子。这里是说农民并没有表现出害怕的样子。

11- 考点　人物形象分析

运用外貌、神态、动作描写，表现了青年农民的英俊健壮、爽朗威严。

怎么样呢？但是，他神色**泰然自若**[10]，看来他的话不是这个意思。他回过头问那骡夫我是什么人。

那骡夫把我说过的话重说了一遍，还添枝加叶地说了些他自己的话。我放心地看到那位青年农民的脸色和缓下来了。这时我发现他确实是个长得很英俊的小伙子，皮肤黝黑发亮，牙齿整齐洁白。他好像同中国其他地方的胆怯的农民不属于一个族类。他那一双炯炯有神的快乐的眼睛含着一种挑战的神情，他还有一定的吓人气派。他的手慢慢地从枪柄上移开，脸上露出了笑容。[11]

“我就是你要见的人，”他说，“我就是主席。请进来喝口热茶吧。”

这些陕西山区的居民有自己的方言，净是发音含混的口语，但是他们懂得“白话”——中国的官话，他们自己的话有一大部分是外地人很容易听懂的。我同那位主席又作了几次谈话的努力之后，他渐渐地显出能够领会的神情，我们的谈话就有了顺利的进展。不过在我们的谈话当中，偶尔又会出现 hai pa 一词。我一时顾不上问他到底害怕什么。等到我最后问清这个问题时，我这才发现陕西山区方言中的 hai pa 等于官话中的 bu zhi dao（不知道）。这个发现使我感到很满意。

我坐在铺着炕毡的炕上，向我的主人进一步谈到我自己和我的计划。过了不久，他就显得没有什么疑虑了。我想去县政府所在地安塞，当时我以为苏维埃主席毛泽东就在那里。他能不能给我找一个向导和一个骡夫。

他答应说，没有问题，没有问题，不过我不能在大热天赶路。太阳已经升到当空，天确实是非常热，我看上去很疲倦，再说，我吃了东西没有呢？说实在的，我饿极了，因此我不再跟他客气，接受了他的邀请，第一次同一个“赤匪”一道吃饭。我的骡夫急于回延安去，我把钱付给他，跟他告别。这也是我同白色世界的最后一个联系环节告别，从此要有许多星期不跟它发生接触。我已破釜沉舟，决心跨进红区了。[12]

我现在已经完全落入刘龙火先生（我后来知道这就是那位青年农民的姓名）的掌握之中，也同样落在他的那些外貌强悍的同志的掌握之中，他们开始从附近的窑洞里陆续过来。他们穿着同样的装束，带着同样的武器，好奇地看着我，听见我说话的怪腔怪调，都呵呵大笑。

刘龙火拿烟、酒、茶来招待我，向我提出无数的问题。他和他的朋友们非常好奇地翻看我的照相机、鞋子、毛袜、我的布短裤的质料，不时发出赞美的声音；对于我的卡其布衬衫的拉链，更是赞不绝口。总的印象似乎是：我的行头不论看起来是多么可笑，显然非常实用。我不知道“共产主义”在实践上对这班人意味着什么，我准备眼看我的这些东西很快地被“共产”——但是当然没有发生这种事情。我几乎可以肯定，我受到严密检查的目的（比你在其他边境所受到的海关检查要愉快得多）是为了要证实他们以前的一种看法：洋鬼子不可思议。

不到一个小时，他们端来了一大盘炒鸡蛋，还有蒸卷、小米饭、一些白菜和少量烤猪肉。[13]我的主人为饭菜简单而表示歉意；我则为我的食量不同寻常而表示歉意。其实后面这一点完全没有必要，因为我必

12-考点 重点词语赏析

“破釜沉舟”既体现出斯诺深入红区的决心，也表现了他内心的不确定，此时他还不确定红区之行是否安全。

13-考点 重点句子分析

食物虽然简单，但是种类十分丰富，体现出陕北农民的好客和淳朴。

须飞快运用我的一双筷子，才能赶上贫民会的那些好汉呢。

龙火告诉我，说安塞离那里不过“几步路”，尽管我不大放心，但是除了照他说的等一等以外，没有其他办法。等到一个年轻的向导和一个骡夫终于到来的时候，已经过了下午四点钟了。临走时，我想把饭钱付给刘先生，可是他愤然拒绝了。

“你是一位外国客人，”他解释说，“而且你是来找我们的毛主席的。再说，你的钱也没有用处。”他对我手里拿着的纸币瞟了一眼，问道：“你没有苏区的钱吗？”听我回答说没有，他就数了共值一元钱的苏区纸币说，“这个你拿去，你路上会用得着的。”14

14-考点 人物形象分析

刘龙火帮助斯诺兑换苏区纸币，可以看出他是一个体贴、热心的人。

我拿一元国民党的钱和刘先生交换，他接受了；我再一次向他道谢，然后跟在我的向导和骡夫后边爬上山道。

“好啊，”我一边气喘喘地爬山，一边对自己说，“到现在为止，一切顺利。”我已闯进了红色大门。这件事多么简单！

但是在前面等待着我的是一场险遭不测的事件，以致后来谣传我被土匪绑架杀掉了。其实，土匪早已在那寂静的黄土山壁后边跟踪着我了——只不过不是赤匪而是白匪而已。

阅读思考

基础测评

❶ **作者说："这后来终于导致蒋介石总司令被扣的惊人事件，扭转了中国历史的潮流。"这里的"惊人事件"是指（　　）。**

A. 一二·九运动　　B. 西安事变

C. 九一八事变　　D. 七七事变

❷ **作者为什么想去红区进行实地采访？ 下列说法不正确的一项是（　　）。**

A. 国民党对苏区进行新闻封锁，没有人确切了解那里的情况。

B. 作为一个记者，作者有着天生的新闻敏感性，他认为采访苏区是一件很有价值的事情。

C. 他对苏区感到好奇，想把真正的苏区展示给世人。

D. 国民党政府派遣他去苏区进行考察。

❸ **下列说法正确的一项是（　　）。**

A. 斯诺是拿着前线通行证，乘坐张学良的私人飞机去往苏区的。

B. 到了西安之后，斯诺第一个拜访的是陕西省主席邵力子。

C. 国民党控制的报纸上把红军称为"赤匪""共匪"。

D. 在西安，与斯诺在旅馆接头的人是邓发，他是中共秘密警察的头子。

专题探究

本册中，斯诺将张学良走向联共抗日的原因和经过进行了详细介绍，请你简要说说张学良由"剿共"到"联共"态度转变的原因。

参考答案

阅读思考

基础测评

1.B　2.D　3.C

专题探究

【示例】①被红军打败之后，很多东北士兵投降了红军。②被红军俘虏又放回的东北军军官，大肆赞扬红军停止内战、联合抗日的想法。③东北军全军都有反对攻打红军的情绪。④张学良本人受到强烈的抗日热情影响。⑤王牧师的游说和牵线。

红星照耀中国

〔美〕埃德加·斯诺
著

董乐山
译

2

人民文学出版社

目录

本册导读

本册基本信息

本册是整本书的第二分册——《去红都的道路》，共包含《遭白匪追逐》《造反者》《贺龙二三事》《红军旅伴》四个部分。本册主要记述了斯诺在去往红都的途中被白匪跟踪追逐的经历，以及国民政府利用民团来统治和镇压地方群众的策略。这一路上斯诺结识了很多热心的战士，重点介绍了周恩来与贺龙，斯诺用文学性的笔墨描绘了这两位性格鲜明的党和红军的领袖，彰显出他们独特的人格魅力。

阅读计划自检

开始阅读时间

______ 年 ______ 月 ______ 日

实际结束时间

______ 年 ______ 月 ______ 日

阅读所用时长

（建议时长：1 周）

_____ 天

阅读感受

- [ ] 轻轻松松读完，无压力，意犹未尽
- [ ] 能在建议时长内读完，并且读懂了
- [ ] 稍有些拖沓，理解起来不是很顺利
- [ ] 时间太短了，没有读完而且没看懂

扫码听名师说书

第二篇 去红都的道路

2

遭白匪追逐

内容速览

斯诺记录了前往红都的路上的所见所闻。既有他在途中观察、感受农村生活的个人情感，也有对红军战士、农民百姓生活的真实客观记录，还有对民团及保甲政策的简要说明，同时也写了他遭遇白匪追逐和跟踪的意外险情。

阅读指南

- **章节阅读属性：**【细读】
- **阅读方法落实：**【阅读纪实作品】作者在记录前往红都路上的见闻时，也“颇费笔墨”地介绍了民团对地方群众的影响以及国民党沿用封建制度下的保甲政策。阅读时可仔细分析作者讲述这些内容的用意。
- **核心内容感知：**【梳理情节，分析情感】关注作者在真实客观记录中的个人情感表达，感受作者的情感态度。

章节图解

- **遭白匪追逐**
  - **前往安塞**
    - **夜宿村庄**
      - 向导把斯诺安顿在小村庄，并托付给贫民会分会主席
      - 斯诺夜宿门板床，破晓时分会主席劝他早点出发
      - 斯诺得知民团在此地出没，随时可能遇到抢劫
    - **巡逻战士**
      - 站岗儿童检查路条，并在水潭边遇到红军战士
      - 沿途交流了个人经历，姚战士将其送到安塞
  - **到达安塞**
    - **沿途见闻**
      - 安塞残破是因为年代久远，并非红军所为
      - 见到从容种田的农民和演习的游击队员
    - **得知真相**
      - 从赤卫队卞队长口中得知自己遭遇白匪追逐
      - 卞队长袭击一路紧追斯诺的白匪，并俘获几人
      - 在众人的交谈中，斯诺见到了周恩来

原文阅读

“打倒吃我们肉的地主！”

“打倒喝我们血的军阀！”

“打倒把中国出卖给日本的汉奸！”

“欢迎一切抗日军队结成统一战线！”

“中国革命万岁！”

“中国红军万岁！”

我就是在这些用醒目的黑字写的、多少有些令人不安的标语下面度过我在红区的第一夜的。

但是，这不是在安塞，也不是在任何红军战士的保护之下。因为，不出我的所料，我们当天并没有到达安塞，到太阳下山的时候，我们才走到一个坐落在河湾上的小村庄，四周都是阴森森地俯瞰着的山峦。有好几排石板屋顶的房子从溪口升起，标语就写在这些房子的土坯墙上。五六十个农民和目不转睛的儿童，涌出来迎接我们这个只有一匹驴子的旅队。[1]

我的那位贫民会的年轻向导，决定把我安顿在这里。他说，他的一头母牛最近下了仔，附近有狼，他得回去照应。安塞离这里还有十英里路，要摸黑赶到那里是不容易的。于是他把我交托给当地贫民会分会主席照料。我的向导和骡夫都拒绝接受任何报酬，不管是白区的钱，还是红区的钱。

分会主席是位二十出头的青年。脸色黝黑开朗，身上穿着褪了色的蓝布褂子和白裤，露出一双牛革似的赤脚。[2]他很客气地招待我。他请我到村公所的一间屋子里去睡，派人送来热水和一碗小米粥。但是我谢绝住在这间有臭味的黑屋子里，请他让我使用两扇拆卸下来的门板。我把这两扇门板搁在两条板凳上，

老师有话说

1- 考点　环境描写分析

此处是对小山村的环境描写和场景描写，写出小山村的地理位置和自然环境，“涌出来”表现出百姓们的热情和看到外国人的好奇心理。

2- 考点　人物形象分析

此处是对分会主席的外貌描写，写出了他大概的年龄，“褪了色”“露出一双牛革似的赤脚”可以看出他生活的艰苦和勤劳吃苦的性格。

摊开毯子，就睡在露天里。这是一个美丽的夜晚，晴朗的夜空闪耀着北方的繁星，在我下面的一个小瀑布流水淙淙，使人感到和平与宁静。因为长途跋涉的疲乏，我倒头就睡着了。

当我再睁开眼睛时，天已破晓。分会主席站在我的身边，摇摇我的肩膀。我当然吃了一惊，连忙翻身坐起，完全醒了过来。

“什么事？”我问。

“你最好早一点动身，这里附近有土匪，你得赶紧到安塞去。”

土匪？我的话已到嘴边上，正要回答我正是来找这些所谓土匪的，这时我才明白他的话是什么意思。他说的土匪，不是指红军，而是指“白匪”。我不用他再劝说就翻身而起。我不想闹出在苏维埃中国给白匪掳去这样的笑话。

这里需要向读者作一些解释。白匪，用国民党的名词来说就是民团，正如赤匪用苏维埃的名词来说就是游击队一样。国民党为了镇压农民起义，纷纷组织民团。现在国民党在中国，日本人在“满洲国”都普遍实行**保甲制度**[3]这个控制农民的古老办法，民团就是作为保甲制度的一个有机部分进行活动的。

保甲的字面含义就是“保长甲长”。这个制度规定每十户农民必须有个甲长，保证他们循规蹈矩，使当地县长满意。这是一种连保制度，一个保甲里的任何一个人如果犯了罪，整个保甲的人都要负责任。当初蒙古人和满洲人就是用这个办法统治中国的。

用这方法来防止农民组织反叛，几乎是无往而不胜。因为保甲长几乎总是富农、地主、开当铺或放债

3- 拓展知识

保甲制度：国民党统治时期的基层政治制度。1932年8月1日国民党政府在河南、湖北、安徽三省颁布《各县编查保甲户口条例》，规定：“保甲之编组，以户为单位，户设户长，十户为甲，甲设甲长，十甲为保，保设保长。”实行各户互相监视和互相告发的连坐法，以及各项强迫劳役、征抽壮丁的办法。1934年11月7日起，在国民党政府统治的各省市推行。

的，他们是最最积极的，自然不愿“担保”任何具有叛逆倾向的佃户或债户。无人担保是一件十分严重的事情。一个无人担保的人，可以用任何借口，当作“嫌疑分子”投入牢狱。

实际上这就是说，整个农民阶级的命运是操在乡绅阶级的手中，后者随时可以用拒绝担保的方法来毁掉一个人。保甲制度的重要作用之一，就是征收捐税维持民团。民团是由地主和乡绅挑选、组织和指挥的。它的主要任务是反对共产主义，帮助收租交谷，包讨欠债本息，帮助县长勒索苛捐杂税。

【阅读纪实作品】

纪实作品不是史料的堆砌，也不是单纯记录作者所见所闻的“参观游记”。作者对民团和保甲制度的补充，让读者明白中国农村和农民面临的实际问题，是介绍红军及游击战的必要背景。

所以，每当红军占领一个地方，它的第一个，也是最后一个敌人就是民团。因为除了出钱供养他们的地主外，民团没有什么基础，红军一到，他们当然就失去了这个基础。中国的真正阶级战争，从民团和红军游击队的斗争上，可以看得最清楚，因为这个斗争往往就是地主和他们以前的佃农债户之间的直接武装冲突。民团的人数有几十万，是中国两百万左右名义上反共的军队的最重要的辅助部队。

如今红军和国民党军队在这一条战线上虽已停战，民团对于红军游击队的袭击还是继续不断。在西安、洛川和延安等处，我听说有许多逃到这些城市里的地主，出钱供养或亲自领导白匪在苏维埃边区活动。他们常常利用红军主力不在的机会，侵入红区，烧村劫寨，杀戮农民，把农民领袖带到白区去，作为“共产党”俘虏向地主和白军军官邀功领赏。

民团从事冒险活动，主要是为了进行报复和很快的到手钱财，他们在红白战争中以最富于破坏性著称。无论如何，我个人是不愿在自己的身上试验白匪的“外交政策”的。我的行李虽然不多，但我觉得如果只需干掉一个孤零零的洋鬼子就可以把我的一点点现钱、衣服和照相机据为己有的话，这些东西还是有足够引诱力，使他们不会放过的。

匆匆地吞下了几口热茶和麦饼以后，我跟分会主席所派的另外一个向导兼骡夫一同出发。我们沿着一条河床走了一个钟头，有时经过一些窑洞组成的小村落，便有毛茸茸的狗恶狠狠地朝我吠叫，站岗的儿童走出来查问我们的路条。接着我们走到了一个巨石围绕、自然形成的可爱的水潭旁边，在这里我遇见了第一个红军战士。[4]

除了一匹身上披着绣有一颗金星的天蓝色鞍毯的白马在河边吃草以外，只有他一个人。这个青年正在洗澡，我们走近时，他很快地跳了出来，披上天蓝色的褂子，戴上白布的头巾，上面有一颗红星。一支毛瑟枪挂在他腰际，木盒子柄上垂着一绺红缨绸带。他手按着枪，等着我们走近，问向导我们有什么事情。[5]后者拿出他的路条，简单地说明了我是怎么被交给他的，那个战士好奇地看着我，等我进一步解释。

“我是来见毛泽东的，”我说，“我知道他在安塞。我们还得走多远？”

“毛主席吗？”他慢吞吞地问。“不，他不在安塞。”接着他看了看我们的后面，问我是不是没有别人。他弄清楚确实只有我一人之后，态度才自然起来。他微笑着，好像有什么秘密的好玩的事情似的。他对我说：“我正要到安塞去。我和你一块到县政府去吧。”

他牵着马在我身边走，我自动地更详细地介绍了我自己，也问了一些关于他的情况的问题。我弄清楚

4- 考点 场景描写分析

此处是对前往苏区路上的场景描写，站岗的不是严阵以待的军人而只是儿童，这对斯诺来说有种奇妙的冲击感，同时为后文埋下伏笔，体现此行的不易与非同寻常。

5- 考点 人物形象分析

此处是对红军战士的外貌、动作描写，色彩词的运用增加了画面的生动感与表现力，“很快地跳了出来”“手按着枪”写出红军战士的身手矫健、灵敏机警。

了他是在政治保卫局里工作，在这一带边境上值班巡逻。那匹马？这是张学良少帅的“礼物”。他告诉我，最近在陕北的战争中，红军从张学良的军队方面俘获了一千多匹马。我又进一步知道他姓姚，二十二岁，当红军已经六年了。六年！他该有什么样的故事可以讲啊！

我很喜欢他。他是一个外貌诚实的青年，长得很匀称，红星帽下一头乌亮的黑发。在寂寞的山谷中遇见了他，令人安心。真的，我甚至忘记了问他关于土匪的事情，因为我们很快就谈到红军在春天的东征山西。我告诉他那次东征在北京所发生的影响。他也告诉我，他在那次惊人的“抗日东征”中的个人经验，据说红军在一个月内增加了一万五千人。

两小时后，我们到了安塞，它位于黄河支流区水的对岸。从地图上看来，安塞是一个大城，实际上则很小，徒有空墙。街上阒无人迹，到处都是断垣残壁。我的第一个想法是，这是劫掠和破坏的证据。但再仔细一看，并没有放火的痕迹，很明显这些废墟年代久远，不可能是红军造成的。

姚解释说：“十年前安塞给大水完全冲毁，全城都泡在水里了。”

安塞的居民没有再把原来的城厢建筑起来，他们如今都住在城外不远石崖上蜂巢似的窑洞里。我们到了以后才发现，驻扎在那里的红军一个支队，已经派去追击白匪，县苏维埃的委员都已到附近的一个小村庄白家坪去向省里的一位委员报告工作了。姚自告奋勇，护送我去白家坪，我们在黄昏时候到达。

我在苏区境内已经有一天半了，可是还没有看见

【阅读纪实作品】

阅读纪实作品时，要善于体会和辨别作者的态度。作者笔下的红军战士有着鲜活的生命力，机警顽皮、年轻体健、诚实勇敢，表达出作者对红军战士的喜爱以及对此次旅行的信心。

【阅读纪实作品】

阅读纪实作品时，要明白作者想用事实说什么“话”。之前南京国民政府的宣传影响着作者的“第一个想法”，但作者用客观求真的态度表明这完全是错误的，可见白区对红军污名化宣传的虚假。

6- 考点　结构作用分析

斯诺被当作白匪头目的情节照应前文，体现出红区人民警惕性之高，也写出了小战士的优秀与可爱，这一转折令情节波澜起伏，夺人眼球。同时引出后文游击队与白匪交手时暗中保护斯诺的情节，写出当时局势的紧张。

一点战时紧张的迹象，只遇到过一个红军战士，所看见的老百姓，似乎毫无例外地都在从容不迫地从事田间劳动。不过，我是不会给外表所欺骗的。我记得，在一九三二年的中日淞沪战争中，中国农民就在炮火交加之中也毫不在乎地继续种他们的田。所以，当我们转一个弯刚要走进白家坪，就听到头顶上传来令人胆战心惊的呐喊声时，我不是完全没有准备的。

我抬头向传来凶狠的呐喊声的地方看去，只见大路上面山坡上有十几个农民站在一排营房似的房子前，挥舞着长矛短枪和几支步枪，神情非常坚决。他们要把我当作一个帝国主义者交给行刑队吗？还是当作一个真正的访问者来欢迎？看来我这一个闯封锁线的人的命运是立刻就要决定了。

我对姚一定露出很滑稽的脸色，因为他忽然大笑起来。他咯咯地笑着说："不怕！不怕！他们不过是几个游击队——正在操练。这里有一个红军游击队学校。不要惊慌！"

后来我才知道游击队的课程里，有中国古代战争厮杀呐喊的演习，就好像在《水浒传》中所描写的封建时代比武的那样。在无意中作了这种战术的对象，亲自尝到了脊梁凉了半截的滋味以后，我可以证明这用来恫吓敌人还是非常有效的。游击队喜欢夜间出动，在天黑突袭时发出这种叫喊一定是很怕人的。

姚在白家坪介绍给我一个苏维埃工作人员。我刚刚坐下，准备和他开始谈话，忽然一个束着军官皮带的青年指挥员骑了一匹汗流浃背的马急驰而到，跨下马背。他好奇地端详着我。我从他的口中才知道我自己这段冒险经历的详细情形。

新来这个人姓卞，他是安塞赤卫队队长。他说，他刚和一百多个民团打了一场遭遇战回来。原来有一个农民的儿童——一个少年先锋队员——跑了好几里路，筋疲力尽到了安塞，来报告民团已经侵犯县境。据他报告，民团的头子是一个真正的白匪！——一个洋鬼子——就是我自己！[6]

卞接下去说："我马上领了一队骑兵，上山抄了近路，一小时后，我们就看见了白匪。他们都跟随着你，"——他指一指我——"离你只有两里地。可是我们在一个山谷中把他们包围起来，进行袭击，俘获了几个人，其中有两个他们的头子和几匹马。其余的人都向边境逃去。"他简单地报告完毕后，他的几个部下鱼贯走进院子，牵着几匹俘获的马。

我开始担心他会不会真的把我当作带领那些民团的头子。我刚从白党 —— 他们如果在无人地带捉住了我，一定会叫我是赤党 —— 那里逃生出来，仅仅是为了要给赤党抓住叫我是白党吗？

但是这时突然出现了一个清瘦的青年军官，他长着一脸黑色大胡子。他走上前来，用温和文雅的口气向我招呼："哈啰，你想找什么人吗？"

他是用英语讲的！

我马上就知道了他就是周恩来，那个"鼎鼎大名的"红军指挥员，他曾经是个教会学校的高才生。这时如何接待我的问题终于决定了。

第二篇 去红都的道路

造反者

内容速览

斯诺不但记录了周恩来接待自己的经历，还对周恩来的外貌性格、房间布置、人生经历、说话办事方式等都进行了非常细致的记录。周恩来开诚布公地欢迎斯诺的采访并为他安排了一个为期九十二天的采访旅程，体现出周恩来独具一格的人格魅力。

阅读指南

- **章节阅读属性：**【细读】
- **阅读方法落实：**【阅读纪实作品】作者对周恩来的居住环境，从外到内都进行了非常细致的描写，并记录了两位小红军留给他的印象。阅读时试着分析斯诺对他们的看法。
- **核心内容感知：**【梳理情节，了解人物】关注作者对周恩来的描写，把握周恩来的人物形象。

章节图解

- **造反者**
  - **白家坪吃饭**
    - 一起吃饭时想让孩子拿冷水，遭到冷遇
    - 得知他们不是佣仆而是未来的战士，感到赞叹
  - **见到周恩来**
    - 外部住所：不怕轰炸的小屋，和农民的屋舍在一起
    - 内部环境：陈设非常简单，里面干净整洁
    - 安排行程：安排九十二天的旅程，不干涉斯诺自由
  - **周恩来经历**
    - **早年经历**
      - 出身：大官僚家庭，似乎注定要做个读书人
      - 求学：南开中学、南开大学，学习成绩优异
    - **社会革命**
      - 1915年因为袁世凯签订“二十一条”，参加反袁运动
      - 1919年作为学生领袖组织学生运动，被逮捕监禁一年
    - **留学深造**
      - 去法国、英国、德国留学，并在巴黎帮助组织共产党
    - **革命历程**
      - 回国后与孙中山会合开始政治生活，成为黄埔军校秘书
      - 组织上海工人罢工起义，蒋介石背叛大革命后逃走
      - 组织南昌起义，带领起义军南下建立广州公社
      - 广州公社失败后转入地下活动，到达中央苏区并长征

原文阅读

我和周恩来谈了几分钟，向他说明了我的身份以后，他就替我安排在白家坪过夜，叫我在第二天早晨到他设在附近的一个村庄里的司令部去。

我坐下来和驻扎在这里的交通处的一部分人员一起吃饭，见到了十几个宿在白家坪的青年。他们有些人是游击队学校的教员，一个是无线电报务员，有几个是红军军官。我们吃的有炖鸡、不发酵的保麸馒头、白菜、小米和我放量大吃的马铃薯。可是像平常一样，除了热开水以外，没有别的喝的，而开水又烫得不能进口。因此我口渴得要命。

饭是由两个态度冷淡的孩子侍候的，确切地说是由他们端来的，他们穿着大了好几号的制服，戴着红军八角帽，帽舌很长，不断掉下来遮住他们的眼睛。他们最初不高兴地看着我，可是在几分钟后，我就想法惹起了其中一个孩子的友善的微笑。这使我胆子大了一些，他从我身边走过时，我就招呼他："喂，给我们拿点冷水来。"

那个孩子压根儿不理我。几分钟后，我又招呼另外一个孩子，结果也是一样。

这时我发现戴着厚玻璃近视眼镜的交通处长李克农在笑我。他扯扯我的袖子，对我说："你可以叫他'小鬼'，或者可以叫他'同志'，可是，你不能叫他'喂'。这里什么人都是同志。这些孩子是少年先锋队员，他们是革命者，所以自愿到这里来帮忙。他们不是佣仆。他们是未来的红军战士。"

正好这个时候，冷水来了。

"谢谢你——同志！"我道歉说。

老师有话说

【阅读纪实作品】

"他们不是佣仆。他们是未来的红军战士。"一句就足以令人挺直腰杆。斯诺对这些有人格、有尊严的少年感到赞叹，也为红军有这样的进步思想而感动。

那个少年先锋队员大胆地看着我。“不要紧，”他说，“你不用为了这样一件事情感谢一个同志！”

我想，这些孩子真了不起。我从来没有在中国儿童中间看到过这样高度的个人自尊。可是，这第一次遭遇不过是少年先锋队以后要使我感到意外的一系列事情的开端而已，因为我深入苏区以后，我就会在这些脸颊红彤彤的“红小鬼”——情绪愉快、精神饱满，而且忠心耿耿——的身上发现一种令人惊异的青年运动所表现的生气勃勃的精神。

第二天早晨护送我到周恩来的司令部去的，就是列宁儿童团的一个团员。司令部原来是一个不怕轰炸的小屋，四面围着许多同样的小屋，农民都若无其事地住在那里，尽管他们是处在战区中间，而且他们中间还有个东路红军司令。我心里不由得想，红军能够这样不惹人注目地开进一个地方，是不是红军受到农民欢迎的原因？附近驻扎一些军队似乎一点也没有破坏农村的宁静。

蒋介石悬赏八万元要周恩来的首级，可是在周恩来的司令部门前，只有一个哨兵。

我到屋子里以后看到里面很干净，陈设非常简单。土炕上挂的一顶蚊帐，是唯一可以看到的奢侈品。炕头放着两只铁制的文件箱，一张木制的小炕桌当作办公桌。[1]哨兵向他报告我的到来的时候，周恩来正伏案在看电报。

1- 考点　环境描写分析

通过房间内物品的描写和整体环境的干净、简单，表现出周恩来的勤俭节约、生活朴素。

“我接到报告，说你是一个可靠的新闻记者，对中国人民是友好的，并且说可以信任你会如实报道，”周恩来说，“我们知道这些就够了。你不是共产主义者，这对于我们是没有关系的。任何一个新闻记者要来苏区访问，我们都欢迎。不许新闻记者到苏区来的，不是我们，是国民党。你见到什么，都可以报道，我们要给你一切帮助来考察苏区。”

给我这样自由活动的诚意，我是有一点惊奇和怀疑的。我原来以为即使允许我到苏区去旅行，对于拍照、搜集材料或访问谈话等总会对我加以一定的限制的。他的话听起来太理想了，总归有什么地方会出毛病的……

关于我的“报告”，显然来自共产党在西安的秘密总部。共产党同中国的所有重要城市，包括上海、汉口、南京、天津等处，都有无线电的交通。他们在白区城市内的无线电台虽然经常被破获，国民党要想长期切断他们与红区的通讯联系，却从来没有成功过。据周恩来告诉我，自从红军用白军那里缴获的设备成立了无线电通讯部门之后，他们的密码从来没有给国民党破译过。

周恩来的无线电台设在离开他的司令部不远的地方。他靠了这个电台和苏区里所有各个重要地方、各个战线都保持联系。他甚至和总司令朱德直接通讯，那时朱德的部队驻扎在西南数百英里外的川藏边境。在西北的苏区临时首都保安有一个无线电学校，大约有九十个学生正在那里受无线电工程的训练。他们每天收听南京、上海和东京的广播，把新闻供给苏区的报纸。

周恩来盘腿坐在小炕桌前，把电报推开一边——据他说，其中大多数是对面山西省黄河沿岸红军东线各地驻军的报告。他动手替我起草一个旅程。写完以后，他交给我一张纸，开列着为时共需九十二天的旅

【阅读纪实作品】

从见面到与斯诺交谈再到起草旅程项目，周恩来的这一系列举动简练干脆，体现出周恩来的执行力强，工作效率高。周恩来是斯诺接触的第一位红军领袖，给他留下了非常深刻的印象。

程中的各个项目。

“这是我个人的建议，”他说，“但是你是否愿意遵照，那完全是你自己的事情。我认为，你会觉得这次旅行是非常有趣的。”2

2-考点 人物描写分析

此处是对周恩来的语言描写，突出了周恩来对“我”的友善热情、谦逊有礼，而且不干预“我”的意愿，表现出红军民主平等的做事风格。

但需要九十二天！而且几乎一半的日子要花在路上。那里究竟有什么可以看呢？难道红区有这样辽阔吗？我嘴里没有作声，但是心里对这旅程是有保留的。可是，实际结果是，我花的时间比他所建议的还长得多，最后我还舍不得离开，因为我看到的太少了。

周恩来答应让我骑马到保安去，有三天的路程，并且给我安排好第二天早晨就动身，因为我可以跟着回到临时首都去的一部分通讯部队同行。我听说毛泽东和苏区其他干部都在那里，周恩来同意打一个电报给他们，告诉他们我就要来到。

我一边和周恩来谈话，一边深感兴趣地观察着他，因为在中国，像其他许多红军领袖一样，他是一个传奇式的人物。他个子清瘦，中等身材，骨骼小而结实，尽管胡子又长又黑，外表上仍不脱孩子气，又大又深的眼睛富于热情。他确乎有一种吸引力，似乎是羞怯、个人的魅力和领袖的自信的奇怪混合的产物。他讲英语有点迟缓，但相当准确。他对我说已有五年不讲英语了，这使我感到惊讶。

我从周恩来的一位以前的同学那里，从外国人称为中国“国民革命”的一九二五年到一九二七年的大革命时代中与他共事的国民党人士那里，了解到一些关于周恩来的情况。但是从周恩来自己身上，我后来还了解到更多的情况。他使我感兴趣，还有一个特别的原因。他显然是中国人中间最罕见的一种人，一个行动同知识和信仰完全一致的纯粹知识分子。他是一个书生出身的造反者。

周恩来是一个大官僚家庭的儿子，祖父曾任清朝大官，父亲是个杰出的教书先生，母亲不同凡俗（是个博览群书的妇女，甚至真的喜爱现代文学！），他本人似乎注定要做个读书人的，因为他从很小的时候起就表现出有突出的文学天赋。但是，像他同辈的许多其他人一样，他在民族觉醒的时期里受的教育，使他的兴趣从文学转移到别的方面去了。第一次革命（一九一一年）以后，中国新文化运动开始萌芽，这时周恩来便被卷到了社会革命运动中去，这个运动将使中国受到触及灵魂深处的震动。

他先在南开中学，后在南开大学学会了英语，受到了“开明的”教育，南开大学是天津得到美国教会支持的一所大学。他在班上成绩优异，在南开的三年都靠奖学金维持。接着日本提出“二十一条”要求，袁世凯企图恢复帝制，全国爆发起义，产生了争取民主和社会改革的运动，最后是一九一九年的学生运动。周恩来作为学生领袖，遭到逮捕，在天津关了一年监牢。

周恩来获释后去了法国。他在战后共产主义运动的影响下，在巴黎帮助组织中国共产党，成了同时在中国成立的这个组织的创建人。他在巴黎学习了两年，到英国去了几个月，又回到法国，接着又到德国学习了一年。他在一九二四年回国，已是个著名的革命组织者，回国后立即在广州与孙逸仙会合，后者当时与中国共产党和苏俄合作，准备发动国民革命。

周恩来二十六岁就成了广州政治生活中的一个领袖人物，被任命为著名的黄埔军校秘书，做了布留赫尔将军的亲信，布留赫尔将军当时是黄埔军校的第一号俄国顾问，现在是苏联远东红军司令。对当时担任黄埔军校校长的蒋介石来说，这个年轻的共产党员是个克星。但是蒋介石还是不得不任命他为黄埔军校政治部主任，那是因为周恩来在激进的学员中间影响很大。

一九二五年、一九二六年、一九二七年进行了北伐，由蒋介石任总司令，这是国民党和共产党联合推选的。周恩来奉命去上海准备起义，协助国民军攻占上海。周恩来当时是个年方二十八岁的青年，并未受过正规的军事训练，在工人阶级中间也很少活动经验（他是个大资产阶级家庭的子弟，同工人阶级素无接触），更没有什么手册指导他怎样发动起义，没有什么人给他出主意（主要的俄国顾问都留在蒋介石那里），因此他到上海的时候唯一的武装是他的革命决心和坚定的马克思主义理论知识。

共产党在三个月之内组织了六十万名工人，可以举行一次总罢工。总罢工的号召得到了一致的响应，这对外国帝国主义在中国这个最大堡垒里过惯太平日子的居民却是一次可怕的经历。但是起义没有能够实现。工人们没有武装和训练，不知道如何“占领城市”。他们得通过经验体会到需要有工人武装核心的必要性。军阀为他们提供了这个经验。

北洋老军阀低估了第一次罢工和接着第二次罢工的意义，只砍了几个脑袋，却没有制止工人运动。周恩来和一些著名的上海工人领袖赵世炎、顾顺章、罗亦农终于组织了五万名工人纠察队，在法租界弄到地方给两千名干部进行秘密军事训练，把毛瑟枪偷运到市里，训练了三百名枪手，这是上海工人所有的唯一的武装力量。

一九二七年三月二十一日，共产党下令举行总罢工，使上海全部工厂都停闭，又把六十万名工人派到革命的路障后面去，这是他们一辈子中第一次被组织起来，而且有战斗意志。他们先占领了警察局，又占领了兵工厂，接着占领了警备司令部，最后取得了胜利。有五万名工人武装起来了，编成六营革命军，“人民政府”宣布成立。

这是中国现代史上最有声有色的一次政变。

这样，当蒋介石几天以后到达上海近郊时，发现他已不战而胜，可以进入南市[①]，从获胜的工人军手里接受政权。这样，在一个月以后，蒋介石发动他自己的右派政变，开始杀害激进分子时，他的黑名单上名列第一的就是这个把胜利送给他的危险青年，因为这位总司令明白，这个青年也可能把胜利从他手中夺走。这样就开始了周恩来作为国民党手中的逃犯和第三次革命 —— 在中国举起红旗的那次革命 —— 领导人的生涯。

赵世炎、顾顺章、罗亦农、陈延年（现为南京监禁的中国共产党创建人陈独秀的儿子）和周恩来在上海起义中的亲密合作者有好几十人被捕处决。据估计“上海大屠杀”人数达五千。

① 外国租界当然没有遭到攻打，国民党只占领了上海的中国人管辖部分。

这个造反者先逃到武汉，又到南昌，参加组织著名的八一起义，这是中国红军的历史性开端。接着他去了汕头，那里的红色工人已经占领了华南这个大海港，在周恩来领导下守了十日，抵御外国炮舰和地方军阀部队的进攻。后来他又去了广州，组织著名的**广州公社**[3]。

广州公社失败后，周恩来只得转入地下活动——一直到一九三一年，他终于“闯破封锁”，到了江西和福建的苏区。他在那里担任红军总司令朱德的政委，后来任革命军事委员会副主席，在我见到他时他仍担任这一职务。他在南方进行了多年的艰苦斗争，用步枪、机枪、铁锹对付轰炸机、坦克、装甲车，对付作为敌人后援的大城市的全部财力，这一英勇的努力是为了要保住小小的苏维埃共和国，它没有海港，甚至没有盐吃，不得不用人的铁的意志来代替；后来他又身罹重病，九死一生，终于长征到了西北的红色新根据地。

背弃古代中国的基本哲学，中庸和面子哲学；无可比拟的吃苦耐劳的能力；无私地忠于一种思想和从不承认失败的不屈不挠精神——这一切似乎都包含在这个红军的故事和参加创建红军的一个人的故事中。我暗自想，周恩来一定是个狂热分子，因此我想寻找这必有的神色。但是如果说有这种神色的话，我却没有发觉出来。他谈吐缓慢安详，深思熟虑。

因此，周恩来给我的印象是，他头脑冷静，善于分析推理，讲究实际经验。他态度温和地说出来的话，同国民党宣传九年来诬蔑共产党人是什么“无知土匪”“强盗”和其他爱用的骂人的话，形成了奇特的

3- 拓展知识

广州公社：1927年广州起义中仿照法国巴黎公社模式，建立起的苏维埃政府组织。这是中国第一个城市苏维埃政府。后遭到国民党和帝国主义的镇压，起义失败后广州公社也随之解散。

对照。

不知怎么，当他陪着我走过安静的乡间田埂，穿过芝麻田、成熟的小麦田、沉甸甸地垂着穗的玉米田，回到白家坪去时，他似乎是一点也不像一般所描绘的赤匪。相反，他倒显得真的很轻松愉快，充满了对生命的热爱，就像神气活现地仿佛一个大人似的跟在他旁边走的“红小鬼”一样，他的胳膊爱护地搭在那个“红小鬼”的肩上。4他似乎很像在南开大学时期演戏时饰演女角的那个青年 —— 因为在那个时候，周恩来面目英俊，身材苗条，像个姑娘。

4- 考点　人物描写分析

此处是对周恩来的神态与动作描写，表现了周恩来随和、友善、热情、精神饱满的特点。

第二篇 去红都的道路

贺龙二三事

内容速览

斯诺跟随通讯部队的人员，骑着瘦弱的老马艰难地去往红都，在与红军指挥员李长林的交流中，他了解了大名鼎鼎的“土匪头子”贺龙。斯诺记录了李长林讲述的几件有代表意义的事件，串联起贺龙的人物经历，并把贺龙的性格特征描写得淋漓尽致。

阅读指南

✦ **章节阅读属性：**【细读】

✦ **阅读方法落实：**【阅读纪实作品】斯诺用时代背景推动个人选择，以外貌、神态、语言、动作等人物描写细致地刻画了贺龙的人物形象。阅读时试着概括关于贺龙的事件，思考红军是如何绝处求生的。

✦ **核心内容感知：**【梳理情节，了解人物】关注贺龙在几个事件中的表现，把握贺龙的人物形象。

章节图解

- **贺龙二三事**
  - **前往保安之路**
    - 斯诺与一队大约四十个青年一起前往保安，护送物资
    - 斯诺是仅有的三个有坐骑的人之一，另两人骑着负重物的骡子和驴
    - 斯诺的劣马瘦腿软弱发抖，李长林告知最好的马都在前线
  - **李长林的事迹**
    - **求学入党**——湖南读书，曾加入国民党，1927年加入共产党
    - **从军生涯**
      - 组织工人运动，成为江西游击队的领袖
      - 出生入死十多次，在抗击何键的斗争中背部受伤
      - 成功说服“土匪领袖”贺龙参加国民革命
  - **贺龙的事迹**
    - **儿时的胆魄**——随父宴客，客人桌下开枪，贺龙不为所动
    - **烟炕论革命**
      - 靠收大烟税为生，却不剥削百姓，不准士兵吸鸦片
      - 将烟枪和鸦片摆上炕，和李长林谈论革命
    - **从军与入党**
      - 参加南昌起义，后回湖南建立了一支农民军队
      - 传说用一把菜刀在湖南建立了一个苏区
      - 不止一次把一个地方的哥老会全部兄弟收编进红军
    - **踏上长征路**
      - 红二方面军长征途中，部下宁愿死也不愿离去
      - 许多人加入他的队伍，从西藏到甘肃
      - 坚守党的纪律，脾气虽急躁，却谦逊，从不违纪

原文阅读

第二天早晨六点钟，我就同一队大约四十名青年一起出发，他们是属于通讯部队的，正要护送一批物资到保安去。

我发现只有我自己、外交部的一个人员胡金魁和一个红军指挥员李长林有坐骑。也许这话说得并不完全确切：胡金魁在一头壮实的、但是负担已经过重的骡子背上挤了一个栖身的地方；李长林骑的一头驴子，负担同样过重；我像腾云驾雾似的跨在仅有的一匹马上，它是不是真的在我胯下，有时我也没有多大把握。我的这头牲口的背弓起像一弯新月，迈步像骆驼一样缓慢，瘦腿软弱发抖，随时可能倒下不起，咽下最后一口气。[1]我们顺着河床爬到河边悬崖上的羊肠小道时，它使我特别担心。要是我在它的瘦骨嶙峋的背上稍微挪动一下重心，我们俩就会一起掉向下面岩石嶙峋的峡谷中去。

李长林高高地跨在他的一堆行李上，看到我的狼狈相，不禁大笑。“你坐的马鞍倒不错，同志，不过马鞍下面是什么东西？”

我没有抱怨的份儿，因为毕竟我算老几，能够骑马？但是对他的玩笑，我禁不住说道：“请你告诉我，李长林，你们怎么能够骑着这种瘦狗去打仗呢？你们的红军骑兵就是这样的吗？”

“不是！你会看到的！你的牲口‘坏啦’？就是因为我们把这种坏牲口留在后方，我们的骑兵在前线才不可战胜！要是有一匹马又壮又能跑，就是毛泽东也不能把它留下不送前线！我们在后方只用快死的老狗。什么事情都是这样：枪炮、粮食、衣服、马匹、

老师有话说

【阅读纪实作品】

红军即使物资十分匮乏，对客人的招待也绝不含糊，从侧面说明了红军的质朴和热情好客。这里体现出作者对红军这种精神的惊叹与赞美。

1- 考点 修辞手法赏析

运用比喻和夸张的修辞手法，把马背比作一弯新月，写出了马的虚弱不堪。一方面写出了红区缺少马匹、物资缺乏，另一方面又表明红军将所有的物资都运用到了极致。

骡子、骆驼、羊——最好的都送去给我们的红军战士！[2]如果你要马，同志，请到前线去！”

我决定一有可能就按他的劝告去办。

“但是，李长林，你自己怎么不在前线呢？你也‘坏啦’？”

“我，‘坏啦’？绝不是！但是前线少一个好人比少一匹好马好办！”

真的，指挥员李长林看来是个好人，好布尔什维克，而且还是说故事的好手。他当红军已有十年了，曾经参加过一九二七年的著名南昌起义，从那时候起，共产主义在中国成了一支独立的力量。我在李指挥员旁边，一起在陕西的山沟沟里爬上爬下，有时骑着马，有时下来步行，喘着气，忍着渴，一边就听着他讲一个接着一个的趣闻轶事，有时在再三要求和追问之下，他甚至也赏面子说一说自己。

他还是个年轻人，大约三十一二岁，但是随着他慢慢地讲开了他的经历，你可能以为他死去活来已有十多次了。我在他身上开始发现一种后来我在这样奇怪地铁一般团结的中国革命家身上一再碰到的特有品质。有某种东西使得个人的痛苦或胜利成了大家集体的负担或喜悦，有某种力量消除了个人的差别，使他们真正忘记了自己的存在，但是却又发现存在于他们与别人共自由同患难之中。

可是，如果你了解中国，你就认为这在中国是不可能的！然而这是事实，我以后再解释为什么有这样的情况。

李长林是湖南人，大革命开始时还是个中学生。他加入了国民党，一直留在党内，到一九二七年政变

2- 考点　内容理解分析

通过李长林的表述，解释了斯诺所骑之马如此孱弱的原因，突出了红军战略物资的紧缺。后方只能用快死的“老狗”，最好的东西都得送去给前线的战士，也反映了红军对前线战士的重视和爱护。

【阅读纪实作品】

作者没有停留在对李长林生平的记录上，而是从中发现了他作为共产党员的与众不同的气质，这一气质使人把生死置之度外，是斯诺想要探寻和解开的谜团之一。

后才加入共产党。他在香港在邓发领导下做过一段时期的工会组织者，后来到江西苏区，成为游击队领导人。他在一九二五年时曾奉国民党之命同一个宣传队去做一项很重要的工作，那就是去见“土匪头子”贺龙，贺龙现在在国民党报纸上被称为“劣迹昭著的”贺龙，但当时却是个极力要争取的领袖人物。李长林奉命同他的宣传队去把贺龙争取过来，参加国民党的国民革命。

“即使在那个时候，贺龙的部下也不是土匪，”有一天，我们坐在一条清凉的溪流旁边几棵树下休息时，李对我说。“他的父亲是哥老会[①]的一个领袖，他的名望传给了贺龙，因此贺龙在年轻时就闻名湖南全省。湖南人都传说他年轻时的许多英勇故事。

“他的父亲是清朝一个武官，一天别的武官请他去赴宴。他把儿子贺龙带去。做爸爸的吹嘘自己儿子如何勇敢无畏，有个客人想试他一下，在桌子底下开了一枪。他们说贺龙面不改色，连眼睛都没有眨一下！

“我们见到他时，他已在省军中任职。他当时控制的地区是云南运鸦片烟到汉口去的必经之道，他就靠抽烟税为生，不抢老百姓。他的部下也不像许多军阀的军队那样强奸民女、大吃大喝，他也不让他们抽大烟。他们都把枪擦得亮亮的。但是当时习惯用大烟敬客。贺龙本人不抽大烟，但我们到时他把烟具和大烟送上炕来，我们就在烟炕上谈革命。

“我们的宣传队长是**周逸群**[3]，他是个共产党员，同贺龙有些亲戚关系。我们同他谈了三个星期。贺龙

① 哥老会是个规模很大的秘密团体，在全国农村都有分支。

3- 拓展知识

周逸群：中国无产阶级革命家，湘鄂西红军和湘鄂西革命根据地创建人，中国工农红军高级指挥员。1931年5月，在湖南岳阳贾家凉亭附近遭国民党军伏击，英勇牺牲，年仅35岁。

除了在军事方面以外，没有受过多少教育，但是他并不是个无知的人。他很快懂得革命的意义，但是他经过了慎重的考虑，同他的部下商量，最后才同意加入国民党。

"我们在他的军队里办了一个党的训练班，由周逸群主持，周后来牺牲了。虽然这是一个国民党的训练班，但是大多数教员都是共产党员。入学的学员很多，后来都成了政治领导人。除了贺龙的部队以外，这个学校也为第三师培养政治委员。第三师归袁祖铭统率，他当时是左路军军长，后来被唐生智的特务暗杀，第三师就交给贺龙指挥。他的部队这样扩充后就称为第二十军，成为国民党左派将领张发奎的第四集团军的一部分。"

李长林说，贺龙到一九二七年八一南昌起义后才参加共产党。在这以前不久，他还效忠于汪精卫的武汉（国民党）政府。但是唐生智、何键等镇压打倒地主的运动，开始著名的"农民大屠杀"，国民党军阀不仅处决共产党人，而且处决大批农会领袖、工人、学生，这时贺龙才毅然投向共产党。他出身于贫苦的农民家庭，完全同情穷人，这种屠杀激起他的愤怒。

何键现在担任南京方面的湖南省主席，据李长林说，他是"反革命将领中最残暴野蛮的一个。他杀了不知有多少人 —— 肯定有好几万。我知道在我自己的家乡湖南浏阳县，在一九二七年四月到六月之间他就杀了两万多农民、学生、工人。我当时就在那里，所以知道。据说他在自己的家乡醴陵县杀了一万五千。"

我心里想，不知道李长林自己是怎么逃脱的，于是我就问他。他脱了他的蓝布上衣 —— 里面没有穿别的 —— 指着一条长长的疤痕。"你瞧，我并没有完全逃脱。"他笑道。

"南昌起义后贺龙怎样了？"

"他的部队失败后，他和朱德转移到汕头。他们又吃了败仗。他的残部去了内地，但是贺龙却逃到香港。后来他又偷偷地去了上海，从那里化了装回湖南。

"传说贺龙用一把菜刀在湖南建立了一个苏区。[4]那是早在一九二八年。贺龙躲在一个村子里，同哥老会的兄弟们策划起义，这时有几个国民党收税的来了。他就率领村里的几个人袭击收税的，用他自己的一把刀宰了他们，解除了他们的卫队的武装。从这一事件中，他缴获了足够的手枪和步枪来武装他的第一支农民军。”

贺龙在哥老会中的名声遍及全中国。红军说，他可以手无寸铁地到全国任何哪个村子里去，向哥老会说出自己的身份后，组织起一支部队来。哥老会的规矩和黑话很难掌握，但是贺龙的“辈分”最高，因此据说曾经不止一次把一个地方的哥老会全部兄弟收编进红军。他的口才很好，在国民党中是有名的。李说贺龙说起话来能“叫死人活过来打仗”。

贺龙的红二方面军在一九三五年最后从湖南苏区撤出时，据说有步枪四万多支。这支红军在它自己的去西北的长征路上所经受的艰难困苦较之江西红军主力甚至更大。在雪山上死去的有成千上万，又有成千上万的饿死或被南京方面炸死。但是由于贺龙的个人感召力和他在中国农村的影响，据李说，他的许多部下宁可与他一起在路上死去，也不愿意离去，在长征路上有成千上万的穷人参加，填补缺额。最后他率众约二万人 —— 大多数赤着脚，处于半饥饿和筋疲力尽状态 —— 到达西藏东部，与朱德会师。经过几个月的休整，他的部队现在又在行军路上，向甘肃进发，预期在几个星期之内就可以到达。

“贺龙的外表怎么样？”我问李。

“他是个大个子，像只老虎一样强壮有力。他已年过半百，但仍很健康。他不知疲倦。他们说他在长征路上背着许多受伤的部下行军。即使他还在当国民党的将领时，他生活也跟他的部下一样简单。他不计较个人财物 —— 除了马匹。他喜欢马。有一次他有一匹非常喜欢的马，这匹马给敌军俘获了。贺龙又去打仗夺回来。结果真的夺了回来！5

4- 考点 内容理解分析

百姓和红军中流传着贺龙富有传奇性的故事，说明贺龙是很受人爱戴的。对传说的记录符合纪实文学真实性的原则，同时，这样的内容能使人物血肉丰满，让读者如闻其声、如见其人，更具感染力。

5- 考点 重点句子赏析

“他喜欢马”与“有一匹非常喜欢的马”，“打仗夺回来”与“真的夺了回来”的前后重复强调，符合讲故事时口语化的语言特点，可以从中感受到李长林在讲述时对贺龙的钦佩之情。

“虽然贺龙性格很急躁，但是他很谦虚。他参加共产党后，一直忠于党，从来没有违反过党的纪律。他总希望别人提出批评，留心听取意见。**他的妹妹**6很像他，个子高大，是个大脚女人。她领导红军作战——还亲自背伤员。贺龙的妻子也是如此。”

贺龙对有钱人的仇视，在中国是到处流传的——这似乎主要要回溯到他的红色游击队刚刚开始组成的年代，当时湖南苏区还没有处在共产党的全面控制之下。在何键“农民大屠杀”时期许多农民有亲友遭到杀害，或者反动派在何键统治下夺回权力后，本人遭到地主的殴打和压迫，都抱着深仇大恨来投奔贺龙。据说，如果贺龙还在两百里外的地方，地主士绅都要闻风逃跑，哪怕有南京军队重兵驻守的地方也是如此，因为他以行军神出鬼没著称。

有一次贺龙逮到了一个名叫波斯哈德的瑞士传教士，军事法庭因他从事所谓间谍活动——大概不过是把红军动向的情报传给国民党当局，许多传教士都是这样做的——“判处”他监禁十八个月。贺龙开始长征时，波斯哈德牧师的徒刑还没有满期，因此奉命跟着军队走，最后刑期满了以后才在途中释放，给旅费前往云南府。使得大多数人感到意外的是，波斯哈德牧师对贺龙并没有讲什么坏话。相反，据说他说过，“如果农民都知道共产党是怎样的，没有人会逃走。”①

当时正好中午要歇脚，我们决定到清凉宜人的溪水中洗个澡。我们下了水，躺在溪底一块长长的平石上，浅浅的凉水在我们身上潺潺流过。有几个农民过

6-拓展知识

他的妹妹：即贺满姑，湘鄂西工农革命军最早的军事干部和妇女干部之一。1928年在游击战中不幸被捕，面对敌人的酷刑，贺满姑宁死不屈，不向敌人吐露任何党和红军的秘密，最终被敌军残忍杀害，年仅30岁。

【阅读纪实作品】

波斯哈德出卖红军的情报给敌军，红军在抓捕他之后，只是判处他监禁，刑满后还给了他旅费，侧面衬托了共产党领导的红军纪律严明、宽宏大量、善良仁厚，同时也让贺龙这一人物形象更加丰满和立体。

---

① 由约瑟夫·F. 洛克转述给我听的，他在波斯哈德到达云南府时曾与他谈过话。

去，赶着一大群绵羊，头顶上蔚蓝色的天空晴朗无云。四周一片宁静、幽美，几百年来都是这样的，这种奇怪的晌午时分，只使人感到宁静、幽美和满足。7

我忽然问李长林结过婚没有。

“我结过婚了，”他慢慢地说，“我的妻子在南方被国民党杀死了。”

我开始有一点点懂得中国共产党人为什么这样长期地、这样毫不妥协地、这样不像中国人地进行战斗。我以后在路上还要从其他红军旅伴那里了解到更多这方面的情况。

7- 考点 环境描写分析

秀美、安静的景色和行路的艰险、战争的纷乱形成鲜明的对比。赶羊的农民不害怕军人，写出了军民和平共处的场景，引出下文作者对红军战士不享受宁静生活、毫不妥协战斗的思考。

【阅读纪实作品】

作者通过贺龙和李长林的事迹，了解到红军战士的背后都背负着沉甸甸的过往，作者只是把事实娓娓道来，就让读者感受到了那个动荡年代的苦难。

第二篇 去红都的道路

红军旅伴

内容速览

在去往苏区的路上，斯诺观察了陕西地区独特的地貌特征，感受到这里的荒凉和贫瘠，在和同行的红军战士们的交流中，斯诺得知他们来自不同的省份，有不同的个人经历，但都对红军和共产党有一致的认可。他们团结奋进、乐观开朗、信念坚定 …… 给斯诺留下了深刻印象。

阅读指南

- **章节阅读属性：**【细读】
- **阅读方法落实：**【阅读纪实作品】作者在记录红军旅伴时，先从个人经历入手，聊到他们为何参军，为何喜欢红军，然后又更深入地了解他们的精神与思想。阅读时我们也要思考红军的生存和发展关键靠的是什么。
- **核心内容感知：**【梳理情节，分析情感】关注作者对几位红军战士的描述，感受作者的情感态度。

章节图解

- **红军旅伴**
  - **陕北地貌**
    - 土地贫瘠，缺少真正能耕种的土地，而且经常发生山崩
    - 遍布孤丘，极少有真正意义的山脉，但景色奇特壮观
  - **途中交流**
    - 记录了几位红军战士的身份及个人经历，并问了一些问题
    - **加入红军的理由**
      - “老狗”：教我读书写字，学会无线电、打枪；帮助穷人
      - “老表”：待我们好，人人平等；拯救中国，打日本侵略者
      - 四川孩子：分土地，打跑地主，解救了村里的穷人
      - “铁老虎”：要为革命打仗，为解救穷人而战斗
      - 班长：父母被国民党的飞机炸死，加入共产党参加革命
    - **红军战士的品质**
      - 善意笑料：不同地区的背景和方言成为善意的笑料
      - 和睦共处：从未发生厉害的争执，难能可贵
      - 一路唱歌：整天歌唱，有人起头就自觉加入，乐观积极
      - 遵守纪律：采野杏后迅速归队；不碰私人果子；农家饭菜付钱
    - **斯诺的问题**：问大家什么是共产党、资本家等问题，得到了一致的回答

原文阅读

老师有话说

【阅读纪实作品】

此处是对陕北土地及农耕环境的叙述，一方面交代了红军生存的艰苦背景，另一方面也表明陕北农民百姓的贫穷与艰难，对地主豪绅的反抗意识强烈。

陕北是我在中国见到的最贫困的地区之一，即使包括云南西部在内也是如此。那里并不真正缺少土地，而是在许多地方严重缺少真正的土地——至少缺少真正的耕地。在陕西，一个农民有地可以多达一百亩①，可是仍一贫如洗。在这一带，至少要有几百亩地才称得上是一个地主，甚至按中国的标准来说，他也称不上富有，除非他的土地是在那些有限的肥沃的河谷里，可以种水稻和其他有价值的作物。

陕西的农田可以说是倾斜的，有许多也可以说是滑溜溜的，因为经常发生山崩。农田大部分是地缝和小溪之间的条状小块。在许多地方，土地看来是够肥沃的，但是所种作物受到很陡的斜坡的严格限制，无论从数和质上来说都是这样。很少有真正的山脉，只有无穷无尽的断山孤丘，连绵不断，好像詹姆斯·乔伊斯②的长句，甚至更加乏味。然而其效果却常常像毕加索③一样触目。1随着阳光的转移，这些山丘的角度陡峭的阴影和颜色起着奇异的变化，到黄昏时分，紫色的山巅连成一片壮丽的海洋，深色的天鹅绒般的褶层从上而下，好像满族的百褶裙，一直到看去似乎深不及底的沟壑中。

1-考点　修辞手法赏析

运用比喻的修辞手法，“詹姆斯·乔伊斯的长句”晦涩难懂，甚是乏味，表明陕北断山孤丘无穷无尽、地貌千篇一律的特点；“毕加索的画作”则造型丰富、颜色鲜艳大胆，形容这里景观雄奇壮丽。

第一天以后，我很少骑马，倒不是可怜那匹奄奄待毙的老马，而是因为大家都在走路。李长林是这一队战士中最年长的，其他都是十几岁的少年，比孩子大不了多少。有一个绰号叫“老狗”，我同他一起走

① 一华亩约等于六分之一英亩。

② 一八八二至一九四一年，著名爱尔兰小说家。——译注

③ 一八八一至一九七三年，著名西班牙画家。——译注

时问他为什么参加红军。

他是个南方人，在福建苏区参加红军六千英里长征，一路走过来的。外国军事专家都拒绝相信长征是可能的事。但是这里却有这个“老狗”，年方十七，实际上看上去像十四岁。他走了这次长征，并不把它当作一回事。他说，如果红军要再长征二万五千里，他就准备再走二万五千里。2

同他一起的一个孩子外号叫“老表”，他也是从差不多那么远的地方江西走过来的。“老表”十六岁。

他们喜欢红军吗？我问他们。他们真的感到有些奇怪地看看我。他们两人显然都从来没有想到过会有人不喜欢红军的。

“红军教我读书写字，”“老狗”说，“现在我已经能够操纵无线电，用步枪瞄准。红军帮助穷人。”

“就这么一些？”

“红军对待我们很好，我们从来没挨过打，”“老表”说，“这里大家都一样，不像在白区里，穷人是地主和国民党的奴隶。这里大家打仗是为了帮助穷人，救中国。红军打地主和白匪，红军是抗日的。这样的军队为什么有人会不喜欢呢？”

有一个农村少年是在四川参加红军的，我问他为什么参加。他告诉我说，他的父母是贫农，只有四亩田（不到一英亩），不够养活他和两个姊妹。他说，红军到他村子来时，全体农民都欢迎他们，给他们喝热茶，做糖给他们吃。红军剧团演了戏，大家很快活，只有地主逃跑了。分配土地后，他的父母也分到了地。因此他参加穷人的军队时，他们并不难过，反而很高兴。

2- 考点 内容理解分析

“看上去像十四岁”表明“老狗”营养不良；不把长征当回事表明他意志坚定、吃苦耐劳；如果再走长征路也没问题，表明他对红军的高度认可和信赖。

【阅读纪实作品】

作者没有加入自己的评价，“老表”的回答朴实简单，从基层少年口中给出的回答更有说服力。

另一个少年大约十九岁，在湖南当过铁匠学徒，外号叫“铁老虎”。红军到他县里时，他放下风箱、锅盘，不再当学徒了，只穿了一双草鞋、一条裤子就赶紧去参军。为什么？因为他要同那些不让学徒吃饱的师傅打仗，同剥削他的父母的地主打仗。他是为革命打仗，革命要解放穷人。红军对人民很好，不抢不打，不像白军。他拉起裤腿，给我看一条长长的白色伤疤，那是战斗的纪念。

还有一个少年是福建来的，一个是浙江来的，还有几个是江西和四川来的，但是大多数是陕西和甘肃本地人。有的已从少年先锋队“毕业”，虽然看上去还像孩子，却已当了几年红军了。有的参加红军是为了打日本，有两个是为了要逃脱奴役，三个是从国民党军队中逃过来的，但是他们大多数人参加红军是“因为红军是革命的军队，打地主和帝国主义”。

接着我同一个班长谈话，他是个“大”人，二十四岁。他从一九三一年起就参加红军。那一年他父母在江西被南京的轰炸机炸死，他的家也被炸毁了。他从田里回到家里，发现父母都已被炸死，他就马上放下耙子，同妻子告别，参加了共产党。他的一个兄弟是红军游击队队员，一九三五年在江西牺牲。

他们来历不同，但是同普通中国军队相比，是真正的“全国性”的军队，后者一般都按省份不同分别编制的。他们的籍贯和方言不一，但这似乎并不影响他们团结，只不过是时常作为开善意的玩笑的材料。我从来没有见到过他们真的吵架。事实上，我在红区旅行的全部时间中，我没有看到红军战士打过一次架，我认为这在年轻人中间是很突出的。

虽然他们几乎全体都遭遇过人生的悲剧，但是他们都没有太悲伤，也许是因为年纪太轻的缘故。在我看来，他们相当快活，也许是我所看到过的第一批真正感到快活的中国无产者。[3]在中国，消极的满足是普遍的现象，但是快活这种比较高一级的感情，却的确是罕见的，这意味着对于生存有着一种自信的感觉。

他们在路上几乎整天都唱歌，能唱的歌无穷无尽。他们唱歌没有人指挥，都是自发的，唱得很好。只要有一个人什么时候劲儿来了，或者想到了一个合适的歌，他就突然唱起来，指挥员和战士们就都跟着唱。他们在夜里也唱，从农民那里学新的民歌，这时农民就拿出来陕西琵琶。

他们有的那点纪律，似乎都是自觉遵守的。我们走过山上的一丛野杏树时，他们忽然四散开来去摘野杏，个个装满了口袋，总是有人给我带回来一把。临走时他们好像一阵大风卷过一般又排列成行，赶紧上路，把耽误了的时间补回来。但是在我们走过私人果园时，却没有人去碰一碰里面的果子，我们在村子里吃的粮食和蔬菜也是照价付钱的。

3- 考点 结构作用分析

此处具有承上启下的过渡作用，总结上文红军小战士们的个人经历，引出下文对他们精神层面富足的叙述，由浅入深、从外到内地讲述了红军小战士留给作者的深刻印象。

就我所见到的来说，农民们对我的红军旅伴并无不满的流露。有些农民似乎还十分友善，非常向着他们——这同最近分配土地和取消苛捐杂税大概不无关系。他们很自愿地把他们的一点点吃的东西卖给我们，毫不犹豫地收下了苏区的钱。[4]我们在中午或傍晚到达一个村子时，当地苏维埃的主席就立即给我们安排住处，指定炉灶给我们使用。我常常见到农村妇女或她们的女儿自动给我们拉**风箱**[5]生火，同红军战士说说笑笑——对中国妇女来说，特别是对陕西妇女来说，这是非常开通的一种现象。

4- 考点 内容理解

“一点点吃的东西卖给我们”表明农民们的食物本身就很少，卖出去后自己就可能会挨饿。苏区的钱仅限于在苏区使用，如果红军离开或被白军占领了，这钱就花不出去，但他们“毫不犹豫”，表明农民非常信任红军、拥护红军。

5- 拓展知识

风箱：由木箱、推拉的木制把手和活动木箱构成，主要用来产生风力，生火时放在锅灶口送风，使炉火旺盛。风箱历史悠久，是以前农村常见的物件。

在路上的最后一天，我们在一个青翠的山谷中间的一个村子里歇脚吃中饭，所有的孩子们都来看他们头一次看到的洋鬼子。我决定考他们一下。

“什么叫共产党员？”我问道。

“共产党员是帮助红军打白匪和国民党的人。”一个十岁左右的孩子开腔道。

“还有呢？”

“他帮助我们打地主和资本家！”

“那么什么叫资本家呢？”这个问题可难住了一个孩子，可是另外一个孩子回答说：“资本家自己不干活，却让别人给他干活。”这个答复也许过分简单化了，不过我继续问：

“这里有地主和资本家吗？”

“没有！”他们都齐声叫道，“他们都逃跑了！”

“逃跑了？怕什么？”

“怕我们的红军！”

“我们的”军队，一个农村孩子说“他的”军队？显然，这不是中国，但是，如果不是中国，又是什么国家呢？我觉得这是不可信的。谁把这一切教给他们的呢？

我后来看到红色中国的教科书和遇到圣诞老人徐特立时，终于知道了是谁教给他们的。徐特立曾经担任过湖南一所师范学校的校长，现在是苏维埃教育人民委员。

事实上，那天下午我就要见到他，那是在我们这个小小的旅队走下最后的一个山坡，踏进红色中国临时首都的时候。

【阅读纪实作品】

这句话直截了当地说明了革命的对象，打地主和资本家就是要把人民群众从封建主义和官僚资本主义的压迫中解放出来。

【阅读纪实作品】

在兵荒马乱的年代，常有军队过境劫掠农村的事情发生，农民是非常害怕军队的。斯诺敏锐地抓住这一细节，“我们的”三个字写出了农民阶级已经把红军当作了自己的军队，突出了农民对红军的喜爱和拥护。

阅读思考

基础测评

❶ 下列关于周恩来的表述，不正确的一项是（　　）。

A. 周恩来出身于大官僚家庭，很小就表现出了突出的文学天赋。他在南开大学读书，曾经留学法国、英国和德国。

B. 周恩来给斯诺的印象是，头脑冷静，谈吐缓慢安详，善于分析推理，态度温和，既有个人的魅力，也有领袖的自信。

C. 周恩来曾任黄埔军校政治部主任。第一次国共合作期间，他曾在上海先后组织过两次大规模的工人罢工，均获得成功。

D. 周恩来是斯诺来到陕北后见到的第一位红军高级将领，为他安排了参观红区的旅行计划，告知他见到什么都可报道。

❷ 下列关于贺龙及其家人的说法，正确的一项是（　　）。

A. 贺龙个子清瘦，骨骼小而结实，尽管胡子又长又黑，外表上仍不脱孩子气，又大又深的眼睛富于热情。

B. 贺龙毕业后，因才能出众，迅获提升，1927年年方28岁就已任旅长，在湘军中以“自由派”著称。

C. 贺龙父亲是一位德高望重的教授。他放弃了师范学校校长的职务，将他的余生都投入到共产主义事业中来。

D. 国民党军阀开始著名的“农民大屠杀”激起贫农出身的贺龙的愤怒，南昌起义后他加入了共产党。

❸ 请结合本册第三部分的内容，根据表格提示概括贺龙二三事和人物形象。

事件	形象
①＿＿＿＿＿＿＿＿＿＿＿＿＿＿＿＿＿＿＿＿＿＿＿＿＿＿＿	镇定自若，勇敢无畏。
“大屠杀事件”后加入共产党。	②＿＿＿＿＿＿＿＿＿＿＿＿＿＿＿＿＿＿＿＿＿＿＿＿＿＿＿

事件	形象
③ ________________	战斗力强，名声高，口才好。
长征路上，他背着受伤的部下行军。	④ ________________
⑤ ________________	按规定办事，善良。

专题探究

在斯诺的眼里，周恩来具有哪些特点？请结合本册第二部分的内容简要分析。此外在第二部分的结尾，斯诺记录到“因为在那个时候，周恩来面目英俊，身材苗条，像个姑娘”，这句话有什么作用？

参考答案

阅读思考

基础测评

1.C　2.D

3. ①随父亲赴武官的宴会。
②同情穷人，愤慨激昂。
③同哥老会策划起义，建立第一支农民军。
④强壮有力，不知疲惫。
⑤在长征途中释放波斯哈德牧师，给其旅费前往云南府。

专题探究

【示例】①生活简朴，司令部陈设非常简单；②待人真诚周到，让记者充分地自由活动；③富于热情，充满对生命的热爱（从对他的外貌描写和与他一起散步聊天时感受到）；④英语水平高，五年不讲还相当准确；⑤头脑冷静，善于分析推理，讲究实际经验（从他的谈吐“缓慢安详，深思熟虑”中感受到）。与国民党描述的“赤匪”形成对比，展现了周恩来身上独特而吸引人的气质以及他的平易近人、充满活力。

红星照耀中国

〔美〕埃德加·斯诺 著

董乐山 译

3

人民文学出版社

目录

本册导读

本册基本信息

本册是整本书的第三分册——《在保安》，该篇包括《苏维埃掌权人物》《共产党的基本政策》《论抗日战争》《悬赏两百万元的首级》《红军剧社》这五个部分。斯诺采访了苏区领导人毛泽东，了解了他的一些趣事，认为他是一个健康质朴、幽默风趣、精力旺盛的天才军事家和政治战略家。接着又整理阐述了共产党反帝反封建的基本政策。同时，他还听取了毛泽东对抗日战争的论断，参观了红军大学，并观看了红军剧社的巡回演出。

阅读计划自检

开始阅读时间

______ 年 ______ 月 ______ 日

实际结束时间

______ 年 ______ 月 ______ 日

阅读所用时长
（建议时长：1 周）

_____ 天

阅读感受

- [ ] 轻轻松松读完，无压力，意犹未尽
- [ ] 能在建议时长内读完，并且读懂了
- [ ] 稍有些拖沓，理解起来不是很顺利
- [ ] 时间太短了，没有读完而且没看懂

扫码听名师说书

第三篇

在保安

3 苏维埃掌权人物

内容速览

主要讲述了当时苏维埃政府主席毛泽东给外国记者斯诺留下的印象：他有健康的体魄和对辣椒的爱好，他平易近人、质朴纯真，对军民有着很深的感情，同时他又熟知世界政局，有自己的哲学观，他为人不拘小节，对工作却又一丝不苟。总之，他是一个令人极感兴趣而复杂的人。

阅读指南

- **章节阅读属性：**【细读】
- **阅读方法落实：**【阅读纪实作品】为了具体刻画毛泽东的形象特点，作者运用了多种方法，有直接的外貌、语言描写，有具体的事例，还有外人口中的评价，全方位、多角度地对毛泽东的形象进行了刻画，阅读时可重点关注。
- **核心内容感知：**【梳理情节，了解人物】斯诺笔下的毛泽东与外界流传中的形象有着天壤之别，阅读时可重点品味。

章节图解

- **苏维埃掌权人物**
  - **斯诺初到保安**
    - 保安位于苍翠的山谷中，是边防要塞
    - 周恩来安排，为斯诺到访提前做准备
  - **斯诺眼中的毛泽东**
    - 瘦高，微驼，长发，眼睛有神，高鼻梁，凸颧骨
    - 一个精明的知识分子
    - 有着身经百战却毫发无伤的传奇经历
    - 烟瘾大但身体健康
    - 生活简朴，好吃辣
    - 熟悉世界政治，见地非凡
    - 认真研究哲学，有自己独特的哲学观
    - 精力旺盛，感情深邃，不拘小节

原文阅读

老师有话说

小村庄在西北很多，但是城市不论大小却不常见。除了红军草创的工业以外，西北完全是个农业区，有些地方，还是半游牧区。因此，纵马登上崎岖的山顶，看到下面苍翠的山谷中保安的一片古老城墙，确实使人觉得十分意外。①

【阅读纪实作品】

简单介绍保安的历史和现状，从中可以看出保安城历来就是很重要的边防城市，防御作用十分重要，侧面点出保安成为红色中国临时首都的重要原因。

在唐朝和金朝的时候，保安曾是抵御北方游牧民族入侵的边防要塞。至今人们犹可在一条狭仄的隘口两旁，看到堡垒的残迹，被下午的阳光染成一片火红色。当年蒙古人的征略大军，就是通过这条隘口大举倾入这个山谷里来的。保安还有一座内城，从前驻扎过边防军，最近经过红军修缮的一道高大的用作防御的砖墙，围绕着约莫一英里见方的地方，就是现在保安城所在。

我在这里终于找到了南京同他打了十年仗的共产党领袖 —— 毛泽东，用最近采用的正式头衔，就是“中华人民苏维埃共和国”的主席。旧名“中华工农苏维埃共和国”已在共产党开始实行争取建立统一战线的新政策的时候放弃了。

周恩来的电报已经收到，他们正等着我，“外交部”里已替我预备好一个房间，我暂时成了苏维埃国家的客人。[1]我到了后，保安外侨的人数顿然剧增。另外的一个西方侨民就是一个称作李德同志的德国人。关于前德军高级军官李德，中国红军的这个唯一外国顾问（这使希特勒极为恼火），下文还要提到。

1-考点　句子含义理解

周恩来同志提前交代预备好房间，表现出共产党对斯诺的这次访问十分重视。

我到后不久，就见到了毛泽东，他是个面容瘦削、看上去很像林肯的人物，个子高出一般的中国人，背

① 一九三六年十二月红军占领陕北延安（肤施），迁都到了那里。

有些驼，一头浓密的黑发留得很长，双眼炯炯有神，鼻梁很高，颧骨凸出。2我在一刹那间所得的印象，是一个非常精明的知识分子的面孔，可是在好几天里面，我总没有证实这一点的机会。我第二次看见他是傍晚的时候，毛泽东光着头在街上走，一边和两个年轻的农民谈着话，一边认真地在做着手势。我起先认不出是他，后来等到别人指出才知道。南京虽然悬赏二十五万元要他的首级，可是他却毫不介意地和旁的行人一起在走。3

关于毛泽东，我可以单独写一本书。我跟他谈了许多夜晚，谈到各种广泛的问题，我也从士兵和共产党员那里听到关于他的许多故事。我同他谈话后写的访问记录就有大约两万字。他幼年和青年时代的情形，他怎样成为国民党和国民革命的一个领袖，为什么成为一个共产主义者，红军怎样成长壮大起来，他统统告诉了我。他向我介绍了长征到西北的情形，并且写了一首关于长征的旧诗给我。他又告诉我许多其他著名的红军战士的故事，从朱德一直到那个把藏有苏维埃政府档案的两只铁制文件箱背在肩上走了长征全程的青年。

从这样丰富的未经利用、不为人知的材料中，我怎么能够用寥寥数百个字把这个农民出身的知识分子转变为革命家的故事告诉你们呢？我不想作这样压缩的尝试。毛泽东生平的历史是整整一代人的一个丰富的横断面，是要了解中国国内动向的原委的一个重要指南，我以后还要根据他所告诉我的情况，把他个人历史的那个丰富的激动人心的记录写进本书。但是我在这里想要谈一些主观的印象，还有关于他的令人

2- 考点 人物描写赏析

这是作者初见毛泽东时对他的外貌进行的描写，从中可以看出毛泽东又高又瘦、精力充沛等特点。

3- 考点 句子含义理解

南京高价悬赏，毛泽东却毫不在意地与农民在街上交谈，体现出他的无所畏惧和平易近人。

【阅读纪实作品】

毛泽东向斯诺说了很多事，内容相当广泛，有他自己的经历、红军的成长、长征的情形，甚至包括其他人的故事，他畅所欲言，毫不隐瞒，为斯诺提供了大量的真实资料，体现出他不仅十分健谈，而且胸怀坦荡、记忆力惊人。

感兴趣的少数事实。

首先，切莫以为毛泽东可以做中国的“救星”。这完全是胡说八道。绝不会有一个人可以做中国的“救星”。但是，不可否认，你觉得他的身上有一种天命的力量。这并不是什么昙花一现的东西，而是一种实实在在的根本活力。你觉得这个人身上不论有什么异乎寻常的地方，都是产生于他对中国人民大众，特别是农民——这些占中国人口绝大多数的贫穷饥饿、受剥削、不识字，但又宽厚大度、勇敢无畏、如今还敢于造反的人们——的迫切要求作了综合和表达，达到了不可思议的程度。假如他们的这些要求以及推动他们前进的运动是可以复兴中国的动力，那么，在这个极其富有历史性的意义上，毛泽东也许可能成为一个非常伟大的人物。

【阅读纪实作品】

斯诺结合自己对中国现状和毛泽东本人的了解，预测毛泽东可能成为“一个非常伟大的人物”，事实证明，他的预言的确成真了。

但是我并不想宣布历史的判决。同时，除了他的政治生活以外，毛泽东作为个人也是一个使人感兴趣的人物，因为，虽然他的名字同蒋介石一样为许多中国人所熟悉，可是关于他的情况却很少知道，因此有着各种各样关于他的奇怪传说。我是访问他的第一个外国新闻记者。

毛泽东有能够从死里逃生、大难不死的传说。南京曾经一再宣告他死了，可是没有几天以后，报上的新闻栏又出现了他的消息，而且活跃如昔。国民党也曾经好几次正式宣布“击毙”并埋葬了朱德，有时还得到有千里眼的传教士的旁证。尽管如此，这两个著名人物多次遭难，可并不妨碍他们参与许多次惊人壮举，其中包括长征。说真的，当我访问红色中国的时候，报上正盛传毛泽东的又一次死讯，但我却看到他活得好好的。不过，关于他的死里逃生、大难不死的传说，看来是有一些根据的，那就是：他虽身经百战，有一次还被敌军俘获而逃脱，有世界上最高的赏格缉拿他的首级，可是在这许多年头里，他从来没有受过一次伤。4

有一个晚上，一个红军医生——一个曾在欧洲学习、精通医道的人——给他作全面体格检查，我正好在他的屋子里，结果宣布他身体非常健康。他从来没有得过肺病或任何其他“不治之症”，像有些想入非非的旅行家所谣传的那样。[①] 他的肺部是完全健康的，尽管他跟大部分红军指挥员不一样，吸烟没有节制。在长征路上，毛泽东和李德（另一个烟瘾很重的人）进行了独特的植物学研究，遍尝各种的叶子，要寻出烟叶的代替品来。

毛泽东现在的夫人贺子珍——从前是小学教员，现在本人也是个共产党的组织者——却不及她丈夫幸运。她受过十多处伤，是炸弹碎片造成的，不过都是表面的伤。正当我离开保安以前，毛氏夫妇新生了一个女孩子。毛泽东的前妻杨开慧曾生了两个孩子。她是一个中国名教授的女儿，数年前被何键杀害。

毛泽东现年（一九三七年）四十四岁。在第二次中华全国苏维埃大会上，他被选为中央苏维埃临时政府主席，这次大会的出席者，代表着当时生活在红色法律[②] 下的九百万左右的人民。说到这里，我要

4- 考点 句子含义理解

身经百战却毫发无损，被敌俘获却安全逃脱，频传死讯却依然健在，不得不说毛泽东的身上充满了神奇色彩，让人备感好奇。

【阅读纪实作品】

明明是寻找烟叶的代替品，作者却说毛泽东他们在进行“独特的植物学研究”，语言幽默风趣，从中又可以体会到毛泽东的革命乐观主义精神。

① 彼得·弗莱明先生在其《孤家寡人》一书中似乎大大地传播了这一谣言。

② 参阅《中华苏维埃共和国的基本法律》（一九三四年伦敦劳伦斯书店出版）。其中包括苏区临时宪法和关于“资产阶级民主革命”阶段的基本目标的说明。又可参阅《红色中国：毛泽东主席关于中华苏维埃共和国的发展的报告》（一九三四年伦敦）。

附带插入几句话。据毛泽东的估计，中央苏维埃政府在一九三四年直接控制下的各区最高人口数字如下：江西苏区三百万；鄂皖豫苏区两百万；湘赣鄂苏区一百万；赣湘苏区一百万；浙闽苏区一百万；湘鄂苏区一百万；总共九百万。有些估计高达此数的十倍，令人难以置信，大概是把红军或红色游击队所活动的各个地区全部人口加在一起而得出来的。5我把中国苏区人民有八千万的数字告诉毛泽东的时候，他就笑了起来，并且说，要是他们真的有这样广大的面积，革命就差不多胜利了。不过当然，红色游击队的地区，人口还有好几百万。

5- 考点　重点句子分析

外界所传与实际情况相差如此之大，可见外界对红色中国的误解很深，"难以置信"表现出作者的震惊。

毛泽东在中国的共产党势力范围内的影响，今天大概比什么人都要大。在几乎所有组织里，他都是一位委员——如革命军事委员会、中央政治局、财政委员会、组织委员会、公共卫生委员会，以及其他等等。他的实际影响是通过在政治局的支配地位发挥出来的，因为政治局有着决定党、政、军政策的大权。不过虽然每个人都知道他而且尊重他，但没有——至少现在还没有——在他身上搞英雄崇拜的一套。我从来没有碰到过一个中国共产党人，口中老是叨念着"我们的伟大领袖"。我没有听到过有人把毛泽东的名字当作是中国人民的同义语，但是，我却也从来没有碰到过一个不喜欢"主席"——每个人都这样叫他——或不景仰他的人。他个人在运动中的作用，显然是很大的。

【阅读纪实作品】

斯诺对毛泽东的评价是"令人极感兴趣而复杂"，他质朴纯真，幽默爱笑，坚守信念，平易近人，生活简朴，但又机智老练，的确是一个复杂的人。斯诺的这些评价揭开了毛泽东身上的神秘面纱，他不再是一个模式化的传说，而是一个有血有肉的真实人物。

在我看来，毛泽东是一个令人极感兴趣而复杂的人。他有着中国农民的质朴纯真的性格，颇有幽默感，喜欢憨笑。甚至在说到自己的时候和苏维埃的缺点的

时候他也笑得厉害 —— 但是这种孩子气的笑，丝毫也不会动摇他内心对他目标的信念。他说话平易，生活简朴，有些人可能以为他有点粗俗。然而他把天真质朴的奇怪品质同锐利的机智和老练的世故结合了起来。

我想我第一次的印象 —— 主要是天生精明这一点 —— 大概是不错的。然而毛泽东还是一个精通中国旧学的有成就的学者，他博览群书，对哲学和历史有深入的研究，他有演讲和写作的才能，记忆力异乎常人，专心致志的能力不同寻常，个人习惯和外表落拓不羁，但是对于工作却事无巨细都一丝不苟，他精力过人，不知疲倦，是一个颇有天才的军事和政治战略家。许多日本人都认为他是中国现有的最有才干的战略家，这是令人很感兴趣的事。6

红军正在保安盖起几所新建筑，但当我在那里的时候，住处是非常原始的。毛泽东和他的夫人住在两间窑洞里，四壁简陋，空无所有，只挂了一些地图。7比这更差的他都经历过了，但因为是湖南一个“富”农的儿子，他也经历过比这更好的。毛氏夫妇的主要奢侈品是一顶蚊帐。除此之外，毛泽东的生活和红军一般战士没有什么两样。做了十年红军领袖，千百次地没收了地主、官僚和税吏的财产，他所有的财物却依然是一卷铺盖，几件随身衣物 —— 包括两套布制服。他虽然除了主席以外还是红军的一个指挥员，他所佩的领章，也不过是普通红军战士所佩的两条红领章。

我曾几次同毛泽东一起去参加过村民和红军学员的群众大会，去过红色剧院。他毫不惹眼地坐在观众的中间，玩得很高兴。我记得有一次在抗日剧社看戏，

6- 考点 人物描写赏析

作者不但直接评价毛泽东，还介绍了日本人对他的评价，正面描写和侧面描写相结合，表现了毛泽东颇具军事、政治才干的特点。

7- 考点 重点句子分析

这是对毛泽东夫妇住处的描写，可见他作为苏区的领导人，生活上不搞特殊，十分简朴。侧面表现出共产党和红军艰苦朴素的精神。

休息的时候，群众一致要求毛泽东和林彪来一次合唱。林彪是红军大学的校长，只有二十八岁，他以前是蒋介石参谋部里一个著名的年轻军校毕业生。林彪像一个小学生似的涨红了脸，讲了几句很得体的话，请女共产党员代替他们唱支歌，逃脱了“点名表演”。8

8- 考点　人物描写赏析

被“点名”的林彪竟然像一个小学生似的涨红了脸，可见他的紧张和局促，从中可以感受到他是一个腼腆的人。

毛泽东的伙食也同每个人一样，但因为是湖南人，他有着南方人“爱辣”的癖好。他甚至用辣椒夹着馒头吃。除了这种癖好之外，他对于吃的东西就很随便。有一次吃晚饭的时候，我听到他发挥爱吃辣的人都是革命者的理论。他首先举出他的本省湖南，就是因产生革命家出名的。他又列举了西班牙、墨西哥、俄国和法国来证明他的说法，可是后来有人提出意大利人也是以爱吃红辣椒和大蒜出名的例子来反驳他，他又只得笑着认输了。附带说一句，“赤匪”中间流行的一首最有趣的歌曲叫《红辣椒》。它唱的是辣椒对自己活着供人吃食没有意义感到不满，它嘲笑白菜、菠菜、青豆的浑浑噩噩、没有骨气的生活，终于领导了一场蔬菜的起义。9这首《红辣椒》是毛主席最爱唱的歌。

【阅读纪实作品】

作为革命领袖，开玩笑说出如此“幼稚”的辣椒理论，让人感受到领袖有血有肉的另一面。有人反驳后毛泽东笑着认输，也体现出他的幽默和平易近人。

9- 考点　句子含义理解

有觉醒意识，为保护蔬菜的利益奋起抗争，这里的辣椒就是共产党和红军的真实写照，怪不得会在红区广泛流传。

他似乎一点也没有自大狂的征象，但个人自尊心极强，他的态度使人感到他有着一种在必要时候当机立断的魄力。我从来没有看见他生过气，不过我听到别人说，他有几次曾经大发脾气，使人害怕。在那种时候，据说他嬉笑怒骂的本领是极其杰出和无法招架的。

我发现他对于当前世界政治惊人地熟悉。甚至在长征途上，红军似乎也收到无线电新闻广播，在西北，他们还出版着自己的报纸。毛泽东熟读世界历史，对于欧洲社会和政治的情形，也有实际的了解。他对英国的工党很感兴趣，详尽地问我关于工党目前的政策，很快就使我答不上来了。他似乎觉得很难理解，像英国那样工人有参政权的国家，为什么仍没有一个工人的政府。我的答案恐怕并没有使他满意。他对于**麦克唐纳**[10]表示极端的蔑视，他说麦克唐纳是个“汉奸”—— 即英国人民的头号叛徒。

他对于罗斯福总统的看法是令人很感兴趣的。他相信罗斯福是个反法西斯主义者，以为中国可以跟这样的人合作。他又问到许多关于美国新政和罗斯福外交政策的问题。他所提问题表明他对于这两个政策的目标都有很明白的了解。他把墨索里尼和希特勒看作走江湖的骗子，但认为墨索里尼能干得多，一个真正的权术家，有历史知识，而希特勒，却不过是资本家的没有意志的傀儡。

毛泽东读过许多关于印度的书，对于那个国家也有一定的看法。主要的一点，就是认为印度不经过土地革命是永远不会实现独立的。他问到我关于甘地、尼赫鲁、查多巴蒂亚以及我所知道的其他印度领袖的情况。他知道一些美国的黑人问题，把黑人和美国印第安人所遭受的待遇，跟苏联对待少数民族的政策相对照。我指出美国的黑人和苏联的少数民族在历史和心理背景上有着某些很大的不同，他对此也表示有兴趣。有兴趣 —— 但是并不同意我。

毛泽东是个认真研究哲学的人。我有一阵子每天晚上都去见他，向他采访共产党的党史，有一次一个客人带了几本哲学新书来给他，于是毛泽东就要求我改期再谈。他花了三四夜的工夫专心读了这几本书，

10- 拓展知识

麦克唐纳：即詹姆士·拉姆齐·麦克唐纳，英国工党领袖，曾两次出任英国首相，第一次组建的为工党内阁。在第二次出任首相时，在英皇乔治五世的授意下，同意与保守党和自由党组成联合内阁，遭到工党的强烈反对，后被工党开除。

【阅读纪实作品】

作为一个优秀的领导人，毛泽东对墨索里尼和希特勒的看法十分独到，可见他是一个有非凡见地的领导者。

【阅读纪实作品】

虽然是一个伟大的马克思主义者，但是毛泽东也广泛涉猎其他哲学书籍，了解不同的哲学理论，为形成自己辩证的哲学观打下坚实基础。

在这期间，他似乎是什么都不管了。他读书的范围不仅限于马克思主义的哲学家，而且也读过一些古希腊哲学家、斯宾诺莎、康德、歌德、黑格尔、卢梭等人的著作。

我常常在想毛泽东自己对于武力、暴力以及“杀人的必要性”等问题的责任感。他年轻的时候，就有强烈的自由主义的和人道主义的倾向，从理想主义转到现实主义的过渡只能是在哲学上开始的。虽然他出身农民，但在年轻时候，本人却不曾怎么受过地主的压迫，像许多共产党员那样；还有，马克思主义虽然是他思想的核心，但据我的推想，阶级仇恨对他来说大概基本上是他的哲学体系中的一种理性的产物，而不是本能的冲动。

他的身上似乎没有什么可以称为宗教感情的东西。我相信他的判断都是根据理性和必要作出的。因此我认为他在生与死的问题上，在共产主义运动中大概基本上起着一种节制的作用。我觉得他想把他的哲学，即“长期观点”的辩证法，作为任何大规模行动中的权衡标准，而在这个思想范围内，人命的宝贵只是相对的。这在中国的领袖人物中间显然是很不平常的，因为从历史上来说，他们往往置权宜于伦理之上。

毛泽东每天工作十三四个小时，常常到深夜二三点钟才休息。他的身体仿佛是铁打的。他认为这要归因于他在少年时代在父亲的田里干过苦活，要归因于他在学校读书的刻苦时期，当时他与几个志同道合的人组织斯巴达俱乐部一类的团体。他们常常饿着肚皮，到华南山林中作长途的徒步跋涉，在严寒的日子去游泳，在雨雪中光着脊梁——这一切都是为了要锻炼他们自己。他们凭直觉知道，中国的来日需要他们有忍受最大的艰难困苦的能力。

有一次，毛泽东曾经花了整整一个夏天走遍他的家乡湖南全省。他靠挨家挨户替农家做工换饭吃，有时候甚至靠行乞。有一次他几天不吃饭，只吃些硬豆和水——这又是一种“锻炼”肠胃的方法。他早年在这次农村漫游中所结交的友谊，日后对他是有很大价值的，因为十年以后，他开始把湖南的成千上万的农民组成了有名的农民协会，这到一九二七年国共分裂后，成了苏维埃最初的基础。

毛泽东在我的印象中是一个感情相当深邃的人。我记得有一两次当他讲到已死的同志或回忆到少年时代湖南由于饥荒引起的大米暴动中发生死人事件的时候，他的眼睛是润湿的。在那次暴动中他的省里有几个饥饿的农民因到衙门要粮而被砍了头。有一个战士告诉我，他曾经亲眼看到毛泽东把自己的上衣脱下来给一位在前线受伤的弟兄穿。11 他们又说当红军战士没有鞋穿的时候，他也不愿意穿鞋的。

11-考点 人物描写赏析

战士讲述毛泽东将衣服给受伤弟兄穿的事例，侧面表现出毛泽东是一个爱护红军、感情深邃的人。

然而我非常怀疑，他是否能够博得中国上层知识分子的敬仰，也许这并不完全因为他有非凡的头脑，而是因为他有农民的个人习惯。巴莱托①的中国门徒们也许要嫌他粗鲁的吧。我记得有一天我和毛泽东谈话的时候，看见他心不在焉地松下了裤带，搜寻着什么寄生物——不过话得说回来，巴莱托要是生活在同样的环境中可能也非搜寻一下不可。但我可以断定，巴莱托决不会当着红军大学校长的面松下裤子

① 一译博洽德（一八四八至一九二三年），意大利经济学家和社会学家，《通俗资本论》的作者。——译注

【阅读纪实作品】

即便毛泽东有条件注重自己的穿着打扮，他依然不在乎这些次要的东西，表现出毛泽东不拘小节、平易近人、没有架子的一面。

的——我有一次访问林彪的时候，毛泽东却这样做过。小小的窑洞里非常热。毛泽东把身子向床上一躺，脱下了裤子，向着壁上的军用地图，仔细研究了二十分钟——偶然只有林彪插口问他一些日期和人名，而毛泽东都是一概知道的。他随便的习惯和他完全不在乎个人外表这一点相一致，虽然他完全有条件可以打扮得同巧克力糖果匣上的将军和《中国名人录》中的政治家照片一样。

在六千英里的长征途中，除了几个星期生病以外，毛泽东和普通战士一样都是步行的。在最近几年中，他只要“叛变”投向国民党，就可以升官发财，这也适用于大部分红军指挥员。这些共产党人十年来忠于主义的坚定性，你如果不知道中国收买其他造反者的“银弹”的历史，是无法充分估计的。

在我看来，他说的话是真诚、老实的。我有机会核对他的许多话，结果往往发现这些话是对的。他对我进行了几次不太过分的政治宣传，但是同我在非匪区所受到的政治宣传比起来，却算不得什么。无论对我写的文章，或拍的照片，他从来不加任何检查，对这优待，我非常感激。他尽力使我弄到能够说明苏区生活的各个方面的材料。

由于在今天中国政局上的极大重要性，他的关于共产党政策的一些主要讲话，是值得认真考虑的。因为在今天，西北全境以及其他各地武装和非武装的中国人民似乎都拥护他们的许多政策，因此，这些政策很可能成为造成中国命运发生根本变化的重要手段。

第三篇 在保安

共产党的基本政策

3

内容速览

在保安，斯诺通过访问洛甫和毛泽东，整理阐述了共产党反帝反封建的基本政策。毛泽东表示，为实现独立和解放，中国愿意团结世界上一切可以团结的力量，但是即便是孤立无援，中国也必将抗日到底！

阅读指南

- **章节阅读属性：**【略读】
- **阅读方法落实：**【阅读纪实作品】作者介绍了共产党和国民党之间长期的斗争历史，是为了让读者了解共产党自始至终都将反帝反封建作为自己的使命。
- **核心内容感知：**【梳理情节，品味情感】从共产党反帝反封建的基本政策中，感受他们崇高的爱国主义精神。

章节图解

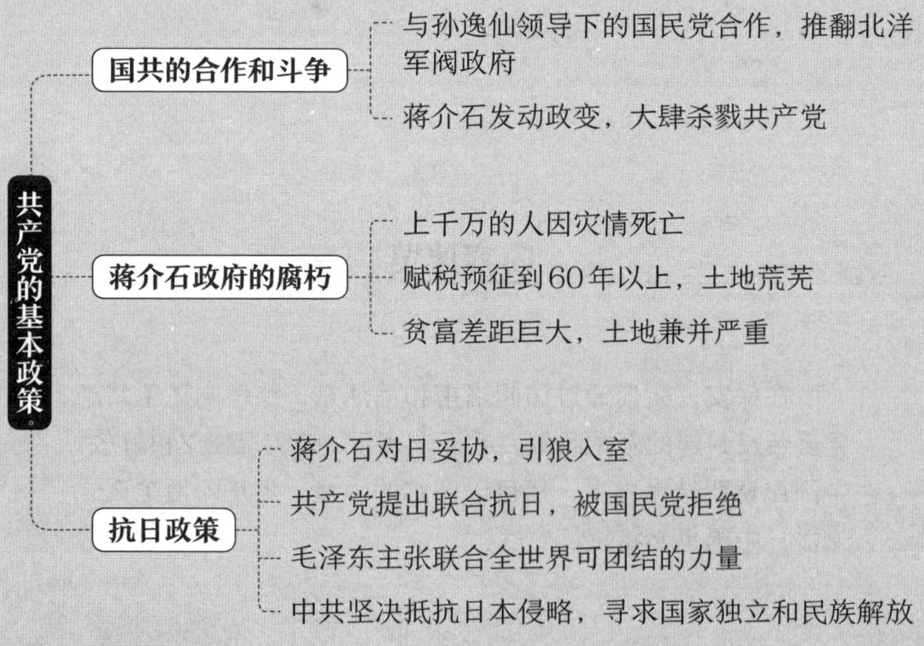

原文阅读

中国共产党人今天的基本政策是什么？关于这个问题，我和毛泽东以及共产党的其他领导人在这个问题上曾经作了十几次的谈话。但在考察他们的政策之前，我们对于共产党和南京之间长期斗争的性质，必须先有一些概念。哪怕要了解红色西北最近的情形，也必须首先看一些历史事实。

我在下文中有一部分转述了洛甫的话，他是共产党中央委员会的年轻书记，曾经留学美国，我在保安访问了他。这部分读起来可能很吃力，但我认为是值得的。

大家知道，中国共产党在一九二一年才成立。它发展很快，到一九二三年，国民党创建人孙逸仙博士同苏俄达成了他的那个著名的协议。当时国民党和共产党都没有当权，都自称要为实现民主而斗争。要达成协议很容易。一九二四年，国民党在俄国顾问帮助下，按照列宁党的方式，进行了改组，同中国共产党结成了联盟，共产党员在领导和组织一九二五——一九二七年的大革命中非常活跃，结果推翻了北京的腐败独裁政权。

这种合作的基础，就共产党人而论，可以归结为孙逸仙博士和国民党接受两大革命原则。第一个原则承认有必要采取反帝政策——用革命行动收复政治上、领土上和经济上的全部主权；第二个原则要求在国内实行反封建反军阀政策——对地主军阀实现民主革命，建设新式的社会、经济、政治生活，共产党和国民党都认为这必须是民主性质的。

当然，共产党认为“资产阶级民主”革命的胜利

老师有话说

【阅读纪实作品】

纪实作品的写作需要考虑接受者的基本情况，包括他们的认知、立场、文化背景等。最初，这本书的读者是外国人，他们不了解中国的历史和现状，为了方便读者理解共产党的基本政策，斯诺认为有必要对国共双方之前的历史纠葛进行一下介绍，可见他思维严谨。

【阅读纪实作品】

从这里可以看出，国共合作时期，共产党的政策就是以反对帝国主义、反对封建主义和军阀统治为目标的。

实现，是将来建立社会主义社会的先决条件。因此，他们采取支持“民主的民族独立和解放”运动的立场是合乎逻辑的。

不幸孙逸仙博士在一九二五年革命还没有完成的时候就去世了。到一九二七年，国共两党的合作宣告结束。从共产党的观点来看，国民革命也可说是在那时候完结了。国民党的右翼，在新军阀的控制之下，在某些外国、通商口岸银行家和地主的支持之下，跟合法选出的汉口政府宣告决裂。他们在蒋介石领导下在南京另立政权，当时共产党和国民党中的大多数都认为这个政权是“反革命的”，也就是说，是反对“资产阶级民主革命”本身的。

国民党不久便顺从南京的政变，但共产主义却成了杀头的罪名。共产党认为民族主义的主要两点——反帝运动和民主革命——实际上已被放弃了。接着就是军阀的内战和后来对高涨的土地革命加紧进行镇压。成千上万的共产党员和前农会、工人领袖遭到了杀戮。工会都被解散。所谓“开明的专政”对各种形式的反对力量都进行镇压。即使这样，军队中却仍有不少共产党员保存下来，在整个大恐怖时期党没有被打垮。在内战中虽然耗资达几十亿元，可是到了一九三七年，红军在西北所占领的地方却是在他们完全控制下的一块最大的连成一片的地区。

自然，共产党相信，一九二七年以来的十年的历史，充分证明了他们的论点，那就是：对外不实行反帝政策，对内不实行土地革命，中国的民族独立和民主政治（国民党也把这定作他们的目标）是无法实现的。对于他们的论点，这里没有必要充分探讨。但是假使我们要知道共产主义为什么能够有越来越多的人拥护，特别在爱国青年中间是这样，为什么在目前它还能在历史的屏幕上投射东方大动荡、大变化的影子，我们就必须注意它的主要论点。这些论点是什么呢？

首先，共产党说，自从南京分裂了革命的有生力量以后，中国的情形是每况愈下了。妥协接着妥协。由于没有能够进行土地革命，在全国许多地方的农村人口中间引起了广大的不满和公开的造反。农村人口中间普遍存在的贫穷和困苦的情形日益恶化。中国现在也有了几条可以通行的公路，一队优秀的飞机和新生活运动，但是除此之外，凡是了解一些其他情况的经济学家无不为黯淡的前途担忧。每天有天灾人祸的消息传来，这要是在大多数国家就会被认为是不得了，但是在中国已多少成了**司空见惯**[1]的常事。[2]举例说，甚至当我执笔在写本章的时候，报上就载着从华中、华西发来的这样骇人听闻的消息：

> 豫、皖、陕、甘、川、黔各省灾情，续有所闻。全国显已遭多年来最严重的灾馑，已有千万人死亡。据最近川灾救济委员会调查，该省灾区人口三千万人，已有好几万人食树皮和观音土充饥。据传陕西现有灾民四十余万人，甘肃百余万人，河南约七百万人，贵州约三百万人。贵州灾区遍及六十县，官方的中央社承认是百年来最严重的一次灾荒。①

在许多省份中，赋税往往已预征到六十年或六十年以上，农民因无力缴付地租和高利贷的利息，好几千英亩的土地都任其荒芜着。四川就是其中的一省。在我六年来所搜集的材料中，有的材料说明许多别的省份也有同样的情形。但是很少迹象表明，发生这种灾荒的周期率有减缓的趋向。

当大批农村人口迅速地趋于破产的时候，土地和财富就随着个体农民的总衰落而日益集中到少数地主和高利贷者的手里。②据报道，李滋－罗斯爵士曾经说过，中国没有中产阶级，只有赤贫和巨富。如果此说过去不确的话，以后很可能成为事实。苛捐杂税，腐败的谷物交租制度以及像魏特夫博士称为“亚细亚

① 一九三七年五月十五日北平出版的《民主》。

② 讨论这一问题的最杰出的研究和分析的著作是陈翰笙的近著《中国的地主和农民》（一九三六年纽约）。

1- 拓展知识

司空见惯：唐代诗人刘禹锡在出席司空（古代官职名）李绅所设的酒宴时，见歌伎劝酒，便作诗一首，其中有两句是“司空见惯浑闲事，断尽江南刺史肠”。后用“司空见惯”指看多了就不觉得奇怪了。

2- 考点 句子含义理解

别人认为不得了的事情，在当时的中国却是司空见惯，可见中国的贫苦百姓生活在水深火热之中。

生产方式”的社会、政治、经济关系的整个传统制度，弄得无地的农民经常负债累累，没有粮食储备，完全无力应付旱灾、饥馑、洪水这样的危机。

一九二六年，毛泽东还担任国民党农民运动委员会书记（在国共分裂之前，当时他是国民党中央执行委员会候补委员）的时候，曾经负责搜集二十一省的土地统计。据他说，这次调查说明了占全部农村人口百分之十的在乡地主、富农、官吏、在外地主和高利贷者，总共占有中国所有可耕地的百分之七十。[3]中农占有百分之十五。但是占农村人口百分之六十五以上的贫农、佃农和雇农，却只占全部耕地的百分之十到十五。

3- 考点　句子含义理解

百分之十的人占有百分之七十的可耕地，列举具体的数字，更突显土地兼并情况的严重。

据毛泽东说，“自从反革命以后，这些数字被禁止发表了。在十年后的现在，关于中国土地分配情况，仍不能从南京方面得到任何说明。”

共产党认为，农村的破产由于放弃反帝斗争——这在大多数中国人看来即“抗日斗争”——带来的严重不利后果而加速了。由于南京对日本采取“不抵抗政策”的结果，中国把五分之一的领土，百分之四十以上的铁路线，百分之八十五的荒地，一大部分的煤，百分之八十的铁矿，百分之三十七的最佳森林地带以及百分之四十左右的全国出口贸易丢给了日本侵略者。日本现在还控制了中国剩下来的地方的百分之七十五以上的全部铣铁和铁矿企业，中国一半以上的纺织业。对满洲的征服，不仅从中国夺去了它最方便的原料来源，而且也夺去了它自己最好的市场。在一九三一年，满洲从中国其他各省的输入，占其总输入的百分之二十七以上，到一九三五年，中国对伪满

【阅读纪实作品】

一个个触目惊心的数据是南京国民政府卖国的罪证，他们为了保证自己的统治地位，大肆出卖国家领土和资源，其丧权辱国的无耻行径令人愤慨！

洲国的贸易，却只占其输入的百分之四。日本因此得到了中国最适于工业发展的区域——使它可以阻止这种发展，而把原料移用于它自己的工业。这给予了日本以大陆上的根据地，它可以从这里毫无顾忌地继续侵略中国。[4]许多人觉得，即使中国其余部分不再遭侵略，这种种变化，已完全勾销了南京可以归功于自己的任何改革给后代带来的好处。

那么，南京的九年反共战争的结果是什么呢？西北当局最近曾在一个反对第六次反共“清剿”运动的宣言中，总结了这些结果。它告诉我们，第一次“清剿”运动时，满洲落入日本的手里，第二次上海遭到侵犯，第三次放弃了热河，第四次失去了冀东，而第五次“肃清残匪”运动中，冀、察的主权又受了很大的损害。因此，西北方面认为，蒋介石最新的剿共与日本侵略绥远北部发生在同一个时候，绥远必然就要丢失。

自然，只要共产党继续企图用武力推翻政府，南京是不能停止内战的。但是早在一九三二年，红军就提出媾和，愿意在抗日的共同纲领上与南京联合。他们的提议被拒绝了。现在，红军在西北不断扩展地盘，占了战略上很大的有利条件，但共产党却在全国与抗日军队和爱国团体联合，又重申它原来的提议，愿意合作停止内战，建立民族“抗日统一战线”来抵抗侵略者。只要南京同意建立民主的代议制政府，对日抗战，还政于民和保障人民的公民权利，共产党答应把红军和苏区完全归中央政府来管辖。[5]换句话说，共产党准备同国民党“复婚”，只要它能恢复反帝反封建的“资产阶级民族主义”纲领。在这两个基本目标

4-考点 重点句子分析

正是南京政府对日本的妥协退让，让日本在中国大陆上有了自己的根据地，更易于他们对中国的侵略，中国人民也因此遭受了更严重的战乱灾难，可见蒋介石引狼入室行为的危害之大。

5-考点 重点句子分析

共产党的退让体现出他们切实把国家和民族的利益放在第一位，与国民政府为一己私利就向日本侵略者妥协的态度形成鲜明对比。

中，他们认识到争取民族生存的斗争是最最重要的，甚至要不惜放弃土地问题的国内斗争去进行；而阶级矛盾可能不得不从属于外部的对日斗争的胜利解决，没有这胜利解决，阶级矛盾当然是不能满意地解决的。

把毛泽东在我访问时候所说的话，引录几段在下面：

"今天中国人民的根本问题是抵抗日本帝国主义。我们苏维埃的政策决定于这一斗争。日本军阀希望征服全中国，使中国人民成为他们的殖民地的奴隶。反抗日本侵略的斗争，反对日本经济和军事征服的斗争——这就是在分析苏维埃政策时必须记住的主要任务。

"日本帝国主义不仅是中国的敌人，同时也是全世界所有爱好和平的人民的敌人。它特别是那些在太平洋有利害关系的各国，即美、英、法和苏俄各国人民的敌人。日本的大陆政策和海上政策一样，不仅针对着中国，而且也是针对那些国家的……

【阅读纪实作品】

作为一个政治家、战略家，毛泽东有着深刻的洞察力，他认为日本的侵略政策同样会伤害到其他国家的利益，中国与他们都存在合作的可能性。

"我们对于外国希望的是什么？我们希望友好各国至少不要帮助日本帝国主义，而采取中立的立场。我们希望他们能够积极帮助中国抵抗侵略和征服。"

在用"帝国主义"一词的时候，共产党把今天积极侵略中国的日本和目前友好的、不侵略的、民主的资本主义国家作了显明的区分。毛泽东解释说：

"关于总的帝国主义问题，我们认为在大国中间，有些表示不愿参加新的世界大战，有些不愿坐看日本占领中国，如美、英、法、荷兰和比利时等国。此外，还有永远在侵略强国威胁下的国家，如**暹罗**6、菲律

6- 字词解释

暹罗：即泰国。

宾、中美各国、加拿大、印度、澳大利亚、荷属东印度等，这些国家，都多少在日本的威胁之下。我们都把它们当作朋友，请它们合作……

“因此，除了日本和那些帮助日本帝国主义的国家（根据毛泽东在别处所指，即意大利和德国）以外，上述范围中的各国，可以组成反战、反侵略、反法西斯的世界联盟。……在过去，南京曾从美、英和其他各国接受了许多的援助。这些款项和供应品大部分用于内战。南京每杀一个红军的战士，就杀了许多的农民和工人。据银行家章乃器在最近发表的一篇论文中的估计，南京每杀一个红军的战士，就花中国人民八万元钱。[①]因此，我们看来，这样的‘援助’，不能说是给中国人民的。

“只有当南京决定停止内战，对日本帝国主义发动抗战，并且与革命的人民联合起来组成一个民主的国防政府的时候——只有到了那个时候，这样的援助于中国民族才有真正的利益。”

我问毛泽东，苏维埃是否主张取消不平等条约。他指出有许多的不平等条约，实际上已为日本所破坏，特别在满洲。至于中国代议制政府将来的态度，他这样说：

“那些援助中国或者并不反对中国独立和解放战争的国家，应该请他们同中国保持密切的友好关系。那些积极援助日本的国家，自然不能给予同样的待遇：举例说，德国和意国，他们已和伪满洲国建立了特殊的关系，是不能算做中国人民的友邦的。

“对于友邦，中国愿意和平谈判互利的条约。对于其他的国家，中国准备在更广泛的范围上同他们保持合作。……至于日本，中国必须以解放战争的行动，来废除一切不平等条约，没收日本帝国主义所有的财产，取消日本在我国的特权、租界和势力。关于我们对于其他国家的关系，我们共产党人并不主张采取可能使中国在抗日斗争中在国际上处于不利地位的措施。

“当中国真正获得了独立时，那么，外国正当贸易利益就可享有比从前更多的机会。四亿五千万人民生产和消费的力量，不是一件能完全由中国人来管的

① 人民和“游击队”被杀的要比正规红军战士多得多。章先生的估计，除了实际军事费用外，还包括劳动力的损失、庄稼的损失，村庄、城市和农田的破坏等耗费。

事情，而必须要许多国家来参加。我们几万万的人民，一旦获得真正的解放，把他们巨大的潜在的生产力用在各方面创造性的活动上，能够帮助改善全世界经济和提高全世界文化的水准。但中国人民的生产力在过去却很少发挥；相反，它还受着本国军阀和日本帝国主义的压制。”

最后我问，中国是否可能与民主的资本主义国家结成反帝的联盟呢？

毛泽东回答道：

“反帝、反法西斯的联盟，性质上就是共同防御好战国家的和平联盟。中国与资本主义民主国家缔结反法西斯条约，是完全可能而且需要的。这种国家为了自卫加入反法西斯阵线，是对它们自己有利的。……

“假使中国完全沦为殖民地，那么这就是一系列长期的、可怕的、毫无意义的战争的开始。因此必须作出抉择。从中国人民自己来说，我们将采取对压迫者进行抵抗的道路，我们希望外国的政治家和人民也能同我们一起走这一条路，而不要走上帝国主义的血腥历史所决定的黑暗的道路……

“要抗日成功，中国也必须得到其他国家的援助。但这不是说，没有外国的援助，中国就不能抗日！中国共产党、苏维埃政府、红军和中国的人民，准备同任何国家联合起来，以缩短这次战争的时期。但是如果没有一个国家加入我们，我们也决心要单独进行下去！”7

7- 考点　重点句子分析

这是毛泽东代表中国共产党、苏维埃政府、红军和中国人民对斯诺的表态，也可以说是向全世界的宣言：中国一定会将日本侵略者赶出去，一定会取得抗日胜利！表明了中国人民坚持抗战的决心。

但是这是多么荒谬可笑！共产党是真的认为中国可以打败日本这样强大的战争机器？我相信他们

是这样想的。那么，他们认定能获得胜利所根据的，究竟是什么样的逻辑呢？这就是我向毛泽东提出的十几个问题中的一个问题。下面他的回答是有启发性的，而且也许确是有预见性的，即使正统的军事思想家可能认为它在技术上是有谬误的。

第三篇
在保安

论抗日战争

3

内容速览

围绕着抗日战争，斯诺向毛泽东提出了一系列的问题，在翻译吴亮平的帮助下，他把毛泽东关于抗日战争的论断如实地记录了下来。毛泽东分析抗日胜利的益处和条件，预测抗日战争的时间，分析国内国际的形势，表明中共抗日的决心，并阐述抗日的战略，这些也表明毛泽东是一个天才的军事家和政治家。

阅读指南

- **章节阅读属性：**【细读】
- **阅读方法落实：**【阅读纪实作品】这一章节的内容主要是毛泽东对抗日战争的一些见解和论断，阅读时可以与所学到的历史知识相互印证，了解抗日战争的相关情况。
- **核心内容感知：**【梳理情节，了解人物】在1936年的时候，毛泽东就对抗日战争有了精准的分析和预判，阅读时感受他作为天才军事家和战略家的魅力。

章节图解

- **论抗日战争**
  - **采访前的介绍**
    - 在毛泽东简陋的住所进行
    - 有译员吴亮平协助
    - 反复改正，力求准确
  - **毛泽东的抗日见解**
    - 抗日胜利会解决“外国帝国主义”的问题
    - 打败日本需要三个条件，最主要的是中国人民自己的团结
    - 战争时间不定，但抗日必将胜利
    - 人民主动抗战，不可征服
    - 日本国内必然发生革命，苏俄不会坐视不理
    - 若为抗日，中共愿意退让妥协
    - 对日战略应是高机动性的运动战
    - 武装大量的游击队
  - **采访后的补充**
    - 毛泽东始终精力充沛
    - 毛氏夫妇看飞蛾的生活细节

原文阅读

一九三六年七月十六日，我坐在毛泽东住处里面一条没有靠背的方凳上。时间已过了晚上九点，“熄灯号”已经吹过，几乎所有的灯火已经熄灭。毛泽东家里的天花板和墙壁，都是从岩石中凿出来的，下面则是砖块地。窗户也是从岩石中凿出的，半窗里挂着一幅布窗帘，我们前面是一张没有上油漆的方桌，铺了一块清洁的红毡，蜡烛在上面毕剥着火花。[1]毛夫人在隔壁房间里，把那天从水果贩子那里买来的野桃子制成蜜饯。毛泽东交叉着腿坐在从岩石中凿成的一个很深的壁龛里，吸着一支前门牌香烟。[2]

坐在我旁边的是吴亮平，他是一位年轻的苏维埃“干部”，在我对毛泽东进行“正式”访问时担任译员。他把毛泽东对我所提出的问题的回答，用英文全部记下来，然后又译成了中文，由毛泽东改正，他对具体细节也必力求准确是有名的。靠着吴先生的帮助，这些访问记再译成了英文，经过了这样的反复，我相信这几节文字很少有报道的错误。

我在搜集材料上多亏吴亮平给我许多的帮助。他是蒋介石在浙江的故乡奉化一个大地主的儿子。几年以前，因为他那显然有野心的父亲要叫他和蒋总司令的一个亲戚订婚，他就从家里逃出。吴是上海大夏大学的毕业生。在上海，帕特·吉文斯曾经逮捕他，使他在华德路监牢里关了两年。他曾经留学法国、英国和苏联，二十六岁，因为作为一个共产党员努力工作，领到了制服、住所和食物——后者主要是小米和面条。

毛泽东开始回答我提出的关于共产党对日政策的

老师有话说

1- 考点　环境描写赏析

这是对毛泽东夫妇住所内部环境的具体描写，石凿的天花板、墙壁、窗户，砖块地面，特别是“没有上油漆”的细节描写，任谁都想不到这是一位领导人的房间，表现出毛泽东生活的简朴节约。

2- 考点　人物描写赏析

刻画了毛泽东接受访谈时的样子，从“交叉着腿”“吸着”烟等描写中可以体会到他的放松和从容。

【阅读纪实作品】

作者将下面几节文字的产生过程进行了详细介绍，“对具体细节也必力求准确”的译员，将毛泽东的口述变成英文，再把英文译成中文，由毛泽东审阅改正，反复修改，保证了内容的真实性。体现出他们严谨细致、力求准确的做事风格。

第一个问题，我的问题是这样的："如果日本被打败了而且被逐出了中国，你是不是以为'外国帝国主义'这个大问题总的来说也就此解决了呢？"

"是的。如果别的帝国主义国家不像日本那样行动，而且如果中国打败了日本，那就意味着中国人民大众已经觉醒了，动员了起来，而且确立了他们的独立。因此，帝国主义这个主要问题也就解决了。"

"你认为在什么条件下，中国人民才能够消耗和打败日本的军队？"我问。

他回答说："三个条件可以保证我们的成功：第一，中国结成抗日民族统一战线；第二，全世界结成反日统一战线；第三，目前在日本帝国主义势力下受苦的被压迫各国人民采取革命行动。在这三个条件中，主要条件是中国人民自己的团结。"

我问："你认为这样的战争要打多久？"

毛答："这要看中国人民的民族统一战线的力量，要看中国和日本国内的许多的决定性因素，要看国际对华援助的程度以及日本内部革命发展的速度而定。如果中国人民的民族统一战线是极其一致的，如果上下左右都是有效地组织起来的，如果那些认识到日本帝国主义对自身利益威胁的各国政府给予中国的国际援助是大量的，如果日本国内很快发生革命，那么这次战争就会很短，很快就可以得到胜利。[①] 但是，如果这些条件不能实现。那么战争会是很长久的，但到最后，日本还是要被打败，只不过牺牲重大，全世界

① 共产党这时已"正式"对日本处于战争状态了，因为苏维埃政府早在一九三二年就已在江西发表的一个文告中这样宣战了。国民党扣压这个文告的发表。参看《红色中国：毛泽东主席……》第6页（一九三四年伦敦）。

【阅读纪实作品】

这是毛泽东认为中国取得抗日胜利所需要的条件，事实证明，他的看法是完全正确的，在满足了这三个条件的基础上，中国人民的抗日战争最终取得胜利，表现了毛泽东作为苏区领导人，对形势有清醒的认知和正确的判断。

3- 考点 重点句子分析

不得不说毛泽东对日本侵华的野心认识得非常深刻，他清醒地知道日本的目的是要将整个中国变成它的殖民地，不是一味地妥协退让就能让它停下侵略脚步的。

都要经历一个痛苦的时期。”

问：“你对这样一场战争在军事上和政治上的可能发展趋势有怎么样的看法？”

答：“这里包含两个问题——外国的政策和中国军队的战略。

“现在，日本的大陆政策，谁都知道是已经确定的了。那些以为再牺牲一些中国主权，再作一些经济上、政治上或领土上的妥协让步，就可以阻止日本前进的人们，只不过是沉溺在乌托邦的幻想中。[3]南京过去所采取的错误政策，就是根据这种的战略，我们只要看一看东亚的地图，就可知道结果是怎样了。

“不过我们已经知道，不仅是华北，连长江下游和我们南部的海港，都包括在日本的大陆计划里面。此外，也同样很清楚，日本的海军还想封锁中国海，夺取菲律宾、暹罗、印度支那、马来亚和荷属东印度。一旦发生战争，日本必将把这些地方作为它的战略基地，割断英、法、美和中国的联系，独占南太平洋各个海面。这些行动都包括在日本海上战略计划中，我们已看到了这种计划。而且这种海上战略，是必将与日本陆上战略相配合的。

“有许多人以为一旦日本占领了沿海的几个战略要冲而实行封锁以后，中国就将不可能继续对日抗战了。这是胡说。我们只要看看红军的历史，就可以驳倒这种看法。在有些时候，我们的力量在数量上要比国民党的军队少十倍或二十倍，他们在装备上也胜过我们。他们的经济资源超过我们好几倍，他们还得到外界物资上的援助。可是，为什么红军还能节节获胜，它不仅能够存在到今天，而且还能增加它的力量？

“答案就是，红军和苏维埃政府已在他们区域内的全体人民中，造成了一种磐石般的团结，因为苏区中的每一个人，都准备为他的政府反抗压迫者而战，因为每一个人都是志愿的、自觉的，为着他本身的利益和他认为正确的信仰而战。第二，在苏区的斗争中，人民是由有能力、有力量和有决心的人领导的，他们对于自己在战略上、政治上、经济上以及军事上的需要，都有着深切的了解。红军获得了许多次的胜利——当开始的时候，有决心的革命家手中只握着几十支步枪——因为它在人民中有坚实的基础，能够从老百姓方面甚至从白军方面吸引许多朋友。敌人在军事上强过我们不知多少倍，但在政治上，它却是无法动弹的。

“在抗日战争中，中国人民会有比红军对国民党斗争时候所能利用的更大的有利条件。中国是一个很大的国家，只要还有一寸的土地没有在侵略者刺刀的下面，它就不能说是被征服。就算日本占领了一大部分中国，一块有一万万，或者甚至二万万人口的地方，要打败我们，也还差得很远。我们仍旧有很大的力量来抵抗日本军阀，而且在整个战争中，他们还得不断打一场激烈的后卫战。

“至于军火，日本不能夺取我们内地的兵工厂，而这是尽够供给中国军队用许多年的；他们也不能阻止我们从他们自己手中夺取大量的武器和军火。红军就是用这种方法从国民党手中来装备它现在的部队的。九年以来，国民党成了我们的‘军火运输队’。如果全中国人民联合起来抗日，那么，运用这种战术来取得我们的军火的可能性就更加无限了！

“从经济上说，中国当然不是统一的。但是中国经济的不平衡发展，在对经济高度集中的日本抗战的时候，也是有利的。譬如将上海跟中国其他部分隔绝，对于中国并不像将纽约跟美国其他部分隔绝这样的为害严重。而且，日本要使全中国陷于孤立是不可能的。日本从大陆的观点来看，仍是一个海国，它就不能封锁中国的西北、西南和西部。

“因此，问题的中心点又要归结到全中国人民的动员和团结，统一战线的建立，这就是共产党从一九三二年以来所一直主张的。”

问：“一旦发生中日战争，你想日本会不会发生革命呢？”

答：“日本的革命不仅是可能的，而且是一定的，在日军一遭到严重的失败，革命就不可避免地马上要开始发生了。”

问:“你想苏俄和外蒙古是否会卷入这场战争，是否会来帮助中国？在怎样的情势之下，才有这种可能？”

答:“苏联当然也不是一个孤立的国家。它不能不顾远东的事态。它不能保持消极被动。它会坐视日本征服全中国，把中国作为进攻苏联的战略基地？还是帮助中国人民抵抗日本侵略者，争取独立，同苏联人民建立友好的关系呢？我们认为苏联是会争取后一条途径的。

“我们相信中国人民一旦有了他们自己的政府，开始抗战，需要跟苏联以及其他友邦建立友好联盟时，苏联一定将首先来和我们握手。反对日本帝国主义的斗争，是全世界的事，苏联既是世界的一部分，它同英、美一样不能保持中立。”

问:“中国人民的当前任务是夺回丢给日本帝国主义的全部失地，还是只将日本赶出华北和长城以北的中国领土？”

答:“中国的当前任务是收复全部失地，不仅仅是保卫我们长城以南的主权。这就是说，东三省是必须收复的。但我们并没有将朝鲜包括在内。不过，在我们恢复了中国失地的独立以后，如果朝鲜人要想挣脱日帝国主义的锁链，我们对他们的独立斗争将加以热情的援助。对于台湾也是如此。至于内蒙古，那是汉人和蒙人合居的地方，我们一定要把日本从那里赶出去，帮助内蒙古建立一个自治的政府。”

问:“在实际上，苏维埃政府和红军怎样才能跟国民党军队合作抗日呢？在对外战争中，所有的中国军队，是必须放在统一指挥之下的。如果最高军事会议有红军代表，红军是否愿意遵守它的政治和军事的决定？”

答:“是的。只要它是真正抗日的，我们的政府将全心全意遵守这样一个会议的决定。”[4]

问:“红军是否同意，除了得到最高军事会议的允许或命令之外，不开入也不进攻国民党军队所驻扎的区域？”

答:“是的。我们军队当然不会开入抗日军队所驻扎的任何区域的 —— 我们在过去也不曾这样做过。红军决不会乘机利用战时的情势。”

问:“共产党对于这样合作的交换条件是什么?”

答:“那就是坚决地、断然地坚持对日本侵略进行抗战。此外,它还要求遵守我们在呼吁建立民主共和国和国防政府的宣言中所提出的各点。”①

问:“怎样才能最好地武装人民、组织人民和训练人民来参加这样的战争?”

答:“人民必须有组织自己和武装自己的权利。这种自由,蒋介石在过去是不肯给予他们的。但这种压制可并没有完全成功——譬如就红军的情形来说,就是如此。还有,北平、上海和其他各地虽有严重的镇压,但是学生却仍开始把自己组织起来,有了政治上的准备。但是学生和革命的反日群众还没有获得他们的自由,还不能动员起来,加以训练和武装。反过来,当人民大众获得了经济的、社会的和政治的自由,他们的力量就将千百倍地增强,全国人民的真正力量就将显示出来。

“红军经过自己的斗争,从军阀手中获得了自由,成为一支不可征服的力量。抗日义勇军,也同样地从日本压迫者的手中,获得了行动自由,武装了他们自己。中国人民如果加以训练起来、武装起来和组织起来,他们也一样可以成为一支不可战胜的力量。”

问:“在这次‘解放战争’中,你看应该主要采取怎样的战略和战术?”

答:“战略应该是一种在一条很长、流动的、不定的战线上进行运动战的战略,战略的成功完全要靠在地形险阻的地方保持高度机动性,其特点是进攻和退

4-考点 句子含义理解

从毛泽东的这句话中可以看出,中国共产党始终把国家和民族的利益放在首位,在民族大义面前,可以暂时放弃党派之争,体现了共产党人博大的胸怀。

① 在一九三五年和一九三六年苏维埃政府和红军发给国民党的几个宣言中提出过这几点。

却都要迅速，集中和分散都要迅速。这将是一种大规模的运动战，而不是深壕、重兵和坚垒的单纯阵地战。我们的战略和战术必须依作战的地形来决定，而这就决定了运动战。

“这并不是说要放弃战略要冲，只要认为有利，战略要冲还是应该用阵地战来保卫的。但中心战略却必须是运动战，而着重依靠游击队战术。深垒战必须利用，但这在战略上只是辅助的和次要的。”

这里不妨插一句，就是这种战略一般来说似乎也颇得非共产党的中国军事领导人的普遍赞成。南京由于有一支全部靠输入的空军，固然有了一支虽然开支浩大然而力量可观的对内进行镇压的力量，但大部分的专家，对于它在对外战争中的长期价值，却并不存怎样的幻想。空军和中央军的这种机械化，有许多人甚至视为是花费不赀的玩具，认为在战争初起时肯定有令人感到意外的效果和辅助性的防御作用，但在最初几个星期后，就不能维持主动的作用，因为中国几乎完全没有基本军事工业，足以维持和补充空军或现代战争中任何其他高度技术化的部队。

【阅读纪实作品】

作者补充了一部分国民党军官对抗日战略战术的观点，与毛泽东的观点不谋而合，恰恰说明了毛泽东具有出众的战略眼光和军事才华。

白崇禧、李宗仁、韩复榘、胡宗南、陈诚、张学良、冯玉祥和蔡廷锴都似乎相信：中国战胜日本的唯一希望，最终必须依靠把大军分成机动部队，进行优势的运动战，并且在广大的游击区域中要有能力维持持久的防御，这样先在经济上，后在军事上慢慢拖垮日本。这至少就是他们的理论。

毛泽东继续说：“从地理方面来说，战场是这样的广大，因此我们有可能以最大的效率来进行运动战，这对像日本这样行动缓慢的战争机器有致命的效果，因为它为了对付后方的袭击，不得不小心翼翼地摸索着前进。如果在一条狭隘的战线上集中重兵、竭力防御一二处要镇，那就完全丢掉了我们地理上和经济组织上的战术有利条件，而重蹈阿比西尼亚的覆辙。我们的战略和战术应该注意避免在战争初期阶段进行大决战，而应该逐步打击敌军有生力量的士气、斗志和军事效率。

“阿比西尼亚的错误，除了内部政治上的弱点以外，就是在于他们想保有一条纵深战线，使得法西斯便于轰炸，便于放毒气，便于将技术上较强的战争机器对不机动的集中兵力进行袭击，使得自己受到致命的有机伤害。

“除了中国正规军之外，我们还应在农民中创建、指导并且在政治上和军事上武装大量的游击队。东三省的这种类型的抗日义勇军的成绩，只不过是全国革命农民中可以动员起来的潜在抵抗力量的极小表现。只要有适当的领导和组织，这种队伍可以弄得日本人一天二十四小时疲于奔命，愁得要死。

“必须记住，这次战争是在中国境内打的。这就是说日本人受到敌视他们的中国人民的完全包围。日本人的全部给养不得不靠从外面运进来，并且还要加以保护，在各交通线都要重兵驻守，同时在东三省和日本的基地也须重兵驻守。

“战争的进行中使中国有可能夺获许多日本的俘虏、武器、弹药、战争机器等等。到了某个时候，我们就越来越可以跟日本军队作阵地战，利用堡垒和深壕了，因为随着战争的进展，抗日军队的技术装备一定会大大地改善，而且还由于外国的重大援助而加强起来。在占领中国的长期负担的重压下，日本的经济是要崩溃的；在无数次胜负不决的战役的考验下，日本军队的士气是要涣散的。当日本帝国主义的浪潮在中国抗战的暗礁上冲散了以后，中国革命人民中潜藏的大量人力，却还可以输送无数为自己的自由而战斗的战士到前线来。

“这一切以及其他的因素，是决定战争的条件，使我们可以对日本的堡垒和战略根据地作最后的决定性的攻击，将日本占领军赶出中国。

“我们将欢迎并优待被我们俘获的和解除武装的日本官兵。我们不会杀他们。我们将像对兄弟一般地对待他们。我们对于日本无产阶级的士兵并无冲突，我们要用一切方法使他们站起来，反对他们本国的法西斯压迫者。我们的口号是：‘联合起来反对共同的压迫者法西斯头子！’反法西斯的日本士兵是我们的朋友，我们的目标是不矛盾的。”

时间已经过了早晨两点，我精疲力竭，但在毛泽东苍白的有点发黄的脸上，我却找不出一些疲倦的表示。[5]在吴亮平翻译和我记录的时候，他一忽儿在两个小房间之间来回踱步，一忽儿坐下来，一忽儿躺下来，一忽儿倚着桌子读一叠报告。毛夫人也还没有睡。忽然间，他们两个都俯过身去，看到一只飞蛾在蜡烛旁边奄奄一息地死去，高兴得叫起来。这确是一只很可爱的小东西，翅膀是淡淡的苹果绿，边上有一条橘黄色和玫瑰色的彩纹。毛泽东打开一本书，把这片彩色的薄纱般的羽翼夹了进去。[6]

这样的人会是真的在认真地考虑战争吗？

我突然想起第二天早上八点有一个约会要参观红军大学——要考察中国共产党人抗日情绪的“诚意”，这个地方大概是最合适不过了。

5-考点 重点句子分析

已是凌晨两点，只负责提问的斯诺已经极其疲累了，而长篇大论发言的毛泽东却还不见一点疲倦，表现出他有着旺盛的精力，身体素质极佳。

6-考点 人物形象分析

对毛泽东观察飞蛾并收集羽翼的描写，充满了生活气息，表现出毛泽东富有童心的一面。具有真知灼见的天才战略家和喜爱收集飞蛾羽翼的普通人，作者多角度地描写毛泽东，增加了人物形象的立体性和真实性。

【阅读纪实作品】

斯诺虽然已经从毛泽东这里听取了很多关于抗日的见解，但他仍然保持着谨慎的态度，打算继续探寻共产党人抗日情绪的“诚意”，体现出他始终坚持客观的态度，并富有探究精神。

第三篇 在保安

3 悬赏两百万元的首级

内容速览

重点讲述了斯诺在红军大学的见闻感受。主要介绍了红军大学艰苦的办学条件、校长林彪的传奇经历，列举了讲座上学员们提出的一些复杂的问题，还简述了红大的招生条件、各分部学员组成和课程内容等，强调了红军抗日的决心。

阅读指南

- **章节阅读属性：**【细读】
- **阅读方法落实：**【阅读纪实作品】作者讲述红军大学的校内条件、学员组成、课程内容等，从多个方面向读者展示它的独特性，而这一切都彰显着红军大学的办学宗旨：打倒日本帝国主义，争取民族独立。表现了中国共产党和红军的爱国主义精神和抗日的决心。
- **核心内容感知：**【梳理情节，理解内容】作者在开篇就介绍了红军大学有许多“独一无二”的地方，认真阅读，具体感受红军大学的独特性。

章节图解

悬赏两百万元的首级

- **独特的大学**
  - 校长年轻，学员特殊
  - 办学条件简陋，学员生活简朴
- **校长林彪**
  - 湖北工场主的儿子，父亲破产
  - 黄埔军校学习，初在国民党军队效力，后转向共产党
  - 未受过伤，没出过国，是一个出色的战术家
- **红军大学的具体介绍**
  - 丰富多彩的文娱活动
  - 四个分部，八百学员
  - 招生条件简单，注重思想觉悟
  - 四个分部学员和学习情况不同
  - 有充分的决心要抗战

原文阅读

红军大学有许多独一无二的地方。[1]

它的校长是一个二十八岁的指挥员，据说他从来没有吃过一次败仗。红军大学自称有一个班的学员全是老战士，平均年龄是二十七岁，平均每人有八年作战经验，受过三次伤。有什么别的学校由于“纸荒”而不得不把敌人的传单翻过来当作课堂笔记本使用？或者每个学员的教育费用，包括伙食、衣着、一切在校开支，每月不到十五元银洋？或者把那些鼎鼎大名的学员的首级赏格加起来总共超过两百万元？[2]

红军大学就是这样。

最后，以窑洞为教室，石头砖块为桌椅，石灰泥土糊的墙为黑板，校舍完全不怕轰炸的这种“高等学府”，全世界恐怕就只有这么一家。[3]

所以不怕轰炸是因为在陕西和甘肃，除了普通房屋以外，还有很大的住人的窑洞、供佛的岩窟、防敌的堡垒，都有几百年的历史。有钱的官吏和地主在一千年前就修建了这种奇怪的建筑物，用以防御洪水、外敌、饥荒，在这些地方囤粮藏宝，挨过历次的围困。这些洞窟深挖在黄土岩或硬石岩中，有些有好几间屋子，可以容纳好几百人，是天造地设的防空洞，不怕原来是中国人民送给蒋介石去打日本人的南京新轰炸机的轰炸。红军大学就是在这种古老的洞窟中找到了奇怪而安全的校舍。

我到达后不久，他们就把红军大学校长林彪介绍给我。林彪邀我找个日子给他的学员讲话。他拟的题目是：《英美对华政策》。我感到为难。我对两国的对华政策都知道得太少了。何况，我也不能用马克思主

老师有话说

1- 考点 重点句子分析

开篇用“独一无二”总体评价红军大学，不禁让人好奇它到底哪些地方独特，吸引读者的阅读兴趣。

2- 考点 修辞手法赏析

运用排比和反问的修辞手法，突出了红军大学的独特性，从中可以体会到红军大学条件的艰苦，最后一个问句点题。

3- 考点 重点句子分析

这是对红军大学校内设施的描写，砖石桌椅，石灰黑板，不怕轰炸的校舍，具体表现出设施的简陋、条件的艰苦，最后一句以幽默的口吻强调了它的独特性。

义的术语来解释。但是林彪坚持要我讲。他说他们自己可以提供马克思主义的术语。他为此安排了一次“面条宴”，使我感到**盛情难却**[4]，只好勉强从命。

4- 字词解释

盛情难却：浓厚的情谊让人难以拒绝。

林彪是湖北省一个工场主的儿子，生于一九〇七年。他的父亲因苛捐杂税而破产，但是林彪还是设法读完了中学，进了广州的黄埔军校学习。他在那里成绩优秀，在蒋介石及其首席顾问俄国将军布留赫尔手下，受到了紧张的政治军事训练。他毕业后不久，北伐开始，林彪被提拔为上尉。到一九二七年，他刚二十岁，就成了国民党张发奎领导下的著名的第四军里的一个上校。同年八月，南京发生右派政变后，他率领所属的一团军队在南昌起义中参加了贺龙和叶挺领导下的第二十军，南昌起义是中国出现共产党的反对派活动的开始。

【阅读纪实作品】

这句话从侧面反映出林彪个人确实拥有出色的军事才能。

林彪和毛泽东一样，从来没有受过伤，享有这样盛名的红军指挥员并不多。他在前线身经百战，在战地指挥大军历时十年以上，凡是他的部下战士所经历的各种艰难困苦他都尝到过，他的首级的赏格高达十万元，但是他仍神奇地没有受伤，身体健康。

一九三二年，林彪负责指挥红军一军团，当时该军团有两万支步枪，成了红军最厉害的一部。主要由于林彪作为战术家的出众才能，奉派前来同它交战的政府军无不遭到他的歼灭，打败或者被其制胜，而他自己则从来没有被打败过。据说有时南京部队一经发现与一军团对垒，就闻风而逃。然而关于这些著名的“铁军”的事，待我到了前线以后再说。

【阅读纪实作品】

通过描写南京部队的表现，衬托出红军一军团的战斗力之强，表现出作为指挥员的林彪是一个能力出众的军事家。

像红军的许多能干的指挥员一样，林彪从来没有出过国，除了中文以外，不会说也不会读任何外语。

但是他不到三十岁就博得了红军内外人士的尊重。他在中国红军的军事刊物《斗争》和《战争与革命》上发表的文章被南京的军事刊物转载，受到他们的研究和评论，在日本和苏俄也是这样。他以“短促突击战”创始者著称，冯玉祥将军曾经就这种战术发表过评论。据说一军团的许多胜利都可归因于红军熟练地掌握了“短促突击战”。

有一天早晨，我同林彪指挥员和他的红军大学教员一起到保安城外不远的红军大学。我们是在文娱时间里到的。有的学员在两个球场上打篮球；有的在保安城外一条黄河支流旁边草地上的一个网球场上打网球；有的在打乒乓球；有的在写东西，读新到的书报，或者在他们简单的“俱乐部”中学习。5

这是红军大学的第一分部，有二百名左右学员。红大一共有四个分部，八百名学员。在保安附近，在教育人民委员会的行政管理下，还有无线电、骑兵、农业、医务等学校。此外还有一个党校和一个群众文化教育中心。

有两百多名学员集合起来听我讲“英美对华政策”。我扼要地谈了一下英美的态度，然后同意解答问题。我不久就发现，这是个大错误，请我吃的面条根本抵偿不了我遇到的难堪。向我提出的问题，即使由 H.G. 威尔斯先生[①]来回答，也要自叹**智穷才竭**6。比如，你不妨想一想如何回答向我提出的下列问题：

“英国政府对成立亲日的冀察委员会的态度如何，对日军进驻华北的态度如何？”

① H.G. 威尔斯（一八六六至一九四六年），著名英国小说家。—— 译注

5- 考点 场面描写赏析

描写了红军大学的各项文娱活动。虽然红军大学设施简陋，条件简朴，但是活动依然丰富多彩。

【阅读纪实作品】

作者用幽默风趣的语言表现了自己当时的难堪，同时吸引了读者的兴趣，让读者对学员们提出的问题感到好奇。

6- 字词解释

智穷才竭：指智力和才能都已经穷尽了。从这个词语中可以感受到斯诺当时的窘迫。

“全国复兴署[①]的政策在美国的结果如何，对工人阶级有什么好处？”

“如果日本与中国开战，德、意会帮助日本吗？”

“如果没有其他国家帮助，你估计日本对中国大规模作战能维持多久？”

“国际联盟为什么失败？”

“在英国和美国，共产党都是合法存在的，为什么这两个国家都没有工人政府？”

“在英国组织反法西斯阵线方面有了什么结果？在美国呢？”

“以巴黎为中心的国际学生运动的前途如何？”

“你认为李滋－罗斯访日会不会造成英日在对华政策上取得一致意见？”

“中国抗日后，美国和英国会帮中国还是帮日本？”

“请谈一谈，既然美国和英国是中国人民的朋友，为什么它们在中国驻有军舰和军队？”

“美国和英国的工人对苏联的看法如何？”

要在两个小时之内回答这些问题可不简单！而且实际上不止两个小时。从早上十点开始，一直到下午很晚的时候。最后得不出什么结论，暂告结束。

后来我参观了各个教室，并同林彪和他的教员们谈了话。他们把学校招生条件告诉了我，并且给我看了印好的招生简章，有好几千份这样的简章秘密地发到了中国各地。四个分部招收“决心抵抗日本帝国主义和献身于民族革命事业的人，不分阶级、社会或政治背景。”年龄限制是十六岁到二十八岁，“不

【阅读纪实作品】

红军大学的招生条件看似简单，但是切实体现了他们抗日的决心。民族独立和民主政治始终是中国共产党和红军追求的目标。

① 罗斯福的一个新政机构。—— 译注

分性别"，"报考者必须体格健康，不患传染病"，而且 —— 这话有点笼统 ——"不染一切恶习"。

我发现，在实际上，第一分部的学员大部分是红军中的营、团、师级指挥员或政委，接受高级军政训练，为期四个月。根据红军规定，每个在役指挥员或政委每两年必须至少受四个月这样的训练。

第二分部和第三分部收的是连、排、班级指挥员，红军中有经验的战士，还有从"中学毕业生或有同等学力者、失业教员或军官、抗日义勇军干部和抗日游击队领袖、从事组织和领导工运的工人"中招来的新学员。红军在东征山西省时，山西有六十多个中学毕业生参加了红军。

第二分部和第三分部上课六个月。第四分部主要"训练工兵、骑兵干部、炮兵部队"。我在这里遇到了一些以前当过机工和学徒的人。后来，我在离开红色中国时，我还遇到八个坐卡车来的新学员，他们是从上海和北平来上红军大学的。林彪告诉我，全国各地报名的有两千多名。当时主要问题是交通问题，因为每个学员都得"潜越"入境。

红大各分部课程互不相同。第一分部的内容可以作为样品**以见一斑**[7]。政治课程有：政治知识、中国革命问题、政治经济学、党的建设、共和国的策略问题、列宁主义、民主主义的历史基础、日本的政治社会状况。军事课程有：抗日战争的战略问题、运动战、抗日战争中的游击战术的发展。

有些课程有专门的教材。有些是从江西苏区出版机构带来的，据说那里的一个主要印刷厂曾经有八百名印刷工人在工作。其他课程用的材料是红军指挥员

7- 字词解释

以见一斑：见到事物的一少部分，可以推知事物的整体。这里的意思是通过红军大学第一分部的课程内容，来感知红军大学所设课程的特点。

【阅读纪实作品】

这些军事课程都是针对抗日来设置的，从中可以看出红军已经在为抗击日本侵略者做准备。

和党的领导人的讲话，谈的是俄国革命和中国革命的历史经验，或者利用缴获的政府档案、文件、统计的材料。

对于“红军真的要打日本吗？”这个问题，红大的这些课程也许是个很好的答复。这足以说明红军早已预见到而且在积极计划中国如何对日本打一场“独立战争”—— 他们认为这场战争是不可避免的，除非出现奇迹，日本从已经处于日本军队的铁蹄下的广大中国领土上撤出去。

这不是个愉快的前景。有些在华外国资本家认为这是发疯。但是也有其他的人坦率承认，已有千百万中国人成了日本的亡国奴，在这样的情况下，就不能怪中国人现在宁死也不愿再未经一战就放弃他们的自由。

至少红军有充分决心要抗战，而且认为一打仗他们就首先上前线，这一点不仅可以从他们的领导人的热烈言论中，从军队严格的实际训练中，从他们提出要同他们十年宿敌国民党组成“统一战线”的建议中可以看出，而且也可以从苏区到处看得到的紧张的宣传活动中看出。

在这种宣传教育活动中起着一个带头作用的是许多叫作人民抗日剧社的青年组成的剧团，他们在苏区不断地巡回旅行，宣传抗战，在农民中唤起尚在沉睡中的民族主义意识。

我首次参观红军大学后不久就去看了这个令人惊异的儿童剧社的一场演出。8

8- 考点　重点句子赏析

结尾提到了去看抗日剧社的演出，为下文内容做铺垫，作者给这个剧社的评价是“令人惊异”，引起读者的阅读兴趣。

第三篇 在保安

3

红军剧社

内容速览

主要讲述了斯诺观看红军剧社一次演出活动的见闻感受。他不仅介绍了这次演出的具体情况，还通过采访剧社社长危拱之女士，了解了红军剧社的发展历程。最后又阐述了对中国共产主义运动的深刻思考。

阅读指南

- **章节阅读属性：**【细读】
- **阅读方法落实：**【阅读纪实作品】作者在介绍完红军剧社后，又阐述了自己由此引发的对中国共产主义运动的思考。这些认识十分深刻，对今天依然有启发意义。
- **核心内容感知：**【梳理情节，感受魅力】关注作者对红军剧社一次演出的具体描写，感受红军剧社的魅力。

章节图解

- **红军剧社**
  - **观看红军剧社演出**
    - 看戏的人很多，剧场条件简陋，中共领导人与百姓同等待遇
    - 三小时演出，抗日、革命主题，幽默真实，细腻精巧不足
    - 《侵略》《丰收舞》《统一战线舞》《红色机器舞》，观众参与演出
  - **剧社的发展历程**
    - 1931年在江西组建，1000多名学员，60多个剧团
    - 陕西苏区30多个巡回剧社，每个军、几乎每个县都有
  - **剧社特点和作用**
    - 设备简陋，节目多样，演出幽默风趣，形式喜闻乐见
    - 演员生活简朴，精神十分愉快，剧本歌曲自己创作
    - 宣传抗日和革命，消除人民疑虑，争取人民信任

原文阅读

我同一个邀我前去看红军剧社演出的年轻干部出发时，人们已经纷纷朝着那个用古庙临时改建的露天剧场奔去了。那天是星期六，距日落还有两三个小时，保安似乎已经倾城而出。

学员、骡夫、妇女、被服工厂和鞋袜工厂的女工、合作社职工、苏区邮局职工、士兵、木工、拖儿带女的村民，大家都向河边那块大草地涌过去，演员们就在那里演出。[1]很难想象有比这更加民主的场合了。不远的网球场上甚至还有几头羊在啃草。

不售门票，没有包厢，也无雅座。[2]我看到中央委员会书记洛甫、红军大学校长林彪、财政人民委员林伯渠、政府主席毛泽东以及其他干部和他们的妻子都分散在观众中间，像旁人一样坐在软绵绵的草地上。演出一开始就再也没有人去怎么注意他们了。

台上挂着一块红色的绸制大幕布，上面有“人民抗日剧社”几个大字，还有拉丁化的新文字拼音，红军大力提倡拉丁化来促进群众教育。节目有三个小时，有短剧、舞蹈、歌唱、哑剧——可以说是一种杂耍表演，共同的地方主要是两个中心主题：抗日和革命。节目充满了明显的宣传，一点也不精致，道具都很简单。但是优点是从锣鼓铙钹和假嗓歌唱中解放出来，采用活的题材而不像腐朽的中国京剧那种没有意义的历史故事。

最后，演出生气勃勃，幽默风趣，演员和观众打成一片，这就弥补了一部分细腻精美的不足。红军剧社的观众似乎真的在听着台上的说话。同那些神情厌烦的京剧观众相比，这真使人惊奇，因为在中国，看

老师有话说

1- 考点 重点句子分析

作者不厌其烦地罗列了各类观众，从中可以看出剧社的受众十分广泛，很受欢迎，“涌”字体现出人数之多和人们的急切。

2- 考点 重点句子分析

对剧场条件的介绍，三个短句，突显出剧社条件的简陋，同时也体现出亲民、平等的特点。

【阅读纪实作品】

共产党的领导人与老百姓在一起，平易近人，不搞特殊。

戏的把时间主要花在吃水果、嗑瓜子、聊天、把热毛巾扔来扔去、到别的包厢里去访客上面，只是偶尔才看一下台上的戏。3

3- 考点　重点句子分析

红军剧社的演出虽然简单，但是能够让观众沉浸其中，与中国传统的看戏状况形成鲜明的对比。

第一个短剧叫《侵略》，以一九三一年满洲一村庄为背景，幕启时日军到达，把不抵抗的中国军队赶走。第二幕中，日本军官在一个农民家设宴，把中国人当作椅子坐，喝醉了酒污辱中国人的妻女。下一幕是日本毒贩在叫卖吗啡和海洛因，强迫每一农民买一份。一个青年拒绝，就被叫出来讯问：

“你不买吗啡，你不遵守满洲国卫生条例，你不爱你的‘圣上’溥仪，”拷打他的人这么说，“你不好，你是抗日的匪徒！”那个青年就马上给处决了。

接着一场戏是农村集市，有些小商人在太平的气氛中叫卖货物。突然来了日本兵，搜查“抗日匪徒”。他们要当场查看身份证，忘记带在身上的就被枪决了。接着两个日本军官大吃一个小贩的猪肉。吃完后他要他们付钱时，他们奇怪地看着他说：“你要我们付钱？可是蒋介石把满洲、热河、察哈尔、塘沽停战、何应钦—梅津协定、冀察委员会都给了我们，也没有要一个铜板！为了一点点肉，你却要我们付钱！”他们立刻把他当作“匪徒”用刺刀捅死了。

【阅读纪实作品】

演员的台词表现出日本侵略者的贪婪无耻，更体现了蒋介石对日妥协行为的严重危害。

当然，最后村子里的人忍无可忍了。商贩们把货摊和遮阳的大伞推倒，农民们拿起长矛，妇女儿童拿起菜刀赶来，大家都宣誓要同日本鬼子“血战到底”。

这个短剧很幽默风趣，用了本地方言。观众不时哄堂大笑，或者对日本人表示厌恶和仇恨的咒骂，他们情绪很激动。对他们来说，这不仅仅是政治宣传，也不是滑稽戏，而是深刻的真理。演员大多数是十几岁的少年，而且是陕西和山西的本地人，但是观众由于全神贯注于剧中的思想，就把这一点完全给忘记了。

这场以滑稽戏为形式的表演所蕴藏的残酷的现实意义，并没有因为剧中的风趣和幽默而模糊起来，至少对一个在场的年轻战士是如此。他在演剧结束时站了起来，用感情激动的嗓子大声喊道：“打死日本强盗！打倒杀害中国人民的凶手！打回老家去！”全场观众都齐声高喊他的口号。我后来打听到这个少年是个东北人，他的父母都被日本人杀死了。

【阅读纪实作品】

可见演出虽然简单，但是题材却是来自现实生活，能够引起人们的共鸣，激发人们的情绪，切实起到宣传和教育的作用。

就在这个时候，漫游的羊群引起了哄堂大笑，缓和了气氛。原来它们正在满不在乎地啃球网，那是开场前忘记收起来的。一些学员赶去追逐羊群，把文娱部门这一重要财产抢救下来，引起了观众一阵哄笑。

第二个节目是《丰收舞》，由剧社的十几个女孩子优美地演出。她们光着脚，穿着农民的衣裤和花背心，头上系着绸头巾，跳起舞来动作整齐优美。我后来知道，其中有两个姑娘是从江西一路走过来的，她们原来在瑞金的红军戏剧学校学习舞蹈。她们是真正有才华的。

另外一个独特而好玩的节目叫作《统一战线舞》，表演中国动员抗日。我不知道他们是用什么魔术变出这些服装来的，忽然之间有一群群青年穿着白色的水手服，戴着水手帽，穿着短裤——先是以骑兵队形，后来以空军队形，步兵队形，最后以海军队形出现。中国人是演哑剧的天生艺术家，他们的姿态十分写实地传达了舞蹈的精神。接着是一个叫作《红色机器舞》。小舞蹈家们用音响和姿势，用胳膊、大腿、头部的相互勾接和相互作用，天才地模拟了气缸的发动、齿轮和轱辘的转动、发动机的轰鸣——未来的机器时代的中国的远景。

在演出之间，观众中不时有人叫喊，要请别人即兴唱歌。在大家的要求下，五六个陕西本地姑娘——工厂女工——唱了本省的一个古老民歌，由一个陕西农民用土制琵琶伴奏。另一个"点名"演出是一个学员吹口琴，又有一个学员唱一首南方人爱唱的歌。接着，使我感到完全手足无措的是，有人要求外国新闻记者独唱！

他们不肯放过我。天晓得，我除了狐步舞、圆舞曲、《波希米》和《圣母玛丽亚》以外，什么也不会，而这些乐曲对这批斗志昂扬的观众来说是很不合适的。我甚至已记不起《马赛曲》是怎么唱的了。他们仍继续要求。我在极度尴尬的情况下终于唱了《荡秋千的人》。他们很有礼貌。没有叫我再来一个。

看到幕布升起演下一个节目，我这才感到心头一块大石落地。这个节目是一个有革命主题的社会剧——一个管账的同他的房东太太谈恋爱。接着又是舞蹈，舞蹈之后是一个关于西南方面新闻的**活报剧**[4]和儿童们合唱《国际歌》。从灯光集中的一个圆柱上拉出绳子来挂着万国旗，周围伏着许多舞蹈演员。她们慢慢地跟着歌词抬起身来，挺立着，最后在歌声结束时高举着紧握的拳头。

演出结束了，但是我的好奇心仍旧未减。因此第二天我去访问人民抗日剧社的社长危拱之女士。

危女士于一九〇七年生于河南，参加红军已有十年。她原来参加"基督将军"冯玉祥的国民军的宣传

4- 拓展知识

活报剧：一种戏剧演出形式，简称"活报"，即"活的报纸"，一般以社会时事为题材，能迅速反映时事，演出形式灵活多样，以进行宣传为目的。中国的活报剧演出开始于20世纪20年代，革命战争时期更为流行，具有极强的宣传鼓动性。

5- 考点　句子含义理解

国民党士兵看过演出就不愿打红军，侧面表现出演出的宣传作用十分明显。

队，一九二七年冯玉祥与南京的政变妥协以后，她就同许多年轻学生一起离开那里，在汉口加入共产党。一九二九年共产党派她去欧洲，在法国学习了一个时期以后又到莫斯科去，一年后回国，闯过国民党对红色中国的封锁，开始在瑞金工作。

她把红军剧社的历史向我作了一些介绍。演剧团体最初是在一九三一年在江西组织起来的。据危女士说，在那里，在瑞金的著名的高尔基学校里，从苏区各地招来了一千多名学员，红军训练了大约六十个剧团。他们在各个村子里和在前线巡回演出。每个剧团都收到各村苏维埃要求去演戏的邀请。农民们由于文化生活贫乏，对于任何娱乐都是很欢迎的，他们自动安排交通、吃饭、住宿的问题。

危女士在南方时任副社长，到了西北以后负责全部戏剧工作。她在江西参加长征，是几十个经历长征而仍活下来的妇女之一。在南方的军队到西北之前，陕西苏区就已有了剧社，但在江西的演员到达以后，戏剧艺术显然有了新的生命。危女士告诉我，现在一共约有三十个这样的巡回剧社，甘肃也有一些。我以后旅行时还会碰到。

危女士继续说："每个军都有自己的剧团，几乎每个县也都有。演员几乎都是在当地招来的。我们从南方来的有经验的演员现在都已成了导演了。"

我遇到好几个少年先锋队员，他们还只有十几岁，可是已经过长征，现在负责组织和训练各个村子里的儿童剧社。

"农民们老远来看我们红军演出，"危女士自豪地告诉我，"有时，我们临近白区边界，国民党士兵偷偷地带信来要求我们的演员到边界的集市上去。我们去后，红军和白军都不带武器前来集市看我们表演。但是国民党高级军官如果知道了是决不答应的，因为国民党士兵一旦看了我们演出后就不愿再打红军了！"[5]

这些剧团使我奇怪的不是他们向世界提供什么有艺术价值的东西，他们显然没有，而是他们设备这么简陋，可是却能满足真正的社会需要。他们的道具和服装都很少，但就是能够用这种原始的材料演出逼真的戏剧。演员们除了伙食和衣着之外，所得生活津贴极微，但是他们像所有共产党员一样天天学习，

【阅读纪实作品】

红军剧社的演员生活十分艰苦，但是他们精神愉快，因为他们为革命为抗日贡献了自己的力量。

他们相信自己是在为中国和中国人民工作。他们到哪儿就睡在哪儿，给他们吃什么就愉快地吃什么，从一个村子长途跋涉走到另一个村子。从物质享受来说，他们无疑是世界上报酬最可怜的演员，然而我没有见过比他们更愉快的演员了。

红军的剧本和歌曲都是自己写作的。有些是多才多艺的干部给他们写的，但是大多数是宣传部门的作家和艺术家写的。有些短剧是成仿吾写的，他是一个著名的文学批评家，三年前参加红军，另外一些是中国最著名的女作家丁玲最近写的，她现在也参加了红军。

在共产主义运动中，没有比红军剧社更有力的宣传武器了，也没有更巧妙的武器了。由于不断地改换节目，几乎每天变更活报剧，许多军事、政治、经济、社会上的新问题都成了演戏的材料，农民是不易轻信的，许多怀疑和问题就都用他们所容易理解的幽默方式加以解答。红军占领一个地方以后，往往是红军剧社消除了人民的疑虑，使他们对红军纲领有个基本的了解，大量传播革命思想，进行反宣传，争取人民的信任。例如，在最近红军东征山西时，成百上千的农民听说随军来了红军剧社，都成群结队来看他们演出，自愿接受用农民**喜闻乐见**[6]的形式的戏剧进行的宣传。

6- 字词解释

喜闻乐见：喜爱听，乐意看，形容十分受欢迎。这里是说农民十分喜欢观看剧社的表演。

总的来说，这是把“艺术搞成宣传”到了极端的程度，很多人会说，“为什么把艺术扯了进去”？但从广义来说，这就是艺术，因为它为观众带来了生活的幻觉，如果说这是一种简单的艺术的话，那是因为它所根据的活的材料和它作为对象的活的人在对待人生的问题上也是简单的。对中国的人民大众来说，艺术和宣传是划不清界限的。唯一的不同在于：什么是人生经验中可以理解的，什么是不能理解的。

你知道在某种意义上你也可以把整个中国共产主义运动史看成是一个盛大的巡回宣传演出，与其说是为了保卫某种思想的绝对正确，不如说是为了保卫这种思想的存在权利。我现在也很难说，但是这很可能是红军最有永久价值的贡献，即使他们最终遭到失败和打垮。已有千百万年轻的农民听到了这些嘴上无毛的青年所宣传的马克思主义福音，即使这些青年已有成千上万的人如今已经牺牲了，对这些农民来说，中国古旧文化的禁忌束缚是决不会再那样有效了。不论命运使这些红军颠沛流离到什么想象不到的地方，他们都有力地要求进行深入的社会改革——对此，农民是不可能用其他方法知道的——而且他们给穷人和受压迫者带来了必须行动起来的新信念。

不论他们有时犯过多么严重的错误，不论他们的过火偏向造成了多大的悲剧，不论他们在这个问题上或那个问题上的强调或重视有多么夸大，但是他们真诚的迫切的宣传目标始终是要震撼、唤起中国农村中的亿万人民，使他们意识到自己在社会中的责任，唤起他们的人权意识，同儒道两教的胆小怕事、消极无为、静止不变的思想做斗争，教育他们，说服他们，而且没有疑问，有的时候也缠住他们，强迫他们起来为"人民当家做主"——这是中国农村中的新气象——而斗争，为共产党心目中的具有正义、平等、自由、人类尊严的生活而斗争。农民阶级经过两千年的沉睡以后在觉醒的状态下逐渐站起来，由此而产生的这种越来越大的压力，较之南京方面所通过的一切口头上十分虔诚而实际上毫无意义的决议，更加能够迫使在中国实现巨大的变化。

这种"共产主义"究竟意味着什么？从某种意义上来说，这是历史上第一次，成千上万的知识青年，由于突然得到大量的科学知识，引起了伟大的梦想，开始"回到民间去"，到他们国家的基层乡土中去，把他们新获得的知识"启示"，给知识上贫乏的农村，给生活在黑暗中的农民，争取他们的联盟，一起来建设一种"比较富裕的生活"。一个更好的世界是能够创造的，而且只有他们才能够创造这样一个世界，在这样的信念的鼓舞下，他们把实行的方案——公社的理想——带到人民中去，征求他们的认可和支持。他们赢得的支持似乎达到了令人吃惊的程度。他们通过宣传和具体行动使亿万人民对于国家、社会和个人有了新的概念。

我置身在红军之中常常有一种奇怪的感觉，仿佛我是在一批过着暴力生活的学生中间，只是因为历史所造成的奇怪的缘故，这种暴力的生活对他们来说，较之踢足球、教科书、谈恋爱，较之其他国家中青年的主要关心的事情，似乎更加重要得多。有时我几乎不能相信，只是由于这一批坚决的青年，有了一种思想的武装之后，竟然能够对南京的千军万马进行了群众性斗争达十年之久。这种不可置信的战斗友谊是怎么产生的呢？是用什么联结在一起的呢？它的力量来自什么地方？也许可以说，它毕竟还是没有成熟，但这是为什么？它看来基本上仍旧像是一种有力的示威，像一种青年运动，这又是为什么？

只有当你了解中国的历史在过去四分之一的世纪中所经过的那种突出的孕育过程的时候，这个问题才能得到答复。这一孕育的合法产儿显然就是现在这支红军。几百年来，中国的文人一直要努力凌驾于人民之上，跻身于高高在上统治人民大众的一小批官僚阶级之列——所凭借的手段就是把象形文字和仅有的一些知识据为已有，以此来作为控制乡村的愚昧的武器，而不是用来启蒙。但是新的孕育却产生了一种现象——这个婴儿不但要同“愚昧的大众”共享知识，而且甚至要把大众理想化。

我在保安的时候常常暗自思量，我怎么才能够把这震撼中国胎盘的极其自然的动荡解释清楚。我怎么才能够把这缓慢的受孕、临产的胎动、产时的阵痛、产后的结果描写出来？我可以一一列举简单的历史事实，但我无法表达它对人造成的苦难剧痛。这时，毛泽东开始向我谈到他的一些个人历史，我一个晚上接着一个晚上，一边写着他的个人历史，一边开始认识到，这不仅是他的个人历史，也是共产主义——一种对中国有实际意义的适合国情的共产主义，而不是像有些作者所天真地认为的那样，不过是从国外领来的孤儿——如何成长，为什么能赢得成千上万青年男女的拥护和支持的记录。这种个人历史，我后来在红军许多其他领导人身上也会不断听到，只是细节上有很多的不同。我想读者要想知道的，就是这样的故事。下面就是这个故事。

阅读思考

基础测评

❶ **毛泽东认为，中国取得抗日胜利最主要的条件是(　　)。**

A. 全世界结成反日统一战线。

B. 目前在日本帝国主义势力下受苦的被压迫各国人民采取革命行动。

C. 中国结成抗日民族统一战线。

D. 日本国内爆发革命。

❷ **下列关于红军大学的表述错误的一项是(　　)。**

A. 红军大学的校舍之所以不怕轰炸，是因为红军在这里建立了坚固的防御设施。

B. 红军大学的校长是林彪，他是一个出色的战术家。

C. 红军大学虽然条件艰苦，但是学员们的文娱活动十分丰富。

D. 从红大的课程设置可以看出，红军在为与日本帝国主义作战做准备。

❸ **下列关于《红军剧社》的内容理解错误的一项是(　　)。**

A. 红军剧社的设备十分简陋，但是演出效果很好。

B. 民众喜欢红军剧社的演出，是因为他们的演出细腻精美。

C. 红军剧社的演出主要是为了宣传抗日和革命，达到宣传和鼓动的目的。

D. 剧社演员的生活十分简朴，但是他们的精神十分愉快。

专题探究

阅读本册内容，说一说毛泽东给你留下了什么印象。

参考答案

阅读思考

基础测评

1.C　2.A　3.B

专题探究

【示例】①他瘦高背驼，黑发浓密，双眼有神，高鼻梁，凸颧骨，有一副非常精明的知识分子面孔。②他的住所简陋，财产只有一条毛毯、几件个人用品，生活十分简朴。③谈到因饥荒而死的人和牺牲的战士时，他的双眼湿润，说明他是一个感情深邃的人。④他将自己的衣服给战士穿，长征途中与战士们一样步行，说明他是一个爱护红军的领导者。⑤他对国际政治十分熟悉，对世界政局分析精准，是一个有远见卓识，关注国际时事的政治战略家。⑥他不修边幅，在外人面前也不太注重形象，是一个不拘小节的人。

红星照耀中国

〔美〕埃德加·斯诺
著

董乐山
译

4

人民文学出版社

目录

本册导读

本册基本信息

本册是整本书的第四分册——《一个共产党员的由来》，该篇包括《童年》《在长沙的日子》《革命的前奏》《国民革命时期》《苏维埃运动》《红军的成长》六个部分，主要讲述了毛泽东的相关事迹，包括他主要的经历、思想的变化，以及成为红军领导人的成长历程。在阅读时可以重点关注毛泽东的人物形象和心理历程变化。

阅读计划自检

开始阅读时间

______ 年 ______ 月 ______ 日

实际结束时间

______ 年 ______ 月 ______ 日

阅读所用时长
（建议时长：1 周）

_____ 天

阅读感受

- ☐ 轻轻松松读完，无压力，意犹未尽
- ☐ 能在建议时长内读完，并且读懂了
- ☐ 稍有些拖沓，理解起来不是很顺利
- ☐ 时间太短了，没有读完而且没看懂

扫码听名师说书

第四篇 一个共产党员的由来

童年

内容速览

在斯诺的一再坚持下，讲完集体革命历程的毛泽东终于同意讲述自己的个人经历，这一篇主要讲述的是他的童年和少年时期。他介绍了自己的双亲、父母对他的教育，以及他与父亲的对抗等，从中可以看出毛泽东的反抗意识是从小就有的。接着讲了湖南爆发的饥民反抗事件，最后介绍了自己在湘乡新式学堂学习的概况。

阅读指南

✦ **章节阅读属性：**【细读】

✦ **阅读方法落实：**【阅读纪实作品】阅读纪实作品时，要基于文章内容，分析作者想要说的话。比如文中提到，共产党人在接受采访时，极少提及自身情况，作者实际上想说的是他们参加革命后心中就只有革命和党，个人名利已被抛诸脑后，体现出共产党人大公无私的精神品质。

✦ **核心内容感知：**【梳理情节，了解人物】了解毛泽东的童年和少年时期的经历，尤其是他对父亲的反抗事件，体会他自小就有反抗意识的形象特征。

章节图解

童年

- **斯诺采访毛泽东**
  - 花十余晚回答问题
  - 极少谈及个人情况
  - 惊讶外界关注，决定介绍生平
- **父亲毛顺生**
  - 克勤克俭，终于积攒了一些家业
  - 脾气暴躁，对子严厉，初时不信佛
- **母亲文七妹**
  - 心地善良，慷慨厚道
  - 虔诚信佛，反对公开反抗
- **童年及少年经历**
  - 8至13岁读小学，曾因教员严厉而逃学
  - 通过反抗父亲强权，激发反抗意识
  - 不喜经书，喜读造反故事
  - 湖南饥荒事件，忧国意识觉醒
  - 新式学堂学习，接受新的思想

原文阅读

我交给毛泽东一大串有关他个人的问题要他回答，我为我的爱追根究底感到很不好意思，几乎就像一个日本移民官员应该——然而却没有——为他的无礼唐突感到不好意思一样。对于我在不同事情上提出的五六组问题，毛泽东一谈就是十几个晚上，但很少提到他自己或者他个人在谈到的某些事件中的作用。我开始以为，要想他给我谈谈这方面的详细情况是不可能的了：他显然认为个人是不关重要的。他也像我所遇见过的其他共产党人一样，往往只谈委员会啦、组织啦、军队啦、决议案啦、战役啦、战术啦、"措施"啦等等等等，而很少谈到个人的经历。

有一段时间，我以为这种不愿详谈私事，甚至不愿谈他们同志们的个人功绩，也许是出于谦虚，或者是对我有所顾忌或怀疑，或者是考虑到其中许多人头上悬有赏格的缘故。后来我才发现，与其说是出于上述的原因，而不如说是因为他们大多数人实在不记得那些个人琐事了。当我开始搜集传记材料的时候，我一再发现，共产党人是能够说出青少年时代所发生的一切事情的，但是一旦他参加红军以后，他就把自己给忘掉在什么地方了；如果你不是一再地问他，就不会听到更多关于他自己的事情，你所听到的只是关于红军、苏维埃或党的故事——这些名词的第一个字母都是大写的。他们能够滔滔不绝地谈每次战役的日期和经过，他们进进出出别人从来没有听说过的无数地方的情况。但是这些事件对他们只有集体的意义，不是因为他们作为个人在那里创造了历史，是因为红军曾经到过那里，而在红军后面的是他们为之战斗的

老师有话说

【阅读纪实作品】

阅读纪实作品时，要能通过文中所写的事实，明白作者想要告诉我们的话。此处作者说毛泽东在接受采访时很少提及自己，后来发现共产党人参加革命后，只关注革命和党，忘却了自我，突出了共产党人不计较个人利益得失，一心为党为革命的精神。

1- 拓展知识

毛顺生：毛泽东父亲名叫毛贻昌，字顺生。

2- 拓展知识

文七妹：毛泽东母亲真名文素勤，同族姐妹中排第七，因此称七妹。

那个意识形态的整个有机力量。这是一个有趣的发现，却造成了报道的困难。

一天晚上，当我的其他问题都得到答复以后，毛泽东便开始回答我列为“个人历史”的问题表。他看到“你结过几次婚”这个问题的时候微笑起来。后来传出谣言说我问毛泽东有几个老婆，但是他毕竟是主张实行一夫一妻制的。不管怎样，他是不大相信有必要提供自传的。但我力争说，在一定程度上，这比其他问题上所提供的情况更为重要。我说：“大家读了你说的话，就想知道你是怎样一个人。再说，你也应该纠正一些流行的谣言。”

我提请他注意关于他的死亡的各种传说，有些人认为他能说流利的法语，有些人则说他是一个无知的农民，有一条消息说他是一个半死的肺病患者，有的消息则强调他是一个发疯的狂热分子。他好像稍微感到意外，人们竟然会花费时间对他进行种种猜测。他同意应该纠正这类传说。于是他再一次审阅我写下的那些问题。

最后他说：“如果我索性撇开你的问题，而是把我的生平的梗概告诉你，你看怎么样？我认为这样会更容易理解些，结果也等于回答了你的全部问题。”

“我要的就是这个！”我叫道。

在以后接着几个晚上的谈话中，我们真像搞密谋的人一样，躲在那个窑洞里，伏在那张铺着红毡的桌子上，蜡烛在我们中间毕剥着火花，我振笔疾书，一直到倦得要倒头便睡为止。吴亮平坐在我身旁，把毛泽东的柔和的南方方言译成英语，在这种方言中，“鸡”不是说成实实在在的北方话“chi”而是说成有浪漫色彩的“ghii”，“湖南”不是“Hunan”，而是“Funan”，一碗“茶”念成一碗“ts'a”，还有许多更奇怪的变音。毛泽东是凭记忆叙述一切的，他边说我边记。我在上文已经说过，我记下的笔记又重译成中文，加以改正。除了对耐心的吴先生的句法做了必要的修改以外，我并没有把它做文学上的加工，下面就是这样做的结果：

“我于一八九三年生在湖南省湘潭县韶山冲。我父亲叫**毛顺生**[1]，我母亲在娘家的名字叫**文七妹**[2]。

“我父亲原是一个贫农，年轻的时候，因为负债过多而只好去当兵。他当了好多年的兵。后来，他回到我出生的村子，做小生意和别的营生，克勤克俭，积攒下一点钱，买回了他的地。

“这时我家有十五亩田地，成了中农，靠此每年可以收六十担谷。[①]一家五口人一年共吃三十五担——即每人七担左右——这样每年还有二十五担剩余。我的父亲利用这些剩余，又积蓄了一点资本，后来又买了七亩地，这样我家就有‘富’农的地位了。那时候我家每年可以收八十四担谷。

“当我十岁家中只有十五亩地的时候，一家五口人是：我父亲、母亲、祖父、弟弟和我。我们又买了七亩地以后，祖父去世了，但又添了一个弟弟。可是我们每年仍然有四十九担谷的剩余，我的父亲就靠此渐渐富裕起来。

“我父亲还是一个中农的时候，就开始做贩运谷子的生意，赚了一些钱。他成了‘富’农之后，就用大部分时间做这个生意了。他雇了一个长工，还叫孩子们和妻子都到地里干活。我六岁就开始干农活了。我父亲做生意并没有开铺子，他只是从贫苦农民那里把谷子买下来，然后运到城里卖给商人，在那里得到个高一些的价钱。在冬天碾谷的时候，他便多雇一个短工干活，那时我家就有七口人吃饭。我家吃得很俭省，不过总是够吃的。

“我八岁那年开始在本地一个小学堂读书，一直读到十三岁。早晚我到地里干活。白天我读孔夫子的《论语》和《四书》。我的国文教员是主张严格对待学生的。他态度粗暴严厉，常常打学生。因为这个缘故，我十岁的时候曾经逃过学。但我又不敢回家，怕挨打，便朝县城的方向走去，以为县城就在一个山谷里。乱跑了三天之后，终于被我家里的人找到了。我这才知道我只是来回兜了几个圈子，走了那么久，离家才八里路。

“可是，我回到家里以后，想不到情形有点改善。我父亲比以前稍微体谅一些了，老师态度也比较温和一些。我的抗议行动的效果，给了我深刻的印象。这次‘罢课’胜利了。

“我刚识了几个字，父亲就让我开始给家里记账。他要我学珠算。既然我父亲坚持，我就在晚上记起账来。他是一个严格的监工，看不得我闲着；如果没有账要记，就叫我去做农活。他性情暴躁，常常打我和两个弟弟。他一文钱也不给我们，给我们吃的又是最差的。他每月十五对雇工们特别开恩，给他们鸡蛋下饭

[①] 一担合一百三十三磅又三分之一。

吃，可是从来没有肉。对于我，他不给蛋也不给肉。

“我母亲是个心地善良的妇女，为人慷慨厚道，随时愿意接济别人。[3]她可怜穷人，他们在荒年前来讨饭的时候，她常常给他们饭吃。但是，如果我父亲在场，她就不能这样做了。我父亲是不赞成施舍的。我家为了这事多次发生过争吵。

“我家分成两‘党’。一党是我父亲，是执政党。反对党由我、母亲、弟弟组成，有时连雇工也包括在内。可是在反对党的‘统一战线’内部，存在着意见分歧。我母亲主张间接打击的政策。凡是明显的感情流露或者公开反抗执政党的企图，她都批评，说这不是中国人的做法。

“但我到了十三岁的时候，发现了一个同我父亲辩论的有效的方法，那就是用他自己的办法，引经据典地来驳他。父亲喜欢责备我不孝和懒惰。我就引用经书上长者必须仁慈的话来回敬。他指摘我懒惰，我就反驳说，年纪大的应该比年纪小的多干活，我父亲年纪比我大两倍多，所以应该多干活。我还宣称：等我到他这样年纪的时候，我会比他勤快得多。

“老头儿继续‘聚财’，这笔财产在那个小村子里已被认为是笔大财了。他不再买进土地，但他典进了许多别人的地。他的资本增加到了**两三千元**[4]。

“我的不满增加了。在我们家里，辩证的斗争在不断地发展着①。有一件事我记得特别清楚。我大约十三岁的时候，有一次父亲请了许多客人到家里，我们两人在他们面前争论了起来。父亲当众骂我懒而无用，这激怒了我。我骂了他，就离开了家。母亲追上

① 毛泽东追忆这些事情的时候，幽默地笑着应用这些政治名词来说明。

3- 考点 人物形象分析

写出了毛泽东父亲性格暴躁，不甚慷慨，对儿子很严厉，对待雇工和对待儿子形成对比；母亲则心地善良、为人慷慨，与父亲形成对比。

4- 字词解释

两三千元：这里毛泽东所使用的“元”，也常被叫作“现大洋”，是当时的货币。那时，3000元在中国农村地区是相当引人注目的一大笔钱款。

前来，竭力劝我回去。父亲也赶来，一边骂一边命令我回去。我跑到一个池塘旁边，恫吓说如果他再走近一步，我就要跳下去。在这种情况下，双方都提出了停止内战的要求和反要求。父亲坚持要我磕头认错。我表示如果他答应不打我，我可以跪一条腿磕头。战争就这样结束了。我从这件事认识到，我如果公开反抗，保卫自己的权利，我父亲就软了下来；可是如果我仍温顺驯服，他反而打骂我更厉害。

【阅读纪实作品】

从这些语句中可以看出，毛泽东从小就有强烈的反抗意识及思考能力。十三岁时他反抗父亲的经历，让他明白了要敢于反抗强权和不公平的待遇，这样才能使自己的境遇得到改善，若一味地忍耐听从，则会受到更加恶劣的对待。这种敢于反抗的勇气和魄力，为他以后的革命生涯奠定了基础。

“回想起来，我认为我父亲的严厉态度到头来是自招失败。我学会了恨他，我们对他建立了真正的统一战线。同时，他的严厉态度大概对我也有好处。这使我干活非常勤快，使我仔细记账，免得他有把柄来批评我。

“我父亲读过两年书，认识一些字，足够记账之用。我母亲完全不识字。两人都是农民家庭出身。我是家里的‘读书人’。我熟读经书，可是不喜欢它们。我爱看的是中国旧小说，特别是关于造反的故事。我很小的时候，尽管老师严加防范，还是读了《精忠传》《水浒传》《隋唐演义》《三国演义》和《西游记》。这位老先生讨厌这些禁书，说它们是坏书。我常常在学堂里读这些书，老师走过来的时候就用一本正经书遮住。大多数同学也都是这样做的。许多故事，我们几乎背得出，而且反复讨论了许多次。关于这些故事，我们比村里的老人知道得还要多些。他们也喜欢这些故事，常常和我们互相讲述。我认为这些书大概对我影响很大，因为是在容易接受的年龄里读的。

“我十三岁时，终于离开了小学堂，开始整天在地里帮长工干活，白天做一个全劳力的活，晚上替父亲记账。尽管这样，我还是继续读书，如饥如渴地阅读凡是我能够找到的一切书籍，经书除外。这叫我父亲很生气，他希望我熟读经书，尤其是在一次打官司时，由于对方在法庭上很恰当地引经据典，使他败诉之后，更是这样了。我常常在深夜里把我屋子的窗户遮起，好使父亲看不见灯光。就这样我读了一本叫作**《盛世危言》**[5]的书，这本书我非常喜欢。作者是一位老派改良主义学者，以为中国之所以弱，在于缺乏西洋的器械——铁路、电话、电报、轮船，所以想把这些东西传入中国。我父亲认为读这些书是浪费时间。他要我读一些像经书那样实用的东西，可以帮助他打赢官司。

“我继续读中国旧小说和故事。有一天我忽然想到，这些小说有一件事情很特别，就是里面没有种田的农民。所有的人物都是武将、文官、书生，从来没有一个农民做主人公。对于这件事，我纳闷了两年之久，后来我就分析小说的内容。我发现它们颂扬的全都是武将，人民的统治者，而这些人是不必种田的，因为土地归他们所有和控制，显然是让农民替他们种田。

“我父亲毛顺生早年和中年都不信神，可是我母亲信佛却很虔诚。她向自己的孩子灌输宗教信仰，我们都因为父亲不信佛而感到伤心。我九岁的时候，曾经同母亲认真地讨论过我父亲不信佛的问题。从那以后，我们好几次想把他转变过来，可是没有成功。他只是骂我们，在他进攻之下，我们只好退让，另想办法。但他总是不愿意和神佛打交道。

“可是，我看的书，逐渐对我产生了影响，我自己也越来越怀疑了。我母亲开始为我担忧，责备我不

【阅读纪实作品】

表现了毛泽东对读书的痴迷，渴望学到更多的知识。这种爱读书的好习惯他一直保持，对他成为一个优秀的领导人有着重要的影响。

5- 拓展知识

《盛世危言》：这是近代人郑观应在1894年编成的一本论文集。在这本书中，作者认真地考虑从传统社会向现代社会转变，针对社会的各个方面提出了切实可行的改革建议，是一部思想比较进步的作品。

热心拜佛，可是我父亲却不置可否。后来，有一天，他出去收账，路上遇到一只老虎。老虎猝然遇见人，慌忙逃跑了。可是我父亲却感到更加吃惊，对于他这次脱险的奇迹，他后来想得很多。他开始觉得，是不是得罪了神佛。从此，他开始比较敬佛，有时也烧些香。然而，对于我越来越不信佛，老头儿却不加干涉。他只有处境不顺当的时候，才求神拜佛。

“《盛世危言》激起我想要恢复学业的愿望。我也逐渐讨厌田间劳动了。不消说，我父亲是反对这件事的。为此我们发生了争吵，最后我从家里跑了。我到一个失业的法科学生家里，在那里读了半年书。以后我又在一位老先生那里读了更多的经书，也读了许多时论和一些新书。

6- 考点 句子作用分析

这是一个过渡句，引出下文，由前文讲述自己的父亲转到对湖南那件事情的讲述。

“这时，湖南发生了一件事情，影响了我的一生。6 在我读书的那个小学堂外边，我们学生看到许多豆商从长沙回来。我们问他们为什么都离开长沙。他们告诉我们城里闹了大乱子。

“那年发生了严重的饥荒，长沙有成千上万的人饿饭。饥民派了一个代表团到抚台衙门请求救济。但抚台傲慢地回答他们说：‘为什么你们没有饭吃？城里有的是。我就总是吃得饱饱的。’抚台的答复一传到人们的耳朵里，大家都非常愤怒。他们举行了群众大会，并且组织了一次游行示威。他们攻打清朝衙门，砍断了作为官府标志的旗杆，赶走了抚台。这以后，一个姓庄的布政使骑马出来，晓谕百姓，说官府要采取措施帮助他们。这个姓庄的说话显然是有诚意的，可是皇上不喜欢他，责备他同‘暴民’勾结。结果他被革职，接着来了一个新抚台，马上下令逮捕闹事的领袖，其中许多人被斩首示众，他们的头挂在旗杆上，作为对今后的‘叛逆’的警告。

“这件事在我们学堂里讨论了许多天，给我留下了深刻的印象。大多数学生都同情‘造反的’，但他们仅仅是从旁观者的立场出发。他们并不懂得这同他们自己的生活有什么关系。他们单纯地把它看作一件耸听的事而感兴趣。我却始终忘不掉这件事。我觉得造反的人也是些像我自己家里人那样的老百姓，对于他们受到冤屈，我深感不平。

“不久以后，在韶山，秘密会社哥老会[①]里的人同本地一个地主发生了冲突。这个地主到衙门里去控告他们。因为他有钱有势，所以很容易胜诉。哥老会里的人败诉了。但是他们并没有屈服，他们起来反抗地主和政府，撤到本地一个叫作浏山的山里，在那里建立了一个山寨。官府派兵去攻打他们，那个地主散布谣言说，哥老会举起义旗的时候，曾经杀死一个小孩祭旗。起义的领袖，是一个叫作彭铁匠的人。最后他们被镇压下去了，彭铁匠被逼逃走，后来终于被捕斩首。但是在学生眼里，他是一个英雄，因为大家都同情这次起义。

“第二年青黄不接的时候，我们乡里发生了粮荒。穷人要求富户接济，他们开始了一个叫作‘**吃大户**’7 的运动。我父亲是一个米商，尽管本乡缺粮，他仍然运出大批粮食到城里去。其中有一批被穷苦的村民扣留了，他怒不可遏。我不同情他，可是我又觉得村民们的方法也不对。

“这时还有一件事对我有影响，就是本地的一所

① 就是贺龙曾经加入过的秘密团体。

7- 拓展知识

吃大户：旧时农民的一种斗争形式，字面意思是“到大户人家去吃饭”，实际上是指聚集起来到富裕的人家抢夺食物，或是去富户家吃饭。

小学来了一个‘激进派’教师。说他是‘激进派’，是因为他反对佛教，想要去除神佛。他劝人把庙宇改成学堂。大家对他议论纷纷。我钦佩他，赞成他的主张。

“这些事情接连发生，在我已有反抗意识的年轻心灵上，留下了磨灭不掉的印象。在这个时期，我也开始有了一定的政治觉悟，特别是在读了一本关于瓜分中国的小册子以后。我现在还记得这本小册子的开头一句：‘呜呼，中国其将亡矣！’这本书谈到了日本占领朝鲜、台湾的经过，谈到了越南、缅甸等地的宗主权的丧失。我读了以后，对国家的前途感到沮丧，开始意识到，国家兴亡，匹夫有责。8

8- 考点 人物形象分析

写出了毛泽东对国家的前程开始担忧，慢慢有了关心国家和人民的忧患意识，开始有了新的政治觉悟。

“我父亲决定送我到湘潭一家同他有来往的米店去当学徒。起初我并不反对，觉得这也许是有意思的事。可是差不多就在这个时候，我听说有一个非常新式的学堂，于是决心不顾父亲反对，要到那里去就学。学堂设在我母亲娘家住的湘乡县。我的一个表兄就在那里上学，他向我谈了这个新学堂的情况和‘新法教育’的改革。那里不那么注重经书，西方‘新学’教得比较多。教学方法也是很‘激进’的。

“我随表兄到那所学堂去报了名。我说我是湘乡人，以为这所学堂只收湘乡人。后来我发现这所学堂招收各地学生，我就改用湘潭的真籍贯了。我缴纳一千四百个铜圆，作为五个月的膳宿费和学杂费。我父亲最后也同意我进这所学堂了，因为朋友们对他说，这种‘先进的’教育可以增加我赚钱的本领。这是我第一次到离家五十里以外的地方去。那时我十六岁。

“在这所新学堂里，我能够学到自然科学和西学的新学科。另外一件事值得一提，教员中有一个日本留学生，他戴着假辫子。很容易看出他的辫子是假的。大家都笑他，叫他‘假洋鬼子’。

“我以前从没有见过这么多孩子聚在一起。他们大多数是地主子弟，穿着讲究；很少有农民供得起子弟上这样的学堂。我的穿着比别人都寒酸。我只有一套像样的短衫裤。学生是不穿大褂的，只有教员才穿，而洋服只有‘洋鬼子’才穿。我平常总是穿一身破旧的衫裤，许多阔学生因此看不起我。可是在他们当中我也有朋友，特别有两个是我的好同志。其中一个现在是作家，住在苏联。

“人家不喜欢我也因为我不是湘乡人。在这个学堂，是不是湘乡本地人是非常重要的，而且还要看是湘乡哪一乡来的。湘乡有上、中、下三里，而上下两里，纯粹出于地域观念而殴斗不休，彼此势不两立。我在这场斗争中采取中立的态度，因为我根本不是本地人。结果三派都看不起我。我精神上感到很压抑。

“我在这个学堂里有了不少进步。教员都喜欢我，尤其是那些教古文的教员，因为我写得一手好古文。但是我无心读古文。当时我正在读表兄送给我的两本书，讲的是康有为的变法运动。一本是《新民丛报》，是梁启超[①]编的。这两本书我读了又读，直到可以背出来。我崇拜康有为和梁启超，也非常感谢我的表兄，当时我以为他是很进步的，但是他后来变成了反革命，变成了一个豪绅，在一九二五到一九二七年的大革命中参加了反动派。

“许多学生因为假辫子而不喜欢那个‘假洋鬼子’，可是我喜欢听他谈日本的事情。他教音乐和英文。他教的歌中有一首叫作《黄海之战》的日本歌，我还记得里面的一些动人的歌词：

麻雀歌唱，
夜莺跳舞，
春天里绿色的田野多可爱，
石榴花红，
杨柳叶绿，

① 梁启超是清朝末年一个有才华的政论家，维新运动的领袖，因此被迫流亡。康有为和他两人是一九一一年第一次革命的“精神之父”。林语堂称梁启超是“中国新闻史上最伟大的人物”。

展现一幅新图画。

“这首歌是歌颂日本战胜俄国的，我当时从这首歌里了解到并且感觉到日本的美，也感觉到一些日本的骄傲和强大。[①] 我没有想到还有一个野蛮的日本——我们今天所知道的日本。

“我从假洋鬼子那里学到的就是这些。

“我还记得我是在那个时候第一次听说光绪皇帝和慈禧太后都已死去的——虽然新皇帝宣统（溥仪）已经在朝两年了。那时我还不是一个反对帝制派。说实在的，我认为皇帝像大多数官吏一样都是诚实、善良和聪明的人。他们不过需要康有为帮助他们变法罢了。中国古代帝王尧、舜、秦皇、汉武的事迹使我向往，我读了许多关于他们的书。同时我也学了一些外国历史和地理。在一篇讲美国革命的文章里，我第一次听到美国这个国家，里面有这样一句：‘华盛顿经八年苦战始获胜利遂建国家。’在一部叫作《世界英杰传》的书里，我也读到了拿破仑、俄国叶卡捷琳娜女皇、彼得大帝、惠灵顿、格莱斯顿、卢梭、孟德斯鸠和林肯。”

【阅读纪实作品】

这个时候的毛泽东还不是反对帝制派，与后来的思想有很大不同，说明他这一时期的思想是一直在变化进步着的。

① 这首歌唱的显然是在日俄战争终了，缔结《朴茨茅斯条约》之后日本欢庆春节的情况。

第四篇 4

一个共产党员的由来

在长沙的日子

内容速览

主要叙述了毛泽东在长沙求学和生活的经历。按照时间顺序，叙述了毛泽东初到长沙的学习生活、短暂参加革命军的经历、退伍后陷入彷徨与图书馆自学经历，以及在湖南师范学校五年学习生涯中的一些故事。从毛泽东在长沙的学习与成长经历中，我们看到了辛亥革命时期，一个爱国青年的思想转变轨迹。

阅读指南

- **章节阅读属性：**【细读】
- **阅读方法落实：**【阅读纪实作品】毛泽东在长沙学习和生活时，接触到了不同的人和思想，又加上多地起义的爆发，他的思想也在不断地发生变化，阅读时可以关注体现他思想转变的部分。
- **核心内容感知：**【梳理情节，品味情感】梳理毛泽东在长沙的学习和从军经历，体会他忧国忧民、以改变国家命运为己任的爱国情怀。

章节图解

- **在长沙的日子**
  - **初期求学阶段**
    - 到长沙入读中学，只待了半年
    - 读进步报纸，第一次发表政见
    - 剪辫子事件，反清立场
  - **参军阶段**
    - 各地起义爆发，决定参军
    - 初闻社会主义，苦于无人可讨论
    - 参军半年后，退出军队，回到书本上去
  - **彷徨、自修阶段**
    - 报名多所学校，总共上学七月
    - 决定自修，常往图书馆学习
  - **师范学习阶段**
    - 顺利入学，社会科学分数高
    - 教员、报纸影响，思想发生转变
    - 登报交友，重视锻炼
    - 创办进步学会，钦佩胡适、陈独秀的文章

原文阅读

毛泽东接着说：

"我开始向往到长沙去。长沙是一个大城市，是湖南省的省会，离我家一百二十里。听说这个城市很大，有许许多多的人，不少的学堂，抚台衙门也在那里。总之，那是个很繁华的地方。那时我非常想到那里去，进一所专为湘乡人办的中学。那年冬天，我请我的一位高小教员介绍我去，他同意了。我步行到长沙去，极其兴奋，一面又担心不让我入学，我几乎不敢希望真能进这所有名的学堂。出乎意料，我居然没有遇到困难就入学了。但是政局迅速发生变化，我后来在那里只待了半年。

"在长沙，我第一次看到报纸——**《民立报》**[1]，那是一份民族革命的报纸，刊载着一个名叫黄兴的湖南人领导的广州反清起义和七十二烈士殉难的消息。我深受这篇报道的感动，发现《民立报》充满了激动人心的材料。这份报纸是于右任主编的，他后来成为国民党的一个有名的领导人。这个时候，我也听说了孙中山这个人和同盟会的纲领。当时全国处于第一次革命的前夜。我激动之下写了一篇文章贴在学堂的墙上。这是我第一次发表政见，思想还有些糊涂。我还没有放弃我对康有为、梁启超的钦佩。我并不清楚他们之间的差别。所以我在文章里提出，把孙中山从日本请回来当新政府的总统，康有为当国务总理，梁启超当外交部部长！

"由于修筑川汉铁路而兴起了反对外国投资的运动。立宪成为广大人民的要求。皇帝的答复只是下旨设立一个资政院。在我的学堂里，同学们越来越激动。

老师有话说

【阅读纪实作品】

写出了长沙对当时的毛泽东来说是一个陌生的地方，也写出了他对长沙的好奇和向往，也表明当时富有追求的青少年们渴望去大城市开阔视野、增长见识。

1- 拓展知识

《民立报》：由近现代政治家于右任于1910年在上海创办，主要报道中国各地资产阶级革命派领导的民主革命运动，发表时评，强烈抨击清政府，政论性很强，1913年在袁世凯政府的压迫下停刊。

为了发泄排满情绪，他们反对留辫子。我的一个朋友和我剪去了我们的辫子，但是，其他一些相约剪辫子的人，后来却不守信用。于是我的朋友和我就出其不意强剪他们的辫子，总共有十几个人成了我们剪刀下的牺牲品。就这样，在一个很短的时间里，我从讥笑假洋鬼子的假辫子发展到主张全部取消辫子了。政治思想是多么能够改变一个人的观点呵！

“在剪辫子事件上，我和一个在法政学堂的朋友发生了争论，双方就这个问题提出了相反的理论。这位法政学生引经据典来论证自己的看法，说身体发肤受之父母，不可毁伤。但是，我自己和反对蓄辫子的人，站在反清的政治立场上，提出了一种相反的理论，驳得他哑口无言。

“黎元洪领导的**武汉起义**[2]发生以后，湖南宣布了戒严令。政局迅速改观。有一天，一个革命党人得到校长的许可，到中学来作了一次激动人心的演讲。当场有七八个学生站起来，支持他的主张，强烈抨击清廷，号召大家行动起来，建立民国。会上人人聚精会神地听着。那个革命的演说家是黎元洪属下的一个官员，他向兴奋的学生演说的时候，会场里面鸦雀无声。

“听了这次演讲以后四五天，我决心参加黎元洪的革命军。我决定同其他几位朋友到汉口去，我们从同学那里筹到了一些钱。听说汉口的街道很湿，必须穿雨鞋，于是我到一个驻扎在城外的军队里的朋友那里去借鞋。我被防守的卫兵拦住了。那个地方显得非常紧张。士兵们第一次领到子弹，他们正涌到街上去。

“起义军当时正沿着粤汉路逼近长沙，战斗已经打响。在长沙城外已经打了一个大仗。同时，城里面

2- 拓展知识

武汉起义：也叫武昌起义，爆发于1911年10月10日，由蒋翊武等领导，旨在推翻清王朝的统治，是辛亥革命开始的标志。起义军控制了武汉三镇之后，成立了湖北军政府，推举黎元洪为都督。

也发生起义，各个城门都被中国工人攻占了。我穿过一个城门，回到城里。进城后我就站在一个高地上观战，最后终于看到衙门上升起了‘汉旗’。那是一面白色的旗子，上面写着一个‘汉’字①。我回到学校，发现它已经由军队守卫了。

“第二天成立了都督府②，哥老会的两名首领焦达峰和陈作新被推举为都督和副都督。新政府设在省咨议局的旧址，议长谭延闿被免职了。省咨议局本身也被撤销。革命党人所发现的清廷文件中，有几份请求召开国会的请愿书。原稿是由现在的苏维埃政府教育人民委员徐特立用血书写的。当时他切断指尖，表示诚意和决心。他的请愿书是这样开头的：‘为吁请召开国会，予（为本省赴京代表）断指以送。’3

“新都督和副都督在职不久。他们不是坏人，而且有些革命要求。但他们很穷，代表被压迫者的利益。地主和商人都对他们不满。过了没有几天，我去拜访一个朋友的时候，看见他们已经陈尸街头了。原来代表湖南地主和军阀的谭延闿组织了一次叛乱推翻了他们。

“这时，有许多学生投军。一支学生军已经组织起来，在这些学生里面有唐生智③。我不喜欢这支学生军，我认为它的基础太复杂了。我决定参加正规军，为完成革命尽力。那时清帝还没有退位，还要经过一个时期的斗争。

3- 考点 人物形象分析

切断指尖写血书请愿，体现出徐特立的决心和诚意，表现出他高度的爱国主义精神。

① “汉”即中国人。

② 都督即军事总督。

③ 唐生智后来在一九二七年担任武汉汪精卫政府的国民军司令。他对汪精卫和共产党都叛变了，在湖南开始对“农民大屠杀”。

4- 字词解释

军饷：这里是指士兵的薪金。

【阅读纪实作品】

毛泽东叙述自己初次听闻社会主义思想的经过，尽管他很感兴趣，也很热情地与同学交流，但显然在当时社会主义还不被人们所了解。

5- 考点　人物形象分析

以为革命要结束，便退出了军队，说明一个人总是受到时代的影响，是在不断的实践摸索中慢慢成长起来的。

6- 字词解释

招徕（lái）：招纳、招揽的意思。

7- 字词解释

上谕：古代帝王所发布的命令、告示等。

8- 字词解释

御批：在古代，与帝王有关的称为“御”，“御批”就是指帝王的批注、批示。

“我的**军饷**4是每月七元——不过，这比我现在在红军所得的要多了。在这七元之中，我每月伙食用去两元。我还得花钱买水。士兵用水必须到城外去挑，但是我是一个学生，不屑挑水，只好向挑夫买水。剩下的饷银，我都用在订报纸上，贪读不厌。当时鼓吹革命的报刊中有《湘江日报》，里面讨论到社会主义，我就是从那里第一次知道社会主义这个名词的。我也同其他学生和士兵讨论社会主义，其实那只是社会改良主义。我读了江亢虎写的一些关于社会主义及其原理的小册子。我热情地写信给几个同班同学，讨论这个问题，可是只有一位同学回信表示同意。

“在我那个班里，有一个湖南矿工和一个铁匠，我非常喜欢他们。其余的都是一些庸碌之辈，有一个还是流氓。我另外又劝说两个学生投了军，我同排长和大多数士兵也交上了朋友。因为我能写字，有些书本知识，他们敬佩我的‘大学问’。我可以帮助他们写信或诸如此类的事情。

“革命这时还没有定局。清朝还没有完全放弃政权，而国民党内部却发生了争夺领导权的斗争。湖南有人说战事不可避免要再起。有好几支军队组织起来反对清朝，反对袁世凯①。湘军就是其中之一。可是，正当湘军准备采取行动的时候，孙中山和袁世凯达成了和议，预定的战争取消了，南北‘统一’了，南京政府解散了。我以为革命已经结束，便退出军队，决定回到我的书本上去。我一共当了半年兵。**5**

“我开始注意报纸上的广告。那时候，办了许多学校，通过报纸广告**招徕**6新生。我并没有一定的标

① 袁世凯后来当了中国的“大总统”，一九一五年又想做皇帝。

准来判断学校的优劣，对自己究竟想做什么也没有明确主见。一则警察学堂的广告，引起我的注意，于是去报名投考。但在考试以前，我看到一所制造肥皂的‘学校’的广告，不收学费，供给膳宿，还答应给些津贴。这则广告很吸引人，鼓舞人。它说制造肥皂对社会大有好处，可以富国利民。我改变了投考警校的念头，决定去做一个肥皂制造家。我在这里也交了一元钱的报名费。

“这时候，我有一个朋友成了法政学生，他劝我进他的学校。我也读到了这所法政学堂的娓娓动听的广告，它许下种种好听的诺言，答应在三年内教完全部法律课程，并且保证期满之后马上可以当官。我的那位朋友不断向我称赞这个学校，最后我写信给家里，把广告上所答应的一切诺言重述一遍，要求给我寄学费来。我把将来当法官的光明图景向他们描述了一番。我向法政学堂交了一元钱的报名费，等候父母的回信。

“命运再一次插手进来，这一次采取的形式是一则商业学堂的广告。另外一位朋友劝告我，说国家现在处于经济战争之中，当前最需要的人才是能建设国家经济的经济学家。他的议论打动了我，我又向这个商业中学付了一元钱的报名费。我真的参加考试而且被录取了。可是我还继续注意广告。有一天我读到一则把一所公立高级商业学校说得天花乱坠的广告。它是政府办的，设有很多课程，而且我听说它的教员都是非常有才能的人。我决定最好能在那里学成一个商业专家，就付了一块钱报名，然后把我的决定写信告诉父亲。他听了很高兴。我父亲很容易理解善于经商的好处。我进了这个学校，但是只住了一个月。

“我发现，在这所新学校上学的困难是大多数课程都用英语讲授。我和其他学生一样，不懂得什么英语，说实在的，除了字母就不知道什么了。另外一个困难是学校没有英语教师。这种情况使我感到很讨厌，所以到月底就退学了，继续留心报上的广告。

“我下一个尝试上学的地方是省立第一中学。我花一块钱报了名，参加了入学考试，发榜时名列第一。这个学校很大，有许多学生，毕业生也不少。那里的一个国文教员对我帮助很大，他因为我有文学爱好而很愿接近我。这位教员借给我一部《御批通鉴辑览》，其中有乾隆的**上谕**[7]和**御批**[8]。

“大致就在这个时候，长沙的一个政府火药库发生爆炸，引起大火。我们学生却感到很有趣。成吨的枪弹炮弹爆炸着，火药燃烧成一片烈焰，比起放爆竹来要好看得多了。过了一个月左右，谭延闿被袁世凯赶走，袁现在控制了民国的政治机器。汤芗铭接替了谭延闿，开始为袁筹备登基。

“我不喜欢第一中学。它的课程有限，校规也使人反感。我读了《御批通鉴辑览》以后，得出结论，还不如自学更好。我在校六个月就退学了，订了一个自修计划，每天到湖南省立图书馆去看书。我非常认真地执行，持之以恒。我这样度过的半年时间，我认为对我极有价值。每天早晨图书馆一开门我就进去。中午只停下来买两块米糕吃。这就是我每天的午饭。我天天在图书馆读到关门才出来。[9]

9- 考点 人物形象分析

这是毛泽东自述在长沙自学时的情况，从中可以看出他对读书的痴迷，对知识的渴望。

“在这段自修期间，我读了许多的书，学习了世界地理和世界历史。我在那里第一次看到一幅世界地图，怀着很大的兴趣研究了它。我读了亚当·斯密的《原富》，达尔文的《物种起源》和约翰·穆勒的一部关于伦理学的书。我读了卢梭的著作，斯宾塞的《逻辑》和孟德斯鸠写的一本关于法律的书。我在认真研读俄、美、英、法等国历史地理的同时，也阅读诗歌、小说和古希腊的故事。

“我那时住在湘乡会馆里。许多士兵也住在那里，都是‘退伍’或者被遣散的湘乡人。他们没有工作，也没有什么钱。住在会馆里的学生和士兵总是吵架。一天晚上，他们之间的这种敌对爆发成为武斗了。士兵袭击学生，要想杀死他们。我躲到厕所里去，直到殴斗结束以后才出来。

“那时候我没有钱，家里不肯供养我，除非我进学校读书。由于我在会馆里住不下去了，我开始寻找新的住处。同时，我也在认真地考虑自己的‘前途’，我差不多已经做出结论，我最适合于教书。我又开始留意广告了。这时候湖南师范学校的一则动听的广告，引起我的注意，我津津有味地读着它的优点：不收学费，膳宿费低廉。有两个朋友也鼓励我投考。他们需要我帮助他们准备入学考试的作文。我把我的打算写信告诉家里，结果得到他们的同意。我替那两位朋友写了作文，为自己也写了一篇。三个人都被录取了 —— 因此，我实际上是考取了三次。那时候我并不认为我为朋友代笔是不道德的行为，这不过是朋友之间的义气。

“我在师范学校读了五年书，抵住了后来一切广告的引诱。最后，我居然得到了毕业文凭。我在这里 —— 湖南省立第一师范度过的生活中发生了很多事情，我的政治思想在这个时期开始形成。我也是在这里获得社会行动的初步经验的。

“这所新学校有许多校规，我赞成的极少。例如，我反对自然科学列为必修课。我想专修社会科学。我对自然科学并不特别感兴趣，我没有好好地去学，所以大多数这些课程我得到的分数很差。我尤其讨厌一门静物写生必修课。我认为这门课极端无聊。我往往想出最简单的东西来画，草草画完就离开教室。记得有一次我画了一条直线，上面加上一个半圆，表示‘半壁见海日’①。又有一次，在图画考试时，我画了一个椭圆形就算了事，说这是蛋。结果图画课得了四十分，不及格。幸亏我的社会科学各课得到的分数都很高，这样就扯平了其他课程的坏分数。

“学校里有一个国文教员，学生给他起了‘袁大胡子’的绰号。他嘲笑我的作文，说它是新闻记者的手笔。他看不起我视为楷模的梁启超，认为他半通不通。我只得改变文风。我钻研韩愈的文章，学会了古文文体。所以，多亏袁大胡子，今天我在必要时仍然能够写出一篇过得去的文言文。

“给我印象最深的教员是杨昌济，他是从英国回来的留学生，后来我同他的生活有密切的关系。他教授伦理学，是一个唯心主义者，一个道德高尚的人。他对自己的伦理学有强烈信仰，努力鼓励学生立志做有益于社会的正大光明的人。我在他的影响之下，读了蔡元培翻译的一本伦理学的书。我受到这本书的启发，写了一篇题为《心之力》的文章。那时我是一个唯心主义者，杨昌济老师从他的唯心主义观点出发，高度赞赏我的那篇文章。他给了我一百分。

① 李白的一首名诗中的句子。

“一位姓唐的教员常常给我一些旧《民报》看，我读得很有兴趣。从那上面我知道了同盟会的活动和纲领[①]。有一天我读到一份《民报》，上面刊载两个中国学生旅行全国的故事，他们一直走到西藏边境的打箭炉。这件事给我很大的鼓舞。我想效法他们的榜样，可是我没有钱，所以我想应当先在湖南旅行一试。

“第二年夏天，我开始在湖南徒步旅行，游历了五个县。一个名叫萧瑜的学生与我同行。我们走遍了这五个县，没有花一个铜板。农民们给我们吃的，给我们地方睡觉，所到之处，都受到款待和欢迎。和我一同旅行的萧瑜这个家伙，后来在南京在易培基手下当国民党的官。易培基原来是湖南师范的校长，后来成了南京的大官，他给萧瑜谋到北京故宫博物院管理的职位。萧瑜盗卖了博物院里一些最珍贵的文物，于一九三四年卷款潜逃。

“我这时感到心情舒畅，需要结交一些亲密的同伴，有一天我就在长沙一家报纸上登了一个广告，邀请有志于爱国工作的青年和我联系。我指明要结交能刻苦耐劳、意志坚定、随时准备为国捐躯的青年。10 我从这个广告得到的回答一共有三个半人。一个回答来自罗章龙，他后来参加了共产党，接着又转向了。两个回答来自后来变成极端反动的青年。‘半’个回答来自一个没有明白表示意见的青年，名叫李立三[②]。李立三听了我说的话之后，没有提出任何具体建议就走

10- 考点　人物形象分析

这是毛泽东对同伴的要求。从毛泽东一心想要结交爱国青年，可以看出毛泽东有强烈的爱国主义思想。

① 同盟会是孙逸仙博士成立的秘密革命团体，为目前在南京当政的国民党的前身。当时大多数会员流亡在日本，对“帝制维新”派领袖梁启超和康有为进行激烈的“笔战”。

② 李立三后来实行有名的“李立三路线”，遭到毛泽东的激烈反对。本书下文将述及毛泽东谈到李立三与红军的斗争以及斗争的结果。

了。我们的友谊始终没有发展起来。

“但是，我逐渐地团结了一批学生在我的周围，形成了一个核心，后来成为对中国的国事和命运产生广泛影响的一个学会①。这是一小批态度严肃的人，他们不屑于议论身边琐事。他们的一言一行，都一定要有一个目的。他们没有时间谈情说爱，他们认为时局危急，求知的需要迫切，不允许他们去谈论女人或私人问题。我对女人不感兴趣。我十四岁的时候，父母给我娶了一个二十岁的女子，可是我从来没有和她一起生活过——后来也没有。我并不认为她是我的妻子，这时也没有想到她。在这个年龄的青年的生活中，议论女性的魅力通常占有重要的位置，可是我的同伴非但没有这样做，而且连日常生活的普通事情也拒绝谈论。记得有一次我在一个青年的家里，他对我说起要买些肉，当着我的面把他的佣人叫来，谈买肉的事，最后吩咐他去买一块。我生气了，以后再也不同那个家伙见面了。我的朋友和我只愿意谈论大事——人的天性，人类社会，中国，世界，宇宙！11

11-考点 人物形象分析

体现了毛泽东和朋友们不关心个人利益和生活琐事，以匡扶国家为己任，一心为国，有着远大的理想和抱负。

“我们也热心于体育锻炼。在寒假当中，我们徒步穿野越林，爬山绕城，渡江过河。遇见下雨，我们就脱掉衬衣让雨淋，说这是雨浴。烈日当空，我们也脱掉衬衣，说是日光浴。春风吹来的时候，我们高声叫嚷，说这是叫作‘风浴’的体育新项目。在已经下霜的日子，我们就露天睡觉，甚至到十一月份，我们还在寒冷的河水里游泳。这一切都是在‘体格锻炼’的名义下进行的。这对于增强我的体格大概很有帮助，我后来在华南多次往返行军中，从江西到西北的

① 新民学会。

长征中，特别需要这样的体格。

“我同住在其他大小城市的许多学生和朋友建立了广泛的通信关系。我逐渐认识到有必要建立一个比较严密的组织。一九一七年，我和其他几位朋友一道，成立新民学会。学会有七八十名会员，其中许多人后来都成了中国共产主义和中国革命史上的有名人物。参加过新民学会的较为知名的共产党人有：罗迈，现任党的组织委员会书记；夏曦，现在在二方面军；何叔衡，中央苏区的最高法院法官，后来被蒋介石杀害；郭亮，有名的工会组织者，一九三〇年被何键杀害[①]；萧子暲，作家，现在在苏联；蔡和森，共产党中央委员会委员，一九二七年被蒋介石杀害[②]；易礼容，后来当了中央委员，接着‘转向’国民党，成了一个工会的组织者；萧铮，党的一个著名领导人，是在最早发起建党的文件上签名的六人之一，不久以前病逝。新民学会的大多数会员，在一九二七年反革命中都被杀害了。

“大约就在这个时候，湖北成立了另外一个团体，叫作互助社，同新民学会性质相近。它的许多社员后来也成了共产党人。其中有它的领袖恽代英，在反革命政变中被蒋介石杀害。现在的红军大学校长林彪也是社员。还有张浩，现在负责白军工作。北京也有一个团体叫作辅社，它的一些社员后来也成了共产党员。在中国其他地方，主要是上海、杭州、汉口、天津[③]，一些激进的团体由富有战斗精神的青年组织起来，开始对中国政治产生影响。

“这些团体的大多数，或多或少是在《新青年》影响之下组织起来的。《新青年》是有名的新文化运动的杂志，由陈独秀主编。我在师范学校学习的时候，就开始读这个杂志了。我非常钦佩胡适和陈独秀的文章。他们代替了已经被我抛弃的梁启超和康有为，一时成了我的楷模。

“在这个时候，我的思想是自由主义、民主改良主义、空想社会主义等思想的大杂烩。我憧憬‘十九世纪的民主’、乌托邦主义和旧式的自由主义，但是我反对军阀和反对帝国主义是明确无疑的。

“我在一九一二年进师范学校，一九一八年毕业。”

---

① 作者笔误。郭亮于1928年2月28日在长沙被害。—— 编者注

② 作者笔误。蔡和森1931年6月因叛徒出卖而在香港被捕，1931年8月于广州就义。—— 编者注

③ 在天津，领导激进青年的组织是觉悟社。周恩来是创始人之一。此外还有：邓颖超（周恩来夫人）；马骏，一九二七年在北京被处死；谌小岑，时任国民党广东党部书记长。

第四篇 一个共产党员的由来

革命的前奏

内容速览

主要叙述了毛泽东1918年到1920年之间的斗争经历及思想的转变过程。毛泽东在湖南师范学院毕业后借钱去北京，在杨昌济的介绍下任北大图书馆助理员。之后辗转北京、上海、长沙等地，组织学生政治运动，担任进步报刊主笔，创办进步团体等，意识到群众力量的强大，思想进一步发生转变。1920年与杨开慧结婚，思想和行动上开始成为一个马克思主义者。

阅读指南

- **章节阅读属性：**【细读】
- **阅读方法落实：**【阅读纪实作品】了解1918年到1920年间毛泽东主要的人生经历，在这期间，他辗转北京、上海、长沙等地，继续进行革命斗争，思想也在不断变化。
- **核心内容感知：**【梳理情节，品味情感】梳理毛泽东在北京、上海、长沙等地的人生经历和革命斗争，了解他成为马克思主义者的思想转变历程。

章节图解

革命的前奏

- **师范学校**
  - 买书读报花费不菲，协助学生留学法国
- **初到北京**
  - 入职北大图书馆，得遇杨开慧
  - 思想激进，支持无政府主义
  - 生活条件艰苦，仍能发现美景
- **前往上海**
  - 借钱到浦口，途中游览很多地方
  - 得友人相助终到上海，送走学生后回长沙
- **回到长沙**
  - 投身学生政治活动，成为报纸主笔
  - 创办进步团体，领导学生罢课
- **再往北京**
  - 组织反军阀运动，新民学会分裂
  - 阅读共产主义书籍，建立马克思主义信仰
- **再往上海**
  - 再遇陈独秀、胡适，与陈讨论计划
- **再回长沙**
  - 厌恶北洋政府，冲击省议会
  - 游行被镇压，开始组织工人力量
  - 成为马克思主义者，与杨开慧结合

原文阅读

在毛泽东追述往事的时候，我注意到，有一个旁听者至少和我同样感兴趣，这就是他的妻子贺子珍。很明显，他谈到的有关自己和共产主义运动的情况，有许多是她以前从来没有听见过的；毛泽东在保安的同志，大多数也是这样。后来，当我向红军其他领导人搜集传记材料的时候，他们的同事常常围拢来兴趣盎然地聆听他们第一次听到的故事。尽管他们已经在一起战斗了多年，他们多半不知道彼此在参加共产党以前的日子的情况，他们往往把这些日子看作一种黑暗时代，真正的生命只是在成为共产党人以后才开始的。

在另一个晚上，毛泽东盘膝而坐，背靠在两只公文箱上。他点燃了一支纸烟，接起前一天晚上中断的故事的线索说下去：

“我在长沙师范学校的几年，总共只用了一百六十块钱 —— 里面包括我许多次的报名费！在这笔钱里，想必有三分之一花在报纸上，因为订阅费是每月一元。我常常在报摊买书、买杂志。我父亲责骂我浪费。他说这是把钱挥霍在废纸上。可是我养成了读报的习惯①。从一九一一年到一九二七年我上井冈山为止，我从来没有中断过阅读北京、上海和湖南的日报。[1]

“我在学校的最后一年，母亲去世了，这样我更不想回家了。那年夏天，我决定到北平去，当时叫北京。当时湖南有许多学生打算用‘勤工俭学’的办法到法国去留学。法国在世界大战中曾经用这种办法招

① 当时现代报纸在中国仍是个新鲜事物。

老师有话说

【阅读纪实作品】

作者写这些内容，是为了告诉读者：连妻子战友都不了解他们入党前的斗争情况，可见这些红军领导人心里只有党的事业，从不对人夸耀个人成就，表现出他们对党的事业高度重视和热爱。

1- 考点 人物形象分析

毛泽东十几年间从未断过读报，表现了他是一个喜爱阅读、关注时事的人。这种习惯让毛泽东见识广阔，并养成了很强的新闻敏感性，这对他后来成长为优秀的领导人有着重要的影响。

2-考点 人物形象分析

写出了毛泽东一心只想着中国，想将国情了解得更彻底，想更好地为祖国贡献自己的力量，体现了他自始至终的爱国情怀和为国奉献的精神。

募中国青年为它工作。这些学生打算出国前先去北京学法文。我协助组织了这个运动，在一批批出国的人里面有许多湖南师范学校的学生，其中大多数后来成了著名的激进分子。徐特立也受到这个运动的影响，他放弃了湖南师范学校的教席到法国去，这时他已经四十多岁了。不过他到一九二七年才参加共产党。

“我陪同一些湖南学生去北京。虽然我协助组织了这个运动，而且新民学会也支持这个运动，但是我并不想去欧洲。我觉得我对自己的国家还了解得不够，我把时间花在中国会更有益处。[2]那些决定去法国的学生从现在任中法大学校长的李石曾那里学习法文，我却没有这样做。我另有打算。

“北京对我来说开销太大。我是向朋友们借了钱来首都的，来了以后，非马上就找工作不可。我从前在师范学校的伦理学教员杨昌济，这时是国立北京大学的教授。我请他帮助我找工作，他把我介绍给北大图书馆主任。他就是李大钊，后来成了中国共产党的一位创始人，被张作霖杀害。李大钊给了我图书馆助理员的工作，工资不低，每月有八块钱。

“我的职位低微，大家都不理我。我的工作中有一项是登记来图书馆读报的人的姓名，可是对他们大多数人来说，我这个人是不存在的。在那些来阅览的人当中，我认出了一些有名的新文化运动头面人物的名字，如傅斯年、罗家伦等等，我对他们极有兴趣。我打算去和他们攀谈政治和文化问题，可是他们都是些大忙人，没有时间听一个图书馆助理员说南方话。

“但是我并不灰心。我参加了哲学会和新闻学会，为的是能够在北大旁听。在新闻学会里，我遇到了别的学生，例如陈公博，他现在在南京当大官了；谭平山，他后来参加了共产党，之后又变成所谓'**第三党**'[3]的党员；还有邵飘萍。特别是邵飘萍，对我帮助很大。他是新闻学会的讲师，是一个自由主义者，一个具有热烈理想和优良品质的人。一九二六年他被张作霖杀害了。

"我在北大图书馆工作的时候，还遇到了张国焘①—— 现在的苏维埃政府副主席；康白情，他后来在美国加利福尼亚州加入了**三 K 党**[4]（!!!）；段锡朋，现在在南京当教育部次长。也是在这里，我遇见而且爱上了杨开慧。她是我以前的伦理学教员杨昌济的女儿。在我的青年时代杨昌济对我有很深的影响，后来在北京成了我的一位知心朋友。

"我对政治的兴趣继续增长，我的思想越来越激进。我已经把这种情况的背景告诉你了。可是就在这时候，我的思想还是混乱的，用我们的话来说，我正在找寻出路。我读了一些关于无政府主义的小册子，很受影响。我常常和来看我的一个名叫朱谦之②的学生讨论无政府主义和它在中国的前景。在那个时候，我赞同许多无政府主义的主张。

"我自己在北京的生活条件很可怜，可是在另一方面，故都的美对于我是一种丰富多彩、生动有趣的补偿。我住在一个叫作**三眼井**[5]的地方，同另外七个人住在一间小屋子里。我们大家都睡到炕上的时候，挤得几乎透不过气来。每逢我要翻身，得先同两旁的人打招呼。但是，在公园里，在故宫的庭院里，我却

① 张国焘一九三八年叛党，投靠蒋介石国民党。—— 译注

② 原文为 Chu Hsun-pei。—— 译注

3- 拓展知识

第三党：即中国国民党临时行动委员会，由国民党左派领导人邓演达等于1930年8月在上海创办，当时被称为第三党，继续贯彻孙中山"联俄、联共、扶助农工"的新三民主义政策。1947年2月，改名为中国农工民主党。

4- 拓展知识

三 K 党：英文为 Ku Klux Klan，缩写为 K.K.K.，三 K 党是音译，是美国历史上最早的恐怖组织之一，奉行白人至上主义，用残忍手段迫害黑人和进步人士。

5- 字词解释

三眼井：北京胡同名，位于东城区西部。

【阅读纪实作品】

对拥挤恶劣的住宿条件的细节描写，突出了毛泽东当时生活条件的艰苦，在这样艰苦的条件下依然欣赏到了北京早春的美景，说明他是一个热爱生活，善于发现美、欣赏美的人。

看到了北方的早春。北海上还结着坚冰的时候，我看到了洁白的梅花盛开。我看到杨柳倒垂在北海上，枝头悬挂着晶莹的冰柱，因而想起唐朝诗人岑参咏北海冬树挂珠的诗句：'千树万树梨花开'。[6]北京数不尽的树木激起了我的惊叹和赞美。

"一九一九年初，我和要去法国的学生一同前往上海。我只有到天津的车票，不知道到后怎样才能再向前走。可是，像中国俗语所说的，**'天无绝人之路'**[7]，很幸运，一位同学从北京孔德学校弄到了一些钱，他借了十元给我，使我能够买一张到浦口的车票。在前往南京途中，我在曲阜下车，去看了孔子的墓。我看到了孔子的弟子濯足的那条小溪，看到了圣人幼年所住的小镇。在历史性的孔庙附近那棵有名的树，相传是孔子栽种的，我也看到了。我还在孔子的一个有名弟子颜回住过的河边停留了一下，并且看到了孟子的出生地。在这次旅行中，我登了山东的神岳泰山，冯玉祥将军曾在这里隐居，并且写了些爱国的对联。

"可是我到达浦口的时候又**不名一文**[8]了，我也没有车票。没有人可以借钱给我；我不知道怎样才能离开浦口。可是最糟糕的是，我仅有的一双鞋子给贼偷去了。哎哟！怎么办呢？又是'天无绝人之路'，我又碰到了好运气。在火车站外，我遇见了从湖南来的一个老朋友，他成了我的'救命菩萨'。他借钱给我买了一双鞋，还足够买一张到上海去的车票。就这样，我安全地完成了我的旅程——随时留神着我的新鞋。到了上海，我了解到已经募集了大批款项，协助把学生送到法国去，还拨出一些钱帮助我回湖南。我送朋

6- 考点　景物描写赏析

这是对北海早春景象的描写，白梅盛开，杨柳倒垂，冰柱悬挂，诗句的引用更凸显了毛泽东对北海美丽早春景色的热爱和赞叹。

7- 字词解释

天无绝人之路：上天不会把人推到绝路上去。意为人处于绝境时终能找到出路。

8- 字词解释

不名一文：身上一点儿钱都没有了，形容贫穷到了极点。

【阅读纪实作品】

这几句话描述了到达浦口时毛泽东的状况，写出了他当时极度窘迫穷困的处境，让人不由得为他担忧起来。

友们上轮船以后，就启程回长沙了。

“记得我在第一次到北方去的途中游历过这些地方：

“我在北海湾的冰上散步。我沿着洞庭湖环行，绕保定府城墙走了一圈。《三国演义》上有名的徐州城墙，历史上也有盛名的南京城墙，我都环绕过一次。最后，我登了泰山，看了孔墓。这些事情，我在那时看来，是可以同步行游历湖南相媲美的。

“我回到长沙以后，就更加直接地投身到政治中去。在**五四运动**[9]以后，我把大部分时间用在学生的政治活动上。我是《湘江评论》的主笔，这是湖南学生的报纸，对于华南学生运动有很大的影响。我在长沙帮助创办了文化书社，这是一个研究现代文化和政治趋势的团体。这个书社，特别是新民学会，都激烈地反对当时的湖南督军张敬尧，这家伙很坏。我们领导了一次学生总罢课反对张敬尧，要求撤换他，并且派遣代表团分赴北京和西南进行反张的宣传，因为那时孙中山正在西南进行活动。张敬尧查禁了《湘江评论》来报复学生的反对。

“于是我前往北京，代表新民学会，在那里组织反军阀运动。新民学会把反对张敬尧的斗争扩大成为普遍的反军阀的宣传，为了促进这个工作我担任了一个通讯社社长的职务。这个运动在湖南取得了一些成功。张敬尧被谭延闿推翻了，长沙建立了新政权。大致就在这个时候，新民学会开始分成两派 —— 右派和左派，左派坚持进行深刻的社会、经济、政治改革的纲领。

“一九一九年我第二次前往上海。在那里我再次

9- 拓展知识

五四运动：1919年5月4日在北京爆发的一场反对帝国主义和封建主义的爱国运动，直接原因是巴黎和会上北洋军阀政府的外交失败。

看见了陈独秀[①]。我第一次同他见面是在北京，那时我在国立北京大学。他对我的影响也许超过其他任何人。那时候我也遇见了胡适，我去拜访他，想争取他支持湖南学生的斗争。在上海，我和陈独秀讨论了我们组织‘改造湖南联盟’的计划。接着我回到长沙着手组织联盟。我在长沙一边当教员，一边继续我在新民学会的活动。那时新民学会的纲领要争取湖南‘独立’，所谓独立，实际上是指自治。我们的团体对于北洋政府感到厌恶。认为湖南如果和北京脱离关系，可以更加迅速地现代化，所以主张同北京分离。那时候，我是美国门罗主义和门户开放的坚决拥护者。

“谭延闿被一个叫作赵恒惕的军阀赶出湖南，赵利用‘湖南独立’运动来达到他自己的目的。他假装拥护这个运动，主张中国联省自治。可是他一旦当权，就大力镇压民主运动了。我们的团体曾经要求实行男女平权和代议制政府，一般地赞成资产阶级民主纲领。我们在自己办的报纸《新湖南》上公开鼓吹进行这些改革。我们领导了一次对省议会的冲击，因为大多数议员都是军阀指派的地主豪绅。这次斗争的结果，我们把省议会里张挂的胡说八道和歌功颂德的对联匾额都扯了下来。

“冲击省议会这件事被看成湖南的一件大事，吓慌了统治者。但是，赵恒惕篡夺控制权以后，背叛了他支持过的一切主张，特别是他凶暴地压制一切民主要求。因此，我们的学会就把斗争矛头转向他。我记得一九二〇年的一个插曲，那年新民学会组织了一个示威游行，庆祝俄国十月革命三周年。这次示威游行遭到警察镇压。有些示威者要想在会场上升起红旗，警察禁止这样做。示威者指出，依照宪法第十二条，人民有集会、结社和言论自由的权利，但是警察听不进去。他们回答说，他们不是来上宪法课，而是来执行省长赵恒惕的命令的。从此以后，我越来越相信，只有经过群众行动取得群众政治权力，才能保证有力的改革的实现。10

① 陈独秀于一八七九年生于安徽，乃一著名学者和政论家，担任“新文化运动的摇篮”——国立北京大学文学系主任多年，他本人就是新文化运动的领袖。他主编的《新青年》杂志主张采用白话代替文言，开始了这个运动。他是中国共产党的创建人和主要提倡者，后来担任国民党中央执行委员会委员。他在一九三三年在上海被国民党当局逮捕，举行了一次滑稽戏一样的“审判”，被判长期徒刑，现在南京狱中。他与鲁迅一起是他那个时代最重要的文学人物。

"一九二〇年冬天，我第一次在政治上把工人们组织起来了，在这项工作中我开始受到马克思主义理论和俄国革命历史的影响的指引。我第二次到北京期间，读了许多关于俄国情况的书。我热心地搜寻那时候能找到的为数不多的用中文写的共产主义书籍。有三本书特别深地铭刻在我的心中，建立起我对马克思主义的信仰。我一旦接受了马克思主义对历史的正确解释以后，我对马克思主义的信仰就没有动摇过。这三本书是:《共产党宣言》，陈望道译，这是用中文出版的第一本马克思主义的书;《阶级斗争》，考茨基著;《社会主义史》，柯卡普著。到了一九二〇年夏天，在理论上，而且在某种程度的行动上，我已成为一个马克思主义者了，而且从此我也认为自己是一个马克思主义者了。同年，我和杨开慧结了婚①。"

10- 考点 重点句子分析

这里表现出毛泽东政治思想的转变，他此时已经意识到群众力量的强大，明白只有取得群众的支持，才能彻底实现国家的改革。

【阅读纪实作品】

这里表明毛泽东的思想再一次发生了变化，之前的他接触到了不同的进步思想，但一直没有停止探索。直到1920年的夏天，他成为一个马克思主义者，且终其一生都坚定地走马克思主义道路。

① 毛泽东以后没有再提到他和杨开慧的生活。从各方面的记述来看，她是一个杰出的妇女，北京大学的一个学生，后来成了大革命中的一个青年领袖，最活跃的女共产党员之一。他们的结合被当时湖南的新青年认为是"理想的罗曼史"。他们两人显然十分忠诚。杨开慧女士后来大约是在一九三〇年被何键杀害的。

国民革命时期

第四篇 一个共产党员的由来

4

内容速览

主要叙述了毛泽东主席在国民革命时期（1921—1927）的人生经历。毛泽东到上海出席中国共产党成立大会，在湖南党支部成立时任委员。之后在湖南组织革命运动，后在上海党中央委员会工作。后来他的思想与陈独秀渐渐发生分歧，并执着于农民运动。

阅读指南

- **章节阅读属性：**【细读】
- **阅读方法落实：**【阅读纪实作品】毛泽东介绍了他在国民革命时期的斗争经历，并详细说明了他与陈独秀的政见分歧，阅读时注意体会他致力于国民革命斗争，具有敏锐的洞察力和革命前瞻性的特征。
- **核心内容感知：**【梳理情节，品味情感】梳理国民革命时期毛泽东参加中共全国代表大会，以及继续组织领导湖南革命斗争的经历，体会他重视农民力量、力求发展农民运动的主张。

章节图解

国民革命时期

- **湖南省委任委员**
  - 赴上海出席中共成立大会
  - 任湖南党支部委员
- **组织工人运动**
  - 任湖南支部书记，组织学生工人斗争
  - 赴上海组织反对赵恒惕运动
  - 回湖南推动工会工作
- **上海国民党党委工作**
  - 党的第三次代表大会，决定国共合作
  - 在上海国民党党委工作
- **回湘组织工人运动**
  - 出席国民党第一次全国代表大会
  - 回上海，国共双方均有工作
  - 因病回湘休养，组织农民运动核心
- **逃亡广州**
  - 遭追捕逃往广州任《政治周报》主编
  - 训练农民运动干部，开办讲习所
  - 与陈独秀发生分歧
- **执着于农民运动**
  - 在上海、湖南继续指导农民运动
  - 第五次中共党代会，农民运动政策被否定
  - 任第一届全国农民协会会长
  - 国民党反革命运动开始后奉命去四川，国共合作瓦解

原文阅读

毛泽东这时候已是一个马克思主义者，但还不是一个共产党员，这是因为当时中国还没有共产党的组织。早在一九一九年，陈独秀就同共产国际建立了联系。一九二〇年，第三国际的精力充沛、富有口才的代表**马林**[1]前来上海，安排同中国党联系。不久之后陈独秀就在上海召集了一次会议，几乎同一个时候，在巴黎的一批中国学生也开了会，打算在那里成立一个共产党组织。

如果我们想到中国共产党还不过是个十六岁的少年，那么它的成就实在不能算少了。除了俄国以外，它是世界上最强大的共产党；也是除了俄国以外，唯一能够自称有一支自己的强大军队的共产党。

又是一个晚上，毛继续他的叙述：

“一九二一年五月，我到上海去出席共产党成立大会。在这个大会的组织上，起领导作用的是陈独秀和李大钊，他们两个人都是中国最有才华的知识界领袖。我在李大钊手下在国立北京大学当图书馆助理员的时候，就迅速地朝着马克思主义的方向发展。陈独秀对于我在这方面的兴趣也是很有帮助的。我第二次到上海去的时候，曾经和陈独秀讨论我读过的马克思主义书籍。陈独秀谈他自己的信仰的那些话，在我一生中可能是关键性的这个时期，对我产生了深刻的印象。

“在上海这次有历史意义的会议上，除了我以外，只有一个湖南人。其他出席会议的人有张国焘、包惠僧和周佛海。我们一共有十二个人。那年十月，共产党的第一个省支部在湖南组织起来了。我是委员之

老师有话说

1- 拓展知识

马林：马林是一个荷兰人，曾在1918至1927年间加入荷兰共产党。1920年参加共产国际第二次代表大会以后，马林被派到中国，对中国共产党的成立起到一定的帮助作用，曾致力于国共合作，1923年离开中国。

【阅读纪实作品】

这一段是作者斯诺对中国共产党的评论，字里行间流露出他对中共所取成就的敬佩和肯定。

一。接着其他省市也建立了党组织。在上海，党中央委员会包括陈独秀，张国焘（现在四方面军），陈公博（现为国民党官员），施存统（现为南京官员），沈玄庐，李汉俊（一九二七年在武汉被害），李达和李森（后被害）。在湖北的党员有董必武（现任保安共产党党校校长），许白昊和施洋。在山西的党员有高君宇和一些有名的学生领袖。在北京是李大钊（后被害）、邓中夏、张国焘（现红军军事委员会副主席），罗章龙、刘仁静（现为托洛茨基派）和其他一些人。在广州是林伯渠（现任苏维埃政府财政人民委员）、彭湃（一九二九年被害）。王尽美和邓恩铭是山东支部的创始人。

“同时，在法国，许多勤工俭学的人也组织了中国共产党，几乎是同国内的组织同时建立起来的。那里的党的创始人之中有周恩来、李立三和向警予。向警予是蔡和森的妻子，唯一的一个女创始人。罗迈和蔡和森也是法国支部的创始人。在德国也组织了中国共产党，只是时间稍后一些，党员有高语罕、朱德（现任红军总司令）和张申府（现任清华大学教授）。在莫斯科，支部的创始人有瞿秋白等人。在日本是周佛海。

【阅读纪实作品】

本段主要介绍了中国共产党在国外的组织领导人，写出了中国共产党影响之大，侧面写出了革命势力在不断壮大。

“到一九二二年五月，湖南党——我那时是书记——已经在矿工、铁路工人、市政职员、印刷工人和政府造币厂工人中组织了二十多个**工会**[2]。[3]那年冬天，展开了蓬蓬勃勃的劳工运动。那时共产党的工作主要集中在学生和工人身上，在农民中间工作做得非常少。大部分大矿的工人都组织起来了，学生几乎全数组织了起来。在学生战线和工人战线上，进行了多次的斗争。一九二二年冬天，湖南省长赵恒惕下令处

2- 字词解释

工会：工人阶级自愿联合的群众性组织，目的是维护自身的合法权益。

3- 考点 句子含义理解

毛泽东已经开始以共产党员的身份组织革命斗争，反映出共产党的工作在工人阶级中开始产生重大影响。

决两个湖南工人 —— 黄爱和庞人铨，这引起了广泛的反对赵恒惕的宣传运动。被杀死的两个工人之一黄爱，是右派工人运动的一个领袖，以工业学校学生为基础，是反对我们的。可是在这次事件以及其他许多斗争中，我们都是支持他们的。无政府主义者在工会当中也很有势力，这些工会那时候已经组织成为湖南全省劳工会。但是我们同无政府主义者达成妥协，并且通过协商，防止了他们许多轻率和无益的行动。

“我被派到上海去帮助组织反对赵恒惕的运动。那年（一九二二年）冬天，第二次党代表大会在上海召开，我本想参加，可是忘记了开会的地点，又找不到任何同志，结果没有能出席。[4]我回到湖南，大力推动工会的工作。第二年春天，湖南发生多次罢工，要求增加工资，改善待遇和承认工会。大部分罢工都是成功的。五月一日湖南举行了总罢工，这标志着中国工人运动的力量已经达到空前的地步。

“一九二三年，共产党第三次代表大会在广州举行，大会做出了有历史意义的决定：参加国民党，和它合作，建立反对北洋军阀的统一战线。我到上海去，在党中央委员会中工作。第二年（一九二四年）春天，我前往广州，出席国民党第一次全国代表大会。三月，我回到上海，在共产党执行局工作的同时，兼任国民党上海执行部的委员。其他执行委员，有（后任南京政府行政院长的）汪精卫和胡汉民。我和他们共事，协调共产党和国民党的行动。那年夏天，**黄埔军官学校**[5]成立了。加伦担任该校顾问，其他苏联顾问也从俄国来到。国共合作开始具有全国革命运动的规模。那年冬天我回到湖南休养 —— 我在上海生了病。但在

4- 考点　句子含义理解

这句话点明了毛泽东没有参加在上海举行的中国共产党第二次全国代表大会的原因。

5- 拓展知识

黄埔军官学校：国共第一次合作期间，孙中山在广州黄埔长洲岛创办的一所军校，由蒋介石任校长，全称是“中国国民党陆军军官学校”，通称黄埔军校，为革命队伍培养出大批的军事骨干。

湖南期间，我组织了该省伟大的农民运动的核心。[6]

“以前我没有充分认识到农民中间的阶级斗争的程度，但是，在（一九二五年）**‘五卅’惨案**[7]以后，以及在继之而起的政治活动的巨浪中，湖南农民变得非常富有战斗性。我离开了我在休养的家，发动了一个把农村组织起来的运动。在几个月之内，我们就组织了二十多个**农会**[8]，这引起了地主的仇恨，他们要求把我抓起来。赵恒惕派军队追捕我，于是我逃到广州。我到达那里的时候，正逢黄埔学生打败云南军阀杨希闵和广西军阀刘震寰。广州市和国民党内部弥漫着一片乐观气氛。孙中山在北京逝世之后，蒋介石被任命为第一军总司令，汪精卫任国民政府主席。

“我在广州担任《政治周报》的主编，这是国民党宣传部出版的一个刊物。后来它在抨击和揭露以戴季陶为首的国民党右派时，起了非常积极的作用。我还负责训练农民运动的组织人员，为此目的，开办了一个讲习所，参加学习的来自二十一个不同省份的代表，包括从内蒙来的学生。我到广州不久，便任国民党宣传部长和中央候补委员。林祖涵（林伯渠）那时是国民党农民部长，另一个共产党员谭平山是工人部长。

“我那时文章写得越来越多，在共产党内，我特别负责农民工作。根据我的研究和我组织湖南农民的经验，我写了两本小册子，一本是《中国社会各阶级的分析》，另一本是《赵恒惕的阶级基础和我们当前的任务》。陈独秀反对第一本小册子里表示的意见，这本小册子主张在共产党领导下实行激进的土地政策和大力组织农民。陈独秀拒绝在党中央机关报刊上发表它。后来它在广州《农民月刊》和在《中国青年》杂

6- 考点 重点句子分析

毛泽东因为生病回湖南休息期间，还组织了当地的农民运动的核心，可以看出毛泽东始终心系革命，时刻不忘自己的使命。同时也表明了农民运动开始登上历史舞台，革命队伍不断壮大。

7- 拓展知识

“五卅”惨案：1925年5月30日，上海学生在租界内宣传支持工人斗争，百余人被逮捕，随后英国巡捕朝聚集在巡捕房门口的人民群众开枪，打死十数人，伤数十人，这就是“五卅”惨案。随后，广大工人、学生和部分工商业者举行了一系列的反帝国主义爱国运动。

8- 拓展知识

农会：即农民协会，大革命时期的农会属于一种政权形式，是由中国共产党领导的，以贫雇农中的进步分子为骨干，农民自愿结合的一种群众组织。

志上刊出了。第二篇论文在湖南出了小册子。大致在这个时候，我开始不同意陈独秀的右倾机会主义政策。我们逐渐地**分道扬镳**[9]了，虽然我们之间的斗争直到一九二七年才达到高潮。

“我继续在广州国民党内工作，大概一直到一九二六年三月蒋介石在那里发动他的第一次政变的时候。在国民党左右两派达成和解，国共团结得到重申以后，我于一九二六年春天前往上海。同年五月国民党第二次全国代表大会在蒋介石主持下召开。我在上海指导共产党农民部的工作，接着被派到湖南去担任农民运动的视察员。同时，在国共两党结成统一战线的情况下，一九二六年秋天开始了具有历史意义的**北伐**[10]。

“在湖南我视察了长沙、醴陵、湘潭、衡山、湘乡五个县的农民组织和政治情况，并向中央委员会做了报告，主张在农民运动中采取新的路线。第二年初春，我到达武汉的时候，各省农民联席会议正在举行。我出席会议并讨论了我的文章中提出的建议——广泛地重新分配土地。出席会议的还有彭湃、方志敏等人和约克、沃伦两个俄国共产党员，会议通过了决议，采纳我的主张并提交共产党第五次代表大会考虑。但是，中央委员会把它否决了。

“党的第五次代表大会一九二七年五月在武汉召开的时候，党仍然在陈独秀支配之下。尽管蒋介石已经发动反革命政变，在上海、南京开始袭击共产党，陈独秀却依旧主张对武汉的国民党妥协退让。他不顾一切反对，执行小资产阶级右倾机会主义政策。对于当时党的政策，特别是对农民运动的政策，我非常不

9- 字词解释

分道扬镳（biāo）：比喻各自向不同的道路或目标前行。这里是说陈独秀和毛泽东的志向、主张出现了很大不同，他们选择了不同的前进道路。

10- 字词解释

北伐：这里的“北伐”是指1926年至1927年间，由国共合作组织领导的，以国民革命军为主力的，旨在讨伐北洋军阀政府的革命战争。

【阅读纪实作品】

这里具体说明了自己与陈独秀政见的不同，并毫不讳言对陈妥协退让态度和忽视农民力量的不满，表现了毛泽东能深刻了解国家和革命的真实情况，具有敏锐的洞察力和前瞻性。

满意。我今天认为，如果当时比较彻底地把农民运动组织起来，把农民武装起来，开展反对地主的阶级斗争，那么，苏维埃就会在全国范围早一些并且有力得多地发展起来。

“但是，陈独秀强烈反对。他不懂得农民在革命中的地位，大大低估了当时农民可能发挥的作用。结果，在大革命危机前夜举行的第五次代表大会，没有能通过一个适当的土地政纲。我要求迅速加强农民斗争的主张，甚至没有加以讨论。因为中央委员会也在陈独秀支配之下，拒绝把我的意见提交大会考虑。大会给地主下了个定义，说‘有五百亩以上土地的农民’为地主，就没有再讨论土地问题。以这个定义为基础来开展阶级斗争，是完全不够和不切实际的，它根本没有考虑到中国农村经济的特殊性。然而，大会以后，还是组织了全国农民协会，我是第一任会长。

“到一九二七年春天，尽管共产党对农民运动采取冷淡的态度，而国民党也肯定感到惊慌，湖北、江西、福建，特别是湖南的农民运动已经有了一种惊人的战斗精神。高级官员和军事将领开始要求镇压农运，他们把农会称作‘痞子会’，认为农会的行动和要求都过火了。陈独秀把我调出了湖南，认为那里发生的一些情况是我造成的，激烈地反对我的意见。

“四月间，反革命运动已经在南京和上海开始，在蒋介石指使下对有组织的工人的大屠杀已经发生。在广州也采取了同样的措施。五月二十一日，湖南发生了许克祥的叛乱，许多农民和工人被反动派杀害。不久以后，在武汉的国民党‘左’派，取消了它和共产党的协议，把共产党员从国民党和政府中‘开除’出去，而这个政府本身很快也就不存在了。

“许多共产党领导人这时得到党的命令，要他们离开中国，到俄国去或者到上海和其他安全的地方去。我奉命前往四川，但我说服陈独秀改派我到湖南去担任省委书记，十天以后，他又命令我立刻回去，指责我组织暴动反对当时在武汉当权的唐生智。这时，党内情况处于混乱状态。几乎人人反对陈独秀的领导和他的机会主义路线。不久之后，武汉的国共合作瓦解，陈独秀也就垮台了。”

第四篇 一个共产党员的由来

苏维埃运动

内容速览

主要叙述了毛泽东参与组织建立苏维埃政府，以及苏维埃运动的发展历程。全文按照时间顺序，先写毛泽东对1927年革命失败的深刻认识，然后介绍南昌起义、秋收起义、井冈山会师及建立革命根据地、古田会议等一系列事件，最后介绍成立江西省苏维埃政府。

阅读指南

- **章节阅读属性：**【细读】
- **阅读方法落实：**【阅读纪实作品】大革命失败后，苏维埃运动开始，阅读本章节，了解苏维埃运动和苏维埃政府的建立，并了解毛泽东这一阶段的人生经历。
- **核心内容感知：**【梳理情节，了解人物】在此阶段的苏维埃运动中，毛泽东与中央委员会有一定程度的意见分歧，但他始终坚持自己的革命主张，并在不断的实践中找准方向。阅读时要注意体会他坚定的革命立场，以及不屈不挠、坚持战斗的革命精神。

章节图解

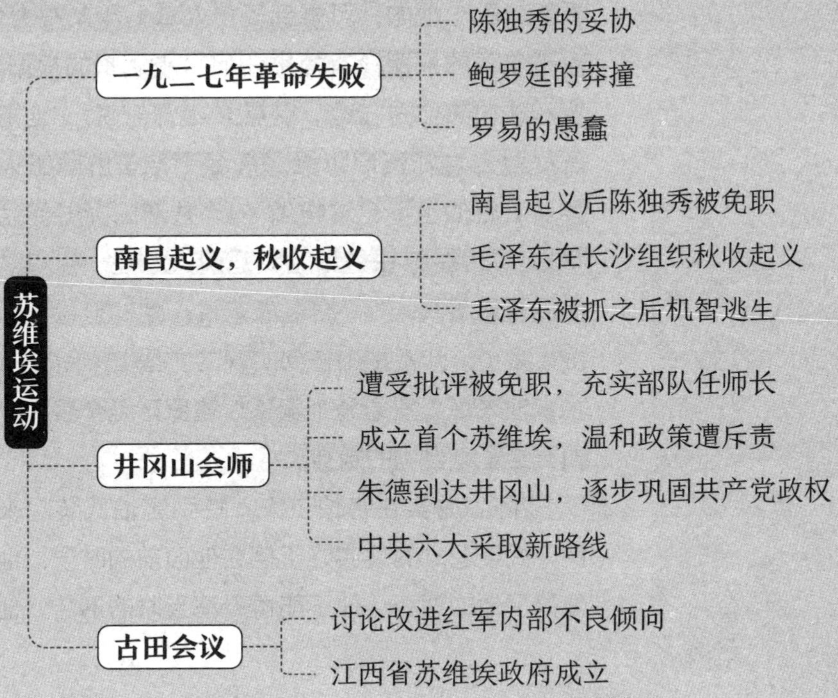

原文阅读

关于一九二七年春天发生的引起很多争论的事件，我和毛泽东曾有一次谈话，我觉得完全有必要在这里一提。这并不是他向我口述的自传的一部分，但是，作为他个人对一个中国共产党人一生经历中的转折点的看法，在这里提一下，还是有重要意义的。

我问毛泽东，在他看来，对于一九二七年共产党的失败，武汉联合政府的失败，南京独裁政权的整个胜利，谁应负最大的责任。毛泽东认为陈独秀应负最大的责任，陈独秀的“动摇的机会主义，在继续妥协显然意味着灾难的时刻，使党失去了决定性的领导作用和自己的直接路线”。

他认为仅次于陈独秀，对于失败应负最大责任的是俄国首席政治顾问鲍罗廷。毛泽东解释说，鲍罗廷完全改变了他的立场，他在一九二六年是赞成大规模重新分配土地的，可是到了一九二七年又竭力反对，对于自己的摇摆没有提出任何合乎逻辑的根据。“鲍罗廷站在陈独秀右边一点点，”毛泽东说，“他随时准备尽力去讨好资产阶级，甚至于准备解除工人的武装，最后他也下令这样做了。”共产国际的印度代表罗易，“站在陈独秀和鲍罗廷两人左边一点点，可是他只是站着而已”。据毛泽东说，他“能说，而且说得太多了，却不提出任何实现的方法”。毛泽东认为，客观地来说，罗易是个蠢货，鲍罗廷是个冒失鬼，陈独秀是个不自觉的叛徒。

“陈独秀实在害怕工人，特别害怕武装起来的农民。武装起义的现实终于摆在他面前的时候，他完全失掉了他的理智。他不能再看清当时的形势。他的小

老师有话说

【阅读纪实作品】

毛泽东分析了革命失败的原因，对陈独秀、鲍罗廷、罗易几人的错误责任进行了分析，也是从这几人的身上，毛泽东吸取教训，为之后成长为一个合格的中共领导人作铺垫。

资产阶级的本性使他陷于**惊惶**[1]和失败。”

毛泽东说，在那个时候，陈独秀是党的彻头彻尾的独裁者，他甚至不同中央委员会商量就做出重大的决定。“他不把共产国际的命令给党的其他领导人看”，据毛泽东说，“甚至于不和我们讨论这些命令。”但是，到头来还是罗易促成了同国民党的分裂。共产国际发给鲍罗廷一个电报，指示党开始没收地主的土地。罗易得到了一个抄件，马上拿给汪精卫看。汪精卫那时是国民党左派武汉政府的主席。这种轻率的做法的结果①是大家都知道的。武汉政权把共产党人从国民党中开除出去，它自己的力量就垮了，不久就被蒋介石所摧毁。

看来共产国际在一九二七年提供给中国共产党的不是什么“意见”，而是干脆发的命令，中国共产党显然甚至无权不接受。当然，武汉的大失败，后来成了俄国国内在世界革命性质问题上的斗争的焦点。在这个阶段以后，俄国反对派被摧毁，托洛茨基的“不断革命”理论被弄臭，苏联开始认真“**在一国建设社会主义**”[2]——它由此出发，今天成了世界和平砥柱的地位。

即使共产党在和国民党分裂以前采取了比较积极的政策，从工人和农民中创建了党的军队，毛泽东也并不认为反革命在一九二七年会被打败，“但是，苏维埃就可能在南方大规模展开，就可能有一个后来无论如何不会被消灭的根据地……”

① 从国民党左派观点来看的这个事件和这个时期的一个有趣的叙述，见汤良礼著《中国革命内幕史》（一九三〇年伦敦）。

1- 字词解释

惊惶：形容内心十分害怕慌张。这里是说蓬勃发展的工农武装运动让陈独秀感到害怕。

【阅读纪实作品】

在作者斯诺看来，一九二七年中国大革命的失败，共产国际也有不可推卸的责任，这个失败也促使了俄国内部的政策调整。

2- 拓展知识

在一国建设社会主义：即“一国建成社会主义论”，这里说的是斯大林在1924年列宁逝世后提出的，认为社会主义可以先在一国内建成的特殊理论，也称“一国社会主义论”。

3- 字词解释

赤手空拳：空着双手，指一点可凭借的东西都没有。

4- 考点 人物形象分析

在这里，毛泽东毫不讳言自己在撤销陈独秀职务中所起的作用，体现出他坦率直白的性格特点，也表现出他一切以国家和人民的利益为重，是一个纯粹的共产党人。

毛泽东的自述现在已经谈到苏维埃的开端。苏维埃是从革命的废墟上兴起的，它要**赤手空拳**3从失败中斗争出一个胜利的结果来。他接着说：

“一九二七年八月一日，贺龙、叶挺率领的第二十军，同朱德合作，领导了具有历史意义的南昌起义，红军的前身组织起来了。一星期以后，即八月七日，党中央委员会举行了非常会议，撤销了陈独秀的总书记职务。自从一九二四年广州第三次代表大会以来，我就是党的政治局委员，对于这个决定，我是积极出了力的。4出席会议的其他十位委员中，有蔡和森、彭公达[①]和瞿秋白。党采取了新的路线，同国民党合作的一切希望暂时是放弃了，因为国民党已经无可救药地成了帝国主义的工具，不能完成民主革命的任务了。长期的公开夺取政权的斗争现在开始了。

“我被派到长沙去组织后来被称为‘秋收起义’的运动。我在那里的纲领，要求实现下面五点：（一）省的党组织同国民党完全脱离；（二）组织工农革命军；（三）除了大地主以外也没收中、小地主的财产；（四）在湖南建立独立于国民党的共产党政权；（五）组织苏维埃。第五点当时受到共产国际的反对，后来它才把这一点作为一个口号提出来。

“九月间，我们通过湖南的农会已经成功地组织了一次广泛的起义，工农军队的第一批部队建立起来了。新战士有三个主要来源：农民本身，汉阳矿工，起义的国民党部队。这个早期的革命军事力量称为‘工农第一军第一师’。第一团由汉阳矿工组成。第二团是由平江、浏阳、醴陵和湖南其他两县的部分农民赤卫

① 彭公达当时为湖南省委代表。—— 编者注

队组成。第三团来自反叛了汪精卫的武汉警卫团的一部分。这支军队经湖南省委批准建立，但湖南省委和我军的总纲领，却为党中央委员会所反对，不过后者似乎只是采取观望的政策，而不是积极反对的政策。

“当我正在组织军队、奔走于汉阳矿工和农民赤卫队之间的时候，我被一些同国民党勾结的民团抓到了。那时候，国民党的恐怖达到顶点，好几百共产党嫌疑分子被枪杀。那些民团奉命把我押到民团总部去处死。但是我从一个同志那里借了几十块钱，打算贿赂押送的人释放我。普通的士兵都是雇佣兵，我遭到枪决，于他们并没有特别的好处，他们同意释放我，可是负责的队长不允许。于是我决定逃跑。但是直到离民团总部大约二百码的地方，我才得到了机会。我在那地方挣脱出来，跑到田野里去。

“我跑到一个高地，下面是一个水塘，周围长了很高的草，我在那里躲到太阳落山。士兵们追捕我，还强迫一些农民帮助他们搜寻。有好多次他们走得很近，有一两次我几乎可以碰到他们。虽然有五六次我已经放弃希望，觉得我一定会再被抓到，可是我还是没有被发现。最后，天黑了，他们放弃了搜寻。我马上翻山越岭，连夜赶路。我没有鞋，我的脚损伤得很厉害。路上我遇到一个农民，他同我交了朋友，给我地方住，又领我到了下一乡。我身边有七块钱，买了一双鞋、一把伞和一些吃的。当我最后安全地走到农民赤卫队那里的时候，我的口袋里只剩下两个铜板了。

“新师成立以后，我担任党的前敌委员会书记，原武汉警卫团的一个指挥员余洒度，任第一师师长。余多少是因部下的态度而被迫就任的，不久他就逃到

【阅读纪实作品】

虽然此时的毛泽东已经被抓，但是他并没有放弃挣扎，他能够清楚地认识到雇佣兵的弱点，并积极展开自救，体现出他机智勇敢、绝不轻言放弃的形象特点。

国民党那里去了。现在他在南京给蒋介石工作。[1]

“这支领导农民起义的小小队伍，穿过湖南向南转移。它得突破成千上万的国民党部队，进行多次战斗，经受多次挫折。当时部队的纪律差，政治训练水平低，指战员中有许多动摇分子。开小差的很多。余洒度逃跑以后，部队到达宁都时进行了改编。陈浩被任命为剩下来大约一团兵力的部队的指挥员，后来他也‘叛变’了。但是，在这个最早的部队中，有许多人始终忠心耿耿，直到今天还在红军中，例如现任一军团政委的罗荣桓、现任军长的杨立三。这支小队伍最后上井冈山[2]的时候，人数总共只有一千左右。

“由于秋收起义的纲领没有得到中央委员会批准，又由于第一军遭受严重损失，而且从城市观点来看，这个运动好像是注定要失败的，因此中央委员会这时明确地批评我。我被免去政治局和党的前委的职务。湖南省委也攻击我们，说我们是‘枪杆子运动’。尽管这样，我们仍然在井冈山把军队团结起来了，深信我们执行的是正确的路线。后来的事实充分地证明了这一点。部队补充了新兵，这个师人员又充实了，我担任了师长。

“从一九二七年冬天到一九二八年秋天，第一师守住了井冈山的根据地。一九二七年十一月第一个苏维埃在湖南边界的茶陵成立了，第一个苏维埃政府选举出来了。主席是谭震林。在这个苏维埃以及后来的苏维埃中，我们推行了一个民主的纲领，采取温和的政策，建筑在缓慢而不断地发展这一基础上。这样一来，井冈山就遭到党内盲动主义者的斥责，他们要求对地主实行抢、烧、杀的恐怖政策，为了使他们丧胆。第一军前敌委员会拒绝采用这种策略，所以被头脑发热的人污蔑为‘改良主义者’。我因为没有实行更加‘激进的’政策，遭到他们猛烈的攻击。

“一九二七年冬天，两个以前在井冈山附近当土匪头子的王佐和袁文才参加了红军。这使红军的实力增加到将近三团人。王、袁都被任命为团长，我是军长。这两个人虽然过去当过土匪，可是率领队伍投身于国民革命，现在愿意向反动

① 余洒度在1934年因贩卖毒品而被蒋介石枪毙。毛泽东在与斯诺谈话时可能尚不知情。——编者注

② 井冈山在湘赣边界，是个不可攻破的山寨，原来为土匪所占。史沫特莱所著《中国的红军在前进》（一九三三年纽约）一书对共产党攻占此山及后来在那里的情况有所记述。

派作战。[5]我在井冈山期间，他们是忠实的共产党人，是执行党的命令的。

“一九二八年五月，朱德来到井冈山，我们的队伍会了师。我们一同制订了一个计划，要建立一个包括六个县的苏区，逐步地稳定并巩固湘赣粤边区的共产党政权，并以此为根据地，向更广大的地区发展。这个战略同党的建议是相反的，后者一味作迅速发展的空想。在军队内部，朱德和我得同两个倾向做斗争：第一个倾向是要立即进攻长沙，我们认为这是冒险主义；第二个倾向是要撤退到广东边界以南去，我们认为这是‘退却主义’。根据我们当时的看法，我们的主要任务有二：分地和建立苏维埃。我们要武装群众来加速这个过程。我们的政策主张自由贸易，优待被俘敌军，以及总的来说主张民主的温和主义。

“一九二八年秋天，在井冈山召开了一个代表会议，出席的有井冈山以北的苏区的代表。在苏区的党员中，对于上述各点仍然有一些意见分歧。在这次会议上，各种不同的意见充分地发表出来了。少数人认为在上述政策的基础上我们的前途大受限制，但是多数人相信这个政策，因此当宣告苏维埃运动将获得胜利的决议案提交表决的时候很容易就通过了。但是，党中央委员会还没有批准这个运动。直到一九二八年冬天，中国共产党第六次代表大会在莫斯科举行的消息传到井冈山的时候，才得到批准。

“对于那次代表大会所采取的新路线，朱德和我是完全同意的。从那时起，党的领导人和农村地区苏维埃运动的领导人之间的分歧消除了，党恢复了一致。[6]

5- 考点 句子含义理解

即便是之前做过土匪的人，共产党人也愿意接纳，只要他们愿意改过自新，愿意向反动派作战，为中国的革命斗争贡献自己的一份力量，这体现出红军具有宽广的革命胸怀，愿意吸纳一切革命力量，正因如此，红军队伍才能迅速壮大，为革命的胜利奠定了基础。

6- 考点 句子含义理解

结合前文内容可知，毛泽东一直坚持自己的革命主义道路，并最终得到了党中央的认可和支持，这充分证明了毛泽东有着坚定的革命信心，对中国革命的现状和未来有着清醒的认知和正确的判断。

“六大的决议总结了一九二五年到一九二七年的革命和南昌起义、广州起义、秋收起义的经验。它的结论是赞成把重点放在土地运动上。大约在这时候，红军开始在中国其他地方出现。一九二七年冬天，湖北西部和东部发生了暴动，为建立新苏区打下了基础。在西面的贺龙和在东面的徐海东，开始建立自己的工农军队。徐海东活动的区域成了鄂豫皖苏区的核心，后来徐向前和张国焘去了那里。一九二七年冬天，方志敏和邵式平在邻接福建的江西东北部边界，也开展了一个运动，后来发展成为强大的苏维埃根据地。广州起义失败以后，彭湃率领一部分忠心耿耿的部队到海陆丰去，那里成立了一个苏维埃，由于它执行盲动主义的政策，很快就被摧毁。它的一部分军队在古大存指挥下从那个地区突围，同朱德和我取得了联系，后来成为红军第十一军的核心。

“一九二八年春天，由李文林、李韶九领导的游击队，开始在江西的兴国、东固活跃起来。这个运动以吉安一带为根据地，这些游击队后来成为第三军的核心，而这个地区本身则成为中央苏维埃政府的根据地。在福建西部，张鼎丞、邓子恢和后来变成社会民主党人的傅柏翠，建立了苏维埃。

“在井冈山‘反冒险主义斗争’时期，第一军打败了白军两次攻占井冈山的企图。对于我们正在建立的那种机动部队来说，井冈山证明是绝好的根据地。它有很好的天然屏障，种的农作物足够供给一支小小的军队。它方圆有五百里，纵横约八十里。本地人有另外的名称，叫它大小五井；真正的井冈山是附近的一座早已荒废的山。五井这个名称是从山麓五口大井得来的，即大、小、上、下、中五井，山上的五个村就是以这五口井相称。

“我们的队伍在井冈山会师以后，进行了改编，著名的红军第四军创立了，朱德任军长，我任党代表。一九二八年冬天，何键的部队发生起义和**哗变**[7]以后，井冈山来了更多的军队，这样就产生了红军第五军。彭德怀任军长。除了彭德怀以外，还有长征途中在贵州遵义牺牲的邓萍；一九三一年在江西牺牲的黄公略和滕代远。

“来了这么多军队，山上的条件变得很差了。部队没有冬衣，粮食奇缺。我们有好几个月几乎只靠吃南瓜过活，战士们喊出他们自己的口号：‘打倒资本主义吃南瓜！’—— 在他们看来资本主义就是地主和地主的南瓜。朱德留下彭德怀守井冈山，自己突破了白军的封锁，一九二九年一月，我们的第一次守山就此结束。

“第四军这时迅速而顺利地展开了打通江西南部的战斗。我们在东固建立了苏维埃，和当地的红军部队会合。我们接着分兵挺进永定、上杭和龙岩，在这几县成立了苏维埃。红军来到以前就存在于这些地区的战斗的群众运动，保证了我们的胜利，帮助我们能够在稳定的基础上，非常迅速地巩固苏维埃政权。通过群众性的土地运动和游击队活动，红军的影响扩大到了其他几个县，但是共产党人到后来才在那里充分掌握权力。

“红军在物质上和政治上的情况都有了改进，但是还存在着许多不良倾向。例如‘游击主义’就是一种弱点，反映在缺乏纪律、**极端民主化**[8]和组织**涣散**[9]上面。另一种需要克服的倾向，是‘流寇思想’——不愿意安心做建立政权的艰苦工作，喜欢流动、变换环境，喜欢新奇的经历和事件。还有军阀主义残余，个别指挥员虐待甚至殴打战士，凭个人好恶，对人有所歧视或者偏爱。

“一九二九年十二月在闽西古田召开红四军第九次党代表大会以后，许多这样的弱点都被克服了。大会讨论了改进的办法，消除了许多的误解，通过了新的计划，这就为在红军中提高思想领导奠定了基础。在这以前，上面所说那些倾向是十分严重的，而且被党内和军事领导内的一个托洛茨基派别利用了来削弱运动的力量。这时开展了猛烈的斗争来反对他们，有些人被撤销了党内职务和军队指挥职务。刘恩康（刘安恭）——一个军长，就是其中的一个典型。据揭发，

7- 字词解释

哗变：一般指军队突然发生叛变。

8- 拓展知识

极端民主化：就是片面强调民主，打着民主化的旗号排斥组织领导，不受纪律约束，只愿意做自己认为对的事情，不考虑别人的感受，是一种无组织、无纪律的表现。

9- 字词解释

涣散：这里是形容组织散漫。

他们阴谋在对敌作战时使红军陷入困境而消灭红军。几次作战失败后，他们的计划就暴露得非常明显了。他们恶毒地攻击我们的纲领，反对我们的一切主张。经验已经证明他们的错误，他们被撤去领导职务，在福建会议以后，他们就没有影响了。

“这次会议为在江西建立苏维埃政权铺平了道路。第二年取得了一些光辉的胜利。几乎整个江西南部都落入红军之手。中央苏区的根据地建立起来了。

“一九三〇年二月七日，江西南部召开了一个重要的地方党会议，讨论今后苏维埃的纲领。当地党、军、政代表都出席了会议。会上详细讨论了土地政策的问题，由那些反对分配土地的人所发动的反对‘机会主义’的斗争被打败了。会议决定分配土地，加速建立苏维埃，在这以前，红军只是组织地方的和乡的苏维埃，在这次会议上，决定了建立江西省苏维埃政府。对于这个新的纲领，农民报以热烈的拥护，这有助于在后来的几个月中打败国民党军队的围剿。”10

10- 考点 句子含义理解

毛泽东没有直接说新纲领的正误，而是说得到了农民的热烈拥护，侧面反映出这个纲领的正确性，从而使红军取得广泛的农民支持，为后续打败国民党的“围剿”奠定了坚实的群众基础。

第四篇 一个共产党员的由来

红军的成长

内容速览

红军建立了，但是组织纪律还没有健全。毛泽东领导下的红军宣布了三大纪律和八项注意，这使得军队的纪律逐渐健全，也加强了党对军队的领导。日本加紧侵略中国，红军对日宣战，但是蒋介石开始对红军“围剿”，红军在取得连续几次胜利后，在第五次的反“围剿”斗争中受挫，开始进行伟大的战略转移，长征开始。

阅读指南

✦ **章节阅读属性：**【细读】

✦ **阅读方法落实：**【阅读纪实作品】红军组建一段时间后，党的领导人开始重视军队的组织纪律建设，为后面的斗争胜利奠定了基础，阅读时要把握红军队伍的成长历程，体会中共领导人的真知灼见。

✦ **核心内容感知：**【梳理情节，了解历史】这一节不但介绍了红军的成长历程，也介绍了国民党对红军的几次“围剿”行动，阅读时要关注这些史实，感受中共领导人在反“围剿”行动中体现出的高超的军事指挥能力。

章节图解

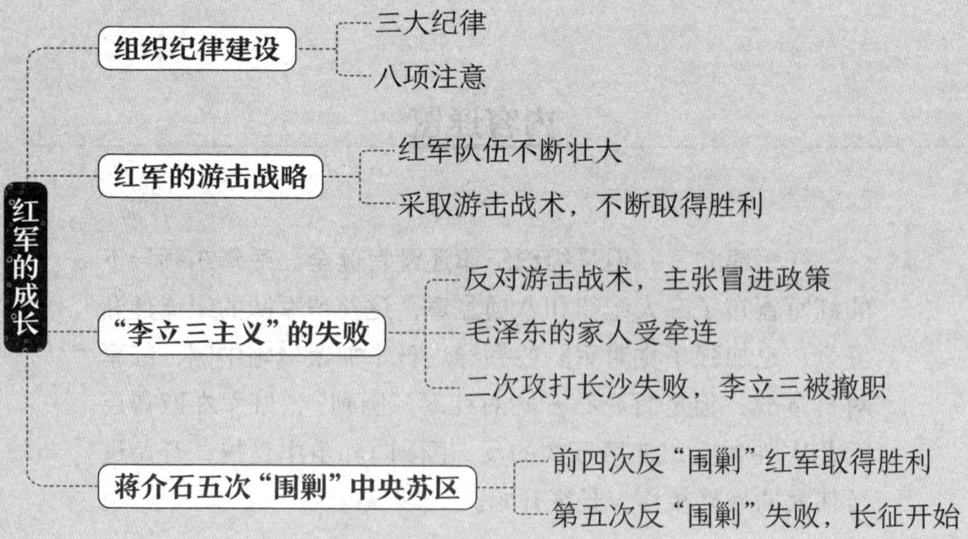

原文阅读

毛泽东的叙述，已经开始脱离“个人历史”的范畴，有点不着痕迹地升华为一个伟大运动的事业了，虽然他在这个运动中处于支配地位，但是你看不清他作为个人的存在。所叙述的不再是“我”，而是“我们”了；不再是毛泽东，而是红军了；不再是个人经历的主观印象，而是一个关心人类集体命运的盛衰的旁观者的客观史料记载了。

他的叙述越接近结束，我越发需要询问他自己的事情。当时他在做什么？当时他担任什么职务？遇到这种或那种情况，他抱什么态度？我的提问，总的说来，使得他在这最后一章自述中有几处提到自己：

“逐渐地，红军的群众工作改进了，纪律加强了，新的组织方法也摸索出来了。各地的农民开始自愿帮助革命了。早在井冈山时期，红军就给战士规定了三条简明的纪律：行动听指挥；不拿贫农一点东西；打土豪要归公。一九二八年会议以后，曾经作了很大努力争取农民的支持，在上述三条之外，又添了八项。这八项是：

一、上门板[①]；

二、捆铺草；

三、对老百姓要和气，要随时帮助他们；

四、借东西要还；

五、损坏东西要赔；

六、和农民买卖要公平；

① 这条命令并不像听起来那么神秘费解。中国房子的木板门是可以轻易卸下来的，到晚上常常卸下来放在板凳上临时当床使。

老师有话说

【阅读纪实作品】

斯诺不断的提问，表现出他有强烈的追问意识和探索精神，正是他的不断追问，毛泽东才又介绍了自己的个人情况，达到了作者的采访目的，满足了读者想多了解中共领导人个人情况的阅读愿望。

七、买东西要付钱；

八、要讲卫生，盖厕所离住家要远。

“最后两项是林彪加的。这八项执行得越来越成功，到今天还是红军战士的纪律，他们经常背诵①。另外还向红军宣讲三项守则，作为主要任务：第一，对敌人要斗争到死；第二，要武装群众；第三，要筹款帮助斗争。

“早在一九二九年，李文林、李韶九领导的几支游击队，经过改编加入了红军第三军。第三军由黄公略指挥，陈毅任政委。在同一时期，朱培德的民团有一部分哗变，加入了红军。他们是在一个国民党指挥员罗炳辉率领下投奔共产党营垒的。他对国民党感到幻灭而愿意参加红军。现在他是红二方面军第三十二军军长。从福建的游击队和红军正规部队骨干，又创立了红军第十二军，由伍中豪指挥，谭震林是政委。后来伍中豪作战牺牲，由罗炳辉继任。

“红军一军团也是在这个时候建立的，总司令是朱德，我是政委。它由第三军、林彪指挥的第四军和罗炳辉指挥的第十二军组成。党的领导是前敌委员会，我是前委主席。那时一军团已经有一万多人，编成十个师。在这支主力之外，还有许多地方的独立团、赤卫队和游击队。

“除了这个运动的政治基础以外，红军的战术在很大程度上造成了军事上的胜利发展。我们在井冈山采取了四个口号，**提纲挈领**[1]地说明了我们所采用的游击战术，而红军就是从这种游击战中成长起来的。这些口号是：

① 红军有一首这样内容的歌曲，也是每天唱的。

1-字词解释

提纲挈领：比喻抓住问题的关键，简明扼要地提出来。

一、敌进我退！

二、敌驻我扰！

三、敌疲我打！

四、敌退我追！

“这四个口号最初为许多有经验的军人所反对，他们不赞成我们所主张的这种战术。但是，后来许多的经验都证明这种战术是正确的。一般说来，凡是红军背离了这些口号，他们就不能打胜仗。我们的军力很小，敌人超过我们十倍到二十倍；我们的资源和作战物资有限，只有把运动战术和游击战术巧妙地结合起来，我们才能有希望在反对国民党的斗争中取得胜利，因为国民党是在雄厚得多的基础上作战的。

“红军的最重要的一个战术，过去是，现在仍然是，在进攻时集中主力，在进攻后迅速分散。这意味着避免阵地战，力求在运动中歼灭敌人的有生力量。红军的机动性和神速而有力的‘短促突击战’，就是在上述战术的基础上发展起来的。

“在扩大苏区时，红军一般地采取波浪式或潮水式的推进政策，而不是跳跃式的不平衡的推进，不去深入地巩固既得地区。这种政策同上面说过的战术一样，是切合实际的，是从许多年集体的军事经验和政治经验中产生出来的。这些战术，遭到李立三的激烈批评，他主张把一切武器集中到红军中去，把一切游击队合并到红军中。他只要进攻，不要巩固；只要前进，不要后方；只要**耸动视听**[2]地攻打大城市，伴之以暴动和极端的行动。那时候李立三路线在苏区以外的党组织中占统治地位，其声势足以强迫红军在某种程度上违反战地指挥部的判断而接受它的做法。它的

【阅读纪实作品】

介绍红军的战斗方式和推进政策，经实践证明，这种从许多经验中总结出来的战斗策略是符合中国革命的实际情况的，是能够取得成功的。同时也告诉我们，实践出真知，一切要从实际出发，不能纸上谈兵。

2- 字词解释

耸动视听：使听闻此事的人感到震惊。

一个结果是进攻长沙，另一个结果是向南昌进军。但是在这两次冒险中，红军并没有停止游击队的活动或把后方暴露给敌人。

“一九二九年秋天，红军挺进江西北部，攻占了许多城市，多次打败了国民党军队。一军团在前进到离南昌很近的时候，突然转向西方，向长沙进发。在进军中，一军团同彭德怀会师了，彭德怀曾一度占领长沙，但为避免遭占极大优势的敌军所包围而被迫撤出。彭德怀在一九二九年四月曾不得不离开井冈山到赣南活动，结果他的部队大大地增加了。一九三〇年四月，他在瑞金同朱德和红军主力重新会合，接着召开了会议，决定彭德怀的三军团在湘赣边界活动，朱德和我则转入福建。一九三〇年六月，三军团和一军团再次会师，开始第二次攻打长沙。一、三军团合并为一方面军，由朱德任总司令，我任政委。在这种领导下，我们到达长沙城外。

“大致在这个时候，中国工农革命委员会成立了，我当选为主席。红军在湖南有广泛的影响，几乎和在江西一样。湖南农民都知道我的名字。因为悬了很大的赏格不论死活要缉拿我、朱德和其他红军领导人。我在湘潭的地被国民党没收了①。我的妻子和我的妹妹，还有我的兄弟毛泽民、毛泽覃两个人的妻子和我自己的儿子，都被何键逮捕。我的妻子和妹妹被杀害了。其余的后来得到释放。红军的威名甚至于扩展到湘潭我自己的村里，因为我听到一个故事，说当地的农民相信我不久就会回到家乡去。有一天，一架飞机从上空飞过，他们就断定飞机上坐的是我。他们警告那时种我的地的人，说我回来看我的地了，看看地里有没有树木被砍掉。他们说，如果有砍掉的，我一定会向蒋介石要求赔偿。

“但是第二次打长沙失败了。国民党派来大批援军，城内有重兵防守；九月间，又有新的军队纷纷开到湖南来攻打红军。在围城期间，只发生一次重大的战斗，红军在这次战斗中消灭了敌军两个旅。但是，它没有能占领长沙城，几星期以后就撤到江西去了。

“这次失败有助于摧毁李立三路线，并使红军不必按照李立三所要求的那样对武汉作可能招致惨败的进攻。红军当时的主要任务是补充新的兵员，在新的农村地区实行苏维埃化，尤其重要的是在苏维埃政权的坚强领导下巩固红军攻

① 毛泽东在大革命中曾把这些地的地租用于湖南农民运动。

克的地区。为了这些目的，没有必要打长沙，这件事本身含有冒险的成分。然而如果第一次的占领只是一种暂时的行动，不想固守这个城市，并在那里建立政权的话，那么，它的效果也可以认为是有益处的，因为这对全国革命运动所产生的反响是非常大的。企图把长沙当作一种根据地，而不在后面巩固苏维埃政权，这在战略上和在战术上都是错误的。”

我在这里要冒昧打断一下毛泽东的叙述，对李立三提供一些令人感兴趣的情况。李立三是湖南人，法国留学生。他经常来往于上海、汉口之间，因为共产党在这两个地方都设“地下”总部，到一九三〇年以后，党的中央委员会才迁到苏区去。李立三是中国共产党人中最有才华的一个人，也许也是最难以捉摸的一个人，大概也是中国所产生的最够得上成为托洛茨基的一个人。从一九二九年到一九三一年，李立三统治了中国共产党，一九三一年他被解除了政治局的职务，派到莫斯科去“学习”，至今仍在那里。李立三也和陈独秀一样，对农村苏维埃缺乏信心，他主张对长沙、武汉、南昌那样的战略大城市采取大举进攻的策略。他主张在农村搞“恐怖”，来打掉地主豪绅的气焰；主张工人发动“强大的攻势”，举行暴动和罢工，使敌人在自己的地盘上陷于瘫痪；主张在苏联支持下从外蒙和满洲展开北面的“侧击”。也许在莫斯科心目中他的最大“罪过”是他在一九三〇年认为中国是世界革命的“中心”，这就否认了苏联的这个地位。

现在话归原处：

【阅读纪实作品】

这一段是作者斯诺对李立三情况的补充介绍，包括他的个人履历、革命主张，并称他“最有才华”“最难以捉摸”，且说他“最够得上成为托洛茨基”，便于读者深入认识李立三这个人物，更能理解毛泽东与之革命战略的不同。

“但是李立三既过高估计了那时候红军的军事力量，也过高估计了全国政局的革命因素。他认为革命已经接近胜利，很快就要在全国掌握政权。当时助长他这种信心的，是蒋介石和冯玉祥之间的**旷日持久**3、消耗力量的内战，这使李立三认为形势十分有利。但是在红军看来，敌人正准备内战一停就大举进攻苏区，这不是进行可能招致惨败的盲动和冒险的时候。这种估计后来证明是完全正确的。

3- 字词解释

旷日持久：意思是多费时间，耽误了很久。

“由于湖南事件、红军撤回江西、特别是占领吉安以后，‘李立三主义’在军队里被克服了。而李立三本人在被证明是错误了以后，很快就丧失了在党内影响。但是，在‘李立三主义’被确定地埋葬以前，军内曾经历一个危急的时期。三军团的一部分人赞成执行李立三路线，要求三军团从红军中分离出来。但是，彭德怀对这种倾向进行了坚决的斗争，维持了在他的指挥下的部队的团结和他们对上级指挥部的忠诚。但是，第二十军在刘铁超领导下公开叛变，逮捕了江西苏维埃的主席，逮捕了许多指挥员和政府干部，并在李立三路线的基础上对我们进行了政治的攻击。这件事发生在富田，因此称为‘富田事件’。富田在苏区的心脏吉安的附近，因此这个事件引起了一时的震动，有许多人想必认为革命的前途取决于这个斗争的结局。幸而这次叛乱很快就被镇压下去，这是由于三军团的忠诚、党和红军部队的总的团结，以及农民的支持。刘铁超被逮捕，其他叛乱分子被解除武装和消灭。我们的路线重新得到肯定，‘李立三主义’确定地被镇压下去了，结果苏维埃运动随后取得了很大的进展。

【阅读纪实作品】

第二十军的公开叛变，说明了“李立三主义”对党内的影响之大，由此可见红军的革命历程是充满艰险和波折的，红军的胜利是无数共产党人坚持正确的革命路线，不断斗争的结果。

“这时南京被江西苏区的革命潜力完全惊醒了，

在一九三〇年年底开始了对红军的第一次围剿[①]。敌军总数超过十万，兵分五路开始包围苏区，以鲁涤平为总指挥。当时红军能动员起来抗击敌军的部队约有四万人。我们巧妙地运用运动战术，迎击并克服了第一次围剿，取得了巨大的胜利。我们贯彻执行了迅速集中和迅速分散的战术，以我主力各个击破敌军。我们诱敌深入苏区，集中优势兵力突然进攻孤立的国民党部队，取得主动地位，能够暂时包围他们，这样就把数量上占巨大优势的敌人所享有的总的战略优势扭转过来。

“一九三一年一月，第一次围剿完全被打败了。我认为红军如果不是在围剿开始时创造了三个条件，那么这次胜利是不可能的：第一，一军团和三军团在集中的指挥下统一起来了；第二，清算了李立三路线；第三，党战胜了红军内和苏区内的AB团（刘铁超）及其他现行反革命分子。

“仅仅经过四个月的喘息，南京就发动了第二次围剿，以现任军政部长何应钦为总司令。他的兵力超过二十万，分七路向苏区推进。当时红军的处境被认为非常危急。苏维埃政权管辖的区域很小，资源有限，装备缺乏，敌人的物质力量在各方面都远远超过红军。[4]但是，红军仍然坚持迄今赖以制胜的战术来对付这次进攻。我们放敌军诸路深入苏区，然后集中主力突然攻击敌第二路，打败了好几个团，摧毁了他们的进攻力量。我们马上迅速地相继进攻第三路、第六路、第七路，逐个击败他们。第四路不战而退，第五

① 这次围剿在杨铨著《中国共产党现况》（一九三一年南京）一书中有详尽描述，颇有趣。

4- 考点　句子含义理解

这是毛泽东对红军危急处境的具体说明，区域小、资源少、装备缺、物质差，但就是如此悬殊的力量对比下，红军依然粉碎了国民党的第二次“围剿”，体现出红军领导人战略战术的正确性，和红军战士不屈不挠、英勇战斗的革命精神。

路被部分地消灭。在十四天中，红军打了六仗，走了八天路，结果得到决定性的胜利。蒋光鼐、蔡廷锴指挥的一路军，在其他六路被击溃或退却以后，没有认真打一仗就撤退了。

“一个月以后，蒋介石亲自出马统率三十万军队，要‘最后剿灭赤匪’。协助他的有他最得力的将领陈铭枢、何应钦、朱绍良，每人负责一路大军。蒋介石指望用**长驱直入**[5]的办法占领苏区，‘荡平赤匪’。他一开始就每天进军八十里，深入苏区的腹地。这恰恰给红军提供了最合适的作战条件，蒋介石的战术很快就被证明犯了严重错误。我军主力只有三万人，我们进行了一系列杰出的运动，在五天之中进攻了五路敌军。第一仗红军就俘虏了许多敌军，缴获了大批弹药、枪炮和装备。到九月间，蒋介石就承认第三次围剿已经失败，在十月间撤退了他的军队。

5- 字词解释

长驱直入：形容军队毫无阻挡地前进。

“这时候红军进入一个比较和平的成长时期。发展是非常迅速的。第一次苏维埃代表大会于一九三一年十二月十一日召开，中央苏维埃政府宣告成立，我担任主席。朱德当选为红军总司令。就在这个月，发生了**宁都大起义**[6]，国民党二十八路军有两万多人反正，参加了红军。他们是由董振堂、赵博生率领的。赵博生后来在江西作战牺牲，董振堂今天仍然是红五军军长，五军团就是由宁都起义后过来的部队建立的。

6- 拓展知识

宁都大起义：又称“宁都暴动”，发生于1931年12月14日，起义的部队本是蒋介石派往宁都“围剿”中央苏区的，后在共产党的秘密组织领导下举行起义。这是土地革命时期代价最小而成绩最大的起义。

“红军现在发动自己的攻势了。一九三二年它在福建漳州打了一个大仗，占领了这个城市。在南方，红军在南雄进攻了陈济棠，而在蒋介石的战线上，红军猛攻乐安、黎川、建宁和泰宁。它攻打了赣州，但没有占领。从一九三二年十月起，直到长征西北开始，我本人几乎用全部时间处理苏维埃政府工作，军事指挥工作交给了朱德和其他的人。

“一九三三年四月，南京开始第四次，也许是败得最惨的一次‘围剿’[①]。这一次红军第一仗就把敌两个师解除了武装，俘虏了两个师长。敌第五十九师被部分消灭，第五十二师被全部消灭。这一仗是在乐安县的大龙坪和桥汇打的，红军一举就俘虏了一万三千敌军。蒋介石最精锐的部队国民党第十一师，接着也被消灭，几乎全部被缴械，师长受了重伤。这几仗构成了决定性的转折点，第四次围剿随即结束。蒋介石当时写信给他的战地司令官陈诚，说他认为这次失败是他一生中‘最大的耻辱’。陈诚是不赞成搞这种围剿的。他当时对人说，在他看来，同红军作战是一种‘终身职业’，也是一种‘无期徒刑’。这话传到蒋介石那里，他就解除了陈诚的总司令职务。

“为了他的第五次，也是最后一次围剿，蒋介石动员了将近一百万人，而且采取了新的战术和战略。蒋介石根据德国顾问们的建议，在第四次围剿时就已经开始采用堡垒体系。在第五次围剿中，他就完全依赖这个了。

“在这个时期，我们犯了两个重大的错误。其一是在一九三三年福建事变中没有能同蔡廷锴的部队联合。其二是放弃了我们以前的运动战术，而采用错误的单纯防御战略。用阵地战对付占巨大优势的南京军队，是一个严重的错误，因为红军无论在技术上或者在精神上都不适合于阵地战。

“由于犯了这些错误，由于蒋介石在围剿中采用新的战术和战略，加上国民党军队在数量上技术上占压倒的优势，到了一九三四年，红军就不得不努力去改变它在江西的迅速恶化的处境了。其次，全国的政治形势也促使我们决定将主要的活动场所迁移到西北去。由于日本侵略东北和上海，苏维埃政府早在

① 在许多关于剿共战争的报道中，对于进攻苏区的大围剿次数，众说纷纭。有的作者说“围剿”共达八次之多，但是南京所进行的这几次大动员，有些完全是防御性的。红军指挥员口中只有五次大围剿。每次直接卷入的南京军队兵力大致如下：第一次，一九三〇年十二月到一九三一年一月，十万人；第二次，一九三一年五月到六月，二十万人；第三次，一九三一年七月到十月，三十万人；第四次，一九三三年四月到十月，二十五万人；第五次，一九三三年十月到一九三四年十月，四十万人（共动员了九十万以上的军队进攻三个主要苏区）。一九三二年南京没有发动大围剿，当时蒋介石用五十万左右军队在红区周围设防。但这一年却是红军发动大攻势的一年。显然南京在一九三二年的防御活动被许多作者误解为大围剿了，因为南京当时是把它作为“剿共”来宣传的。但红军没有这么谈论，蒋介石也没有。

一九三二年二月就已经正式对日宣战。但因苏维埃中国遭到国民党军队封锁包围，宣战自然不能生效。接着，苏维埃政府又发表宣言，号召中国所有的武装力量组成统一战线，抵抗日本帝国主义。一九三三年初，苏维埃政府宣布愿在下列基础上同任何白军合作：停止内战，停止进攻苏区和红军；保障民众的公民自由和民主权利；武装人民进行抗日战争。

"第五次围剿于一九三三年十月开始。一九三四年一月，在苏维埃首都瑞金召开了第二次中华全国苏维埃代表大会，总结革命的成就。我在会上作了长篇报告，大会选举了中央苏维埃政府——就是现在的这批人员。不久以后，我们就准备长征了。长征开始于一九三四年十月，在蒋介石发动他的最后一次围剿刚好一年以后，这一年作战和斗争几乎不断，双方的损失都很大。

"一九三五年一月，红军主力到达贵州遵义。在随后的四个月，红军几乎不断地行军，并且进行了最有力的战斗。红军经历了无数艰难险阻，横渡中国最长、最深、最湍急的江河，越过一些最高、最险的山口，通过凶猛的土著居民的地区，跋涉荒无人烟的大草地，经受严寒酷暑、风霜雨雪，遭到全中国白军半数的追击——红军通过了所有这一切天然障碍物，并且打破了粤、湘、桂、黔、滇、康、川、甘、陕地方军队的堵截，终于在一九三五年十月到达了陕北，扩大了目前在中国的大西北的根据地。7

7-考点　重点句子分析

毛泽东对红军长征途中所遇到的各种艰难险阻进行了具体描述，与之前介绍个人经历的简单描述不同，在这里他讲述了长征路上的各种困难，字里行间充满了对红军的赞美和感叹，也对长征的胜利充满了自豪之情。

"红军的胜利行军，胜利达到甘、陕，而其有生力量依然完整无损，这首先是由于共产党的正确领导，其次是由于苏维埃人民的基本干部的伟大的才能、勇气、决心以及几乎是超人的吃苦耐劳和革命热情。中国共产党过去、现在、将来都忠于马列主义，并将继续进行斗争反对一切机会主义倾向。它之所以不可战胜，所以一定取得最后胜利，其原因之一就在于这种决心。”8

8-考点 重点句子分析

毛泽东总结红军长征胜利原因的短短几句话，震撼了我们的心灵，在共产党的正确领导以及战士们吃苦耐劳的革命热情的驱动下，长征取得了胜利，这永不言败的精神永远值得我们学习。

阅读思考

基础测评

❶ **毛泽东后来进了湖南省立第一师范读书，在这里给他印象最深的教员是__________，他和几位朋友成立的一个组织是__________。(　　)**

A. 李大钊；互助社　　B. 陈独秀；新民学会

C. 杨昌济；新民学会　　D. 袁大胡子；互助社

❷ **下面对《童年》内容的理解，错误的一项是(　　)。**

A. 10岁的毛泽东有一次之所以逃学三天，是因为小学堂里的国文教员粗暴严厉。

B. 毛泽东的母亲经常接济别人，说明她是一个心地善良、慷慨大方的人。

C. 妻子的责备，让毛泽东的父亲毛顺生改变了对神佛的态度，为人也变得慷慨、温和。

D. 13岁时对父亲的公开反抗让毛泽东意识到，遇到不公平待遇就要懂得斗争反抗，一味地忍耐退缩，只会招致更多的欺压。

❸ **下面对《在长沙的日子》内容的理解，错误的一项是(　　)。**

A. 毛泽东剪辫子、参军的情节可以看出他的革命性特点。

B. 从毛泽东选择学校及进行自修的情节可以看出他好学进取、有恒心、有毅力。

C. 从团结周围人的情节可以看出毛泽东已经慢慢具有了领袖气质。

D. 毛泽东参军半年即退伍，是因为他意识到读书比参军更重要。

❹ **下列对第五次反“围剿”运动的表述，错误的一项是(　　)。**

A. 工农红军采取了游击战。

B. 国民党军队采取了堡垒体系。

C. 红军的第五次反“围剿”战争失败了。

D. 红军主力因为第五次反“围剿”的失败，被迫撤出根据地，开始长征。

专题探究

结合本册具体内容，说说毛泽东的哪一段经历让你十分敬佩。

参考答案

阅读思考

基础测评

1.C　2.C　3.D　4.A

专题探究

【示例】毛泽东在几乎身无分文的情况下决定走遍湖南这一经历让我十分佩服。在湖南师范读书期间，他花了整整一个夏天走遍了自己的家乡湖南，不但增长了见识，还锻炼了身体，为后来组建农民协会打下了坚实的基础。他身上具有的吃苦耐劳的精神让我十分佩服。

红星照耀中国

〔美〕埃德加·斯诺 著

董乐山 译

5

人民文学出版社

目录

本册导读

本册基本信息

本册是整本书的第五分册——《长征》，包括《第五次围剿》《举国大迁移》《大渡河英雄》《过大草地》四个部分，讲述了红军主力因为第五次反“围剿”失败，开始战略转移，在历尽千辛万苦之后，终于到达陕甘苏区的过程。着重记叙了长征途中强渡大渡河、飞夺泸定桥、爬雪山、过草地等英勇的事迹。在阅读时可以重点感受红军英勇善战、不怕牺牲、坚忍不拔、无所畏惧的革命精神。

扫码听名师说书

阅读计划自检

开始阅读时间

______年______月______日

实际结束时间

______年______月______日

阅读所用时长
（建议时长：1 周）

_____天

阅读感受

- ☐ 轻轻松松读完，无压力，意犹未尽
- ☐ 能在建议时长内读完，并且读懂了
- ☐ 稍有些拖沓，理解起来不是很顺利
- ☐ 时间太短了，没有读完而且没看懂

第五篇 长征

第五次围剿

内容速览

主要讲述了蒋介石发动第五次“围剿”以及红军如何反“围剿”的过程。蒋介石动用九十多万兵力，修建堡垒体系，运用新的战略，包围红军，并实行经济封锁。红军第五次反“围剿”失败，损失惨重，瑞金会议之后，红军主力决定转移，开始了伟大的长征之路。

阅读指南

- **章节阅读属性：**【细读】
- **阅读方法落实：**【阅读纪实作品】在前面的四次反“围剿”中，红军都取得了胜利，但是在第五次却失败了，这是为什么呢？作者在这一节中对国共参战双方情况都进行了介绍，并加入自己的评论，阅读时可重点关注。
- **核心内容感知：**【梳理情节，了解历史】这一章节中，作者详细介绍了第五次“围剿”中国共双方投入的军队数量、武器装备、战术战略、作战结果等，资料详实，分析客观，让读者真正了解到了这次战役的具体情况。

章节图解

- **第五次围剿**
  - **苏区的改变**
    - **六年苏区变化**
      - 土地重新分配，减轻捐税，大规模生产。
      - 失业、鸦片、娼妓消失。
      - 工农生活条件改善，民众教育有进展。
    - **前四次围剿失败** —— 1930—1933年，国民党四次“围剿”苏区失败。
  - **第五次围剿**
    - **国民党围剿兵力** —— 将近90万正规军队，装备精良。
    - **红军** —— 总共不到40万人，不到十万支枪，队伍参差不齐。
    - **策略改变**
      - 国民党
        - 德国顾问设计战略，包围苏区，经济封锁，消耗战。
        - 围绕苏区建设堡垒体系，慢慢推进。
      - 红军 —— 与蒋介石的军队展开阵地战。
    - **反“围剿”失败**
      - 被封锁的困境 —— 经济压力巨大，物资缺乏。
      - 惨痛的杀戮 —— 苏区“肃清”政策，100万百姓失去生命。
      - 红军受重挫 —— 伤亡六万人以上。
  - **红军被迫长征**
    - **瑞金会议** —— 军事会议，决定大规模转移。
    - **夜间奔袭** —— 九万红军，长途奔袭，夜间突破敌军防线。
    - **百姓长征** —— 许多的农民跟着红军一起长征。
    - **物资长征**
      - 拆卸工人机器，骡驴驮机器，一起长征。
      - 许多东西都埋在了长征的路上。
  - **伟大的牺牲** —— 成千上万的农民赤卫队、游击队和少数红军正规军，自愿留在江西瑞金，抵抗“围剿”，为主力部队长征赢得时间。

原文阅读

华南苏区的六年，注定是要成为长征这部英雄史诗的前奏曲的。[1]这六年的历史动人心魄，但是只有零星的记载。我在这里即使要概括地介绍一下也是很难做到的。毛泽东简单地谈到了苏区的有机发展和红军的诞生过程。他谈到了共产党怎样从几百个**衣衫褴褛**[2]、**食不果腹**[3]的年轻然而坚决的革命者建立起一支有好几万工农所组成的军队，最后到一九三〇年时已经成了政权的争夺者，其威胁严重到使南京不得不对他们进行第一次大规模的进攻。第一次“围剿”和接着的第二次、第三次、第四次“围剿”完全以失败告终。在每次这样的战役中红军都几旅几旅地、整师整师地消灭了国民党军队，补充了自己的武器和弹药，招来了新兵，扩大了地盘。

在这期间，在红军非正规部队的这道不可逾越的防线后面，生活究竟是怎样的呢？我们这一时代的一个令人惊异的事实是，在华南苏区的全部历史中，竟没有一个“外来的”外国观察家曾经进入过红区——世界上除了苏联以外唯一的这个由共产党统治的国家。因此，外国人所写的关于华南苏区的一切材料都是第二手材料。但是，这些记载不论是友好的还是敌意的，现在可以证实几点重要事实，这些事实清楚地说明了红军所取得的人民拥护的基础是什么。土地给重新分配了，捐税给减轻了。集体企业大规模地成立了，到一九三三年，仅江西一地就有一千多个苏维埃合作社。失业、鸦片、卖淫、奴婢、买卖婚姻都已绝迹，和平地区的工人和贫农生活条件大为改善。群众教育在情况稳定的苏区有了很大的进展。在有些县

老师有话说

1- 考点　重点句子分析

这句话是总述，点明了华南苏区的六年对红军来说十分重要。

2- 字词解释

衣衫褴褛：所穿衣服破破烂烂的，形容十分穷困。

3- 字词解释

食不果腹：肚子吃不饱，形容十分穷困。

【阅读纪实作品】

在前四次反“围剿”中，红军屡战屡胜，愈战愈勇，他们不但消灭了国民党军队，还不断增强了自己的实力，肯定了前四次反“围剿”中红军的功绩。

里，红军在三四年中扫除文盲所取得的成绩，比中国农村任何其他地方几个世纪中所取得的成绩还要大，这甚至包括晏阳初在洛克菲勒资助下在定县进行的“豪华”的群众教育试验。在共产党模范县兴国，据说百分之八十的人口是有文化的——比那个有名的洛克菲勒资助的县份还高。

许多不偏不倚的材料现在至少已经证明了这一些。但是，关于这个小小的苏维埃共和国生活的其他方面虽然越来越多地可以搞到文献材料，我们仍然只能从理论上来加以探讨，而这又不属本书的范围。[4] 比如，要是当初红军坚守住了南方的根据地，并且得到巩固，他们会有什么成就？这马上使我们进入了纯粹**臆测**[5]的领域，所得结论自然受到主观因素的制约。

无论如何，关于南方苏区的猜测，现在主要是只具有学术兴趣的事了。因为到一九三三年十月，南京已发动了它的第五次，也是最大的一次反共战争。一年之后，红军终于被迫实行总退却。当时几乎人人都认为完了，认为这是为红军送葬出殡。他们这种估计错误到多么严重的程度，要到几乎两年以后才看得出来，因为那时将要发生一场惊人事件，使蒋介石总司令的性命掌握在共产党的手中，这样的卷土重来在历史上是很少有先例的。而在这以前，蒋介石有一阵子却真的相信了自己的吹牛——他已经“消灭了共产主义的威胁”。

对红军进行的战争到了第七个年头，要想消灭他们的尝试才取得了显著的成功。当时红军对江西的一个很大部分和福建湖南的大块地区，有实际行政控制权。在湖南、湖北、河南、安徽、四川、陕西诸省还

【阅读纪实作品】

这是红军在华南苏区发展农业、工业、教育等的一系列举措，成效巨大，尤其是教育方面，甚至超过了美国人资助进行的教育项目，农民和工人的生活也得到很大改善。表明红军关注、爱护百姓，是真真切切领导人们进行民主革命的，反映了红军为人民服务的宗旨，也表现了红军对广大群众的影响之大。

4- 考点　重点句子分析

即便能得到很多文献资料，作者依然认为只能从理论上探讨，没有实际考察就不能主观猜测，体现出斯诺始终坚持没有调查就没有发言权的宗旨，实事求是，力求材料真实客观。

5- 字词解释

臆测：缺乏客观证据，只是主观地猜测。

有其他的苏区，只是与江西苏区并不连接而已。

蒋介石在第五次战役中对红军发动了大约九十万军队，其中也许有四十万——约三百六十个团——实际参加了赣闽苏区的战争和对付鄂豫皖苏区的红军。但是江西是整个战役的枢纽。红军在这里能够动员一共十八万正规军，包括所有后备师，它还有大约二十万游击队和赤卫队，但是全部火力却只有不到十万支步枪，没有大炮，手榴弹、炮弹和弹药来源极其有限，这全部是在瑞金的红军军火厂中制造的。6

6- 考点 表现手法赏析

将国民党与红军双方的军事实力进行对比，90万装备精良的国民党军队与红军方面18万正规军、20万游击队、不到10万支步枪，这之间的差距悬殊，对比鲜明，表现了红军的资源匮乏、兵力短缺，说明红军处于很大的劣势地位。

蒋介石采取了新战略，充分利用他的最大有利条件——优势资源、技术装备、外面世界的无限供应（红军却同外面世界隔绝）机械化战术，一支现代化空军，可以飞航的作战飞机近四百架。红军缴获了少数几架蒋介石的飞机，他们也有三四个飞行员，但是他们缺乏汽油、炸弹、机工。过去经验证明，进犯红区，企图以优势兵力突袭攻占，结果要遭到惨败，蒋介石现在改用新的战略，把他大部分军队包围“匪军”，对他们实行严密的经济封锁。因此，这基本上是一场消耗战。

这样做代价很大。蒋介石修建了几百、几千英里的军事公路，成千上万个小碉堡，可以用机关枪火力或大炮火力连成一片。他的又攻又守的战略和战术可以减弱红军在运动战上的优势，而突出了红军兵力少、资源缺的弱点。实际上，蒋总司令在他著名的第五次围剿中等于对苏区修建了一条长城，逐步收拢，其最后目的是要像个铁钳似的夹住和击溃红军。

【阅读纪实作品】

从这一段内容可以看出，此次“围剿”，国民党不但不计代价地大肆修建军事设施，为了避开红军的优势，战术战略上也有了较大调整，可见蒋介石下定了决心，有备而来，力求一举消灭红军。“长城”“铁钳”等词语也具体体现出此次“围剿”非比寻常，威力巨大。

蒋介石聪明地避免在公路碉堡网以外暴露大部队。他们只有在得到大炮、装甲车、坦克和飞机滥炸的非常良好掩护下才前进，很少进到碉堡圈几百码以外。这些碉堡圈遍布江西、福建、湖南、广东、广西诸省。红军由于被剥夺了佯攻、伏击或在公开交战中出奇制胜的机会，不得不采取新战略，他们开始把他们的主要力量放在阵地战上，这一决定的错误及错误的理由，本书以后还要述及。

据说第五次战役主要是蒋介石的德国顾问们设计的，特别是已故的**冯·西克特**[7]将军，他曾任纳粹陆军参谋长，有一个时期是蒋介石的首席顾问。新战术是彻底的，但进展缓慢，代价浩大。作战进行了几个月，但是南京对敌军主力还没有打出决定性的一击。不过，封锁的效果在红区是严重地感觉到了，特别是完全缺盐这一点。小小的红色根据地是越来越不足以击退它所受到的全部军事和经济压力了。为了要维持这次战役中所进行的一年惊人的抵抗，尽管红军否认，但我怀疑对农民想必进行了相当程度的剥削。[8]但是同时必须记住，红军的战士大多数都是新分了土地和获得了选举权的农民。中国的农民仅仅为了土地，大多数也是愿意拼死作战的。[9]江西的人民知道，国民党卷土重来意味着土地回到地主的手中。

南京方面当时认为它的歼灭战快要成功。敌人已陷入重围，无法脱身。除了在国民党收复的地区进行“清剿”以外，每天还从空中进行轰炸和扫射，消灭的农民当有千千万万。据周恩来说，红军本身在这次围困中死伤超过六万人，平民的牺牲是惊人的。整块整块的地方被清除了人口，所采取办法有时是强迫集体迁移，有时更加干脆地集体处决。国民党自己估计，在收复江西苏区的过程中，杀死或饿死的人有

7- 拓展知识

冯·西克特：德国军事家。第一次世界大战期间就是德国高级将领，战后参与改组德国陆军。曾任国防军总司令，以陆军大将衔退役。1933年5月来到中国，因提出改革陆军的建议被蒋介石关注。1934年再次来华时，成为国民党政府的军事总顾问，在国民党“围剿”红军时为蒋介石献计献策，积极促进德国对华军事贸易。

8- 考点 重点句子分析

斯诺从实际情况出发，对红军所说的话保持怀疑和追问，可见他并不是一味地听别人说，有自己的思考和判断，体现出他的客观公正、立足现实，同时也更能体现出此书内容的真实性和客观性。

9- 考点　句子含义理解

“仅仅”与“大多数”二词突出了土地对农民的重要性，农民誓死也要捍卫自己得到的土地。反映了农民已经有了反抗精神，红军在苏区的土地政策是切实符合农民利益的，是真正得到了他们的拥戴的，这对突围有着显著的作用。

10- 考点　重点句子分析

国民党为剿灭共产党，不惜杀害无辜百姓，从庞大的数字和作战方法中可以看出受害平民之多，突出了战争给平民带来的伤害之大，也反映了国民党的冷酷无情和残忍。

【阅读纪实作品】

“成千上万”“男女老幼”“凡是能够搬走的”都带走，从中可以体会到长征队伍的庞大，行军的艰难。

一百万。10

尽管如此，第五次战役仍没有定局。它没有能达到消灭红军的“有生力量”这个预期目标。红军在瑞金举行了一次军事会议，决定撤出，把红军主力转移到一个新根据地去。这次大远征为期整整一年，计划周密，很有效能，这种军事天才是红军在采取攻势阶段所不曾显过身手的。因为指挥胜利进军是一回事，而在如今已尽人皆知的西北长征中那样的困难条件下，胜利完成撤退计划又是另外一回事。

从江西撤出来，显然进行得极为迅速秘密，因此到红军主力——估计约九万人——已经行军好几天以后，敌人的大本营才发现他们已经撤走了。红军在赣南进行了动员，把大部分正规军从北线撤下来，由游击队换防。这种行动总是在夜间进行的。到全部红军在赣南的雩都附近集中后，才下令作大行军，这是在一九三四年十月十六日开始的。

连续三夜，红军把部队分成西、南两个纵队。第四天晚上他们出其不意地进发了，几乎同时攻打湖南和广东的碉堡线。他们攻克了这些碉堡，敌军惊惶奔逃。红军猛攻不停，一直到占领了南线的全部碉堡工事封锁网，这就给他们打开了通向西方和南方的道路，红军的先锋部队就开始了他们轰动一时的长征。

除了红军主力以外，成千上万的红区农民也开始行军——男女老幼、党与非党的都有。兵工厂拆迁一空，工厂都卸走机器，凡是能够搬走的值钱东西都装在骡子和驴子的背上带走，组成了一支奇怪的队伍。随着征途的拉长，这些负担大部分都得在中途扔掉，据红军告诉我，成千上万支步枪和机枪，大量机器和弹药，甚至还有大量银洋都埋在他们从南方出发的长征途上。他们说，现在遭到成千上万警备部队包围的红区农民有朝一日会把它们从地下挖出来，恢复他们的苏区。他们只等着信号 —— 抗日战争也许就是那个信号。

红军主力撤出江西后，经过了许多星期，南京的军队才终于占领红军的主要城市。因为成千上万的农民赤卫队和游击队在少数正规人员领导下仍继续坚决抵抗到底。这些红军领袖不怕牺牲，自愿留下来，他们许多人的英勇事迹今天仍为红军所津津乐道。他们打了一场后卫战，使主力能够突围远去，南京来不及动员足够部队来加以追逐和消灭于行军途上。即使到一九三七年，江西、福建、贵州仍有一些地方由这些红军残部据守，而在最近政府宣布又要对福建开始进行一次“最后肃清”的反共战役。

第五篇 长征

举国大迁移

5

内容速览

面对江西境内中央红军的战略转移，蒋介石安排大批部队围追堵截，在赣、湘、桂等地设置了四道防线，红军虽然突破了这些防线，但损失惨重，因此在贵州开始采用新战术，减少损失，并声东击西，进军云南，以神出鬼没的行军路线、英勇无畏的战斗精神绕过封锁，历尽艰险，终于胜利到达四川。

阅读指南

- **章节阅读属性：**【细读】
- **阅读方法落实：**【阅读纪实作品】面对蒋介石封锁渡江路线、焚毁渡江船只的情况，红军某营神不知鬼不觉地到达皎平渡，并伪装成敌军夺取渡口，充分体现出红军的灵活机动、出其不意，阅读时可重点关注。
- **核心内容感知：**【梳理情节，感知手法】在记叙红军冲破防线，辗转入川这一过程时，作者既有全景式的介绍，如红军突破赣、湘、桂等地四道防线的介绍，也有具体情节的描写，如红军某营夺取皎平渡的描写，多种写作方法并用，多角度、全方位地介绍了这段历史。

章节图解

- **举国大迁移**
  - **史诗般的长征**
    - **史诗般的精神**
      - 热情、希望、革命乐观情绪。
      - 勇气、牺牲、忠诚、大无畏精神。
    - **二万五千里**
      - 起点（江西），终点（陕北），曲折回转。
      - 跋涉距离相当于美洲宽度的两倍。
  - **突破四道防御工程**
    - **四道坚固防线**
      - 蒋介石用四道碉堡防线，围堵中央红军。
    - **突破四道防线**
      - 1934年10月突破江西的第一道防线。
      - 1934年11月占领湖南的第二道防线。
      - 一星期后血战，突破湖南第三道防线。
      - 1934年11月，国民党放弃第四道防线。
    - **战况**
      - 目的
        - 转入湖南，向四川推进，准备会师徐向前的红四方面军。
      - 兵力
        - 进行了九次战斗，敌人有110个团的兵力。
        - 红军至贵州边境时，人数减少了三分之一。
      - 失利原因
        - 大批辎重，行动缓慢，给敌人时间。
        - 路线明确，意图名显。
  - **到达四川**
    - **改变战略**
      - 分散游击，迂回前进，声东击西。
    - **占领遵义**
      - 经过四个月，行军穿越贵州全省，西回行军。
      - 击溃贵州王家烈，招两万新战士。
    - **皎平渡过江**
      - 佯攻云南，掩护主力。
      - 红军某营行军，扮敌军夺渡口。
      - 未有损失，红军主力进入四川。

原文阅读

红军成功地突破了第一道碉堡线以后，就开始走上它历时一年的划时代的征途，首先向西，然后向北。这是一次丰富多彩、**可歌可泣**[1]的远征，这里只能作极简略的介绍。共产党人现在正在写一部长征的集体报告，由好几十个参加长征的人执笔，已经有了三十万字，还没有完成。冒险、探索、发现、勇气和胆怯、胜利和狂喜、艰难困苦、英勇牺牲、忠心耿耿，这些千千万万青年人的经久不衰的热情、始终如一的希望、令人惊诧的革命乐观情绪，像一把烈焰，贯穿着这一切，他们不论在人力面前，或者在大自然面前，上帝面前，死亡面前都绝不承认失败 —— 所有这一切以及还有更多的东西，都体现在现代史上无与伦比的一次远征的历史中了。[2]

红军说到它时，一般都叫“二万五千里长征”，从福建的最远的地方开始，一直到遥远的陕西西北部道路的尽头为止，其间**迂回曲折**[3]，进进退退，因此有好些部分的长征战士所走过的路程肯定有那么长，甚至比这更长。根据一军团按逐个阶段编的一张精确的旅程表①，长征的路线共达一万八千零八十八里，折合英里为六千英里，大约为横贯美洲大陆的距离的两倍，这个数字大约是主力部队的最低行军长度。不要忘记，整个旅程都是步行的，有些是世界上最难通行的小道，大多数无法通行车辆轱辘，还有亚洲最高的山峰和最大的河流。从头到尾都是一场旷日持久的战斗。

有四道主要的防御工程，在钢筋混凝土机枪阵地

①《长征记》，一军团编（一九三六年八月预旺堡）。

老师有话说

1- 字词解释

可歌可泣：事迹值得赞美歌颂，让人感动流泪。

2- 考点 情感主旨品味

斯诺用了一连串的词语来形容红军战士，这其实就是伟大的长征精神，充分体现出他对红军和共产党胜利完成长征这一壮举的惊叹和赞美。

3- 字词解释

迂回曲折：这里是指道路弯曲，回旋环绕。

【阅读纪实作品】

通过列举具体数字、与美洲大陆作比较，来说明红军行程之远，一万八千零八十八里已经很多了，却被认为是“最低行军长度”，再次凸显红军长征之路的遥远。“最难通行的小道”“最高的山峰”“最大的河流”，更加突出了长征路途上的艰险，表现了红军长征的艰辛、任务的艰巨，体现了红军英勇无畏、勇往直前的革命乐观主义精神。

和碉堡网的支援下，包围着中国西南[①]的苏区，红军必须先粉碎这四道防线才能到达西面的没有封锁的地区。在江西的第一道防线于一九三四年十月二十一日突破；在湖南的第二道防线于十一月三日占领；一个星期以后，在湖南的第三道防线经过血战之后陷入红军之手。广西和湖南的军队在十一月二十九日放弃了第四道也是最后一道的防线，红军就挥师北上，深入湖南，开始直捣四川，计划进入那里的苏区，与徐向前领导下的四方面军汇合。在上述的日期中间，共打了九次大仗。南京方面和地方军阀陈济棠、何键、白崇禧沿途一共动员了一百一十个团的兵力。

在经过江西、广东、广西、湖南的征途上，红军遭到了非常惨重的损失。他们到达贵州边境时，人数已减少了三分之一。这首先是由于大量运输工作所造成的障碍，当时用于这项工作的竟达五千人之多。因此先锋部队被拖了后腿，有时敌人得以在行军途上遍设障碍。其次，从江西出发时一直不变地保持着一条西北向的路线，因此南京方面可以预计到红军的大部分动向。

这些错误所造成的严重损失，使红军在贵州采取了新的战术。他们不再直线前进，而是开始采取一系列的转移视线的运动，使南京的飞机要弄清楚主力部队逐日的具体目标越来越困难。经常有两个纵队，有时多到四个纵队，在中央纵队的两侧从事一系列的声东击西的活动，而先锋部队则采取**钳形攻势**[4]。装备方面只保留了最低限度的最轻便的必要装备，运输部队由于每天遭到空袭，改为夜间行军，人数亦大为减少。

① 为东南之误。—— 译注

4- 拓展知识

钳形攻势：是一种作战方式，将自己的兵力分成两路，从两个方向进攻敌人，使敌方两边作战，分散其兵力，拉长战线，避免敌人兵力集中带来的打击和伤害。

【阅读纪实作品】

前面分析了红军损失惨重的原因：一是运输人数太多；二是行军路线固定。这里红军就据此采取了不同的战术措施，及时扭转了惨重的伤亡形势，体现出中共领导人卓越的军事才能和远见卓识。

蒋介石为了防止红军过长江进入四川，把大量部队从湖北、安徽、江西撤出，匆匆西运，要想（从北方）切断红军的进军路线。每个渡口都有重兵设防，每只渡船都撤至长江北岸；所有道路都封锁起来；大批大批的地方清仓绝粮。[5]南京还另派大批部队到贵州去增援地方军阀王家烈的烟枪部队，后者终于被红军几乎全部消灭了。另外又派了军队去云南边境，设立障碍。因此，红军在贵州遇到了一二十万的军队的迎击，后者在沿途遍设障碍。这就使得红军不得不在贵州进行了两次反方向的大行军，对省会作了大迂回。

贵州境内的作战占了红军四个月的时间。他们一共消灭了五师敌军，攻占了王家烈省主席的司令部，占领了他在遵义的洋房，招了二万新战士入伍，到了省内大部分大小村镇，召开了群众大会，在青年中间培养了共产党干部。他们的损失有限，但渡江仍有问题。蒋介石在川贵边境迅速集中兵力，封锁了去长江的捷径短道。他现在把歼灭红军的主要希望寄托于防止红军渡江上面，妄图把红军进一步驱向西南，或者驱进西藏的**不毛之地**[6]。他电告麾下将领和地方军阀：“在长江南岸堵截红军乃党国命运所系。”

突然，在一九三五年五月初，红军又回师南向，进入云南，那里是中缅和中越交界的地方。他们在四天急行军后到达距省会云南府十英里处，地方军阀龙云紧急动员一切部队进行防御。与此同时，蒋介石的增援部队从贵州过来追击。蒋介石本人和他的夫人原来在云南府逗留，这时赶紧搭上法国火车到印度支那去。一大队南京轰炸机每天在红军上空下蛋，但是红军仍继续进来。[7]不久，这场惊惶结束了，原来发现

5- 考点 重点句子分析

“每个”“每只”“所有”“大批大批”等词语表现出蒋介石切断红军进军路线的坚决，突出了红军想要突围非常困难。

6- 字词解释

不毛之地：不长庄稼的地方。形容土地十分荒凉、贫瘠。

7- 考点 句子含义理解

纵然有这么大的“拦路虎”，红军依然坚强勇敢地迎难而上，体现了红军不怕困难、勇于奋斗的精神。“下蛋”一词，以幽默的方式反映出红军的大无畏。

红军向云南府的进军不过是少数部队的佯攻。红军主力已西移，显然想在长江上游少数几个通航点之一的龙街渡江。

长江在尽是荒山野岭的云南境内，流经深谷高峰，水深流急，有的地方高峰突起，形成峡谷，长达一二英里，两岸悬崖峭壁。8少数的几个渡口早已为政府军所占领。蒋介石感到很高兴。他现在下令把所有渡船撤至北岸焚毁，然后他命自己的部队和龙云的军队开始包抄红军，希望在这条有历史意义的和险阻莫测的长江两岸一劳永逸地把红军消灭掉。

8- 考点 环境描写赏析

环境描写，表现了长江水深流急，两岸谷深峰高，突出了红军渡江极其困难。

红军好像不知道自己的命运似的，仍继续向西面的龙街分三路急行军。那里的渡船已经焚毁，南京的飞行员报告，红军一支先锋部队在造一条竹桥。蒋介石更加信心百倍了，造一架桥要好几个星期时间。但是有一天晚上，有一营红军突然悄悄地倒过方向，强行军一天一夜，像奇迹一样，走了八十五英里，到傍晚时分到达附近其他一个唯一可以摆渡的地方 —— 皎平渡。他们穿着缴获的国民党军服，在黄昏时分到了镇上，没有引起任何注意，悄悄地解除了驻军的武装。

渡船早已撤到北岸 —— 但没有焚毁！（红军远在好几百里外，反正不到这里来，为什么要烧掉渡船呢？政府军可能是这样想的。）但是怎样才能弄一条船到南岸来呢？到天黑后，红军押着一个村长到河边，大声喊叫对岸的哨兵，说是有政府军开到，需要一只渡船。对岸没有起疑，派了一只渡船过来。一支“南京”部队就鱼贯上了船，不久就在北岸登陆 —— 终于到了四川境内。他们不动声色地进了守军营地，发现守军正在高枕无忧地打麻将，枪支安然无事地靠在墙边。红军叫他们“举起手来”，收了武器，他们只得张口瞠目地瞧着，过了好久才明白，自己已成了原来以为还要三天才能到达的“土匪”的俘虏。9

与此同时，红军主力部队大举进行了反方向进军，到第二天中午先锋到达皎平渡。现在过河已不是难事了。六条大船昼夜不停地运了九天。全军运到四川境内，没有损失一兵一卒。渡江完成后，红军马上破坏了渡船，躺下来睡觉。两天后蒋军到达河边时，他们的敌军的殿后部队在北岸高兴地叫他们过去，说游泳很舒服。政府军不得不迂回二百多英里才能到最近的渡口，因此红军把他们甩掉了。总司令一怒之下飞到了四川，在红军的进军途上部署新的部队，希望在另外一个战略要冲 —— 大渡河 —— 上切断他们。

9 考点 人物描写赏析

写出了守卫兵们防御的松懈，他们毫无防备、轻敌大意、自以为是，突出了红军的出其不意。这样的奇袭真是富有传奇色彩，从中更可看出红军领袖高超的军事才能。

【阅读纪实作品】

红军顺利渡江，没有损失一兵一卒，大获全胜，与前面蒋介石处心积虑、大费周折地想要阻断红军渡江形成了鲜明对比，充分体现出红军领导人高超的作战指挥能力。

第五篇 长征

大渡河英雄

内容速览

主要讲述了红军在巧过皎平渡，重渡乌江，夺下丽江口后至大渡河，如何飞夺泸定桥的过程。先交代了红军要飞夺泸定桥的原因，即安顺场的渡船无法让红军及时过江，红军需要从泸定桥上过江。接着着重详细叙述了飞夺泸定桥的过程，展现了红军在飞夺泸定桥这一战斗中英勇无畏的表现与视死如归的精神。

阅读指南

✦ **章节阅读属性：**【细读】

✦ **阅读方法落实：**【阅读纪实作品】这一章节作者主要介绍强渡大渡河的过程，重点刻画了英勇无畏的红军形象，字里行间都充满了敬佩和赞叹，阅读时可仔细品味。

✦ **核心内容感知：**【梳理情节，品味精神】重点了解红军飞夺泸定桥的过程，感受红军战士勇往直前、不怕牺牲的革命英雄气概。

章节图解

- **大渡河英雄**
  - **翼王石达开**
    - **翼王覆没**
      - 翼王十万大军被清朝曾国藩的军队消灭。
      - 儿子庆生，三天时间，行动延缓，全军覆没。
    - **蒋介石心思**
      - 命军阀刘湘、刘文辉，大渡河阻击红军，盼历史重演。
  - **过彝族区**
    - **行军路线**
      - 金沙江→四川→彝族区域。
    - **彝族地区**
      - 山区，丛林，善战。
    - **智慧刘伯承**
      - 刘伯承：曾是四川军官，会彝族话。
      - 讲道理："白"汉与"红"汉的区别，共同抵御"白"汉
      - 赠枪支：答应彝族要求，赠送枪支。
      - 饮鸡血：刘伯承与彝族首领歃血为盟。
  - **安顺场再遇困境**
    - **夺下"安顺场"**
      - 林彪急行军至安顺场。
      - 敌人未防备，俘虏敌军指挥官，攻克安顺场。
    - **面临困境**
      - 安顺场缺乏船只，三天仅渡过一个师的兵力。
      - 第三天四小时渡一船人，几个星期方可渡完。
    - **果敢决定**
      - 奔袭距安顺场四百里的"泸定桥"。
  - **勇夺泸定桥**
    - **泸定桥**
      - 山高，水急，铁索悬桥。
      - 十三条铁链，长六七百尺，铁索链上有一半木板被毁坏。
    - **两军竞速**
      - 大渡河南北两岸红军，比速度，看谁先到泸定桥
      - 发现国民党军，行动迟缓，休息多，行军少。
  - **泸定桥勇士**
    - 敢死队手握铁链，枪林弹雨，灼热火烧。
    - 敢于牺牲，无畏向前，敌军怯战后退。
  - **过大渡河**
    - 在安顺场已渡河的一师红军抵达，消灭残敌。
    - 铺木板，两个小时之内渡过"泸定桥"，进入四川境内。

原文阅读

强渡大渡河是长征中关系最重大的一个事件。如果当初红军渡河失败，就很可能遭到歼灭了。这种命运，历史上是有先例的。在遥远的大渡河两岸，三国的英豪和后来的许多战士都曾遭到失败，也就是在这个峡谷之中，太平天国的残部，翼王石达开领导的十万大军，在十九世纪遭到名将曾国藩统率的清朝军队的包围，全军覆没。蒋介石总司令现在向他在四川的盟友地方军阀刘湘和刘文辉，向进行追击的政府军将领发出电报，要他们重演一次太平天国的历史。红军在这里必然覆灭无疑。

老师有话说

【阅读纪实作品】

突出了强渡大渡河的重要性，作者从历史和现实两个角度介绍了红军渡大渡河的背景和难度，为下文描写红军强渡大渡河作铺垫。

但是红军也是知道石达开的，知道他失败的主要原因是贻误军机。石达开到达大渡河岸以后，因为生了儿子——小王爷——休息了三天，这给了他的敌人一个机会，可以集中兵力来对付他，同时在他的后方进行迅速包抄，断绝他的退路。等到石达开发觉自己的错误已经晚了，他要想突破敌人的包围，但无法在狭隘的峡谷地带用兵，终于被彻底消灭。

红军决心不要重蹈石达开的覆辙。他们从金沙江（长江在这一段的名字）迅速北移到四川境内，很快就进入骁勇善战的土著居民、独立的彝族①区的“白彝”和“黑彝”的境内。**桀骜不驯**[1]的彝族从来没有被住在周围的汉人征服过，同化过，他们好几百年以来就一直占据着四川境内这片林深树密的荒山野岭，以长江在西藏东面南流的大弧线为界。蒋介石完全可以满怀信心地指望红军在这里长期滞留，遭到削弱，这样他就可以在大渡河北面集中兵力。彝族仇恨汉人历史已

1- 字词解释

桀骜不驯：性情倔强，不服管教。

① 当时称“倮倮”。——译注

久，汉人军队经过他们境内很少有不遭到惨重损失或全部歼灭的。

但是红军有办法。他们已经安全地通过了贵州和云南的土著民族苗族和掸族的地区，赢得了他们的友谊，甚至还吸收了一些部族的人参军。现在他们派使者前去同彝族谈判。他们在一路上攻占了独立的彝族区边界上的一些市镇，发现有一些彝族首领被省里的军阀当作人质监禁着。这些首领获释回去后，自然大力称颂红军。

率领红军先锋部队的是指挥员刘伯承，他曾在四川一个军阀的军队里当过军官。刘伯承熟悉这个部落民族，熟悉他们的内争和不满。他特别熟悉他们仇恨汉人，而且他能够说几句彝族话。他奉命前去谈判友好联盟，进入了彝族的境内，同彝族的首领进行谈判。他说，彝族人反对军阀刘湘、刘文辉和国民党；红军也反对他们。彝族人要保持独立；红军的政策主张中国各少数民族都自治。彝族人仇恨汉人是因为他们受到汉人的压迫，但是汉人有“白汉”和“红汉”，正如彝族人有“白彝”和“黑彝”，老是杀彝族人，压迫彝族人的是白汉。红汉和黑彝应该团结起来反对他们的共同敌人白汉。[2]彝族人很有兴趣地听着。他们狡黠地要武器和弹药好保卫独立，帮助红汉打白汉。结果红军都给了他们，使他们感到很意外。

于是红军不仅迅速地而且安然无事地高高兴兴过了境。好几百个彝族人参加了红汉，一起到大渡河去打共同的敌人。[3]这些彝族人中有一些还一直走到了西北。刘伯承在彝族的总首领面前同他一起饮了新杀的一只鸡的血，他们两人按照部落传统方式，**歃血为**

2- 考点 重点句子分析

刘伯承真是富有智慧的一代名将，他用简单明白的话，从彝族人民的立场出发，强调红军与彝族人民是同一战线的盟友关系，追求的利益是一致的，一下子就拉近了与彝族人的距离，引起了他们的兴趣。

3- 考点 句子含义理解

蒋介石还在满怀信心地等着红军在彝族地区受挫，结果红军不但出乎意料地顺利过境，还增加了几百彝族战士，充分体现出红军是为各民族利益服务的，深得民心。

盟[4]，结为兄弟。红军用这种立誓方式宣布凡是违反盟约的人都像那只鸡一样懦弱胆怯。

这样，一军团的一个先锋师在林彪率领下到达了大渡河。在行军的最后一天，他们出了彝族区的森林（在枝茂叶繁的森林中，南京方面的飞行员完全失去了他们的踪迹），出其不意地猛扑河边的安顺场小镇，就像他们奇袭皎平渡一样突然。先锋部队由彝族战士带路，通过狭隘的山间羊肠小道，悄悄地到了镇上，从高处往河岸望去，又惊又喜地发现三艘渡船中有一艘系在大渡河的南岸！命运再一次同他们交了朋友。

这怎么会发生的呢？在对岸，只有四川两个独裁者之一刘文辉将军的一团兵力。其他的四川军队和南京的增援部队一样还在不慌不忙前来大渡河的途上，当时一团兵力已经足够了。的确，由于全部渡船都停泊在北岸，一班兵力也就够了。该团团长是个本地人，他了解红军要经过什么地方，要到达河边需要多长时间。那得等好多天，他很可能这么告诉他的部下。他的老婆又是安顺场本地人，因此他得到南岸来访亲问友，同他们吃吃喝喝。因此红军奇袭安顺场时，俘获了那个团长、他的渡船，确保了北渡的通道。

先锋部队的五个连每连出了十六个战士自告奋勇搭那艘渡船过河把另外两艘带回来，一边红军就在南岸的山边建立机枪阵地，在河上布置掩护火力网，目标集中在敌人外露阵地。时当五月，山洪暴发，水流湍急，河面甚至比长江还宽。[5]渡船从上游**启碇**[6]，需要两个小时才能到镇对岸靠岸。南岸安顺场镇上的人们屏息凝神地看着，担心他们要被消灭掉。但是别忙。他们看到渡河的人几乎就在敌人的枪口下靠了岸。现

4- 字词解释

歃（shà）血为盟：结为同盟。歃血，古人结盟时，饮用或在嘴上涂抹牲畜的血，以示心诚。

5- 考点 环境描写赏析

环境描写，大渡河水流湍急、河面宽广，表现了渡河的艰难和惊险，突出了红军战士的英勇无畏。

6- 字词解释

启碇（dìng）：船只起锚航行。碇，用来固定船的石墩。

【阅读纪实作品】

描写先锋队伍渡河战斗的过程，穿插着看热闹的人的心理描写，读者也似乎与他们一样紧张地屏住了呼吸，烘托出渡河行动的惊险和刺激，体现出渡河红军的勇敢和谨慎。

在，没有问题，他们准是要完蛋了。可是…… 南岸红军的机枪继续开火。看热闹的人看着那一小批人爬上了岸，急忙找个隐蔽的地方，然后慢慢地爬上一个俯瞰敌人阵地的陡峭的悬崖。他们在那里架起了自己的轻机枪，掷了一批手榴弹到河边的敌人碉堡里。

突然白军停了火，从碉堡里窜出来，退到了第二道、第三道防线。南岸的人嗡嗡地说开了，叫好声传过了河，到那一小批占领了渡头的人那里。这时，第一艘渡船回来了，还带来了另外两艘，第二次过河每条船就载过去八十个人。敌人已经全部逃窜。当天的白天和晚上，第二天，第三天，安顺场的三艘渡船不停地来回，最后约有一师人员运到了北岸。

但是河流越来越湍急。渡河越来越困难了。第三天渡一船人过河需要四个小时。照这样的速度，全部人马辎重过河需要好几个星期才行。还没有完成过河，他们就会受到包围。这时一军团已挤满了安顺场，后面还有侧翼纵队、辎重部队、后卫部队陆续开到。蒋介石的飞机已经发现了这个地方，大肆轰炸。敌军从东南方向急驰而来，还有其他部队从北方赶来。林彪召开了紧急军事会议。这时朱德、毛泽东、周恩来和彭德怀都已到达河边。他们做出了一个决议，立即执行。

安顺场以西四百里①，峡谷高耸，河流又窄、又深、又急的地方，有条有名的铁索悬桥叫作泸定桥。这是大渡河上西藏以东的最后一个可以过河的地方。现在赤脚的红军战士就沿着峡谷间迂回曲折的小道，赤足向泸定桥出发，一路上有时要爬几千英尺高，有时又降到泛滥的河面，在齐胸的泥淖中前进。如果他们能够占领泸定桥，全军就可以进入川中，否则就得循原路折回，经过彝族区回到云南，向西杀出一条路来到西藏边境的丽江，迂回一千多里，很少人有生还希望。

南岸主力西移时，已经过河到了北岸的一师红军也开动了。峡谷两岸有时极窄，两队红军隔河相叫可以听到。有时又极辽阔，使他们担心会从此永远见不了面，于是他们就加快步伐。他们在夜间摆开一字长蛇阵沿着两岸悬崖前进时，一万多把火炬照映在夹在中间的河面上，仿佛万箭俱发。这两批先锋部队

① 泸定桥在安顺场以北一百六十公里，此处为作者误记。—— 编者注

日夜兼程，休息、吃饭顶多不超过十分钟，这时还得听筋疲力尽的政治工作者向他们讲话，反复解释这次急行军的重要意义，鼓励他们要拿出最后一口气，最后一点精力来夺取在前面等着的考验的胜利。不能放松步伐，不能灰心，不能疲倦。胜利就是生命，失败就必死无疑。

第二天，右岸的先锋部队落在后面了。四川军队沿路设了阵地，发生了接触。南岸的战士就更加咬紧牙关前进。不久，对岸出现了新的部队，红军从望远镜中看出他们是白军增援部队，赶到泸定桥去的！这两支部队隔河你追我赶，整整一天之久，红军先锋部队是全军精华，终于慢慢地把筋疲力尽的敌军甩到后面去了，因为他们休息的时间久，次数多，精力消耗得快，因为他们毕竟并不太急于想为夺桥送命呀。

泸定桥建桥已有数百年的历史，同华西急流深河上的所有桥梁一样都是用铁索修成的。一共有十六[①]条长达一百多码的粗大铁索横跨在河上，铁索两端埋在石块砌成的桥头堡下面，用水泥封住。铁索上面铺了厚木板做桥面，但是当红军到达时，他们发现已有一半的木板被撬走了，在他们面前到河流中心之间只有空铁索。在北岸的桥头堡有个敌军的机枪阵地面对着他们，后面是一师白军据守的阵地。7 当然，这座桥本来是应该炸毁的，但是四川人对他们少数几条桥感情很深；修桥很困难，代价也大。据说光是修泸定桥“就花了十八省捐献的钱财”。反正谁会想到红军会在没有桥板的铁索上过桥呢，那不是发疯了吗？但是红军就是这样做的。

7- 考点 句子含义理解

前后都有敌军夹击，眼前的桥又有一半都是空铁索，突出强调了红军渡桥的难度之大。

① 泸定桥的铁索共十三条，此处为作者误记。—— 编者注

机不可失。必须在敌人援军到达之前把桥占领。于是再一次征求志愿人员。红军战士一个个站出来愿意冒生命危险，于是在报名的人中最后选了三十[①]个人。他们身上背了毛瑟枪和手榴弹，马上就爬到沸腾的河流上去了，紧紧地抓住了铁索一步一抓地前进。红军机枪向敌军碉堡开火，子弹都飞迸在桥头堡上。敌军也以机枪回报，狙击手向着在河流上空摇晃地向他们慢慢爬行前进的红军射击。第一个战士中了弹，掉到了下面的急流中，接着又有第二个、第三个。但是别的人越来越爬近到桥中央，桥上的木板对这些敢死队起了一点保护作用，敌人的大部分子弹都迸了开去，或者落在对岸的悬崖上。8

8- 考点　场景描写赏析

作者对红军战士夺取泸定桥的过程描写细致，刻画了红军飞夺泸定桥的精彩场面，表现了红军战士不畏艰险、英勇奋战、视死如归的革命精神。

四川军队大概从来没有见过这样的战士——这些人当兵不只是为了有个饭碗，这些青年为了胜利而甘于送命。他们是人，是疯子，还是神？迷信的四川军队这样嘀咕。他们自己的斗志受到了影响；也许他们故意开乱枪不想打死他们；也许有些人暗中祈祷对方冒险成功！终于有一个红军战士爬上了桥板，拉开一个手榴弹，向敌人碉堡投去，一掷中的。军官这时急忙下令拆毁剩下的桥板，但是已经迟了。又有几个红军爬了过来。敌人把煤油倒在桥板上，开始烧了起来。但是这时已有二十个左右红军匍匐向前爬了过来，把手榴弹一个接着一个投到了敌军机枪阵地。

【阅读纪实作品】

这是一段感情强烈的议论，人活着不只是为了生存，还需要有精神追求，红军战士不仅是为了胜利，更是为了信仰和理想，他们内心有坚定的信念，可以将生死置之度外。

突然，他们在南岸的同志们开始兴高采烈地高呼："红军万岁！革命万岁！大渡河三十英雄万岁！"原来白军已经仓皇后撤！进攻的红军全速前进，冒着舔人的火焰冲过了余下的桥板。9纵身跳进

9- 考点　人物形象分析

火焰"舔人"，可见火焰之大，距人之近，然而面对大火，战士们毫不畏惧，全速前进，表现了红军战士大无畏的英雄气概。

① 夺桥突击队队员共二十二名，此数字为作者误记，后同。——编者注

敌人碉堡，把敌人丢弃的机枪掉过头来对准岸上。

这时便有更多的红军蜂拥爬上了铁索，赶来扑灭了火焰，铺上了新板。不久，在安顺场过了河的一师红军也出现了，对残余的敌军阵地展开侧翼进攻，这样没有多久白军就全部窜逃——有的是窜逃，有的是同红军一起追击，因为有一百左右的四川军队缴械投诚，参加追击。一两个小时之内，全军就兴高采烈地一边放声高唱，一边渡过了大渡河，进入了四川境内。在他们头顶上空，蒋介石的飞机无可奈何地怒吼着，红军发疯一样向他们叫喊挑战。[10]在“共”军蜂拥渡河的时候，这些飞机企图炸毁铁索桥，但炸弹都掉在河里，溅起一片水花。

安顺场和泸定桥的英雄由于英勇过人得到了金星奖章，这是中国红军的最高勋章。我后来在宁夏，还会碰到他们几个，对他们那样年轻感到惊讶，因为他们的年纪都不到二十五岁。

10-考点 修辞手法赏析

运用了拟人的修辞手法，将蒋介石的飞机赋予了人的行为，生动形象地刻画出蒋介石看到红军渡过大渡河后的气急败坏和束手无策，侧面反映出红军强渡大渡河的神奇和惊险。

第五篇

长征

过大草地

内容速览

主要叙述了红军在长征中克服种种困难，翻越雪山、经过草地，最终到达陕北的行军历程。中间还穿插交代了红军一路上“打土豪分田地”的政策与事件、红军经过藏区时遇到的艰难困苦等内容。最后作者对红军的长征作出了总结评价。

阅读指南

- **章节阅读属性：**【细读】
- **阅读方法落实：**【阅读纪实作品】长征途中不但有前进和胜利，还有艰难和险阻，作者不避讳长征中的困难，也不吝啬对红军的赞美，力求揭开长征的面纱，还原历史的真相，向全世界介绍这一壮举。阅读时可重点关注。
- **核心内容感知：**【梳理情节，品味精神】虽然突破了蒋介石的防线，但是红军要经历的劫难并没有结束，他们凭借坚定的信念、顽强的毅力，最终完成了战略转移。仔细阅读，梳理情节，感受永不言败的长征精神。

章节图解

过大草地

- **路线**：一万六千英尺高的大雪山→炮铜岗→邛崃山脉→梦笔山→打鼓山→毛尔盖、茂功地区→1935年8月进入川藏边界大草地（一条人命买头羊、一个大萝卜够15人吃）→甘肃边境→胜利会师。
- **长征概况**：一共368天，平均每天行军71华里。爬过18条山脉（5条终年盖雪），渡过24条河流，经过12省，占领62座城市，突破10个地方军阀军队的包围以及与中央军的战斗，穿过6个不同少数民族地区。
- **评价**：红军的西北长征，不是溃退，是历史上最盛大的武装巡回宣传。所经过的省份有2亿多人民，他们不但不感到害怕，相反一批又一批的民众加入这支“为中国民族独立而战斗”的队伍之中。

原文阅读

老师有话说

【阅读纪实作品】

高原环境气候恶劣，一般人很难适应，六月飘雪的高山、齐胸深的泥淖，一不小心就有生命危险。自然环境极其恶劣，这对红军来说是一个极大的考验。而毛泽东的话也证实了这一点。

安然渡过了大渡河以后，红军进入了相对来说是自由天地的川西，因为这里的碉堡体系还没有完成，主动权基本上操在他们自己手里。但是战斗之间的困难还没有结束。他们面前还需进行两千英里的行军，沿途有七条高耸的山脉。

红军在大渡河以北爬上了一万六千英尺高的大雪山，在空气稀薄的山顶向西望去，只见一片白雪皑皑的山顶——西藏。这时已是六月了。在平原地带天气很热，可是在过大雪山时，这些衣衫单薄、气血不旺的南方战士不习惯于高原气候，冻死不少。更难的是爬荒凉的炮铜岗，他们可以说是自己铺出一条路出来的，一路砍伐长竹，在齐胸深的泥淖上铺出一条曲折的路来。毛泽东告诉我："在这个山峰上，有一个军团死掉了三分之二的驮畜。成百上千的战士倒下去就没有再起来。"

他们继续爬山。下一个是邛崃山脉，又损失了许多人马。接着他们过美丽的梦笔山、打鼓山，又损失了不少人。最后在一九三五年七月二十日，他们进入了四川西北的富饶的毛尔盖地区。同四方面军和松潘苏区会合。他们在这里停下来作长期的休整，对损失作了估计，重整了队伍。

1- 考点　句子含义理解

出发时九万人，九个月之后就损失了一半，这些冷冰冰的数字背后是数万红军战士的鲜血和生命，从中可见长征之路的艰险。

一、三、五、八、九军团九个月以前在江西开始长征时有大约九万武装，现在他们的镰刀锤子旗下只剩下四万五千人。[1]并不是全部都是牺牲的，掉队的，或者被俘的。作为防御战术，红军在湖南、贵州、云南的长征路上留下一小部分正规军干部在农民中间组织游击队，在敌军侧翼进行骚扰和牵制活动。成百上千条缴获的步枪一路分发，从江西到四川给国民党军队造成了许多新的多事地区。贺龙在湖南北部仍守住他的小小的苏区，后来又有萧克的部队前去会合。许多新建的游击队都开始慢慢地向那里移动。南京要赶走贺龙还得花整整一年时间，而且那也是在红军总司令部命令他入川以后才做到的，他的入川行动在极其艰难险阻的情况下经过西康才完成。

江西的红军到这时为止的经历为他们提供了许多值得反省的教训。他们交了不少新朋友，也结了不少新怨仇。他们沿途“没收”有钱人 —— 地主、官吏、豪绅 —— 的财物作为自己的给养。穷人则受到了保护。没收是根据苏维埃法律有计划进行的，只有财政人民委员部的没收部门才有权分配没收物资。它统一调配全军物资，所有没收物资都要用无线电向它报告，由它分配行军各部队的供给数量，他们往往迂回在山间，首尾相距足足达五十英里以上。

“剩余物资” —— 红军运输力所不及的物资 —— 数量很大，就分配给当地穷人。红军在云南时从有钱的火腿商那里没收了成千上万条火腿，农民们从好几里外赶来免费领一份，这是火腿史上的新鲜事儿。成吨的盐也是这样分配的。在贵州从地主官僚那里没收了许多养鸭场，红军就顿顿吃鸭，一直吃到 —— 用他们的话来说 —— “吃厌为止”。他们从江西带着大量南京的钞票、银洋和自己的国家银行的银块，一路上凡是遇到贫困地区就用这些货币来付所需的物资。地契都已焚毁，捐税也取消了，贫农还发给了武装。

【阅读纪实作品】

即便是在敌军围追堵截的战略大转移时期，依然不忘帮助贫苦人民，充分说明红军是老百姓自己的军队，始终把穷苦人民放在心上，这也是他们深得民心的根由。

红军告诉我，除了在川西的经验以外，他们到处受到农民群众的欢迎。他们大军未到，名声早就已经

2- 考点 句子含义理解

很多农民对红军的政治纲领都不了解，但是却仍然希望红军去帮助他们，可见红军非常受农民群众的欢迎，红军的举措深得人心。

【阅读纪实作品】

毛泽东说的这个笑话，充分表现出当时不但人民群众对红军和苏维埃不了解，一些军阀、官员也不了解红军。

3- 字词解释

踌躇不决：犹豫，做不了决定。

传到，常常有被压迫农民派代表团来要求他们绕道到他们乡里去“解放”他们。[2]当然，他们对红军的政纲是很少有什么概念的，他们只知道这是一支“穷人的军队”。这就够了。毛泽东笑着告诉我有一个这样的代表团来欢迎“苏维埃先生”[①]！但是这些乡下佬并不比福建军阀卢兴邦更无知，后者曾在他统辖的境内出了一张告示，悬赏“缉拿苏维埃，死活不论”。他宣称此人到处横行不法，应予歼灭！

在毛尔盖和茂功，南方来的红军休整了三个星期，在这期间，革命军事委员会、党和苏维埃政府的代表开了会讨论未来计划。读者想必记得，四方面军早在一九三三年就在四川建立了根据地，原来是在湘鄂皖苏区组成的。它经过河南到达四川的长征是由徐向前和张国焘领导的，关于这两位老红军，下文还将述及。他们在四川的战役卓有成效——但也烧杀过甚——整个川北一度都在他们影响之下。他们在毛尔盖与南方来的布尔什维克会师时，徐向前部下约有五万人，因此一九三五年七月在川西集中的红军全部兵力几近十万人。

这两方面军在这里又分道扬镳了，一部分南方来的军队继续北上，余下的就同四方面军留在四川。当时对于应采取什么正确行军路线有不同的意见。张国焘是主张留在四川，在长江以南恢复共产党的势力。毛泽东、朱德和“契卡”的大部分委员决心要继续到西北。这个**踌躇不决**[3]的时期由于两个因素而打断了。一个因素是蒋介石的军队从东、北两个方向调入四

① 音译 Soviet 的第一个汉字“苏”是个常见的中国姓氏，加上“维埃”两字，很容易被当作一个人的姓名。

川，包围红军，在这两部分红军之间成功地打入了一个楔子。第二个因素是把这两部分红军隔开的那条河是四川的急流之一，这时河面突然上涨，无法相通。此外还有党内斗争的其他因素，不需在此详述。

八月间，以一军团为先锋，江西主力继续北征，把朱德留下在四川指挥，和徐向前、张国焘在一起。四方面军在这里和西康要多留一年，等贺龙的二方面军来会合后，才向甘肃进军，引起一时的轰动，这在下文再说。一九三五年八月领导红军进入川藏边界的大草地的是指挥员林彪、彭德怀、左权、陈赓、周恩来和毛泽东，江西中央政府的大部分干部和党中央多数委员。他们开始作这最后一个阶段的长征时大约有三万人。

在他们面前的那条路程最危险紧张，因为他们所选择的那条路线经过藏族人部落和川康一带好战的游牧的藏族人所居住的荒野地带。红军一进入藏族地带，就第一次遇到了团结起来敌视他们的人民，他们在这一段行军途中所吃到的苦头远远超过以前的一切。他们有钱，但是买不到吃的。他们有枪，但是敌人无影无踪。他们走进浓密的森林和跨过十几条大河的源流时，部族的人就从进军途上后退，**坚壁清野**[4]，把所有吃的、牲口、家禽都带到高原去，整个地区没有了人烟。

但是沿途两旁一二百码以外就很不安全。许多红军想去找头羊来宰，就没有再回来的。山区的人民躲在浓密的树丛中，向进军的“入侵者”狙击。他们爬上山去，在红军鱼贯经过又深又窄的山口只能单行前进时，就推下大石头来压死他们和他们的牲口。这

4- 字词解释

坚壁清野：坚守据点，转移周围的物资，使敌人既无法攻取据点，也抢不到东西。

【阅读纪实作品】

具体描述红军在西藏地区遇到的危险，体现出这次行军的困难极大，对于红军来说是一个巨大的考验。

里根本没有机会解释什么"红军对少数民族的政策"，没有机会结成友好的联盟！藏民的女酋长对不论哪种汉人，不分红、白，都有不共戴天的宿怨。谁帮助过路的人，她就要把他活活用开水烫死。

由于不抢就没有吃的，红军就不得不为了几头牛羊打仗。毛泽东告诉我，他们当时流行一句话叫"一条人命买头羊"。他们在藏民地里收割青稞，挖掘甜菜和萝卜等蔬菜，据毛泽东说，萝卜大得可以一个"够十五个人吃"。他们就是靠这种微不足道的给养过大草地。毛泽东幽默地对我说："这是我们唯一的外债，有一天我们必须向藏民偿还我们不得不从他们那里拿走的给养。"他们只有俘获了部族人以后才能找到向导引路。他们同这些向导交上了朋友，出了藏族境界之后，许多向导继续参加长征。有些人现在是陕西党校的学员，有朝一日可能回到本土去向人民解释"红汉"和"白汉"的不同。

在大草地一连走了十天还不见人烟。在这个沼泽地带几乎大雨连绵不断，只有沿着一条为红军当向导的本地山民才认得出的像迷宫一样的曲折足迹，才能穿过它的中心。5 沿途又损失了许多牲口和人员。许多人在一望无际的一些水草中失足陷入沼泽之中而没了顶，同志们无从援手。沿途没有柴火，他们只好生吃青稞和野菜。没有树木遮阴，轻装的红军也没有带帐篷。到了夜里他们就蜷缩在捆扎在一起的灌木枝下面，挡不了什么雨。但是他们还是胜利地经过了这个考验，至少比追逐他们的白军强，白军迷路折回，只有少数的人生还。

红军现在到达了甘肃边境。前面仍有几场战斗，

5- 考点　修辞手法赏析

运用比喻的修辞手法，把沼泽地带的路比作迷宫，再一次交待环境的恶劣，表现了红军过沼泽地带时的困难之大。

【阅读纪实作品】

连用三个"没有"写出了红军物资的急缺，生活条件的困窘无法阻挡他们前进的步伐，突出了红军战士不怕困难、吃苦耐劳、勇往直前的精神。

任何哪一仗如果打败，都可能是决定性的失败。在甘肃南部部署了更多的南京、东北、回民军队要拦阻他们，但是他们还是闯过了所有这些障碍，在这过程中还俘获了回民骑兵的几百匹马，原来一般都认为这些骑兵能一举把他们消灭掉的。他们筋疲力尽，体力已达到无法忍受的程度，终于到达了长城下的陕北。一九三五年十月二十日，即他们离开江西一周年的日子，一方面军先锋部队同早在一九三三年就已在陕西建立了苏维埃政权小小根据地的二十五、二十六、二十七军会师。他们现在只剩下了二万人不到，坐下来以后方始明白他们的成就的意义。

长征的统计数字[①]是触目惊心的。几乎平均每天就有一次遭遇战，发生在路上某个地方，总共有十五个整天用在打大决战上。路上一共三百六十八天，有二百三十五天用在白天行军上，十八天用在夜间行军上。剩下来的一百天——其中有许多天打遭遇战——有五十六天在四川西北，因此总长五千英里的路上只休息了四十四天，平均每走一百一十四英里休息一次。平均每天行军七十一华里，即近二十四英里，一支大军和它的辎重要在一个地球上最险峻的地带保持这样的平均速度，可以说近乎奇迹。

红军一共爬过十八条山脉，其中五条是终年盖雪的，渡过二十四条河流，经过十二个省份，占领过六十二座大小城市，突破十个地方军阀军队的包围，此外还打败、躲过或胜过派来追击他们的中央军各部队。他们开进和顺利地穿过六个不同的少数民族地区，有些地方是中国军队几十年所没有去过的地方。6

6-考点 重点段落赏析

列举一连串的数字，精确地表明了红军行军过程中的惊人的战绩，表述了红军在长征中取得的成就。这些令人触目惊心的数字反映出的是红军战士伟大的革命精神，让我们更加感受到红军长征的伟大，真是一场奇迹！

①《长征记》，一军团编（一九三六年八月预旺堡）。

不论你对红军有什么看法，对他们的政治立场有什么看法（在这方面有很多辩论的余地），但是不能不承认他们的长征是军事史上伟大的业绩之一。在亚洲，只有蒙古人曾经超过它，而在过去三个世纪中从来没有发生过类似的举国武装大迁移，也许除了惊人的**土尔扈特部**[7]的迁徙以外，对此斯文·赫定在他的著作《帝都热河》一书中曾有记述。与此相比，汉尼拔经过阿尔卑斯山的行军看上去像一场假日远足。另外一个比较有意思的比较是拿破仑从莫斯科的溃败，但当时他的大军已完全溃不成军，军心涣散。

7- 拓展知识

土尔扈特部：中国古老的蒙古部落之一，曾迁移到伏尔加河的下游地区，乾隆年间，因不满沙俄的苛待，时任首领带领17万族人历时半年，跋涉上万里，东归华夏祖国。

红军的西北长征，无疑是一场战略撤退，但不能说是溃退，因为红军终于到达了目的地，其核心力量仍完整无损，其军心士气和政治意志的坚强显然一如往昔。共产党人认为，而且显然也这么相信，他们是在向抗日前线进军，而这是一个非常重要的心理因素。这帮助他们把原来可能是军心涣散的溃退变成一场精神抖擞的胜利进军。进军到战略要地西北去，无疑是他们大转移的第二个基本原因，他们正确地预见到这个地区要对中、日、苏的当前命运将起决定性的作用。后来的历史证明，他们强调这个原因是完全对的。这种宣传上的巧妙手法必须看成是杰出的政治战略。在很大程度上，这是造成英勇长征得以胜利结束的原因。

【阅读纪实作品】

站在人民的立场上，人民自然会拥护，表明了红军的友善与正义深得民心。红军生生不息，尽管有大量战士牺牲，但还是有大量的人加入，这就是民心所向。

在某种意义上来说，这次大规模的转移是历史上最盛大的武装巡回宣传。红军经过的省份有二亿多人民。在战斗的间隙，他们每占一个城镇，就召开群众大会，举行戏剧演出，重“征”富人，解放许多“奴隶”（其中有些参加了红军），宣传“自由、平等、民主”，没收“卖国贼”（官僚、地主、税吏）的财产，把他们的财物分配给穷人。现在有千百万的农民看到了红军，听到了他们讲话，不再感到害怕了。红军解释了土地革命的目的和他们的抗日政策。他们武装了千千万万的农民，留下干部来训练游击队，使南京军队从此疲于奔命。在漫长的艰苦的征途上，有成千上万的人倒下了，可是另外又有成千上万的人 —— 农民、学徒、奴隶、国民党逃兵、工人、一切赤贫如洗的人们 —— 参加进来充实了行列。

总有一天有人会把这部激动人心的远征史诗全部写下来。在此以前，我得继续写我的报道，因为我们现在已经写到红军在西北的会师。我把毛泽东主席关于这六千英里的长征的旧体诗附在这里作为尾声，他是一个既能领导远征又能写诗的叛逆者：

红军不怕远征难，
万水千山只等闲。
五岭逶迤腾细浪，
乌蒙磅礴走泥丸。
金沙水拍云崖暖，
大渡桥横铁索寒。
更喜岷山千里雪，
三军过后尽开颜。

阅读思考

基础测评

❶ **下列说法错误的一项是（　　）。**

A. 蒋介石对共产党一共发起了五次“围剿”，前四次都失败了。

B. 国民党的第五次“围剿”改变了策略，共产党反“围剿”失败，被迫长征。

C. 举国大迁移时，共产党的所有兵力都进行了战略性撤退，最终都走上了长征。

D. 红军在飞夺泸定桥的时候，那种不怕牺牲、英勇无畏的精神，令敌军都钦佩。

❷ **斯诺说长征是“历史上最盛大的武装巡回宣传”，这里的“武装巡回宣传”是什么意思？（　　）**

A. 打击了以蒋介石为代表的反动势力

B. 在沿途开辟了新的革命根据地

C. 红一、红二、红四方面军胜利会师

D. 在国内广大地区播撒了革命的种子

❸ **结合本册内容，将下面的事件按照时间顺序进行排序，正确的一项是（　　）。**

①第五次反“围剿”失败，决定撤离　　②红军爬雪山、过草地

③强渡大渡河　　④智取皎平渡，顺利过江

A. ①④③②　　B. ①④②③

C. ②④①③　　D. ④①②③

专题探究

你认为红军是人，是疯子，还是神，抑或是人、疯子、神的结合体？请结合内容，阐述你的观点与理由。

参考答案

阅读思考

基础测评

1.C　2.D　3.A

专题探究

【**示例**】我认为红军是人、疯子、神的结合体。他们有人的喜怒哀乐，在战斗时有疯子似的不要命的行为，又像神一样创造神奇的功绩，他们心中有坚定的革命决心与信念。为了这份信念，他们可以夺桥渡河、过雪山草地，将生死置之度外。就是因为拥有这样的战士，中国革命才能取得最后的胜利。

红星照耀中国

〔美〕埃德加·斯诺
著

董乐山
译

6

人民文学出版社

目录

本册导读

本册基本信息

本册是整本书的第六分册——《红星在西北》《去前线的路上》，包括《陕西苏区：开创时期》《死亡和捐税》《苏维埃社会》《货币解剖》《人生五十始！》《同红色农民谈话》《苏区工业》《“他们唱得太多了”》这八个部分。主要讲述了刘志丹开创西北苏区的艰难历程，描述了西北大灾荒和苛捐杂税给人民带来的深重灾难，介绍了苏维埃社会、政治、经济、文化、货币、教育等各方面的政策。并记录了斯诺在前往前线途中与红色农民的谈话，以及在苏区工业中心吴起镇的见闻感受。

阅读计划自检

开始阅读时间

______年______月______日

实际结束时间

______年______月______日

阅读所用时长

（建议时长：1 周）

_____天

阅读感受

- [ ] 轻轻松松读完，无压力，意犹未尽
- [ ] 能在建议时长内读完，并且读懂了
- [ ] 稍有些拖沓，理解起来不是很顺利
- [ ] 时间太短了，没有读完而且没看懂

扫码听名师说书

第六篇
红星在西北

陕西苏区：开创时期

内容速览

主要叙述了陕西苏区的开创历程，重点刻画了刘志丹这位陕西苏区开创者的形象。刘志丹一生的经历富有传奇色彩，他为陕北苏区的创建和红军十五军团的创建做出了许多贡献，在他牺牲后，人们十分怀念他。

阅读指南

- **章节阅读属性：**【细读】
- **阅读方法落实：**【阅读纪实作品】为了具体刻画刘志丹的形象特点，作者列举了众多事例，如处决地主、酒宴缴械等，阅读时可重点关注。
- **核心内容感知：**【梳理情节，了解人物】作者将刘志丹的生平进行了介绍，重点刻画了他嫉恶如仇、惩恶扬善、舍己为公的形象特点，以及为陕西苏区的建立所做的巨大贡献。

章节图解

- **陕西苏区：开创时期**
  - **陕北刘志丹**
    - **简单生平**
      - 出生于陕北保安。
      - 在榆林上学→广州黄埔军校→1926年入党→1927年在上海为党做秘密工作→1928年回陕北。
    - **华县农民起义**：1929年在华县附近领导农民起义，被镇压，形成了陕西第一批游击队的核心。
    - **三次奇特经历**
      - 任保安民团团长，枪毙地主，县长被撤职，逃至邻县，在深山里组织武装。
      - 被围求和，再做国民党军官，反地主被捕，后被释放。
      - 任运输旅旅长，反地主运动，被撤职，部队解散。
  - **建立陕北苏维埃**
    - **组建独立军**
      - 刘志丹被通缉，1931年高举红旗，建独立军。
      - 占领保安和中阳两县，队伍逐渐壮大。
      - 刘志丹在西北闻名遐迩
    - **建立苏维埃**：1933年，第一个陕西苏维埃成立。
    - **巩固扩大**
      - 分土地，免杂税，发行钞票和邮票。
      - 1935年，苏区在陕、甘两省控制二十二县。
  - **红军十五军团**：1935年7月，徐海东任总司令，刘志丹任副总司令。
  - **遭受审问**
    - **免去职务**
      - 张敬佛以刘志丹没有遵循“党的路线”为由，免去他的一切职务。
      - 刘志丹未反驳，返回保安，独居窑洞。
    - **恢复职务**：毛泽东到陕北后，恢复其职务。
  - **壮烈牺牲**
    - **远征抗日**：1936年初，渡黄河北上抗日，屡建奇功。
    - **负伤牺牲**：1936年3月，负重伤牺牲，葬瓦窑堡。
    - **改名纪念**：把保安改为“志丹县”来纪念他。

原文阅读

在江西、福建、湖南的共产党人于一九二七年起逐步建立起他们反对南京的根据地的时候，中国其他各地到处都出现了红军。其中最大的一个地方是鄂豫皖苏区，占了长江中游这三个盛产大米的省份的很大一部分地区，人口有二百多万。那里的红军开始是由徐海东指挥的，后来由徐向前来领导，徐向前是黄埔军校一期生，在国民党军队中当过上校，是广州公社的老战士。

在他们西北方向的远远的山区里，另外一个黄埔军校生刘志丹当时正在为目前陕西、甘肃、宁夏的苏区打基础。刘志丹是个现代侠盗**罗宾汉**[1]，对有钱人怀有山区人民的一贯仇恨。在穷人中间，他的名字带来了希望，可是在地主和老财中间，他成了惩奸除恶的天鞭。[2]

这个乱世的豪杰生于陕西北部群山环抱的保安，是个中农的儿子。他到榆林去上中学，榆林位于长城南面，是陕西同蒙古商队进行兴旺贸易的中心。刘志丹离开榆林以后就进了广州的黄埔军校，一九二六年在那里结业，就成了一个共产党员和国民党军队的青年军官。他随军北伐到了汉口，国共分裂时他正好在那里。

一九二七年南京政变后，他逃脱了“清洗”，在上海为党做秘密工作。一九二八年回到故乡陕西省，恢复了同当时在冯玉祥的国民军中的以前的一些同志的联系。第二年他在陕西南部领导了一次农民起义。起义发生的地点就在最近西北事变中南京轰炸机轰炸了东北军先锋部队、造成了很大损失的华县附近。他的起义虽遭血腥镇压，陕西省的第一批游击队核心却

老师有话说

1- 拓展知识

罗宾汉：英国民间传说中劫富济贫、行侠仗义的英雄。他武艺出众、机智勇敢，仇视剥削阶级，帮助贫苦百姓，反抗封建压迫，关于他的传说在西方流传很广。

2- 考点　修辞手法赏析

运用了比喻和对比的修辞手法，把刘志丹比喻成惩奸除恶的天鞭，可见刘志丹对地主老财们的痛恨。将刘志丹对待穷人和地主的不同态度进行对比，体现出他是一个爱憎分明、惩恶扬善的英雄。

3- 字词解释

万花筒：是一种光学玩具，利用镜片反射光线来形成图像，转动时，图像五彩纷呈、千变万化，十分绚丽。

由此产生。

刘志丹在一九二九年到一九三二年的生涯仿佛一个**万花筒**[3]，其间历经各种各样的失败、挫折、捣乱、冒险、死里逃生，有时还官复原职，不失体面。[4]他率领下的小支部队几经消灭。有一次他还担任保安的民团团长，他利用职权逮捕了好几个地主老财加以处决，这出于一个民团团长之手，是很**怪诞**[5]的行为。因此保安县长被撤了职，刘志丹只带领了三个部下逃到了邻县。那里的冯玉祥部下一个军官请他们赴宴，在**酒酣耳热**[6]之间，刘志丹和他的朋友把他们的主人缴了械，夺了二十支枪，逃到山间去，马上就纠集三百个左右的追随者。

但是这支小小的部队遭到了包围，刘志丹提出议和。他的要求被接受，他担任了国民党军队的上校军官，在陕西西部驻防。他在那里又开始反对地主，于是又被围剿，这次遭到了逮捕。主要由于他在陕西哥老会的势力，他再次得到赦免，但他的军队改组为一个运输旅，由他任旅长。但是令人难以置信的事是他第三次又**故态复萌**[7]。他的驻区的一些地主向来享有免税优待（这是陕西地主的一种"传统特权"），拒绝向他付税，他马上逮捕一些人，结果豪绅们都武装反他，要求西安方面把他撤职惩办。他的军队遭到包围解散。

最后在悬赏缉拿他的首级的情况下他被迫退到保安去，但是有他自己旅里许多年轻的共产党官兵跟着他去。他终于在这里着手组织一支独立的军队，于一九三一年举起一面红旗，攻占了保安和中阳[①]两县，在陕北迅速展开活动。派来攻打他的政府军常常在战

① 中阳在山西省，疑为甘肃省镇原县之误。——译注

4- 考点 修辞手法赏析

运用了比喻的修辞手法，把刘志丹这几年的生涯比作万花筒，说明他这段时期经历了各种各样的事，生动形象地表现了他的经历丰富多彩，曲折离奇。

5- 字词解释

怪诞：古怪，荒诞，离奇。这里是说刘志丹作为民团团长处决地主老财的事件实际上是出人意料的。

6- 字词解释

酒酣耳热：形容酒兴正浓，喝酒的兴致正高。

【阅读纪实作品】

刘志丹以民团团长的身份处决地主老财、酒宴上缴获军官朋友的枪械两个事例，具体表现了他经历的离奇曲折。

7- 字词解释

故态复萌：旧日的习气或老毛病等又重新出现了。这里是指刘志丹又开始像之前一样针对地主老财。

斗中投诚过来；有的逃兵甚至从山西渡过黄河来投奔他，这个不法之徒的大胆勇敢、轻率鲁莽很快在整个西北**闻名遐迩**[8]，传开了“刀枪不入”的神话。

从我所能收集到的一切超然的证据来看，似乎没有疑问，在陕西头一两年的斗争中，对官僚、税吏、地主的杀戮是过分的。武装起来的农民长期积压的怒火一旦爆发出来，就到处打家劫舍，掳走人俘，扣在他们的山寨里勒索赎金。他们的行为很像普通的土匪。到一九三二年刘志丹的徒众在陕北黄土山区占领了十一个县，共产党特地在榆林成立一个政治部来指导刘志丹的军队。一九三三年初成立了陕西的第一个苏维埃，设立了正规的政府，实行了一个与江西类似的纲领。

一九三四年和一九三五年间，陕西红军迅速扩大，提高了素质，多少稳定了他们所在地区的情况。成立了陕西省苏维埃政府，设立了一所党校，司令部设在安定。苏区有自己的银行、邮局，开始发行粗糙的钞票、邮票。在完全苏维埃化的地区，开始实行苏维埃经济，地主的土地遭到没收，重新分配，取消了一切苛捐杂税，设立了合作社，党发出号召，为小学征求教员。

这时，刘志丹从红色根据地南进，向省会进逼。他攻占了西安府外的临潼，对西安围城数日，但没有成功。一个纵队南下陕南，在那里的好几个县里成立了苏区。在与杨虎城将军（后来成了红军的盟友）的交战中遭到了一些严重失败和挫折，但是也赢得了一些胜利。军内纪律加强，土匪成分消除后，农民就开始更加拥护红军。到一九三五年中，苏区在陕西和甘

8- 字词解释

闻名遐迩：远近有名，声名远播。遐迩，远近。

【阅读纪实作品】

刘志丹勇敢大胆和劫富济贫的侠盗行为，对民众和军人都产生了不小的影响，人们争相投奔他，可见他的所作所为符合民众利益，“刀枪不入”充满了传奇色彩。

【阅读纪实作品】

武装起来的农民没有正确的指导，只懂得像普通土匪一样打家劫舍，行为并不光彩，这显然是不行的。

9- 考点　人物形象分析

从前面对刘志丹的介绍可以看出，他是一个敢爱敢恨、爱憎分明的现代罗宾汉，但是在这里却接受张胖子的污蔑和惩罚，表现了他以团结为重、以大局为重的高尚品德。

肃控制了二十二个县。现在在刘志丹指挥下有二十六、二十七军，总共五千人，能与南方和西方的红军主力有无线电联系。在南方红军开始撤离赣闽根据地后，陕西这些山区红军却大大加强了自己，后来到一九三五年，蒋介石不得不派他的副总司令张学良少帅率领大军来对付他们。

一九三四年末，红二十五军八千人在徐海东率领下离开河南。十月间他们到达陕西南部，同刘志丹所武装起来的该地一千名左右红色游击队会合。徐海东在那里扎营过冬，帮助游击队建立正规军，同杨虎城将军的军队打了几次胜仗，在陕西南部五个县里武装了农民，成立了一个临时苏维埃政府，由陕西省“契卡”的一个二十三岁的委员郑位三任主席，李龙桂和陈先瑞为红军两个独立旅的旅长。徐海东把这个地区留给他们去保卫，自己率二十五军进入甘肃，在成千上万的政府军包围中杀出一条血路来到了苏区，一路上攻占了五个县城，把马鸿宾将军的回民军队两个团缴了械。

一九三五年七月二十五日，二十五、二十六、二十七军在陕西北部的云长整编为红十五军团，以徐海东为司令，刘志丹为副司令兼陕甘晋革命军事委员会主席。一九三五年八月，该军团遇到了王以哲将军率领的东北军两个师，加以击败，补充了新兵和亟需的枪支弹药。

这时发生了一件奇怪的事。八月间陕北来了一个共产党中央委员会的代表，一个名叫张敬佛的胖胖的年轻人。据告诉我消息的人（他当时是刘志丹部下的参谋）说，这位张先生（外号张胖子）有权“改组”党和军队。他可以说是个钦差大臣。

张胖子开始着手收集证据，证明刘志丹没有遵循“党的路线”。他“审问”了刘志丹，命令刘志丹辞去一切职务。现在可笑的是，或者说奇怪的是，或者也可以说既可笑又奇怪的是——不过，反正这是遵守“党纪”的一个突出例子：刘志丹不但没有反诘张先生凭什么权利批评他，反而乖乖地接受了他的决定，放弃了一切实际指挥权，像阿基利斯[①]一样，退到保安窑洞里去生闷气了！9张先生还下令逮捕和监禁了一百多个党内军内其他“反动派”，心满意足地稳坐下来。

就是在这个奇怪的事情发生的时候，南方的红军先遣部队，即在林彪、周恩来、彭德怀、毛泽东率领下的一军团在一九三五年十月到达。他们对这奇怪的

① 荷马史诗《伊利亚特》中的英雄，因与统帅亚伽梅农争吵，生气退回帐篷。——译注

情况感到震惊，下令复查，发现大多数证据都是无中生有的，并且发现张敬佛不仅越权，并且本人受到了“反动派”的欺骗。他们立即恢复了刘志丹和他所有部下的原职。张胖子本人遭到逮捕，受到审判，关了一个时期以后，分配他去从事体力劳动。

这样，在一九三六年初，两支红军会合起来尝试著名的“抗日”东征，他们过了黄河，进了邻省山西，仍由刘志丹任指挥。他在那次战役中表现杰出，红军在两个月内在那个所谓“模范省”攻占了十八个以上的县份。但是他在东征途中牺牲的消息，不像许多其他类似的消息那样不过是国民党报纸的主观幻想。他在一九三六年三月领导突击队袭击敌军工事时受了重伤，但红军能够渡过黄河靠他攻占那个工事。刘志丹被送回陕西，他双目凝视着他幼时漫游的心爱的群山，在他领导下走上他所坚信的革命斗争道路的山区人民中间死去。他葬在瓦窑堡，苏区把红色中国的一个县份改名志丹县[①]来纪念他。

在保安，我看到了他的遗妻和孩子，一个六岁的美丽的小男孩。红军为他特地裁制了一套军服，他束着军官的皮带，帽檐上有颗红星。10他得到那里人人的疼爱，像个小元帅一样，对他的“土匪”父亲极感自豪。

但是，虽然西北这些苏区是围绕着刘志丹这个人物发展壮大的，但不是刘志丹，而是生活条件本身产生了他的人民这个震天撼地的运动。要了解他们所取得的任何胜利，不仅必须了解他们所为之奋斗的目标，而且要了解他们所反对的东西。

① 即保安。—— 译注

【阅读纪实作品】

刘志丹至死都热爱着生养他的家乡，牵挂着尚未取得革命胜利的山区人民。苏区用他的名字来命名一个县，肯定了他的伟大功绩，表现了对他的尊敬和爱戴。

10-考点　人物描写赏析

此处运用外貌描写，着重描写了刘志丹孩子的穿着，帽檐上的红星这个细节描写，让我们感受到革命的精神代代相传。

第六篇 红星在西北

死亡和捐税

内容速览

斯诺在西北大灾荒的时候去了绥远灾区，看到成千上万的灾民被活活饿死，而地主官员则趁灾情囤积居奇、干扰赈灾、大肆敛财，还利用修渠以极其低廉的价格抢购农民土地。斯诺从斯坦普尔博士的报告中得知，灾区农民还被征收各种苛捐杂税，各种捐税压得他们喘不过气来，苦难中的人们迫切地渴望变革。

阅读指南

- **章节阅读属性：**【细读】
- **阅读方法落实：**【阅读纪实作品】作者将亲眼所见的灾区景象描述出来，又通过斯坦普尔博士的报告介绍死亡数据和各种捐税，让读者直观地感受到大饥荒和苛捐杂税给西北人民带来的深重灾难。
- **核心内容感知：**【梳理情节，了解历史】了解红军到来前西北地区穷苦百姓的艰难生活。

章节图解

- **死亡和捐税**
  - **西北大灾荒**
    - **时间**——持续约三年。
    - **斯诺去灾区**——斯诺与中国国际赈灾委员会的几个人去了绥远灾区。
    - **灾区惨状**
      - 千万男女老幼因饥饿濒临死亡。
      - 到处是埋葬尸体的浅坟。
  - **斯诺的描述**
    - **一个青年人**
      - 二十岁，老实工作，一月无食，皮包骨，走路像老太婆。
      - 卖掉了所有能卖的东西：包括妻儿。
    - **孩子们**——骷髅弯曲变形，骨瘦如柴。
    - **女人们**——蜷伏在角落里等死。
  - **丑恶的政府**
    - 赈灾粮食无法进入灾区，富人地主囤粮，歌舞生平。
    - 赈灾委员会决定修一条大渠，官员们大肆廉价买地，收取租金。
  - **斯坦普尔博士的报告**
    - **饿死人数之多**——陕西两个县死亡一多半人口，甘肃一省饿死二百万人。
    - **田地荒芜**——许多田地荒芜，良田集中在地主和官僚之手，借渭水灌溉，牟取暴利。
    - **政府收税**
      - 政府预算30%—40%用于民团武装。
      - 一头猪的买卖要付6种不同的税。农民拆下房梁去纳税。
  - **对新政权的希望**
    - **农民的希望**——他们渴望自由与变革。

原文阅读

西北大灾荒曾经持续约有三年，遍及四大省份，我在一九二九年六月访问了蒙古边缘上的绥远省的几个旱灾区。在那些年月里究竟有多少人饿死，我不知道确切数字，大概也永远不会有人知道了，这件事现在已经被人忘怀。一般都同意三百万这个保守的半官方数字，但是我并不怀疑其他高达六百万的估计数字。

这场灾难在西方世界几乎没有人注意到，甚至在中国沿海城市也是如此，但是有少数几个中国国际赈灾委员会的勇气可嘉的人，为了抢救一些灾民，冒着生命的危险到这些伤寒流行的灾区去。他们中间有许多中国人，也有一些外国人如德怀特·爱德华兹、O.J. 托德和一个杰出的老医生罗伯特·英格兰姆。我有几天同他们一起，走过许多死亡的城市，跨过一度肥沃、如今变成了荒芜不毛之地的乡野，所到之处无不感到触目惊心。

我当时二十三岁。我想我是到东方来寻找“东方的魅力”的。我以为自己是个冒险家，那次绥远之行就是那样开始的。但是在这里，我有生以来第一次蓦然看到了人们因为没有吃的而活活饿死。我在绥远度过的那一段噩梦般的时间里，看到了成千上万的男女老幼在我眼前活活饿死。

你有没有见到过一个人——一个辛勤劳动、“奉公守法”、于人无犯的诚实的好人——有一个多月没有吃饭了？这种景象真是令人惨不忍睹。挂在他身上快要死去的皮肉打着皱褶，你可以一清二楚地看到他身上的每一根骨头，他的眼光茫然无神，他即使是个二十岁的青年，行动起来也像个干瘪的老太婆，一

老师有话说

1- 考点 人物描写赏析

外貌和动作描写，生动形象地写出了饥饿已经把青年人折磨得不成人样，突出了他们在饥饿中等待着死亡的痛苦和无奈。

2- 字词解释

鬻（yù）：卖，出售。这里是卖了闺女的意思。

3- 字词解释

瘦骨嶙峋：形容瘦的像皮包骨一样。这里是说女人们极度消瘦。

4- 字词解释

危言耸听：故意夸大事实，说吓人的话使人震惊。

【阅读纪实作品】

濒死之人和万人冢的惨状不是最叫人吃惊的，作者更吃惊的是有钱人囤积居奇、军阀扣留赈灾物资、国民党拒绝救济灾民、官员们借机低价收购土地的无耻行径！面对这些贪得无厌、冷酷无情、麻木不仁、大发国难财的压迫者，作者的愤怒之情溢于言表。

步一迈，走不动路。[1]他早已卖了妻**鬻**[2]了女，那还算是他的运气。他把什么都已卖了 —— 房上的木梁，身上的衣服，有时甚至卖了最后的一块遮羞布。他在烈日下摇摇晃晃，睾丸软软地挂在那里像干瘪的橄榄核儿 —— 这是最后一个严峻的嘲弄，提醒你他原来曾经是一个人！

儿童们甚至更加可怜，他们的小骷髅弯曲变形，关节突出，骨瘦如柴，鼓鼓的肚皮由于塞满了树皮锯末像生了肿瘤一样。女人们躺在角落里等死，屁股上没有肉，**瘦骨嶙峋**[3]，乳房干瘪下垂，像空麻袋一样。但是，女人和姑娘毕竟不多，大多数不是死了就是给卖了。

我并不想要**危言耸听**[4]。这些现象都是我亲眼看到而且永远不会忘记的。在灾荒中，千百万的人就这样死了，今天还有成千上万的人在中国这样死去。我在沙拉子街上看到过新尸，在农村里，我看到过万人冢里一层层埋着几十个这种灾荒和时疫的受害者。但是这毕竟还不是最叫人吃惊的。叫人吃惊的事情是，在许多这种城市里，仍有许多有钱人，囤积大米小麦的商人、地主老财，他们有武装警卫保护着他们在大发其财。叫人吃惊的事情是，在城市里，做官的和歌妓舞女跳舞打麻将，那里有的是粮食谷物，而且好几个月一直都有，在北京、天津等地，有千千万万吨的麦子小米，那是赈灾委员会收集的（大部分来自国外的捐献），可是却不能运去救济灾民。为什么？因为在西北，有些军阀要扣留他们的全部铁路车皮，一节也不准东驶，而在东部，其他国民党将领也不肯让车皮西去 —— 哪怕去救济灾民 —— 因为怕被对方扣留。

在灾情最甚的时候，赈灾委员会决定（用美国经费）修一条大渠灌溉一些缺水的土地。官员们欣然合作 —— 立刻开始以几分钱一亩的低价收购了灌溉区的所有土地。一群贪心的兀鹰飞降这个黑暗的国家，以欠租或几个铜板大批收购饥饿农民手中的土地，然后等待有雨情后出租给佃户。

然而那些饿死的人大多数是在不作任何抗议的情况下死去的。

“他们为什么不造反？”我这样问自己，“为什么他们不联成一股大军，攻打那些向他们征收苛捐杂税却不能让他们吃饱、强占他们土地却不能修复灌溉渠的恶棍坏蛋？为什么他们不打进大城市里去抢那些把他们妻女买去，那些继续摆三十六道菜的筵席而让诚实的人挨饿的流氓无赖？为什么？”

【阅读纪实作品】

连用四个“为什么”，表达了作者内心对灾民们消极麻木行为的疑惑和愤怒。

他们的消极无为使我深为迷惑不解。我有一段时间认为，没有什么事情会使一个中国人起来斗争。

我错了。中国农民不是消极的，中国农民不是胆小鬼。只要有方法，有组织，有领导，有可行的纲领，有希望 —— 而且有武器，他们是会斗争的。中国共产主义运动的发展证明了这一点。因此，在上述这种背景下，我们得悉共产党人在西北特别受人民欢迎，是不应该感到奇怪的，因为那里的情况对于农民群众来说同中国其他地方一样，都没有根本的改善。

这方面的事实已经得到你万万没有想到的一个人士的生动的证实，我在这里指的是斯坦普尔博士[①]所

① 见斯坦普尔博士著《西北各省与其发展前途》，由国家经济委员会非公开出版（一九三四年七月南京）。不幸，像斯坦普尔博士和国联其他调查华南和华中的专家的许多说明问题的报告一样，这本书没有公开发行。

提出的精彩报告，他是国际联盟派赴南京政府担任顾问的著名卫生专家。他的材料是这方面最精彩的材料。斯坦普尔博士最近在陕西和甘肃省的国民党统辖区进行了考察，他的报告所根据的材料除了是向他提供的官方材料以外也有他本人的观察。5

5- 考点　句子含义理解

斯坦普尔博士的报告不但参考官方材料，还经过了实地考察，表现出他的报告内容真实可信。

他指出在"公元前二百四十年据说有一个名叫郑国的工程师"在中华民族的摇篮、历史上有名的陕西渭水流域"修筑了一个能灌溉近一百万英亩土地的灌溉网，但是后来年久失修，水坝崩塌，虽然经常修筑了新的工程，到清朝末年（一九一一年），灌溉面积只有两万亩不到"——约三千三百英亩！他弄到的数字证明，在大灾荒期间，陕西有一个县，死的就有百分之六十二的人口；另一县死的有百分之七十五；如此等等。据官方估计，单在甘肃一省就饿死两百万人——约占人口总数的百分之二十。6要是官厅禁止囤积粮食，交战的军阀没有干扰赈济物资的运输的话，这些人有许多是可以不死的。

6- 考点　重点句子分析

列举一系列触目惊心的数字，说明了大饥荒死亡人数之多，使文章真实可信，表现了大饥荒的严重性。

这里引述一段这位日内瓦来的调查人员关于红军到达以前在西北见到的情况的话：

> 在一九三〇年灾荒中，三天口粮可以买到二十英亩的土地。该省（陕西）有钱阶级利用这个机会购置了大批地产，自耕农人数锐减。中国国际赈灾委员会的芬德莱·安德鲁先生一九三〇年报告中的下述一段话充分说明了该年的情况：
>
> "……该省外表情况比去年大有改善。为什么？因为在甘肃省内我们工作的那一地区，饥饿、疾病、**兵燹**7在过去两年中夺去了大量人口，

7- 字词解释

兵燹（xiǎn）：因战乱而受到的焚烧破坏等灾害。

因此对粮食的需求已大为缓和。”

许多土地荒芜，许多土地集中在地主官僚手中。特别是甘肃，有“数量大得惊人”的可耕而未耕的大批土地。“一九二八到一九三〇年灾荒期间，地主极其廉价地收购了土地，他们从那时候起就靠修筑渭北灌溉工程而发了财”。

在陕西，不付土地税被认为是件体面的事，因此有钱的地主一般都免税……特别可恶的一件事是征收在灾荒期间外出逃荒的农民在此期间积欠的税款，在欠税付清之前，他们被剥夺了土地所有权。

斯坦普尔博士发现，陕西的农民（显然不包括地主，因为他们“一般免税”）所付土地税和附加税达收入的百分之四十五左右，其他捐税“又占百分之二十”；“不仅捐税如此繁重惊人，而且估税方式也似乎很随便，至于征收方式则浪费、残暴，在许多情况下贪污腐败。”

至于甘肃，斯坦普尔博士说：

在过去五年内甘肃税收平均超过八百万……比中国最富饶的、也是收税最重的省份之一浙江还重。也可以看到，这种税收的来源，特别是在甘肃，不止一两种主要的捐税，而是名目繁多的许多杂税，每种收集一笔小款，几乎没有一种货物，没有一种生产或商业活动不收税的。人民实

【阅读纪实作品】

为了抢夺农民的土地无所不用其极。连逃荒人所欠的税款都要追缴，目的就是占有他们的土地！充分体现了官僚地主阶级的无耻贪婪，国民党统治下的社会腐败程度可见一斑。

际所付税款要比公布的数字还高。首先，收税的可以从所收税款中保留一份——有时极大的一份。其次，除了省政府、县政府所收税款以外，还有军方领导人所征的税，官方估计这在甘肃省约一千多万。[①] 造成人民负担的另一个原因是地方民团，这本来是为了防范土匪而组织的，在许多情况下已堕落成为鱼肉乡里的匪帮。

斯坦普尔博士引证的数字表明，民团的维持费达地方政府总预算的百分之三十到四十，当然，在维持大规模正规军的负担之外，再加上这一笔负担是很可观的。据斯坦普尔博士说，正规军的维持费占去了甘肃、陕西两省收入的百分之六十以上。

【阅读纪实作品】

用具体事例表现苛捐杂税之多，对农民压迫之重，反映了当时政府的贪婪无度，总是变着法子来压榨百姓，百姓的生活苦不堪言。

我在陕西遇到的一个外国传教士告诉我，他有一次曾经跟着一头猪从养猪人到消费者那里，在整个过程中，看到了征六种不同的税。甘肃的另外一个传教士谈到，他看见农民把家里的木梁拆下来（在西北木料很值钱）运到市场上去卖掉来付税。他说，甚至是有些“富”农，虽然在红军到达之初态度并不友好，但也是无所谓的，而且认为“随便什么政府都不会比原来那个更坏”。

但是从经济上来说，西北绝不是个没有希望的地方。它的人口不多，许多土地都很肥沃，要生产大大超过消费，是轻而易举的事，只要改进灌溉系统，它

① 这是个保守的估计，因为它没有提到甘肃和陕西两省军方主要的非法税收——多年以来一直是鸦片税。西安府给我的数字表明，冯玉祥将军控制这一带时，每年可从这一来源得到八千万元。从那时以后，此数无疑已大为减少，那是由于南京鸦片专卖的竞争，但每年仍有好几百万。

的一些地方很可能成为“中国的乌克兰”。陕西和甘肃有丰富的煤矿。陕西还有一点石油。斯坦普尔博士预言:“陕西，特别是西安附近的平原，很可能成为一个工业中心，其重要性仅次于长江流域，只需把煤田用来为自己服务就行了。”甘肃、青海、新疆的矿藏据说非常丰富，很少开发。斯坦普尔说，单是黄金，“这一地带很可能成为第二个克朗代克。”[①]

这里，肯定地说，存在着早已成熟的实行变革的条件。这里，肯定地说，存在着人们要起来反对的东西，即使他们还没有斗争的目标！因此，当红星在西北出现时，难怪有千千万万的人起来欢迎它，把它当作希望和自由的象征。

但是红军究竟是不是好一些呢?

① 在加拿大西北边境，上世纪末曾发现金矿。——译注

第六篇 红星在西北

苏维埃社会

内容速览

主要叙述西北地区苏维埃的社会组织情况以及受到人民拥护的原因。西北苏区在政治上实行代议制选举制，经济上减免赋税、分配土地，文化上移风易俗，改变封建传统的婚姻制度，普及教育等，让西北苏区飞速发展，并受到人民的广泛拥护。

阅读指南

- **章节阅读属性：**【细读】
- **阅读方法落实：**【阅读纪实作品】这一章节主要介绍了共产党在苏区的社会、政治、土地、婚姻等方面的政策，尤其是土地政策，所取得的成就显而易见，这也是红军得到农民拥护的根本原因，与上一章节中国民党统治下的农村状况形成鲜明对比，阅读时可重点体会。
- **核心内容感知：**【梳理情节，了解历史】了解苏维埃社会的组织情况，感受他们深得民心的原因。

章节图解

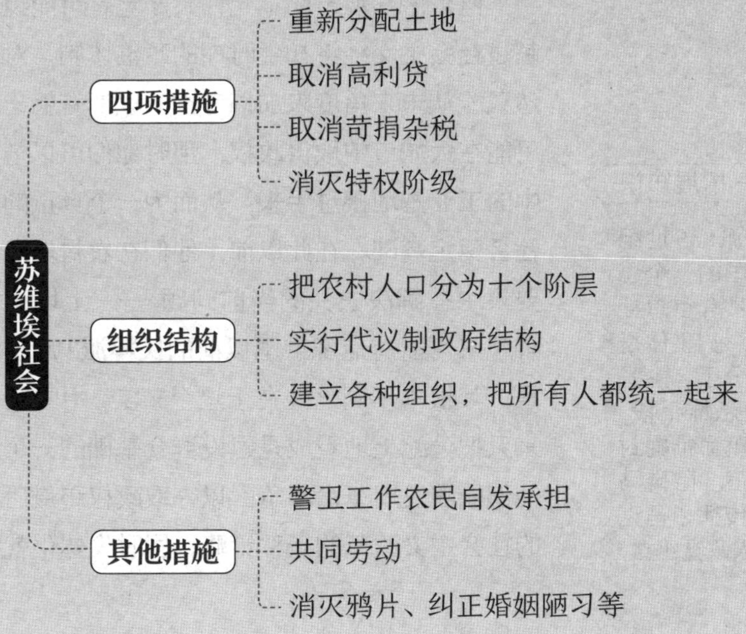

原文阅读

老师有话说

【阅读纪实作品】

西北地区工业化程度低，文化停滞几百年，斯诺用了“化石”一词，可见其思想的保守程度。

不论中国共产主义运动在南方的情况如何，就我在西北所看到的而论，如果称之为农村平均主义，较之马克思主义作为自己的模范产儿而认为合适的任何名称，也许更加确切一些。这在经济上尤其显著。在有组织的苏区的社会、政治、文化生活中，虽然有一种马克思主义的简单指导，但是物质条件的局限性到处是显而易见的。

前已强调指出西北没有任何有重要意义的机器工业，这个地区比中国东部一些地区受到的工业化影响要少得多，它主要是农业和畜牧区，好几个世纪以来，文化趋于停滞状态，虽然现在存在的许多经济上的弊端无疑的是半工业化城市中经济情况变化的反映，但是红军本身就是“工业化”对中国的影响的显著产物，它对这里化石般的文化所带来的思想震荡确确实实是革命性质的。

但是，客观条件不允许共产党有可能组织大大地超过社会主义经济初生时期的政治体制，对此他们自然只能从未来角度来加以考虑，以期有朝一日他们有可能在大城市中取得政权，那时他们可以把外国租界中的工业基地接过手来，从而为一个真正的社会主义社会奠定基础。在此以前，他们在农村地区的活动主要集中在解决农民的当前问题 —— 土地和租税。这听起来可能有点像俄国以前的**民粹派**[1]反动纲领，但是，其根本不同之处在于这个事实：中国共产党人从来只把分配土地看成是建设群众基础的一个阶段，使他们能够发展革命斗争，以夺取政权和最后实现彻底的社会主义改革的一种策略。届时集体化就势所难免

1- 拓展知识

俄国民粹派：19世纪下半叶俄国的一个思想流派，具有空想社会主义色彩。主体是平民知识分子，主张采取个人恐怖手段，通过农民革命推翻封建专制制度。阻碍马克思主义传播和马克思主义工人政党建立。

了。中华全国苏维埃第一次代表大会一九三一年就在《中华苏维埃共和国的基本法律》① 中详细地提出了中国共产党的"最高纲领"—— 提到"最高纲领"的话清楚地表明：中国共产党人的最终目的是按照马克思列宁主义理论建设一个真正的完全的社会主义国家。但是，在此以前，必须记住，红区的社会、政治、经济组织一直不过是一种非常临时性的过渡。甚至在江西，也完全是如此。由于苏区从一开始就得为生存而战，他们的主要任务一直是建设一个军事政治根据地，以便在更广泛、更深刻的规模上扩大革命，而不是"在中国试行共产主义"，而有不少人却以为这就是共产党在他们小小的被封锁的地区中在尝试的事情。2

共产党在西北之所以受到群众拥护，其当前的基础显然不是"各尽所能，各取所需"，而是有点像孙逸仙博士的主张："耕者有其田"。共产党可以**自居有功**3的一些经济改革措施中，对农民最有重要意义的显然有这四项：重新分配土地，取消高利贷，取消苛捐杂税，消灭特权阶级。4

从理论上来说，苏维埃固然是一种"工农"政府，但在实际执行中，全部选民中不论从成分上来说，还是从职业上来说，农民占压倒多数，因此政权得与此适应。为了要制约农民的势力，抵消这种势力，把农村人口划分这几个阶层：大地主、中小地主、富农、中农、贫农、佃农、雇农、手工业者、流氓无产阶级和自由职业者，即专业工作者，包括教员、医生、技术人员、"农村知识分子"。这种划分不仅是经济上的

① 伦敦劳伦斯书局上引书。

2- 考点 句子含义理解

作者在这里指出，苏区的首要目的是生存，主要任务是建设军事政治根据地，不是在中国试行共产主义，这也注定了苏区的各项政策与纯粹的共产主义社会有所不同。

3- 字词解释

自居有功：自认为自己有功。在这里是斯诺对共产党的肯定之语。

4- 考点 句子含义理解

从《死亡和捐税》一章中，可知西北大饥荒之所以如此严重，除了天灾以外，人祸也是很重要的因素，主要是特权阶级趁机圈占土地、囤积物资、收取各种捐税等。而共产党在农村采取的经济措施，正是针对这些情况，切实维护农民的根本利益，这也是他们获得农民拥护的原因。

划分，也是政治上的划分，在苏区选举中，佃农、雇农、手工业者等比其他阶层的代表的名额比例大得多，其目的显然是要造成“农村无产阶级”的某种民主专政。但是，很难看到这些类别之中有什么重要的根本阶级区别在起作用，因为他们都是直接依附于农业经济的。

在这些限度内，凡是政权稳定的地方，苏维埃似乎工作得很顺利。代议制政府结构是从最小的单位村苏维埃开始建立的，上面是乡苏维埃、县苏维埃、省苏维埃，最后是中央苏维埃。每村各选代表若干人参加上级苏维埃，依此类推，一直到苏维埃代表大会的代表。凡年满十六岁的，普遍都有选举权，但选举权不是平等的，理由已如上述。

每一乡苏维埃下设各种委员会。权力最大的委员会是革命委员会，那往往是红军占领一个乡以后经过一阵紧张的宣传运动再举行群众大会选出来的。它有决定选举或改选权，同共产党合作紧密。乡苏维埃下面设教育、合作社、军训、**政训**[5]、土地、卫生、游击队训练、革命防御、扩大红军、农业互助、红军耕田等委员会，由乡苏维埃指派。苏维埃的每一分支机构中都有这种委员会，一直到负责统一各项政策和做出全国性决策的中央政府。

组织工作并不是到政府机构为止。共产党在工农、城乡中有大量的党员。此外，还有共青团，团之下又有两个组织，把大部分青年都组织起来。这两个组织是少年先锋队和儿童团。共产党把妇女们也组织到共青团、抗日协会、幼儿院、纺纱班、耕种队中去。成年的农民组织在贫民会、抗日协会中。甚至哥老会

5- 字词解释

政训：指的是政治训练。可以是教员（官）通过文献、教材等进行的政治宣传，也可以是教员（官）对受训者有计划、有目的地进行训练的行为。这里是指共产党对乡民进行的政治思想培训。

【阅读纪实作品】

青年、少年、儿童、妇女，成年和未成年的农民都被广泛地组织起来，各得其所，可见共产党政治组织结构的严密性，在当时的情况下，这样的组织结构有利于保障苏维埃的生存。

这个古老的秘密会社，也让它参加到苏维埃生活中来，从事公开合法的活动。农卫队和游击队也属于组织严密的农村政治社会结构的一部分。

这些组织和它们各个委员会的工作都是由中央苏维埃政府、共产党、红军来领导的。我们在这里不需要引用详尽的统计数字或令人厌烦的图表来说明这些机构的组织联系，但是总的可以说它们都是巧妙地结合在一起的，都是在一个共产党员的直接领导下，尽管每个组织似乎是由农民自己用民主方式做出决定、吸收成员、进行工作的。苏维埃组织的目的显然是使得每一个男女老幼都是某个组织的成员，有一定的工作分派他去完成。

苏维埃这种紧张频繁的活动具有典型性的一个例子，是他们为了要增加产量、利用大片荒地而采取的方法。我弄到了土地委员会发给各个分支机构，指导他们组织农民从事耕种和在这方面进行宣传的许多命令，范围之广和内容之实际，使人相当惊讶。例如，我在土地委员会一个办事处看到的一项命令，对于春耕工作发出了具体的指示，土地委员会要求工作人员“进行广泛的宣传，争取农民自愿参加，不要有任何强迫命令”。6 对于如何在耕种季节完成四项主要的要求，提出了具体的意见。这四项要求根据去年冬天苏维埃的决定是：更加充分地利用荒地和扩大红军耕地；增加作物产量；扩大作物品种，特别重视新品种的瓜菜；扩大棉花种植面积。

6- 考点 重点句子分析

“自愿”“不强迫”等指示，以温和的态度引导农民大众，赢取农民的信任，尊重农民的选择，表现了共产党追求民主，切实保障农民权益。

这项命令[①]为了扩大劳动力，特别是争取妇女直接参加农业生产（尤其是在那些由于参加红军而男性

① 土地委员会的指示（一九三六年一月二十八日陕西瓦窑堡）。

人口减少的地方）所提出的方法中，下面这个绝妙的指示说明红军利用现有材料极有效果：

> 要动员妇女、儿童、老人参加春播春耕，各人按其能力在劳动生产过程中担任主要的或辅助的工作。例如，应动员大脚妇女和年轻妇女组织生产训练队，从事从清地到农业生产主要任务等工作。小脚妇女、儿童、老人应动员起来帮助除草、积肥等其他辅助劳动。

但是农民的反应怎样？中国农民一般不愿受组织、纪律的约束，不愿从事超过自己家庭范围以外的任何社会活动。共产党听到这话就大笑。他们说，中国农民如果是为自己工作而不是为民团——地主和税吏，他们没有不喜欢组织或社会活动的。我不得不承认，我所接触到的农民，大多数似乎是拥护苏维埃和红军的。他们有许多人意见批评一大堆，但是问到他们是否愿意过现在的生活而不愿过以前的生活，答复几乎总是有力地肯定的。我也注意到他们大多数人谈到苏维埃时用的是“我们的政府”，这使我觉得，在中国农村，这是一种新现象。7

有一件事可以说明共产党在人民群众中有基础，那就是在所有老苏区里，警卫工作几乎全部由农民自己组织起来担任的。苏区很少有红军的驻防部队，因为所有战斗力量都在前线。地方的保卫工作是由村革命保卫队、农卫队、游击队分担的。这个事实可以说明，红军在农民中间得到拥护的一部分原因，因为红军很少像其他军队那样是强加在他们身上的压迫和剥

7- 考点　句子含义理解

“我们的政府”可见这些农民已经具有了当家做主的主人翁意识。通过写农民对苏维埃的态度和看法，表现了红军深得民心，受到了人民的热爱和欢迎。

【阅读纪实作品】

警卫工作的重要性不言而喻，一旦出现状况势必会对共产党和红军产生恶劣的影响，然而这项工作却由农民自己组织担任，可见共产党和农民是相互信任、融为一体的，表现了中国共产党切实维护了农民的利益，农民是发自内心地拥护和爱戴共产党和红军的。

削工具，而一般是在前线，在那里为自己的口粮作战，应付敌人进攻。另一方面，把农民严密地组织起来，红军便有了后卫和基地，可以放手进行极其机动的作战，而这正是它的特点。

但是要真正了解农民对共产主义运动的拥护，必须记住它的经济基础。我已经谈到过西北农民在旧政权下所承受的沉重负担。现在，红军不论到哪里，他们都毫无疑问地根本改变了佃农、贫农、中农以及所有“贫苦”成分的处境。在新区中第一年就取消了一切租税，使农民们有透口气的机会；在老区里，只保留一种单一的累进土地税和一种单一的小额营业税（百分之五到百分之十）。其次，他们把土地分给缺地农民，大片大片地开“荒”—— 多数是在外或在逃地主的土地。第三，他们没收有钱阶级的土地和牲口，分配给穷人。

重新分配土地是共产党政策中的一个根本要素。这是怎样进行的？后来，为了全国性的政治策略上的考虑，苏维埃土地政策作了大踏步的后退，但是我在西北访问期间所实行的土地法（由西北苏维埃政府在一九三五年十二月颁布）规定要没收所有地主的土地，没收富农不是由自己耕种的所有土地。不过不论地主或富农都有一份自己有能力耕种的土地。在不缺地的乡里 —— 那样的乡在西北有不少 —— 在乡地主和富农的土地实际上一点也没有没收，分配的只是荒地和在外地主的土地，有时还把最好的土地重新分配，好地给贫农，同样数量的劣地给地主。

什么人算地主？根据共产党的（大大简化了的）定义，凡是大部分收入来自出租给别人种的土地而自己不劳动的人都是地主。根据这个定义，高利贷者和土豪[①]与地主属于同类，因此受到同样对待。据斯坦普尔博士说，高利贷的利率在西北原来高达百分之六十，在困难时期还要高得多。虽然在甘肃、陕西、宁夏的许多地方，土地很便宜，一个雇工或者佃户，如果没有资金，几乎不可能积钱为自己家庭买足够的田的。我在红区遇到过许多农民，他们以前是从来不可能拥有土地的，虽然有些地方地价低到只有二三元银洋一英亩。

除了上述以外的阶级都不受没收的影响，因此土地重新分配使很大比例的农民得到眼前利益。贫农、佃农、雇农都得到了足以维持生计的土地。看来并没

① 土豪是红军称呼那些其收入中一大部分来自放债和抵押品买卖的地主。

【阅读纪实作品】

先保证温饱，满足农民最迫切的要求，可见苏区的土地政策是符合实际需求，脚踏实地、一步一步地进行的，表现了苏区土地政策的实用性和有效性。

有想起把土地所有权“平均化”。据王观澜（二十九岁的俄国留学生，西北三省的土地人民委员）向我解释，苏维埃土地法的主要目的是为每个人提供足够的土地，保证他和他的一家人能够过足够温饱的生活，他们认为这是农民的最“迫切要求”。

土地问题——没收和分配土地问题——在西北由于大地产多半是属于官僚、税吏、在外地主而简单化了。在没收以后，多数情况是贫农的当前要求得到了满足，不受在乡小地主或富农的什么干扰。因此红军不仅由于给贫农和无地农民土地而得到他们拥护的经济基础，而且在有些情况下也由于取消捐税剥削而赢得了中农的感激，在少数情况下由于同样原因或者通过抗日运动的爱国宣传而争取到了小地主的支持。陕西好几个著名的共产党员出身于地主家庭。

对于贫农还采用低利或无利放款形式给予额外的帮助。高利贷完全取缔，但私人借款年息最高不超过百分之十仍属许可。政府放款年息一般为百分之五。红军兵工厂里制造的好几千简易农具和成千上万磅种子供应无地农民开荒。还开办了一所简单的农业学校，据说还要开办一所畜牧学校，只等这方面的一个专家从上海来到。

合作化运动在大力推广，其活动已超过生产和分配合作社，而扩大到像集体使用牲口和农具——特别是耕种公共土地和红军土地——这样新奇（对中国来说）形式方面的合作和组织劳动互助组方面的合作。用后一种方法，大片土地可以很快地集体耕种、集体收获，个别农民一时农闲现象就不再出现。共产党做到每个人都不是白白得到土地的！在农忙季节里，采用了“星期六突击队”的办法，不仅所有的儿童组织，而且所有的苏维埃干部、游击队员、赤卫队员、妇女组织的会员、驻在附近的红军部队都动员起来，每个星期至少要有一天到田里劳动。甚至毛泽东也参加了这种劳动。8

这里，共产党在播下集体劳动这一根本革命化的思想的种子——为将来实现集体化做初步的教育工作。同时，一种比较广阔的社会生活观念开始慢慢地渗入到农民意识的深处去。因为在农民中间建立起来的各种组织，是共产党称为经济、政治、文化三结合的东西。

共产党在这些人们中间所取得的文化上的成就，按西方先进标准来衡量，的确是微不足道的。但是在陕西北部的二十几个苏维埃化已久的县里，中国大部分地方常见的某些明显的弊端，肯定是被消灭了，而且在新区的居民中间也在进行大力的宣传，要在那里进行同样的基本改革。陕北已经彻底消灭了鸦片，这是个杰出的成就。事实上，我一进苏区以后就没有看到过什么罂粟的影子。贪官污吏几乎是从来没有听到过。乞丐和失业的确像共产党所说的那样被“消灭”了。我在红区旅行期间没有看到过一个乞丐。缠足和溺婴是犯法的，奴婢和卖淫已经绝迹，一妻多夫或一夫多妻都遭到禁止。

关于“共妻”和“妇女国有化”的谣言，一望而知是荒谬可笑的，不屑一驳。但在结婚、离婚、遗产等方面的改革，按照中国其他地方的半封建法律和习惯来看，本身就是很激进彻底的。《婚姻法》[①]里有这样

①《中华苏维埃共和国婚姻法》（一九三六年七月保安重印）。

8-考点 人物形象分析

表现了毛泽东亲民的特点，体现了他与大家同甘共苦的精神。

【阅读纪实作品】

通过共产党和当地人民的努力，农民的生活得到了改善，之前的一些不良现象也遭到禁止，改革取得了较大的成就。

有趣的规定：禁止婆婆虐待媳妇、买卖妻妾以及“包办婚姻”的习惯。婚姻必须取得双方同意，婚龄提高到男子二十岁，女子十八岁，禁止彩礼，到县、市、村苏维埃登记结婚的，发给一份结婚证书，不取任何费用。男女同居的，不论是否登过记，都算是合法结过婚，—— 这似乎排除了乱交 —— 而且他们的子女都是合法的。不承认有私生子。

如果夫妻双方有任何一方“坚决要求”就可以到苏维埃登记处离婚，不需任何费用，但红军的妻子须得男方同意才可离婚。离婚双方财产均分，双方都有法律义务扶养子女，但债务却由男方单独负担，他并有义务提供子女三分之二的生活费。

从理论上来说，教育“免费普及”，但父母有义务供给子女吃穿。实际上，还没有做到“免费普及”，虽然教育人民委员徐特立向我吹嘘，如果他们在西北能有几年和平，他们在教育方面的成就将会使全国震惊。我以后再来更加详细地谈谈共产党人在这一地区消灭文盲所取得的成就和希望做到什么程度，但是首先使人感兴趣的还是弄清楚政府用什么经费来不仅维持这样的教育计划，而且维持我称之为苏维埃社会的这个表面看来很简单但实际上却极其复杂的有机体。

第六篇

红星在西北

货币解剖

6

内容速览

主要介绍了苏区的货币流通情况和财政情况。西北苏区经济模式上复杂多样，尤以合作社最为突出和具有代表性，其经济收入主要来自对剥削阶级的没收和人民的捐献。作者还记录了西北苏区财政人民委员林祖涵关于苏区经济政策的介绍。

阅读指南

- **章节阅读属性：**【细读】
- **阅读方法落实：**【阅读纪实作品】工业落后、经济封锁，苏区究竟是靠什么满足红军给养并解决穷苦百姓生活需求的？阅读时可紧跟作者思路，挖掘事实真相。
- **核心内容感知：**【梳理情节，品味情感】苏币因为人民信任政府和在市场上有实际购买力就站稳了脚跟，从中可以体会到苏区人民对共产党和红军的拥戴，阅读时可仔细体会。

章节图解

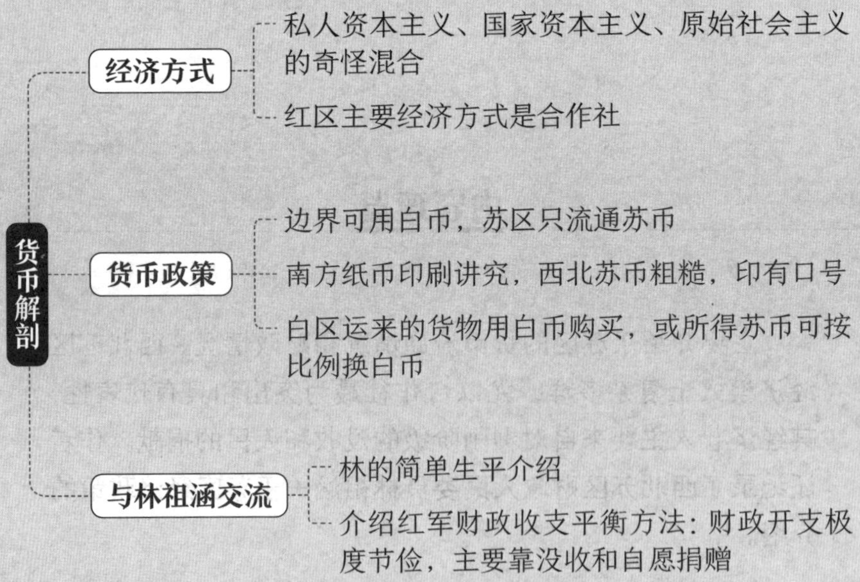

原文阅读

苏维埃经济至少有两个基本任务必须完成：供养和装备红军，为贫苦农民济**燃眉之急**[1]。这两个任务有一项没有完成，苏维埃的基础就马上要崩溃。为了保证这两项任务的完成，共产党甚至在苏区初创之日起就必须开始从事某种经济建设。

西北苏区的经济是私人资本主义、国家资本主义、原始社会主义的奇怪混合。私人企业和工业得到许可和受到鼓励，土地和土地产品的私人交易也得到允许，但有限制。同时，国家拥有和开发像油井、盐井、煤矿等企业，也从事牛羊、皮革、食盐、羊毛、棉花、纸张等其他原料的贸易。但国家在这些物品方面没有垄断专卖，私人企业是能够在所有这些方面进行竞争的，而且在一定程度上也的确进行了竞争。

第三种方式的经济是合作社，政府和群众合伙参加经营，不仅同私人资本主义进行竞争，而且同国家资本主义进行竞争！但这都是在一种非常小而原始的规模上进行的。因此，虽然在这样一种安排中，基本矛盾很明显，如果在经济上比较发达的地区，会招致破坏性的后果，但是在红区这里，它们却起着互相补充的作用。

苏区合作社运动的趋向显然是社会主义性质的。共产党认为合作社是“抵制私人资本主义和发展新的经济制度的工具”，他们规定它的五项主要任务如下：“制止商人对群众的剥削；克服敌人的封锁；发展苏区国民经济；提高群众经济政治水平；为社会主义建设准备条件”—— 在这个阶段内，“在无产阶级领导下的中国资产阶级民主革命，可以创造有利的条件使这

老师有话说

1- 字词解释

燃眉之急：火要烧到眉毛了，形容情况非常紧急。

【阅读纪实作品】

表现了这两个任务的迫切性和重要性，它们决定了苏维埃政权基础是否牢固，为下文写共产党开始从事经济建设作铺垫。

一革命过渡到社会主义。”①

上面这些说起来很动听的任务中头两项实际不过是，合作社帮助群众组织自己的偷运队，作为政府的偷运活动的辅助。南京禁止红白两区之间进行贸易，但共产党利用山间小道，贿赂边境哨兵，有时能够进行相当活跃的出境贸易。为国家贸易局或合作社服务的运输队从苏区运原料出境，换成国民党货币或者换购急需的工业制成品。

村、乡、县、省各级都组织消费、销售、生产、信用合作社。它们的上面则是合作社总局，属财政人民委员和一个国民经济部门领导。这些合作社的组成方式的确是为了鼓励社会的最底层参加。消费者入社每股低到五角，有时甚至只有两角，参加后的组织义务则非常广泛，使得每一入股的人都要参加合作社的经济或政治生活。虽然对于每一入股的人购买股票数目没有加以任何限制，但每一入股的人不管有多少股票，只有一票的权利。合作社在总局指导下选举自己的管理委员会和监察委员会，总局另外还为他们培养工作人员和组织人员。每个合作社还设有营业、宣传、组织、调查、统计等部门。

对于经营得法的给予各种奖励，并且对农民进行了关于合作社运动好处的普遍宣传和教育。政府除了提供技术援助以外也提供了财政上的援助，政府在分红的基础上参加经营，像普通社员一样。在陕西和甘肃两省的合作社里，政府已投下了约七万元的无息贷款。

除了边境各县也通用白区纸币以外，一律只流通苏区纸币。共产党在江西、安徽、四川的苏区中曾铸造了银圆和作为辅币的铜币，有的还是银币，其中很多已运到了西北。但在一九三五年十一月南京发表命令收回中国全部银币以后，银价飞涨，共产党也收回了银币，把它当作发行纸币的储备。今天全国还有少数**藏银**[2]没有落入国民党手中，其中就有一部分是他们的。

南方印的纸币印刷十分讲究，用的是钞票纸，上面印着“中华苏维埃共和国国家银行”的印记。在西北，由于技术上的困难，纸币就粗糙得多，纸质低劣，有时用布。所有的钞票上都印有他们的口号。陕西印的钞票上有这样的口号：“停止内战！”“联合抗日！”“中国革命万岁！”

①《合作社发展规划》第4页，国民经济部（一九三五年十一月陕西瓦窑堡）。

在稳定的苏区，苏币几乎是到处都被接受的，而且有十足的购买力，物价一般比白区略低。这是用什么维持的？我不知道共产党的纸币有什么储备，也不知纸币的总发行量，但是显然农民使用这种纸币并不是因为它可以兑换储备的金银。3有些地方可能强行流通，但我个人没有看到这样的事例。在边界上的农民常常不愿接受苏币，红军就付他们国民党纸币筹给养。但是在别的地方，苏币似乎因为人民信任政府和在市场上有实际购买力而站稳了脚跟。当然，国民党的货币也是靠此维持的。

但是，商人们把货物从白区运来，出售之后所得是一种在苏区以外无交换价值的货币，这有什么用呢？这个困难由国库来解决，它规定苏区货币与国民党货币的兑换率为一元两角对一元。条例规定：

> 凡是从白区进境的一切货物如直接售给国家贸易局就以外（国民党）币偿付；必需品进口后如不直接卖给国家贸易局，而是通过合作社或私商出售者，必须先向国家贸易局登记，其所售收入可兑换白区货币；其他凡证明必要者亦可兑换。①

实际上这当然等于是说所有“外国”进口货必须付以“外汇”。但是由于进口制成品（够少的了）的价值大大地超过苏区出口货的价值（主要是原料，而且是作为走私货削价出售的），便总存在着支付极其不平衡的趋向。换句话说，破产。这如何克服？

2- 字词解释

藏银：是一种通行于西藏地区的银和铜的合金，含银量少。

3- 考点 重点句子分析

作者表达了自己的疑问，在他看来，西北苏区建立时间不长，也没有金银储备，竟然能发行在社会上正常通行的货币，不但作者疑惑，就连读者也会感到好奇，侧面表现了苏区农民对苏区政府的信任程度之高。

---

①《关于苏区货币政策》，载《党的工作》第十二期（一九三六年保安）。

这没有完全克服。就我所能发现的来看，这个问题主要是靠白发苍苍、神态庄严的财政人民委员林祖涵（林伯渠）的才智来解决的。林祖涵的任务是使红军入够敷出，收支两抵。这位令人感到兴趣的老财神一度担任过国民党的**司库**[4]，他的经历令人惊叹，我这里只能简单一述。

林祖涵是湖南一个教员的儿子，生于一八八二年，自幼学习经史，在常德府入师范，后留学东京。他在日本时遇见被清廷放逐的孙逸仙，就参加了他的秘密组织同盟会。孙逸仙把同盟会与其他革命团体合并组成国民党后，林祖涵就成了创始党员。他后来遇见陈独秀，受到后者很大影响，就在一九二二年参加了共产党。但是他仍在孙逸仙手下工作，孙逸仙吸收共产党员参加国民党，林祖涵先后担任国民党司库和总务部长。孙逸仙逝世时他在身边。

国民革命开始时，林祖涵是国民党中央执行委员会中年资高过蒋介石的几个元老之一。他在广州担任农民部长，北伐时任程潜将军指挥的第六军政委，程潜后来任南京的参谋总长。蒋介石在一九二七年开始镇压共产党时，林祖涵反对他，逃到了香港，然后去了苏俄，在共产主义大学学习了四年。他回国后乘“地下火车”，安全抵达江西，任财政人民委员。林祖涵现在丧偶，自从一九二七年后没有见过已经长大的子女。他在四十五岁那年放弃了他的名誉地位，不惜把自己的命运同年轻的共产党人结合在一起。

一天早上，这位五十五岁的长征老战士来到了我在外交部的房间，满面春风，身上穿着一套褪色的制服，红星帽的帽檐软垂，慈蔼的眼睛上戴着一副眼

4- 字词解释

司库：这里指组织中掌管财务的人。

镜，一只腿架已经断了，是用一根绳子系在耳朵上的。这就是财政人民委员！5他在炕边坐下，我们就开始谈论税收来源。我了解，政府简直是不收税的；工业收入肯定微不足道；那么我就想知道，钱是从哪里来的？

林祖涵开始解释："我们说我们对群众不收税，这话不错。但是我们对剥削阶级是狠狠地收税的，没收他们的剩余现款和物资。因此我们所有的税都是直接税。这与国民党的做法正好相反，他们到头来由工人和贫农负担大部分税款。6我们这里只对百分之十人口征税，那就是地主和高利贷者。我们对少数大商人也征收很少的一部分税，但对小商人不征税。以后我们可能对农民征小额的累进税，但在目前，群众的税全部都取消了。

"另外一个收入来源是人民的自愿捐献。在战争还在进行的地方，革命爱国热情很高，人民认识到他们有可能丧失苏区，因此他们志愿大量捐献粮食、金钱、布匹给红军。我们也从国家贸易，从红军的土地，从自己的工业，从合作社，从银行贷款得到一些收入。但是当然，我们最大的收入是没收。"

"你说没收，"我打断他的话说，"指的是一般所说的抢劫吧？"

林祖涵笑了几声："国民党叫抢劫。好吧，如果说对剥削群众的人征税是抢劫，国民党对群众征税也是抢劫。但是红军不做白军抢劫那样的事。没收只有在负责人士在财政人民委员部指导下进行。每一项都要上报政府，只用于对社会有普遍好处的事。私自抢劫要受到严惩的。你去问一问人民吧，红军战士有没有

5- 考点　人物描写赏析

外貌和细节描写，这位老战士的"褪色的制服""帽檐软垂""断腿眼镜"很难让人相信他掌管着财政大权，表现了林祖涵的节俭质朴，从感叹号可以看出作者对此感到震惊和难以置信。但他依然精神饱满、和蔼友好。

6- 考点　表现手法赏析

将共产党和国民党收税的对象作对比，侧面反映出共产党深知底层人民的苦和痛，积极保护底层人民。

不付钱而拿走任何东西的。”

你这话不错，但这个问题的答案自然取决于你是向地主还是向农民提这个问题。7

“如果我们不用不断地打仗，”林祖涵继续说，“我们在这里很容易建设自给自足的经济。我们的预算订得很仔细，尽力节约。因为苏维埃人员每个人都既是爱国者又是革命家，我们不要工资，我们只靠一点点粮食生活，我们预算之小可能令你吃惊。这整个地区①，我们目前的开支每月只有三十二万元。不论从货币还是货物的价值计算都是这样。此数中有百分之四十到五十来自没收，百分之十五到百分之二十自愿捐献，包括党在白区支持者中间募得的款项。其余的收入来自贸易、经济建设、红军的土地、银行给政府的贷款。”

共产党自称发明了一种能防止**舞弊**8的预算方法和收支方法。我读了林祖涵所著《预算制订大纲》的一部分，该书详尽地介绍了这个方法和它的一切防范措施。它的有效性似乎主要依靠集体控制收支。从最高机构一直到村，各级会计在收支方面要受一个委员会的监督，因此，为个人利益篡改账目是极为困难的。林委员对他的方法很得意，他说，采用这个方法，任何舞弊都是办不到的。这话可能确实不假。反正，在红区中真正的问题显然不是传统意义上的舞弊问题，而是如何勉力维持的问题。尽管林祖涵很乐观，访问后我记的日记是这样写的：

不论林祖涵的数字的确切含义如何，这完全

① 当时约有奥地利那么大。

7- 考点 句子含义理解

这是斯诺的心理活动，体现出他并不完全偏听偏信一方，始终保持着公正客观的态度。

【阅读纪实作品】

叙述整个苏区政府尽力节约开支的状况，体现出共产党和红军在生活上的勤俭节约。

8- 字词解释

舞弊：指使用欺骗的手段，做违法乱纪的事。

是中国式的一个奇迹，因为我们记得，游击队在这一带进进退退已经打了五年，经济居然能够维持下来，没有发生饥荒，整个来说，农民似乎接受了苏区货币，相信它。事实上，这不是仅仅能用财政的角度来解释的，只有在社会和政治基础上才能理解。

尽管如此，十分清楚，哪怕是对一个像红军那样靠小本经营来维持的组织，情况也极为严重。在苏区经济中，不久一定会发生以下三种变化之一：（一）为了供应市场所需的制成品，实行某种形式的机器工业化；（二）同外界某个现代化经济基地建立良好关系，或者攻占比目前的经济基地水平高一些的某个经济基地（例如西安或兰州）；或者（三）红区同现在在白军控制下的这样一个基地实际合并。

【阅读纪实作品】

这是斯诺基于自己的实际考察，得出的一些预测，这说明他是边观察边研究，有一些基于事实的思考和预见。

但是共产党并不同意我的悲观看法。“出路是一定能够找到的。”几个月后果然找到了！这个“出路”以一种“实际合并”的形式出现。

附带说一句，林祖涵本人在经济方面似乎并没有很**“得发”**[9]。他作为财政人民委员的“补贴”是五元钱一月——红区的钱。[10]

9- 字词解释

得发：走运，得意。

10-考点 人物描写赏析

写出了林祖涵作为财政人民委员，并没有因此获得更多个人利益，突出了林祖涵作为共产党员清正廉洁、与百姓同甘共苦、不慕名利的优良品质。

第六篇

红星在西北

人生五十始！

内容速览

斯诺采访了担任教育人民委员的徐特立，介绍了徐特立的人生经历，了解了苏区的教育情况。苏区教育工作的开展存在不少困难，教育重点主要放在政治方面。在共产党的规划和领导下，文盲人数大幅降低，苏区的整体文化水平得到提高。

阅读指南

- **章节阅读属性：**【细读】
- **阅读方法落实：**【阅读纪实作品】斯诺在介绍苏区的教育政策时，毫不讳言他们教育的重点在政治上。因为他很明白，红军的首要目标是保证苏区的生存，而坚实的群众基础是他们生存的保障，因此苏区十分重视群众的政治思想教育。正是作者公正客观的记录和评论，才让读者全面了解到了苏区的教育情况。
- **核心内容感知：**【梳理情节，了解人物】了解徐特立的生平经历以及他在苏区开展的教育工作，感受他强烈的社会责任感和使命感。

章节图解

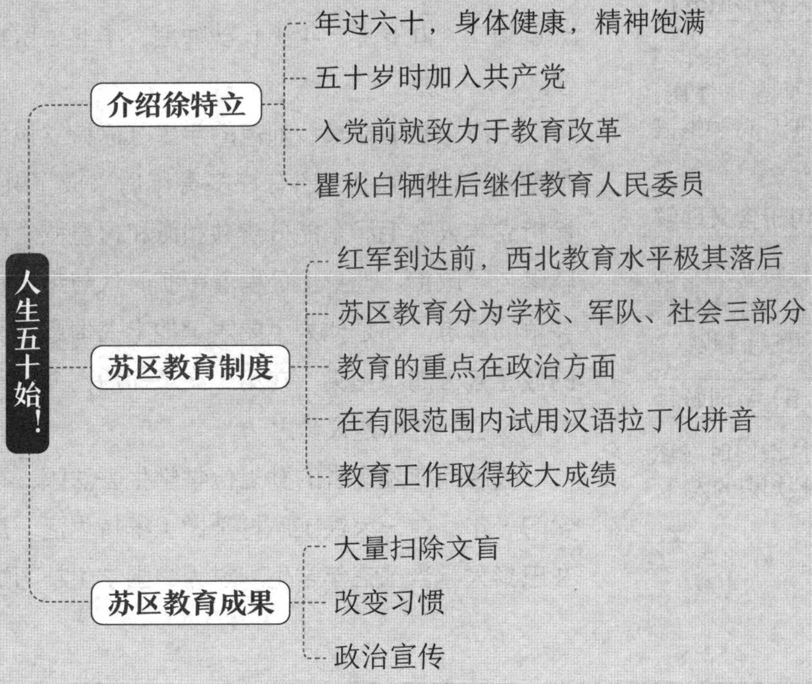

原文阅读

我叫他老徐，因为苏区人人都是这样叫他——教书先生老徐——因为，虽然在东方其他地方，六十一岁不过是政府最高级官员的平均年龄，可是在红色中国，同别人相比，他似乎是个白发老翁。然而他并不是**老朽昏聩**[1]的标本。像他的六十老翁的同辈**谢觉哉**[2]（你可以常常看到这一对白发土匪在携手同行，好像中学生一样）一样，他步履矫健，双目炯炯，他的一双健腿在长征途上曾经帮他渡过大河，爬过高山。[3]

徐特立原来是一个极受敬重的教授，但是到了五十岁那一年，他突然放弃家庭、四个儿女、长沙一所师范校长的职位，投身到共产党中来。[4]他于一八七六年生于长沙附近一个贫农家庭，与彭德怀诞生的地方相去不远。他是第四个儿子。他的父母省吃俭用，供他上了六年学，完了以后在清朝当个**塾师**[5]，一直到二十九岁那一年上长沙师范，毕业后留校教数学。

毛泽东是他在长沙师范的学生（徐特立说他数学很糟），他的学生中还有许多青年后来成了共产党。徐特立本人在毛泽东能分辨共和派和保皇派之前很早就参与了政治。他身上仍留着帝制时代与封建政治做斗争的标志，那是他为了要表示他上书请愿实行宪政的诚意割去的小指尖。在第一次革命后，湖南一度有个省议会，老徐是议员之一。

战后他随湖南省的勤工俭学学生去法国，在里昂学习一年，在一家铁工厂打杂做工维持生活。后来他在巴黎大学当了三年学生，靠为中国学生补习数学筹

老师有话说

1- 字词解释

老朽昏聩（kuì）：形容衰老无用，头脑糊涂，不辨是非。

2- 拓展知识

谢觉哉：中国无产阶级革命家，优秀的共产党员。著名的法学家和教育家，新中国司法制度的奠基者之一。新中国成立后，曾任中央人民政府内务部长，最高人民法院院长等职务。

3- 考点　人物形象分析

表现了老徐虽然年纪大，但是身体健康、步履矫健、精神饱满的状态。

4- 考点　句子含义理解

描述了徐特立50岁的时候是他人生中的转折点，照应了标题。

5- 字词解释

塾师：是指旧时在私塾里教授知识的人。

措自己的学费。一九二三年回湖南后，协助在长沙办了两个新式的师范学校，境况遂顺，有四年之久。他到一九二七年才成了共产党员，是资产阶级社会的叛逆。

在国民革命期间，徐特立在国民党省党部很活跃，但是他同情共产党。他向学生公开宣传马克思主义。“清洗”期间，他遭到追捕，不得不**销声匿迹**[6]。由于与共产党没有关系，他不得不自找避难的地方。“我早想当共产党，”他怀念地告诉我，“但是没有人要求我参加。我年已五十，我想共产党大概认为我太老了。”但是有一天，一个共产党员到他避难的地方来找他，请他入党。这个老家伙高兴至极，他告诉我，他当时想到他对建设新世界仍有一些用处不禁哭了。

党把他派去俄国，他在那里学习两年。回国后，他闯破封锁，到了江西，不久就在瞿秋白下面担任副教育人民委员，瞿秋白遭难后，执行委员会任命徐特立继任。从此以后，他就以教书先生老徐著称。没有疑问，他的丰富多样的经验——在帝制、资本主义、共产主义形式的社会中的生活和教书的经验——使他能够胜任他所面临的任务。他当然需要所有这些经验，而且还需要更多的经验，因为这些任务十分艰巨，要是西方的教育家，谁都会感到气馁的。但是老徐正当壮年，是不会感到气馁的。[7]

一天，我们正在谈话的时候，他开始幽默地一一列举他的一些困难。“同我们所估计的几乎一样，”他说，“在西北，在我们到达以前，除了少数地主、官吏、商人以外几乎没有人识字。文盲几乎达百分之九十五左右。在文化上，这是地球上最黑暗的一个角落。你

6- 字词解释

销声匿迹：不再公开讲话、不再出头露面，形容隐藏起来或不公开露面。这里是说徐特立被国民党追捕，不得不躲藏起来。

【阅读纪实作品】

共产党没有因为徐特立年纪大就将他排除在外，体现了共产党的包容性。“高兴至极”“不禁哭了”体现了老徐始终追求进步、自强不息，并极具以天下为己任的社会责任感。

7- 考点 句子含义理解

已过“知天命”之年的老徐不会气馁，原因是“正当壮年”！作者用幽默风趣的语言表达对徐特立的敬佩和赞美。

知道吗，陕北和甘肃的人竟相信水对他们是有害的！这里的人平均一生只洗两次澡——一次在出生的时候，一次在结婚的时候。他们不愿洗脚，洗手，洗脸，不愿剪指甲，剃头发。这里留辫子的人比中国任何其他地方都多。

“但是所有这一切，还有许多其他偏见，都是由于无知愚昧所造成的，我的任务就是改变他们的这种思想状态。这样的人民，同江西相比，的确非常落后。江西的文盲占百分之九十，但是文化水平高得多，我们在那里工作的物质条件也较好，合格教师也多得多。在我们的模范县兴国，我们有三百多所小学，约八百名教师——这与我们这里全部红区的小学和教师数目相等。我们从兴国撤出时，文盲已减低到全部人口百分之二十以下！[8]

“这里的工作的进展要慢得多。我们一切都得从头开始。我们的物质资源非常有限。甚至我们的印刷机也被破坏了，我们现在什么东西都只能用**油印**[9]和石刻来印刷。由于封锁，我们不能进口足够的纸张。我们已开始自己造纸，但质量太差。但是别去管这些困难吧。我们已经能够取得一些成就。如果有时间，我们在这里能够做到使全中国震惊的事情。我们现在从群众中间正在训练几十名教师，党也在培养。他们之中有许多人要担任群众文化学校的义务教员。我们的成绩表明，这里的农民只要给他们机会是极愿意学习的。

“而且他们也不笨。他们学得很快，只要把道理对他们说清楚，他们就改变了习惯。在这里的老苏区，你看不到姑娘缠足，你会看到许多年轻妇女剪短发。

【阅读纪实作品】

从这几句话中可以了解当时西北地区的教育发展水平极其低下，人们愚昧无知，闭塞守旧。从中可以想象到在这些地方开展教育工作的难度之大。

8- 考点　重点句子分析

与前文的“百分之九十”形成鲜明对比，突出了老徐他们在江西取得了显著的教育成就。

9- 拓展知识

油印：一种印刷方法。指在蜡纸上用打字机打字或用铁笔刻画图文，然后在蜡纸上涂施油墨，再附在普通纸面进行印刷。油印是革命根据地在缺少铅印条件下进行文字宣传的重要方法。

男人现在慢慢在剪掉辫子了，许多人在共青团和少先队那里学读书写字。”

应该说明：在紧急状态下，苏区教育制度分三个部分：学校、军队、社会。第一部分多少都是苏维埃办的，第二部分是红军办的，第三部分是共产党各组织办的。重点都主要在政治方面——甚至最小的儿童初识字时也是通过简单的革命口号来学的。接着读红军和国民党、地主和农民、资本家和工人等等冲突的故事，尽是共青团员和红军战士的英勇事迹和将来苏维埃政权下人间乐园的描绘。

【阅读纪实作品】

斯诺在这里介绍了苏区教育的重点主要在政治方面。从中可以看出共产党对苏区民众的政治思想教育十分重视，他们目前的首要任务是先保证苏区的生存。

在学校教育方面，共产党自称已经办了约二百所小学，为小学教师办了一所师范，还办了一所农业学校、一所纺织学校、一所五个年级的工会学校、一所有四百名学员的党校。所有技术学校的课程为期都只有六个月。

重点当然放在军事教育上面，两年来在这方面取得了很大成就，尽管这个遭到四面包围的小国有种种困难。有红军大学、骑兵学校、步兵学校，上文已提到。还有一所无线电学校、一所医科学校，后者实际上只训练护士。有一所工程学校，学员所受的实际上是当学徒工的基本训练。像整个苏维埃组织一样，一切都是十分临时性的，主要是当作一种加强红军后方的活动，为红军供应干部。许多教员连中学毕业生都不是。令人感到有趣的是，他们把什么知识都共同分享。这些学校是地地道道共产主义的，不仅在意识形态方面是如此，而且在利用他们所能搜刮的技术知识“提高文化水平”方面也是如此。

甚至在社会教育方面，苏区的目标也主要是政治方面的。根本没有时间或者机会教授农民欣赏文学或者花卉布置。共产党是讲实际的人。他们向列宁俱乐部、共青团、游击队、村苏维埃送插图简单粗糙的识字课本，帮助群众团体组织自学小组，以一个共产党员或者识字的人担任组长。年轻人，有时甚至是上了年纪的农民一开始朗读短句，就在认字的同时吸收了其中的思想。例如，你一进到山区这种小"社会教育站"，你就会听到这些人在这样高声问答：

"这是什么？"

"这是红旗。"

"这是谁？"

"这是一个穷人。"

"什么是红旗？"

"红旗是红军的旗。"

"什么是红军？"

"红军是穷人的军队！"

如此等等，一直到如果这个青年走在别人前面，第一个学会五六百字，就可以得奖，不是红旗，就是铅笔，或者别的奖品。当然，这是粗糙的宣传。但是农民和他们的子女读完这本书以后，他们不但有生以来第一次能读书识字，而且知道是谁教给他们的和为什么教他们。他们掌握了中国共产主义的基本战斗思想。

而且，反正我认为这比教人们用学"这是一只猫，那是一只老鼠，猫在干什么，猫在捉老鼠"来识字的方法有趣。为什么要教现实主义者学寓言呢？

为了要有一个更快地在群众中间扫除文盲的手段，共产党开始在有限范围内使用汉语拉丁化拼音。他们用二十八个字母，据说可以发出几乎所有的汉语语音，并且编了一本袖珍小字典，把最常见的汉语词句译成多音节的容易认读的词汇。《红色中华》有一部分篇幅是用拉丁化拼音出版的，老徐在保安挑选了一班学生在进行试验。他相信繁复的汉字将来在大规模教育中终究要放弃不用，他对他的这个方法已做了多年工作，提出许多赞成的理由。

迄今为止，他还没有吹嘘他的拉丁化或其他教育工作上的成绩，他说："这里的文化水平实在低得不能再低，所以我们自然获得了一些成绩。”[10]至于将来，他只需要时间。同时他要求我把重点放在研究红军中的教育方法，他认为在那方面可以看到真正革命化的教学。这听来有些奇怪。“一边战斗一边学习”，这对任何军队来说都是一句新鲜的口号，但是在中国，它有点使你难以相信。共产党向我保证，如果我到前线去，我可以看到这是怎样做到的。不久之后，他们真的劝我上了马，送我上路——但是主要不是去考察教育。[11]

10-考点 人物形象分析

老徐说他们在教育工作上所取得的成绩是因为当地文化水平太低，他们“自然”获得的，体现出他的低调谦虚，不居功自傲。

11-考点 句子作用分析

结尾设置悬念，吸引读者的好奇和兴趣，引出下文。

第七篇

去前线的路上

同红色农民谈话

内容速览

本章节主要叙述了斯诺在胡金魁的陪同下去往甘肃边境和前线，路上与一些苏区农民谈话，了解到了他们对红军和苏区政府的看法。开始时，农民对红军有一些抱怨，但在胡金魁反问时，他们又肯定地站在红军这边。因为与白军的巧取豪夺、滥杀无辜相比，红军给他们带来了太多的好处，体现出农民对红军和苏区政府的拥护，同时也表现出即便是苏区，红军的思想教育工作仍然任重道远。

阅读指南

✦ **章节阅读属性：**【细读】

✦ **阅读方法落实：**【阅读纪实作品】阅读纪实作品时，要立足作品所写事实，进行前后对比，对事实进行追问。本节中，农民虽对红军有所抱怨，但在白军和红军之间做选择时，他们坚定地选择了后者，为什么呢？阅读时可重点关注农民对白军和红军的介绍，了解他们拥护红军的原因。

✦ **核心内容感知：**【梳理情节，品味情感】在这一节中，农民最开始对红军有一些抱怨，但在跟白军对比时，红军的好处又数不胜数，阅读时要通过农民所说的事实，了解他们态度改变的原因，体会他们对红军和苏区政府的拥戴。

章节图解

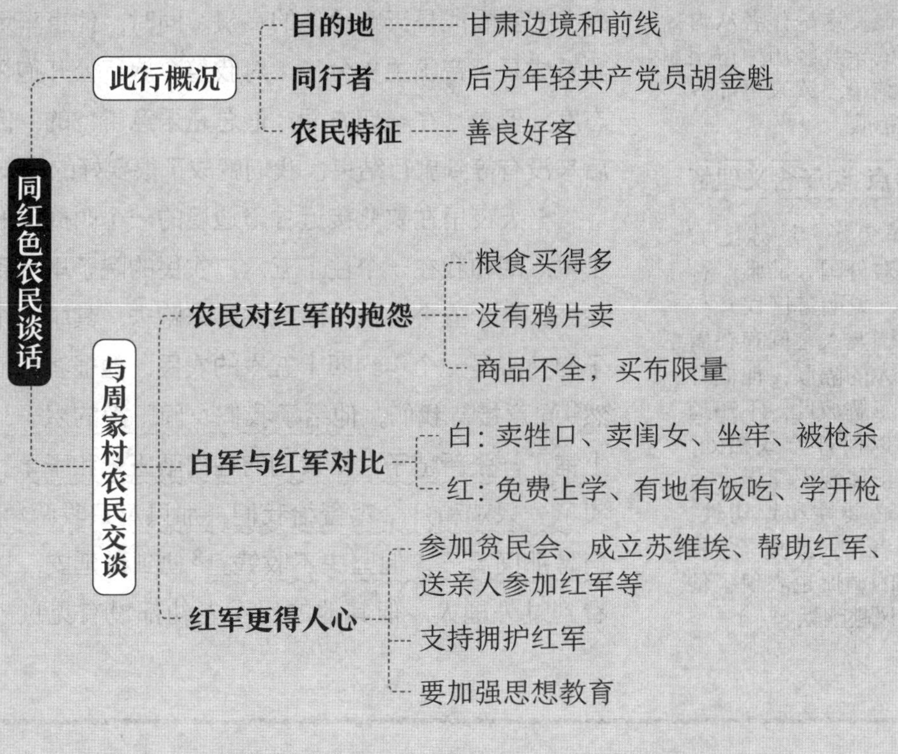

原文阅读

我到保安以西的甘肃边境和前线去的时候，一路上借宿农民的茅屋，睡在他们的土炕上（在弄不到门板那样的奢侈品的时候），吃他们的饭，同他们谈话。他们都是穷人，心地善良，殷勤好客。他们有些人听说我是个“外国客人”便拒绝收我的钱。我记得一个农村小脚老太太，自己有五六个孩子吃饭，却坚持要把她养的五六只鸡杀一只招待我。

“咱们可不能让一个洋鬼子告诉外面的人说咱们红军不懂规矩。”我听到她同我的一个同伴说。我知道她这么说并不是有意无礼。她除了“洋鬼子”以外实在不知道该用什么称呼来叫我。1

我当时是同胡金魁一起旅行，他是一个年轻的共产党员，由外交部派来陪我上前线。像在后方的所有共产党一样，胡因有机会到前线的部队里去而很高兴，把我看成是天赐给他的良机。同时，他直率地把我看成是个帝国主义分子，对我整个旅行公开抱怀疑态度。但是，在一切方面，他总是乐意帮忙的，因此后来没有等到旅行结束，我们就成了很要好的朋友。

一天夜里在陕北接近甘肃边境的一个叫周家的村子里，胡和我在一个住了五六户农民的院子里找到了住处。有十五个小孩不断地在跑来跑去，其中六个孩子的父亲是一个年约四十五岁的农民，他很客气地**慨然**2同意接待我们。他给了我们一间干净的屋子，炕上铺了一张新毡子，给我们的牲口喂玉米和干草。他卖了一只鸡和几个鸡蛋给我们，那只鸡只收两角钱，但是那间屋子，他坚决不收钱。3他到过延安，以前看到过外国人，但其他的男女老幼都没有见过外国

老师有话说

【阅读纪实作品】

这一段中，作者运用了点面结合的手法，介绍了斯诺在前往甘肃边境和前线时，与途中农民的交往：借宿茅屋、睡土炕、吃饭、谈话等。“门板”都属于“奢侈品”，可见农民的生活条件极其艰苦，但还拒绝收钱，甚至愿意杀鸡相待，因此斯诺对这些农民的总体评价是心地善良，殷勤好客，对“外国客人”友好慷慨。这是作者从自己的亲身经历中得出的结论，读来更加令人信服。

1- 考点　句子含义理解

“洋鬼子”是苏区农民对外国人的唯一称呼，说明苏区民众与外国友人之间存在着很大的隔膜，他们并不了解彼此，不知道该以何种方式相处，这正体现出斯诺之行的必要性和迫切性。作者对“洋鬼子”称呼的调侃也表现了他的风趣幽默。

人，他们现在都怯生生地来偷偷看一眼。一个小孩子看到这副奇怪的容貌吓得哇地大哭起来。

晚饭后，有一些农民到我们屋里来，给我烟叶，开始聊天。他们要想知道我们美国种什么庄稼，我们有没有玉米、小米、牛马，我们用不用羊粪作肥料。（一个农民问我们美国有没有鸡，我的房东对此嗤之以鼻。他说：“哪儿有人就有鸡！”）我们美国有没有富人和穷人？有没有共产党和红军？我的关于为什么有共产党却没有红军的答复，恐怕使他们很费解。

我回答了他们好多问题以后，也问了他们一些问题。他们对红军怎么看？他们马上开始抱怨骑兵的马吃得过多的习惯。情况似乎是，红军大学最近在迁移骑兵学校的校址时，曾在这个村子里暂憩几天，结果使该村的玉米和干草储备大为减少。

“他们买东西不付钱吗？”胡金魁问。

“付的，付的，他们付钱，问题不在这里。我们存底不多，你知道，只有这几担玉米、小米、干草。我们只够自己吃的，也许还有一些剩余，但是我们还要过冬呢。明年一月合作社肯卖粮食给我们吗？我们不知道。苏区的钱能买什么？连鸦片都不能买！”

这话是个衣服破烂的老头说的，他仍留着辫子，不高兴地低垂双眼，看着自己的皱鼻和两英尺长的竹子旱烟筒。[4]他说话的时候，年轻的人都笑。胡金魁承认他们不能买到鸦片，但是他们不论要什么其他东西都可以到合作社里去买。

“能买到吗？”我们的房东问，“我们可以买到这样的碗吗，嗳？”他拣起我从西安带来的一只廉价的红色**赛璐珞**[5]碗（我想大概是日本货）。胡承认合作社

2- 字词解释

慨然：大方、慷慨地。

3- 考点 人物形象分析

虽然自己生活条件并不高，但是对待客人却是极为慷慨，具体体现了农民的热情好客。

【阅读纪实作品】

从这一段的描述中，更能体会到苏区民众对外国情况的不了解，侧面表现出当时的中国农村相对来说还是比较闭塞的。

4- 考点 人物形象分析

从这句描写中可以看出，这是一个年龄大、思想相对顽固的穷苦农民。辫子和旱烟筒是细节描写，体现出此人的守旧和愚昧，对红军的抱怨由这样一个人物说出，更加有代表性，侧面反映出红军的思想宣传教育任重道远。

5- 拓展知识

赛璐珞：英文 celluloid 的音译，是一种透明的合成塑料，加入其他颜料之后，颜色鲜艳美观。

没有红色的碗，但是说，他们有不少粮食、布匹、煤油、蜡烛、针、火柴、盐——他们还要什么？

“我听说每人只能买六尺布，有没有这回事？”一个农民问道。

胡不清楚。他认为布有的是。他于是求助于抗日的论点。“我们的生活同你们一样苦，”他说，“红军是在为你们，为农民工人打仗，保护你们抵抗日本和国民党。就算你们不是总能买到你要的那么多的布，买不到鸦片吧，但是你们也不用付税，这是不是事实？你们不欠地主的债，不会失掉房屋土地，是不是？那么，大哥，你是不是喜欢白军，不喜欢我们？请你回答这个问题。白军收了你的庄稼付给你什么，嗳？”6

6- 考点　人物形象分析

胡金魁用一连串的问句来回答农民的问题，每个问题又直击重点，与农民的生活息息相关，表现出他思维的敏捷和口才的犀利。

一听到这话，一切抱怨似乎都烟消云散了，意见是一致的。“当然不，老胡，当然不！”我们的房东点头道，“如果让我们选择，我们当然要红军。我的一个儿子就在红军里，是我自己把他送去的。谁能说不是？”

我问他们为什么宁可要红军。

那个对合作社没有鸦片卖表示不满的老头儿在回答时说了一席热烈的话。

“白军来了怎么样？”他问道，“他们要多少多少粮食，从来不说一句付钱的话。如果我们不给，就把我们当共产党逮起来。如果我们给他们，就没有钱缴税。反正不论怎么样，我们都没有力量缴税。那么怎么办呢？我们就拿我们的牲口去卖。去年，红军不在这里，白军回来了，他们拿走了我的两头骡子，四头猪。骡子每头值三十元钱，猪长足了值两元钱，他们给了我什么？

“啊哟，啊哟！他们说我欠了八十元的税和地租，我的牲口折价四十元，他们还要我四十元。我到哪里去弄这笔钱？我没有别的东西给他们偷了。他们要我卖闺女，这是真的！我们有的人只好这样！没有牲口没有闺女的只好到保安去坐牢，许多人给冻死了……”

我问这个老头，他有多少地。

“地？”他哑着声说，“那就是我的地。”他指着一个种着玉米、小米、蔬菜的山顶。隔着一条小溪，就在我们院子的对岸。

“那块地值多少钱？”

“这里的地不值钱，除非是河谷地，”他说，“这样的一座山，我们花二十五元钱就能买到。值钱的是骡子、羊、猪、鸡、房子、农具。”

“那么，打比方来说，你的地值多少？”

他仍旧不愿说他的地值多少钱。“你花一百元钱可以把我房子、牲口、农具都买去——再算进那座山。”他最后这么估计。

“那你得缴多少税和地租呢？”

“四十元一年！”

“那是在红军来这里以前？”

“是的，现在我们不缴税。但是谁知道明年又会怎样？红军一走，白军就来。一年红军，一年白军。白军来了，他们叫我们红匪。红军来了，他们逮捕反革命分子。”

“但是有这样的不同，”一个青年农民插嘴说，“如果我们的街坊说我们没有帮助白军，红军就相信了。但是碰上白军，我们即使有一百个好人为我们担保，而

【阅读纪实作品】

这是白军到来时对农民的做法，他们抢粮、逮人，农民只能卖牲口、卖闺女、坐牢甚至被当成土匪枪杀，十分凄惨。

【阅读纪实作品】

从这段话中可以看出，一部分农民对共产党、对红军的事业并不是很有信心，从他们的立场来说，红军和白军的交替掌权，让一些人无所适从，这也是他们立场不坚定的原因。

没有一个地主，白军仍把我们当红匪。可不是这样？”

那个老头点点头。他说上次白军来时，把山那一头的村子里一家贫农统统杀了。为什么？因为白军问红军藏在哪里，那家子人不肯告诉他们。“从那以后，我们全都逃了，把牲口带走。我们后来同红军一起回来。”

“要是下次白军来了，你走吗？”

“啊哟！”一个头发很长，长得一口好牙的老头叫道，“这次我们当然走！他们会杀死我们的！”

他开始一一说村子里的人的罪名。他们参加了贫民会，他们投票选举乡苏维埃，他们把白军动向报告给红军，他们有两家的儿子在红军里，另一家有两个女儿在护士学校。这不是罪名吗？他向我保证，随便哪一个罪名就可以把他们枪决。

这时一个赤脚的十几岁少年站了起来，他一心注意讨论，忘记了有洋鬼子：“老大爷，你说这是罪名？这是爱国行为！我们为什么这样做？难道不是因为红军是穷人的军队，为咱们的权利在打仗？”

他热烈地继续说：“咱们国家以前有过免费学校吗？红军把无线电带来以前咱们听到过世界新闻吗？世界是怎么样的，有谁告诉过咱们？你说合作社没有布，但是咱们以前有过合作社吗？还有你的地，从前不是押给了王地主吗？我的姊姊三年前饿死了，但是自从红军来了以后，咱们不是有足够的粮食吃吗？你说这苦，但是如果咱们年轻人能学会识字，这就不算苦！咱们少先队学会开枪打汉奸和日本，这就不算苦！”**7**

7-考点 重点句子分析

这是红军来了之后苏区的变化：免费上学识字、通过无线电了解世界、从合作社买生活必需品、有自己的地、保证温饱，还能学会开枪打汉奸和日本。与前面白军来了卖牲口、卖闺女、坐牢、被枪杀的情况截然不同。一连串的反问句和感叹句使语气更加强烈，感情更加充沛，气势十足，爱憎分明。

凡是知道中国普通农民对日本侵略或任何其他民族问题都是无知的（不是冷漠的）人听来，这样不断提到日本和汉奸可能觉得是不可能的。但是我发现这种情况不断发生，不仅在共产党人的嘴里，而且也在农民的嘴里，像这些农民那样。共产党的宣传已造成普遍的影响，这些落后的山民相信他们马上有受到“日本矮子”奴役的危险，而他们大多数人除了在共产党招贴和漫画中以外还没有见过这样的人种。

那个青年一口气说完以后不响了。我看了一眼胡金魁，看到他脸上露出满意的笑容。几个别的农民也连声称是，他们大多数人都面露笑容。

谈话一直快到九点，早已过了上床时间。使我感到兴趣的是，这次谈话是在胡金魁面前进行的，农民们似乎并不怕他是个共产党“官员”。他们似乎把他看成是自己人——而且，看成是一个农民的儿子，他确实也是农民的儿子。

最后一个离开我们的是那个留着辫子和牢骚最多的老头。他走到门旁时转过身来，再次低声向胡说：“老同志，”他央求道，“保安有鸦片吗？现在，那里有吗？”

他走后，胡厌恶地对我说：“你相信吗？那个他妈的老头是这里的贫民会主席，但他仍要鸦片！这个村子需要加强教育工作。”8

【阅读纪实作品】

听完青年的话，其他农民连声称是、面露笑容，说明青年所说的都是事实，红军的到来确实给他们带来了很多好处。面对共产党官员，农民们并不害怕，说明红军在他们心里就是自己人，是可以畅所欲言的，侧面表现出他们对红军和苏区政府的拥护和支持。

8-考点 人物形象分析

本该是最有思想觉悟的人，却如此的愚昧，也不怪胡金魁恨铁不成钢了，体现出红军的思想教育工作确实艰巨。

苏区工业

第七篇 去前线的路上

内容速览

这一章节中，斯诺简单介绍了在吴起镇的见闻，主要介绍了它作为“工业中心”的不可思议。追述了江西苏区和西安、兰州两个西北大城市的工业的发展，从侧面说明西北苏区的工业发展困难重重。但就在依靠“缴获”和从南方带来简单机器的情况下，西北苏区的工业依然得到了不错的发展，让作者大感意外。

阅读指南

- **章节阅读属性：**【细读】
- **阅读方法落实：**【阅读纪实作品】这一章节中，作者介绍吴起镇落后闭塞的社会环境，追述江西苏区的工业发展，分析西安、兰州两大城市的发展原因，目的都是突出西北苏区工业发展之难，阅读时要明白作者想用事实说什么话。
- **核心内容感知：**【梳理情节，品味情感】这一章节中，作者整体介绍了西北苏区工业发展的艰难和取得的成就，是对红军艰苦发展工业的礼赞，字里行间充满了对中共的敬佩和赞叹，阅读时可重点感悟。

章节图解

- **苏区工业**
  - **吴起镇概况**
    - 工业中心
    - 周围闭塞落后、半牧区
    - 机器运转，工人忙碌生产
  - **江西苏区**
    - 冲破障碍，发展工业
    - 钨矿、印刷厂
    - 纺织厂、织布厂、机器车间
    - 1423个合作社
  - **西北苏区**
    - 之前几乎没有机器工业
    - 西安、兰州靠外界引进发展工业
    - 机器靠缴获和南方红军带来
    - 工业大都是手工业
    - 盐池的制盐业和永平、延长的石油业

原文阅读

我在去前线的途上，离保安向西北方向走了几天的路程以后，停下来在吴起镇访问了一下。吴起镇是陕西苏区的一个“工业中心”，它之所以突出，读者不久就会知道，并不是由于在工艺学方面有什么成就使底特律或曼彻斯特不能**等闲视之**[1]，而是因为居然有它的存在。

因为在它方圆数百英里之内都是半牧区，人民住在窑洞里，完全同几千年以前他们的祖先一模一样，许多农民仍留着辫子，盘在头上，马、驴、骆驼是最新式的交通工具。这里用菜油点灯，蜡烛是奢侈品，电灯闻所未闻，外国人像**爱斯基摩人**[2]在非洲一样罕见。[3]

在这个**中世纪**[4]的世界里，突然看到了苏区的工厂，看到了机器在运转，看到了一批工人在忙碌地生产红色中国的商品和农具，确实使人感到意想不到。

我知道在江西的时候，尽管由于缺乏海港和敌人封锁造成的障碍，切断了共产党同现代化大工业基地的联系，他们还是建立了好些繁荣的工业。例如，他们所经营的钨矿是中国最丰富的，每年生产一百多万磅这种珍贵的矿物，秘密地卖给**陈济棠**[5]将军在广东的钨垄断企业。在吉安的中央苏区印刷厂有八百名工人，印刷许多书籍、杂志，还有一家“全国性”报纸——《红色中华》。

在江西还有纺织厂、织布厂、机器车间。这些小型工业生产足够的工业制成品可供简单的需要。共产党自称一九三三年“对外出口贸易”超过一千二百万元，其中大部分是通过南方敢于冒险的商人进行的，

老师有话说

【阅读纪实作品】

斯诺写此书的目的是向外国人介绍红军和中国共产党，用底特律和曼彻斯特两个外国人比较熟悉的工业城市做比较，是为了让读者更容易理解文章内容。后文用福特汽车公司等打比方。

1- 字词解释

等闲视之：当成普通平常的人或事物来看待，并不重视。

2- 字词解释

爱斯基摩人：也称“因纽特人”，是北极地区的原住民，常年居住在极寒地区。

3- 考点　环境描写赏析

这几句是介绍吴起镇周围的生活环境，半牧区、住窑洞、留辫子、畜力交通、菜油点灯、极少见外国人，处处表现了它的落后和闭塞。这个地方竟然有一个“工业中心”，不禁让人充满好奇，想要迫切揭开它的面纱。

他们闯破国民党封锁大获其利。但是大部分制造业是手工艺和家庭工业，产品通过生产合作社出售。

据毛泽东说，到一九三三年九月，江西苏区共有一千四百二十三个“产销”合作社，都是为人民所有，由人民管理的。[①] **国联**6调查人员的报告使人没有怀疑，共产党搞这种集体企业是成功的，哪怕是在他们为了生存仍在打仗的时候。国民党事实上在南方有些地方模仿共产党的办法，但至今为止所取得的结果证明，要在纯粹的自由资本主义制度下经营这种合作社极为困难，即使不是不可能的。

但是在西北，我并没有想到会有什么工业。共产党在这里遇到的困难要比在南方大得多，因为在成立苏维埃之前，甚至连一个小规模的机器工业都几乎完全不存在。在整个西北，在陕西、甘肃、青海、宁夏、绥远，这些面积总和几乎与俄国除外的整个欧洲相当的省份里，机器工业总投资额肯定大大低于——打个比方来说——福特汽车公司某一大装配线上的一个工厂。

西安和兰州有少数几家工厂，但这两个地方主要依靠华东的大工业中心。只有从外界引进技术和机器，西北的庞大工业潜力才有可能得到大规模的发展。如果说这话适用于西北的这两个大城市西安和兰州，那么共产党所占的地方是甘肃、陕西、宁夏一些更加落后的地方，他们所面对的困难就可想而知了。

当然，封锁切断了苏维埃政府的机器进口和技术人员的“进口”。但是关于后者，共产党说目前他们的来源不绝。7机器和原料是更严重的问题。为了

① 《红色中国：毛泽东主席……》，第26页。

4- 字词解释

中世纪：欧洲历史三大传统划分的一个中间时期，大约开始于公元5世纪后期，结束于公元15世纪中期，距《红星照耀中国》出版时已有几百年的时间，作者在这里提到中世纪，是为了表现吴起镇的落后。

5- 拓展知识

陈济棠：粤系军阀代表，国民党高级将领。曾在1929至1936年主政广东，重视经济发展和地方建设。由于与蒋介石之间存在矛盾，在粤对共产党采用既“剿共”又联共的政策，和共产党达成过互相通商的协议。

6- 拓展知识

国联：“国际联盟”的简称，成立于第一次世界大战结束后的1920年，标榜“促进国际合作，维持国际和平和安全”，实际上是帝国主义列强维护自己权益的工具。

7- 考点　重点句子分析

苏区地理条件不利，国民党又实行经济封锁政策，机器和技术人员的进口都应该十分困难，但是这里却说技术人员“来源不绝”，让人不禁产生疑问，为后文内容做铺垫。

8- 考点　句子含义理解

所有生产所用机器几乎全靠缴获，这种不可思议的事情就真实地发生在西北苏区，这不得不让人震惊和赞叹。

【阅读纪实作品】

一些简单的机器，都需要红军千辛万苦地远涉六千英里带到西北苏区，可见苏区机器的严重匮乏，以及共产党要发展西北苏区工业的信心和决心。

9- 考点　句子含义理解

红军如此执着地发展西北工业，除了满足现在苏区民众的需要，还为将来考虑，体现出中共领导人的高瞻远瞩和未雨绸缪。

弄几台车床、纺织机、发动机或者一点废铁，红军不惜作战。在我访问期间，他们所有的属于机器项目的一切东西几乎都是“缴获”的！8例如，在他们一九三六年远征山西时，他们缴获了机器、工具、原料后就用骡子一路翻山越岭运回陕西，到他们令人难以想象的窑洞工厂里。

南方的红军到西北时激起了一阵“工业繁荣”。他们带来了（经过六千英里世界上最难通过的路线）许多车床、旋床、冲床、铸模等。他们带来了数十台胜家缝纫机，配备了他们的被服厂。他们从四川红色矿井里带来了金银。他们还带来了制版机和轻型印刷机。怪不得红军尊重爱惜马骡，特别是那些把重负从南方驮来的力壮的牲口！

在我访问红色中国的时候，苏区工业都是手工业，有保安和河连湾（甘肃）的织布厂、被服厂、制鞋厂、造纸厂，定边（在长城上）的制毯厂，永平的煤矿，所产的煤是中国最便宜的①，还有其他几县的毛纺厂和纺纱厂 —— 所有这些工厂都计划生产足够的商品供红色陕西和甘肃的四百家合作社销售。据经济人民委员毛泽民说，这个“工业计划”的目标是要使红色中国“在经济上自足” —— 也就是，如果南京拒绝接受共产党提出的结成统一战线和停止内战的建议，能够有不怕国民党封锁而维持下去的能力。9

苏区国营企业中最大最重要的是宁夏边境长城上的盐池的制盐工业和永平、延长的油井，10那里生产汽油、煤油、凡士林、蜡、蜡烛和其他副产品。盐池

① 红区行情是一银圆八百斤煤 —— 约半吨。见毛泽民著《甘陕苏区的经济建设》，载《斗争》（一九三六年四月二十四日陕西保安）。

的盐是中国最好的，所产的盐色白如晶，产量很大。因此苏区的盐比国民党中国又便宜又多，盐在国民党中国是政府的主要收入来源，对农民不利。红军攻占盐池以后，同意把一部分产品给长城以北的蒙古人，废除了国民党的全部产品专卖政策，因此获得了蒙古人的好感。

陕北的油井是中国仅有的一些油井，以前的产品卖给一家美国公司，该公司对该地的其他油藏拥有租让权。红军占领永平后，开凿了两口新油井，生产据说比以前永平和延长在"非匪徒"手中任何一个时期都增长了百分之四十。这里面包括所统计的三个月内增加的"二千担石油，二万五千担头等油，一万三千五百担二等油"。① 在清除了罂粟的地方正在努力发展植棉，共产党在安定办了一所纺织学校，收了一百名女学生。每天上三小时文化课，五小时纺织训练。学完三个月后就派到各地去办手工纺织厂。"预计在两年内陕北能够生产全部所需的布匹。"②

但是吴起镇是红区工厂工人最"集中"的地方，作为红军的主要兵工厂所在地，也很重要。它位于甘肃的贸易要道，附近两个古代碉堡的废墟说明了它以前的战略重要性。镇址是在一条湍急的河流的陡峭河岸上，一半是"洋房"—— 陕西人把有四道墙、一个屋顶的建筑都叫洋房 —— 一半是窑洞。

我是深夜到达的，感到很累。前线部队给养委员听说我要来，骑马出来相迎。他"把我安排"在工人列宁俱乐部里 —— 是个墙壁刷得很白的窑洞，在不朽的**伊里奇**[11]画像的四周挂着彩纸条。

①② 引述毛泽民。

10- 考点 重点句子分析

这里先总述盐池制盐工业和永平、延长油井是最大最重要的苏区国营企业，接下来分别介绍了盐池的盐和永平、延长的石油生产。

【阅读纪实作品】

上一篇《同红色农民谈话》中，有农民抱怨没有鸦片卖，布匹不够用，这里的"清除了罂粟"似乎解答了没有鸦片卖的原因。两年内实现布匹足量供给，也说明了共产党一直在为满足苏区民众的生活需要而积极努力地扩大生产。

11- 拓展知识

伊里奇：就是列宁，列宁的全名是弗拉基米尔·伊里奇·列宁。

他们马上给我送来了热水、干净的毛巾——上面印着蒋介石新生活运动的口号——和肥皂。然后是一顿丰盛的晚饭，有很好的烘制的面包。我开始觉得好过一些。我把被褥在乒乓球桌上摊开，点了一支烟。但是，人是很难满足的动物。这一切奢侈和照顾只有使我更加想喝一杯我最爱喝的饮料。

这时，给养委员居然从天晓得的什么地方端出褐色的浓咖啡和白糖来！吴起镇赢得了我的欢心。12

12- 考点　句子含义理解

前面的殷勤款待和丰盛晚餐都没有俘获斯诺，一杯咖啡竟然就赢得了他的欢心，幽默的表述中可见他对咖啡的热爱，也侧面反映出此次红色中国之行的艰苦。

"我们五年计划的产品！"给养委员笑道。

"你是说，你们征用没收部分的产品。"我纠正说。我想这一定是来路不正的，因为它有违禁品的一切魅力。

第七篇 去前线的路上

『他们唱得太多了』

内容速览

简述了斯诺参观考察西北苏区吴起镇各工厂的见闻感受。先介绍了兵工厂的环境、产品质量、工人来源和婚姻状况，接着介绍了其他工厂的年轻女工们，并从刘群仙女士口中了解到工人的工作待遇、业余生活、革命精神面貌等情况。总体来说，工人们虽然缺乏物质享受，却有社会主义工业的精神。

阅读指南

- **章节阅读属性：**【细读】
- **阅读方法落实：**【阅读纪实作品】作者用了很大篇幅来介绍苏区工人的工作条件，并举例介绍了上海等地工人们的工作状况，两相对比，作者实际上是想告诉读者，虽然苏区工人的工作条件不算太高，但相比其他地区，已经是有尊严、有希望、有自由的健康生活了。
- **核心内容感知：**【梳理情节，品味情感】这一章节中，斯诺主要介绍了吴起镇工人的工作条件，相比国外来说，他们的条件十分艰苦，但他们仍然时常歌唱，满怀喜悦。阅读时体会苏区工人们的主人翁意识和革命者精神，感受他们积极乐观、热爱生活的精神面貌。

章节图解

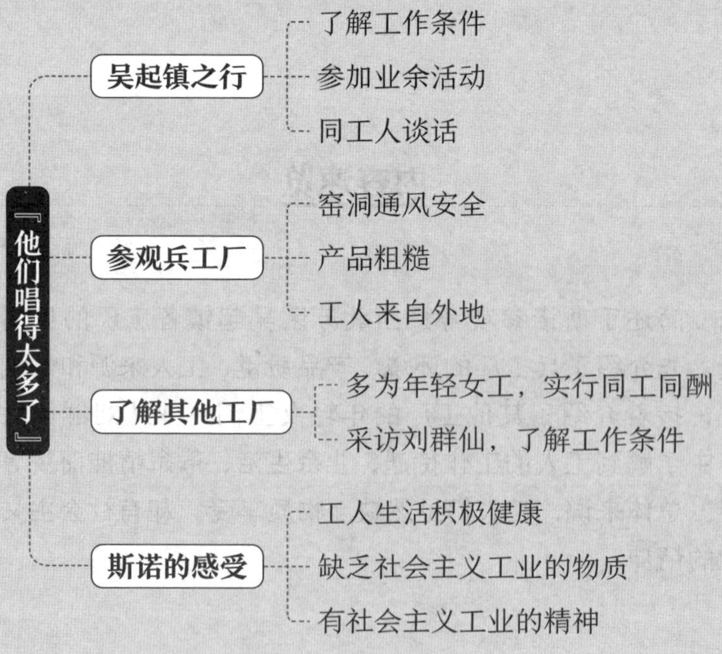

原文阅读

我在吴起镇待了三天，在工厂里访问工人，“考察”他们的工作条件，观看他们的演出，出席他们的政治集会，阅读他们的墙报、他们的识字课本，同他们谈话——还参加了锻炼。因为我参加了在吴起镇三个球场之一举行的篮球赛。我们临时由外交部代表胡金魁、在政治部工作的一个能说英语的年轻大学生、一个红军医生、一个战士和我本人组成了一个球队。兵工厂篮球队接受了我们的挑战，把我们打得稀烂。至少在我个人身上来说是名副其实的打得稀烂。

兵工厂的这些工人不但能投篮也能造枪炮。我在他们这不同一般的工厂里逗留了一天，在他们的列宁俱乐部吃了午饭。

兵工厂像红军大学一样设在山边一排大窑洞里。里面很凉快，又通风，用斜插在墙上的烛台扦取明，主要的好处是完全不怕轰炸。[1]我在这里看到有一百多个工人在制造手榴弹、迫击炮弹、火药、手枪、小炮弹和枪弹，还有少数农具。修理车间则在修复成排的步枪、机枪、自动步枪、轻机关枪。不过兵工厂的产品粗糙，大部分用来装备游击队，红军正规部队几乎完全是靠从敌军缴获的枪炮弹药为供应的！[2]

兵工厂厂长郝希英带我参观了好几个窑洞，介绍他的工人，把他们和他本人的一些情况告诉我。他三十六岁，未婚，在日本侵华前原来在著名的沈阳兵工厂当技术员。一九三一年九月十八日以后，他去了上海，在那里参加了共产党，后来就设法来了西北，进入红区。这里大多数机工也都是“外地”人。其中有许多人曾在中国最大的日资汉阳铁厂工作，少数人

老师有话说

【阅读纪实作品】

从这段文字可以看出，工人们从事工业生产之余，还可以看演出、参加集会、阅读墙报、识字学习，甚至还能打篮球，业余活动十分丰富，从中不但能看出苏区政府对工人们文化、思想教育的重视，以及对他们身心健康的关注。

1- 考点 重点句子分析

这是对兵工厂的环境描写，可以看出它凉快、通风、明亮、安全，适合工人在里面劳动。

2- 考点 重点句子分析

虽然斯诺对西北苏区工业的发展充满了赞叹，但在这里他毫不讳言兵工厂的产品质量不高，根本达不到红军正规军的装备要求，体现了他作为记者始终坚持实事求是的职业原则。

曾在国民党的兵工厂工作过。我见到了两个上海机工师傅和一个钳工能手，他们给我看了著名的英美商行如怡和洋行、慎昌洋行、上海电力公司的很出色的介绍信。另外一个工人曾在上海一家机器工厂当过工头。还有从天津、广州、北京来的机工，有些还同红军一起经过长征。

【阅读纪实作品】

这一段主要介绍了兵工厂工人的主要来源，可以看出这些人有在兵工厂、铁厂、机器工厂等工作的经验。

我了解到兵工厂的一百一十四名机工和学徒中，只有二十人结了婚。他们的妻子同他们一起在吴起镇，有的当工人，有的当党的干部。兵工厂的工会会员是红区技术最熟练的工人，党员百分比很大，有百分之八十是党团员。

除了兵工厂，吴起镇还有几家被服厂、一家鞋厂、一家袜厂、一家制药厂、一家药房，有一个医生看门诊。他是个刚从山西医校毕业的青年，他的年轻漂亮的妻子在他身旁做护士。他们两人都是前一年冬天红军东征山西时参加红军的。附近还有一所医院，有三个军医，住的大多数是伤兵。还有一个电台，一所简陋的实验室，一个合作社和兵站。

除了兵工厂和军服厂以外，大多数工人是十八岁到二十五岁或三十岁的年轻妇女。有的已同上了前线的红军战士结了婚，几乎全部都是甘肃、陕西、山西人，都剪了短发。中国苏区的一个口号是“**同工同酬**[3]”，对妇女据说没有工资上的歧视。在苏区的工人似乎比别人在经济上都得到优待。[4]后者包括红军指挥员，他们没有正规薪饷，只有少额生活津贴，根据财政负担情况而有不同。

3- 拓展知识

同工同酬：从事一种工作且熟练程度相同的劳动者，提供相同的劳动量时，可以得到相同的待遇，没有区域、性别、年龄、民族、肤色等的歧视。

4- 考点　写作语言分析

“据说”“似乎”都不是肯定的说法，因为作者并没有实际的证据，只是听别人说的，体现出作者用词的准确性和严谨性。

吴起镇是漂亮的刘群仙女士的总部所在地。她二十九岁，曾在无锡和上海纱厂做过工，雷娜·普罗姆的朋友，莫斯科中山大学留学生，现在是红色工会妇女部长。刘女士向我介绍了工作条件。工厂工人每月工资十到十五元，膳宿由国家供给。工人可得到免费医疗，工伤可以得到补偿。女工怀孕生产期间有四个月假期，不扣工资，还为工人的子女设了一个简陋的托儿所，但是他们大多数人一到学会走路就变成野孩子了。做母亲的可以得到她们的一部分“社会保险”，那是由从工资额中扣除百分之十加上政府同额津贴所得的一笔基金。政府并捐助相当于工资总额的百分之二的款项供工人作文娱费用，这些基金都由工会和工人组织的工厂委员会共同管理。每星期工作六天，每天八小时。我访问的时候，那些工厂都一天开工二十四小时，分三班倒 —— 也许是中国最忙的工厂！

这一切规定似乎都很进步，当然与共产主义理想来说也许还有很大距离。但是苏区为求生存还忙不过来，居然能实现这种情况，这一点是的确令人感兴趣的。至于实现的情况是多么原始，那是另外一回事！他们有俱乐部、学校、宽敞的宿舍 —— 这一切都是肯定的 —— 但是这都是在窑洞里，下面是土地，没有淋浴设备，没有电影院，没有电灯。他们有伙食供应，但吃的是小米、蔬菜，偶尔有羊肉，没有任何美味。他们领到苏区货币发的工资和社会保险金，这一点也没有问题，但是能买的东西严格地限于必需品 —— 而且也不多！

“无法忍受！”一个普通美国工人或英国工人会这样说。但是对这些人来说并不是如此。你得把他们的生活同中国其他地方的制度做一对比，才能了解为

【阅读纪实作品】

上一段刘群仙的介绍让人感觉到工人的工作条件似乎不错，这里是对工人生活条件的具体描述，居住条件差、伙食简单、货币只能买必需品，貌似条件也不是很好，与后文描写他们精神上的愉悦形成对比。

什么原因，例如，我记得上海的工厂里，小小的男女童工一天坐在那里或站在那里要干十二三个小时的活，下了班精疲力尽地就躺倒在他们的床——机器下面铺的脏被子——上睡着了。我也记得缫丝厂的小姑娘和棉纺厂的脸色苍白的年轻妇女——她们同上海大多数工厂的包身工一样——实际上卖身为奴，为期四五年，给工厂做工，未经许可不得擅离门警森严、高墙厚壁的厂址。我还记得一九三五年在上海的街头和河浜里收殓的两万九千具尸体，这些都是赤贫的穷人的尸体，他们无力喂养的孩子饿死的尸体和溺婴的尸体。

对吴起镇这些工人来说，不论他们的生活是多么原始简单，但至少这是一种健康的生活，有运动、新鲜的山间空气、自由、尊严、希望，这一切都有充分发展的余地。他们知道没有人在靠他们发财，我觉得他们是意识到他们是在为自己和为中国做工，而且他们说他们是革命者！[5]因此，我了解为什么他们对每天两小时的读书写字、政治课、剧团非常重视，为什么他们认真地参加在运动、文化、卫生、墙报、提高效率方面举行的个人或团体的比赛，尽管奖品很可怜。所有这一切东西，对他们来说都是实际的东西，是他们以前所从来没有享受到的东西，也是中国任何其他工厂中从来没有过的东西。对于他们面前所打开的生活的大门，他们似乎是心满意足的。

要我这样一个中国通相信这一点是很困难的，而且我对它的最终意义仍感到不明白。[6]但是我不能否认我看到的证据。这里篇幅不许可我把这种证据详细提出来，我需要把我接触到的一些工人告诉我的

5- 考点　重点句子分析

这是作者对吴起镇工人工作生活的评论，与其他地区的工人相比，他们有尊严、有希望、有自由，有主人翁的意识和革命者的觉悟，积极进取，心满意足。

6- 考点　句子含义理解

斯诺自认是个中国通，却不能了解苏区的工人，可见他之前了解的只是国民党统治下的中国，对于红色中国来说，之前没有外国人能够真正了解它，这也是斯诺此行的原因。

十多个故事一一介绍；引用他们在墙报上的文章和批评——是刚学会文化的人用稚气笔迹书写的，其中有不少由我在那个大学生的帮助下译成了英文；也需要报道我参加过的政治集会，这些工人所创作和演出的戏，以及许许多多构成一个总“印象”的小事情。

但是我在执笔写本书时正好记得这样的一件“小事情”。我在吴起镇遇到一个电气工程师，一个名叫朱作其的很有才能但严肃认真的共产党员。他的英语和德语都很好，是个电力专家，所写的工程教科书在中国普遍采用。他曾在上海电力公司工作过，后来在慎昌洋行。最近以前，他在南方担任顾问工程师，他是个很能干的人，一年收入可达一万元。但他放弃了这样的收入，丢下家庭，到陕西的这些荒山中来，尽义务为共产党贡献他的力量。这简直是不可相信的！这个现象的背景要追溯到他敬爱的祖父，宁波的一个著名慈善家，他临死时对他年轻的孙儿的遗言是要“把一生贡献给提高人民大众的文化水平”。朱作其于是断定最快的方法是共产党的方法。

朱作其这样做是有点戏剧性的，是本着一种殉道者和热心家的精神。对他来说，这是一件严肃的事，意味着早死，他以为别人也这么想。我相信，当他看到周围居然嬉嬉闹闹，大家都高高兴兴的，他一定感到有点意外。当我问他有什么感想时，他严肃地说，他只有一个意见：“这些人花在唱歌的时间实在太多了！”他抱怨说，“现在不是唱歌的时候！”7

我认为这一句话概括了陕西苏区这个奇特的“工业中心”的年轻气氛。他们即使缺乏社会主义工业的物质，却有社会主义工业的精神！

【阅读纪实作品】

一个颇具能力的专家，为了理想和信念主动来到苏区贡献自己的力量，这说明共产党所走的道路是得到了很多知识分子的支持的。上一章节里介绍说技术人员的“进口”来源不绝，这里也给出了一部分答案。

7- 考点 句子含义理解

这是对朱作其的语言描写，一方面表现了他作为有理想、有抱负的知识分子迫切希望革命成功；另一方面也表现出工人们的乐观态度，内心充满了喜悦。

阅读思考

基础测评

❶ **下列关于刘志丹的说法，错误的一项是（　　）。**

A. 刘志丹开创了陕西苏区，他是一个“现代侠盗罗宾汉”。

B. 刘志丹行侠仗义、惩奸除恶，关心爱护底层贫苦百姓。

C. 刘志丹打家劫舍，绑架勒索，还擅自处决地主，只能说是一个土匪，不能算是一个革命者。

D. 在被冤枉时隐忍不发，体现了刘志丹有大局意识，以大局为重的高尚品格。

❷ **下列关于《人生五十始！》内容的理解，错误的一项是（　　）。**

A. 徐特立在50岁时，做出了惊人之举，他离开家庭，放弃校长职位，投入到共产主义事业中。

B. 苏区教育制度分为三个部分：学校、军队、社会。

C. 西北地区整体教育水平极低，苏区教育工作的开展十分困难。

D. 苏区教育的工作重点是提高人们的科学文化水平。

❸ **下面关于《同红色农民谈话》的表述，错误的一项是（　　）。**

A. 此次与斯诺同行的人是一个后方的年轻共产党员，名叫胡金魁。

B. 斯诺认为他所遇到的苏区农民善良好客，但是不知道怎么和外国人打交道。

C. 在与周家村农民交谈时，发现即便是苏区的红色农民，对红军依然有一些抱怨，说明他们是反对红军和共产党的。

D. 白军统治下的农民要缴大量的赋税，甚至需要卖牲口、卖闺女才能生存。

❹ **西北苏区工业的发展为什么困难重重？下列说法不正确的一项是（　　）。**

A. 国民党对西北苏区实行经济封锁政策。

B. 西北苏区自身经济就比较落后，交通闭塞，自然条件相对较差。

C. 西北苏区缺乏生产机器，依赖“缴获”和之前南方红军带来的。

D. 西北苏区的工人过于注重工作条件，把大部分精力都用在了业余活动上，耽误了生产。

专题探究

为什么说西北大灾荒不只是“天灾”，更是一场“人祸”？请结合本册内容简要分析。

参考答案

阅读思考

基础测评

1.C　2.D　3.C　4.D

专题探究

【示例】成千上万的平民百姓因为灾荒而死去，商人们却囤积居奇，大发国难财。赈灾委员会收集来的粮食，却因为军阀的阻挠，不能运去救济灾民。官员们借着修渠的名义以极低的价格大肆收购土地。政府的苛捐杂税让农民无法承受。这些远比干旱带来的灾难更严重，因此说西北大灾荒更是一场“人祸”。

红星照耀中国

〔美〕**埃德加·斯诺**
著

董乐山
译

7

人民文学出版社

目录

本册导读

本册基本信息

本册是整本书的第七分册——《同红军在一起》，共包含《“真正的”红军》《彭德怀印象》《为什么当红军？》《游击战术》《红军战士的生活》《政治课》《红色窑工徐海东》《中国的阶级战争》八个部分。在本册中，作者斯诺深入到红军内部，在对红军战士们的接触、观察与访谈中，向人们展示了一支铁打的部队的真实情况。通过对彭德怀和徐海东的访谈，向读者介绍了他们的个人经历、游击战术等内容。

阅读计划自检

开始阅读时间

______ 年 ______ 月 ______ 日

实际结束时间

______ 年 ______ 月 ______ 日

阅读所用时长
（建议时长：1 周）

_____ 天

阅读感受

- ☐ 轻轻松松读完，无压力，意犹未尽
- ☐ 能在建议时长内读完，并且读懂了
- ☐ 稍有些拖沓，理解起来不是很顺利
- ☐ 时间太短了，没有读完而且没看懂

扫码听名师说书

第八篇 同红军在一起

“真正的”红军

内容速览

斯诺到达了预旺堡，开始真正了解到红军的结构，通过记录红军的平均年龄、阶级出身、文化程度、薪饷收入、婚配情况等，用一系列客观真实的统计数字，向世人展示了一支年富力强、训练有素、吃苦耐劳、团结友爱、纪律严明的革命队伍。

阅读指南

- **章节阅读属性：**【细读】
- **阅读方法落实：**【阅读纪实作品】数字原本是不含情感的，但看到文中作者统计的这些真实的数字后，竟会感受到一股力量，之所以有这样的感受，就是因为这些数字背后流露了作者的情感，阅读时可以细细品味。
- **核心内容感知：**【梳理情节，品味情感】关注作者对红军战士的描写，感受作者的情感态度。

章节图解

- **『真正的』红军**
  - **到达预旺堡**
    - 蒋介石要发动攻势，作者对是否去前线感到犹豫
    - 在吴亮平的劝告下，作者决定到前线去
  - **杨尚昆统计**
    - 平均年龄：战士19岁，军官24岁，但都有多年的作战经验
    - 出生阶级：绝大多数是农民和工人，极少部分是小资产阶级
    - 文化程度：六七成都是有文化的，高于国民党军的文化水平
    - 薪饷收入：没有正规薪饷，但可得到一块土地和土地上的收入
    - 婚配情况：大多数未婚，前线女子很少
    - 伤亡情况：指挥员中的伤亡率很高，因为他们总是冲在最前
    - 出生省份：几乎中国各省的人都有，一方面军的南方人占比高
    - 吃穿用度：从指挥官到普通战士，大家都一样，没有差别
    - 经济状况：整个部队自给自足维持生活，非常节俭
    - 武器装备：绝大多数都是从敌军手里抢来的

原文阅读

在甘肃和宁夏的山间和平原上骑马和步行了两个星期以后，我终于来到预旺堡，那是宁夏南部一个很大的有城墙的市镇，那时候是红军一方面军和司令员彭德怀的司令部所在地。

虽然在严格的军事意义上来说，所有的红军战士都可以称为“非正规军”（而且有些人会说是“高度非正规军”），但红军自己对于他们的**方面军、独立军、游击队和农民赤卫队**[1]是作了明确的区分的。我在陕西初期的短暂旅行中，没有看见过任何“正规的”红军，因为它的主力部队那时候正在离保安将近二百英里的西部活动。我原打算到前线去，但蒋介石正在南线准备发动另一次大攻势的消息传来，使我想到兵力较强的一边去，趁还来得及越过战线去写我的报道的时候，及早离开这里。[2]

有一天，我对吴亮平表示了这些犹豫的考虑。吴亮平是在我同毛泽东的长时间正式谈话中充当翻译的一位年轻的苏维埃官员。吴亮平虽然是个脸色红润的二十六岁青年，已写了两本关于辩证法的书。我发现他为人很讨人喜欢，除了对辩证法以外，对什么事情都有幽默感，因此我把他当作朋友看待，坦率地向他表示了我的担心。

他听了我说的话，惊讶得发呆。“你现在有机会到前线去，你却不知道该不该要这个机会？可不要犯这样的错误！蒋介石企图消灭我们已有十年了，这次他也不会成功的。你没有看到真正的红军就回去，那可不行！”他提出了证据说明我不应当这么做。最使我感动的是，光是提到要到前线去，就在他这个久经

老师有话说

1- 拓展知识

方面军、独立军、游击队和农民赤卫队：方面军指由若干集团军、诸多兵种编组的战略战役军团。独立军（团）是有独立行动权、可自行扩编的军队或暂无番号的军队。游击队指在敌统区、敌占区或近敌区内存在分散流动的武装组织。农民赤卫队指在革命根据区内不脱离种田或生产的人民武装组织。

2- 考点　重点句子分析

“到前线去”“到兵力较强的一边去”说明作者为了获取更多的真实资料，亲身奔赴一线，体现出斯诺的责任感和无畏的勇气。

锻炼的老布尔什维克和长征老战士身上引起那样大的热情。我想大概总有什么东西值得一看，因此决定作此长途旅行，安然无事地到达了吴亮平的真正的红军作战的地点。

我幸亏接受了他的劝告。我要是没有接受他的劝告，我在离开保安时就仍旧不明白红军不可战胜的声誉从何而来，仍旧不相信正规红军的年轻、精神、训练、纪律、出色的装备、特别是高度的政治觉悟，仍旧不了解红军是中国唯一的一支从政治上来说是铁打的军队。3

要了解这些所谓的土匪，最好的方法也许是用统计数字。因为我发现红军对全部正规人员都有完整的数据。下面的事实，我觉得极有兴趣和意义，是一方面军政治部主任、能说俄语的二十九岁的杨尚昆从他的档案中找出来的。除了少数例外，这个统计材料限于我有机会进行观察核实的一些问题。

首先，许多人以为红军是一批顽强的亡命之徒和不满分子。我自己也有一些这样的模糊观念。不久，我就发现自己完全错了。红军的大部分是青年农民和工人，他们认为自己是为家庭、土地和国家而战斗。

据杨尚昆说，普通士兵的平均年龄是十九岁。这很容易相信。虽然许多红军士兵已经作战七八年甚至十年，但大量还只是十多岁的青年。甚至大多数"老布尔什维克"，那些身经百战的老战士，现在也只有二十岁刚出头。他们大多数是作为少年先锋队员参加红军的，或者是在十五岁或十六岁时入伍。

在一方面军中，共有百分之三十八的士兵，不是来自农业无产阶级（包括手工业者、赶骡的、学徒、

3- 考点 句子作用分析

这段话从内容上，概括了红军不可战胜的关键因素，特别强调了正规红军有高度的政治觉悟，表达了作者对红军的钦佩和赞誉之情。从结构上，引出下文对正规红军的具体介绍，行文脉络清晰。

【阅读纪实作品】

作者坦率表明自己对红军战士的身份感到模糊，"发现自己完全错了"，写出了当时外界对红军的误会。这体现出纪实文学纪实性、真实性的特点，拉近了作品与读者的距离。

4- 考点　说明手法赏析

运用列数字和作比较的说明方法，写出红军士兵的文化程度更高，士兵的文化程度影响了信息传递与联络的准确性、快捷性，也影响着队伍的作战水平与政治觉悟。

长工等）就是来自工业无产阶级，但百分之五十八是来自农民。只有百分之四来自小资产阶级——商人、知识分子、小地主等的子弟。在一方面军中，包括指挥员在内的百分之五十以上的人，都是共产党员或共青团员。

百分之六十到百分之七十的士兵是有文化的——这就是说，他们能够写简单的信件、文章、标语、传单等。这比白区中普通军队的平均数高得多了，比西北农民中的平均数更高。[4]红军士兵从入伍的第一天起，就开始学习专门为他们编写的红色课本。进步快的领到奖品（廉价笔记簿、铅笔、锦旗等，士兵们很重视这些东西），此外，还做出巨大的努力来激励他们的上进心和竞赛精神。

像他们的指挥员一样，红军士兵是没有正规薪饷的。但每一个士兵有权取得一份土地和这块土地上的一些收入。他不在的时候，由他的家属或当地苏维埃耕种。然而，如果他不是苏区本地人，则从“公田”（从大地主那里没收而来）的作物收益中取出一份作报酬，公田的收益也用于红军的给养。公田由当地苏区的村民耕种。公田上的无偿劳动是义务的，但在土地重新分配中得到好处的农民，大多数是愿意合作来保卫改善了他们的生活的制度的。

红军中军官的平均年龄是二十四岁。这包括从班长直到军长的全部军官，尽管这些人很年轻，平均都有八年的作战经验。所有的连长以上的军官都有文化，虽然我遇见过几位军官，他们参加红军以前还不能认字写字。红军指挥员约有三分之一以前是国民党军人。在红军指挥员中，有许多是黄埔军校毕业生、莫斯科红军大学毕业生、张学良的“**东北军**”[5]的前军官、**保定军官学校**[6]的学生、前国民军（“基督将军”冯玉祥的军队）的军人，以及若干从法国、苏联、德国和英国回来的留学生。我只见到过一个美国留学生。红军不叫“兵”（在中国这是一个很遭反感的字），而称自己为“战士”。

红军的士兵和军官大多数未婚。他们当中许多人“离了婚”—— 这就是说他们丢下了妻子和家人。在有几个人身上，我真的怀疑，这种离婚的愿望事实上可能同他们参加红军有些关系，但这也许说得太刻薄了。

从在路上和在前线的许多交谈中，我所得的印象是这些“红军战士”大多数依然是童男。在前线和军队在一起的女人很少，她们本人几乎全都是苏维埃干部或同苏维埃干部结了婚的。

就我所能看到或知道的，红军都以尊重的态度对待农村妇女和姑娘，农民对红军的道德似乎都有很好的评价。我没有听到过强奸或污辱农村妇女的事件，虽然我从一些南方士兵那里了解到丢在家乡的“爱人”的事情。红军很少有人吸烟喝酒；烟酒不沾是红军“八项注意”之一，虽然对这两种坏习惯没有规定特别的处罚，但我在墙报上的“黑栏”上看到好几宗对有吸烟恶习的人提出严厉的批评。喝酒不禁止，但也不鼓励。喝得酩酊大醉的事情，就我的见闻来说，却没有听到过。

彭德怀司令员曾任国民党将军，他告诉我说，红军极其年轻，说明它为什么能够吃苦耐劳，这是很可信的。这也使得女伴问题不太严重。彭德怀本人在

5- 拓展知识

东北军：前身是张作霖统辖的奉军，1928年由张学良接手，同年底张学良宣布东北易帜，接受南京国民党政府的领导，被编为东北边防军，简称东北军。

6- 拓展知识

保定军官学校：即保定陆军军官学校，是我国近代第一所正规陆军军校，1912年创办，1923年停办，短短十余年为中国培养了上万名军事领导人才，被誉为“将军的摇篮”。

一九二八年率领国民党军队起义参加红军后，就没有见过自己的妻子。

红军指挥员中的伤亡率很高。他们向来都同士兵并肩作战，团长以下都是这样。一位外国武官曾经说，单单是一件事情就可以说明红军同拥有极大优势的敌人作战的能力了。这就是红军军官习惯说的："弟兄们，跟我来！"而不是说："弟兄们，向前冲！"[7] 在南京发动的第一次和第二次"最后清剿"中，红军军官的伤亡率往往高达百分之五十。但红军不能经受这样的牺牲，因此后来采取了多少要减少有经验的指挥员的生命危险的战术。虽然这样，但在第五次江西战役中，红军指挥员的伤亡率还是平均在百分之二十三左右。关于这一点，在红区中，人们可以看到许多证据。通常可以看到，二十刚出头的青年就丢了一只胳臂或一条腿，或者是手指被打掉了，或者是头上或身上留有难看的伤痕——但他们对于革命依然是高高兴兴的乐观主义者！

7- 考点　重点句子分析

红军军官下令时说的话语表现了他们与战士们并肩作战、不畏牺牲的品质，交代清楚红军指挥员在战争中的伤亡率很高的原因，增强文章的说服力。

【阅读纪实作品】

这一细节的描写向我们展示了战争的残酷，红军士兵对战争与革命始终抱有昂扬向上的乐观精神，即使有负伤流血甚至牺牲，也绝不退缩。

在红军的各支队伍里，几乎中国各省的人都有。在这个意义上，红军或许是中国唯一的真正全国性军队了。它也是"征途最辽阔"的军队！老兵们走过十八个省份。他们也许比其他任何军队更加熟悉中国的地理。在长征途上，他们发现大多数的旧中国地图了无用处，于是红军制图员重新绘制了许许多多英里的区域地图，特别是在土著居民地区和西部边疆地区。

一方面军约有三万人，南方人占的百分率很高，约有三分之一来自江西、福建、湖南或贵州。将近百分之四十来自西部的四川、陕西和甘肃等省。一方面军包括一些土著居民（苗族和彝族），此外还有一支新组织起来的回民红军。在独立部队中，当地人的百分率还更高，平均占总数的四分之三。

从最高级指挥员到普通士兵，吃的穿的都一样。但是，营长以上可以骑马或骡子。我注意到，他们弄到美味食物甚至大家平分——在我和军队在一起时，这主要表现在西瓜和李子上。[8]指挥员和士兵的住处，差别很少，他们自由地往来，不拘形式。

8-考点 细节描写赏析

在那个饥饿普遍存在的年代，平分美味食物这一细节，生动形象地突出了红军大家庭的一个特点——不搞特殊待遇，大家团结友爱，共同分享。

有一件事情使我感到迷惑。共产党人是怎样给他们的军队提供吃的、穿的和装备呢？像其他许多人一样，我原以为他们一定是完全靠劫掠来维持生活。我已经说过，我发现这种臆想是错误的，因为我看到，他们每占领一个地方，就着手建设他们自己的自给经济，单单是这件事，就能够使他们守住一个根据地而不怕敌人的封锁。此外，对于中国无产阶级军队能够靠几乎不能相信的极少经费活下去，我也是没有认识的。

红军声称他们百分之八十以上的枪械和百分之七十以上的弹药是从敌军那里夺来的。如果说这是难以相信的话，我可以作证，我所看到的正规军基本上是用英国、捷克斯洛伐克、德国和美国机关枪、步枪、自动步枪、毛瑟枪和山炮装备起来的，这些武器都是那些国家大量地卖给南京政府的。

我看见红军使用的唯一俄国制步枪，是一九一七年造的产品。我直接从几个前马鸿逵将军的士兵口中听到，这些步枪是从马的军队那里夺来的。而国民党手中的宁夏省残余部分的省主席马将军又是从冯玉祥将军那里把这些步枪接过手来的，冯将军在一九二四年统治过这个地区，曾从外蒙古得到一些武器。红军正规军不屑使用这些老式武器，我看见只有游击队的手中才有这种武器。

我在苏区时，要想同俄国的武器来源发生任何接触，客观上是不可能的。红军为总数将近四十万的各种敌军所包围，而且敌人控制着每一条通向外蒙古、新疆或苏联的道路。别人老是指责他们从俄国那里得到武器，我想，要是有一些这样的武器居然从天而降，他们是乐意得到的。但是，只要看一看地图就十分明白，在中国共产党人往北方和西方扩大更多的面积以前，莫斯科没法供应任何订货，姑且假定莫斯科有意这样做，但那是大可怀疑的。

第二，共产党没有高薪的和贪污的官员和将军，这是事实，而在其他的中国军队中，这些人侵吞了大部分军费。在军队和苏区中厉行节约。实际上，军队给人民造成的唯一负担，是必须供给他们吃穿。

实际上，我已经说过，西北苏区占地面积相当于英国，它的全部预算当时每月只有三十二万美元！这个惊人的数目中将近百分之六十是用来维持武装部队的。财政人民委员林祖涵老先生为此感到很抱歉，但是说“在革命获得巩固以前，这是不可避免的”。当时武装部队为数（不包括农民辅助部队）约四万人。这是在二方面军和四方面军到达甘肃以前的事情，此后红色区域大大扩大，西北的红军主力不久就接近九万人的总数了。

统计数字就说到这里。但是要了解中国红军为什么能在这几年中维持下来，必须对他们的内在精神、士气斗志、训练方法有所了解。而且，也许更重要的

【阅读纪实作品】

上文中作者记录了红军的平均年龄、阶级出身、文化程度、薪饷收入、婚配情况、省份来源、吃穿用度、武器装备等统计数据，使读者对红军有了具体而细致的了解，体现出纪实文学的真实性。

是，对他们的政治和军事领导要有所了解。

例如，南京悬赏要取红军司令员彭德怀的首级，为数之大足以维持他领导下的全军（如果财政人民委员林祖涵的数字是正确的）一个多月，他究竟是怎样一个人？

第八篇 同红军在一起

彭德怀印象

8

内容速览

作者对司令员彭德怀进行了采访，简述了彭德怀的革命经历，并记录了几件小事，透过作者的笔尖，我们认识了一位智勇双全、精力过人、生活简朴、喜欢孩子的红军领袖，其中彭德怀开门见山、直截了当、不转弯抹角的作风给斯诺留下了深刻的印象。

阅读指南

- **章节阅读属性：**【细读】
- **阅读方法落实：**【阅读纪实作品】作者在记录与彭德怀的接触时，运用了大量的人物描写，这些文学手法的运用让人物变得鲜活生动，阅读时要仔细揣摩作者这样刻画彭德怀总司令的用意。
- **核心内容感知：**【梳理情节，了解人物】关注作者对彭德怀的细节描写，把握彭德怀的人物形象特点。

章节图解

- **彭德怀印象**
  - **革命经历**
    - 行伍出身，进过军校，毕业后在国民党部队迅速提升
    - 组织平江起义，成立湖南第一个苏维埃政府
    - 积聚起后来称为第五军团的“铁军”，攻占长沙
    - 长征时突破敌军的层层防线，为主力部队保证交通
  - **作者印象**
    - 整体印象：愉快爱笑、身体极为健康、吃苦耐劳
    - 办公条件：办公环境简陋，有一个用降落伞做的背心
    - 饮食起居：伙食与部下一样，吃的很少很简单，迟睡早起
    - 谈话风格：直截了当、不转弯抹角
    - 办事风格：不急不忙，但总是很忙碌
    - 相处事件
      - 爬山和骑马时都要挑战（精力过人）
      - 用南京政府的悬赏传单来印红军的宣传品（勤俭节约）
      - 在列宁室和少先队员讨论漫画（喜欢孩子）
      - 观看演出时，把棉袄披在小号手身上（关爱部下）

原文阅读

我在八九两月访问前线的时候，一、二、四方面军统一指挥的工作还没有开始。一方面军有八个“师”当时驻守从宁夏的长城到甘肃的固原和平凉一线。一军团派出一支先遣部队向南向西移动，为当时领导二、四方面军从西康和四川北上，在甘肃南部突破南京部队纵深封锁的朱德开辟一条道路。预旺堡是位于宁夏东南部的一个古老的回民城池，现在成了一方面军司令部的驻地，我在这里找到了该军的参谋部和司令员彭德怀。

彭德怀的“赤匪”生涯是快十年前开始的，他当时在多妻的军阀省主席何键将军的国民党军队中领导了一次起义。彭德怀是行伍出身，先在湖南，后在南昌进过军校，毕业后，他因才能出众，迅获提升，一九二七年年方二十八岁就已任旅长，在湘军中以“自由派”军官著称，因为他办事真的同士兵委员会商量。

彭德怀当时在**国民党左派**[1]中、在军队中、在湖南军校中的影响，使何键极为头痛。何键将军在一九二七年冬天开始大举清洗他的军队中的左派分子，发动了有名的**湖南“农民大屠杀”**[2]，把成千上万的激进农民和工人当作共产党惨杀。但是因为彭德怀极孚众望，他不敢贸然下手。这一迟疑，给他带来了很大损失。一九二八年七月彭德怀以他自己的著名第一团为核心，联合二、三团部分官兵和军校学生，举行平江起义，又同起义的农民会合，成立了湖南的第一个苏维埃政府。

两年以后，彭德怀积聚了一支约有八千个兄弟的

老师有话说

【阅读纪实作品】

简单介绍了彭德怀的从军经历，通过具体的事实体现了他年轻有为、才能出众，同时点明彭德怀治军民主的特点。

1- 拓展知识

国民党左派：1924年国民党改组之后，内部就发生了分化。孙中山去世后，以廖仲恺、宋庆龄为代表的一派主张联共，称为左派；以蒋介石、胡汉民为代表的一派反对联共，背叛民主革命，公然与列强合作，称为右派。

2- 拓展知识

湖南“农民大屠杀”：即马日事变后，何键在湖南各地大肆屠杀共产党员和革命群众。马日事变是湖南工农运动从高潮走入低潮的转折点，为当时的共产党人提供了深刻的教训，意识到建立革命军队的必要性。

“铁军”，这就是红军五军团。他以这支部队攻占了湖南省会长沙这个大城市，把何键的六万军队赶跑——他们大多数都是鸦片鬼。红军守城十日，抵御宁湘联军的反攻，最后因受到日、英、美炮舰的轰击，才被迫撤出。

不久之后，蒋介石就开始对赤匪进行第一次“大围剿”。这些围剿经过，前文已有概述。南方红军长征时，彭德怀是打先锋的一军团司令员。他突破了几万敌军的层层防线，在进军途上一路攻克**战略要冲**[3]，为主力部队保证交通，最后胜利进入陕西，在西北苏区根据地找到了栖身之地。他的部下告诉我说，六千英里的长征，大部分他是步行过来的，常常把他的马让给走累了的或受了伤的同志骑。[4]

彭德怀过去即有这样一种斗争历史，我原来以为他是个疲惫的、板着脸的狂热领袖，身体也许已经垮了。结果我却发现彭德怀是个愉快爱笑的人，身体极为健康，只是肚子不好，这是在长征途上有一个星期硬着头皮吃没有煮过的麦粒和野草，又吃带有毒性的食物和几天颗粒不进的结果。[5]他身经百战，只受过一次伤，而且只是表面的。

我住在彭德怀设在预旺堡的司令部的院子里，因此我在前线常常看到他。附带说一句，司令部——当时指挥三万多军队——不过是一间简单的屋子，内设一张桌子和一条板凳，两只铁制的文件箱，红军自绘的地图，一台野战电话，一条毛巾，一只脸盆，和铺了他的毯子的炕。他同部下一样，只有两套制服，他们都不佩军衔领章。他有一件个人衣服，孩子气地感到很得意，那是在长征途上击下敌机后用缴获的降

3- 拓展知识

战略要冲：要冲指重要道路汇合的地方，战略要冲指在军事战略上非常重要的地理位置，是作战双方的必争之地，对战局会产生重要的影响。

4- 考点 细节描写赏析

将自己的马让给他人这一细节，表现出彭德怀心地善良、关心部下、与部下同甘共苦的优秀品质。

5- 考点 人物形象分析

“愉快爱笑”体现出彭德怀的乐观豁达。“肚子不好”与“身体健康”形成鲜明的对比，这是因为长征途中吃不上饭所致，从侧面体现长征的艰难。

落伞做的背心。

我们在一起吃过好几顿饭。他吃得很少很简单，伙食同部下一样，一般是白菜、面条、豆、羊肉，有时有馒头。宁夏产瓜，种类很多，彭德怀很爱吃。可是，好吃惯了的作者却发现彭德怀在吃瓜方面并不是什么对手，但是在彭德怀参谋部里的一位医生面前只好低头认输，他的吃瓜能力已为他博得了“韩吃瓜的”这样一个美名。

我必须承认彭德怀给我的印象很深。他的谈话举止里有一种开门见山、直截了当、不转弯抹角的作风很使我喜欢，这是中国人中不可多得的品质。他动作和说话都很敏捷，喜欢说说笑笑，很有才智，善于驰骋，又能吃苦耐劳，是个很活泼的人。这也许一半是由于他不吸烟、也不喝酒的缘故。有一天红二师进行演习，我正好同他在一起，要爬一座很陡峭的小山。“冲到顶上去！”彭德怀突然向他气喘吁吁的部下和我叫道。他像兔子一般蹿了出去，在我们之前到达山顶。又有一次，我们在骑马的时候，他又这样叫了一声，提出挑战。从这一点和其他方面可以看出他精力过人。

彭德怀迟睡早起，不像毛泽东那样迟睡也迟起。就我所知，彭德怀每天晚上平均只睡四五个小时。他从来都是不急不忙的，但总是很忙碌。[6]我记得那天早上一军团接到命令要前进两百里到敌区的海原，我多么吃惊：彭德怀在早饭以前发完了一切必要的命令后，下来同我一起吃饭，饭后他就马上上路，好像是到乡下去郊游一样，带着他的参谋人员走过预旺堡的大街，停下来同出来向他道别的**阿訇**[7]说话。大军似

【阅读纪实作品】

此处运用了比喻修辞，表现了彭德怀精力旺盛，充满热情的特点。作者在记录真实史实时，也在具体细节上加以生动的描绘，大大增强了作品的可读性与感染力。

6- 考点　重点词语理解

“不急不忙”体现出彭德怀从容大度、沉稳踏实的性格特征；“忙碌”体现出他作为领导者事务繁忙，但因具有卓越的领导才能，能把繁杂的事情处理得井井有条，两者并不矛盾。

7- 字词解释

阿訇（hōng）：原意为“老师”“学者”，在我国，伊斯兰教将主持清真寺教务和讲授经典的人称为“阿訇”。

乎是自己管理自己的。

附带说一句，虽然政府军飞机常常在红军前线扔传单，悬赏五万到十万元要缉拿彭德怀，不论死擒活捉，但是他的司令部门外只有一个哨兵站岗，他在街上走时也不带警卫。我在那里的时候，看到有成千上万张传单空投下来要悬赏缉拿他、徐海东、毛泽东。彭德怀下令要保存这些传单。这些传单都是单面印的，当时红军缺纸，就用空白的一面来印红军的宣传品。

我注意到，彭德怀很喜欢孩子，他的身后常常有一群孩子跟着。许多孩子充当勤务员、通讯员、号兵、马夫，作为红军正规部队组织起来，叫作少年先锋队。我常常见到彭德怀和两三个“红小鬼”坐在一起，认真地向他们讲政治和他们个人问题。他很尊重他们。

一天我同彭德怀和他一部分参谋人员到前线去参观一所小兵工厂，视察工人的文娱室，也就是他们的列宁室即列宁俱乐部。在屋子里的一道墙上有工人画的一幅大漫画，上面是一个穿和服的日本人双脚踩着满洲、热河、河北，举起一把沾满鲜血的刀，向其余的中国劈去。漫画中的日本人鼻子很大。

“那是谁？”彭德怀问一个负责管理列宁俱乐部的少先队员。

“那是日本帝国主义者！”那个孩子回答。

“你怎么知道的？”彭德怀问。

“你瞧那个大鼻子就行了！”

彭德怀听了大笑，看看我。“好吧，”他指着我说，“这里有个洋鬼子，他是帝国主义者吗？”

“他是个洋鬼子，那没问题，”那个少先队员说，

【阅读纪实作品】

在列宁室讨论漫画的一幕颇有戏剧性，对漫画的细节描写、少先队员和彭德怀的对话描写都属于文学手法，是纪实作品中必不可少的部分，这样写不仅丰富了人物的形象，同时让读者有身临其境之感。

“但不是日本帝国主义者。他有个大鼻子，但要做日本帝国主义者还不够大！”

彭德怀高兴地大笑，后来就开玩笑地叫我大鼻子。事实上，我的鼻子在西方人的社会中是正常的，并不惹眼，但在中国人看来，外国人都是大鼻子。我向彭德怀指出，当红军真的与日本人接触后，发现日本人的鼻子同他们自己的鼻子一般大时，这种漫画可能使他们感到极其失望。他们可能认不出敌人，而不愿打仗。

“不用担心！”司令员说，“我们会认出日本人来的，不管他有没有大鼻子。”

有一次我同彭德怀一起去看一军团抗日剧团的演出，我们同其他战士一起在临时搭成的舞台前面的草地上坐下来。他似乎很欣赏那些演出，带头要求唱一个喜欢听的歌。天黑后天气开始凉起来，虽然还只是八月底。我把棉袄裹紧。在演出中途，我突然奇怪地发现彭德怀却已脱了棉衣。这时我才看到他已把棉衣披在坐在他身旁的一个小号手身上。8

我后来了解彭德怀为什么喜欢这些“小鬼”，那是他向我的再三要求让步，把他自己的童年的一些情况告诉了我的时候。他在自己的童年所受的苦，可能使西方人听来感到惊奇，但是却是够典型的背景材料，可以说明为什么许多中国青年像他那样投奔红军。

8- 考点　细节描写赏析

给孩子披上自己棉袄这一细节，表现出彭德怀喜欢孩子、关爱部下。这样的作风不仅能增进上下级之间的感情，而且能让整个军队更有凝聚力和战斗力。

第八篇 同红军在一起

8 为什么当红军？

内容速览

作者记录了彭德怀年少时被迫离家，继而经历磨难最终加入红军的过程。从作者的记录中，我们看到了一个桀骜不驯的少年，在社会上跌跌撞撞后终于找到了革命组织的人生选择。彭德怀在讲述自己饱经磨难的过往经历时，一边踱着步一边挥舞着手中蝇拂子的形象，令人印象深刻。

阅读指南

- **章节阅读属性：**【细读】
- **阅读方法落实：**【阅读纪实作品】彭德怀的童年充满了不幸，离家后也在社会上受尽了苦，作者似乎有意把彭德怀过往的苦难经历和眼前的愉快活泼放在一起，阅读时要分析揣摩作者的用意。
- **核心内容感知：**【梳理情节，了解人物】关注彭德怀叙述的人生经历和思想改变，把握彭德怀的人物形象。

章节图解

为什么当红军？

- **童年生活**
  - 出身富农，在老式私塾常常挨老师打
  - 举起凳子揍了老师后，被婶母送到了新学堂
  - 把祖母的烟盘从炉子上踢下来，祖母要把他溺死
  - 受到舅舅的庇护，九岁的彭德怀离家闯荡社会
- **打工谋生**
  - 当放牛娃、煤矿工人、鞋匠学徒、烧碱矿工、修水渠工人
  - 回到舅舅家，并与表妹相爱，跟古文先生上课
  - 出现饥荒，彭德怀率领农民打地主分粮食，再次逃命
- **当兵生涯**
  - 刺杀长沙督军未果，从事谍报活动被出卖
  - 遭受了一个月的刑罚，重获自由再次当兵，成为营长
  - 舅舅去世后回乡，祖母对他很恭敬，赞其为模范“孝子”
  - 加入共产党，发起平江起义，开启新的革命生涯

原文阅读

彭德怀生于湘潭县的一个农村，离长沙约九十里地，靠湘江的蓝色江水旁边的一个富裕的农村里。湘潭是湖南风景最好的一个地方，深深的稻田和茂密的竹林绣成一片绿色的田野。人口稠密，一县就有一百多万人。湘潭土地虽然肥沃，大多数农民却穷得可怜，没有文化。据彭德怀说，“比农奴好不了多少”。那里的地主权力极大，拥有最好的地，租税高得吓人，因为他们许多人也是做官的。

“湘潭有些大地主一年收入有四五万担谷子，湖南省有些最富有的米商就住在那里”。

彭德怀自己的家庭是富农。他六岁那年死了母亲，他的父亲续弦后，后母憎嫌彭德怀，因为他使她想起了她的前任。她送他到一所老式私塾去念书，在那里常常挨老师打。彭德怀显然很有能力照顾自己：有一次挨打时，他举起一条板凳，揍了老师一下，就逃之夭夭。老师在本地法院告他，他的后母把他赶了出来。

他的父亲对这次吵架并不怎么在意，但是为了迁就妻子，把这个摔凳子的年轻人送去同他喜欢的一个婶母那里去住。这位婶母把他送进了所谓新学堂。他在那里遇到了一个“激进派”教师，是不信孝敬父母的。有一天彭德怀在公园里玩耍的时候，那个教师过来，坐下来同他谈话。彭德怀问他孝敬不孝敬父母，问他是否认为彭德怀应该孝敬父母，那位教师说，从他本人来说，他不相信这种胡说八道。孩子们是在他们父母作乐的时候诞生到这个世界上来的，正如彭德怀在公园里作乐一样。

“我很赞成这种看法，”彭德怀说，“我回家后便向婶母说了。她吓了一大跳。第二天就不让我去上学，受这种可恶的‘外国影响’。”他的祖母——看来是个残酷的专制魔王——听到他反对孝敬父母的话以后，“每逢初一月半、逢年过节，或者刮风下雨的日子”就跪下来祷告，祈求天雷打死这个不孝孽子。

接着发生了一件惊人的事，这最好用彭德怀自己的话来说：

“我的祖母把我们统统看作是她的奴隶。她抽鸦片烟很凶。我不喜欢闻鸦片烟，有一天晚上我再也忍受不住了，起身把她的烟盘从炉子上踢了下来。她大发脾气，把全族都叫来开了会，正式要求把我溺死，因为我是不孝的孩子。她对我提出了一大串罪状。

“当时族人已准备执行她的要求。我的继母赞成把我溺死，我的父亲说，既然这是一家的意见，他也不反对。这时我的舅舅站了出来，狠狠地责备我的父母没有把我教养好。他说这是他们的过失，因此孩子没有责任。

“我的命就得了救，但是我得离家。我当时才九岁，十月里天气很冷，我除了一身衣裤外身无长物。我的继母还想把我身上的衣裤留下，但我证明这不是她的，这是我生身的母亲给我做的。”

这就是彭德怀闯世界的生活的开始。他起先当放牛娃，后来又做矿工，一天拉十四个小时风箱。工作时间这么长使他吃不消，于是他就离开煤矿，去当鞋匠学徒，一天只工作十二个小时，这已是个大改善了。他没有工资，过了八个月他又逃跑了，这次去到烧碱矿做工。矿井歇业后，他再一次得去找工作。身上除了一身破烂以外仍一无长物。他去修水渠，终于有了个“好差使”，拿到了工资。二年攒了一千五百文——大约十二元钱！但换了军阀后，原来的纸币成了废纸，他又一文不名。灰心丧气之下，他决定回家乡。

彭德怀现在十六岁，他去找一个有钱的舅舅，就是那个救了他一命的舅舅。那人自己的儿子刚死，他过去一直很喜欢彭德怀，就欢迎他去，留他在家。彭德怀爱上了自己的表妹，舅舅对婚事也颇赞同。他们请一个古文先生上课，在一起嬉戏，计划将来的共同生活。

但是这些计划被彭德怀的无法抑制的暴躁脾气所

老师有话说

【阅读纪实作品】

封建思想下产生了极度苛刻的教条家规，甚至到了“吃人”的地步，封建礼教成为强势一方剥削压迫弱势一方的工具，完全扼杀了人作为独立个体的存在。同时这一段也写出彭德怀的勇敢与反抗精神。

打断了。第二年，湖南发生大饥荒，成千上万的农民赤贫无依。彭德怀的舅舅救了许多农民，但是最大的一些米店是一个大地主开的，靠此大发横财。有一天有二百多个农民拥到他家中，要求他把大米平价卖给他们——这是在饥荒之年一向要大善士做的事。但这个有钱人拒绝讨论，把人们赶走，闩上了大门。

彭德怀继续说："我正好走过他家，便停下看示威。我看到有许多人都已饿得半死，我知道那个人的米仓里有一万担大米，可是他却一点也不肯帮穷人的忙。我生气起来，便带领农民攻打他的家，他们把他的存粮都运走了。我事后想起来也不知自己为什么这样做。我只知道，他应该把米卖给穷人，要是不卖，他们把米拿走是应该的。"

彭德怀又得逃命，这次他已够年岁可以当兵。他的军人生涯由此开始。不久之后他就成了一个革命家。

他十八岁当了排长，参加了推翻当时统治该省的一个姓傅的督军的密谋。彭德怀当时受到军中一个学生领袖的很大影响，这个人遭到了督军的杀害。彭德怀负了刺杀督军的任务来到长沙，等他有一天上街时扔炸弹过去。这颗炸弹却是虎头蛇尾的，像中国小说中的情况一样：它没有爆炸，彭德怀逃走了。

不久之后，孙逸仙博士担任西南联军的大元帅，打败了胡督军，但后来又被北洋军阀赶出湖南。彭德怀同孙逸仙的军队一起南逃。后来他奉孙逸仙的一个将领程潜①的命令从事谍报活动，到了长沙以后被叛徒出卖，遭到逮捕。当时湖南当权的军阀是**张敬尧**[1]。

① 林伯渠当时在程潜军中当参谋长。

【阅读纪实作品】

作者在真实记录彭德怀年少时的往事时没有加入主观评判，体现出纪实文学的真实性与客观性。彭德怀从为自己反抗到为贫苦大众反抗，但同时感到迷茫，有着清晰的成长印迹。

1- 拓展知识

张敬尧：段祺瑞为首领的皖系军阀的骨干，1918年被任命为湖南督军兼省长后，无恶不作、为害一方，1919年毛泽东等湖南有志学生发起了"驱张斗争"并取得胜利，张敬尧从湖南出逃。见本书第四篇。

彭德怀对他这段经历是这么叙述的：

“我每天受各种各样刑罚约一小时。有一天晚上我被手足反绑，在手腕上缚一根绳子吊在梁上。狱卒们在我背上堆上一块块大石头，站在周围踢我，要我招供——因为他们至今仍没有弄到我的证据。我昏过去了好几次。

“这样的刑罚继续了一个月。每次受刑后我常常想，下一次得招供了，因为我实在受不了这种刑罚。但每次我又决定不屈服，坚持到第二次再说。最后他们从我口中得不到什么东西，出乎意料地释放了我。[2]我一生中最惬意的一件事是几年以后我们攻占长沙时把这个用刑室拆毁了。我们放了关在那里的好几百名政治犯——其中许多人由于挨打、虐待、挨饿已奄奄一息。”

2-考点 人物形象分析

此处是彭德怀对自己受刑时内心想法的讲述，非常真实，面对残酷的刑罚他也有普通人的思想斗争，意志也会动摇，但最终还是咬牙坚持下来，人物形象立体丰满，体现出彭德怀坦诚率真的一面。

彭德怀重获自由以后就回到他舅舅家去看他的表妹，他想同她结婚，因为他认为自己仍有婚约。他发现她已死了。他于是又去当兵，不久就第一次任军官，派到湖南军校学习。毕业后他在鲁涤平部下第二师当营长，到家乡驻防。

“我的舅舅死了，我听到消息以后就请假回去奔丧。路上我要经过童年时代的家。我的老祖母还活着，八十多了，身体还很健旺，她听说我回来，走了十里路来迎我，请我不要计较过去。她的态度非常谦恭。[3]我对这一转变感到很奇怪。是什么原因呢？我马上想到这不是因为她个人感情有了什么转变，而是因为我在外面发了迹，从一个无业游民变成为一个月挣两百元大洋军饷的军官。我给老太太一些钱，她以后就在家里赞扬我是个模范‘孝子’！”

3-考点 表现手法赏析

彭德怀讲述祖母态度之谦恭、表现之夸张，与前文形成鲜明对比，促成这一转变的原因并非疼爱孙子，而是孙子成为高薪军官。原打算溺死的“孽子”变为了模范“孝子”，有很强的讽刺意味。

我问彭德怀受到什么书籍的影响。他说，他年轻的时候读过司马光的《资治通鉴》，第一次开始对军人应对社会负有什么责任有了一些认真的考虑。“司马光笔下的战争都是完全没有意义的，只给人民带来痛苦——很像我自己的时代里中国军阀之间的混战。为了要使我们的斗争有一些意义，为了实现长期的变革，我们能够做些什么？”

彭德怀读了梁启超、康有为以及其他许多对毛泽东也发生过影响的作家的著作。有一个时期，他对无政府主义也有一些信仰。陈独秀的《新青年》使他对社会主义发生了兴趣，从此开始研究马克思主义。国民革命正在酝酿中，他当时任团长，觉得有必要用一种政治学说来激励他的部下的士气。孙逸仙的三民主义“比起梁启超来是个进步”，但彭德怀感到“太含糊混乱”，虽然当时他已是国民党员。布哈林的《共产主义入门》使他觉得是“第一次提出了一个实际合理形式的社会和政府的一本书”。

到一九二六年彭德怀已读了《共产党宣言》《资本论》简介、《**新社会**》[4]（一个著名中国共产党员著）、**考茨基**[5]的《阶级斗争》以及许多对中国革命作了唯物主义解释的文章和小册子。彭德怀说：“以前我只是对社会不满，看不到有什么进行根本改革的希望。在读了《共产党宣言》以后，我不再悲观，开始怀着社会是可以改造的新信念而工作。”

虽然彭德怀到一九二七年才参加共产党，他在自己的部队里吸收相信共产主义的青年，办马克思主义的政治训练班，成立士兵委员会。一九二六年，他同一个中学女生结了婚，她是社会主义青年团团员，但

4- 拓展知识

《新社会》：由郑振铎、瞿秋白等人在1919年创办的刊物，被称为“中国第一本社会学杂志”，主要宣传改造社会的思想，六个月后被北洋军阀政府查封，只出版了19期。

5- 拓展知识

考茨基：即卡尔·考茨基，德国社会民主主义活动家，长期是第二国际的领袖和第一理论家，是马克思《资本论》第四卷的编者。他的理论和思想影响深远。

【阅读纪实作品】

阅读纪实作品时，要从中获得启迪。作者主动询问彭德怀“受到什么书籍的影响”，彭德怀也坦然与作者交流自己阅读的内容和感受，可以看出两人都十分重视读书并善于思考，从中获得有益的内容。

在革命期间，他们分了手。一九二八年以后彭德怀就没有见到过她。就是在那一年七月，彭德怀举行起义，占领了平江，开始了他的叛逆或土匪——看你怎么叫——的生涯。

他在把这些青年时代和斗争的情况告诉我时，他手里执着一个用蒙古马鬃做的苍蝇拂，为了强调语气，漫不经心地随手挥舞着，一边在屋子里踱来踱去，说说笑笑。6这时有个通讯员送来了一束电报，他开始看电报时又突然成了一个严肃的司令员了。

6- 考点　人物形象分析

此处是对彭德怀的动作描写，彭德怀讲述的往事并不美好，但他在向作者讲述往事时仍然很随和，体现了他的乐观豁达、风趣幽默。

“反正，要说的就是这么一些，”他最后说，“这可以说明一个人怎么变成‘赤匪’的！”

第八篇 同红军在一起

游击战术

8

内容速览

作者就红军的游击战术对彭德怀进行采访，彭德怀不但阐述了红军采用游击战术的原因，还分析了游击战术迅速发展的有利条件，又通过对“游击战术的十大原则”的概括，让我们看到了红军屡战屡胜的根本所在。

阅读指南

- **章节阅读属性：**【细读】
- **阅读方法落实：**【阅读纪实作品】作者对红军采用游击战术并非是教科书式的讲述，而是记录了大量的实战经验，这些经验是红军战士在一次次的作战中总结出来的，阅读时可以思考作者这样记录的目的。
- **核心内容感知：**【梳理情节，品味情感】关注作者对红军游击战术的记录，感受作者对红军的情感态度。

章节图解

- **游击战术**
  - **客观背景**
    - 农村经济的破产，穷人愿意为改变处境而斗争
    - 内地落后（特别是交通），使得人民有时间武装和组织起来
    - 帝国主义的势力范围之间有很多空隙，利于发展游击战
    - 大革命播下了革命的思想，许多革命者去农村举行起义
  - **主观因素**
    - 只有在共产党的革命领导下才能取胜
    - 实际战地领导必须坚决果断、勇敢无畏
    - 游击队伍要经常从本地群众中培养新的领导人
  - **十大原则**
    - 作战原则：不能打打不赢的仗
    - 制定计划：必须制订缜密详细的进攻计划，特别是撤退计划
    - 找准对手：发展游击战中必须注意民团，及时解除民团的武装
    - 进攻战术：所采用的主要进攻战术就是奇袭，避免打阵地战
    - 人数安排：正常交战人数要超过敌人，奇袭时采用小股部队
    - 战线安排：游击战线必须具有最大的弹性，方便进攻或后撤
    - 声东击西：必须掌握牵制佯攻、骚扰伏击等分散注意的战术
    - 避实就虚：避免同主力交战，集中在最薄弱或最致命的环节
    - 神出鬼没：必须提防敌人找到游击队主力，要常常变换位置
    - 情报优势：游击队同地方群众不可分离，在情报上具有优势
  - **成功核心**
    - 游击队绝对必须得到农民群众的拥护和参加

原文阅读

这里我要报道一下我访问彭德怀，了解红军怎样成长和为什么成长的一次极为有兴趣的谈话。我记得我们是坐在预旺堡前县长的公馆里，这是一所两层楼的房子，有栏杆围着的阳台。坐在阳台上，你可以越过宁夏平原眺望蒙古。

在预旺堡的高高结实的城墙上，红军的一队号兵在练习吹军号，这个堡垒一样的城中有一角落飘着一面猩红的大旗，上面的黄色锤子和镰刀在微风中时隐时现，好像后面有一只手在抚弄一样。我们从一边望下去，可以看到一个清洁的院子，回族妇女在舂米做饭，另一边晾着衣服。远处一个空地里，红军战士在练爬墙，跳远，掷手榴弹。

彭德怀和毛泽东虽是湖南同乡，在成立红军以前却没有见过面。彭德怀说话南方口音很重，快得像连珠炮。只有他慢条斯理地讲得很简单的时候我才能听懂，但他总是很不耐烦慢条斯理地说话。在这次谈话里，北京一位年轻的大学毕业生做我的翻译，他的英语很好。我希望他仍活着，总有一天会读到我在这里对他表示的最深切的感谢。

“中国采用**游击战**[1]的主要原因，”彭德怀开始说，“是因为经济破产，特别是农村破产。帝国主义、封建主义、军阀混战加在一起，破坏了农村经济的基础，不消灭它的主要敌人是不能恢复的。苛捐杂税，加上日本侵略，军事上和经济上的侵略，在地主的帮助下加速了农民破产的速度。农村中的豪绅的滥用权力使大多数农民无法生活下去。农村中失业现象普遍。穷人阶级愿意为改变处境而斗争。

老师有话说

【阅读纪实作品】

这一段场景描写格调清新明朗，既弥漫着军民生活的温情，又彰显着红军部队的严整。对党旗随风飘扬状态的描写生动形象，体现出纪实文学的文学性与艺术性，既不会影响史料的可信度，又能让读者有身临其境之感，真实自然。

1- 拓展知识

游击战：即游动攻击的战法，其精髓是敌进我退，敌驻我扰，敌疲我打，敌退我追。根据作战方式、作战目的的不同等，又可分为袭扰战、伏击战等多种战法。

"其次，游击战得到了发展是因为内地的落后。缺乏交通、道路、铁路、桥梁，使得人民可以武装起来，组织起来。

"第三，虽然中国的战略中心多少都控制在帝国主义者手中，这种控制是不平衡的、不统一的。在帝国主义的势力范围之间，有很多空隙，可以迅速发展游击战。

"第四，大革命（一九二六——九二七年）在许多人的心中播下了革命的思想，甚至在一九二七年发生反革命，城市里进行了大屠杀以后，许多革命者拒绝屈服，寻求反抗的方法。由于大城市里帝国主义和**买办**2联合控制的特殊制度，由于在开始的时候缺乏一支武装力量，不可能在城市地区找到一个根据地，因此许多革命工人、知识分子、农民回到农村地区去领导农民起义。无法容忍的社会经济条件造成了革命的条件：所需要的只是为这一农村群众运动提供领导、方式和目标。

"所有这些因素都有助于革命游击战的发展和成功。当然，这些道理说得很简单，没有谈到其中更深刻的问题。

"除了这些理由以外，游击战所以能够成功，游击队所以能够战无不胜，还因为群众同作战部队打成一片。红色游击队不仅是战士，他们同时也是政治宣传员和组织者。他们到哪儿就把革命的思想带到哪儿，向农民群众耐心解释红军的真正使命，使他们了解只有通过革命才能满足他们的需要，为什么共产党是唯一能够领导他们的政党。

"但是至于游击战的具体任务，你问到为什么在

2- 拓展知识

买办：帝国主义侵入中国以后，外国资本家为了方便进行经济侵略活动，会雇佣一些中国人作为代理人，这些人就被称为买办，是帝国主义剥削和压迫人民的奴才。他们害怕人民的觉醒与反抗，是极端的反革命派。

【阅读纪实作品】

阅读纪实文学时，要注意做好梳理与总结。以上记录的四点是开展游击战的客观条件，接下来开始总结游击战能够成功的主观因素。

有些地方发展很快，成了强大的政治力量，而在别的地方却很容易遭到迅速的镇压。这是一个很有意思的问题。

“首先，中国的游击战只有在共产党的革命领导下才能取胜，因为只有共产党有决心、有能力满足农民的要求，了解在农民中间进行深入、广泛、经常的政治和组织工作的必要性，能够实现它宣传的诺言。

“其次，游击队的实际战地领导必须坚决果断、勇敢无畏。没有这些领导品质，游击战不但不能发展，而且在反动派的进攻下一定会衰亡。

“因为群众只关心他们生计问题的实际解决，因此只有立即满足他们最迫切的要求才能发展游击战。这意味着必须迅速解除剥削阶级的武装。

“游击队决不能静止不动，这样就会招致毁灭。他们必须不断扩充，在周围不断建立新的外围团体。每个斗争阶段都要有政治训练的配合，从每一个新参加革命的队伍中必须培养当地的领导人。在一定程度内可以从外面吸收领导人，但是如果游击运动不能鼓舞、唤醒，不能经常地从本地群众中培养新的领导人，就不可能有持久的成功。”

这些话使人感到很有兴趣，而且无疑也很重要。但是如果可能的话，我想知道红军的军事指导原则，因为这些原则使得他们成为装备比他们强大好几倍的南京军队的劲敌。凡是读到过一些关于劳伦斯上校[①]及其战役的人，无不把红军的战术同这个英国运动战

【阅读纪实作品】

从这里看出游击战不仅是军事行动，还是思想政治战，需要广泛的群众基础和政治思想教育。可以看出彭德怀对红军该如何生存、发展、壮大有非常清晰的见解，既有当前的工作重点，也有长远的发展规划。

---

① T. E. Lawrence（一八八八 — 一九三五年），英帝国主义冒险家，第一次欧战时在阿拉伯策划反土耳其叛乱，有“阿拉伯的劳伦斯”之称。—— 译注

伟大天才的战术相比。像阿拉伯人一样，红军在少数几次大规模阵地战中战绩平庸，但在运动战中却不可战胜。

张学良少帅所以开始尊重红军（这是他被派来摧毁的敌人）的主要原因之一是，他对他们这种作战方法的熟练掌握有很深刻的印象，他终于相信，这种方法是可以用来打日本的。他同红军达成休战协议后，就邀请红军教官到他在陕西为东北军办的军官训练班讲课，共产党在那里的影响就迅速扩大。张学良和他的大部分军官坚决抗日，他们相信，在对日战争中，中国最后必须依靠优势的机动和运动能力。他们迫切地要想知道红军在十年内战的经验中所学到的关于运动战的战略战术的所有知识。

关于这几点，我原来问过彭德怀，是否可以归纳一下“红色游击战术的原则”？他答应过给我总结一下，并且写了一些笔记，现在他念给我听。至于这个问题的详尽论述，他叫我去看毛泽东写的一本小册子，是在苏区出版的，但是我无法弄到。

彭德怀说，“如果新发展的游击队要成功的话，有些战术原则必须遵守。这是我们从长期经验中学习到的，虽然视具体情况而异。我认为背离这些原则一般都会造成灭亡。主要原则可以归纳为下列十点：

“第一，游击队不能打打不赢的仗。除非有很大的胜利把握，否则不同敌人交战。

“第二，游击队如果领导得好，所采用的主要进攻战术就是奇袭。必须避免打阵地战。游击队没有辅助部队，没有后方，没有供应线和交通线，而敌人却有。因此在长期的阵地战中敌人具有一切有利条件，总的来说，游击队获胜的可能与作战时间长短成反比例。

“第三，在交战之前，不论主动或是被动，必须制订出缜密的详细的进攻计划，特别是撤退计划。任何进攻，事先如不充分准备好预防措施，游击队就有遭到敌人出奇制胜的危险。游击队的极大有利条件就是优势运动能力，在运用这种能力方面如有错误就意味着灭亡。

“第四，在发展游击战中必须注意民团[①]，这是地主豪绅的第一道，也是最后

① 彭德怀估计民团为数至少三百万人（中国的庞大正规军有两百万人）。

一道的最坚决的防线。从军事上来说，民团必须予以消灭。但从政治上来说，如有可能，就必须把它争取到群众一边来。一乡的民团不解除武装，群众是发动不起来的。

“第五，在与敌军正常交战时，游击队的人数必须超过敌人。但是如果遇到敌人正规军在移动、休整或防范不严的时候，可以用一支小得多的部队，对敌人战线上的要害进行侧翼奇袭，行动要迅速坚决。红军的许多**‘短促突击’**[3]都是用几百个人的兵力对成千上万的敌军进行的。这种突然进攻要完全成功必须要突然、迅速、勇敢、果断、计划周密，挑选的是敌人最薄弱的又是最重要的环节。只有高度有经验的游击队才能取胜。

“第六，在实际战斗中，游击战线必须具有最大的弹性。一旦看出他们对敌人兵力或准备或火力的估计如有错误，游击队员应该能够像发动进攻那样迅速地脱离接触而后撤。每一单位必须有可靠的干部，充分能够代替在战斗中伤亡的指挥员。在游击战中必须大大依靠下级的随机应变。

“第七，必须掌握牵制佯攻、骚扰伏击等分散注意的战术。在中文中，这种战术叫作‘声东击西的原则’。

“第八，游击队要避免同敌军主力交战，要集中在最薄弱的或最致命的环节。

“第九，必须提防敌人找到游击队主力。为此，游击队员在敌人前进时应避免集中在一个地方，应该在进攻之前经常变换位置——一天或一晚上两三次。游击队行动神出鬼没是要取得成功所绝对必备的条

3- 拓展知识

短促突击：趁敌军从堡垒出来立足未稳时，我方从堡垒杀出予以突击的战术。这里指游击队员趁敌军移动、休整或防范不严时，从掩护地杀出予以突击。

件。进攻后迅速分散的周密计划同实际集中力量应付敌人进攻的计划一样重要。

“第十，除了优势机动以外，游击队由于同地方群众不可分离，在优势情报方面具有有利条件，必须充分利用这一条件。理想的情况是，每个农民都是游击队的情报员，这样敌人每走一步，游击队就无不事先知道。应努力保护敌情渠道，并建立好几道辅助情报网。”

据彭德怀司令员说，这就是红军力量所系的主要原则，每次扩大红区都要运用这些原则。他最后说：

“因此你可以看到游击战要成功，需要这些基本条件：无畏、迅速、计划周密、机动、保密、行动神出鬼没和坚决果断。4 缺一项，游击队就不能取胜。如果在战斗开始时，他们没有决断，战斗就要拖延时日。他们必须迅速，否则敌人就能得到增援。他们必须机动灵活，否则就会失掉运动的有利条件。

“最后，游击队绝对必须得到农民群众的拥护和参加。如果没有武装农民运动，事实上就没有游击队根据地，军队就不可能存在。只有深深扎根于人民的心中，只有实现群众的要求，只有巩固农村苏维埃中的根据地，只有掩护在群众之中，游击战才能带来革命的胜利。”

彭德怀在阳台上踱来踱去，每次走到我伏案疾书的桌子边上时就提出一个论点。现在他突然停下来，沉思地回想。5

“但是没有任何东西，绝对没有任何东西，”他说，“比这一点更重要 —— 那就是红军是人民的军队，它所以壮大是因为人民帮助我们。

【阅读纪实作品】

阅读纪实作品时，要从细节中获得启迪。通过彭德怀对游击战术原则的总结，可以看出红军在打游击战中积累了丰富的作战经验，我们在学习与生活中也要善于思考与总结，重视经验的指导作用。

4- 考点 人物形象分析

彭德怀总结游击战想要获得成功的基本条件，既有对士兵的要求，也有对指挥官的要求，可见他是一个善于思考、善于总结的人。

5- 考点 人物形象分析

对彭德怀的动作描写，彭德怀讲述时给作者留记录的时间，同时自己也在思考总结，体现出彭德怀思维缜密、思考全面的特点。

“我记得一九二八年的冬天，我的部队在湖南只剩下两千多人，还受到包围。国民党军队把方圆三百里内的所有房子都烧掉了，抢去了所有粮食，然后对我们进行封锁。我们没有布，就用树皮做短衫，把裤腿剪下来做鞋子。头发长了没法剃，没有住的地方，没有灯，没有盐。我们病的病，饿的饿。农民们也好不了多少，他们剩下的也不多，我们不愿碰他们的一点点东西。

“但是农民鼓励我们。他们从地下挖出他们藏起来不让白军知道的粮食给我们吃，他们自己吃芋头和野菜。6他们痛恨白军烧了他们的房子，抢了他们的粮食。甚至在我们到达之前他们就在同地主老财做斗争了，因此他们欢迎我们。许多人参加了我们的队伍，几乎所有的人都用某种方式帮助我们。他们希望我们取胜！因此我们继续战斗，冲破了封锁。”

他向我转过身来，简单地结束道：“战术很重要，但是如果人民的大多数不支持我们，我们就无法生存。我们不过是人民打击压迫者的拳头！”

6- 考点 细节描写赏析

农民把藏起的粮食给红军吃，体现出广大百姓对红军的拥护与欢迎，心甘情愿为红军提供尽可能的帮助，支持他们取得胜利，结合彭德怀的话语，可知人民群众是红军最大的靠山。

第八篇 同红军在一起

8 红军战士的生活

内容速览

主要讲述了红军战士的日常生活与安排，战士们的生活条件非常艰苦，物质比较贫乏，但他们有着非常丰富的活动，不管是室外训练还是在列宁室的识字、会议、墙报……每天都安排得满满当当，一切活动都有组织、有秩序、有纪律，令人赞叹。

阅读指南

- **章节阅读属性：**【细读】
- **阅读方法落实：**【阅读纪实作品】作者在记录红军的日常生活时，详细记述了战士们的文体生活，特别是对列宁室从内部配置到战士们在里面的具体活动都加以介绍。阅读时可以揣摩作者筛选这些事例的原因。
- **核心内容感知：**【梳理情节，品味情感】关注作者对列宁室的描写和记录，感受作者对红军的情感态度。

章节图解

红军战士的生活

- 饮食起居
  - 住在窑洞、旧马厩或原官兵驻兵剩下的营房等地方
  - 睡硬炕，只有一条棉被，用砖石搭成桌椅，非常清洁整齐
  - 饮食极为简单，热开水几乎是唯一的饮料
- 作息规律
  - 一天到晚都很忙，非战时或值勤时，每周休息一天
  - 上午：五点起床→早操、早餐→军事训练→政治课和讨论
  - 下午：识字课→运动→晚餐→唱歌和开小组会→九点睡觉
- 文体活动
  - 运动竞赛：丰富多彩，集体竞赛都颁发奖旗
  - 列宁室
    - 军事：有研究军事战术的土质模型
    - 识字：识字角，识字班分三个班教学
    - 墙报：用于了解战士们的问题和发展情况
    - 书籍：红军教科书、讲义、俄国革命史等
    - 乒乓球桌：既当球桌又当饭桌
  - 趣味游戏：识字牌等集体游戏、唱歌等活动

原文阅读

在国外，中国士兵的名声很差。许多人认为他们的枪主要是装饰品，他们唯一打的仗是用鸦片烟枪打的；如果有步枪交火，都是事先商定，朝天开枪；战局用银洋决定胜负，士兵用鸦片发饷。[1]对过去的大部分军队来说，这种说法有一部分确是如此，可是现在装备良好的第一流中国士兵（红白两军都是如此），不再是滑稽戏中的笑话了，这在不久就会让全世界看到。中国未能击退日本的进攻并不是判断的标准：除了上海曾经进行过后来受到破坏的抵抗以外，迄今没有进行认真的抵抗。

中国依然有着很多滑稽戏式的军队，但近年来，已经出现了一种新型中国战士，他们不久就会取代那些旧式的战士。内战，特别是红军和白军之间的阶级战争，付出的代价一直很高，打得往往很猛烈凶狠，双方都没有宽恕或妥协的余地。中国这十年的内争，如果说别无成就，那至少已建立了对运用现代技术和战术有经验的一支战斗力量和军事头脑的核心，这不久就会建立一支强有力的军队，不再能够被看作是**银样镴枪头**[2]了。

问题从来不在于人才本身。我在一九三二年的**淞沪战役**[3]中就知道，中国人同任何别国的人一样能打仗。撇开技术上的局限性不谈，问题完全是统帅部自己没有能力训练麾下的这种人才，赋予军事纪律、政治信念和制胜意志。红军的优越性就在这里——它往往是在战斗中相信自己是为一定目的而作战的唯一一方。红军在建军的教育工作方面的成功，使他们能够抵抗得住敌人的在技术上和数量上的巨大优势。

老师有话说

1- 考点 表现手法赏析

运用欲扬先抑的表现手法。作者先写中国士兵在国外的名声差，然后再写现在装备好的第一流中国士兵，两者形成鲜明的对比，印证了中国红军不久就会建立一支强有力的军队这个事实。

2- 字词解释

银样镴（là）枪头：表面看起来是银质，实际焊锡做的枪头，形容中看不中用。

3- 拓展知识

淞沪战役：这里指1932年的一·二八事变（一·二八淞沪抗战）。一·二八事变期间日军先后多次发起总攻，都被国民革命军第十九军和第五军击溃，这是抗日战争中中国军队第一次与日本进行的全面对抗和较量。

中国农民占红军的大部分，他们坚忍卓绝，任劳任怨，是无法打败的。这在长征中已经表现了出来，这也在红军日常生活的严格要求上表现出来。可能也有外国的军队能够吃得消这种同样的风吹雨打、食物粗粝、住所简陋、长期艰苦的生活，但我没有见过。我对美、英、法、日、意、德的军队都比较熟悉，但是我相信只有最优秀的军队才能吃得消红军战士这样紧张艰苦的日常条件。

我在宁夏和甘肃所看到的红军部队，住在窑洞里，富有地主原来的马厩里，用泥土和木料草率建成的营房里，以前的官吏或驻军丢弃的场地和房子里。他们睡在硬炕上，甚至没有草垫，每人只有一条棉毯——然而这些房间却相当清洁整齐，虽则地板、墙壁和天花板都是刷了白粉的泥土。[4]他们难得有桌子或书桌，把砖头或石头堆起来就当椅子用，因为大部分家具在敌人撤退以前就给毁坏或运走了。

每一个连都有自己的炊事员和后勤部门。红军的饮食极为简单。咖啡、茶、蛋糕、各种糖果或新鲜蔬菜，几乎是**闻所未闻**[5]的东西，他们也不想。咖啡罐头比咖啡更有价值；没有谁喜欢咖啡，它的味道像药一样，但是一个好罐头却可以做成一个耐用的饭盒！热开水几乎是唯一的饮料，喝冷水受到特别禁止。

红色士兵不作战时，一天到晚都很忙，实际上，在西北，像在南方一样，经常长时期没有活动，因为占领了一个新地方后，红军就要休整一两个月时间，成立苏维埃或者进行其他的“巩固”，只派少数人去前哨值勤。敌人除了定期发动大“围剿”以外，几乎总是处于守势。但是在红军和敌人各自的攻势之间往

【阅读纪实作品】

红军优秀的政治训练，将本就吃苦耐劳的中国农民锻炼成一支信念坚定、纪律严明、能征善战、坚忍不拔的新型军队。

4- 考点 表现手法赏析

将红军战士居住条件差与收拾的清洁整齐形成对比，突出红军纪律严明、意志坚定，在极艰苦的环境下仍能保持最佳的状态。

5- 字词解释

闻所未闻：听到了之前从未听到过的，形容事物十分稀罕。

往有很长间隙的闲暇。

红军士兵不作战或不值勤时，每星期休息一天。他们五点钟起床，晚上九点钟吹“熄灯号”睡觉。每天的时间表包括：起床后即进行一小时的早操；早餐；两小时的军事训练；两小时的政治课和讨论；午餐；一小时的休息；两小时的识字课；两小时的运动；晚餐；唱歌和开小组会；“熄灯号”。

【阅读纪实作品】

红军战士在不打仗时也有丰富的活动，这些活动将趣味竞赛融入日常训练之中，帮助战士不断提升身体素质和作战技能。

跳远、跳高、赛跑、爬墙、盘绳、跳绳、掷手榴弹和射击方面的激烈竞赛，受到鼓励。看了红军跳墙、跳杆和盘绳，就不难明白为什么中国报纸因他们行动敏捷和爬山迅速而给他们起了“人猿”的绰号。由班到团，在运动、军事训练、政治常识、识字和公共卫生等方面的集体竞赛中，都颁发奖旗。我在获得这类荣誉的部队的列宁室里，看见这些奖旗陈列在那里。

每一个连和每一个团都有列宁室，这里是一切社会和“文化”生活的中心。团的列宁室是部队营房中最好的，但这话说明不了什么；我所看到的总是很简陋，临时凑合成的，它们使人注意的是室内的人的活动，而不是室内的设备。它们全都悬挂了马克思和列宁像，那是由连团中有才能的人画的。像中国的一些基督像一样，这些马克思和列宁像一般都带有鲜明的东方人的外貌，眼睛细得像条线，前额高大，像孔子的形象，或者全然没有前额。红军士兵给马克思起了马大胡子的绰号。他们对他似乎又敬又爱。回民战士特别是这样，中国人喜欢大胡子而且能够留大胡子的，似乎也只有他们。

列宁室的另一个特点，是室中有专为研究军事战术而设的一角，有土制模型。微型城镇、山岳、要塞、河流、湖泊和桥梁，都建在这些角落里，学员在研究一些战术问题时，玩具军队就在这些模型上来回作战。例如，在有些地方，可以看到中日淞沪战争的重演，在另外地方，又可以看到长城战役，但大多数模型当然是表现红军和国民党之间过去的战争的。此外，它们也用来说明军队驻扎地区的地理特点，表现一场假设战役的战术，或只是用来引起红军士兵对地理和政治课的兴趣，他们上这些课是军事训练的一部分。在一个卫生连的列宁室里，我看到人体各部分的泥塑模型，说明某些疾病的影响，人体的卫生，等等。

室的另一角是用来学识字的，这里可以看到每个战士的笔记簿都挂在墙壁上指定的木钉上。有三个识字班：识字不到一百个的一班；识字一百到三百个的一班；能读写的字超过三百个的又是一班。红军为每班出版了自己的课本（以政治宣传作为学习材料）。除了政治训练以外，每个连、营、团和军的政治部都负责群众教育。他们告诉我，在一军团中，只有百分之二十左右的人依然在“瞎子”班，这是中国人对完全不识字的人的称呼。

“列宁室的原则，”第二师那位二十二岁的政治部主任萧华对我说，“十分简单。它们的全部生活和活动，必须同战士的日常工作和发展联系起来。必须由战士自己去进行活动。必须简单和容易了解。必须把娱乐同关于军队当前任务的实际教育结合起来。”

每个室也都有墙报，由战士组成的委员会负责定期出版。这至少比一般列宁室的“藏书”要及时得多，后者主要是标准的中国红军教科书和讲义，俄国革命史，各种从白区偷运进来或夺取而来的杂志，以及中

【阅读纪实作品】

从这里可以看出红军对教育的重视程度，不仅对战争有模拟分析和理论分析，还有地理、政治、生理及卫生等相关知识，进一步表明红军无往不胜并非只靠勇往直前的信念，而是有更多的优势因素。

国苏维埃出版物，如《红色中华》《党的工作》《斗争》，等等。

列宁室的墙报可以使人相当深入地了解士兵的问题和他们的发展情况。我把许多墙报详细记下来，翻译成英文。预旺堡二师三团二连列宁室的九月一日的一张墙报是有代表性的。它的内容包括：共产党和共青团每天和每星期的通告；两篇新识字的人写的粗糙稿件，主要是革命的勉励和口号；红军在甘肃南部获得胜利的无线电新闻简报；要学唱的新歌；白区的政治新闻；最使人感到兴趣的也许是分别用来进行表扬和批评的红栏和黑栏了。

“表扬”的内容是称赞个人或集体的勇气、无私、勤劳和其他美德。在黑栏里，同志们互相进行严厉的批评，并批评他们的军官（指名道姓的），例如说没有把步枪擦干净，学习马虎，丢掉一颗手榴弹或一把刺刀，值勤时抽烟，“政治落后”，“个人主义”，“反动习气”，等等。在有一个黑栏上，我看到一个炊事员因把小米煮得“半生不熟”而受到批评；在另一个黑栏里，一位炊事员揭发一个人“老是抱怨”他烧的饭不好吃。6

许多人听到红军爱好英国的乒乓球，觉得很有意思。这的确有点奇怪，可是每一个列宁室屋子中间都有一张大乒乓球桌，通常两用，又作饭桌。吃饭的时候，列宁室变成了饭堂，但总有四五个“共匪”拿着乒乓球拍、乒乓球和球网站在旁边，催促同志们快些吃，他们要打乒乓球。每一个连都有个乒乓球选手，我简直不是他们的对手。

有些列宁室有留声机，那是从以前官员的家里

6- 考点　细节描写赏析

对黑栏中炊事员煮小米的批评，真实地再现了红军战士们的日常生活，写出了红军战士的纯真率直，使红军战士的形象更加丰满，增加了趣味性。

7- 拓展知识

新生活运动：指1934年2月蒋介石发起的社会风气革新运动。主张以“礼义廉耻”为准则，从国民的日常生活着手，以图实现所谓的“全国国民军事化”，从而完成“安内攘外”的国策。因为宣扬封建礼教和法西斯主义，招致不少质疑，最终不了了之。

或白军军官那里没收来的。一天晚上，他们开了美国维克特罗拉留声机招待我，说是高桂滋将军送来的“礼物”，当时，他在陕绥交界地区指挥国民党军队打红军。高将军的唱片，除了两张是法国的以外，全是中国的。法国唱片其中一张灌了《马赛曲》和《蒂珀拉赖》，另一张是一首法国滑稽歌曲。这张唱片引起惊愕的听众纵声大笑，虽然一句话也不懂。

红军有他们自己的许多游戏，而且不断地在创造新的游戏。有一种叫作“识字牌”，是帮助不识字的人学习他们的基本汉字的比赛。另一种游戏有点像扑克牌，但高分牌上分别写的是“打倒日本帝国主义”“打倒地主”“革命万岁”和“苏维埃万岁”！低分牌上写上的口号，根据政治和军事目的而不同。此外，还有许多集体游戏。共青团员负责列宁室的节目，每天也领着大家唱歌。其中许多歌曲是配着基督教赞美诗的调子唱的！

所有这些活动，使士兵们十分忙碌而又十分健康。我没有看见过随营商人或随营娼妓和红军部队在一起。吸鸦片烟是禁止的。不论在我与红军同行的路上，或者在我参观过的营房里，我都没有看见过鸦片烟或烟枪。除值班外，并不禁止吸香烟，但是有反对吸烟的宣传，吸香烟的红军士兵似乎很少。我请他们吸烟时，他们多数谢绝。

这就是后方正规红军战士的有组织的生活。也许并不是十分有刺激性，但跟宣传捏造的大为不同，而根据这些宣传捏造，你很可能以为红军的生活是纵酒宴乐，由裸体舞女助兴，饭前饭后都大肆劫掠。这纯粹是胡说八道——其实也谈不上纯粹。事实是，任何地方的革命军队总是有过于禁欲的危险，而不是相反。

红军的有些办法，现在已为蒋介石的精锐“新军”和他的**新生活运动**[7]所仿效——有好得多的条件来实现。但是红军说，有一样东西是白军没法仿效的，就是他们的“革命觉悟”，那是他们维系斗志的主要支柱。要知道这种革命觉悟究竟是怎么一回事，最好是看一看红军的政治课——那里你可以听到深印在这些青年的脑际，使他们为之战斗和牺牲的简单的信条。

第八篇 同红军在一起

8 政治课

内容速览

在刘晓的带领下，作者得以参观政治课。红军战士们在政治课上积极讨论、认真思考、慷慨陈词，战士们结合自己的亲身体验，讲述了一个个军民相亲的动人故事，也思考着如何抗战救国…… 从他们的身上，作者看到了红军的“革命觉悟”和为革命事业不畏牺牲的士气。

阅读指南

- **章节阅读属性：**【细读】
- **阅读方法落实：**【阅读纪实作品】作者在记录红军战士的政治课时很少有自己的评判，如实记录的内容也大多是战士们的亲身经历。阅读时试着从字里行间还原出战士们加入红军的过程。
- **核心内容感知：**【梳理情节，探究主旨】关注红军战士对作者提问的回答，分析红军生存、发展和壮大的原因。

章节图解

- **政治课**
  - **拜访刘晓**
    - **整体印象**
      - 思想最一本正经，工作最刻苦努力的青年之一
      - 面容清秀、聪明，态度极其温和谦恭、彬彬有礼
    - **个人经历**
      - 曾是教会学校的学生，因领导学生罢课被开除
      - 在上海加入共产党，两次被外国警察逮捕和拘禁
      - 重获自由后转到福建苏区，长期在红军之中
  - **参加政治课**
    - **课前**
      - 62名红军战士参加，坐在自己带来的砖块上
    - **课中**
      - 一名青年讲解“抗日运动的发展”，痛斥不抗日的卖国行径
      - 红军战士们展开讨论，痛斥日本的侵略行径
      - 指挥员和政治委员偶尔插言总结或补充内容
    - **课后**
      - 斯诺提出一些问题，了解到62名红军的背景及经历
      - 在问到军民关系时，斯诺记下了17个不同的答复

老师有话说

原文阅读

一天下午无事，我就去找红军政治部的刘晓，他的办公室在预旺堡城墙上的一个碉堡里。

我见到的指挥员和党的领导人已经不少了，但是士兵群众却不够。到现在已经很明显地可以看出，红军指挥员们都是忠诚的马克思主义者，都是通过共产党派在部队每一单位的政治部中的代表有效地受到共产党的领导。当然，**托洛茨基先生**[1]可能会争论，他们究竟是好马克思主义者还是坏马克思主义者，但我在这里却不想作这样微妙的区分。重要的是，按他们自己的方式，他们是社会主义的自觉战士，他们知道自己要的是什么，相信自己是一个世界性运动的一部分。

我对刘晓说："我已见了不少指挥员，但士兵却见得不够。普通战士究竟怎么样？这些反帝和阶级斗争的玩意儿，他们到底相信几分？我要去参加他们的政治课，希望你同我一起去。他们的方言太多，我一个人去不能全听懂。"

刘晓是我在红军中遇到的思想最一本正经，工作最刻苦努力的青年之一。他是个极其认真的二十五岁①的青年，面容清秀、聪明，态度极其温和谦恭、彬彬有礼。我感觉到他内心中对自己同红军的关系极为自豪。他对共产主义有一种宗教式狂热的纯粹感情。我相信，他如果接到命令是会毫不犹豫地开枪打死不管多少的"反革命分子"和"叛徒"的。

我没有权利闯到他那里去打扰他的工作，但是我

1- 拓展知识

托洛茨基先生：苏联早期领导人，无产阶级革命家，曾参与领导俄国十月革命，苏联工农红军的主要缔造者，列宁逝世后成为联共（布）党内反对派首领。他认为有必要在世界范围内不间断地进行革命，直到彻底摧毁资产阶级的统治。

① 刘晓生于1908年，在1936年接受斯诺采访时应为二十八岁。——编者注

知道他接到命令要尽一切可能协助我。他有好几次充当我的翻译，因此我就充分利用这个条件。我也认为，他厌恶外国人，后来他向我谈了他的简短自传以后，我就不怪他了。他在自己的国土上曾两次遭到外国警察的逮捕和囚禁！

刘晓以前是湖南辰州府一所美国教会学校东景书院的学生。他在一九二六年和大革命以前本来是个虔诚的原教旨派基督教徒，热心基督教青年会工作。一天他领导一次学生罢课，被学校开除，家庭与他断绝关系。他对在中国的“教会的帝国主义基础”有了认识以后，就去了上海，积极参加那里的学生运动，加入了共产党，被法租界警察逮捕。一九二九年获释后，又找到了同志们，在共产党地下省委领导下工作，又被英国警察逮捕，关在有名的**华德路监狱**[2]，受电刑拷打，要他招供，后来移交给中国当局，又关监牢，到一九三一年才重获自由。当时他才二十岁。不久之后，他就由共产党的“地下交通”送到福建苏区，从此就一直在红军里。

刘晓同意陪我一起到一个列宁室去参观上政治课。这是一军团二师二团的一个连在开会，有六十二人参加。这是该连的“先进小组”，另外还有一个“第二小组”。红军中的政治教育是通过三个大组进行的，每个大组分为上述两个小组。每一小组选出自己的士兵委员会，同上级军官商量办事，派代表参加苏维埃。这三个大组中，一个是由连长以上军官组成；一个是由班长和士兵组成；一个是后勤部队——炊事员、马夫、骡夫、通讯员和少先队。

屋子里装饰着绿色的松柏树枝，大门上钉着一颗

【阅读纪实作品】

作者在记录参观政治课前，插叙了刘晓的过往经历，解答了他厌恶外国人的原因，丰富了刘晓的人物形象，刘晓与大多数农民出身的红军战士不同，他留学归来，从虔诚的基督教徒变为红军战士，表明红军队伍的包容与团结。

2- 拓展知识

华德路监狱：即上海提篮桥监狱。1903年启用初期就长期由英国人统治，主要关押中国人，是外国殖民者侵犯中国司法主权的产物。

纸制的大红星。里面是必备的马克思和列宁的画像。另一面墙上是淞沪战争英雄**蔡廷锴将军和蒋光鼐将军**[3]的照片。有一张俄国红军在红场集合庆祝十月革命的巨幅照片——那是从上海一家杂志上剪下来的。最后，还有一幅冯玉祥将军的巨幅石版印刷像，下面的口号是"还我河山！"这是中国一句古话，现在由于抗日运动而复活了。

3- 拓展知识

蔡廷锴将军和蒋光鼐(nài)将军：一·二八淞沪抗战时，蔡廷锴和蒋光鼐分别任国民革命军第十九军的军长和总指挥，是功勋卓著的抗日名将。悬挂他们的照片，可以看出共产党及红军对抗日名将的尊重。

战士们坐在他们自己带来的砖块上（常常可以看到士兵们上学去时，一手拿着笔记本，一手带着一块砖头），带领他们的是连长和政治委员，两人都是党员。据我了解，题目是"抗日运动的发展"。一个身材颀长、面容瘦削的青年在讲课，他似乎是在总结五年来的中日"不宣之战"，提高嗓门在喊叫。他谈到日本侵略满洲，他自己在那里的经历，他当时是张学良少帅的军队中的一个士兵。他谴责南京下令"不抵抗"。然后他介绍了日本对上海、**热河、河北、察哈尔和绥远**[4]的侵略。他说每次侵略中"国民狗党"都不战而退。他们"把我国四分之一的领土奉送给了日本强盗"。

4- 拓展知识

热河、河北、察哈尔、绥远：热河省、旧河北省、察哈尔省、绥远省都是民国时期的省份规划，这四省位于华北及东北地区，面积十分辽阔。

"为什么？"他问道，非常激动，声音有点哽咽，"为什么我们中国军队不打仗救中国？是因为他们不愿打吗？不是！东北军战士几乎天天要求我们的军官率领我们上前线，打回老家去。每个中国人都不愿当亡国奴！但是中国的军队因为我们的卖国政府而不能打仗。"

"但是如果我们红军领导他们，人民就会打仗……"他最后总结了抗日运动在共产党领导下的西北的发展。

另一个人站了起来，立正地站着，双手贴着身子的两边。刘晓悄悄地告诉我，他是班长——一个上士——参加过长征。“不要打日本的只是卖国贼。只是有钱人，军阀，税吏，地主，银行家，他们开展‘与日本合作’运动，提出‘联合反共’的口号。他们只是一小撮，他们不是中国人。

“我们的农民和工人，我们每一个人都要抗战救国。只要向他们指出一条道路……我怎么知道的？在我们江西苏区，我们人口只有三百万，但是我们招了五十万人志愿参加的游击队！我们忠诚的苏区在我们反对卖国白军的战争中热情支援我们。红军在全国胜利后，我们就会有一千多万的游击队。那时看日本人敢不敢抢我们！”

还有许多这样的发言，他们一个接着一个站起来痛斥日本，有时强调，有时不同意以前一个发言者的话，有时对组织讨论的人提出的问题作出答复，或者对“扩大抗日运动”提出建议，等等。5

5- 考点 写作手法赏析

详写班长的发言，略写其他红军战士的发言，详略得当，红军战士们激烈的讨论无时无刻不流露出对日本的痛恨、对中国现况的关心和对祖国真挚的爱。

有一个青年谈到去年红军抗日东征山西时人民的反应。他叫道：“老百姓欢迎我们！他们几百几百的来参加我们红军。他们在我们行军的路上送茶水和饼来。有许多人从田里出来参加我们，向我们欢呼……他们十分清楚地明白，谁是卖国的，谁是爱国的——谁要抗日，谁要把中国出卖给日本。我们的问题是要唤起全国人民，像我们唤起山西人民一样……”

有一个发言者谈到白区的抗日学生运动，另一个谈到西南的抗日运动，一个东北人谈到张学良少帅的东北军为什么不愿再打红军的原因：“中国人不打中国人，我们大家都要团结起来反对日本帝国主义，我们必须收复失地！”他慷慨激昂地结束他的发言。第四个人谈到东北抗日义勇军，另一个谈到中国各地日本纱厂中的中国工人的罢工。

讨论历时一个多小时。指挥员和政治委员有时插言总结一下刚才的发言，发挥其中的一个论点，或者补充一些新的情况，纠正刚才发言中的某一点。战士们都用小本子吃力地记了简单的笔记，他们诚实的农民的脸上露出了认真思索的神色。整个讨论是很生硬地带有宣传性的，他们一点也不在乎夸大事实。这甚至有点传教的味道，所选的材料都是为了证明一个论点。但它的效果很大，这一点是很明显的。在这些年轻的没有什么训练的头脑中逐渐形成了简单然而强烈的信念，从形式上来说是很符合逻辑的信念，也是任何一支**十字大军**6为了要加强精神团结、勇气、为事业而牺牲——我们称之为士气的那种精神——都认为是必要的信条。

最后我打断了他们的发言，提出一些问题。他们都举手抢着回答。我发现在场的六十二个人中，有九个来自城市工人阶级家庭，其余都是直接来自农村。二十一个以前在白军当过兵，六个前东北军。只有八个已婚，二十一个来自红军家庭——也就是在苏区得到土改好处的贫农家庭。三十四个不满二十岁，二十四个在二十到二十五岁之间，只有四个在三十岁以上。

我问道：“红军在哪个方面比中国其他军队好？”这个问题有十二个人立即站起来回答。我当时记下的答复，有一部分简述如下：

“红军是革命的军队。”

【阅读纪实作品】

阅读纪实文学时，要善于体会和辨别作者对事实的立场和观点。在作者眼里，这样的政治课有生硬的宣传性，但是红军战士们非常投入和动情，因为这些事实源于红军战士们的亲身经历，激荡着内心深处的民族情怀。

6- 拓展知识

十字大军：十字军通常指11世纪至13世纪期间参加十字军东征的人，衣服上有红十字的标记。有时也指中世纪教皇联合各国统治者组建的，镇压各国反天主教会的军队。这里是指参加革命运动的军队。

“红军是抗日的。”

“红军帮助农民。”

“红军中的生活条件同白军生活完全不同。我们在这里人人平等；在白军中，士兵群众受到压迫。我们为自己和群众打仗。白军为地主豪绅打仗。红军官兵生活一样。白军士兵受奴隶待遇。”

“红军军官来自战士行列，完全靠表现得到提拔。但白军军官是靠钱买的，或者用政治影响。”

“红军战士是志愿当兵的，白军是强征来的。”

“资本家的军队是要维护资产阶级。红军为无产阶级打仗。”

“军阀的军队的任务是收税和压榨人民的血。红军为解放人民打仗。”

“群众恨白军；他们爱红军。”

我再一次打断他们：“但是你怎么知道农民是真的爱红军的呢？”这时又有好几个人跳起来回答。政治委员指了一个。

“我们到新区去的时候，”他说，“农民们总是自动出来帮助我们做急救工作。他们把我们的受伤的战士从前线抬回医院。”

另一个：“我们长征过四川时，农民给我们送来了他们自己做的草鞋，一路上给我们送来了茶和热水。”

第三个：“我在刘志丹的二十六军里在定边作战的时候，我们的小分队保卫一个孤立的岗哨，抵抗国民党将领高桂滋的进攻。农民们给我们带来了吃的和喝的。我们不用派人去搞给养，人民会帮助我们。高桂滋的军队打败了。我们俘虏了几个，他们告诉我们，他们有两天没水喝了。农民们在井里放了毒逃走了。”

一个甘肃农民出身的战士：“人民在各方面帮助我们。在作战的时候，他们常常把小股敌军缴了械，切断他们的电话电报线，把白军调动的消息告诉我们。但是他们从来不会切断我们的电话线，他们帮我们拉电话线！”

另一个：“最近一架敌机在山西一个山上坠毁时，只有几个农民看到。他们只有红缨枪和铁锹武装，但是还是袭击了那架飞机，把两个飞行员缴了械，捉了起来，送到瓦窑堡我们这里！”

还有一个：“今年四月在延长，有五个村子成立苏维埃，我正好驻扎在那里。

后来我们受到汤恩伯的进攻，不得不后撤。民团回来后捉了村里十八个人，砍了他们的脑袋。这时我们进行了反攻。村里的人领我们从山上一条秘密小道袭击民团。他们没有防备，我们进攻后缴了三排敌军的械。”

这时，一个脸上长了一条长疤的青年站了起来，讲了长征路上的经历。他说：“红军过贵州时，我和几个同志在遵义附近受了伤。当时部队得前进，不能带我们走。医生给我们包扎好后，把我们留给一些农民，要他们照顾我们。他们给我们饭吃，待我们很好，白军到那个村子来时，他们把我们藏了起来。几个星期以后，我们就复原了。后来红军回到这一带来，第二次攻克了遵义。我们回到了部队，村子里有几个青年和我们一起走了。”

另一个：“有一次我们在（陕西北部的）安定的一个村子里，我们只有十多个人和十多支枪。农民给我们做豆腐吃，给了我们一头羊。我们大吃了一顿就睡了，只留一个人站岗，他也睡着了。但在半夜里，有一个农村孩子跑了来把我们叫醒。他从山上跑了十里路来告诉我们，民团在那里打算包围我们。一个小时后民团果然来进攻了，但我们已有准备，把他们打退。”

一个眼光明亮的少年，嘴上还没有长毛，他站起来宣布：“我只有一句话要说。白军到甘肃的一个村子中来时，没有人帮助他，没有人给他吃的，没有人要参加。但是红军来时，农民们组织起来，成立委员会来帮助我们，青年人都志愿参军。我们红军就是人民，我要说的就是这一点！”

那里的每一个青年似乎都有个人的经历可以说

【阅读纪实作品】

青年们的讲述内容，充分证明红军是深受人民欢迎的军队，红军战士们的回答有的浅显，有的深邃，作者没有加入自己的主观评判，体现出纪实文学的真实性。

出来证明"农民爱我们"。对于那个问题,我记下了十七个不同的答复。这样一问一答很受人欢迎,结果又过去了一个小时,我才发现这些战士早已过了晚饭时间。我向他们道歉,准备走时,该连的一个"小鬼"站起来说:"不要客气。我们红军打仗的时候顾不上吃饭,我们向我们的外国朋友介绍红军时也不在乎过了吃饭时间。"

这话讲得很得体,那个小鬼说的大概句句是实话。但是这并不妨碍他狼吞虎咽地很快喝完了一大碗热气腾腾的小米粥,[7]那是几分钟之后我在该连食堂里看到他们盛给他的。

7- 考点 细节描写赏析

小战士非常真诚,说话时是精神的真诚,吃饭时是体魄的真诚,对小战士吃饭和说话极具反差感的细节描写,使人物丰满立体,充满生活气息,增加了文章的真实感和趣味感。

第八篇

同红军在一起

红色窑工徐海东

内容速览

作者见到了声名显赫的神秘人物 —— 徐海东，并对他进行了详细采访。徐海东简述了自己童年和青少年时期的经历以及后来离开军阀、组织起湖北省的第一支“工农军队”进行起义的过程，同时也介绍了当时鄂豫皖苏区的发展历程和面临的挑战。

阅读指南

- **章节阅读属性：**【细读】
- **阅读方法落实：**【阅读纪实作品】作者对徐海东的外貌、神情、谈吐等进行了非常细致的描写，结合前文对红军的描写，我们会从徐海东的叙述中发现红军与国民党军是截然不同的。阅读时可以分析作者的情感倾向。
- **核心内容感知：**【梳理情节，了解人物】关注徐海东叙述的人生经历和思想改变，把握徐海东的人物形象。

章节图解

- 红色窑工徐海东
  - 作者印象
    - **初次见面**
      - 面露笑容，掉了两颗门牙，有一种顽皮的孩子相
      - 大名鼎鼎的神秘人物，蒋介石颇为忌惮
    - **再次见面**
      - “阶级意识”最强的人，自豪的热情极其真诚
      - 烟酒不沾，身材修长，四肢灵活，肌肉发达
      - 了解到门牙掉落的真相
  - 个人经历
    - **青少年经历**
      - 出身在赤贫家庭，世代做窑工
      - 上学时因为出身贫穷总被学生和老师打
      - 在窑厂当学徒，罢工反对克扣工资
      - 因家庭纠纷离家后参加军队
    - **从军经历**
      - 在军队“挨打”后逃到广州，参加国民党第四军
      - 因派系斗争逃回黄陂加入共产党，建立党支部
      - 建立湖北省第一支“工农军队”并组织起义
      - 参与建设鄂豫皖苏区，第五次反“围剿”失利后开始长征

原文阅读

老师有话说

一天早上我到彭德怀的司令部去，发现他有好几个部下在那里，正好开完会。他们请我进去，开了一只西瓜。我们围桌而坐，淘气地在炕上吐起瓜子来。我注意到有一个我以前没有见过的年轻指挥员。

彭德怀看见我瞧着他，便开玩笑说："那边这个人是著名的赤匪。你认出他来了吗？"新来的那个人马上面露笑容，脸涨得通红，嘴里露出掉了两个门牙的大窟窿，使他有了一种顽皮的孩子相，大家不由得都笑了。[1]

"他就是你一直要想见的人，"彭德怀又补充说，"他要你去访问他的部队。他叫徐海东。"

中国共产党的军事领导人中，恐怕没有人能比徐海东更加"大名鼎鼎"的了，也肯定没有人能比他更加神秘的了。除了他曾经在湖北一个窑场做过工，外界对他很少了解。蒋介石把他称为**文明的一大害**[2]。最近，南京的飞机飞到红军前线的上空，散发了传单，除了其他诱惑（红军战士携枪投奔国民党，每人可获一百元奖金）以外，还有下列保证：

> 凡击毙彭德怀或徐海东，投诚我军，当赏洋十万。凡击毙其他匪酋，当予适当奖励。

可是就在这里，羞怯地长在一对宽阔的孩子气肩膀上的，却是南京的悬赏不下于彭德怀的脑袋。

我表示感到很荣幸，心里在想，有一条命对你部下值这么多的钱，不知有何感觉，因此问徐海东，他请我去访问他的部队是不是当真的。他是红军十五军

1- 考点　人物形象分析

这里是对徐海东的神态和外貌描写，"少了两颗门牙"留下悬念，"脸涨得通红""顽皮的孩子相"表现出他憨态可掬、朴实可爱的一面，给读者留下了深刻的印象。

2- 拓展知识

文明的一大害：徐海东曾多次率领红军粉碎国民党军队的围剿，蒋介石忌惮徐海东的骁勇善战，尤其忌惮徐海东那声东击西、昼伏夜行的游击战术。

团司令，司令部设在西北八十里外的预旺县。

“我在鼓楼已为你准备好了一间屋子，”他答道，“你什么时候想来就告诉我好了，我派人来接你。”

我们当场就谈妥了。

因此几天之后，我带了一支借来的自动步枪（这是我自己从一个红军军官那里“没收”来的），在十名带着步枪和毛瑟枪的红军骑兵护卫下前往预旺县，因为在有些地方，我们的路线离前线红军阵地只有很短的距离。与陕西和甘肃的无穷无尽的山沟沟相比，我们走的那条路——通向长城和那历史性的内蒙草原的一条路——穿过的地方却是高高的平原，到处有长条的葱绿草地，点缀着一丛丛高耸的野草和圆圆的山丘，上面有大群的山羊和绵羊在放牧啃草。兀鹰和秃鹰有时在头上回翔。有一次，有一群野羚羊走近了我们，在空气中嗅闻了一阵，然后又纵跳飞跑躲到山后去了，速度惊人，姿态优美。

五小时后，我们到达了预旺县城，这是一个古老的回民城市，居民约有四五百户，城墙用砖石砌成，颇为雄伟。城外有个清真寺，有自己的围墙，釉砖精美，丝毫无损。但是其他的房子却有红军攻克以前围城的痕迹。县政府的两层楼房已毁了一半，正面墙上弹痕累累。他们告诉我，这所房子和城外的其他房子都是红军开始围城时**马鸿逵**[3]将军的守军毁坏的。敌人从城外房子撤出时都纵火焚毁，以免红军占领后作为攻城的阵地。

“县城攻克时，”徐海东后来告诉我，“实际上只打了一场小仗。我们包围封锁预旺县十天。里面有马鸿逵的一旅骑兵和大约一千民团。我们根本没有进攻，

【阅读纪实作品】

这条通往内蒙古草原的道路景色优美，生态良好、万物自然生长。作者在记录事实时，这一段环境描写带给读者真实的艺术体验，丰富了纪实作品的文学性，使史料性与文学性有机地融于一体。

3- 拓展知识

马鸿逵：国民党西北军的高级将领，长期担任宁夏省主席一职，集军政大权于一身，曾多次“围剿”红军，1949年后去台湾，后定居美国。

到第十天晚上天黑后，我们在城墙上放了云梯，有一连人爬了上去，这时敌人岗哨才发现。一架机枪守住云梯后，我们又有一团人爬了上去。

“没有发生什么战斗。天亮以前我们就把所有民团缴了械，包围了骑兵旅。我们的人只死了一个，伤了七个。我们给民团每人发一元银洋，遣返他们回家，给马鸿逵的部下每人两元。他们有好几百人不愿走，参加了我军。县长和旅长在他们部下缴械时爬东墙逃走了。”

我在十五军团待了五天，发现时时刻刻全都是极为有意思的。而对于我这个“红区调查员”——他们在预旺县是这样叫我的——来说，所有这些事情，没有比徐海东本人的故事是更好的材料了。每天晚上他完成工作以后，我就同他谈话。我骑了马同他一起去七十三师前线，我同他一起去红军剧社看演出。他第一次告诉我关于鄂豫皖苏维埃共和国的历史，这在以前还从来没有为外人充分知道过。那个苏区在面积上仅次于江西中央苏区，作为这个广大地区的第一支游击队的组织者，徐海东对它的发展详情，几乎无不了若指掌。

徐海东给我的印象是我所遇到的共产党领袖中**“阶级意识”**[4]最强的一个人——不论在态度上、外表上、谈吐上和背景上都是如此。事实上，除了贺龙以外，他大概是指挥员中唯一的“纯无产阶级”。虽然红军中的大多数下级军官出身于无产阶级，有许多高级指挥员出身于中产阶级或中农家庭，甚至出身于知识分子。

徐海东是个明显的例外。他对自己的无产阶级出

4- 拓展知识

阶级意识：社会阶层因处于不同的经济和政治地位，相互之间会产生利益的对立和权力的冲突，然后在意识形态领域反映出来，就会形成各自的阶级意识。

5- 考点　句子含义理解

与前文形成呼应，解释了徐海东为什么少了两颗门牙。作者插叙这一看似“无关紧要”的情节，丰富了徐海东的人物形象，增强了作品的趣味性。

身很为自豪，他常常笑着称自己是个“苦力”。你可以看出来，他真心真意地认为，中国的穷人、农民和工人，都是好人 —— 善良、勇敢、无私、诚实 —— 而有钱人则什么坏事都干尽了。我觉得，他就是认为问题是那么简单：他要为消灭这一切坏事而奋斗。这种绝对的信念使他对自己的大胆无畏，对他的部队的优势所说的自豪的话，听起来不至于使人有狂妄自大的感觉。他说，“一个红军抵得上五个白军”。你可以看出，在他看来，他这话不过是说明一个无可辩驳的事实。

他的自豪的热情未免有点幼稚天真，但是极其真诚，他的部下对他的拥戴的秘密也许就在这里。他对自己的部队极感自豪 —— 不论他们是作为个人，还是作为战士、骑兵、革命者的能力。他对他们的列宁俱乐部，他们的艺术化的招贴 —— 的确很好 —— 都感到很自豪。他对他的几个师长 —— 其中两个“像我一样是苦力”出身，一个只有二十一岁，当红军却有六年了 —— 也很感到自豪。

徐海东很重视能够表现身体强壮的事，他打仗十年，负伤八次，因此行动稍有不便，使他感到很遗憾。他烟酒不沾，身材仍很修长，四肢灵活，全身肌肉发达。他的每条腿、每条胳膊，他的胸口、肩膀、屁股都受过伤。有一颗子弹从他眼下穿过他的脑袋又从耳后穿出。但他仍给你一个农村青年的印象，好像刚从水稻田里上来，放下卷起的裤腿，参加了一队路过的“志愿参加”的战士的队伍。

我也打听清楚了他的门牙是怎么掉的。那是在骑马失事时碰掉的。有一天他骑马在路上驰骋，马蹄碰了一个战士，徐海东拉紧缰绳想看看那个战士有没有受伤。马一受惊，把他撞在一棵树上。两个星期后他苏醒过来时，发现他的门牙已嵌在那棵树上了。[5]

“你不怕有一天会受伤吗？”我问他。

“不怎么怕，”他笑道，“我从小就挨打，现在已经习惯了。”

事实上，他的童年生活足以说明他今天为什么成了一个革命者。我向他问到他的生平，要套出他的回答来很费力，因为像所有的红军一样，他只肯谈打仗。我从记下的几百字的笔记中，选出少数一些重要事实在这里。

徐海东一九〇〇年生于汉口附近的黄陂县。他的家庭世世代代都是做窑工的，祖父一代曾经置过地，但由于旱灾、水灾、捐税，后来就赤贫化了。他的父亲和五个哥哥在黄陂的一个窑里做工，仅可糊口。他们都是文盲，但因海东聪明，又是幼子，所以凑钱送他上了学校。

“我的同学几乎全是地主或商人的子弟，”徐海东告诉我说，“因为穷人的孩子很少有上学的。我同他们一起在一张桌子上念书，但是他们很多人都讨厌我，因为我很少有鞋穿，衣服又破烂。他们骂我时我忍不住要同他们打架。如果我跑到先生那里告状，他总是打我。但是如果地主的子弟打输了，他们去先生那里告状，打的又是我！

【阅读纪实作品】

从这里可以看出先生不辨是非，得罪不起地主商人，就欺负和迫害穷人，反映出封建社会的黑暗与不公。正是这些不公平的待遇，让徐海东从小就意识到阶级的存在，有鲜明的阶级意识。

“我上学第四年，也就是十一岁那年，参加了一场‘富人打穷人’的吵架，一群‘富家子弟’把我逼到墙角里。我们当时扔着棍棒和石头，我扔出去的一块石头打破了一个姓黄的孩子的脑袋，他是个有钱地主的儿子。那孩子哭着走了，不久又带着他家里的人回来。他老子说我‘**忘了生辰八字**’[6]，对我拳打脚踢。先生又打了我一顿。我就逃学不肯再去。这件事对我印象很深。我从此相信，穷人的孩子是得不到公平的。”

6- 拓展知识

生辰八字：古时的说法，人出生时的年月日时都对应干支，每干支两个字，共计八字。这里是说富家子弟的父亲教训徐海东不要忘记自己穷人的身份。

徐海东就到窑厂去当学徒，在“谢师的几年”里没有工资。他十六岁满师，在三百个工人中工资最高。他微笑着吹嘘说：“我做窑坯又快又好，全中国没有人能赶得上，因此革命胜利后，我仍是个有用的公民！”

他回忆起一件事件，使他更恨地主豪绅：“一个戏班子到我们附近来唱戏，工人们都去看戏了。豪绅官僚的太太也在那里看戏。工人们自然很好奇，要想看看这些阔佬的足不出户的老婆到底是什么模样，因此就盯着包厢瞧。阔佬们就命令民团把他们赶出戏园子，结果就打了起来。后来我们厂主不得不设宴请得罪的‘贵人’吃饭，放鞭炮为那些被人偷看过的女人‘清白受玷’，赔礼道歉。厂主想从我们工资中扣钱来办酒席，我们表示要罢工反对，他这才作罢。这是我第一次体会到组织起来的力量是穷人自己的武器。”

徐海东二十一岁的时候因家庭纠纷一怒离家出走。他步行到了汉口，接着又到了江西，做了一年窑工，攒了钱，打算回黄陂。但是他得了霍乱，等养好身体，积蓄也花光了。空手回家不好看，他就参加了军队，他们答应他每月十元军饷，得到的却只是“挨打”。这时国民革命在南方开始，共产党在徐海东所属军队中进行宣传。他们有好几个给砍了头，却使他关心起来。他对军阀的军队感到厌恶，和一个军官一起开了小差，逃到广州，参加了张发奎将军的国民党第四军，一直待到一九二七年。他当了排长。

一九二七年春，国民党军队分成左翼和右翼两派，这个冲突在张发奎的部队里特别尖锐，这时这支部队已到了长江流域。徐海东站在激进派一边，不得不逃亡，他偷偷地回到了黄陂。这时他在一些学生的宣传影响下已成了共产党员，他在黄陂就立即开始建立党支部。

一九二七年四月发生**右派政变**[7]，共产党被迫转入地下。但徐海东却没有，他单独得出结论，觉得采取独立行动的时机已经成熟。他把窑厂的工人几乎都组织了起来，还有一些当地农民。从这些人中他组织起湖北省的第一支“工农军队”。他们开始时只有十七个人，一支手枪，八发子弹 —— 那都是徐海东自己的。

7- 拓展知识

右派政变：指四一二反革命政变，蒋介石通过此次政变成为国民党最高领袖，国共关系破裂，北伐战争由高潮转向失败。李大钊、萧楚女、陈延年、赵世炎、汪寿华等一大批优秀的共产主义战士壮烈牺牲。

这就是后来发展成为有六万人的红四方面军的核心，到一九三三年在它的控制下的苏区有爱尔兰那么大。它有自己的邮局、信贷系统、铸币厂、合作社、纺织厂，还有总的来说组织得相当完善的农村经济，在一个民选的政府领导之下。黄埔军校毕业生、前国民党军官徐向前成了四方面军司令。莫斯科回来的留学生、一九一七年中国新文化运动的伟大领袖之一张国焘任政府主席。

像江西一样，这个鄂豫皖红色共和国经受住了南京方面的头四次"围剿"，在这个过程中反而加强了自己。也像江西一样，在第五次围剿中，同样的战略和战术迫使四方面军主力最后作"战略后撤"，先到四川，后来又到了西北。

除了经济封锁、每天空袭、并且在鄂豫皖苏区周围建筑好几千个碉堡网以外，南京的将领们显然执行一种把红区老百姓几乎完全消灭的政策。他们最后终于认识到红军的唯一真正基础是在农民群众中间，因此着手有步骤地消灭老百姓。在第五次围剿中，湖北和安徽的反共部队共约三十万人，由蒋介石派了在南昌和南京的军校中经一年反共宣传思想灌输的、受到法西斯训练的军官来加强。其结果是一场激烈程度不下于法西斯对西班牙的侵略的内战。

统治阶级的政权一旦受到威胁，它所进行的报复似乎到处都是采取同样野蛮的方式，不论种族或肤色。但是有些手法上的不同，却颇有启发意义，这里不妨花一些篇幅来说明一下这在中国是怎样进行的。

【阅读纪实作品】

红军来自人民，热爱人民，得到了人民群众的拥护。蒋介石为了击败共产党，竟然对自己的同胞采取法西斯式的灭绝行动，令人触目惊心。作者对这一事实的客观记录，表现出他有秉笔直书的历史担当。

第八篇 同红军在一起

中国的阶级战争

8

内容速览

随着采访的深入，斯诺了解到国民党军残忍杀害了徐家66口人，为了“剿灭”红军，国民党军对鄂豫皖苏区进行了大规模杀戮和破坏，把肥沃富饶的乡村变成不毛之地，占领的村子尸横遍野，对普通的农民百姓犯下滔天罪行。正因如此，更多的农民加入了红军，誓将革命进行到底。

阅读指南

- **章节阅读属性：**【细读】
- **阅读方法落实：**【阅读纪实作品】作者在记录之前就表明了态度：要是能够把这个问题（阶级报复）完全略而不谈，我只有更加乐意。结合下文作者记录的事实，分析作者不愿谈论的原因，揣摩作者的情感态度。
- **核心内容感知：**【梳理情节，品味情感】关注作者对鄂豫皖苏区遭受迫害的描写，感受作者的情感态度。

章节图解

中国的阶级战争

- **徐海东家族**
  - 国民党军官杀死徐家66人，甚至连婴孩都杀了
  - 许多红军指挥员家里都发生了这样的事，徐家损失最大
- **鄂豫皖苏区**
  - 在第五次“围剿”结束时，苏区人口减少了六十万
  - 成千上万的妇女和儿童被抓起来卖到大城市
  - 湖北、安徽、河南的12个县城几乎被完全破坏
  - 天台山、老君山的百姓两个月从六万变成不足三百人
  - 红二十五军看到百姓惨死的惨状，誓为百姓报仇
  - 存活下来的青年加入红军，留下了不可磨灭的阶级仇恨
- **斯诺的补充**
  - 没有看到红军干下暴行、焚毁村庄或市镇
  - 与许多农民都有过交谈，没有听说红军喜欢纵火
  - 国民党和外国报纸上对共产党的宣传，基本都是谣言

原文阅读

有三天之久，每天下午和晚上好几个钟头，我一直在向徐海东和他的部下提出关于他们的个人历史、他们的军队、前鄂豫皖苏区——共产党叫作鄂豫皖苏维埃共和国[①]——的斗争、他们目前在西北的情况等问题。我是访问他们的第一个外国新闻记者。他们并没有什么“内幕消息”、“独得之秘”可以兜售（这种行话他们也不懂），也没有漂亮的、成套的讲话，我得反复盘问才能从他们嘴里套出一些东西来。不过现在回想起来，能从这些不懂向外国人进行宣传的艺术的人得出直率的毫不掩饰的答复，确是使人感到耳目一新。你感到他们的话是完全可信的。

我想大概也是由于这个缘故，我听到徐海东回答我的“你家里的人现在哪里”时，不禁突然感到很大的兴趣，连忙坐直了身子。他若无其事的回答，显然没有准备，使我不能不怀疑这是实话。

“我家的人全都给杀了，只留下一个哥哥，他现在四方面军。”

“你是说在打仗的时候打死的？”

“哦，不是！我的哥哥只有三个是红军。其余的都是汤恩伯和夏斗寅将军枪决的。国民党军官一共杀死了徐家六十六个人。”

“六十六个人！”我几乎不相信自己的耳朵。

“是的，被杀的有我二十七个近亲，三十九个远亲——黄陂县的人都姓徐。老老少少，男男女女，甚至婴孩都给杀了。姓徐的都给杀光了，除了我的妻子和三个在红军中的哥哥，还有我自己。后来两个哥哥又在作战时牺牲了。”

“你的妻子呢？”

“我不知道她的下落。一九三一年白军占领黄陂县时她被俘。后来我听说她被卖给汉口附近的一个商人做小老婆。这是我逃出来的哥哥告诉我的，还有其他人被杀的事。在第五次围剿中，徐家有十三个人逃出黄陂，到了礼山县。但是在那里都被逮捕了。男的被砍了头，女人小孩被枪决。”

---

① 鄂、豫、皖是湖北、河南、安徽的古名。共产党把这三个名字连在一起称呼他们在这三省边区的地方苏维埃。

老师有话说

1- 考点 人物形象分析

徐海东的“惨然一笑”承受着妻离子散、家破人亡的巨大苦楚，怀着对国民党军队的仇恨，用作者“吃惊的脸色”衬托徐海东的“惨然一笑”，体现出他的冷静、沉着，化极致的愤怒为大无畏的战斗力，令读者肃然起敬。

【阅读纪实作品】

阅读纪实作品时要注意梳理事实的前因后果、发展线索。前文记录了蒋介石称徐海东为“文明的一大害”，然后因忌惮徐海东就惨无人道地屠杀黄陂县所有姓徐的人，远不止徐海东一家，令人愤慨。

2- 字词解释

军事上的必需：战争中有“焦土政策”，指烧坏农作物、破坏交通运输与通信等破坏任何可能对敌人有用的东西。以蒋介石为首的反动派，用惨绝人寰的方式来打击红军。

徐海东看到我脸上吃惊的脸色，就惨然一笑[1]：“这并没有什么特别的地方，”他说，“许多红军指挥员家里都发生了这样的事，只是我家损失最大而已。蒋介石下了命令，我的家乡被占领时，姓徐的一个也不能留下。”

我们就是这样开始谈阶级报复的。我在这里必须承认，要是能够把这个问题完全略而不谈，我只有更加乐意，因为不论在什么地方，搜集暴行故事都不是愉快的事。但是为了对红军表示公正起见，对于他们的敌人所采取的毁灭他们的方法，应该说几句话。十年来国民党一直对红区保持全面的新闻封锁，在全国到处散布“恐怖”宣传，把它自己的飞机和重炮所造成的生命与财产的破坏大都归咎于“共匪”，但事实上红军是根本没有这种武器的。因此偶尔有一次听一下共产党对国民党有什么说的，不是无益的事。

我一页又一页地写了许多同徐海东及其同志们的谈话的笔记，其中有国民党军队在鄂豫皖对老百姓所犯罪行的日期、地点以及详细情况。但是我无法重述我所听到的最残暴的罪行。这些罪行不仅无法形诸笔墨，而且（像西班牙每天发生的事件一样），在那些不知阶级战争中阶级仇恨的可怕深度的天真怀疑派听来，很可能是不可信的。

我们必须记住，现在大家都已知道，在第五次反共围剿中，国民党将领在许多地方下令要杀光全部老百姓。这被认为是**军事上的必需**[2]，因为蒋总司令在一次演讲中谈到，凡是苏维埃政权久已确立的地方，“是分不清赤匪和老百姓的”。这种杀光的办法在鄂豫皖共和国执行得特别凶残，主要是因为有些负责剿共的国民党将领是本地人，是被共产党没收了土地的地主的儿子，因此报仇心切。在第五次围剿结束时，苏区人口减少了六十万人。

共产党在鄂豫皖的战术是在广大地区实行机动作战，每次围剿开始，他们的主力就撤出苏区，到敌人境内与敌交战。他们没有什么重要的战略根据地要防守，很容易从一个地方转移到另一个地方，试探、佯攻、分散敌人兵力，以及用其他方法取得战术上的有利条件。不过，这使得他们的“人力基地”完全暴露在外，但是在过去，国民党军队遇到他们占领下的苏区里和平营生的农民和市民，他们是不杀的。

在第五次围剿中，像在江西一样，采用了新的战术。南京军队不再在战场上与红军交战，而是集中兵力挺进，构筑碉堡，逐步深入红区，把红区边界内外的整块整块地方的全部人口，不是消灭殆尽，就是迁移一空。他们要把这样的地方化为**阒无人烟**[3]的荒地，如果后来红军再度占领也再无法取得补给。南京终于充分懂得，农民才是红军的基地，这种基地必须毁灭。

成千上万的儿童被抓了起来，送到汉口和其他城市，卖去做“学徒”。成千上万的年轻姑娘和妇女被带去卖到工厂里去做**包身工**[4]或者做妓女。她们在城市里是当作“灾区难民”或者“红军杀害的人家的孤儿”卖掉。我记得在一九三四年有成百上千的这样的人到了大工业城市，结果生意兴隆，中间商人都从国民党军官那里收购儿童和妇女。有一个时期，获利很大，几有影响部队军纪之势。外国教士纷纷议论此事，笃信基督教的将军蒋介石不得不严令禁止这样“纳贿”，凡从事这种交易的军人，一经发现，严惩不贷。

3- 字词解释

阒（qù）无人烟：指空荡荡的，没有一个人。阒，静寂，没有声音。

4- 拓展知识

包身工：一种变相的奴役制度，包身期间的工人只能得到极少的生活必需品，所挣工钱全部归包工头所有，没有人身自由，受资本家和包工头双重剥削。

“到一九三三年十二月，”徐海东说，“整个鄂豫皖有一半已成一片荒地。在这一度富饶的地方，留下房子极少，牛都被赶走，土地荒芜，白军占领的村子无不尸积成山。湖北有四个县，安徽有五个县，河南有三个县都几乎完全破坏。东西四百里，南北三百里之内，全部人口不是被杀光就是给迁空了。

“在那一年的战斗中，我们从白军手里夺回了一些这样的地方，但我们回来时发现原来是肥沃的大地现在几乎成了沙漠。只有少数老头儿、老太婆留下，他们说的情况叫我们大吃一惊。我们不能相信中国人对中国人会犯下这种罪行。5

5- 考点　句子含义理解

以蒋介石为代表的国民党右派与外国势力和大资产阶级勾结在一起，对本国的农民群众痛下杀手，老人们所说的国民党军的暴行令红军战士都大吃一惊，更深层次地反映出阶级斗争的残酷性。

“我们在一九三三年十一月撤出天台山和老君山，这两个苏区当时有六万人。两个月后我们回来时，我们发现这些农民已被没收土地，房屋被烧掉或炸坏了，整个地区只有不到三百名老人和少数病儿。我们从他们那儿了解到了当时发生了什么情况。

“白军一开到，军官们就开始把妇女和姑娘分开。凡是剪短发或放脚的都当共产党枪决，剩下的由高级军官挑选好看的给自己留下，接着由下级军官挑选。剩下的就交给士兵当妓女。他们告诉士兵，这些都是‘土匪家属’，因此可以爱怎么样就怎么样。

“这些地方许多青年都已参加了红军，但凡是有留下来未走的，都想杀死白军军官报仇，甚至一些老人也是这样。但是谁有抗议表示，谁就被当作共产党枪决。没死的人告诉我们，白军中间为了分女人发生争吵，打了起来的也不少。这些妇女和姑娘在遭到奸污后就送到城市里去卖掉，那些军官只留了少数长得好看的当小老婆。”

“你是说这都是国民政府的军队？”

“是的，他们是汤恩伯将军的十三集团军和王均将军的第三集团军。夏斗寅、梁冠英、孙殿才将军也有责任。”

徐海东谈到另外一个县，湖北省的黄冈县，红军在一九三三年七月从王均将军手中收复：“在句容集镇上，原来一条街上**苏维埃合作社**[6]生意兴隆、人民安居乐业，现在成了一片废墟，只有几个老人没死。他们领我们到一条山沟里，只见有十七具年轻妇女的尸体，赤条条地在阳光中躺在那里。她们是在遭到强奸后被杀死的。白军显然是很匆忙，他们只有时间剥下一个姑娘的一条裤腿。那天我们开了一个大会，全军在那里举行了一次追悼大会，我们大家都哭了。

“不久之后，在麻城，我们到了我们以前的一个运动场。在一个埋得很浅的坟地里，我们找到了十二个被杀同志的尸体。他们身上的皮给剥掉了，眼珠被挖了出来，耳朵鼻子都给割掉。看到这个惨相，我们都气得哭了出来。

“同一个月，也在黄冈，我们的红二十五军到了欧公集。这本来是个兴旺的地方，现在却荒无人烟。我们在镇外走，看到一个农民的茅屋在冒烟，那是在山边上，我们就有几个人爬了上去，但是发现里面只有一个老人，他显然已经疯了。我们再走到山下，终于看到了长长的一堆男女尸体。一共有四百多个，他们显然是刚被杀不久。有些地方血有几寸厚。有些妇女尸体旁边还有紧紧抱着她们的孩子。许多尸体都是摞在一起的。

“我突然看到有一具尸体还在动，过去一看，是

6- 字词解释

苏维埃合作社：苏维埃合作社一方面抵制了资本家的剥削、保障了人民的利益，同时还促进了农业和手工业的发展，保障了人民群众日用品的供应，是共产党苏区展开经济建设的重要举措。

个还活着的男人。后来我们发现有好几个还活着，一共有十多个。我们把他们抬了回来，包扎了他们的伤口，他们把发生的事情告诉了我们。这些人是从镇上逃出来躲到山沟里来的，在空地里露宿。后来白军军官带部队来，在山边上架起机关枪，对下面的人开火。他们开了几小时的枪，以为都打死了，便看也不下来看一眼又开走了。”

徐海东说，第二天他带全军到山沟里，给他们看看死难的人，其中有些战士认出是他们认识的农民，这些男女有的曾经给他们找过住的地方，卖过瓜给他们，或者在合作社作过交易。他们看了极其难受。徐海东说，这次经历加强了他的部队的士气，使他们决心要死战到底，在这最后一次大围剿剩下的十二个月当中，二十五军没有一个人开过小差。

“到第五次围剿结束时，”他继续说，“几乎家家户户都有死人。我们曾经进了一个村子，看上去似乎是空无一人，我们到烧毁的房子里一看，就会在门口、地上、炕上发现尸体，或者藏在什么地方。许多村里连狗都逃走了。在那些日子里，我们不需要情报员注意敌人动向。我们可以根据烧掉的村镇在天空里飘起来的烟，很容易地跟随他们。”7

我从徐海东和别人那里所听到的事情，这不过是其中很小很小的部分。这些人在那可怕的一年中战斗过来，最后终于西撤，不是因为他们的军队，而是因为他们的人力“基地”被破坏了，青年人的尸积如山，血流成河，整个地方失去了活力。后来我又同许多鄂豫皖来的战士谈了话，他们告诉我的故事比这还惨。他们不愿再谈他们看到的惨景；他们只有在我追问的

7- 考点　细节描写赏析

用飘起的烟就能判断敌军的动向这一细节，以小见大，写出国民党军在农村犯下的滔天罪行，到处烧杀抢掠，更让读者感到触目惊心。

【阅读纪实作品】

作者在记录第五次反“围剿”失败时，既有对历史大背景的客观叙述，又有对农村场景的细致刻画，这些血淋淋的事实令人悲愤，让读者在情感上受到巨大的冲击。

时候才说，很显然，他们的经历在他们的思想深处永远地留下了一生之中不可磨灭的阶级仇恨。

我们不免又要问，这是不是说共产党自己是清白的，没有干下什么暴行或阶级报复的事？我想不是。不错，在我同他们在一起的四个月中，我进行了不受限制的调查，就我由此所了解的情况而言，他们只杀了两个老百姓。我也没有看到过有一个村庄或市镇被他们焚毁，或者从我问到的许多农民那里听说红军喜欢纵火。但是我个人的经验从开始到结束只限于在西北同他们在一起的几个月，在其他地方可能干过什么“烧杀”的事，我可无法证实也无法否认。同时这些年来在国民党和外国报纸上发表的反共宣传，百分之九十纯属胡说八道，如果对此不加怀疑，那就不免过于天真了，因为至少其中大部分是未经可靠证实的。

【阅读纪实作品】

作者介绍完国民党军的残暴行径后，又用描述亲身经历和采访的方式来说明红军没有这样的行径，批判了国民党和外国报纸上的反共宣传，表明作者的严谨客观，进一步增强了本节所记录情况的可信度。

阅读思考

基础测评

❶ **下列对本册内容的概括和理解，不正确的一项是（　　）。**

A. 彭德怀的性格急躁，他有一匹非常喜欢的马在战斗中给敌军俘获了，于是他又去打仗要夺回来，结果真的夺了回来。

B. 彭德怀从小就有反抗精神，还小的时候，他曾踢掉祖母的鸦片烟盘，祖母要溺死他。

C. 红军战士的生活，简单充实而又忙碌。他们的住所和伙食极其简单。在不打仗或不值勤时，他们有严格的作息时间。

D. 红军的许多“短促突击”都是以少对多，这种奇袭要想成功，必须做到出其不意、迅捷、无畏、坚决、计划完备。

❷ **关于彭德怀，下列表述不正确的一项是（　　）。**

A. 彭德怀曾和哥老会的兄弟们密谋起事，用一把菜刀在湖南建立了苏区。

B. 彭德怀18岁就当上了排长，曾担负着刺杀傅督军的使命，但炸弹没爆炸。

C. 彭德怀发动了平江起义，并在湖南与起义的农民建立了第一个苏维埃政府。

D. 彭德怀性格爽朗，喜欢说笑，身手矫健，南征北战多年仅受过一次伤。

❸ **关于徐海东，下列表述不正确的一项是（　　）。**

A. 徐海东出生在父兄皆是窑工的赤贫家庭，他身上有着鲜明的“阶级意识”。

B. 徐海东组织起湖北省的第一支“工农军队”，并组织窑厂工人发动起义。

C. 徐海东的家族惨遭国民党军的报复，被杀死的近亲和远亲多达66人。

D. 徐海东主要在中央苏区展开革命斗争，他打仗十年，负伤八次，伤痕累累。

❹ **关于《红星照耀中国》是一部史料性与文学性相统一的优秀纪实作品，下列对其描述不正确的一项是（　　）。**

A. 作品注意人物形象的真实性，红军领导也和普通人一样，如斯诺如实地记录了徐海东掉了两个门牙，尽管他声名显赫。

B. 斯诺的记录是出于记者职业道德的客观记述，他将所见所闻都如实地记录在书中，让读者自己去了解历史的真相。

C. 作品善于多层次立体化地表现人物，他写了徐海东作为一个领袖人物的气质与历史意义，也写了他爱吃辣等个人生活习惯。

D. 作品善于点面结合的还原历史，如斯诺采访彭德怀时，既有对其彭德怀经历的简要记录，也详细记述了他讲述游击战术的内容。

专题探究

本册有不少篇幅写到了彭德怀，试探究一下彭德怀在斯诺心目中是一个怎样的人物形象。

参考答案

阅读思考

基础测评

1.A　2.A　3.D　4.C

专题探究

【示例】①结合“他的部下告诉我说，六千英里的长征，大部分他是步行过来的，常常把他的马让给走累了的或受了伤的同志骑”可看出，彭德怀非常爱护下属。②结合“结果我却发现彭德怀是个愉快爱笑的人，身体极为健康，只是肚子不好，这是在长征途上有一个星期硬着头皮吃没有煮过的麦粒和野草，又吃带有毒性的食物和几天颗粒未进的结果”可知，彭德怀是一个非常乐观、积极的人。③结合“不过是一间简单的屋子，内设一张桌子和一条板凳，两只铁制的文件箱，红军自绘的地图，一台野战电话，一条毛巾，一只脸盆，和铺了他的毯子的炕”可知，彭德怀是一个生活简朴的人。④结合“他有一件个人衣服，孩子气地感到很得意，那是在长征途上击下敌机后用缴获的降落伞做的背心”可知，彭德怀具有童心。⑤结合“他的谈话举止里有一种开门见山、直截了当、不转弯抹角的作风很使我喜欢”可知，彭德怀是一个直率、坦诚的人。⑥结合“就我所知，彭德怀每天晚上平均只睡四五个小时。他从来都是不急不忙的，但总是很忙碌”可知，彭德怀是一个勤奋、热爱工作的人。⑦结合“我常常见到彭德怀和两三个‘红小鬼’坐在一起，认真地向他们讲政治和他们个人问题。他很尊重他们”可知，彭德怀非常喜欢孩子。

红星照耀中国

〔美〕**埃德加·斯诺**

著

董乐山

译

8

人民文学出版社

目录

本册导读

本册基本信息

本册是整本书的第八分册——《战争与和平》，共包含《再谈马》《“红小鬼”》《实践中的统一战线》《关于朱德》四个部分。本册主要记述了作者对红军防空演习的见闻感受，与少年先锋队员的接触与交流，观察统一战线在实践过程中遇到的困难和解决方式，以及朱德的人生经历和思想成熟的过程等内容。阅读时要重点品析朱德曲折的革命道路以及加入共产党的历程，感受他对中国命运的思考。

阅读计划自检

开始阅读时间

______ 年 ______ 月 ______ 日

实际结束时间

______ 年 ______ 月 ______ 日

阅读所用时长
（建议时长：1 周）

_____ 天

阅读感受

- ☐ 轻轻松松读完，无压力，意犹未尽
- ☐ 能在建议时长内读完，并且读懂了
- ☐ 稍有些拖沓，理解起来不是很顺利
- ☐ 时间太短了，没有读完而且没看懂

扫码听名师说书

第九篇 战争与和平

再谈马

内容速览

作者跟随红军去预旺堡的途中，遇到了红军的防空演习，作者借此得以看到红军令行禁止的行动力，重点讲述了骑兵师的发展历程，字里行间流露着作者对这支队伍高超缜密战略战术的赞叹与敬意，还颇为幽默地记录了红军对马匹的珍视之情。

阅读指南

- **章节阅读属性：**【细读】
- **阅读方法落实：**【阅读纪实作品】作者详细描述了骑兵师的组建及发展、红军对马匹的异常珍视，同时也表露出对红军发展壮大的钦佩之情。
- **核心内容感知：**【梳理情节，品味语言】作者在介绍自己的骑马经历时，语言诙谐幽默，令人捧腹，阅读时可加以体会。

章节图解

- **再谈马**
  - **红军休整**
    - 红军在红城子休整，建立防御工事
    - 马鸿逵部队有一整师向朱德投诚
    - 十五军团的一师南下，一师向西到黄河流域
  - **防空演习**
    - 大军离城秩序井然，除了军号，悄然无声
    - 许多战士带着他们喂养的动物一起前行
    - 进行防空演习，几分钟内队伍就隐匿在草原中
  - **骑兵师的组建**
    - 现状规模：三千匹左右的宁夏马，四处俘获而来
    - 组建过程：创办骑兵学校，李德负责训练骑兵核心
    - 实战结果：一年内打了几场胜仗，俘获不少新军马
    - 红军态度：视若珍宝，珍爱异常，舍不得骑马

原文阅读

老师有话说

八月二十九日我骑马到红城子去，那是在韦州县的一个风景幽美的小镇，以盛产梨、苹果、葡萄的美丽果园著称，这些果园都是用灌溉渠里的晶莹泉水灌溉的。七十三师一部分驻扎在这里。不远有一个碉堡扼守的山隘和一条临时的战线，没有战壕，却有一系列小地洞似的机枪阵地和圆圆的山顶碉堡——泥土堆成的矮矮的防御工事——红军就在这里同敌人对垒，后者一般都已后撤到五英里到十英里以外的城里去了。这条战线好几个星期没有发生战事了，红军趁此机会进行了休整和“巩固”新区。

回到预旺县以后，我发现部队在吃西瓜庆祝甘肃南部传来的无线电消息，马鸿逵将军的国军有一整师向朱德的四方面军投诚。国民党的该师师长李宗义原来奉令去截堵朱德北上。但是他部下的年轻军官——其中有秘密共产党员——举行起义，带了三千名左右官兵，包括一个骑兵营，在陇西附近参加红军。这对蒋介石总司令在南线的防御是个很大打击，加速了**南方两支大军的北上**[1]。

两天以后，徐海东十五军团的三个师中有两个师准备转移，一支南下，为朱德开道，一支向西到黄河流域。大清早三点钟军号就吹响了，到六点钟部队已经出发。我本人于那天早上同两个红军军官回预旺堡，他们是去向彭德怀汇报的，我与徐海东及其参谋部人员从南门离城，跟在那大队人马的末尾，这队人马像一条灰色的长龙，蜿蜒经过一望无际的大草原，看过去没有一个尽头。

大军离城秩序井然，除了不停的军号，悄然无声，

1- 拓展知识

南方两支大军：即红二和红四方面军。红一方面军于1935年10月到达陕北革命根据地。红二、四方面军则晚了一年，于1936年10月到达甘肃会宁地区。作者在本篇开头提到的时间是1936年8月29日，距离红军三大主力会师还有一个多月时间。

给人一个指挥若定的印象。2他们告诉我，进军计划好几天以前就准备好了，路上一切情况都已经过研究，红军自己绘制的地图上仔细地标出了敌军集中的地方，警卫人员拦住了越过战线的一切过往旅客（为了鼓励贸易，红军平时是允许越境的，但在战时或行军时除外），现在他们在国民党军队毫不知情的情况下向前挺进，后来奇袭敌军岗哨，证明此点不假。

2- 考点 重点词语赏析

“秩序井然”“悄然无声”两词表现出红军离城时井井有条、不慌不乱的状态，表明红军战士有高度的自觉性和纪律性。

我在这支军队中没有看到随营的人，除了三十几头甘肃猎狗，它们紧紧地挨在一起，在平原上前窜后跳，追逐偶然在远处出现的野羚羊或野猪。它们高兴地狂吠着，东嗅西闻，蹦蹦跳跳，显然很乐意到战场上去。许多战士带着他们喂养的动物一起走。有的绳子拴着小猴子，有一个战士肩上停着一只蓝灰色的鸽子，有的带着白色的小耗子，有的带着兔子。这是一支军队吗？从战士的年轻和长长的队伍中传来的歌声来看，这倒更像是中学生的假期远足。

【阅读纪实作品】

虽然是去往残酷的战场，但是随身带着喂养的小动物，像假期远足的中学生，年轻的红军战士们苦中作乐，表现出革命乐观主义精神，令人动容。

出城没有几里路，突然下达了一个防空演习的命令。一班班的战士离开了大路，躲到了高高的野草丛中去，戴上了他们用草做的伪装帽、草披肩。在大路边上多草的小土墩上支起了机枪（他们没有高射炮），准备瞄准低飞的目标。几分钟之内，整条长龙就在草原上销声匿迹了，你分不清究竟是人还是无数的草丛。路上只有骡子、骆驼、马匹仍看得见，飞行员很可能把它们当作是普通的商队的牲口。不过骑兵（当时在打先锋，我看不到）得首当其冲，因为他们唯一的预防措施是就地寻找掩护，找不到就只好尽可能分散开来，但是不能下马。空袭中无人驾驭，这些蒙古马就无法控制，全团人马就会陷入一片混乱。在听到飞机嗡嗡声时给骑兵的第一道命令就是“上马”！

演习令人满意，我们继续前进。

李长林说得不错。红军的好马都在前线。他们的骑兵师是全军的骄傲，人人都希望被提拔到骑兵师去。他们骑在三千匹左右漂亮的宁夏马上，从体格上来说是全军最优秀的。这些快骑比华北的蒙古马高大强壮，毛滑膘肥。大多数是从马鸿逵和**马鸿宾**[3]那里俘获来的，但是有三个营的马是将近一年前与国民党骑兵第一军司令何柱国将军作战时夺取过来的，其中一营的马全白，一营全黑。这是红军第一骑兵师的核心。

红区外面的人在红军进入甘肃和宁夏的时候曾经预言，回民骑兵会把他们打得溃不成军。结果却不然。一九三五年在陕西办了一所骑兵学校，由德国顾问李德训练红军骑兵的核心，李德是个驰骋能手，曾在俄国红军骑兵中服过役。不像不会骑马的多数南方人，陕西和甘肃本地人有许多都是生来就学会骑马的，因此从这些本地的人才中很快就训练出一支精锐的骑兵。他们在一九三六年上战场，西北就出现了新式的骑兵战。

回民是驰骋能手，但不善于在马上开枪或挥刀，汉民骑兵也是如此。他们的战术是与步兵配合，疾驰前进，两翼包抄，如果这样还不能击溃敌军，就下鞍蹲地射击，这样就失去了机动性。李德训练红军骑兵使用马刀，这是红军兵工厂土制的，质地粗劣，不过足以应付需要。红军骑兵挥刀冲锋，很快就声誉卓著。在短短的一年内，打了几场胜仗，俘获不少新军马。

我在甘肃随红军骑兵骑了几天马，或者精确地说，随红军骑兵走了几天路。他们借给我一匹好马，配有俘获的西式鞍子，但是每天行军结束时，我觉得

3- 拓展知识

马鸿宾：马鸿宾是马鸿逵的堂兄，曾在国民党军队任师长，奉命堵击红军。新中国成立前夕，马鸿宾带领其部队宣布起义，归向共产党。解放后，他曾在宁夏、甘肃等地任职，全力从事民族团结的工作，为社会主义建设事业做出了有益的贡献。

【阅读纪实作品】

作者用两大段插叙了红军骑兵的历程，一方面说明红军与当地百姓关系亲密，另一方面也说明红军战士学习能力强、作战勇猛。

不是马在侍候我，而是我侍候马。这是因为我们的营长不想让他四条腿的宝贝过累了，要我们两条腿的每骑一里路就要下马牵着走三四里路。他对待马好像对待狄翁尼家的四胞胎[①]一样，我的结论是，任何人要当这个人的骑兵得首先是个护士，而不是马夫，甚至最好是个步行的，不是骑马的。我对他爱护牲口表示应有的敬意——这在中国不是常见的现象——但是我很高兴终于能够脱身出来，恢复自由行动，这样反而有的时候真的骑上了一匹马。

我对徐海东有点抱怨这件事，我怀疑他后来要对我开一开玩笑。我要回预旺堡时，他借给我一匹宁夏好马，壮得像头公牛，我一生骑马就数这次最野了。我在草原中一个大碉堡附近同十五军团分手。我向徐海东和他的参谋人员告别。不久之后我就上了借来的坐骑，一上去之后，就如脱缰一般，看我们俩谁能活着到达预旺堡了。[4]

4-考点 重点句子分析

这句话写出宁夏马性子野，奔跑迅速，让作者招架不过来，用语诙谐幽默。

这条道路五十多里，经过平原，一路平坦。这中间我们只下来走过一次，最后五里是不停地快步奔驰的，到达终点时飞跑过预旺堡大街，把我的同伴远远地甩在后面。在彭德怀的司令部门前我纵身下马，检查了一下我的坐骑，以为它一定要力竭晕倒了。可是它只轻轻地喘着气，身上只有几滴汗珠，但除此以外，这畜牲纹丝不动，若无其事。

问题出在中国式的木鞍上，这种木鞍很窄，我无法坐下，只能双腿夹着木鞍，走了全程，而又短又沉的铁镫子又使我伸不直腿，麻木得像块木头。我只想歇下来睡觉，却没有达到目的。

① 当时加拿大一妇女一胎生了四个婴孩，轰动了全世界。——译注

第九篇

战争与和平

『红小鬼』

内容速览

作者到达预旺堡后，遇到了少年先锋队员，交流了少年先锋队员们的日常生活、从军经历、在红军中担任的职务等内容，重点记录了他们的精神面貌、革命理想以及对红军的感受。从他们身上，作者看到了一个民族的未来和希望。

阅读指南

- **章节阅读属性：**【细读】
- **阅读方法落实：**【阅读纪实作品】作者对小红军战士进行了非常细致的描写，询问他们参加红军的原因、对革命的态度等问题，从对这些问题的记录里，分析作者对他们的看法。
- **核心内容感知：**【梳理情节，品味情感】关注作者对少年先锋队员的描写，感受作者的情感态度。

章节图解

『红小鬼』

- **关注与采访少年先锋队员**
  - 15岁的红军号手
  - 在医院里工作的瘦少年
- **少年先锋队的生活与工作**
  - 规模：西北苏区约四万少年先锋队员，来历往往弄不清楚
  - 工作：担任许多职务，甚至担任侦查或宣传工作
  - 生活：穿肥大的军服，有红领章、帽子等
  - 教育：有体育运动，受到初步的教育
- **了解少年先锋队员的思想**
  - 对待红军：喜欢红军，在红军中第一次受到人的待遇
  - 对待革命：只要能革命，不在乎吃穿用度
  - 对待自己：敢于主动地为自己赢得尊严
  - 对待工作：认真负责，连彭德怀过路也要有“路条”

原文阅读

一天早上，我登上预旺堡又宽又厚的黄色城墙，从上面往下看，一眼就望得到三十英尺下的地面上在进行着许多不同的、却又单调和熟悉的工作。这仿佛把这个城市的盖子揭开了一样。城墙有一大段正在拆毁，这是红军干的唯一破坏行动。对红军那样的游击战士来说，城墙是一种障碍物，他们尽量在开阔的地方同敌人交锋，如果打败了，就不固守城池消耗兵力，因为在那里有被封锁或歼灭的危险，而要马上撤退，让敌人去处于这种境地。一旦他们有充分强大的兵力可以夺回那个城池时，城墙拆了就容易一些。

在开了枪眼的**雉堞**[1]上刚兜了一半，我就遇见一队号手 —— 这时总算在休息，这叫我感到高兴，因为他们的响亮号声已接连不断地响了好多天了。他们都是少年先锋队员，不过是小孩子，因此我停下来对其中一个号手谈话时就采取了一种多少是父辈的态度。他穿着网球鞋、灰色短裤，戴着一顶褪了色的灰色帽子，上面有一颗模模糊糊的红星。但是，帽子下面那个号手可一点也不是褪色的：红彤彤的脸，闪闪发光的明亮眼睛，[2]这样的一个孩子你一看到心就软了下来，就像遇到一个需要友情和安慰的流浪儿一样。我想，他一定是非常想家的吧。可是很快我就发现自己估计错了。他可不是妈妈的小宝贝，而已经是一位老红军了。他告诉我，他今年十五岁，四年前在南方参加了红军。

“四年！”我不信地叫道，“那么你参加红军时准是才十一岁啰？你还参加了长征？”

“不错，”他得意扬扬有点滑稽地回答说，“我已经

老师有话说

【阅读纪实作品】

阅读纪实作品时，要善于体会和辨别作者的情感倾向。拆毁城墙是红军唯一的破坏行动，和前文国民党军所过之处烧杀抢掠形成鲜明的对比，这既是作者记录的事实，又传达出作者对红军的敬佩之情。

1- 拓展知识

雉堞（dié）：掩护守城者的墙，修筑在城墙上面，矮且短。红军在雉堞上开了枪眼，用于射击。

2- 考点　人物形象分析

对少年先锋队员的外貌描写，生动形象地写出了少年先锋队员天真可爱的样子，闪闪发亮的眼睛体现出他充满活力。

当了四年红军了。"

"你为什么参加红军？"我问道。

"我的家在福建漳州附近。我平时上山砍柴，冬天就采集树皮。我常常听村里的人讲起红军。他们说红军帮助穷人，这叫我喜欢。我们的家很穷。一家六口，我的父母和三个哥哥。我们没有地。收成一半以上拿来交租，所以我们老是不够吃。冬天，我们烧树皮汤喝，把粮食省下来作来春的种子。我总是挨饿。

"有一年，红军来到漳州附近。我翻过山头，去请他们帮助我们的家，因为我们很穷。他们待我很好。他们暂时把我送到学校去读书，我吃得很饱。几个月以后，红军占领了漳州，来到我们村子上。地主、放债的和做官的都给赶跑了。我家分到了地，用不着再缴税缴租了。家里的人很高兴，都称赞我。我的两个哥哥参加了红军。"

"他们现在在哪里？"

"现在？我不知道。我离开江西时，他们在福建的红军里，他们和**方志敏**[3]在一起。现在我可不知道了。"

"农民喜欢红军吗？"

"喜欢红军？他们当然喜欢。红军分地给他们，赶走了地主、收税的和剥削者。"（这些"红小鬼"都有他们的马克思主义词汇！）

"但是说实在的，你怎么知道他们喜欢红军呢？"

"他们亲手替我们做了一千双、一万双鞋子。妇女给我们做军服，男子侦察敌人。每户人家都送子弟参加我们红军。老百姓就是这样待我们的！"

不用问他是不是喜欢他的同志，十三岁的孩子是不会跟着他所痛恨的军队走上六千英里的。

3 拓展知识

方志敏：1935年为掩护红军主力脱险，红十军团在闽浙赣苏区牵制敌军。方志敏任红十军团军政委员会主席。红十军团一路苦战，在敌人的重兵围堵下遭受巨大损失。1935年1月27日，方志敏被捕。

【阅读纪实作品】

这个问题作者在书中问了好几回，得到的答案都是一致的，既体现出红军深受老百姓拥戴，也表现出作者作为记者多方求证的决心，增强了所记录事实的可信度。

红军里有许多像他这样的少年。少年先锋队是由共产主义青年团组织的，据共产主义青年团书记冯文彬说，在西北苏区一共有少年先锋队员约四万名。单单在红军里谅必有好几百名：在每一个红军驻地都有一个少年先锋队“模范连”。他们都是十二岁至十七岁（照外国算法实际是十一岁至十六岁）之间的少年，他们来自中国各地。他们当中有许多人像这个小号手一样，熬过了从南方出发的长征的艰苦。有许多人是出征山西期间加入红军的。

少年先锋队员在红军里当通讯员、勤务员、号手、侦察员、无线电报务员、挑水员、宣传员、演员、马夫、护士、秘书甚至教员！4有一次，我看见这样的一个少年在一张大地图前，向一班新兵讲解世界地理。我生平所见到的两个最优美的儿童舞蹈家，是一军团剧社的少年先锋队员，他们是从江西长征过来的。

4- 考点　句子含义理解

通过列举少年先锋队员在红军里的职务，可以看出他们的重要性。“红小鬼”是红军的重要组成部分。

你可能会想，他们怎样能经受这样的生活。已经死掉或者被杀的，一定有不少。在西安府污秽的监狱里，关着二百多名这样的少年，他们是在做侦察或宣传工作时被捕的，或者是行军时赶不上队伍而被抓的。但是他们的刚毅坚忍精神令人叹服，他们对红军的忠贞不贰、坚定如一，只有很年轻的人才能做到。

他们大多数人穿的军服都太肥大，袖子垂到膝部，上衣几乎拖到地面。他们说，他们每天洗手、洗脸三次，可是他们总是脏，经常流着鼻涕，他们常常用袖子揩，露着牙齿笑。虽然这样，但世界是他们的：5他们吃得饱，每人有一条毯子，当头头的甚至有手枪，他们有红领章，戴着大一号甚至大两号的帽子，帽檐软垂，但上面缀着红星。他们的来历往往弄

5- 考点　人物形象分析

通过外貌、语言、动作描写，体现出这些少年先锋队员的年少稚嫩，但对加入红军倍感自豪，且无比忠诚。

不清楚：许多人记不清自己的父母是谁，许多人是逃出来的学徒，有些曾经做过奴婢，大多数是从人口多、生活困难的人家来的，他们全都是自己做主参加红军的。有时，有成群的少年逃去当红军。

他们的英勇的故事流传很多。他们并没有得到或者要求作为小孩照顾，许多人实际参加了作战。据说在江西，红军主力撤离以后，许许多多少年先锋队员和共产主义青年团员同成年游击队员并肩作战，并且甚至跟敌人拼刺刀——因此白军士兵笑着说，他们能够抓住他们的刺刀，把他们拖下壕沟，他们实在太小太轻了。在蒋介石的江西共匪**感化院**[6]里，许多被俘的“红军”是十岁至十五岁的少年。

少先队员喜欢红军，大概是因为在红军中，他们生平第一次受到人的待遇。他们吃住都像人，他们似乎每样事情都参加，他们认为自己跟任何人都是平等的。我从来没有看见他们当中有谁挨过打或受欺侮。他们做通讯员和勤务员当然“受到剥削”（许多命令从上而下最后传到一些少先队员，这是使人惊奇的事情），但他们也有自己的活动自由，有自己的组织保护他们。他们学会了体育运动，他们受到初步的教育，而且他们对简单的马克思主义口号有了一种信仰——在大多数情况下，这些口号对他们来说只是意味着帮助他们开枪打地主和师傅。显然，这比在师傅的工作台旁边一天工作十四个小时，侍候师傅吃饭，倒他“妈的”夜壶要好。

我记得在甘肃碰到的这样一个逃跑的学徒，他的绰号叫山西娃娃。他被卖给山西洪洞县附近一个镇上的一家店铺，红军到来时，他同另外三个学徒偷偷地

6- 拓展知识

感化院：蒋介石在南昌行营设立了感化院，旨在对俘虏的苏区红军或群众灌输反共思想，使其动摇对共产党和红军革命行动的信心。第五次“围剿”结束后，南昌行营的感化院撤销。大多数被抓到感化院的人，都经受住了严峻考验。

爬过城墙，参加了红军。他是怎样认为自己属于红军一边的，我可不知道，但显而易见，阎锡山的一切反共宣传，他的长辈的一切警告，已产生了同他们的原意相反的效果。他是一个圆滚滚的胖孩子，长着一张娃娃脸，只有十二岁，但已经很能照顾自己，这在他越过晋陕边境进入甘肃的行军中得到了证明。我问他为什么当红军，他回答说："红军替穷人打仗。红军是抗日的。为什么不要当红军呢？"

又有一次，我碰到一个十五岁的瘦少年，他是在甘肃河连湾附近的一所医院里工作的少年先锋队和共青团的头头。他的家在兴国，那是红军在江西的模范县，他说他有一个兄弟还在那里的游击队里，他的姊姊是护士。他不晓得他家里的人怎么样了。是的，他们都喜欢红军。为什么？因为他们"都懂得红军是我们自己的军队——为无产阶级作战"。我不知道向西北的长途跋涉在他年轻的脑海里留下什么印象，但是我没有能够弄清楚，对这个一本正经的少年来说，这整个事情是一件小事，只是徒步走过两倍于美国宽度的距离的小事情。

"很苦吧，嗯？"我试着问道。

"不苦，不苦。有同志们和你在一起，行军是不苦的。我们革命青年不能想到事情是不是困难或辛苦；我们只能想到我们面前的任务。如果要走一万里，我们就走一万里，如果要走二万里，我们就走二万里！"

"那么你喜欢甘肃吗？它比江西好还是比江西坏？南方的生活是不是好一些？"

"江西好。甘肃也好。有革命的地方就是好地方。我们吃什么，睡在哪里，都不重要。重要的是革命。"

千篇一律的回答，我心里想，这个年轻人从某个红军宣传员那里把答话学得很好。第二天，在红军士兵的一个大规模集会上，我十分惊奇地发现他是主要讲话的人之一，他自己就是个"宣传员"。他们告诉我，他是军队里最好的演说家之一，而在这次大会上，他对当前的政治形势，以及红军要停止内战并同一切抗日军队成立"统一战线"的理由，作了一番很简单而又充分的说明。

我遇见一个十四岁的少年，他曾经是上海一家机器厂的学徒，他同三位同伴历尽各种危险，到了西北。我见到他时，他是保安无线电学校的学生。我问他是否惦记上海，可是他说不惦记，他在上海没有什么牵挂，而他在那里有过的唯一乐趣是望着商店橱窗里的美味食品——这他当然买不起。

但我最喜欢的是保安一个当外交部交通处处长李克农通讯员的“小鬼”。他是一个约十三四岁的山西少年，我不晓得他是怎样参加红军的。他是少年先锋队中的“花花公子”，对于自己的那个角色，态度极其认真。他不知从哪里弄到一条军官皮带，穿着一套整洁合身的小军服，帽檐什么时候发软了，总是衬上新的硬板纸。在他的洗得很干净的上衣领口里面，总是衬着一条白布，露出一点。他无疑是全城最漂亮整齐的士兵。毛泽东在他旁边也显得像一个江湖流浪汉。

由于他父母缺少考虑，这个娃娃的名字恰巧叫作向季邦（译音）。这个名字本来没有什么不对，只是“季邦”听起来十分像“鸡巴”，因此别人就老是叫他“鸡巴”，这给他带来无尽的耻辱。有一天，季邦到外交部我的小房间来，带着他一贯的庄重神色，咔嚓一声立正，向我行了一个我在红区所看到的最普鲁士式的敬礼，称我为“斯诺同志”。7接着，他吐露了他小小心灵里的一些不安来。他是要向我说清楚，他的名字不是“鸡巴”而是“季邦”，两者是完全不同的。他在一张纸上细心地写下他的名字，把它放在我面前。

我惊奇之下极其严肃地回答他，说我只叫他“季邦”，从来没有叫过他别的名字，而且也不想叫他别的名字。我以为他要我选择军刀还是手枪来进行决斗呢。

但是他谢了我，庄重地鞠了一个躬，又向我行了那个十分可笑的敬礼。“我希望得到保证，”他说，“你替外国报纸写到我时，可不能写错我的名字。要是外国同志以为有一个红军士兵名叫‘鸡巴’，那是会给他们留下一个坏印象的！”在那个时候以前，我根本没有想把季邦写进这部不平常的书里来的，但经他这样

7- 考点 人物形象分析

通过对少年先锋队员向季邦的神态、动作、语言描写，写出他勇敢主动地为自己赢得尊严，反映出红军民主开放的良好氛围，同时也让作者记录的事实更加鲜活生动。

一说，我在这件事情上就别无选择，他就走了进来同蒋总司令并排站立在一起了，尽管有失历史的尊严。

在苏区，少年先锋队员的任务之一，是在后方检查过路旅客，看他们有没有路条。他们十分坚决地执行这项任务，把没有路条的旅客带到当地苏维埃去盘问。彭德怀告诉我，他有一次被几个少先队员喝令站住，要看他的路条，否则就要逮捕他。

"但是我就是彭德怀，"他说，"这些路条都是我开的。"

"你是朱总司令我们也不管，"小鬼们不相信地说，"你得有个路条。"他们叫人来增援，于是有几个孩子从田里跑来。

彭德怀只好写了路条，签了字，交给他们，才能够继续上路。

总的说来，红色中国中有一件事情，是很难找出有什么不对的，那就是"小鬼"。他们精神极好。我觉得，大人看到了他们，就往往会忘掉自己的悲观情绪，想到自己正是为这些少年的将来而战斗，就会感到鼓舞。他们总是愉快而乐观，不管整天行军的疲乏，一碰到人问他们好不好就回答"好"。他们耐心、勤劳、聪明、努力学习，因此看到他们，就会使你感到中国不是没有希望的，就会感到任何国家有了青少年就不会没有希望。在少年先锋队员身上寄托着中国的将来，只要这些少年能够得到解放，得到发展，得到启发，在建设新世界中得到起应有的作用的机会。我这样说听起来大概好像是在说教，但是看到这些英勇的年轻人，没有人能不感到中国的人并不是生来腐败的，而是在品格上有着无限的发展前途。

【阅读纪实作品】

这是作者采访少年先锋队员之后的感受。精神昂扬的"红小鬼"极具感染力，正是通过与这些青少年的接触，让作者看到了中国的希望。

第九篇 战争与和平

9 实践中的统一战线

内容速览

作者用日记的形式呈现共产党对建立抗日民族统一战线所作的努力，但也有极少数红军战士不太能理解“统一战线策略”。作者重点记录了彭德怀在指挥员会议上的讲话摘要，让我们领略了红军在国家层面的大局意识。

阅读指南

- **章节阅读属性：**【细读】
- **阅读方法落实：**【阅读纪实作品】作者重点记录了“统一战线策略”在实践中出现的阻碍及解决对策，阅读时要结合前面的章节，详细了解红军为团结一切力量集中抗日的努力。
- **核心内容感知：**【梳理情节，了解人物】关注彭德怀在指挥员会议上的讲话摘要，把握彭德怀的人物形象。

章节图解

- **实践中的统一战线**
  - **政策提出背景**
    - 红军三大主力即将胜利会师
    - “迫使”国民党抗日，觅求妥协办法
  - **前期实践情况**
    - **军民关系**
      - 彭德怀耐心向回民老乡解释红军的政策
      - 关系很好，百姓给红军送粮食与物资
    - **敌军行动**
      - 国军空袭预旺堡，死伤农民若干，战士无伤
      - 国军空袭李旺堡，几乎命中徐海东的司令部
    - **我军行动**
      - 包围国军后，送去两百头羊以及解释政策的信
      - 到国军营房里与国军交谈红军的政策
  - **指挥员会议**
    - 对国军：通过写信、报纸、派代表、秘密会社等坚决争取过来
    - 对群众：尽快解放回民群众，鼓励他们带头参加一切革命行动
    - 对部队：加强教育工作，请不配合的战士提意见，改进政策
    - 对谣言：让敌军了解抗日运动，拆穿南京政府的谎言

原文阅读

一九三六年九月初我在宁夏、甘肃前线的时候，彭德怀部下的军队开始一边向黄河西移，一边向西安兰州公路南移，以便同北上的朱德的部队建立联系，这一行动后来在十月底出色完成，会师后的两支大军占领了西安兰州公路以北的甘肃北部几乎全部地方。

但是红军现在既然为了“迫使”国民党抗日，决心要同国民党觅求妥协办法，因此日益变成了一支政治宣传队，而不是一支一心要想用武力夺取政权的军队了。党发下了新的指示，要求部队在今后行动中遵守“统一战线策略”。什么是“统一战线策略”？也许在这个期间军队活动的逐日的记载可以很好地回答这个问题：

包头水（译音）九月一日。离一方面军司令部预旺堡，步行约四十里，指挥员彭德怀一边与骡夫说笑话，一边和大家闹着玩。所到之处颇多山。彭德怀司令部在此小村中一个回民老乡家中过夜。

墙上马上挂起地图，电台开始工作。电报来了。彭德怀休息的时候，请回民老乡进来，向他们解释红军的政策。一个老太太坐着同他几乎聊了两小时，数说自己的苦处。[1]这时红军的一支收获队走过，去收割逃亡地主的庄稼。由于他逃走，他的土地就被当作“汉奸”的没收充公。另一队人给派去守护和打扫本地的清真寺。红军同农民关系似乎很好。本县在共产党统治下已有好几个月，不用缴税，一星期前本县农民派了一个代表团向彭德怀送来了六大车的粮食和**辎重**[2]，对免税表示感谢。昨天有几个农民送了彭德怀一张漂亮的木床，使他感到很高兴。他把它转送了本地的阿訇。

老师有话说

1- 考点 人物形象分析

说话直截了当、平时非常忙碌的彭德怀司令，此时耐心地向回民老乡讲解政策，听老太太细数两小时的苦处，可以看出彭德怀尊重人民、尊重群众的理念，对老人非常亲切、有耐心。

2- 字词解释

辎（zī）重：指行军时所带的粮草、军械、被服等物资。

李周沟（译音）九月二日。清晨四时上路。彭德怀早已起身。遇到十个农民，他们是随军从预旺堡来帮助抬伤兵回医院的。他们自告奋勇这样做，是为了要打马鸿逵，他们痛恨他，因为他强征他们儿子去当兵。一架南京轰炸机在头上飞过，侦见我们，我们四散找掩护，全军都躲了起来。飞机绕了两圈，扔了一个炸弹——照红军说是“扔了一个铁蛋”，或者“掉了一些鸟粪”——然后扫射马匹，又飞到前面去轰炸先锋部队了。有个战士找掩护慢了，大腿受了伤——一处轻伤——经包扎后继续上路，不用搀扶。

我们要在这个小村过夜，从这里望去，什么都看不见。有一团敌军守在附近一个堡垒里，十五军团派了部队去攻打。

从预旺堡发来的无线电消息说，今晨有敌机空袭该城，扔了十颗炸弹，死伤农民若干，战士无伤。

吊堡子（译音）九月三日。离李周沟，一路上许多农民出来，给战士送来白茶——即热水，这是这一带最爱喝的饮料。伊斯兰教老师来向彭德怀告别，感谢他保护学校。走近吊堡子（现在已到预旺堡以西一百里的地方）的时候，马鸿逵的一些骑兵从一个孤立的阵地撤出来，冲进我们的后方，距离只有几百码。聂参谋长派司令部的一队骑兵去追击，他们急驰而去，扬起一阵尘土。红军一队**驮兽**[3]遭到袭击，又派一队人去夺回骡子和物资。运输队完整无损地回来了。

今天晚上布告牌上贴了一些有趣的消息。李旺堡已被围，在那里附近的一个碉堡，一颗迫击炮弹落了下来，几乎命中徐海东的司令部。死了一名少先队员，

3- 字词解释

驮兽：这里指随军背负物品或供战士骑乘的骡子等动物。

伤了三名战士。在附近另一地方，一名白军排长在侦察红军阵地时被突击队活捉。他受了轻伤，被送到司令部来。彭德怀在无线电里大发脾气，因为让他受了伤。“不是统一战线的策略，”他说，“一个口号抵得上十颗子弹。”他向参谋人员讲了一通统一战线和如何付诸实践的道理。

农民们在路上卖水果和西瓜，红军买东西都付钱。一个年轻战士同一个农民讨价还价半天，最后把一只心爱的兔子换了三只西瓜。吃了西瓜以后，他很不高兴，要农民把兔子还给他！

电话传来一个报告说，有一团敌军已被（一军团）二师包围。向敌军致了高喊欢迎的友好口号和吹军号的“敬礼”。因为他们没有吃的，红军送去了两百头羊，附去一信解释红军的政策。白军答应下午答复。红军在信中提出了统一战线纲领，双方讲和，如果对方后撤就不开枪追击。两点钟时这一团兵（他们是马鸿逵的部下）后撤了。彭德怀高兴地说：“这是统一战线斗争中的胜利一步。”但还是有一些红军对他们开了枪，不过这似乎是极少数的“个人主义者”。他们不明白为什么要眼看这些快到手的武器白白丢了。他们为此遭到了严厉的批评，又给他们上了几课，讲统一战线的道理。有些战士不懂这个道理，要想俘虏白军，但是不许他们这样做。4这次红军本来还可以俘获一队骑兵的，但是奉令不得如此。

一般战士反对统一战线纲领的这个倾向，今晚由彭德怀和政治部加以讨论。他们觉得“必须进行更多的教育工作”。

另外一条消息：在马良湖（译音），有一批敌军越

【阅读纪实作品】

作者有意将红军对待国民党士兵的方式和国民党军轰炸红军司令部的事实放在一起，进一步表明国民党军借机消灭红军的不良企图。外敌当前，双方高下立判。

4- 考点 内容理解分析

不少红军的家人都死于白军之手，让他们握手言和理解统一战线显然有一定难度，而犯错时有人给他们讲道理上课，可见红军内部的民主之风。

过战线到红军这边来参加群众抗日大会。他们没有带枪，应红军之邀由团长带领前来听讲话。该团长说："至于日本人，我们是准备打的。问题是怎么打。"他告诉红军说，他的团里和马鸿逵部下的每一个团里，不论是汉民团还是回民团，都至少有三个法西斯（**蓝衣社**[5]）特务，因此要进行合作必须保密。

5-拓展知识

蓝衣社：指中华民族复兴社，是国民党借"复兴民族"之名，行"镇压抗日民主运动"之实的特务组织，该社的主要任务是用恐怖手段迫害共产党和人民革命力量。

徐海东骑了他的大骡子来和彭德怀、左权（一军团司令）开会。会后他讲了一个十五军团"小鬼"的故事，他是前线的通信员。他奉令去送信，路上得绕过敌军占领的一个碉堡。他不走山路，有意走直通敌军碉堡枪口的大路。白军一见到他就派一队骑兵来追他，但他有一匹快马，又不用鞍子，把他们甩得远远的。徐海东抱怨道："他总是这样，但是他是前线最好的通信员。"

彭德怀开了一只大西瓜庆祝今天的好消息。这里的西瓜又便宜又好吃。

吊堡子九月四——五日。（政治部的）刘晓现在李旺堡附近的回民中工作。今天他发回一份那里最近情况的报告。马鸿逵部有一个团要求红军回民团派个回民去同他们谈话。马鸿逵的团长不愿见红军代表，但同意他同他的部下谈话。

王（红军回民代表）回来后报告说，他在部队营房里到处看到共产党的传单。他说他同他们谈了几小时后，他们越发有兴趣了，最后团长也来听，但是又怕了起来，想把他捉起来。战士们提出了抗议，这才派人把他送回红军方面来。该团写了一封信，答复王从刘晓那里带去的信。他们说，他们不会后撤，因为他们奉命守卫这个地方，因此必须守住；他们愿意合作抗日，但红军必须同他们师长谈判；如果红军不打他们，他们也不打红军；又说红军送去的信和小册子都在战士中间散发了。

今天有两架飞机轰炸了这里附近的一队红军骑兵。人畜无伤，但有一颗炸弹炸掉了村中清真寺一角，死了三个照顾寺院的老回民。这不会增加本地人对南京的爱戴。

吊堡子九月六日。今天休整。一军团的指挥员们全在彭德怀司令部吃西瓜，战士们休息，自己打球吃西瓜。彭德怀开了连以上指挥员会议，这是一堂政治报告。他们让我参加。彭德怀讲话摘要如下：

“我们调到这些地方的原因，首先是扩大和发展我们的苏区；第二是配合二、四方面军（在甘南）的调动和前进；第三是消除马鸿逵和马鸿宾在这些地方的影响，同他们的部队直接形成统一战线。

“我们必须扩大这里的统一战线基础。我们必须对现在表示同情的白军指挥员发生决定性的影响，坚决地把他们争取到我们这边来。我们现在同他们许多人都有了很好的联系；我们必须继续工作，通过写信，通过报纸，通过派代表，通过秘密会社，等等。

“我们必须尽快解放这里的回民群众，把他们组织起来后马上就武装他们，让他们组织自己的代议制政府，这样及早组成一支回民抗日军。

“我们必须加强自己部队的教育工作。最近有好几个例子说明我们的人违反统一战线政策，对我们允许撤退的军队开火。还有一些例子是我们的战士不愿交还缴获的步枪，说了几次才交出来。这不是违反纪律的问题，而是不信任指挥员的命令，说明这些战士

【阅读纪实作品】

共产党和红军在陕甘宁苏区做了大量的动员工作，不仅要团结国民党军建立抗日统一战线，还要帮助回族人民获得解放，团结一切可以团结的力量，生动地诠释了“抗日民族统一战线”的内涵。

不充分了解这样做的原因，有些战士甚至攻击他们的领导发出‘反革命命令’。有个连长收到白军指挥员一封信，看也不看就撕掉了，还说什么‘这些白军都一样’。这说明我们必须更加深入地教育战士。我们第一次讲话没有把我们的立场向他们说清楚。我们要请他们提意见，在经过彻底讨论和解释后根据他们认为必要的那样改正我们的政策。[6]我们必须使他们感到，统一战线政策不是骗白军的诡计，而是一种根本方针，符合党的决定。

“在江西，蒋介石对我们和我们的政策散布了许多恶毒的谣言，由于他的封锁，使我们不能对我们苏区以外的中国人民进行驳斥。现在他的法西斯党徒在这里对我们散布谣言，把中日的资源作一对比，这样来攻击我们的抗日政策。蒋介石扣压真实情况，他也不提中国的反帝运动不是孤立的，有苏联和日本本国的无产阶级这样的朋友。我们必须让敌军明白了解抗日运动的基础，拆穿法西斯分子的这些谎言。

“在**东征（山西）**[7]以后，我们有许多同志到甘肃宁夏这里来，他们感到失望，因为对比之下，我们在那里受到很大欢迎。他们感到灰心，因为这里农村很穷，人民政治热情很低。别灰心丧气！努力工作！这些人民也是兄弟，会像别人一样有反应的。我们一个机会也不能错过，要说服白军和回族农民。我们工作还不够努力。

“至于群众，我们必须鼓励他们带头参加一切革命行动。我们自己不要去碰回民地主，但是要让人民知道，他们有权那样做，我们要保护他们那样做的群众团体，这是他们的革命权利，这是他们的劳动果实，

6- 考点 人物形象分析

看到战士不理解，领导们首先反思是自己没有讲清楚，政策指令是否完善，还请士兵提意见，适当调整自己的工作方式，表现了彭德怀谦恭自省，善于思考。

7- 拓展知识

东征（山西）：红军到达陕北以后，中共领导为表明抗日决心，同时为了扩大群众基础、发展自身军事力量，提出东渡黄河、打通抗日路线的战略计划。红一方面军于1936年春渡过黄河，打退国民党军队，占领山西南部和西北部的广大地区，推动了全国抗日救亡运动的发展，在山西播下了抗日的革命火种。

理应归他们所有。我们必须加紧努力提高群众政治觉悟。要记住，他们至今为止除了民族仇恨以外没有别的政治觉悟。我们必须唤起他们的爱国心。我们必须加强在哥老会和其他秘密会社中的工作，使他们成为抗日统一战线的积极盟友，不只是消极盟友。我们必须加强同他们的良好关系，鼓励他们在抗日运动中起领导作用。我们必须把每个回民青年都组织起来，加强革命政权的基础。”

彭德怀发言以后，一军团和十五军团的两个政委作了长篇的批评发言。他们两人都检查了在“统一战线教育工作”方面的情况，提出了改进的意见。所有的指挥员都做了大量笔记，后来又举行了长时间的辩论，争论一直到吃晚饭的时候。彭德怀最后建议两个军团各扩充五百新兵，这得到复议后，一致通过。

晚饭后一军团剧社演出新戏，以上星期经验为素材。它用**发噱**[8]的方式表现了指战员们在执行新政策过程中所犯的错误。有一场戏是一个指挥员和一个战士发生了争论；另一场戏是两个指挥员之间的争论；还有一场是一个连指挥员把白军的信撕掉了。

第二幕戏中，大多数错误都改正过来，红军和抗日回民军队并肩前进，一同歌唱，一同对日本人和国民党作战。文娱部门的配合工作快得出奇。

有一个消息传来说，（国民党军队驻守的）李旺堡遭到南京飞机的猛轰。显然飞行员以为他们的军队已经撤走，因为四周到处是红军。轰炸时回民战士逃出来躲在山上的窑洞里，但红军没有对他们开枪。彭德怀说，在江西也常常发生这种现象，有时整个市镇、整批民团或南京军队被蒋介石自己的飞机炸光，飞行

8- 字词解释

发噱（xué）：可笑；引人发笑。

【阅读纪实作品】

红军用不同的方式向战士们宣传新思想，不同于冗长的会议或单纯的说教，这样的宣传方式效率极高，效果惊人，文娱部门的快速反应也令作者佩服。

员还以为是在炸红军。

先锋部队还没有到海原，但在继续挺进之前已清除了几个敌军阵地。这些阵地在李旺堡和马良湖。整个固原山谷和固原以西先要苏维埃化。现在红军进入一个完全是回民的区域，要到靖远的黄河流域后才再进入汉民聚居的区域。

明天我要回保安了。

在后来的一个月中，中国每个共产党员的注意力都要焦急地集中到一系列的军事调动上面，这是苏区历史上的第一次，红军全部主力最后终于在一个广大的地区中会师和集中起来。我们在这里就有必要介绍一下这次从南方来的第二次大行军的领导 —— 介绍一下“中华全国”红军总司令朱德，他在西藏（四川阿坝）的冰天雪地中度过了一个严冬以后，现在终于率领二、四方面军倾师进入西北，其气势之猛和成功之大是大家所意想不到的。

第九篇 战争与和平

关于朱德[①]

9

内容速览

作者详细介绍了中国革命史上一位非常重要的人物——朱德。作者先介绍了朱德用兵如神的传说与带兵风格，并通过采访朱德妻子康克清了解了朱德的性格。然后详细记述了朱德从出生到加入红军后的经历，并表达了对朱德崇高的敬意。

① 斯诺这次在陕北期间，没有直接见到朱德同志，原写的这一章有一些不确切之处，一九三八年复社出版中译本时，斯诺根据韦尔斯在一九三七年去陕北访问朱德同志的纪录（这部分以后收在韦尔斯的《红色中国内幕》，即《续西行漫记》中）重新作了改写。这里用的是他改写过的这一章。（见本册第32页所载作者为一九三八年复社版中译本加的注）——译注

阅读指南

- **章节阅读属性：**【细读】
- **阅读方法落实：**【阅读纪实作品】作者在记录朱德的人生经历时，重点记录了他为了寻找新的革命道路以及追寻共产党的曲折历程，字里行间洋溢着对朱德的敬佩与赞叹。
- **核心内容感知：**【梳理情节，了解人物】关注朱德叙述的人生经历和思想改变的过程，把握朱德的人物形象。

章节图解

- **关于朱德**
  - **整体印象**
    - **崇高威望**
      - 统率长征的杰出领导，有崇高的威望和人格魅力
      - 有为事业英勇牺牲的精神
    - **带兵风格**
      - 用兵如神，经验丰富，爱护部下天下闻名
    - **性格特点**
      - 平易近人、极端温和、对大小事情都十分负责
  - **人生经历**
    - **早年经历**
      - 出身：穷苦佃农家庭，因经济问题被过继给伯父
      - 求学：先后在高等小学、体育学校、云南讲武堂学习
    - **军旅生涯**
      - 参加辛亥革命，参与云南起义、与袁世凯、段祺瑞的军队作战
      - 对共产主义和布尔什维主义感兴趣，多次寻找共产党无果
    - **留学深造**
      - 去德国柏林留学，遇到了周恩来等人，立即加入共产党
      - 留学期间一边学习一边做党的工作，出席世界学生大会
    - **革命历程**
      - 领导四川军事运动、加入朱培德军队，组织南昌起义
      - 组织湘南起义，建“工农革命军第一师”
      - 到井冈山会师毛泽东，组织成立“新四军”
  - **记者评价**
    - **斯诺**
      - 朱德饱受苦难却始终为民族的自由解放而斗争
      - 朱德是少数真正的时代伟人之一
    - **韦尔斯女士**
      - 朱德是红军稳定的象征，对红军有很大的贡献
      - 朱德和毛泽东对中国共产主义运动的贡献巨大

原文阅读

不像莎士比亚，孔夫子认为名字具有头等重要性。至少在朱德这个名字上是这样。这个名字叫起来很响亮，英文里应拼作 Ju Deh，因为发音是如此。这个名字很贴切，因为这个名字由于在文字上的奇异巧合，在中文中的两个字正好是“红色的品德”的意思，虽然当他在边远的四川省仪陇县诞生后他的慈亲给他起这个名字时，是无法预见这个名字日后具有的政治意义的。无法预见这样的事，否则他们早就会吓得把他改名了。

在南方的这些年月里，朱德指挥全军，打了几百次小仗，几十次大仗，经历了敌人的五次大围剿，在最后一次围剿中，他面对的敌人，其技术上的进攻力量（包括重炮、飞机和机械化部队）估计超过他自己的部队八倍至九倍，资源超过他许多许多倍。不论如何估计他的胜败，必须承认，就战术的独创性、部队的机动性和作战的多样性而言，他再三证明自己胜过派来打他的任何一个将领，而且无疑建立了中国革命化军队在游击战中的不可轻侮的战斗力。红军在南方所犯的重大错误是战略上的错误，对此，政治领导人必须负主要的责任。但是即使有这种错误也很少疑问，要是红军能够在第五次围剿中哪怕以大致相当的条件与敌军对垒，结果就会造成南京的惨败——**德国顾问**[1]也没有用。

从纯粹军事战略和战术上处理一支大军撤退来说，中国没有见到过任何可以与朱德统率长征的杰出领导相比的情况，这在前文已有描述。他部下的军队在西藏的冰天雪地之中，经受了整整一个严冬的围困

老师有话说

1- 拓展知识

德国顾问：在本书第五分册《长征》中的《第五次围剿》一章中，作者曾经说到第五次战役的战略战术主要是蒋介石的德国顾问们设计的，尤其是冯·西克特将军。

和艰难，除了牦牛肉以外没有别的吃的，而仍能保持万众一心，这必须归因于纯属领导人物的个人魅力，还有那鼓舞部下具有为一个事业英勇牺牲的忠贞不贰精神的罕见人品。至少我个人是不可能想象蒋介石、白崇禧、宋哲元或者中国任何其他一个国民党将领能够在这样的条件下保全一支军队的，更不用说还能够在这样的考验结束时真的做到卷土重来，发动一场大进攻，在敌军为了防止它突破而从从容容地构筑了好几个月的防线上，打入了一个楔子。我走马西北的时候，朱德在做的正是这样一件事。

【阅读纪实作品】

民间关于朱德的神奇传说显然充满了神话色彩，作者在此如实记录是为了说明朱德在民间有着崇高的威望，这是建立在一场又一场的胜利之上的。

难怪中国民间流传他有各种各样神奇的本领：四面八方能够看到百里以外，能够上天飞行，精通道教法术，诸如在敌人面前呼风唤雨。迷信的人相信他刀枪不入，不是无数的枪炮弹药都没有能打死他吗？也有人说他有死而复活的能力，国民党不是一再宣布他已死亡，还详详细细地描述了他死去的情况吗？在中国，许许多多的人都知道朱德的大名，有的把他看成是危险的威胁，有的把他看成是希望的明星，这就看每个人的生活地位了，但是不论对谁来说，这是这十年历史中不可磨灭的名字。

但是大家都告诉我，朱德貌不惊人——一个沉默谦虚、说话轻声、有点饱经沧桑的人，眼睛很大（“眼光非常和蔼”这是大家常用的话），身材不高，但很结实，胳膊和双腿都像铁打的一样。他已年过半百，也许已有五十三四岁，究竟多大，谁也不知道——但是李长林笑着告诉我，就他所记得而言，他每次总说五十六了。这好像是他爱说的一个小小的笑话。李长林认为，他同现在这位夫人结婚后就不再记年龄了。这位夫人是个骨骼粗壮的农村姑娘，枪法高明，骑术高超，自己领导过一支游击队，把受伤战士背在身上，大手大足像个男人，身体壮实，作战勇敢。

朱德爱护他的部下是天下闻名的。自从担任全军统帅以后，他的生活和穿着都跟普通士兵一样，同甘共苦，早期常常赤脚走路，整整一个冬天以南瓜充饥，另外一个冬天则以牦牛肉当饭，从来不叫苦，很少生病。[2]他们说，他喜欢在营地里转，同弟兄们坐在一起，讲故事，同他们一起打球。他乒乓球打得很好，篮球打个“不厌”。军队里任何一个战士都可以直接向总司令告状——而且也常常这样做。朱德向弟兄们讲话往往脱下他的帽子。在长征途中，他把马让给走累了的同志骑，自己却大部分步行，似乎不知疲倦。

2-考点 细节描写赏析

通过朱德赤脚走路、吃饭不挑写出他平易近人、不搞特殊、体恤部下的优良品质。

“我认为他的基本特点就是天性极端温和。”当别人请他的妻子康克清谈一谈她认为她的丈夫有什么与众不同的性格时，她说道，“其次，他对一切大小事情都十分负责。第三，他喜欢跟一般战斗员生活打成一片，经常和他们谈话。

“朱德对弟兄们说话非常朴实，他们都能听懂。有时要是他不十分忙，就帮助农民们种庄稼。他常常从山下挑粮食到山上。他非常强健，什么东西都能吃，除了大量辣椒，没有什么特别爱吃的东西，因为他是四川人。他晚上非到十一二点钟不睡，早晨总是五六点钟起床。

“他喜欢运动，但是也喜欢读书。他仔细订出读书计划，熟读政治、经济的书籍。他也喜欢跟朋友们谈天，有时也开开玩笑，虽然并不像毛泽东那样幽默。

他一般没有脾气，我从没有跟他吵过嘴，但他在战斗中却要发怒。打仗时朱德总是在前线指挥，但没有受过伤。”

我没有会见朱德的好运气，因为当他到达陕北的时候，我已经离开了。幸运的是朱德马上就被世界作家所注意，我现在竟有机缘得到一些最近的材料。“西安事变”以后，就有人到苏区去访问，**韦尔斯女士**[3]是第二个会见中国红军领袖的外国人，康克清上面这番话就是对她说的。下面简述的朱德自传，是朱德亲口对韦尔斯女士说的，这改正了过去许多不确的记载①。它里边没有富有戏剧性的叙述，这对于朱德是不公平的。正如韦尔斯女士所说，“朱德决不会写出一部自传，因为他以为自己个人不能离开他的工作而存在。”但作为他的生涯的真实记载，下面的自传仍有无限的价值。

朱德这样叙述他一生的经历：

“我于一八八六年生在四川仪陇县一个叫马鞍场的村子里。我家是穷苦的**佃农**[4]。为着一家二十口的生活，我们租了二十亩田。我六岁时，进了一个丁姓地主的私塾。他要我缴学费，而且待我很坏，好像这是慈善事业似的。我在家里吃饭睡觉，每天走三里路上学。放学后，我干各种活，如挑水、放牛等等。我在这家私塾里读了三年书。

“后来在地主的压迫下，我们这个大家庭无法再

3- 拓展知识

韦尔斯女士：作者斯诺的前妻。1936年斯诺回到北平后，表达了没有采访朱德和其他几位杰出将领的遗憾，其妻于次年到达延安进行采访。五个月的采访内容既充实了斯诺正在撰写的《红星照耀中国》，又成就了韦尔斯个人的经典著作——《走进红色中国》。

4- 字词解释

佃（diàn）农：指旧时租种土地为生，自己没有土地的农民。

---

① 本书第一版中关于朱德的一章，虽然根据我在西北时所搜集的材料，而且是朱德的同伴们所供给的，可是其中仍然有许多错误和不确之处。幸蒙韦尔斯女士慨予合作，使我得在中译本里纠正这些错误，不胜欣幸。单从这一个经验，更可证明，写作关于中国革命的复杂情况，除了第一手材料外，都不可靠，这一个规则，始终是对的。

过下去了，为了经济上的原因分了家。我被过继给一个伯父，到大湾去跟他同住。我自己的父亲待我很坏，但这个伯父却爱我如同亲生儿子一样，送我上学念了六七年古书。全家只有我一个人受教育，因此我一面读书，一面又不得不干各种活。

“我在一九〇五年考过科举，在一九〇六年到了顺庆县，在一个高等小学里读六个月书，又在一个中学里读六个月。一九〇七年，我到成都，在一个体育学校里读一年书，后来回到故乡仪陇县，在本县高等小学里教体操。一九〇九年，我到云南的省会云南府，进了云南讲武堂，直到一九一一年的辛亥革命发生后才离校。我的志愿总是想做个军人，而这个讲武堂恐怕是当时中国最进步、最新式的了。它收学生很严格，我竟被录取，因此感到非常高兴。

“我一向崇拜现代科学，觉得中国需要一个产业革命。我小的时候，太平天国的故事给我很大影响，这是织布匠和别的走村串寨的手艺工人讲给我听的。他们在当时是新闻的传播者。由于有革命的倾向，一九〇九年我进讲武堂不到几星期，就加入了孙中山的同盟会。

“一九一一年，我当时是个连长，我随有名的云南都督蔡锷率领的滇军参加推翻清朝的革命。一九一一年的辛亥革命是十月十日在武昌开始的，二十天后，云南也举行了起义。我在同年被派往四川，与清朝总督赵尔丰作战。我们打败了赵尔丰，次年四五月间回到云南。一九一二年下半年，我被任命为云南讲武堂学生队长，在校里教授战术学、野战术、射击术和步枪实习。

“一九一三年，我被任命为蔡锷部下的营长，在法属印度支那边界驻扎了两年。一九一五年，我升为团长，被派往四川跟袁世凯的军队作战。打了六个月仗，我们获得胜利。我升为旅长，部队驻扎在四川南部长江上的叙府、泸州一带。我的部队是第七师的精锐第十三混成旅（后来改为第七混成旅），当时稍有声誉。不过我们遭受重大的损失，在战争中半旅以上被消灭了。我在这一带地方驻扎了五年，不断地跟听命于北京段祺瑞政府的反动军队作战。

“到一九二〇年底，我回到云南府，打反动的唐继尧，这时蔡锷已经死了。蔡锷是南方最进步的共和派青年领袖之一，他给我很大的影响。一九一五年袁世凯阴谋称帝，蔡锷首先为保卫民国而独树反帜。

“一九二一年从九月到十月，我任云南省警察厅长。唐继尧卷土重来，追我追了二十天，我终于带一连人逃出来。另外一位同志也带领一连人，跟我一起逃走，但他被唐继尧捉住，拷打致死。我带领一连难兵到了西康，所走的路线正是一九三五年红军长征的路线。我们渡过金沙江，到打箭炉附近的雅州，在会理州停留一下，然后进了四川。我先到嘉定去，后来又到重庆，受到督军刘湘和重庆警备司令杨森的招待，一九二二年六月同他们一起看了龙船会。这两个四川军阀，红军后来当然打过他们。但在那时，刘湘并没有悬赏要取我的首级，却急于要给我一个师长的位置，我谢绝了，因为我已决定寻找共产党，为自己寻找新的革命道路。刘湘所以要我为他效劳，是因为我的特殊战术已经出名，使人害怕。我用来对付反动派军队颇具成效的战术，是我驻在印度支那边界时跟蛮子部落和土匪作战的经验得来的机动游击战术。5 我跟部队的逃兵、流窜的匪帮作战，从这些艰苦经验中学习到的东西特别有价值。当然我把这种游击经验同从书本和学校学到的知识结合起来。

5- 考点　人物形象分析

通过刘湘想要留下朱德这一事件，从侧面表现出朱德擅长打仗，有丰富的作战经验和杰出的军事才能。

“我的带兵的特殊战术是这样的：我自己体格很强壮，能跟弟兄们共同生活，跟他们密切接触，因而获得他们的信任。每次作战不管大小，我事前总要查勘地形，精密计划一切。我的主要战术一般都很成功，因为我细心处理一切，亲自领导部队。我总是坚持要从一切角度对敌人的阵地有清楚的了解。我跟民众一般也保持很好的关系，这给我不少帮助。蔡锷以其指挥战术著称，他教我许多东西。那时滇军是新式军队，有德国步枪作为武装。我以为对指战员都很重要的另一个因素，是对政治形势的了解。有了这种了解，他们才能有坚决地为主义而战的士气。此外就是经验——你仗打得越多，越能掌握局面。

“我在四川离开刘湘以后，就搭长江轮顺流而下，到上海寻找共产党。这时，中国已回到军阀的封建时期，前途实在黑暗，我很苦闷。我在四川当军官的最后一年，即一九二〇年，我染上了吸鸦片的恶习。但在一九二〇年底回到云南时，在从唐继尧手中逃脱出来前，我买了一些戒烟的药品，一九二一年我向西康作第一次‘长征’时，实行戒烟，在到上海的船上，继续戒烟。到上海时，差不多已经戒脱了这个恶习，在上海广慈医院住了一星期，我完全戒绝了烟瘾。

“我在一九二二年离开四川去寻找中国共产党的时候，一点也不知道怎样同党发生关系，只是决心要同它取得不管是什么样的联系。事实上，党刚在几个月前才组织起来，这是我后来知道的。我对于共产主义和布尔什维主义的兴趣，是在我自己阅读有关俄国革命的书籍后引起的。对我的其他影响只有跟法国留学生的几次谈话。我驻在四川的时候，凡是我能够找到的关于世界大战和俄国革命的书籍，我都读了。在这以前，我把全部精力都放在保卫民国和在中国实现孙中山的民主政治的战斗上。但一九一一年革命的失败和后来全国陷入劳民伤财的军阀混战，使我大失所望。我认识到中国革命必须更进一步，必须像俄国革命一样彻底，俄国革命的不断胜利，给了我以希望。

“我在上海找不到共产党的踪迹，因此我到北京去继续寻找。当时孙中山的机关报《民报》的主笔孙炳文也跟我同去寻找共产党。然而在北京我运气也不好，仍找不到共产党员，我又回到上海。这样，在一九二二年这一年，我从南方跑到北方，又回到南方，像一匹脱缰的马。北京给我的主要印象是国会的腐败和滑稽可笑。然而在另一方面，我又碰到许多学生，我跟其中有些一同旅行，他们的活动给我很好的印象。

“在回到上海后，我碰到孙中山、汪精卫、胡汉民和其他国民党领袖。孙中山给我的印象是一个非常诚恳、坚毅、聪慧的领袖。他要我去打陈炯明，我没有答应。他又要我到美国去，但我却要到德国去研究军事学，亲眼看看世界大战的结果。我在九月间搭船赴欧，经过新加坡和马赛，到了巴黎，我拍了一张从埃菲尔铁塔俯瞰巴黎全景的照片，感到很得意。

“在柏林，我碰到周恩来（现在是红军军事委员会副主席）和别的同志们。我终于在柏林找到了中国共产党！我在一九二二年十月间到达柏林，那时年纪三十六岁左右。我一找到共产党，当场立刻加入，这是一九二二年十月间的事。

“我在柏林住了一年，学习德文，然后到哥廷根进了一所大学，修了两学期社会科学——一半是掩护我继续待在德国。我在德国的时期内，经常做党的工作。一九二四年，我们在柏林组织了一个国民党支部。中国青年党是国家主义的政党，当时学生分裂成两个阵营。我同时主编一个油印的《政治周报》。后来在中国组织第三党的邓演达当时也在那里。我出席世界学生大会，在一九二五年，因与臧戈夫案件有关，被德国宪警拘捕，臧戈夫是保加利亚的一个反动派，有人在一个大教堂里要炸他，许多人因而被捕，共三十名，内有三四个中国人。这是我第一次被人逮捕，不过只有二十八小时。一九二五年，我在柏林第二次也是最后一次被捕，那是为了参加共产党为声援五卅运动而召开的大会。这第二次被捕的结果只拘留了三十小时。所以我为革命坐牢的纪录恐怕并不怎样惊人——一共不过五十八小时。那时候，我跟许多在德国的印度人一同工作。许多国家的学生出席学生大会，我结识不少朋友。我终于由于这些活动而被逐出德国，我遂环游欧洲，到了苏联，到一九二六年才回国。

“回国后，我从上海到汉口，再到四川万县。党命令我去领导四川的军事运动，到杨森的军队里做宣传鼓动工作，因为杨森是我的好朋友。这些军队是吴

【阅读纪实作品】

阅读纪实作品时，要从中获得启迪。为寻求中国社会问题的解决之路，36岁的朱德远赴德国留学，回国时已40岁。我们也要从小树立远大的志向，保持强烈的求知欲，克服畏难心理，用实际行动勇攀高峰。

佩孚的旧部，杨森是吴佩孚所任命的，他们反对国民党的北伐。然而我终于把他们改编为国民革命军第二十军。我当二十军政治部主任，兼任国民党党代表，或称政委，但未担任军职。一九二七年，因杨森态度依旧动摇不定，他的军队表面上改编为国民革命军，实际上仍然跟北方的敌人有联络，湖南的唐生智奉令率领国民党军队去打杨森。我在这时离开万县，到了江西。

“一九二七年一月间，我加入南昌朱培德的军队，被任命为南昌军校校长，兼南昌公安局长，这两个职位我一直担任到八一南昌起义。我参加组织这次起义，它是在我这个公安局长保护下策划的。起义后我被推举为起事中组成的新九军副军长，该军约有三千人。国民党第十一军、第四军和第二十军也参加了起义。

“当时，我跟周恩来、贺龙、张国焘、刘伯承、林伯渠、林彪、徐特立、叶挺等革命同志们一同工作。毛泽东那时不在南昌，我到后来才见到他。

“我接着率领队伍到了广东海陆丰附近的东江，我是革命军右翼司令。我进攻梅县的三河坝，叶挺、贺龙进攻潮州和汕头。我们在这些区域同时失败后，我退到福建，然后到江西、湖南。到那时，我第九军大部分弟兄已经牺牲了。我只有一千二百个弟兄，其中还有许多从贺龙、叶挺的部队退下来的散兵。

“我接着参加组织一九二七年湘南起义。我们改名为‘工农革命军第一师’，举起红旗，上有锤子、镰刀与红星。在湘南起义中，我们第一次在我们旗上用了红星。六个月后，一九二八年五月，我到了江西的井冈山，队伍增到一万人。我们在井冈山下不久就要建立最初的根据地，我在这里第一次会见毛泽东。这是一件非常令人兴奋和愉快的事。

“在湘南起义以前，毛泽东的部队在一九二七年冬季就上了井冈山。当我退出广东东江后，他派他的兄弟毛泽覃来和我取得联络，那是我在一九二八年前跟毛泽东的仅有的一次联系。一九二八年在井冈山，毛泽东和我把两部军队合组成新‘第四军’，所以用这名字，为的是要保持国民党第四军‘铁军’的大名，它在大革命中是我们革命的堡垒。我任第四军军长，毛泽东当政治委员。我们在井冈山上待了六个月，击退了三次进攻。这时彭德怀在平江起义后，率部到了井冈山。一九二九年，我们留他守山，毛泽东和我率部到了江西南部、福建、广东、湖南去进行建立苏维埃的长期斗争。从此以后，我的生平不过是红军历史的一部分了。

“关于我个人的私生活问题：我在参加共产党的斗争以前结过两次婚。第一个妻子死了，第二个还活着。第一个妻子生了一个儿子，但我不知道他现在的下落。一九三五年长征时候，我在报上看到我的儿子，那时他十八岁，为了保全自己的性命，已逃离他母亲的故乡叙府附近的纳溪。我的第一个妻子是一个师范学校的教员，**天足**[6]，有赞成革命的进步思想。我们结婚的时候，我二十五岁，她十八岁。我第三个妻子，是一九二八年湘南起义时期内跟我同居的，名叫伍若兰。她后来被湖南省主席何键捉住，砍了头。现在的妻子康克清是在一九二八年同我结婚的。

6- 字词解释

天足：即没有裹脚。

“关于我有百万家财的传说，并不确实。我在云南有些财产，但并不多，我的妻子也稍稍有一点。但是我一九二一年被迫逃走时，我的财产全被唐继尧没收了。”

朱德就这样简单地结束了他的自述。但这些朴素的话，是许多年不能想象的最最生动的人生经历的辉煌纪录——这是一个大胆无畏和大公无私的故事，一个无比勇敢和智慧的故事，一个难以相信的苦难的故事，一个为着忠于一个为民族的自由解放而斗争的伟大主义而丢弃个人享受、财富和地位的故事。当这一时期的历史完全被写下的时候，上述这个简单的自传将长上血肉，我们就可以看到这部历史的新的一页上涌现出一个人物——少数真正的时代伟人之一。

朱德一生的经历与中国民众的命运有不可分割的关系，从他的一生中可以看出红军奋斗的原因。请允许我再引用韦尔斯女士的话：

“红军是一支十分年轻的军队，为旧中国前所未有。对这支军队来说，朱德是稳定的象征，是同传统和过去历史间的联系，因为他在内地亲身经历了清朝以来整个革命运动的发展最缓慢和最根本的阶段。他曾经生活在中国内地两个最落后的省份——云南和四川。当沿海一带瞬息万变的变化传到这些一潭死水一样的地方的时候，这些变化必须证明是行之有效的才能站得住脚。朱德与中国新军的许多领袖人物不同，他不是日、俄、德等国的‘留学生’。他的经历是土生土长、扎根于中国的内地的，他所以能获得弟兄们的信任和中国旧式将军的敬重，这未始不是重要的原因。他熟悉内地从北到南的绝大部分地势，熟悉当地的民情风俗。

“朱德是在中国第一批新式军校里受到共和派名将蔡锷的训练的。他接着在法属印度支那边界和四川、云南的山间要塞担任卫戍任务时又学得特殊的游击战术，这后来对红军有很大的贡献。在政治上，他首先在一九〇九年以同盟会会员的身份为民主政治而奋斗，接着加入了国民党，最后完全自发地寻找共产党，在一九二二年成为中国共产党最老的党员之一。从朱德远道跋涉，到上海、北京、柏林找寻共产党这件事，可以看出他日后成为三次革命的领袖所具备的自发精神和坚定目标。

“中国共产主义运动的历史进程，如果没有它的两个孪生天才‘朱、毛’，是无法想象的，许多中国人实际上都把他们看作是一个人。毛泽东是这一斗争的冷静的政治头脑，朱德是它的热烈的心，以行动赋

【阅读纪实作品】

阅读纪实作品时，要善于体会和辨别作者的创作意图。这段描述代表着作者对朱德的评价，朱德给予刚发展起来的红军正确的指引——灵活多变的作战战术、热忱乐观的革命精神、坚定不移的革命信念。

7- 考点　修辞手法赏析

运用比喻的修辞手法，恰当、形象地点明了毛泽东和朱德对中国共产主义运动的深远影响，高度赞扬了两人作为领导者的杰出才能，表达了作者对他们的尊敬与钦佩。

予了它生命。[7]共产党所以能够对红军保持严密的控制，朱德对‘文职’领导的忠诚和服从，是原因之一。从朱、毛以下直到各级指挥员和政治委员没有发生军政势力之间的斗争。朱、毛的联合不是互相竞争的，而是相辅相成的。朱德没有任何政治野心，他能接受命令，因此也能发布命令——这是革命军队的领导的一个很有价值的因素。

“朱德的那种难能可贵的个性几乎能立刻博得人人的爱戴。看来产生这种个性的由来是他的谦虚，而这种谦虚也许又是渊源于他个人诚实可靠的品质。”

但是落入红军之手的人无疑把他认为是凶神化身。阶级战争不知慈悲为何物。关于红军暴行的许多传说现在已证明是不确的，但是，如果认为朱德不会由于“革命需要”而下枪决的命令，那就不免过于天真了。要完成他的任务，他必须完全忠于贫苦无依的人，在这个地位上，他不可能比他要授予权力和服从的群众更加慈悲。因此，除非你认为群众也不能杀人，否则，朱德绝不是一个手上没有沾血的人，但是，你究竟把这血看作是外科医生的血还是刽子手的血，这就完全要看你本人的世界观、宗教、成见或同情心了。

反正朱德不是圣人，但是在他的自己人中间，在穷人——毕竟他们占中国人民的绝大多数——中间，他是个深受爱戴的人。他在一段的时间内，曾经高举解放的火炬，在那些为中国的人权自由而斗争的人中间，他的名字已经永垂不朽。

阅读思考

基础测评

❶ **下列对于共产党和红军领袖朱德的表述，正确的一项是（　　）。**

A. 朱德将长征途中缴获的降落伞做成了背心，并感觉到很得意。
B. 朱德在法国巴黎留学了一年，在那里遇到了周恩来与其他的党内同志。
C. 朱德在留学期间也时刻关注国内命运，他曾因声援五四运动运动被捕。
D. 朱德曾任南昌公安局局长，并利用这个身份策划和组织了南昌起义。

❷ **下列对于陕北骑兵师的表述，正确的一项是（　　）。**

A. 骑兵师是红军的骄傲，有三千匹左右高大强壮、毛滑膘肥的蒙古马。
B. 红军在陕西办了一所骑兵学校，由当地的回民群众训练骑兵。
C. 骑兵师在短短一年内就打了几场胜仗，当地人擅长骑马是原因之一。
D. 骑兵师的马匹大多是与国民党的何柱国将军作战时夺取过来的。

❸ **“红小鬼”给作者斯诺留下了深刻的印象，下列表述不正确一项是（　　）。**

A.“红小鬼”们对红军忠贞不贰、坚定如一，不少人跟随红军踏上长征路。
B.“红小鬼”们在红军队伍里有不少学习任务，教员会给他们讲解丰富的知识。
C.“红小鬼”们有坚定的革命意志和革命精神，不在乎物质享受。
D.“红小鬼”们的来历往往弄不清楚，但斯诺从他们身上看到了中国的未来。

❹ **关于“统一战线策略”，下列表述不正确的一项是（　　）。**

A. 建立“统一战线”不仅要团结国民党军，还要团结人民群众，包括回民。
B. 徐海东曾向回民老乡解释红军的政策，斯诺记录了一位老太太同他聊了两小时左右。
C. 彭德怀要指挥员和战士做好沟通工作，让他们理解“统一战线”的必要性。
D. 军团剧社能够根据“统一战线策略”制作新戏，这样的宣传方式新颖有效。

专题探究

《红星照耀中国》是一部纪实文学，强调真实性和准确性，但是在“关于朱德”的章节里，却记录了很多关于朱德的民间传说，这是否矛盾？为什么？

参考答案

阅读思考

基础测评

1.D　2.C　3.B　4.B

专题探究

不矛盾。理由：①这些传说也是作者采访得来的，是对自己采访内容的真实记录；②通过这些传说，可以看出朱德的威望之高，同时也可以看出他对敌人的威慑力之大；③这些传说情节离奇，使人物形象更加具体可感。

红星照耀中国

〔美〕埃德加·斯诺
著

董乐山
译

9

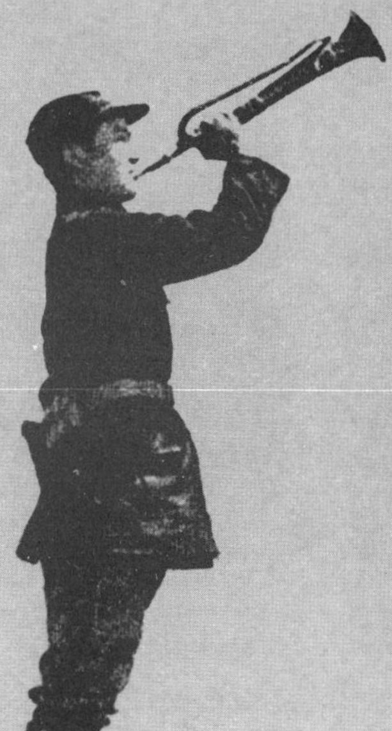

人民文学出版社

目录

本册导读

本册基本信息

本册是整本书的第九分册——《回到保安》，共包含《路上的邂逅》《保安的生活》《俄国的影响》《中国共产主义运动和共产国际》《那个外国智囊》《别了，红色中国》六个部分。在本册中，斯诺从红军前线回到保安，返程途中采访了两位后方红军战士；回到保安后，他记录了打球、打扑克、做蛋糕等一些生活趣事；之后，他深入分析了苏联、共产国际以及李德对中国革命的影响；在离开保安之前，他又对毛泽东进行了采访。

阅读计划自检

开始阅读时间

______年______月______日

实际结束时间

______年______月______日

阅读所用时长
（建议时长：1 周）

_____天

阅读感受

- ☐ 轻轻松松读完，无压力，意犹未尽
- ☐ 能在建议时长内读完，并且读懂了
- ☐ 稍有些拖沓，理解起来不是很顺利
- ☐ 时间太短了，没有读完而且没看懂

扫码听名师说书

第十篇 回到保安

路上的邂逅

10

内容速览

斯诺回到了河连湾，记录了与他萍水相逢的马夫老李和“礼拜堂”贾河忠。通过贾河忠阐述的苏区的宗教政策，了解到一部分后方工作人员的思想觉悟与生活、工作状态。后面斯诺也看到了与民团交战的河连湾附近的红军凯旋后，百姓们倾其所有，热烈而真诚地迎接红军的场景。

阅读指南

- **章节阅读属性：**【细读】
- **阅读方法落实：**【阅读纪实作品】斯诺与马夫老李、“礼拜堂”贾河忠的碰面与采访纯属偶然，但他们却向斯诺展现出渴望上前线杀敌的革命志向，阅读时可以思考他们有这样志向的原因。
- **核心内容感知：**【梳理情节，品味情感】关注作者对马夫老李和贾河忠的人物描写，感受作者的情感态度。

章节图解

- **路上的邂逅**
  - **马夫老李**
    - 从军原因：之前卖肉，因苛捐杂税无法生存，投入红军
    - 从军生活：渴望上战场，红军教他识字，对照顾马匹很上心
  - **“礼拜堂”贾河忠**
    - 从军原因：之前在基督教医院，因同伴加入红军
    - 从军生活：对上战场感到光荣，做药剂师和剃头匠
  - **红军剿灭民团**
    - **民团袭击**
      - 杀死哨兵，纵火烧毁红军战士的房子并打死红军
      - 加入另一帮民团，从北方进行袭击，烧村劫寨
    - **红军剿匪**
      - 农民在山里发现民团的巢穴，红军前去剿匪
      - 民团被全部缴了械，两个匪酋被活捉
      - 农民们在道路两旁向凯旋的部队欢呼
      - 教育被抓捕的民团，给他们悔过的机会

原文阅读

我从宁夏又南下到甘肃。四五天后我回到了河连湾，又见到了**蔡畅和她的丈夫李富春**[1]，同他们一起又吃了一顿法国式烹调的饭，遇见了一军团政治委员聂荣臻的年轻漂亮的妻子。她最近从白色世界溜进苏区，刚去看了她的五年不见的丈夫回来。

我在河连湾后勤部待了三天，后勤部设在原来属于一个回民粮商的大院子里。从建筑上来说，这群房子很有意思，基本上具有中亚细亚的外表：厚厚的平屋顶，深深地嵌在至少有四英尺厚的墙上的阿拉伯式窗户。我牵着马到那个宽敞的马厩里去时，一个高大的白胡子老人，身穿一套褪色的灰布制服，腰上系着一条长可及地的皮围裙，走上前来，举手敬礼，他戴着一顶红星军帽，太阳晒得**黧黑**[2]的脸，露出了没有牙的笑容。他把马鸿逵 —— 我的马 —— 牵了过去。

我心中纳闷，这个老爷爷怎么闯到我们童子军的营房里来了？我于是停了下来问他，从他嘴里套出一个故事来。他是山西人，在红军东征时参了军。他姓李，六十四岁，自称是年纪最大的一个红军“战士”。他很歉然地解释，他当时不在前线是“因为杨指挥员认为我在这里看马更有用，因此我就留下来了。”[3]

李在参加红军之前在山西省洪洞县卖肉，他痛斥“模范省主席”阎锡山和地方官吏以及他们的**苛捐杂税**[4]。“你在洪洞没法做买卖，”他说，“他们连你拉的屎也要征税。”老李听说红军来了，就决定参加红军。他的妻子已死，两个女儿都已出嫁，他没有儿子，在洪洞县除了课税很重的卖肉生意以外一无牵挂；而且反正洪洞县是个“死人”待的地方。他想生活得有生

老师有话说

1- 拓展知识

蔡畅、李富春夫妇：蔡畅与李富春曾同在法国留学，他们都是共产党在创建时期就入党的老党员，毛泽东曾赞他们是模范夫妻。

2- 字词解释

黧（lí）黑：黝黑，形容人的脸色黑，黑里带黄。

3- 考点 人物形象分析

此处是对马夫老李的神态和语言描写。“歉然”一词写出了老李渴望上战场但因上了年纪而无法去前线的愧疚心理，表现出他虽然年老，但仍然保持着雄心壮志、不肯服输的斗志与精神。

4- 拓展知识

苛捐杂税：民国时期的苛捐杂税名目繁多，军阀们抢地盘后想尽办法征税筹钱。老李所说的“连拉屎都要征税”并不夸张，粪税、火柴税、懒税都是真实存在过的。

气一些，所以这个冒险分子就偷偷地出了城，投到红军这边来了。

“我要求参军时，他们对我说，‘你年岁大了。红军生活很艰苦。’我怎么说？我说，‘不错，我这身子已六十四岁，可是我走路像个二十岁的小伙子。我会开枪。别人能干的我都能干。你们要的是人，我也能当兵。’因此他们说你就来吧，我同红军一起行军过了山西，同红军一起渡了黄河，现在就到了甘肃。”

我微笑着问他，这比卖肉是不是强一些。他喜欢吗？

“哦！卖肉是龟儿子干的事！这里的工作值得干。穷人的军队在为被压迫者打仗，你说是不是？我当然喜欢。”那老头儿在胸口袋里摸索了一会儿，掏出来一个脏布包，他小心翼翼地打开来，里面是一个旧笔记本。“你瞧，”他说，“我已经认识了二百多个字。红军每天教我认四个。我在山西活了六十四年，可没有人教我写自己的名字。你说红军好还是不好？”他很得意地指着他写得歪歪斜斜的字，好像是带着污泥的鸡爪子在干净的地席上留下的脚印，他还期期艾艾地念着刚写上去的几句话。[5]接着，好像戏剧的高潮一样，他拿出一支铅笔头，龙飞凤舞地给我写了他的名字。

“我想你也在考虑再娶媳妇吧。”我对他开玩笑说。他严肃地摇摇头，说他妈的这些马一匹接着一匹，他没有工夫考虑女人问题，说完他就慢慢儿地去照顾他的牲口去了。

第二天晚上，我走过院子后面的果园里的时候，遇见了另外一个山西人，他比老李年轻二十岁，但一

5- 考点 人物形象分析

此处是对马夫老李的神态、语言和动作描写。“很得意”一词写出了老李的兴奋与感激，带有孩子气的炫耀。通过红军教老李识字、写字，从侧面反映出红军平等、民主的思想，并没有因为老李年龄大、无法上战场就对其放弃了教育。

样使人感到有趣。我听见一个小鬼在叫："礼拜堂！礼拜堂！"觉得很奇怪，就四处张望他叫"礼拜堂"的那个人是谁。在一座小山上，我看见有个理发师在给一个青年理发，把他的脑袋剃得像个鸡蛋一样光光的。我询问之下发现他的真实姓名叫贾河忠，原来在山西平阳一家美国教会医院的药房里工作。小鬼们叫他这个绰号，是因为他是个基督教徒，每天仍做祷告。

【阅读纪实作品】

贾河忠视打仗留下的伤口为纪念品，表明他对能上战场打仗是感到十分骄傲的，可以看出红军战士的革命乐观精神。

贾河忠拉起他的裤腿，给我看他腿上的一块伤口，他至今仍有些跛，他又拉起上衣给我看肚子上的一个伤口，他说这都是打仗的纪念品，因此他没有上前线。理发并不是他的工作：他又是药剂师，又是红军战士。

贾河忠说，那家基督教医院里有另外两个工作人员同他一起参加了红军。他们临走以前同医院里的中国名字叫李仁的美国医生讨论了他们的打算。李仁医生是个"好人，他给穷人治病不收钱，从来不压迫人。"当贾河忠和他的同伴征求他的意见时，他说："去吧。我听说红军是正直的好人，不像别的军队，你们能同他们一起打仗，应该很高兴。"因此他们就去当了红色的罗宾汉。

"也许李仁医生只是要把你们打发掉。"我这样说。

那个理发师愤然否认。他说他同李仁的关系一直很好，李仁是个很好的人。他叫我去告诉这个李仁——如果我有机会见到——他仍活着，过得很好，很愉快，革命一结束，他就回药房去做原来的工作。我很恋恋不舍地离开了"礼拜堂"。他是个好红军，好理发师，真正的基督教徒。

附带地说一句，我在红军中间遇到过好几个基督教徒和前基督教徒。许多共产党领导人 —— 周恩来是个突出的例子 —— 曾在外国教会学校受教育，其中有些人一度是笃信的基督教徒。红军军医队长纳尔逊·傅医生[①]原来是江西一家美以美教会医院的医生。他虽然志愿参加红军工作，热情拥护他们，他仍笃信他的宗教，因此没有参加共产党。

在江西苏区进行了普遍的“反神”宣传。所有寺庙、教堂、教会产业都被没收为国家财产，和尚、尼姑、神父、牧师、外国传教士都被剥夺了公民权利，但是在西北实行了容忍宗教的政策。事实上，做礼拜自由是个基本的保证。所有外国教会的财产受到了保护，外逃传教士被请回去到他们的教民那里去工作。共产党保留了进行自己的反宗教宣传的权利，认为“反对做礼拜的自由”同做礼拜的自由一样是一种民主权利。

共产党这种对教会的新政策，加以利用的唯一外国人是一些比利时教士，他们是绥远的一些大地主。他们有一处的地产有二万亩，另一处有五千亩左右，在长城上的定边附近。红军占领定边以后，比利时人的产业一边同苏区相邻，一边是白军。红军没有想没收比利时人的地产，但是订了一个条约，他们保证保护教会财产，但教士们必须允许他们在这天主教大庄园里种田的佃户中间组织抗日团体。这个奇怪的协定还有一个规定是，比利时人为中国苏维埃政府拍一份电报给法国的勃鲁姆总理，祝贺人民阵线的胜利。

在河连湾附近发生过一系列民团的袭击，距此很近的一个村庄在我到达前两天曾遭洗劫。一队民团在天亮以前偷偷到了那里，杀死了哨兵，把一堆柴火放在十几个红军战士睡觉的房子外面就纵起了火。红军战士逃出来时，由于烟熏睁不开眼，被民团开枪打死，抢去了枪支。然后这批人就参加了另外一帮四百人左右的民团，从北方下来进行袭击，烧村劫寨，他们大多数人都是国民党将领高桂滋所武装的。二十八军派了一营人去搜索他们，我离开河连湾那天，这些年轻的战士刚追击成功归来。

战斗是在距河连湾不过几里路的地方发生的，白匪据说正在准备攻打河连湾。有些农民在山里发现了民团的巢穴，红军据此情报，兵分三路，中路与匪

① 即傅连暲。—— 译注

徒正面交锋。在红军左右两翼包抄合拢时，战斗就有了定局。民团死四十个左右，红军死十六名，双方都有不少人受伤。民团被全部缴了械，两个匪酋被活捉。

我们骑马回陕西时遇到了该营带着俘虏回来。各村都准备大事欢迎，农民们在道路两旁向凯旋的部队欢呼。农卫队举着红缨枪肃立致敬，少先队向他们唱红军歌曲，姑娘们和妇女们送来了点心、茶水、水果、热水——这是她们仅有的礼物，但是使疲惫的战士的脸上现出了笑容。他们都很年轻，比前线正规军年轻得多，我觉得许多头缠带血绷带的人才只十四五岁。我看见马上一个少年，处于半昏迷状态，两边都有一个战友扶着，他的头上也缠着绷带，正中间有一块圆形的血迹。6

这一队少年带的步枪几乎有他们身子一般高。在他们的行列中间走着的是两个匪首。一个是满脸胡须的中年农民，我不知道，他被这些年轻得可以做他儿子的战士带着，是不是感到难为情。但是他毫不畏惧的神态，确是使人感到惊异，我想他很可能同别人一样也是一个贫农，也许在打仗时自己也有什么信仰，遗憾的是他就要被枪毙了。我问胡金魁时，他摇摇头：

“我们不杀俘虏的民团。我们教育他们，给他们悔过的机会，他们许多人后来成了很好的红军战士。”

红军清除了这批匪徒是件幸事，因为这为我们回保安扫清了道路。我们从甘肃边界回去走了五天，第五天走了一百多里，虽然一路上见闻不少，却没有发生什么大事，我回去时没有带什么战利品，只有路上买的几只甜瓜和西瓜。

【阅读纪实作品】

作者真实记录了游击队的一次战斗情况，照应了前文游击战术中的内容，一方面要获得准确的情报，另一方面要有详细的作战策略，进一步证实了游击战术是从实战经验中得来的。

【阅读纪实作品】

红军帮助农民打败了长期欺压他们的民团，受到了百姓们的热烈欢迎。作者特别记录了百姓们迎接红军凯旋的场景，进一步表明了军民鱼水一家亲。

6- 考点　细节描写赏析

作者特别强调了战士们的年龄和受伤的细节，写出了打仗的残酷以及红军小战士们为革命赴汤蹈火的坚定信念，表达了作者的赞叹和钦佩之情。

第十篇 回到保安

保安的生活

10

内容速览

作者回到保安后，虽然可能再次面临“围剿”，但还是过上了相对轻松惬意的“假期”生活。作者记述了同大家一起打球、打扑克牌、千方百计找来食材做蛋糕却没有成功等极具生活趣味的小事，并介绍了独臂大侠蔡树藩和苏区神秘人物李德的生活片段。

阅读指南

- **章节阅读属性：**【细读】
- **阅读方法落实：**【阅读纪实作品】作者在记录保安的惬意生活时，语言风格诙谐幽默，对人物和场景都进行了非常生动的刻画，阅读时要仔细揣摩作者记录这些事实的用意。
- **核心内容感知：**【梳理情节，品味情感】关注作者诙谐幽默的语言风格，感受作者的情感态度。

章节图解

保安的生活

- **回到保安**
  - **外部情形**：蒋介石准备发动一次新的“围剿”
  - **内部情形**
    - 新兵教导团在操练开步走、打球、唱歌、演戏
    - 红军大学里学员们一天学习十小时，非常努力
    - 开始新的群众教育运动，少年先锋队员也要上课
- **惬意生活**
  - **打网球**：与李德、蔡树藩、伍修权一同打网球，用三种语言交流
  - **打扑克**：教大家“勒美”，吸引了许多人前来聚会
  - **制作蛋糕**
    - 保安的伙食虽然千篇一律，但斯诺反而吃胖了
    - 了解到巧克力蛋糕烘制法，并向博古要可可做蛋糕
    - 做蛋糕失败，但被好奇的旁观者吃了
  - **共进西餐**：李德请斯诺吃一顿“西餐”作为做蛋糕失败的补偿
- **人物介绍**
  - **蔡树藩**
    - 当共产党已有十年，在莫斯科学习两三年，与俄国女子结婚
    - 有趣可爱、相貌英俊、头脑机灵、容易冲动、善于辞令
    - 打仗中失去一条胳膊，想要斯诺寄给他一条假臂

原文阅读

回保安以后，我又在外交部安顿下来，从九月底一直住到十月半。我收集了足够的传记材料可以编一本《红色中国名人录》，每天早上都有一个新的指挥员或苏维埃官员来供我访问。但是我对如何离开的问题越来越感不安：南京军队大批开入甘肃和陕西，[1] 凡是东北军与红军对垒的地方都逐步代替了东北军，因为蒋介石已做了一切准备要从南方和西方发动一次新的围剿。除非我马上出去，否则就可能走不了：封锁线上的最后一道隙缝可能给堵上了。我焦灼地等待着他们给我做好动身的安排。

在这段时间里，保安的生活仍过得很平静，你不会感到这些人是觉察到他们就要被“剿灭”的。在我住处不远的地方驻有一个新兵教导团。他们一天到晚在操练开步走，打球唱歌。有些晚上还演戏，每天晚上整个城里都歌声嘹亮，住在营房或窑洞里的各个部队的战士都朝着山脚下大声高唱。在红军大学，学员们一天学习十个小时，异常努力。城里又开始了一个新的群众教育运动，甚至外交部里的小鬼也每天要上文化课、政治课、地理课。[2]

至于我自己，我过着假日生活，骑马，游泳，打网球。一共有两个球场，一个在红军大学附近的一个草地上，绵羊、山羊把草啃得短短的，另外一个在西北苏维埃政府主席、身材瘦长的博古家隔壁，是个硬地球场。我在这里每天早晨太阳刚在山上升起就同红军大学三个教员打网球：德国人李德、政委蔡树藩和政委伍修权。球场里尽是石子，救急球是很危险的，但是球还是打得很激烈。蔡树藩和伍修权同讲不了几

老师有话说

1- 考点 结构作用分析

南京军队大批进入甘肃和陕西，写出了蒋介石对张学良的东北军的不信任，也照应了前文张学良对红军的游击战术和红军提出的“统一战线策略”的认同，同时为后文的“西安事变”做铺垫。

2- 考点 表现手法分析

用外部形势的紧迫和作者的焦虑衬托出红军的战略定力。战士们依然合理安排训练、生活与学习，表现出红军战士们昂扬进取的革命乐观主义精神。

句中文的李德讲俄文，我同李德讲英文，同蔡、伍两人讲中文，所以这又是一场三国语言比赛。

我对当地的人的一个更加腐化的影响是我的赌博俱乐部。我带了一副扑克牌，到了以后没有用过，有一天我拿出来教蔡树藩打“勒美”[①]。**蔡树藩在战斗中先掉一臂**[3]，但不论打球或打牌对他都没有什么妨碍。他学会打“勒美”后，很容易地就用一只手打败了我。有一阵子，打“勒美”非常流行。甚至妇女们也悄悄地到外交部赌博俱乐部来。我的土炕成了保安上层人物的聚会场所，晚上你环顾四周烛光下的脸孔，就可以看到周恩来夫人、博古夫人、凯丰夫人、邓发夫人，甚至毛夫人。这就引起了旁人说闲话。

但是，对苏区道德的真正威胁是在保安学会了打扑克以后才出现的。我们打网球的四个人先开始，每天晚上轮流在李德家和我在外交部的**罪恶渊薮**[4]打。我们把博古、李克农、凯丰、洛甫那样的体面人士都拖进了这个罪恶的泥淖。赌注越来越大。最后独臂将军蔡树藩一个晚上就从博古主席那里赢去了十二万元，看来博古的唯一出路是盗用公款了。这个问题我们用仲裁的办法来解决，规定博古可以从国库中提出十二万元钱来交给蔡树藩，但是蔡树藩必须把钱用来为还不存在的苏维埃空军购买飞机。反正筹码都是火柴梗，而且，遗憾的是，蔡树藩买的飞机也是火柴梗。

独臂将军蔡树藩是个很有趣、很可爱、很英俊的青年，头脑机灵，容易冲动，善于辞令，妙趣横生。他当共产党已有十年，在湖南当铁路工人时就参加了，后来到莫斯科去学习了两三年，还腾出时间来爱

① 一种看谁把牌脱手快的游戏，像“争上游”。—— 译注

3- 拓展知识

在第二次反“围剿”中，蔡树藩身先士卒，负伤坚持作战。五个月后南京政府发动第三次“围剿”，未痊愈的他上战场率部牵制敌军，左臂又被打伤。紧急的军情加上左臂伤势过重难以愈合，他决定锯掉左臂以尽早加入战斗。

4- 字词解释

罪恶渊薮（sǒu）：渊薮指鱼和兽类聚居之处。喻指人或事物集聚的处所。罪恶渊薮比喻罪恶聚集的地方。这里是斯诺幽默的表达方式。

【阅读纪实作品】

作者用诙谐幽默的语言描写了几人打扑克的场景，先用夸张的词语写出“赌注”，结尾再一反转，实际上只是火柴梗，写出红军战士们苦中作乐的生活态度。

上了一个俄国同志，同她结了婚。有时候他很不高兴地看着他的空袖子，不知他妻子看到他失去一条胳膊时会不会同他离婚。“别担心这样的小事，”伍修权教授这样安慰他。伍本人也是俄国留学生。“你再见到她时没有让你的传宗接代的东西给打掉算你的运气。”但是，蔡树藩还是再三地要求我回到白色世界后给他寄一条假臂。

我接到不少这样办不到的要求，要我寄东西进去，这不过是其中之一。陆定一要我把出售共产党照片所得的收入为他们购买一队飞机，外加武器装备和人员配备。徐海东要一对假牙补上他的缺牙：因为他陷入了情网。人人的牙齿都有毛病，他们都多年没有看过牙医了。但是他们的坚韧不拔精神令人钦佩；你从来没有听到有人诉过苦，尽管他们大多数人都有某种疾病，很多人患胃溃疡和其他肠胃病，这是多年吃了乱七八糟的东西所造成的。

从我个人来说，吃这种伙食反而长胖了，增加了体重。我每天看到千篇一律的伙食就生厌，但这并不妨碍我狼吞虎咽，食量之大使我有点不好意思。他们对我作了让步，用保**麸**[5]面粉做馒头给我吃，这种馒头烤着吃还不错，有时我也吃到猪肉和烤羊肉串。除此之外，我就以吃小米为主 —— 轮流吃煮的、炒的、烤的，或者倒过来又吃烤的、炒的、煮的。白菜很多，还有辣椒、葱头、青豆。我极想咖啡、黄油、白糖、牛奶、鸡蛋等等许多东西，可是我只能继续吃小米。

一天图书馆来了一批**《字林西报》**[6]，我读到了一个十分简单的巧克力蛋糕烘制法。我知道博古家里还藏着一罐可可。我想用一些可可粉，再用一些猪油代

【阅读纪实作品】

作者如实地记录了红军军官的“需求”，从这里我们能看到他们作为革命者的坚韧顽强、作为领导者的政治修养，同时也能看到他们作为普通人的平凡与可爱。

5- 字词解释

麸（fū）：小麦磨面筛剩下的皮屑。

6- 拓展知识

《字林西报》：上海的一份英文报纸，曾是英国人在中国出版历史最久的英文报纸。曾大量发表关于中国时事政治的新闻，主要读者是在中国的外国官员、传教士、商人等。于1951年停刊。

替黄油，可以做个那样的蛋糕。因此我请李克农为我写一份正式的申请书，要求中华苏维埃共和国西北区政府主席，给我二两可可。经过了几天的耽搁，嗯嗯呃呃，甚至我做蛋糕的本领遭到怀疑和诽谤，许许多多繁复手续和对官僚主义进行斗争以后，我们终于从博古手里逼出了这二两可可，并且从粮食合作社搞到了其他材料。[7]我还没有把作料掺和起来，我的警卫员就进来了解情况，这个可怜虫一不小心把我的可可打翻在地。又经过了一番公文手续，我最后又设法弄到了需要的材料，开始了伟大的试验。结果是不用说的。无论哪一个有头脑的主妇都可以预见到发生了什么。我的临时凑合的烘箱工作不正常，蛋糕没有发起来，我把它从火上移开时，它的底层是两英寸厚的焦炭，顶上仍是黏糊糊的。不过外交部好奇的旁观者还是津津有味地把它吃了：因为里面的好作料太多，浪费可惜。我大大地丢了面子，从此之后就乖乖地吃我的小米。

李德请我去同他一起吃一顿“西餐”作为补偿。他有的时候有办法弄到大米和鸡蛋，而且又是德国人，他非得自己做德国香肠吃。你可以在保安大街他家门口看到挂着成串成串的德国香肠。他正在准备过冬的存货。他也给自己砌了一个炉灶，教给他中国妻子——一个从江西同他一起来的姑娘——怎么烘烤。他给我看，马马虎虎做顿饭，材料倒是齐全的。只是粮食合作社（我们的伙食是包在那里的）不知道怎么做。红军指挥员**罗炳辉的夫人**[8]（长征中的一位唯一小脚女人）是合作社的大师傅，我想李德的妻子同她有交情，他的鸡蛋和白糖大概是这样搞到的。

7- 考点　重点词语赏析

运用“正式的申请书”“怀疑和诽谤”“繁复手续”等非常正式书面的词语，仅仅是为了获得二两可可，极具反差感，调侃意味十足，表明作者已经彻底融入了红军大家庭，表现了作者轻松愉悦的心情，同时也反映出红军物资的匮乏。

【阅读纪实作品】

斯诺的蛋糕虽然做失败了，但是因为里面的好东西太多，红军战士也不舍得丢掉，进一步说明红军战士的节俭和当时物资的短缺。

8- 拓展知识

罗炳辉的夫人：即张明秀。1935年加入红四方面军并于同年参加长征，长征中负责护送伤员和完成后卫任务。

但是李德当然不仅仅是个好厨子、打扑克的能手。中国苏区这个神秘人物是何许人？国民党将领罗卓英读了在江西发现的李德一些著作后称他为共产党的“智囊”，这有没有夸大了他的重要性？他同苏俄有什么关系？俄国对红色中国的事务事实上究竟起多大影响？

第十篇 回到保安

俄国的影响

10

内容速览

回到保安的斯诺，开始深入思考中国共产党与共产国际和整个苏联之间的关系。斯诺发现俄国对中国青年的影响非常深远，对中国人的精神、思想、性格、行为、生活方式等方方面面都有影响，同时斯诺也承认俄国的影响也有消极的作用。

阅读指南

- **章节阅读属性：**【略读】
- **阅读方法落实：**【阅读纪实作品】阅读纪实作品时，要善于从事件出发进行深入思考。本章中斯诺没有记录具体的事件，而是站在思想的高度去审视俄国革命给中国带来的影响。阅读时要根据作者对过往的追寻，思考中国的未来。
- **核心内容感知：**【梳理情节，品味情感】关注作者记录的共产党人在精神和思想上的特征，感受作者的情感态度。

章节图解

- **俄国的影响**
  - **影响表现**
    - 崇拜列宁和斯大林，认为社会主义是未来的社会形式
    - 俄罗斯文学的读者是最多的，特别是高尔基的作品
    - 俄国没有派人到中国，却深刻改变了中国人的精神
  - **深层影响**
    - **精神上**
      - 产生希望和信念的理想，有了英勇的性格
      - 感到背后有强大的盟友，无畏革命斗争
    - **思想上**
      - 使中国人有国际主义精神，关注世界
      - 站在阶级立场而非种族或民族立场看待问题
      - “非中国式的”团结一致，集体主义精神
      - 抛弃了传统中国的封建礼教
  - **崇拜结果**
    - **积极影响**
      - 有不少直接模仿外国思想、制度、方法、组织的地方
      - 十年的实际经验使他们对俄国的思想或制度做了改动
    - **消极影响**
      - 中国共产党的政策受到斯大林统治下的苏俄的制约
      - 使中国共产党在生长发育的过程中遭到严重的挫折

原文阅读

老师有话说

考察中国共产党与俄国共产党，或共产国际，或整个苏联之间的关系，不属本书的主要目的。要完成这样一个任务，这里没有足够的背景材料。但是如果不谈一谈这种有机的联系和这种联系对中国革命史的更为重要的影响，本书就不免有所欠缺。

在过去十多年中，在中国人关于他们国家的社会、政治、经济、文化问题的想法上，俄国肯定地而且明显地起着支配性的影响，特别是在知识青年中间，它是唯一的支配性的外来影响。这在苏区固然是一个公认不讳、引以为荣的事实，在国民党地区也几乎同样是如此，尽管没有得到公开承认。在中国任何地方，凡是抱有具体政治信念的青年身上，马克思主义的意识形态的影响都很明显，不仅是作为一种哲学，而且是作为宗教的一种代替品。在这种中国青年中间，列宁几乎受到崇拜，斯大林是最受爱戴的外国领导人，社会主义被视为理所当然是中国未来的社会形式，俄罗斯文学读者最多——例如，高尔基的作品比任何本国作家的作品销路还要好，只有鲁迅除外，他本人就是一个伟大的社会革命家。

这一切都是很值得注意的，特别是为了一个原因。美国、英国、法国、德国、日本、意大利以及其他资本主义或帝国主义国家曾经派了成千上万名的政治、文化、经济或教会工作者到中国去，积极向中国群众宣传他们本国的信条。然而多年以来，俄国人在中国却没有设立一所学校、教堂、甚至辩论会，可以合法地宣传马克思列宁主义理论。[1]除了在苏区之外，他们的影响基本上是间接的。此外，国民党还到处积

1- 考点　句子含义理解

将西方列强与俄国在中国宣传本国信条的人数进行对比，表现出马克思主义在中国的巨大影响力。这是因为马克思主义要消灭的是阶级压迫，这给中国广大人民提供了希望和前进方向。

极加以抵制。然而在这十年中到过中国、并对他们所生活的社会有所了解的人，很少会否认，马克思主义、俄国革命、苏联的成就对中国人民发生的精神影响大概比所有基督教资产阶级的影响加起来还要深刻。

同许多念念不忘共产国际魔怪的人的看法相反，即使在红区里，俄国的影响大概也是精神上的和思想上的影响大于直接参与中国苏维埃运动的发展。我们必须记住，中共参加共产国际和与苏联团结一致一向是完全出于自愿的，任何时候都可以由中国人自己从内部加以撤销。在他们看来，苏联的作用最有力量的地方是作为一种活榜样，一种产生希望和信念的理想。这成了在中国人中间帮助锻炼钢铁般英勇性格的烈火和熔炉，而在以前许多人都认为中国人是不具备那种性格的。2中国共产党人坚定地认为，中国革命不是孤立的，不仅在俄国，而且在全世界，亿万工人都在关心地注视着他们，到时候就会仿效他们的榜样，就像他们自己仿效俄罗斯同志的榜样一样。在马克思和恩格斯时代，说“工人无祖国”可能是正确的，但是今天这些中国共产党人认为，除了他们自己的无产阶级统治的小小根据地以外，他们还有苏联这样一个强大的祖国。这种保证，对他们来说，是巨大的革命鼓舞和营养的来源。

中华全国苏维埃第一次代表大会通过的宪法说：“中华苏维埃政府，宣布它愿意与国际无产阶级和一切被压迫民族结成革命统一战线，宣布无产阶级专政的国家苏联是它的忠实盟友。”中国的苏区事实上在绝大部分时候不论在地理上、经济上和政治上都完全与世隔绝，上面所引的那句用着重体排印的话，对中

2- 考点 修辞手法赏析

此处运用了比喻的修辞手法，把苏联的作用比作帮助中国人民锻炼钢铁般英勇性格的烈火和熔炉，生动形象地写出十月革命对中国人民的巨大影响，而中国人民也表现出了钢铁般英勇的性格。

国苏区究竟有多大意义，西方人如果从来不认识一个中国共产党人，是很难理解的。

可是我却是耳闻目睹，而且深有体会。这个背后有这样一个强大盟友的思想——虽然越来越没有得到苏联表示积极支援的证实——对中共士气具有头等重要意义，使他们的斗争有了一种宗教事业的普天同归的性质，他们对此深为珍视。他们高呼的“世界革命万岁”和“全世界无产者，联合起来”的口号是贯彻于他们所有教导和信念中的思想，在这个口号中重申他们对社会主义世界大同的理想忠贞不贰。

我觉得这种思想已经显示出，它们能够改变中国人的行为作风。在共产党对我的态度中，我从来没有遇到过任何**“排外主义”**[3]。他们当然是反对帝国主义的，一个美国的或者欧洲的资本家置身于他们之间可能会感到不自在，但是也不比一个中国地主或上海买办更甚。种族歧视似乎已彻底升华为不问国界的阶级对抗。甚至他们的抗日宣传也不是在种族基础上反对日本人的。共产党在他们的宣传中不断强调，他们只反对日本军阀、资本家和其他“法西斯压迫者”，日本人民是他们的潜在盟友。的确，他们从这种看法中得到很大的鼓励。这种从民族偏见上升到更高水平的对抗在很大程度上无疑地可以溯源于许多中共领导人在俄国所受的教育，他们上过中山大学，或东方劳动大学，或红军学院，或一些培养国际共产主义运动干部的其他学校，回国以后成了本国人民的导师。

说明他们的国际主义精神的一个例子是，他们对**西班牙内战**[4]的发展极其关心。报上发表的公报张贴在村苏维埃的会议室，也向前线部队宣读。政治部对

3- 拓展知识

排外主义：指一种盲目地排斥一切外域的科学文化的错误思潮。排外主义认为外域的一切都没有值得借鉴和吸取的东西，甚至拒绝同外域进行任何交往。

4- 拓展知识

西班牙内战：1936—1939年西班牙人民反对国内武装叛乱、保卫共和国的战争。西班牙内战与中国抗战均旨在遏制法西斯势力在世界范围的扩张。西班牙内战因相同的战争性质而受到国内的关注，中国希望能从西班牙内战中汲取抗战的经验，并借此观察各大国的态度，据此判断中国的抗战局势。

西班牙战争的起因和意义作了专门的报告，把西班牙的“人民阵线”同中国的“统一战线”作了对比。另外还举行了群众大会，进行了示威，鼓励大家进行讨论。有时甚至在穷乡僻壤之间，你也能发现红色农民也知道一些像意大利征服阿比西尼亚和德、意“侵略”西班牙这样的基本事实，说这两个国家是他们敌人日本的“法西斯盟国”！这不免相当令人惊异。尽管地理上处于与世隔绝状态，但是这些乡下佬由于无线电消息、墙报和共产党的报告和宣传，对世界政治的那一方面情况，现在比中国任何其他地方的农村居民了解的都要多得多。

共产党所采用的方法和组织都讲严格的纪律——这是共产主义思想本身所固有的一种纪律，在中国的马克思主义者中间，这似乎已经产生了某种类型的合作和对个人主义的压制，一般的“中国通”，或者通商口岸的死硬派，或者自以为“了解中国人心理”的外国传教士，如果不是亲眼看到，是很难相信的。在中国的马克思主义者的政治生活中，个人的存在是在社会整体、即群众之中的沧海一粟，必须服从于后者的意志，如果是担任领导，就要自觉地做到这一点，如果是作为物质创造者，则是不自觉地做到这一点。当然共产党人之间发生过争论和内讧，但都没有严重到使党或军队受到致命伤害的程度。这种现象，这种“非中国式的”团结一致，是把社会当作各种阶级力量争夺支配地位的斗争场所这种新观念的结果，在这场斗争中，只有团结最一致、目标最坚定、精力最充沛的力量才能取得最后胜利。这种团结一致如果不能说明他们的胜利的话，在很大程度上说明了

【阅读纪实作品】

作者通过写中国共产党人对西班牙内战局势的了解，一方面说明了中国共产党人受苏联的影响具有了国际视野和国际主义精神，同时也说明他们善于思考、渴求学习进步的心理。

【阅读纪实作品】

此处是作者的评价与判断。陕甘宁边区所表现出的集体意识、凝聚力、坚定的意志、严格的纪律，让作者断定中国未来的胜利者，从中可以看出作者对中国共产党和红军的赞叹。

共产党人为什么能够免遭消灭。

不论在什么时候，要是南京能够把他们的军事或政治力量分裂成为相互对立的、永远相互打内战的派系，像它对其他所有反对派那样，像蒋介石对他自己在国民党内的夺权对手那样，那么剿共的任务就可能会获得最后的胜利。但是南京的尝试都失败了。例如，几年以前，南京曾经希望利用国际上斯大林与托洛茨基之争来分化中共，但是，尽管出现了所谓中国“托洛茨基派”，他们却只博得了特务和叛徒的臭名，因为其中有许多人由于他们的立场所决定而参加了蓝衣社，把以前的同志出卖给警方，而且他们在群众中间从来没有什么重大的影响和很多的追随者，始终只是一批悲剧性的、失意的、孤立的知识分子的乌合之众。他们对共产党的领导不能形成任何严重的破坏威胁。

共产党基本上抛弃了所谓中国礼节这种封建糟粕，他们的心理和性格与中国人的传统观念极为不同。爱丽丝·蒂斯达尔·荷巴特是永远写不出一本关于他们的书的，《王宝钏》的中国作者[①]也是如此。他们直截了当、坦率简单、不转弯抹角、有科学头脑。一度是所谓中国文明的基础的中国旧哲学，他们几乎全都摒弃，而且，最重要的也许是，他们也是中国传统家庭观念的不共戴天的敌人。[②]我与他们在一起的大部分时候感到非常自在，好像同我自己的一些同胞在一起一样。附带说一句，在某种意义上，我的出现对他们很有重要意义。因为他们可以把我，而且也把我到苏区来的好奇心，当作他们的运动具有“国际主义性质”的具体证据。他们把我当作一种给怀疑派看的头号展品来加以利用。

由于他们热烈地崇拜苏联，因此难免有不少抄袭和模仿外国思想、制度、方法、组织的地方。中国红军是按俄国军事方针建立的，它的大部分战术知识来自俄国经验。社会组织总的来说按照俄国布尔什维主义规定的形式。共产党的许多的歌用俄国的音乐，在苏区很流行。有许多词汇直接从俄语音译为中文，苏维埃三个字只不过是其中之一。

但在他们借用的过程中也有不少改动，俄国的思想或制度很少有不经大加改动以适应具体环境而仍存在下来的。十年的实际经验消灭了不分青红皂白一

① 指留英中国学者熊式一。——译注

② 这里我不是指全体农民群众，而是指共产主义的先锋队。

概进口的做法，结果也造成苏维埃制度中带有完全是中国式的特点。当然，在中国的资产阶级世界里，模仿和采用西方的过程也正在进行，因为甚至古老的封建遗产中的诗——斯宾格勒[①]称之为**“伟大历史的废料”**5的东西——也很少有什么东西，不论对于建设一个资产阶级的，还是社会主义的能够应付国家今天千头万绪的新需要的现代化社会，有很多价值。在旧中国这个子宫中同时孕育了两个卵细胞，而且都是从国外受精的。因此，有意义的是，举个例来说，共产党在组织青年的方法方面取法于俄国的固然很多，而蒋介石总司令则不仅利用意大利轰炸机来毁灭他们，而且也效法基督教青年会来组织他的反共的新生活运动。

最后，当然，中国共产党的政治思想、策略路线、理论领导都是在共产国际的密切指导之下，如果说不是积极具体指挥之下，而共产国际在过去十年中实际上已经成了俄国共产党的一个分局。说到最后，这意味着，不论是好是坏，中国共产党像每一个其他国家的共产党一样，他们的政策必须符合，而且往往是必须从属于斯大林独裁统治下苏俄的广泛战略需要。

这些至少是够明显的了。由于分享俄国革命的集体经验，由于共产国际的领导，中共无疑得到了很大好处。但同样确实的是，中国共产党人在其生长发育的痛苦过程中遭到严重的挫折，也可以归因于共产国际。

5- 拓展知识

“伟大历史的废料”：在斯宾格勒的眼中，文化像人一样会生老病死，文化发展到最后阶段就是文明，而文明是凝固的文化、是走向死亡的文化，再往后文明将变成废墟。

---

① 奥斯瓦德·斯宾格勒（一八八〇——一九三六年）德国哲学家，著有《西方的衰亡》。——译注

第十篇 回到保安

中国共产主义运动和共产国际

内容速览

作者深入分析了中国共产主义运动与苏联共产国际之间的关系，不管是同盟期、绝缘期还是合作期，共产国际都深深影响着中国的革命斗争，与此同时，托洛茨基主义与斯大林主义之争让共产国际发生了巨大的改变，这一改变也影响着中国共产党与红军的发展。

阅读指南

- 章节阅读属性：【略读】
- 阅读方法落实：【阅读纪实作品】本章中，作者既梳理了苏联和共产国际的发展动向，也对比了同一历史时期下国共两党获得的外国援助和资金支持。阅读时可以分析作者记录这些事实的用意。
- 核心内容感知：【梳理情节，品味情感】关注有关共产国际对中国的影响的描述，感受作者对中国共产党的情感态度。

章节图解

中国共产主义运动和共产国际

- **中俄同盟时期（1923—1927）**
  - **中俄关系**：苏联与国民革命派（国共合作）保持密切关系
  - **主要目的**：实现中国独立，摆脱帝国主义
  - **合作援助**：
    - 季诺维也夫领导的共产国际与中国在多领域展开合作
    - 斯大林负责苏联共产党和共产国际的事务后，影响政策
    - 季诺维也夫预言国民党会反革命，反对国共合作
  - **同盟破裂**：国民党右派向帝国主义妥协，中俄关系破裂
- **中俄绝缘时期（1927—1933）**
  - **中俄关系**：俄国孤立于中国、南京完全绝缘于俄国影响
  - **双方发展**：
    - 共产国际中，斯大林主义胜利，忙于自身社会主义建设
    - 苏维埃运动在中国共产党人自己领导下进行
- **中俄合作时期（1933—1937）**
  - **中俄关系**：莫斯科政府恢复了与南京政府的外交关系
  - **合作援助**：
    - 有些机构偷偷恢复，派代表去找中国共产党
    - 给南京政府的援助远远多于给中共的援助
  - **双方发展**：
    - 共产国际变成了苏联的一个机关，成为和平宣传机构
    - 国民党获得帝国主义的大量援助，用于摧毁中国苏区
    - 中国共产党获得的物质援助少得可怜，主要靠自力更生

原文阅读

一九二三年到一九三七年的中俄关系史大致可以分为三个时期。第一个时期从一九二三年到一九二七年，是苏联和国民革命派之间的一个事实上的同盟时期。后者是由在国民党和共产党的旗帜下联合起来的同床异梦的合作者组成的，他们的目的是要用革命来推翻当时的中国政府，实现中国的独立，摆脱外国帝国主义。这项振奋人心的事业以右翼国民党的胜利，成立南京政府，同帝国主义达成妥协，中俄关系破裂而告终。

从一九二七年到一九三三年是俄国孤立于中国和南京完全绝缘于俄国影响时期。这一时期到一九三三年底莫斯科恢复与南京的外交关系而宣告结束。第三个时期以南京莫斯科温吞水的修好开始，由于南京不断同中共进行激烈内战而弄得很尴尬，后来到一九三七年初戏剧性地结束，当时共产党和国民党实行了部分和解，为中俄合作开辟了新的可能性。[1]但我在红军的时候，对共产党的情歌，国民党仍充耳不听，这个新的时期以后在恰当场合再谈。

上面提到的中俄关系三个阶段也确切地反映了共产国际近年来性质的变化，以及它从一个国际煽动组织转变为苏联国家政策的一个工具的几个过渡阶段。苏联和共产国际这种变化的国内和国际上的极为复杂原因的辩证关系，要在本书加以详述是不可能的，但是考察一下这些变化对中国革命基本上发生了什么影响，又受到中国革命什么影响，却很适宜。

凡是对这个问题有所研究的人都知道，中国革命在一九二七年遇到的危机与俄国内部和共产国际内部

老师有话说

1- 考点　重点词语赏析

“温吞水”原指烧至半开未开的热水，不冷不热，在句中的意思是南京国民政府与莫斯科之间的关系是名义上的修好，其实非常松散、粘滞不前，稍带贬意。

所发生的危机正好发生巧合，后者表现为**托洛茨基主义和斯大林主义争夺世界革命力量的理论控制权和实际控制权的斗争**[2]。要是斯大林没有等到一九二四年才提出他的“在一国建设社会主义”的口号，要是这个问题在这以前早就有了定论而且他又能够支配共产国际，那就很有可能，对中国的“干涉”就根本不会发生。不过无论如何，现在再进行这样的推测是毫无意义的事了。斯大林在进行他的斗争时，在中国的路线早已决定了。

在一九二六年以前，对中国国民革命在军事上、政治上、财政上、文化上给予积极合作的工作，主要是在季诺维也夫的指导下进行的，他当时是共产国际主席，并且这工作也受到托洛茨基的很大影响。在这以前，斯大林派还没有彻底击败托洛茨基的“不断革命”的理论。但是从一九二六年初开始，苏联共产党和共产国际的事务和政策主要由斯大林负责，他从此加紧了对这两个组织的控制，这一点是没有不同看法的。

因此，共产国际在一九二六年，接着在一九二七年春天发生灾难期间给予中国共产党策略路线和“指示”的时候，是由斯大林领导的。在这些瞬息万变的几个月里，当中国共产党人头上的灾祸像强劲的台风一样袭来的时候，斯大林的路线遭到托洛茨基、季诺维也夫、加米涅夫所领导的反对派的不断攻击。季诺维也夫在当共产国际主席时，充分支持共产党与国民党合作的路线，但是现在他却激烈反对斯大林执行同一路线。特别是在蒋介石第一次“叛变”，一九二六年在广州进行一次未遂政变后，季诺维也夫预言必然会发生反革命，民族资产阶级会与帝国主义妥协，出

2- 拓展知识

托洛茨基主义和斯大林主义争夺世界革命力量的理论控制权和实际控制权的斗争：托洛茨基主义认为，要先让世界步入社会主义再进行社会主义建设，因此主张先支援全世界的社会主义斗争。而斯大林主义则认为可以先在一国进行社会主义建设，再指导其他国家步入社会主义。

卖群众。

在蒋介石第二次政变成功之前至少一年，季诺维也夫就开始要求共产党人脱离国民党这个民族资产阶级政党，他现在认为国民党不能完成革命的两项主要目标，即反帝 —— 推翻外国在中国的统治 —— 和反封建 —— 推翻地主豪绅在中国农村的统治。托洛茨基也这样早就开始鼓吹成立苏维埃和一支独立的中国红军。总的来说，反对派预言如果斯大林的路线继续下去，“资产阶级民主”革命 —— 他们在这一阶段的希望顶多就是这个 —— 就会失败。当然，这个预言是说中了。

但是有充分理由相信，要是把反对派的反对意见作为在中国及早采取激进政策的基础，后来发生的悲剧可能会更加严重。托洛茨基在理论上的批评，一如既往，颇为精辟，他的意见同实际情况的特点也不无联系。但是像经常的那样，联系却并不很多。他在这个时期的大部分发言都收在《中国革命问题》一书中，这本书肯定是本立论松懈的著作，尽是漫不经心地不顾当时实际情况的客观限制的地方。这清楚地说明，共产国际的政策固然造成了灾祸，他所能够提出的办法也只会更早地多造成一个更加全面的灾祸。

【阅读纪实作品】

共产国际不了解中国的基本情况，只是将苏联模式生搬硬套到中国革命中，实践证明了那是失败的。中国共产党与红军的成功源于一切从实际出发，用理论联系实际。

斯大林在大失败以后为自己辩护时，嘲笑托洛茨基认为共产国际的策略路线是招致失败的主要原因这一论点，认为这是非马克思主义的：

> 加米涅夫同志说，共产国际的政策是造成中国革命失败的原因，说我们“在中国孕育了卡芬雅克们”…… 怎么能够说一个政党的策略可以取

消或改变阶级力量的对比呢？对于那些忘掉革命时期阶级力量对比的人，那些要想用一个政党的策略来解释一切的人，我们能说什么呢？对于这种人只能说一句话——他们抛弃了马克思主义①。

事实上，凡是研究这一整个时期情况的公正的人，很难能逃避这样的结论：托洛茨基派过于夸大了共产国际错误的重要性，同时又低估了客观形势的极其不利的因素。他们对于利用共产国际的错误来作为攻击斯大林的新炮弹，显然比对中国的当前命运更感到有兴趣。反正，他们的攻击并没有成功。整个来说，党仍不信斯大林是无能的。由于中国革命的失败，加上在此以前巴伐利亚和匈牙利共产党政权的遭到摧毁，以及共产国际在东方各国的希望遭到普遍破灭，党已对在国外进行冒险发生厌倦，倾向于转而进行国内建设。斯大林胜利了。托洛茨基遭到了流放——而且，如果我们竟然相信莫斯科审判时提出的证据的话，干起破坏铁路的事来。

斯大林取得了胜利，通过了五年计划，对拖拉机产生了狂热，共产国际在这以后所发生的重要变化是，暂时搁置了积极促进当前世界革命的计划，苏联的革命热情集中用在从事社会主义建设的伟大攻势上。共产国际不再成为支配力量，而是变成了苏联的一个机关，逐渐变成了为一国建设社会主义的平凡单调劳动进行美化宣传的广告社。它的主要任务已从

【阅读纪实作品】

共产国际将目光转到苏联的社会主义建设上，暂时搁置了促进世界革命的计划，也正因如此，中国共产党有了更大的战略空间去探索适合中国革命的前进路线。

① 参阅斯大林著《论反对派》，第518—519页（一九七二年人民出版社版）。——译注

用暴力，或者用积极干涉来制造革命，改变为用榜样来促进革命。由于“世界革命根据地”苏联需要和平，共产国际便成了在全世界进行和平宣传的有力机构。

这里毋庸进一步赘述斯大林和托洛茨基的论争。

重要的是，斯大林取得了胜利，他的政策支配了共产国际在中国的未来活动。一九二七年以后，有一段时期，这种活动几乎等于零。俄国在中国的机构封闭了，俄国共产党人不是被杀就是被驱逐出中国，俄国来的财政、军事、政治援助陷于停顿。中国共产党陷入了大混乱，有一个时期，同共产国际失去了联系。但是苏维埃运动和中国红军却在纯粹中国人自己的领导下自发开始，事实上，他们并没有得到俄国的什么赞同，一直到第六次代表大会，共产国际才给予出生后的认可。

自此以后，共产国际在中国革命中的作用被大大夸大了。不错，有些机构偷偷地恢复了；还派了代表到少数几个大城市中去找中国共产党人；中国学生继续在俄国留学，然后秘密回来搞革命工作；而且还有一点点钱送进来。但是俄国完全没有办法同中国红色区域发生任何直接的有形联系，因为中国红色区域没有出海口，完全受到敌军的重重包围。在过去，中国曾经有过好几百个共产国际的工作人员，现在却只剩下两三个，常常几乎与整个社会隔绝，很少有能冒险逗留几个月以上的。以前曾经有好几百万元钱输送到蒋介石的国民党手中，现在流到共产党手中的一次只有一二千元涓涓细流。[3]以前整个苏联都支持一九二五年到一九二七年的大革命，现在援助中国共产主义运动的那个共产国际已不能动用“世界革命根

3- 考点　表现手法赏析

通过对工作人员、经费援助等具体数据变化的对比，准确真实地写出了中国共产党和红军面临的困难与危机，反衬出他们不畏艰难、迎难而上、英勇顽强的革命斗争精神。

据地”的庞大资源，只能像一个可怜的继子那样走一步看一步，如果行为稍有不当，就很可能给正式取消继承权。[4]

在这十年之中，莫斯科和共产国际给予中共的实际财政援助，看来是少得惊人。当**牛兰夫妇**[5]一九三二年在上海被捕，后在南京作为共产国际远东首席代理人而判刑时，警方的完整证据表明，对整个东方（不仅仅中国）的总支出最多不超过每月一万五千美元。这与大量流入中国进行基督教宣传（这基本上是资本主义宣传），或者进行亲日宣传和纳粹法西斯宣传的款项相比，可谓微乎其微。这同美国在一九三三年给予南京的五千万美元小麦贷款相比，也是少得可怜。据外国军事武官的报告，后一笔贷款的收入对蒋介石反共内战有决定性的价值。

美国、英国、德国、意大利卖了大量飞机、坦克、大炮、弹药给南京，以便摧毁中国苏区，当然没有卖任何东西给共产党。美国军队出借许多军官为中国训练空军，结果炸毁了红色中国的许多城镇，意大利和德国军事教官实际上亲自领导了几次破坏性最大的轰炸，像他们在西班牙所做的那样。纳粹德国派最能干的将领冯·西克特将军去援助蒋介石，并派一大批普鲁士军官改进南京的围剿技术。鉴于这些众所周知的事实，再说什么俄国支撑中共，我觉得完全是胡说八道了。相反，很明显，蒋介石在近十年内却得到了外国给他而不肯给共产党的重要援助的支撑。

也许可以断言，而且我相信任何一个外国军事情报专家都无法不同意，中国共产党打仗时所得到的外国物质援助比中国近代史上任何一支军队得到的都要少。

4- 考点 修辞手法赏析

运用比喻的修辞手法，把“共产国际”比喻成“继子”，表明共产国际如今的地位，已不复往日的荣光。

5- 拓展知识

牛兰夫妇：牛兰夫妇是共产国际联络部在上海的秘密交通站负责人，负责转送各种文件和经费等。1931年国民党政府勾结帝国主义逮捕了国际友人牛兰夫妇。此案当时在国内外都引起不小轰动，牛兰夫妇在狱中多次绝食抗议，宋庆龄等人大力开展营救工作，迫使国民党政府允其保外就医。1932年8月，牛兰夫妇被判无期徒刑。抗日战争全面爆发后逃出监狱，辗转返回苏联。

【阅读纪实作品】

作者对外国物质援助的真实记录，写出了中国共产党和红军在困境中自力更生、艰苦奋斗的精神品质。

第十篇 回到保安

10 那个外国智囊

内容速览

斯诺深入分析了军事顾问李德在指挥作战时出现的失误及原因。李德来自共产国际，被派来对红军的军事行动进行指导，但他不熟悉中国的具体国情，将国外的作战技术与经验生搬硬套到中国红军这里，给红军造成了巨大的损失。李德在与斯诺的交谈中，也坦然承认了自己的错误。

阅读指南

- **章节阅读属性：**【略读】
- **阅读方法落实：**【阅读纪实作品】作者先分析了李德所犯的错误以及造成的后果，再反过来反思为何李德会有如此之大的影响。阅读时要跟着作者的分析与追问，思考理论和实际的关系。
- **核心内容感知：**【梳理情节，获得感悟】关注作者对李德所犯错误的分析，思考从中获得的感悟与启示。

章节图解

- **那个外国智囊**
  - **所犯错误**
    - **十九路军起义反宁**
      - 问题：十九路军在福建起义反宁时，红军没有同他们联合起来
      - 原因：共产国际希望红军和南京联合抗日，反对扩大内战
      - 行动：红军没有与十九路军合作，反而把主力后撤到江西西部
      - 影响：拥护革命的十九路军被歼灭，给国民党南京政府摧毁南方苏区提供了便利
    - **第五次反“围剿”**
      - 问题：改变战术，拟定了以阵地战为中心的大规模防御计划
      - 原因：李德严重错估了双方军队的作战力、资源和政治局势
      - 影响：中央苏区大部丧失，红军遭到严重削弱、被迫进行长征
  - **看法评价**
    - **人物事迹**
      - 在第一次世界大战中，他在德国军队中就大露头角
      - 任俄国红军的师长，曾在莫斯科红军大学毕业
      - 李德准确预计到了第五次“围剿”的每一个步骤
      - 李德承认西方的作战方法在中国不一定总是行得通的
    - **补充观点**
      - 李德在江西应负的责任的实际程度可能被夸大了

原文阅读

在中国红军创立后的头五年里，并没有一个外国顾问在那里，而就在这几年里，红军建立了苏区，开创了一个有纪律的革命运动，涣散了敌人斗志和解除了敌人武装，由此增强了自己的力量。这是事实。到一九三三年唯一曾与中国红军在一起作过战的外国人——德国顾问李德才在苏区出现，在政治上和军事上占据高位。

李德躲在一条内河小船的草席下，经过六天六夜的惊险旅行，才从广州偷渡到红军前线，到了江西苏区首都瑞金。在他到达瑞金之前，除了不定期的信使以外，共产党同共产国际的唯一联系是通过无线电交通。在上海有个顾问委员会受共产国际的指导，这对共产党获知敌人方面的重要政治军事动向有很大价值。它的活动显然比蒋介石所能在苏区建立的任何间谍组织效率高得多。

但是对于江西红色共和国末期所犯的两个大错误，这个顾问委员会，同李德一起，都是被认为有责任的。[1]第一个错误，据毛泽东指出，是十九路军在一九三三年秋天起义反宁时，红军没有同他们联合起来。由蔡廷锴、蒋光鼐指挥的十九路军在一九三二年英勇保卫上海抵抗日本进攻，毫无疑义地表现出它强烈的抗日革命性质。它被调到福建后，由于蒋介石和何应钦同日本谈判了丧权辱国的**塘沽协定**[2]，开始反宁抗日，展开了要求成立民主共和国和摧毁蒋介石的军事独裁的运动。它不仅向红军提出休战（十九路军在南京破坏它抗日后被派到福建去打中共），而且也提出在抗日战线的基础上结盟。

苏维埃政府和红军的大多数领导人也十分赞成这

老师有话说

1- 考点　结构作用分析

作者没有先介绍李德的生平经历等内容，而是采用倒叙的手法，先写了他到达苏区后出现了两个大错误，起到突出强调的作用，引出下文对原因的具体分析，同时造成悬念，吸引读者的注意力。

2- 拓展知识

塘沽协定：1933年国民党南京政府与日本签订的丧权辱国的协定。是年3月，日本侵略军占领热河（中国旧时省份，省会今河北承德市）后，大举进攻长城各口，直逼平津。5月31日，国民党政府派熊斌与日本关东军代表冈村宁次在塘沽签订停战协定。协定实际上默认了日本对东北、热河的占领，同时划冀东等华北地区为日军自由出入区，为日军进一步侵占华北敞开了大门。

些建议。他们准备把主力调入福建，从侧翼猛攻南京部队，同福建叛军组成联合政府，对十九路军在军事上和政治上都给予充分的支持。但是共产国际不知为什么缘故，通过它设在上海的顾问委员会反对这一主张。当时俄国正开始恢复同南京勾搭，莫斯科刚刚才承认国民党政权，托洛茨基派的论点是，共产国际采取这一路线的主要原因是：莫斯科反对扩大大规模内战，仍希望红军和南京联合抗日，不希望担上在这个时候煽动叛乱的罪名，特别是不希望发生这样的一种局面，那就是万一红军控制了福建的一个海港就必然会指望俄国提供物资。但是这样的看法却缺少根据。

反正不管怎样，后来发生的事实是，红军不但没有与十九路军合作，反而把主力后撤到江西西部，使得蒋介石无后顾之忧。于是总司令就可以不受掣肘地猛扑邻省福建，迅速镇压叛军，红军就此失掉了最强大的潜在盟友。毫无疑问，拥护革命的十九路军的被歼灭，大大便利了摧毁南方苏区的任务，蒋介石就立即满怀信心地来从事这项任务。

第二个严重错误是在南京第五次围剿中的战术防御计划。在以前几次围剿中，红军依靠他们在运动战中的优势以及他们能迅速集中强大兵力和进行奇袭、从蒋介石手中夺取主动权的能力。在他们的作战中，阵地战和正规战一直只起次要的作用。但在第五次战役中，李德坚持改变战术。他拟定了一个以阵地战为中心的大规模防御计划，把游击战术降为从属的任务，尽管共产党军事委员会上一致反对，他还是强行通过了他的计划。

今天来看就很明显，李德大大地过高估计了苏区

【阅读纪实作品】

作者对共产国际采取这一路线原因的记录，是为了说明苏联和共产国际对中国共产党的支持是从自身利益的角度出发的，暗示中国革命要想取得胜利还是需要靠自己。

的资源、红军在非机动作战中的战斗力、敌军的士气涣散，另一方面他又不可原谅地低估了南京新建的空军和机械化部队改进了的进攻力量，严重地错误估计了政治形势中的重要因素，他以为政治局势的发展对共产党会比实际情况有利得多。

但问题是，李德这个孤零零的外国人，怎么会有足够的影响，可以把他的意志强加在整个军事委员会、政府和党的判断之上呢？[3]这委实是件十分独断独行的事。李德无疑是个具有过人才能的军事战略家和战术家。在世界大战中，他在德国军队中就大露头角；后来他任俄国红军的师长，曾在莫斯科红军大学毕业。作为一个德国人，共产党也尊重他对冯·西克特将军向蒋总司令提出的战术的分析（这件事也真有戏剧意味，两个德国将领，其中一个是彻头彻尾的法西斯，另一个是布尔什维克，却通过这两支中国军队互相厮杀！），而且事实证明，他们的信任是正确的。南京的将领们看到李德的一些分析他们战术的著作时，颇为钦佩地承认，想不到李德准确地预计到了这次巨大攻势的每一个步骤。

李德是个心灰意冷、饱经沧桑的前普鲁士军官，在他骑上马同红军一起出发长征时，也是个变得聪明了一些的布尔什维克。他在保安向我承认，西方的作战方法在中国不一定总是行得通的。他说：“必须由中国人的心理和传统，由中国军事经验的特点来决定在一定的情况下采取什么样的主要战术。中国同志比我们更了解在他们本国打革命战争的正确战术。”当时他的地位已降到极其次要的地位 —— 但是他们都已埋葬了过去的不愉快感情。

3- 考点　修辞手法赏析

运用反问的修辞手法，强调了李德在第五次反“围剿”中发挥的作用，引起读者思考。同时起到承上启下的过渡作用，承接上文对李德错误战术的分析，引出下文对李德的背景介绍。

【阅读纪实作品】

李德作为曾经的俄军红军师长，绝不会没有作战经验或作战方法，但他没有从中国实际出发，只是一方面照搬照抄苏联红军的作战方式，一方面又满足于自己狭隘的经验，因此让红军蒙受了巨大的损失。

但是，应该为李德说句公道话，他在江西应负的责任的实际程度可能被夸大了。实际上，他成了共产党为自己吃了大亏进行辩解的一个重要借口。他成了一个骄横跋扈的外国人，害群之马，替罪羊；能够把大部分责任归咎于他，总是使人感到宽心的事。但是实际上几乎无法相信，不论由哪个天才来指挥，红军在遇到了他们在第五次围剿那一年所遇到的不可逾越的障碍之后，仍能胜利归来。无论如何，这次经历是一个很好的教训，整个世界共产主义运动都可以从中受益。把全面指挥一支革命军队的战术的大权交给一个外国人，这样的错误，以后大概是决不会再重犯了。

江西的情况就谈到这里为止。在以后的两年中，红军几乎与自己在中国沿海城市中的党员都完全断绝了联系，共产国际的活动主要只限于在《国际通讯》中刊登中国驻共产国际的代表**王明**[4]的令人吃惊的报道。一天到了几期《国际通讯》时我正好在保安，我看到党中央委员会那位美国留学的书记洛甫来不及打开来看。他随口提到他几乎有三年没有读到《国际通讯》了！

一直到一九三六年九月我还在红军的时候，共产国际第七次代表大会会议情况的详尽报道最后才传到中国的红色首都，那是在整整一年以前举行的。就是这些报道第一次给中国共产党人带来了国际反法西斯统一战线策略的得到充分发挥的论述，在以后几个月令人兴奋的时间里，西北即将发生普遍的反叛，震撼整个东方，就是这种策略对他们的政策将起指导的作用。[5]共产国际就要再一次在中国的事务中发挥它自己的意志，深刻地影响革命的发展。

不过我又得在北平从侧面来观察这一事件。

【阅读纪实作品】

国民党军队在第五次"围剿"中采用了堡垒主义的新战略，同时调集了百万兵力，还有列强的大批援助。因此作者认为第五次反"围剿"的失败不能只归结到红军的失误上。

4- 拓展知识

王明：安徽金寨人，1925年加入中国共产党。1931年任中共中央政治局常委，以他为代表的"左"倾教条主义错误开始在中共中央占据主要地位。同年11月去苏联，任中共驻共产国际代表团负责人，仍通过临时中央继续推行"左"倾教条主义，对革命事业造成极大危害。1956年去苏联就医，后留居苏联。

5- 考点 句子作用分析

内容上，共产国际"七大"确立的策略与中国共产党的"统一战线策略"不谋而合，照应前文，结构上，也为后文的"西安事变"埋下伏笔。

第十篇 回到保安

别了，红色中国

内容速览

要正式离开保安了，离开之前，作者得知红军三大主力胜利会师，并对毛泽东进行了访问，了解合作抗日政策提出的原因和中国共产党为促进合作做出的努力与让步。采访结束后，作者与大家一一拜别，踏上了回西安的旅程，沿途还差点弄丢了珍贵的采访资料。

阅读指南

- **章节阅读属性：**【细读】
- **阅读方法落实：**【阅读纪实作品】斯诺离开保安时，非常细致地描写了与大家离别的场景，以及千方百计寻找包的情节，思考作者记录这些事件的原因，从字里行间品味作者的惜别之情。
- **核心内容感知：**【梳理情节，品味情感】关注作者对离别时红军战士们相送的场景描写，感受作者的情感态度。

章节图解

- **别了，红色中国**
  - **两件趣事**
    - **长征结束**
      - 红军三大主力胜利会师，长征胜利结束
      - 红军有一个纵队到了甘肃西北，暂时压住政府军
    - **采访毛泽东**
      - 解释合作抗日具体条件中，提出新政策的原因
      - 劝说南京抗日的可能性及可以接受的合作条件
  - **告别保安**
    - **离别心情**
      - 越是走近城门，越是感到恋恋不舍
      - 很难过，觉得不是回家，而是离家
    - **告别**
      - 扑克俱乐部、“红小鬼”、红军大学学员等
  - **返程见闻**
    - **南部边界**
      - 住在小村子里，与农民、红军战士打野味，得到款待
    - **到达西安**
      - 装着珍贵采访资料的包被落在卡车上，后被找到
      - 蒋介石到西安，停止一切交通，农民被赶回家

原文阅读

在我离开保安之前发生了两件很有意思的事。十月九日甘肃来的无线电消息告诉我们，四方面军先遣部队在会宁同一军团的陈赓领导的第一师胜利会师。几天以后，陈赓和一方面军所有重要的将领都在甘肃同二、四方面军的领导人，其中包括朱德、徐向前、贺龙、张国焘、萧克等许多其他人，高兴地碰了头。甘肃的东北部分全部落入红军之手，四方面军有一个纵队渡过黄河到了甘肃西北的狭长地带，政府军的反抗已暂时被压下去了。

现在所有正规红军都集中在西北，建立了良好的通讯联系。冬服的订单如雪片一样飞来保安和吴起镇的被服厂。三支大军据说总共有八九万久经沙场、装备良好的战士。保安和整个苏区都举行了庆祝。甘肃南部作战期间的长期悬虑不安的气氛已经结束。现在人人都对将来充满了新的信心。中国最优秀的红军现在全部集中在一大块新的地区里，旁边还有同情他们的十万东北军可以充当盟友，共产党现在认为，南京方面会比较有兴趣来听他们的统一战线的建议了。

第二件事情是我在离开以前对毛泽东进行的一次访问，他第一次表示共产党欢迎同国民党讲和与进行合作抗日的具体条件。这些条件之中，有一些已由共产党在八月间发表的宣言中公布。我在访问时请毛泽东解释一下他提出新政策的原因。

“首先是，”他开始说，“日本侵略的严重：日本日益加紧侵略，它的威胁已经严重到中国一切力量都必须团结起来的程度。除了共产党以外，中国还有其他的政党和力量，其中最强大的是国民党。没有国民党的合作，我们目前的力量是不足以在战争中抵抗日本的。南京政府必须参加。国民党和共产党是中国两大政治力量，如果他们现在继续打内战，结果就会对抗日运动不利。

“其次，自从一九三五年八月起，共产党就发宣言，呼吁中国各党派联合起来抵抗日本，全国人民热烈响应这个纲领，尽管国民党继续进攻我们。

“第三点是，甚至在国民党里的许多爱国分子现在也赞成同共产党联合。甚至在南京政府里的抗日分子和南京自己的军队，今天都为了我国民族存亡而准备联合起来。

“这就是中国目前形势的主要特点，因此我们不得不重新详细考虑在民族解放运动中实现这种合作的具体方案。我们坚持的团结的基本原则是抗日民族解放的原则。为了要实现这一原则，我们认为必须建立一个国防民主政府。这个政府的主要任务必须是抵抗外国侵略者，给予人民群众公民权利，加强国家的经济发展。

“因此我们拥护议会形式的**代议制**[1]政府、抗日救国政府、保护和支持一切人民爱国团体的政府。如果成立了这样一个共和国，中国的各苏区就成为其中的一部分。我们将在自己的地区内采取措施建立议会形式的民主政府。”

“这是不是说，”我问道，“这样一个（民主的）政府的法律也会在苏区实施？”

毛泽东对此作了肯定的回答。他说，这样一个政府应该恢复并再次实现孙逸仙的遗嘱，和他在大革命时期提出的三个“基本原则”，即联合苏联和世界上以平等待我之民族；联合中国共产党；保护中国工人阶级的基本利益。

“如果国民党里开展了这样一个运动，”他继续说，“我们准备同它合作并且支持它，组成反帝统一战线，像一九二五年到一九二七年那样。我们深信，这是拯救我国的唯一出路。”

“提出新建议有没有当前的原因？”我问道，“这肯定地必须认为是你们党近十年历史中最重要的决定。”

“当前的原因，”毛泽东解释道，“是日本提出了严重的新要求，屈服于这种要求必然会大大妨碍将来的抵抗，同时人民对日本侵略的日益严重威胁的反响采取了伟大的人民爱国运动的形式。这两个条件反过来

老师有话说

1- 拓展知识

代议制：最早产生于英国，后许多国家广泛推行。是以议会为核心建立起来的政权组织形式。指由选举产生议员组成议会，按三权分立的原则，由议会执行立法职能，并在不同程度上对政府实行监督的制度。

也在南京的某些分子的身上造成了态度的转变。在这样的情况下，现在就可以希望实现我们所建议的这种政策。如果在一年以前或早一些时候，用这形式提出来，不论是全国还是国民党就不会有思想准备。

“目前正在进行谈判。虽然共产党对于劝说南京抗日并不存多大希望，但是可能性还是有的。只要有可能性，共产党就愿意在一切必要措施方面合作。如果蒋介石要想继续打内战，红军也奉陪到底。”

事实上，这是毛泽东正式宣布共产党、苏维埃政府、红军愿意停止内战和不再企图用武力推翻南京政府，服从代议制中央政府的最高指挥，条件是创立政治体制，使得除了国民党以外的其他政党能够进行合作。毛泽东在这时也表示 —— 虽然不是作为正式谈话 —— 共产党愿意在名称方面也作一些改变，以利于“合作”，但在根本上并不影响红军和共产党的独立地位。例如，如果有必要，红军愿意改名为国民革命军，放弃“苏维埃”的名称，在抗日备战期间修改土地政策。在这以后的几个兴奋紧张的星期中，毛泽东的这一谈话对时局将发生重要的影响[①]。在这个谈话刊出之前，共产党自己的几个宣言都遭到封锁，南京方面少数几个看到这些宣言的领导人对之也抱深为怀疑的态度。但在一个外国记者访问共产党领袖本人的谈话普遍发表以后，有些有影响的集团就会更加相信共产党的诚意了。又有不少人开始拥护两党“复婚”的要求，因为要求停止代价浩大的内战和实现和平团结来抵抗日本征服的威胁这一建议，对不论什么阶级都是有号召力的。

一九三六年十月中，我在红军中间呆了将近四个月以后，回白色世界的安排工作终于完成了。这可不容易。张学良的东北友军几乎已从所有战线上撤出，由南京的军队或其他敌意部队换防。当时只有一个出口，那是由东北军一个师在洛川附近与红军毗邻的一条战线，洛川在西安以北，只有一天的汽车路程。

我最后一次走过保安的大街，越是走近城门，越是感到恋恋不舍。人们从办公室伸出脑袋来向我道别。我的扑克俱乐部成员全体出动来送行，有些“小鬼”

① 访问记全文刊《密勒氏评论报》，一九三六年十一月十四日和二十一日上海。

陪我走到保安城墙根。[2]我停下来给老徐和老谢拍照，他们像小学生那样互相搭着肩膀。只有毛泽东没有出现，他仍在睡觉。

“别忘了我的假臂！”蔡树藩叫道。

“别忘了我的照片！”陆定一提醒我。

“我们等着你的航空队！”杨尚昆笑道。

“给我送个老婆来！”李克农要求。

“把四两可可送回来。”博古责怪道。

我走过红军大学的时候，红军大学全体学员都露天坐在一棵大树下听洛甫做报告。他们都走了过来，向我握手，我嘴里喃喃地说了几句话。然后我转身蹚过溪流，向他们挥手告别，很快骑上马跟着我的小旅队走了。我当时心里想，也许我是看到他们活着的最后一个外国人了。我心里感到很难过。我觉得我不是在回家，而是在离家。[3]

五天后，我们到了南部边界，我在那里等了三天，住在一个小村子里，吃黑豆和野猪肉。这个地方风景很美，树木成林，野味很多，我在这几天里就同一些农民和红军战士打野猪和鹿。树丛中间尽是大野鸡，有一天，我们看到两只老虎在秋天一片紫金色的山谷中窜过一片空地，可惜是在射程以外。前线一片宁静，红军在这里只驻了一营兵力。

二十日那天我安全地经过了无人地带，到了东北军防线的后面，第二天借了一匹马，进了洛川，那里有一辆卡车在等待着我。一天以后我就到了西安府。到鼓楼时我就从司机座旁下了车，请一名红军战士（他穿着东北军制服）把我的包扔给我。找了半天没有找到，接着又找了半天，这时我疑惧交加。果然没

2- 考点 场景描写分析

从红军将士们纷纷为斯诺送行，可以看出红军对他的不舍之情。短短几个月的时间，斯诺已经和红军建立了深厚的友谊。

【阅读纪实作品】

红军将领们的要求本是玩笑，但斯诺还是记录了他们的神态，表明斯诺对他们的不舍之情，同时也写出红军将领们可爱、乐观、充满人情味的一面。

3- 考点 人物描写分析

这段心理描写表明斯诺思想的改变和对红军深厚的友谊，表达了斯诺对红色中国革命者的欣赏与同情，希望他们的革命事业能够成功，但他又一想到他们会奔赴战场、流血牺牲，又不由得感到难过。

【阅读纪实作品】

作者感慨山林秀美、物产丰富，其实是想说这样一个美丽的国家应该享有和平与幸福，表达出作者对和平的期盼以及相信红军能给中国带来和平的希望。

有疑问。我的包不在那里。在那个包里，有我十几本日记和笔记，三十卷胶卷——是第一次拍到的中国红军的照片和影片——还有好几磅重的共产党杂志、报纸和文件。必须把它找到！[4]

在鼓楼下面激动了半天，交通警在不远的地方好奇地看着我们。于是进行了轻声的商量。最后终于弄清楚了怎么回事。那辆卡车用麻袋装着东北军要修理的枪械，我的那个包为了怕受到搜查也塞在那样的一个麻袋里，一起卸在我们旅程后面二十英里渭河以北的咸阳了！司机懊丧地瞪着卡车。"他妈的！"他只好这样安慰我。

天已黑了，司机表示他等到明天早晨再回去找。明天早晨！我下意识中感到明天早晨太迟了。我坚持我的意见，终于说服了他。卡车转过头来又回去了，我在西安府一个朋友家里整宵没有合眼，不知道我能不能再见到无价之宝的那个包。要是那个包在咸阳打了开来，不仅我的一切东西都永远丢失了，而且那辆"东北军"卡车和它所有的乘客都要完了。咸阳驻有南京的宪兵。

幸而，你从本书的照片可以看出，那只包找到了。可是我急着要把它找回来的直觉是绝对正确的，因为第二天一早，街上停止一切交通，城门口的所有道路都遍布宪兵和军队的岗哨。沿路农民都被赶出了家。有些不雅观的破屋就干脆拆除，不致使人觉得难看。原来是**蒋介石总司令突然光临西安府**[5]。那时我们的卡车要再沿原路回渭河就不可能了，因为这条道路是经过重兵把守的机场。

总司令的驾到同我记忆犹新的场面——毛泽东、

4- 考点 结构作用分析

丢包事件制造了悬念，让行文波澜起伏，同时从斯诺坚决找包的态度就能看出，他对这些资料非常重视，不惜一切代价也要找回来，表明他对在红区采访经历的不舍和珍视。

5- 拓展知识

蒋介石总司令突然光临西安府：1936年10月22日，蒋介石从南京飞抵西安，并要求张学良的东北军"剿灭"红军。张学良当面拒绝了蒋介石的要求，并提出"停止内战、一致抗日"的要求，但遭到了蒋介石的拒绝，此次会面两人不欢而散。

徐海东、林彪、彭德怀毫不在乎地走在红色中国的一条街上 —— 截然不同，令人难忘。而且总司令并没有人悬赏要他首级。这生动地说明谁真的害怕人民，谁信任人民。但是即使西安府所采取的全部保护总司令生命的措施后来也证明是不充分的。就在保卫他的军队中间，他的敌人也太多了。

阅读思考 ?

基础测评

❶ **斯诺在苏区不仅采访了领袖，也采访了一些小人物，下列说法正确的是（　　）。**

A. 马夫老李已经六十四岁了，他没有上前线的原因是因为腿上的伤口，至今仍有些行动不便。

B. 贾河忠是一个理发师，他曾在一家美国教会医院的药房里工作，与两个同伴一起参加了红军。

C. 向季邦穿着一套整洁合身的小军服，他是毛泽东身边的一位少年先锋队员，负责通讯工作。

D. 刘龙火是一个长得很英俊的小伙子，他是一个骡夫，曾带领着斯诺通过红色中国的大门。

❷ **斯诺回到保安后的生活十分惬意，下列表述不正确的一项是（　　）。**

A. 斯诺带了一副扑克牌，并教会大家打“勒美”，这个游戏很快流行了起来。

B. 斯诺与李德、蔡树藩、伍修权一起打球，其中一个网球场就在博古家隔壁。

C. 斯诺到达保安后，外面的形势并不乐观，蒋介石随时要发动一次新的“围剿”。

D. 斯诺通过报纸得知了做面包的烘制方法，为此还特意向李克农要了四两可可。

❸ **下列对《红星照耀中国》这本书内容理解，不正确的一项是（　　）。**

A. 本书是埃德加·斯诺穿越重重封锁，深入苏区采访、考察后写成的。

B. 本书向世界全面报道了中国工农红军英勇无畏坚持八年抗战的过程。

C. 作品从多方面展示了中国共产党为民族解放而艰苦奋斗的崇高精神。

D. 书中客观地向世界报道了中国共产党领袖和红军将领的真实情况。

❹ 斯诺离开保安之前，对一位红军领导人进行了采访，请你帮助斯诺完成他的采访提纲。

时间、地点	一九三六年十月，保安
采访对象	①____________________
采访目的	②____________________
③________	深度访谈、照片拍摄
采访问题	④____________________
	⑤____________________
	⑥____________________

专题探究

在《别了，红色中国》中，斯诺恋恋不舍地离开了保安，但他还特意记录了回到西安之后的一些见闻，你认为他有何用意?

参考答案

阅读思考

基础测评

1.B　2.D　3.B

4. ①毛泽东

②了解提出新政策的原因及实施情况（或了解新政策的相关情况）

③采访方式

④请问您为什么要提出与国民党联合抗日的新政策呢?

⑤您倡导建立的新政府的法律也会在苏区实施吗?

⑥您提出这样的新政策的当前原因是什么呢?

专题探究

【示例】作者回到西安后的见闻，主要是看到了蒋介石去西安进行的封城行为，生动形象地写出国民党领导人的腐败、国民党和普通人民之间的距离之远以及他们对人民的不信任，同时作者将蒋介石抵达西安的情形和他在苏区的见闻形成对比，表达了作者对红区将领们平易近人、相信群众的高度赞扬。

红星照耀中国

〔美〕埃德加·斯诺
著

董乐山
译

10

人民文学出版社

目录

本册导读

本册基本信息

本册是整本书的第十分册——《又是白色世界》（一），共包含《兵变前奏》《总司令被逮》《蒋、张和共产党》《“针锋相对”》四个部分。在本册中，斯诺对西安事变的前因后果进行了非常详细的记述，既有事变前张学良多次谏言请求抗日却遭蒋介石拒绝的事件，也有事变发生时蒋介石仓皇而逃、狼狈害怕的细致刻画，还有事变后蒋介石玩弄政治手腕的具体记录。

扫码听名师说书

阅读计划自检

开始阅读时间

______ 年 ______ 月 ______ 日

实际结束时间

______ 年 ______ 月 ______ 日

阅读所用时长
（建议时长：1 周）

_____ 天

阅读感受

- ☐ 轻轻松松读完，无压力，意犹未尽
- ☐ 能在建议时长内读完，并且读懂了
- ☐ 稍有些拖沓，理解起来不是很顺利
- ☐ 时间太短了，没有读完而且没看懂

第十一篇 又是白色世界

兵变前奏

11

内容速览

本部分主要记录了西安事变之前，张学良与蒋介石之间剑拔弩张、矛盾不断被激化的过程。蒋介石无视张学良的谏言和警告，也无视学生的抗日示威，不顾一切地发动了第六次“围剿”计划。张学良秘密开会调集军队，准备“逮捕”蒋介石和他的僚属。

阅读指南

- **章节阅读属性：**【细读】
- **阅读方法落实：**【阅读纪实作品】阅读纪实作品时，要善于进行联系、比较和分析。斯诺从他的角度记录了西安事变，阅读时可以延伸阅读其他相关书籍，以辅助理解当时的时代背景，更加深刻地领悟在面对外敌的时候，中华民族应做出怎样的选择。
- **核心内容感知：**【梳理情节，分析情感】关注作者对张学良和蒋介石矛盾激化过程的记述，感受作者的情感态度。

章节图解

- **兵变前奏**
  - **初期矛盾**
    - **士兵不满**
      - 东北军被派到西北“剿共”，蒋、张产生分歧
      - 东北军渴望“打回老家去”，厌倦内战
      - 东北军兵力从25万变成13万
    - **政治分歧**
      - 蒋介石：不惜一切代价准备完成对红军的第六次“围剿”
      - 张学良：认同共产党，希望停止内战，开始抗日
  - **矛盾升级**
    - **抗日热潮**
      - 七领袖事件：日本要求镇压救国会，南京遵命办事，逮捕七位领袖
      - 群众运动：上海日商纱厂罢工被镇压；青岛日商纱厂罢工，被日本海军登陆镇压
    - **洛阳会面**
      - 张学良：赴洛阳见蒋介石，要求抗日，请求释放救国会七领袖
      - 蒋介石：拒绝张学良的请求，但答应张学良去西安时说明战略
  - **矛盾激化**
    - **两个事件**
      - 意大利加入日德签订的“反共协定”，承认日本对中国东北的占领
      - 胡宗南“剿共”行动失败，擅入苏区遭到埋伏，国民党损失惨重
    - **激化矛盾**
      - 蒋介石抵达西安，蓝衣社抓捕抗日人士，几千学生请愿被强制驱散
      - 蒋介石要求摧毁红军，分别分见东北军和西北军将领，企图分裂他们
    - **兵变前奏**
      - 蒋介石：正式通过发动第六次“围剿”的计划，张学良若拒绝会被撤职
      - 张学良：秘密调集部分东北军和西北军到西安近郊，秘密开会

原文阅读

我从红色中国出来后，发现张学良少帅的东北军与蒋介石总司令之间的紧张关系越来越尖锐了。蒋介石现在不仅是中国武装部队的总司令，而且还是行政院院长 —— 相当于总理的职位。

我在上文[1]已经介绍过，东北军原来是被派到五六个省份里去打红军的雇佣兵，后来却在军事上和政治上逐步改造成为一支受到它的敌人的抗日民族革命口号的感染，相信继续打内战没有意义，一心一意只想“打回老家去”的军队。只有一个主张能打动他们，他们也只效忠于一个中心思想，那就是日本人把他们赶出老家东北，凌辱和杀害他们的家人，他们就要从日本人那里收复东北。这些想法同南京当时的打算是截然相反的，因此东北军对抗日的红军越来越感到同志般的友情，是很自然的事。

在我四个月的旅行期间，发生了一些重要事情，加深了这种分歧。在西南，白崇禧和李宗仁将军领导反宁，他们的主要政治要求是以反对南京政府的“亲日”**不抵抗政策**[1]为基础的。在经过几星期在战争边缘上徘徊以后，终于达成妥协，但这个事件对全国抗日运动起了很大刺激作用。内地有几个地方的愤怒群众打死了三四个日本人，日本向南京政府提出强硬抗议，要求道歉、赔款、新的政治让步。看来很有可能再次发生一场中日“事变”，继之以日本侵略。

与此同时，在左翼的救国会领导下的抗日运动，尽管政府采取了严峻的镇压措施，在全国各地风起云涌，南京间接地受到很大的群众压力，要它采取强硬

[1] 特别见第一篇，《汉代青铜》。

老师有话说

1- 拓展知识

不抵抗政策：国民党政府对日本帝国主义武装侵略中国所采取的妥协退让政策。九一八事变后，蒋介石为了进行反共反人民的内战，命令张学良的东北军不抵抗日本帝国主义的武装侵略，致使日军很快就占领了东北三省。

态度。十月间日本指使蒙伪军在日本控制下的热河和察哈尔装备训练后进犯绥远北部（内蒙），这样的压力就开始倍增。尽管群众普遍要求把这看作是“最后限度”和全国“抗战”的信号，但并没有得到重视。没有发布动员令。南京的一成不变的答复仍是：先“安内”—— 即消灭共产党。许多爱国人士开始要求南京接受共产党的停止内战和在“志愿统一”的基础上建立民族阵线的建议，以便集中全国人民的力量抵抗日本这一共同的敌人。但提倡这种主张的人马上作为“卖国贼”逮捕起来。

全国情绪之激烈以西北为最。当时很少人认识到东北军的抗日情绪同停止剿共战争的决心有多么密切的联系。对中国大通商口岸的外国人来说，西安固然是个遥远的地方，对大多数中国人来说也似乎是如此，很少新闻记者去那里采访。近几个月来没有一个外国记者到过西安，对于那里即要发生的事件，谁都没有任何可靠的背景材料 —— 只有一个例外。那就是美国作家尼姆·韦尔斯女士，她在十月间到了西安，访问了少帅。韦尔斯女士确切地报道了西北越来越加速的脉搏：

> 在中国的西京西安府，张学良少帅驻在这里剿共的、激烈抗日的东北军行伍中间出现了一个严重的局面。这些军队原来在一九三一年有二十五万人，如今只剩十三万人，都成了“亡国奴”，想家，厌恶内战，对南京政府对日本继续采取不抵抗政策越来越愤慨。下层官兵中间的态度完全可以说是就要谋反了。这种感情甚至传染

【阅读纪实作品】

作者引用韦尔斯女士的报道，表明西北抗日局势的紧张氛围不止斯诺一人察觉到了，进一步表现出情势的紧迫，增加了作者判断的信服力。

到了高级军官。这种情况引起谣传说，甚至张学良以前同蒋介石的良好个人关系现在也紧张起来，他打算与红军结盟，组成抗日统一战线，由一个国防政府领导。

中国抗日运动的严重并不表现在从北到南的许多“事件”，而是表现在这里西安府的东北流亡者身上——从逻辑上来说，可以说这是理所当然的。抗日运动在全国其他地方显然遭到了镇压，在西安府却在张学良少帅的公开热情的领导之下，他在这方面采取行动是受到他的部队的热烈拥护的，如果说不是受着他们逼迫的话。[①]

韦尔斯女士回顾她访问少帅的意义时说：

事实上，从这个背景来看，这次谈话可能被认为是企图影响蒋介石积极领导抗战……包含着（在他的发言中）一种威胁：“只有抵抗外国侵略（即不是内战）才能表示中国的真正统一，”“如果政府不从民意，就站不住脚”。最有意义的是，这位副总司令（仅次于蒋介石）说，“如果共产党能够真诚合作抵抗共同的外国侵略者，这个问题也许有可能和平解决。”……

真是谋反的话！但是蒋介石显然低估了这个警告的严重性。十月间他派他的最精锐部队第一军去进攻甘肃的红军，他到西安府，目的是为了要完成第六次围剿的初步计划。西安和兰州已做好准备容纳一百多架轰炸机。成吨的炸弹已经运到。据报道还准备使用毒气。蒋介石所以奇怪地吹嘘说，他“在两星期内，至多在一个月内即可消灭赤匪残部。”[②]这似乎是唯一的解释。

蒋介石一行在十月间到西安以后，有一点他是一定了解的。那就是，在反共战争中，东北军已越来越派不上用场。总司令在与东北军将领谈话中可以察觉到大家对他的新攻势毫无兴趣。张学良的一个幕僚后来告诉我说，这次少帅正式向总司令提出了成立民族阵线、停止内战、联俄抗日的纲领。蒋介石回答

① 一九三六年十月二十五日为《纽约太阳报》写。

② 见蒋介石日记。

说:“在杀尽中国红军、捉尽共匪之前，我决不谈此事。”只有到那时候才可以同俄国合作。

总司令回到了他在洛阳的大本营，监督这次新战役的准备工作。如有必要，要向西北派二十个师的兵力。到十一月底，陕西古老的关隘潼关附近已经集中了十多个满员师。一列车一列车的弹药和供应品运进了西安。坦克、装甲车、摩托运输队也准备随之而来。

但是对于这一切准备在大规模基础上加强内战的计划，公众都还蒙在鼓里，只有西北是例外。关于西北的情况，报上很少透露。官方的说法是，红军已被正式“剿灭”，少数“残部”也在被驱散之中。与此同时，绥远（内蒙古）的防务交给了地方军队，他们倒打了一场硬仗。对于每天轰炸中国军队战线的日本飞机，南京飞机没有一架起飞迎战。但是他们却进行了频繁的宣传，造成一种假象，好像是南京军队在领导防御，同时东京和南京却相互保证，绥远的“局部冲突”决不允许扩大。少数中央政府军——至多两个师——开入了绥远，但在部署上却使得地方部队不能把“抵抗”这件事搞得太认真了。当时担心地方部队可能真的进攻日本在察哈尔和热河所占据的领土。有些南京军队也部署在绥远军队与红军之间，因为蒋介石认为红军很可能从陕西开入绥远，企图带头真的进攻日本军队。

这时全国民族情绪激昂，日本要求镇压**救国会**[2]，认为抗日宣传是它鼓动起来的。南京遵命办事。救国会的**七位最著名领导人被捕**[3]。他们都是有地位的资产阶级人士，其中有一名著名银行家，一名律师，还有教育家和作家。与此同时，政府一下子封闭了十四

2- 拓展知识

救国会：即全国各界救国联合会。抗日战争时期在中国共产党影响和推动下成立的全国性抗日救亡团体。1936年，各地救国会代表在上海集会后成立全国各界救国联合会，会后积极推进抗日救亡运动。抗战胜利后，改称中国人民救国会，致力于争取和平民主、反对内战的爱国运动。在民主革命胜利和中华人民共和国成立后，在1949年12月18日宣告结束。

3- 拓展知识

七位最著名领导人被捕：即“七君子事件”，七位著名的抗日民主人士分别是沈钧儒、章乃器、邹韬奋、史良、李公朴、王造时、沙千里，他们被南京国民政府以有反动嫌疑等罪名于上海逮捕入狱。全国人民奋起声援，中国共产党和国内外进步人士积极开展了广泛的营救运动。直至1937年七七事变后，沈钧儒等七人才被释放。

家畅销全国的杂志。上海日商纱厂的工人因为抗议日本侵略绥远等原因而举行的罢工，遭到日本人在国民党合作下的暴力镇压。青岛发生其他爱国罢工时，日本人派海军陆战队登陆，逮捕罢工工人，占领了全市。在蒋介石实际上同意取缔将来青岛日商纱厂一切罢工后，海军陆战队才撤退。

所有这一切事件都进一步在西北产生了反响。十一月间，张学良在自己部下官兵的压力下，发出了他著名的呼吁，要求派往绥远前线。呼吁最后说，“为了要控制我们的军队”。

> 我们要信守诺言，一有机会就要让他们实现打敌人的愿望。否则他们就不仅把我本人，并将把**钧座**[4]视为骗子，此后不再服从我们的命令。因此恳请下令至少动员东北军一部立即开赴绥远前线，增援在那里完成其抵抗日本帝国主义神圣使命的军队。我本人和我部下十万余人愿追随钧座到底。

4- 字词解释

钧座：对尊长或上级的尊称，这里指蒋介石。

这封信[①]口气恳切，要求报仇雪耻之心，希望恢复东北军声誉之情，溢于言表。但是蒋介石断然拒绝这个要求。他仍要东北军打共产党。

少帅并不气馁，他不久之后又坐飞机到洛阳去亲自提出这个要求。同时他也为被捕的救国会领袖**说项**[5]。后来，在扣留了总司令之后，张学良记述那次谈话如下：

5- 字词解释

说项：指替人说好话或讲情。

① 一九三七年一月二日由西北军事委员会在西安府公布。

最近蒋总司令逮捕监禁了上海救国会七领袖。我请他释放这些领袖。这些救国会领袖与我非亲非友，他们多数人我连认识也不认识。但我对他们被捕一事提出抗议，因为他们信奉的原则与我相同。我要求把他们释放，但遭到拒绝。我于是向蒋说："你对待人民爱国运动的残酷，与袁世凯、**张宗昌**[6]并无二致。"

蒋总司令回答说："这只是你的看法。我就是政府。我的行动是革命者的行动。"

"同胞们，你们相信这话吗？"

全场数千人齐声怒喊作答。[7][①]

但是张学良在这个时候飞去洛阳有一个积极结果。总司令同意，他下次来西安时，他要向东北军的师以上将领详细说明他的计划和战略。少帅就回去急切地等候他的上级的第二次驾到。但是在蒋介石来到以前，发生了两件事，进一步激怒了西北。

第一件事是签订德日反共协定和意大利的非正式参加。意大利本来已经默认日本霸占东北，作为交换条件，日本承认意大利控制阿比西尼亚。意大利与满洲国建交激怒了少帅，他一度与齐亚诺伯爵颇为友善。他接到这个消息以后就怒斥齐亚诺和墨索里尼，誓必要摧毁意大利在中国的影响。他在向军校学生发表讲话时说："这肯定是法西斯运动在中国的末日！"现在东北军的不满又增加了一项。德意军事顾问当时正在训练蒋介石的军队和他的空军去轰炸中共。他们是不是也在把他们所能弄到的关于中国的军事情报提

① 一九三六年十二月十七日西安府《西京民报》所载的一篇讲话。

6- 拓展知识

张宗昌：山东掖县（今莱州）人，奉系军阀头目之一，被当作祸国殃民的军阀范例，曾残酷镇压青岛日商纱厂工人罢工，造成"青岛惨案"。1928年在国民党新军阀的进攻下退出山东，所部被白崇禧在河北滦县地区收编。后在济南被人刺杀。

7- 考点 句子含义理解

蒋介石一意孤行，完全无视张学良的东北军的需求。这里通过对东北军义愤填膺的场景描写，从侧面表现出张学良的愤怒以及对蒋介石的失望。

供给日本呢？难道德日条约事先没有通知蒋介石并征得他的同意吗？有谣言说他是同意的。

接着，也是在十一月里，传来了胡宗南著名的第一军失利的消息，该军二十一日在红军手中吃了大败仗。胡宗南将军是南京方面最能干的战术家，好几个星期以来就一直几乎毫无阻碍地向甘肃北部挺进。红军慢慢后撤，除了小规模遭遇战外，避免交锋。但是他们通过不同方式向南京军队宣传"统一战线"，设法说服他们停止进攻，发表宣言声称红军不打抗日的军队，要求敌军参加他们共同抗日。"中国人不打中国人！"这种宣传后来证明极为有效。

但是胡将军认为红军已经完蛋了——软弱、害怕、没有斗志。他轻率地继续推进。红军继续后撤，几乎撤到了河连湾。这时他们决定不再后撤，需要给敌军一个教训。需要给他们看到统一战线也是有牙齿的。他们突然掉转方向，巧妙地把胡宗南将军的军队诱入一个黄土山谷，到黄昏时，空袭停止，他们就加以包围，入夜后发动正面奇袭，左右两翼并有刺刀冲锋。气温低达零度，红军没戴手套的手指都冻僵了，拔不掉手榴弹的雷管。他们许多人就把木柄手榴弹当作棍棒挥舞攻入敌军阵线。8一军团带头进行猛攻，结果全歼敌军二个步兵旅、一个骑兵团，缴获大批步枪机枪，政府军有一整团投诚参加红军。胡宗南将军慌忙后撤，在几天之内就把过去几个星期中"收复"的地方全部丢失了。他坐下来等待总司令的增援。

东北军一定在窃窃暗笑。这不是就像他们所说的那样吗？红军不是比以前更有力量了？这次新围剿旗开失利不是说明围剿将是一件十分困难的事？一

8- 考点　场景描写分析

"手指都冻僵了"写出在寒冷的冬季作战条件的艰苦；拧不开手榴弹就用来当棍棒，表明红军战士英勇作战、不畏牺牲的战斗品质。

9- 考点　表现手法分析

作者想象东北军听到胡宗南"剿匪"失败后的心理活动，生动形象地表现出东北军内部反对内战、渴望抗日的心理，字里行间也洋溢着作者对南京国民政府坚决内战的不满。

年，两年，三年，他们在哪里？仍在打红军。那么日本呢？占领更多更大块的中国领土。[9]但是顽固的总司令因为最精锐的部队蒙此大辱，羞怒之下申斥了胡宗南将军，只有更加坚决地要摧毁他的十年宿敌。

蒋介石一九三六年十二月七日在西安飞机场从座机上下来时，所踏上的就是这样一个时局舞台。

与此同时，在这个舞台上的左右两侧都发生了重要的事情。东北军将领已经商量好要联合提出停止内战和抵抗日本的要求。陕西绥靖公署主任杨虎城将军的将领也参与其事。杨将军的军队大约有四万人，对继续打红军，比东北军更没有劲。他们认为这是南京的战争，他们看不出有什么理由要拼自己的命去打红军，红军许多人跟自己一样是陕西人。在他们看来，这场战争也很丢人，因为这时日本正在侵略邻省绥远。杨将军的部队叫西北军，几个月前已与东北军结成紧密的联盟，秘密参加了同红军休战的协议。

这一切情况，行政院长兼总司令肯定已经知道一二。他在西安虽没有正规军，但在几个月以前宪兵三团——即蓝衣社的所谓特务团——的一千五百名人员在他的侄子蒋孝先将军的指挥下开到了西安，后者曾经诱捕、监禁、杀害激进分子成百上千。他们在全省设立了特务网，开始逮捕、绑架所谓共产党学生、政工人员和士兵。省城警察是南京任命的省主席邵力子掌管的。由于少帅和杨虎城在城里只有随身警卫人员，没有驻防军队，总司令在那里实际控制大局。

这种情况也促成了另外一个事件。蒋介石到达后两天，十二月九日，好几千学生举行抗日示威，游行队伍向临潼进发，去向总司令递请愿书。邵主席下令驱散队伍。警察在蒋介石的一些宪兵协助下殴打了学生，一度还开了枪。两个学生受伤，正好是一个东北军军官的孩子，这次枪击事件就闹大了。张学良出面干涉，制止了殴打，劝说学生回城里去，答应把他们的请愿书交给总司令。蒋介石盛怒之下，申斥张学良“不忠”，企图“脚踏两只船”。蒋介石后来认为，他们两人之间的这一事件是后来发生反叛的近因。

总司令的整个参谋部和他的个人警卫这时全都在西安府同他一起。蒋介石拒绝东北军和西北军将领一起会见的要求，只是分别接见了他们，用各种办法诱使他们分裂。他的这个企图归于失败。他们都承认他是总司令，但一个个都表示对新围剿不满，都要求派他们到绥远抗日前线去。但是蒋介石对他们全体只有一个命令：“摧毁红军”。蒋介石在他的日记里写道：“我告诉他们，剿匪已到只需最后五分钟就可实现最后胜利的阶段。”

【阅读纪实作品】

作者记录了蒋介石动员东北军、胡宗南战败、特务团展开行动、学生举行抗日示威等事件，这些事件都表明蒋介石一意孤行，不得人心，注定会失败。

这样，总司令不顾一切反对和警告，在十日召开了大本营会议，正式通过了发动第六次围剿计划。准备对已在甘肃和陕西的西北军、东北军、南京军队以及在潼关待命的南京军队颁发总动员令。当时宣布在十二日公布动员令。并且公开声言，如果张少帅拒绝服从命令，他的部队将由南京军队予以缴械，本人将予撤职[①]。同时张、杨又接到消息，说蓝衣社同警察一起已准备好一份他们部队中同情共产党分子的“黑名单”，一俟总动员令颁发就立即加以逮捕。

这样，作为这一连串复杂的历史性事件的高潮，张学良在十二月十一日晚上十点召开了东北军和西北军的师以上将领联席会议。前一天已经秘密发出命令，调一师东北军和一团杨虎城的军队到西安府近郊。现在做出了决定，要用这些部队“逮捕”总司令和他的僚属。十七万军队的兵变已成事实。

① 蒋鼎文将军已被任命接替张学良任剿匪总部司令。

第十一篇 又是白色世界

11 总司令被逮

内容速览

斯诺主要记录了西安事变发生时，蒋介石被扣留的具体过程和各方反应。12月12日凌晨，东北军奉命到华清池捉拿蒋介石，蒋介石仓皇出逃并被抓回“暂留西安府”，这一事件震惊中外，不少宣传媒体胡乱报道，南京政府既有积极展开营救行动的亲蒋派，也有开始争夺政权的其他派系。

阅读指南

- **章节阅读属性：**【细读】
- **阅读方法落实：**【阅读纪实作品】阅读纪实作品时，要边读边注意梳理作品中事件的前因后果、发展线索。斯诺不仅细致地描写了蒋介石仓皇出逃的过程，还详细介绍了事变发生后各方的反应，特别是各大媒体的表现以及南京政府内部派系的动作，阅读时可以分析作者记录这些事实的用意。
- **核心内容感知：**【梳理情节，分析情感】关注作者对事变发生时和发生后的描写，感受作者对国民党的情感态度。

章节图解

- **总司令被逮**
  - **正式兵变**
    - **控制西安城**
      - 东北军、西北军解除“蓝衫党”武装，逮捕邵力子
      - 警察投降，机场被控制，50架南京方面的轰炸机和飞行员被扣
    - **软禁蒋介石**
      - 时间地点：12月12日5时，温泉胜地临潼
      - 事件过程：蒋介石光脚出逃，穿睡衣躲在山洞中
      - 事件结果：孙铭九背着蒋介石下山，蒋介石被软禁
  - **西安动作**
    - **致电全国**
      - 公布情况，并提出八项主张，但国民党封锁了消息
    - **邀共抗日**
      - 周恩来、叶剑英、博古应邀到西安谈判，成立“抗日联军”
      - 张学良任联军军事委员会主席，杨虎城为副主席
    - **执行政策**
      - 共产党：在新的根据地内，停止推行土地革命
      - 西安府：取消反共命令，释放政治犯，取消新闻检查等
  - **南京动作**
    - **媒体控制**
      - 控制舆论，扣押真相和事实，发布不实的谣言
      - 帝国主义报刊也进行污名化宣传，报道异想天开
    - **南京阴谋**
      - 南京宣布张学良为谋逆，如不释放会立即讨伐
      - 何应钦主张讨伐，想趁机谋取大权，宋美龄斡旋

原文阅读

对于西安演出的这场惊险好戏的动机或政治背景，我们怎么说都行，但是有一点必须承认，它所选择的时机和执行的经过，可谓高明之极。它比蒋介石在南京或上海发动的政变，或者共产党占据广州的情况，其流血和笨拙程度都不知要低多少。起事计划事先一点也没有泄露给敌方。到十二月十二日早晨六点钟，整个事件就已经结束了。东北军和西北军控制了西安。蓝衣社特务在睡梦中惊起，被缴了械，逮捕起来；几乎整个参谋总部的人员都在西安宾馆的住处遭到包围，关了起来；邵力子省主席和警察局长也成了阶下囚；西安市警察向兵变部队投降；南京方面的五十架轰炸机和飞行员在机场被扣。

但是逮捕总司令却流了血。蒋介石下榻在十英里外著名温泉胜地临潼，把所有其他客人都驱赶一空。张少帅的卫队长、二十六岁的孙铭九上尉午夜前往临潼，他在半路上带上两百名东北军，清晨三点钟开车到临潼郊外。他们在那里等到五点钟，第一辆卡车载着十五个人开到宾馆门口，被岗哨喝止，就开起火来。

东北军这批先遣人员的增援部队马上开到，孙上尉率部进攻总司令住处。警卫人员猝不及防，没有久战，不过有足够时间让吃惊的总司令逃跑。孙上尉到蒋介石的寝室时，他已经逃跑了。孙率部搜索，爬上了宾馆后面的白雪掩盖、岩石嶙峋的小山。他们马上就发现了总司令的贴身仆人，接着不久就找到了总司令本人。他只穿着睡衣睡裤，外面披着一件长袍，赤裸的手脚在急急忙忙爬上山时给划破了，嘴里也没有假牙，身子索索地在寒冷中哆嗦着，躲在一块大岩石

老师有话说

1- 考点　人物形象分析

此处是对蒋介石的衣着、神态与动作描写，“穿着睡衣睡裤”“赤裸的手脚”“没有假牙”生动形象地写出蒋介石逃走时的仓促，“划破手脚”“寒冷中哆嗦”表现出蒋介石逃跑时的急于保命、狼狈不堪。

旁的小洞里 —— 这块大岩石是长城建造者秦始皇陵寝所在地的标志。1

孙铭九向他打了招呼，总司令的第一句话是："你是同志，就开枪把我打死算了。"孙回答说："我们不开枪。我们只要求你领导我国抗日。"

蒋介石仍坐在大石上，结结巴巴地说："把张少帅叫来，我就下山。"

"张少帅不在这里。城里的部队已起义，我们是来保护你的。"

总司令闻此似乎感到放心多了，要派一匹马送他下山。"这里没有马，"孙铭九说，"不过我可以背你下山。"他在蒋介石前面蹲下。蒋介石犹豫了一会儿就同意了，吃力地趴在这个年轻军官的宽阔背上。他们就这样在军队卫护下下了山，等仆人送来了他的鞋子，然后在山脚下上了汽车开到西安去。

"既往不咎，"孙铭九对他说，"从今开始中国必须采取新政策。你打算怎么办？…… 中国的唯一紧急任务就是打日本。这是东北人民的特别要求。你为什么不打日本而下令打红军？"

"我是中国人民的领袖，"蒋介石大声说，"我代表国家。我认为我的政策是正确的。"①

就这样，总司令虽然流了一点血，却毫不屈服，到了城里，成了杨虎城将军和张学良少帅的阶下囚。

在兵变那天，东北军和西北军的师以上将领联名通电中央政府，各省首脑，全国人民。这封简短的电报说明"为了要促使他觉悟"，已要求总司令"暂留西安府"。同时保证他个人安全。提交给总司令的"救国要求"向全国作了广播，但是到处都遭到国民党的新闻封锁，没有在报上发表。这著名的八点要求是：

（一）改组南京政府，容纳各党派共同负责救国。

（二）立即停止内战，采取武装抗日政策。

（三）释放上海爱国（七）领袖。

（四）大赦政治犯。

（五）保证人民集会自由。

① 摘自代我在西安府为伦敦《每日先驱报》采访的詹姆斯 · 贝特兰访问孙铭九的报道。

（六）保障人民组织爱国团体的权利和政治自由。

（七）实行孙中山遗嘱。

（八）立即召开救国会议。

对这一纲领，中国红军、中华苏维埃政府、中国共产党立即表示拥护。[①] 几天后，张学良派自己的座机去保安，接了三个共产党代表到西安：军事委员会副主席周恩来、东方面军参谋长叶剑英、西北苏维埃政府主席博古。东北军、西北军、红军三方面代表开了联席会议，成了公开的盟友。十四日宣布成立抗日联军，有十三万东北军，四万西北军和大约九万红军。

张学良当选为联合抗日军事委员会主席，杨虎城为副主席。于学忠将军领导下的东北军十二日在甘肃省会兰州，对在那里的中央政府官员和军队也举行了兵变，把那里的南京驻军缴了械。在甘肃的其他地方，红军和东北军共同控制了全部交通要道，包围了该省约五万名南京军队，因此叛军在陕甘两省全境操纵了实际控制权。

事变发生后，东北军和西北军奉新成立的军事委员会的命令，立即开到陕晋和陕豫边界。红军也奉委员会之命南进。一周之内，红军就几乎占领了渭河以北的陕西北部全境。红军先遣部队在彭德怀率领下就驻在离西安府只有三十英里的三原。另一支红军一万人在徐海东率领下绕过西安府开到陕豫边界。红军、东北军、西北军并肩守在陕西边界上。一方面进行这些防御措施，另一方面三支大军都发表明确的声明，反对发生新内战，重申他们的纯政治目标，否认有进攻之意。

为了执行八点要求，立刻采取了种种步骤，对此，红军在其新占地区一丝不苟地加以执行，停止实行土地革命纲领。2一切反共的作战命令都予撤销。西安府释放了四百多名政治犯，取消了新闻检查，取消了对一切爱国（抗日）团体的取缔。成百上千名的学生可以自由地在人民群众中间进行活动，在各阶层中组织统一战线团体。他们也到农村去，开始在政治上和军事上训练和武装农民。

① 上述八点要求中有七点是完全符合共产党和苏维埃政府在一九三六年十二月一日发出的通电中所提的“救国”纲领的。因此，张学良和共产党至少早在那个时候已经同意了这个纲领，尽管共产党并没有预料到张学良会采取这样令人吃惊的步骤来使南京对此加以考虑。

2- 考点　重点词语赏析

“立即采取”“一丝不苟”“停止实行”等词语，体现出共产党的言而有信，极其认真负责地执行“统一战线政策”，和先前南京国民政府表面言和、实际内战的行径形成鲜明的对比。

【阅读纪实作品】

从斯诺的记录中，可以看出蒋介石统治下的国民党派系林立，大家各打各的算盘却不顾大局，而前文中作者写共产党人有着团结一致、目标坚定的集体主义精神，对比非常鲜明。

3- 考点　重点词语赏析

“断然”指坚决、果断，体现出美联社自称对中国的政治状况“了如指掌”，甚至炮制出了张学良杀死蒋介石的电台通报，说明美联社对此事件报道的别有用心。

在部队里，政工人员进行了前所未有的抗日宣传。几乎每天都举行群众大会。有一次参加者有十万多人。在所有大会上，口号都是团结抗日、停止内战。——后者对农民有现实的号召力，因为他们的粮食和牛羊已因未来的剿共战事而被征用了。

但是这些情况的消息在西北各省以外遭到了扣压。甚至颇受尊重的《大公报》也指出，凡是胆敢刊载西安传出来的消息的编辑无不有立即遭到逮捕的危险。与此同时，南京的宣传机器又抛出了一个烟幕弹，使已经弄得稀里糊涂的公众更是莫名其妙。原来南京政府闻到兵变消息后顿时目瞪口呆，先是召开了国民党（中央执行委员会和中央政治委员会的）常委会会议，立即宣布张学良为叛逆，撤销他一切职务，要求释放总司令，否则将开始讨伐。人们听到这轰动一时的新闻，反应不一，有的因蒋介石被逮高兴万分，有的大惊失色。到处出现了分崩离析的迹象。蒋介石是中国许多敌对势力暂时得到某种程度稳定的中心枢纽。一旦他离开了这个中心地位，这些势力就都失去了向心力，各种意见发生公开冲突，必须寻找新的组合，新的向心力，新的黏合剂。

有三天之久，没有人知道蒋介石的生死下落——除了美联社以外，该社断然宣称，张学良已在电台上报告过他如何把蒋介石杀死，以及杀死他的理由。[3] 没有人知道叛军究竟打算干什么，很少人充分了解他们的立场的政治意义；甚至一些同情他们的人也因为错误的报道而谴责他们。南京切断了与西北的一切通讯和交通，西北的报纸和宣言都被检查官烧了。西安整天广播，一再声明不向政府军进攻，解释他们的行动，呼吁各方要有理智和要求和平；但是南京的强有力的广播电台进行震耳的干扰，淹没了他们说的每一句话。在中国，独裁政权对于一切公共言论工具的令人吃惊的威力，从来没有这样有力地表现过。

我本人的许多电讯都遭到大肆删节。我几次尝试要把西北的八点要求发出来，这也许对西方读者澄清这个谜有一点帮助，但是检查官一字也不准发。许多外国记者本人对西北近况一无所知，轻信地把宣传工厂里所制造的一切谎言当作新闻。国民党及其追随者一方面竭力扣压真正的消息和事实，另一方面却向全世界发出一些愚蠢的谎言，使得中国更像是个疯人院一样的地方。竟有这样的消息：叛军把警察局长钉在城门上;红军占领了西安，洗劫全城，城墙上挂了红旗;张学良遭到自己部下的刺杀。南京几乎每天都说西安发生暴乱。红军诱拐男女少年。妇女被“共妻”。整个东北军和西北军变成了土匪。到处发生抢劫。张学良要求给总司令付赎金八千万元。[①]日本是张学良的后台。莫斯科是他的后台。他是个赤党。他是个鸦片鬼。他是个“死有余辜的忘恩负义之徒”。他是个土匪。

许多最最荒诞不经的谣言也起源于日本人在中国办的报纸，甚至日本高级官员。关于西安“赤色威胁”的“目击者”的异想天开的报道，日本人特别多产——尽管他们同别人一样同那个城市一无联系。日本人还发现事变后面有苏俄阴谋。但是他们在莫斯科报纸上遇到了他们宣传上的敌手。《消息报》和《真理报》正式否认责任，谴责张学良，赞美蒋介石不算，

【阅读纪实作品】

斯诺全面记录了南京国民政府与帝国主义媒体的谣言，可以看出谣言的荒谬，用具体的事实表明了国民党内外勾结的卑劣行径。

① 蒋介石夫人对这些谣言表示遗憾，她写道：“任何时候都没有提出过钱的问题或加官晋爵的问题。”

甚至捏造了一个消息来证明，西安事变是前中国行政院长汪精卫和“日本帝国主义者”共同炮制的，这种谣言同事实如此大相径庭，甚至中国最反动的报纸也不敢想出这一招，因为怕人嘲笑。“撒谎是可以的，先生们，”列宁曾经说过，“但是要有限度！”

谣言攻势连续几天。但是蒋介石被俘一周后，南京光是捏造这一轰动一时的事件的背景新闻已不够了。消息走漏了出来，漏洞越来越大，后来出现了大缺口。秘密报纸普遍刊登了八点纲领，在自由主义和进步人士中间争取到了拥护者，因为这实在是个资产阶级的自由进步纲领。公众开始认识到西北方面并不是要打内战，而是要制止内战。一般的情绪已逐渐开始从为一个军阀的个人安危担心转变为为国家存亡担心，现在打内战不仅不能救蒋介石一命，反而会毁灭中国。

在蒋介石被俘的消息传来后，南京就开始了争夺政权的阴谋活动。野心勃勃的军政部长何应钦与国民党内亲日派政学系有密切关系，当时正掌南京大权，八点纲领主要就是发给他的，但是他竭力主张“讨伐”。在这一点上何应钦得到亲法西斯的黄埔系、蓝衣社、在野的汪精卫系、西山会议派、CC 系和南京的德、意顾问的充分支持（“煽动”也许是个更确切的词，因为何应钦将军天生是个易受“煽动”的人）。他们都认为这是夺取全部军权的良机，可以把国民党内的开明派、亲美派、亲英派、亲俄派、统一战线派统统压下去，在政治上降到无足轻重的地位。何应钦将军马上动员了南京二十个师的军队，开到豫陕边界。他派了一队队飞机在西安府上空飞翔，派步兵向叛军阵线作试探性佯攻。有些南京飞机（为了抗日送给蒋总司令的“五十寿礼”）在陕西境内的渭南和华县试验性地投了几颗炸弹，据报道炸死了一些工厂工人。蒋介石在日记中写道，他听到轰炸的消息，“很是高兴”。

但是蒋夫人显然并不高兴，她当时对局势比她丈夫要清楚得多。她对这种为“在尸体上开宴会”（南京的人当时认为总司令不可能活着出西安）的准备极感愤怒和震惊，于是去见了何应钦，要他解释。如果他开了战，他还能停下来吗？他能救她丈夫吗？她写道，她丈夫的安全“同国家的继续生存是不可分的”。他要杀死她的丈夫吗？这位将军胆怯心虚了。她坚持要他停止战事，把他的才智用在设法争取蒋先生获释上。她要他活着回来。她的论点占了上风——至少是在蒋介石自己的使者到达南京之前。

同时情况也很显然，如果大规模开战，西北不是没有盟友的！广西、广东、云南、湖南、四川、山东、河北、察哈尔、山西、绥远、宁夏的军政领袖都作壁上观，如果何应钦开战，他们几乎肯定没有一个人会举一个小指头出力协助。他们无论哪一个人，或者甚至他们全体都会靠向叛军一边。在最好的情况下，所有这些省份里的当权政治派系也会要求南京出高价才肯保持中立，他们每个人都想在这场冲突中设法增强自己的势力。这一点到二十三日就很明显了，当时有势力的宋哲元和韩复榘将军（河北和山东的统治者）发出通电，要求和平解决，明确告诫不要开战，清楚地表明对何应钦将军的计划毫不赞成。

现在问题是：蒋介石在西安身系**囹圄**4，是否还能够在南京纠集到足够的力量防止爆发消耗力量的内战，这场内战很有可能意味着他的**政治生命**5——如果说不是实际生命——的完蛋。在南京和上海，他的妻舅、中央银行董事长宋子文，他的连襟、代理行政院长孔祥熙，蒋介石夫人，把他的亲信召集在一起，竭力设法阻止南京方面更加反动的分子以“反共讨伐”的名义发动进攻。

同时，在西安也发生了迅速的回心转意。总司令在被俘以后不久就开始认识到，他的最大“叛徒”也许不在西安，而是在南京。考虑到这个情况，蒋介石想必作了决定，他不作殉难者，白白让何应钦将军或者任何别人踏着他的尸体爬上独裁者的宝座。6他于是不惜屈尊从天上下来，立即开始以十分精明和现实的方式同操了他的生杀大权的凡夫俗子打交道。甚至同赤匪打交道。

4- 字词解释

囹圄（líng yǔ）：亦作“囹圉”。指牢狱。

5- 拓展知识

政治生命：20世纪上半叶，“蒋、宋、孔、陈”四大家族控制着中国的政治和经济命脉，是中国国民党官僚资产阶级的代表，蒋介石的政治生命是四大家族的关键。宋子文、宋蔼龄是宋美龄的长兄长姐，宋蔼龄嫁给了孔祥熙，宋美龄嫁给了蒋介石。

6- 考点 内容理解分析

被扣押的蒋介石在思想上发生了改变，意识到“反叛者”或许就在身边虎视眈眈，而被他视为“反叛者”的东北军、西北军、红军，为了一致抗日恰恰能保护他的性命，讽刺意味十足。

【阅读纪实作品】

“不惜屈尊”“从天上下来”与“凡夫俗子”“赤匪”成鲜明的对比，字里行间流露出斯诺对蒋介石独裁专制的不满与嘲讽。

第十一篇 又是白色世界

蒋、张和共产党

内容速览

斯诺主要记录了西安事变和平解决过程中的一系列事情，宋美龄、宋子文等人为营救蒋四处奔波，中国共产党代表团团长周恩来会见蒋介石，并与张学良一起向他解释共产党对民族危机的态度，端纳和宋美龄也赶到西安斡旋，最后蒋介石获得释放回到南京，张学良陪同请罪。

阅读指南

- **章节阅读属性：**【细读】
- **阅读方法落实：**【阅读纪实作品】西安事变是近代中国非常重要的关键节点，结束了十年的内战。阅读时可以延伸阅读其他相关书籍，了解中国共产党当时的决策产生了哪些影响。
- **核心内容感知：**【梳理情节，分析情感】关注作者对和平处理西安事变的记录，感受作者的情感态度。

章节图解

- **蒋、张和共产党**
  - **西安府态度**
    - 东北军少壮派军官：召集民众审判并处死蒋介石
    - 张学良：温和处理，减少流血牺牲，促成抗日
    - 共产党：力主和平解决，主张释放蒋介石并保持他的地位
  - **共产党努力**
    - 支持八点要求，参加联合抗日军事委员会
    - 通电强烈谴责何应钦的讨伐，指明内战的危害性
    - 谈判和召开各党派和平会议，讨论全国联合抗日的纲领
    - 周恩来探望蒋介石，承认其领导地位，劝其认清形势
  - **国民党行动**
    - 端纳从中斡旋，电告南京蒋介石是安全的并受到优待
    - 蒋介石派了蒋鼎文将军带亲笔信给南京军政部和政府
    - 宋子文等飞往西安谈判，达成协定，蒋介石被释放

原文阅读

老师有话说

1- 拓展知识

富有戏剧性：蒋介石脱险后将在西安半月的日记取名《西安半月记》，同时宋美龄撰写了《西安回忆录》。1937年5月两书合刊发行。

蒋总司令在西安蒙难的经过，已由总司令本人这样一个权威人士在他妩媚的夫人蒋宋美龄的得力合作下写了出来。① 凡是没有读到过他们这本叙述中国历史转折点的这一插曲的引人入胜的书的，笔者竭诚奉劝一读。我不知道近代还有什么别的文件比它更加扣人心弦，更加**富有戏剧性**[1]了，而且也不知道有什么文件，能够为对中国有所了解的读者，把中国的统治者的性格和心理集中在这么分明、这么生动的焦距上。

因此，这里所提供的事实，浅意只是作为这位行政院长兼总司令及其勇敢多才的夫人的大作的些微补充。他们认为西安事变是个暴行，有损于他们感情极其激动地口口声声要实现的个人使命，因此给我们提供了这部关于他们经历的主观记述。但是由于这些事件严重地危及他们自己的生命，自然使他们极其谨慎克制，如果是在私下，他们大概会第一个承认，由于政治的原因，由于必须保持所处职位的尊严，他们不得不把许多有价值的材料略而不提。

这里必须强调的是，中国人是一个实用主义者的民族，大多数中国人评断西安事变基本上不涉及伦理道德观念。中国历史上当然充满了类似的事件，特别是在描写封建斗争的旧小说中，这是中国将领几乎每个都背得滚瓜烂熟的。而且近代的先例也不少。一九二四年，“基督将军”冯玉祥把当时的中国大总统曹锟逮捕幽禁，强迫他接受他的政治要求。冯玉祥在公众心目中的人望迅速上升。他今天是蒋介石的军事委员会的副委员长。最近的其他例子是蒋介石本人提

① 总司令和蒋介石夫人合著的《西安事变》（一九三七年上海）。

供的。他在不久以前“扣留”了已故的胡汉民，后者是他的“把兄”、国民党中的长辈和劲敌。另一个例子是绑架李济深将军。蒋介石把他扣留在南京一直到把他的政治势力搞垮为止。

其次，必须记住中国还不是个民主国家，在政治斗争中常常恢复到纯封建手段。在报纸遭到完全控制，人民被剥夺政治权利的情况下，人人都知道要向南京进言或者改变它的政策，只有一个有效办法，那就是武装示威，即中国人所说的“兵谏”，这是中国政治斗争中公认的一种手段。把感情暂且撇在一边不说，可以认为张学良对独裁政权头子采取直接行动，是选择了最人道的、最直接的办法，来达到自己的目的。所花的生命损失最少，流血最少。不错，这是一种封建的方法，但是张少帅要对付的人物是一个凭直觉就能了解他自己在半封建政治中的枢纽作用的人物。他的行动是根据极端现实主义来考虑的，今天一般人都认为，这一行动的客观历史效果是进步的。

但是蒋介石的生命是不是真的有过严重危险呢?

看来是如此。不过危险不是来自张少帅，也不是来自共产党。有可能来自杨虎城。但是最可肯定的还是来自东北军和西北军的少壮派军官，来自有着不满情绪的桀骜不驯的士兵，来自有组织和武装起来的群众，他们都要求在如何处理总司令的问题上要有发言权。少壮派军官通过决议，要求公审“卖国贼”蒋介石和他的僚属。部队的情绪肯定是赞成把总司令干掉的。奇怪的是，如今却要由共产党人来说服他们饶他一命!

共产党在西安事变中的政策始终没有明确地解

【阅读纪实作品】

作者用不可思议的语气，表现出中国共产党在民族生死存亡之际的心胸、远见、格局与勇气，表达出作者的赞叹之情。

释过。许多人认为，共产党为了要报蒋介石对他们进行十年无情战争之仇，现在一定会得意扬扬要求把他处死的。许多人认为，他们会利用这个机会与东北军和西北军勾结，大大地扩大自己的地盘，与南京进行新的争夺政权的大决斗。实际上他们一点也没有这么做，他们不仅力主和平解决，释放蒋介石，而且还主张由他回到南京去担任领导。甚至蒋介石夫人也写道："同外界看法恰巧相反，他们（共产党）并不想扣留总司令。"但是为什么不想扣留他呢？

上文经常提到共产党要求停止内战，组成抗日"民族统一战线"，在南京建立民主的政体。这些口号是绝对诚实的，原因很简单：这些口号符合一切客观条件迫使共产党采取的战略的内在因素。不论在经济上，政治上，军事上，总之，在一切方面，他们都真正需要和平，真正需要一个代议制的、多方面参加的民主政体，来实现他们当前的目标。他们清楚地看到，这样一种民主政体，是唯一令人满意的结构，可以团结整个民族，对日本进行反帝斗争，谋求独立。而且他们充分相信，必须先有这一斗争，然后才谈得上进一步努力在中国实现社会革命，它们两者是不可分割的，而且前者必须同时带动后者。他们通过切身经验了解到，在势必要灭亡整个民族的外国威胁面前，继续进行革命战争不但会进一步削弱全民族的抗战力量，而且也会随之埋葬革命本身的潜在力量。

毛泽东说："中国民族解放运动的胜利是国际社会主义胜利的一部分，因为中国打败帝国主义意味着摧毁帝国主义最强大的一个根据地。如果中国赢得了独立，世界革命就会非常迅速地发展。如果我国遭到敌人的征服，我们就丧失一切。**对于一个被剥夺民族自由的人民，革命的任务不是立即实现社会主义，而是争取独立。如果我们被剥夺了一个实践共产主义的国家，共产主义就无从谈起。**"①

因此，基本上就是根据这一论述，甚至在蒋介石被俘以前，共产党人就向国民党提出了统一战线的建议。在危机期间，他们始终坚持他们的"路线"，这种坚定性令人惊讶，而且他们的冷静客观态度在中国的极度个人化的政治中是罕见的。尽管客观情况显然向他们提供了许多引诱，他们还是表现出党的纪律，凡是公正的观察家，一定会有很深刻的印象。从一开始，他们就看到了，西安

① 在保安接见我时的谈话。黑体是我用的。

事变对他们的中心意义就是有了表示他们提出统一战线纲领具有诚意的机会。他们同逮捕蒋介石没有关系，他们同全国一样感到意外。但是他们对于逮捕的结局却起了不少作用。

苏维埃政府和共产党在听到了事变的消息后，立即召开联席会议，决定支持八点纲领和参加联合抗日军事委员会。不久以后他们就发表通电，①表示相信“西安领袖此次行动出诸爱国热诚，希望迅速制定立即抗日的国策”。通电强烈谴责何应钦的讨伐，宣称“如发动内战，全国就会陷入大乱，日本强盗就会利用这个机会侵略我国，亡国奴的命运难逃”。为了要争取和平解决，共产党要求在不打仗的基础上开始谈判和召开各党派和平会议，讨论全国联合抗日的纲领。该电明确表明了张少帅请到西安去的共方代表要遵循的政策——在整个事变期间他在很大程度上依靠他们为他在政治上出主意。

共产党代表团团长周恩来一到以后就去见了蒋介石。②不难想象这次会见对总司令产生了什么效果。蒋介石当时身体犹弱，惊魂未定，据说见到周恩来——他原来的政治副手，曾经悬赏八万元要他首级——进了房间向他友好地打招呼，吓得脸色发白。2他一定以为红军已经进了西安，要把他带去当俘虏了。这样一种恐惧也使蒋介石夫人的标致的脑袋不安过一阵子，因为她说，她“觉得目标（如果蒋介石被带出西安）一定在红军战线后面的某个地方”。

但是周恩来和张少帅两人都马上解除了总司令的

2-考点 人物形象分析

此处是对蒋介石的神态描写，生动地刻画出蒋介石对共产党人非常忌惮、极其害怕的心理。

① 《召开和平会议的建议》，一九三六年十二月十九日保安。

② 蒋介石自己的记载中没有提到同周恩来的谈话。

疑惧，他们两人都承认他是总司令，坐下来向他解释共产党对民族危机的态度。蒋介石开始时沉默不语，态度僵硬冷淡，后来听着——这是他十年反共战争中的第一次——共产党的观点，态度才慢慢地缓和下来。[3]在十二月十七日到二十五日之间，蒋介石、张学良、杨虎城、共产党举行了频繁的会谈。现在大家都已知道，蒋介石开始时甚至不愿讨论叛逆者的纲领。但是由于他不再受到亲信的包围，由于听到南京正在进行种种阴谋的消息，由于他对大规模内战的后果越来越担心，他不但开始比较相信当前俘虏他的人，而且也开始比较相信共产党人是真心反对内战，愿意在他本人的领导下协助和平统一全国，只要他提出一项积极武装抗日的政策。在这几次会谈中，也很可能讨论了最后成为南京和苏区休战基础的四点原则。

蒋介石在他自己的日记里自然没有记下这些讨论的详细情况，因为他的立场是——而且也不得不是如此——他从来没有为后来实现的和平进行过“讨价还价”。只能够“服从政府”。在张学良等人把他们的会谈经过的记录公布之前——鉴于目前的政治形势，这在相当一段时期里大概是不可能的了——这两个星期会谈的全部内容是无法弄清楚的。但是根据现有的材料，可以把十二日以后的事件的轮廓重述如下：

十二月十四日**端纳**[4]先生的到达西安，是在朝向协议方面取得进展的第一步。这个澳大利亚人是总司令的“外国朋友”，他的非正式顾问，以前也为张学良担任过类似的角色。张少帅为什么邀请端纳而不邀请别人来亲眼看一看，向世人“保证他（蒋）的安全和舒适”？其中原因，对从侧面了解中国人的心理颇

3- 考点　内容理解分析

蒋介石转变态度的主要原因有：以为会被处死，但免于一死；南京各派系的种种阴谋行径，让他重新衡量大规模内战的后果；共产党提出的条件并非绝不可接受，有谈判的可能。

4- 拓展知识

端纳：即威廉·亨利·端纳，澳大利亚人。曾因最先披露袁世凯与日本签订“二十一条”而轰动成名。曾给孙中山、张学良、蒋介石做顾问，“西安事变”中，受宋美龄之托，亲赴西安斡旋。

有帮助。张学良知道，任何一个中国人在这样一场危机中担负这样的使命，他说的话是没有人会相信的，这南京也知道。但是如果是个外国人，由于是个“外人”，就可信了！

端纳于十五日回洛阳，打电话向南京提出报告。蒋介石还活着，受到很好的待遇。他还传出话来说，蒋介石派了蒋鼎文将军（他的被俘幕僚之一）带了一封亲笔信给南京的军政部和政府。这个消息大大加强了蒋夫人对付主战派的力量，因为她现在不仅有具体证据，证明她的丈夫还活着，而且有（除了战争以外的）“其他方法”，像端纳所说的那样。和平解决有了可能。

十八日那天，蒋鼎文将军带着总司令的信到达南京，此信命令军政部长何应钦停止“讨伐”。蒋鼎文将军还有一个偕同南京一些代表回西安的困难任务。作为“代表”的第一个人选，张学良自然提议孔祥熙博士、总司令的那个颏下垂肉重重的连襟，他当时不仅是财政部长，而且在蒋介石缺席期间，还是行政院代理院长兼国家首脑。孔博士表示犹豫推辞，因为“医生劝孔博士不要飞赴西安”，蒋夫人这么说。不过南京其他的人也劝他不要去，因为他一去就肯定地会被大家认为是开始正式谈判，何应钦将军坚持，为了政府的威信，这是必须避免的。因此，作为折中，蒋介石的妻舅、全国经济委员会主席、哈佛大学留学的宋子文代替孔博士前去。宋子文属南京的开明分子，即国民党中所谓“欧美派”（他们极其反日，现在赞成统一战线运动），他在西安是个受欢迎人物，因此是最佳的调停人选。同宋子文飞西安的还有顾祝同将军，他是除了何应钦军政部长以外的南京将领中没有在政变中被俘的唯一重要将领。

宋子文于二十日飞抵西安。到这时，“原则上”的总协议似乎已经达成。总司令没有提到它，但是张学良少帅在十九日向外国报界发表了声明，从下述摘要可以看出，至少他是认为解决方案已几乎完全求得了：

> 总司令在此久留不是我们的责任。端纳先生上星期一到达后，总司令的气愤和不愿谈话的心情稍减，他心平气和地讨论了我们面前的问题，至星期二已原则上同意我们所提各点，以便采取明确国策，实行改革，使全国能够在政治上和物质上合理地和自由地发展，符合孙中山博士的遗志。

我因此打电报欢迎南京方面派任何人来听总司令的意见，并与他安排必要措施以防止内战的发展。总司令自然强烈要求释放他回南京，我个人虽然完全相信总司令会履行诺言，但不能贸然让他在回南京后被人劝说继续内战……他同意这一看法，此后他即与我们一样等待南京派有权处理此事（即提供适当保证）的人员前来，以便总司令能回京，但迄今并无结果。

情况就是如此。如此贻误，实在令人奇怪。若派员前来，他几天前就早已可以回去……

张学良①

但是东北军少壮派军官中间发生了严重问题。他们在张学良的军事委员会中已取得了直接的有力的发言权，他们的意见现在很重要。他们受现在在西北广泛开展的强大群众运动的情绪的影响，起先反对在南京方面开始执行八点纲领以前释放蒋介石。实际上，他们大多数人坚持要召开群众大会，对蒋介石举行“公审”，要他的命。5

5- 考点　句子作用分析

从内容上，这部分内容交代了广大群众对蒋介石的愤怒，表现了蒋介石的不得人心，也写出了情形的危急。从结构上，这部分内容引出下文共产党的作用，写出了人民群众对共产党的信任。

这种当众蒙耻的可能性，蒋介石也想到了。没有人比他更了解西北蓬勃发展的这个运动可能干出些什么事来，因为一九二七年一次类似的起义几乎推翻了他。蒋介石的整个生涯就是同他称为“暴民”的那种骚乱因素进行斗争，不让他们打乱他的如意算盘。“公审”的话甚至挂在他周围岗哨的嘴上。蒋介石写到他

① 这封电报是在十二月十九日从西安府发给伦敦《泰晤士报》驻上海记者弗雷泽的，要求他散发给其他记者。但南京新闻检查官扣压了这一电报。另有一份抄件交给了端纳先生，本文引用的出于他的来源。

听到门外囚卒谈到他的下场的话:“我听到‘人民的判决’的话，我就明白，这是他们要用暴民作为借口来杀害我的恶毒阴谋。”

但是在这里，共产党代表团起了极大作用。在他们自己与蒋介石会谈后，他们已从他那里得到足够的保证（除了现在看来显然是从客观情况得出的保证以外）可以相信，他如果获释是会停止内战的，而且总的来说，是会执行全部“统一战线”纲领的。但是要做到这一点，必须保持蒋介石的地位，必须让他在威望无损的情况下回南京去。因此他们清楚地看到，如果他在什么协议上签了字，让人家知道了，或者如果他受到“人民审判”之辱，这些事情会无可挽救地损害他，破坏他的领袖地位。更糟的是，如果他被杀，内战不可避免地会大规模爆发，国共内战的十年僵局就会大大延长，要实现抗日民族阵线的希望就会变得渺茫。这样的前途，对任何一方都没有好处，吃亏的只是中国，得利的只是日本。至少，共产党是这样辩论的。

这样，博古、叶剑英、周恩来和在西安的其他共产党人现在花了好几个小时，常常一谈就是通宵，一再解释他们采取这样的政策的原因。对于东北军的少壮派军官来说，他们的立场是极其费解的，因为这些少壮派原来以为共产党是第一个要蒋介石的命的。他们有的人真的因为这种“叛卖”而气得哭起来——因为他们仰望共产党给他们政治领导，共产党对他们的影响不下于张学良本人。但是，虽然他们多数人——杨虎城与他们一起——仍不相信释放蒋介石是得策的，要他的命的情绪已经稍减。慢慢地，比较讲理的

【阅读纪实作品】

这一事实表明东北军少壮派军官对蒋介石的愤怒与仇恨以及对共产党的认同，同时也表明共产党做出这一决定之艰难，要克服强烈的情感冲动和各方压力。

态度抬了头。张学良现在受到要他采取激烈行动的压力减轻以后，在会谈方面就有了较大的进展。

除了宋子文、端纳、南京来的其他两三个人以外，西安现在冠盖云集，其中有陕西、甘肃两省主席、内政部长、军政部次长、军事参议院院长、总司令侍从室主任以及参谋总部的各色成员。他们是同蒋介石一起被扣的。他们大多数参加了同张学良、杨虎城、周恩来及东北军高级将领的谈判。一到正式谈判开始，八项要求中显然没有一项是照原样接受的，因为双方都认识到必须维护政府体制的威信。不过中国人提出要求时总是开价很高，其实并不认为实际上是可以达到的，只是因为开价高了以后，可以从从容容地进行实实在在的讨价还价。西安也不是例外。

拥护八点纲领的人认为八点纲领的实质内容按其重要性次序如下：（一）停止内战、国共合作；（二）执行武装抵抗日本进一步侵略的决策；（三）南京撤换某些“亲日派”官员，采取积极外交，与英、美、苏俄建立更加紧密的关系（如果可能结成联盟）；（四）在与南京军队（在政治上和军事上）同等的基础上改编东北军和西北军；（五）扩大人民政治自由；（六）在南京建立某种形式的民主政体。

蒋介石和张学良离开西安以前所达成的协议主要之点似乎就是这些。蒋介石并亲自保证不再打内战。蒋介石说他没有签任何文件，这说的肯定是实话，因为没有任何证据可以证明他签了什么文件这种说法。但是，虽然南京方面和总司令保全了他们的“面子”，后来的事件却证明，张少帅也没有完全白丢他的面子。

蒋夫人二十二日的抵达，无疑地加速了会谈的结束。而且（像她生动地叙述她在西安三天经过所充分说明的一样），她自己对张学良的规劝和申斥，也加速了蒋介石的获释。她的丈夫自喻为十字架上的耶稣基督，蒋夫人也认为自己在扮演《圣经》中的一个角色，她引述说：“耶和华现在要做一件新的事，那就是，他要让一个女人保护一个男人。”二十五日那天，蒋夫人还在纳闷“圣诞老人是不是绕过西安而去”，这位尼克老人却以张学良的身份出现，宣布他已说服了他的军官们，当天就派飞机送他们回南京。结果确是如此。

最后，还有一幕令人目瞪口呆的保全面子的姿态。张学良少帅坐着自己的座机同总司令一起回首都去自请惩处！

第十一篇 又是白色世界

『针锋相对』

内容速览

斯诺记录了西安事变之后，蒋介石回到南京采取的一系列措施，不论是按照惯例的“辞职”，还是软禁张学良，不论是国民党中央执行委员会全会的召开，还是重新巩固手中政权、分裂西北集团，都表现出他玩弄政治手腕的“天才”。

阅读指南

✦ **章节阅读属性：**【细读】

✦ **阅读方法落实：**【阅读纪实作品】本章中作者客观记录了西安事变后蒋介石回到南京玩弄的政治手腕，字里行间都流露出对国民党的嘲讽，但作者也客观分析了蒋介石同意联合抗日的原因，阅读时可以细细品味。

✦ **核心内容感知：**【梳理情节，分析情感】关注蒋介石回到南京后的表现，感受作者对国民党以及蒋介石的情感态度。

章节图解

『针锋相对』

- **蒋介石返宁动作**
  - 将张学良交给军事委员会审判，判处十年又宽赦软禁
  - 把处理西北问题委托给军事委员会
  - 停止对“叛军”的军事作战行动，下令政府军撤出陕西
  - 撤销（何应钦的）“讨伐”司令部，自己也提出辞职
- **共产党四项建议**
  - 停止内战
  - 保证言论、出版、集会自由和释放政治犯
  - 制订全国抵抗日本侵略计划
  - 恢复实行孙中山遗嘱中的“三大原则”
- **国民党中执会三次全会**
  - **汪精卫开幕词**
    - 未出现“安内”“抗日必须统一”的词汇
    - 采纳收复冀东和察北的议案
    - 决定后期召开“国民大会”
    - 修改国民大会组织法，增加“各界”代表名额
  - **蒋介石讲话**
    - 扩大言论自由，新闻自由
    - 释放“悔悟”的政治犯
    - 不再用“赤匪”“共匪”等字眼
  - **会议结果**
    - 给共产党“改过自新”的机会，并提出四个条件
- **西安事变的结局**
  - 统一战线：停止内战，协同抗日
  - 南京政权：暴露裂痕，蒋介石趁机排除异己
  - 西北集团：东北军调到安徽河南等地，西北军改由中央指挥

原文阅读

现在最后一幕开始演出，对于初次见到东方的装模作样的艺术的人来说，甚至对于有些老资格的观察家来说，这都是最最令人惊叹和莫名其妙的一幕。在以后的三个月里，西安事变所引起的政治上错综复杂的关系大部分都一一展现在观众面前，到了最后，局面就完全倒了过来。有人得到了大进展、大胜利，也有人遭到了大挫折、大失败。但是所进行的决斗就像中国旧戏舞台上两个古代武将所进行的决斗一样。他们口中连声呐喊，手中猛舞刀剑，令人心惊胆战，但是实际上却一点也没有碰到对方。[1]最后，战败者颓然倒地，表示阵亡，过了一会儿却又自己爬了起来，大摇大摆地走下舞台，威风凛凛，极其庄严。

这就是在南京打的奇怪的、却完全令人眼花缭乱的太极拳。人人都“得胜”了，只有历史受了骗——给骗掉了一个牺牲品。

“兹汗颜随钧座返京，听候惩处，以昭军纪。”张学良到南京后就对总司令这么说。

蒋介石则慨然答道：“由于本人无德无才，教导部下无方，以致发生此史无前例之事变……汝既有悔过之意，自当转呈中枢，采取适当措施，以挽堕局。”

挽救的措施是什么？留心请看一切严厉措施都何等巧妙地因双方表示谅解而得到宽免，惩罚和赔礼都做得恰到好处。真不愧是妥协折中大师的杰作，完全掌握中国人所说“有实无名”和“有名无实”之间的细微差别。

蒋介石一回到南京，第一个步骤是什么？他发表一篇长篇声明，自认无力防止叛乱，没有尽到行政院

老师有话说

1- 考点 修辞手法赏析

运用比喻的修辞手法，把西安事变比作旧戏舞台的表演，生动形象地交代了西安事变的局势。

【阅读纪实作品】

斯诺对中国文化及当时国情有充分而独到的理解，有效地分析了当时的政治形势，嘲讽了蒋介石的“政治手腕”。

长责任。他立即下令把全部政府军撤出陕西 —— 这样就履行了他停止内战的诺言 —— 并提出辞职。他要按照惯例连辞三次。实际上，他和南京方面都并没有把他的辞职真的当一回事，因为在十二月二十九日他就召开了中执会常会紧急会议，“请求”国民党这一最高机构做四件大事：把惩处张学良问题交给军事委员会（他本人是委员长）；把处理西北问题委托给军事委员会；停止对叛军的军事作战行动；撤销（何应钦的）“讨伐”司令部。他的建议得到了采纳。

十二月三十一日，张学良被军事法庭（蒋介石本人没有出席）判处徒刑十年，褫夺公权五年。**第二天就获赦免**[2]。在这期间他一直是蒋介石的妻舅、最近去西安的使者宋子文的上宾！接着，在一月六日撤销总司令在西安的剿匪总部。两天以后大家就知道了国民党政学系重要领袖、曾在日本留学能说日语的外交部长张群要下台了，他是西北方面攻击南京“亲日派”官员的主要目标。接任的是曾在美国留学的律师王宠惠博士，他是西北军人集团赞成的国民党政客中反日的欧美派的一个领袖。

又是在蒋介石的要求下，国民党中央执行委员会在二月十五日举行全会。党的历史上召开这样的会还只是第三次。在过去，它的作用是很容易预测到的，仅仅限于在法律手续上认可统治集团 —— 实际上就是蒋介石独裁政权 —— 事先已决定的党的政策上的重要改变。现在党的政策要作什么重要改变呢？对这个最高机构要提出的决议案成百上千，大多数有关“救国大计”。

在一月间和二月初，蒋介石请了“病假”。他带

2- 拓展知识

第二天就获赦免：即赦免张学良。实际上，蒋介石从未真正赦免张学良。从1938年起张学良就被在贵州等地软禁，1946年被移送到台湾，直到1990年张学良才全面恢复人身自由。

着张学良隐居到家乡浙江省奉化附近的老家去。他的第一次辞呈遭拒，他又提一次。与此同时，表面上他卸了官职，实际上却完全掌握西北问题的解决大权，完全控制当时与东北军、西北军和红军将领进行的谈判。受到“贬黜”的张学良随侍在侧，实际上是他的阶下囚。在南京，蒋介石的部下忙着搜集情况以供他估计西安事变所造成的拥护他和反对他的力量的新对比，重新估计他的拥护者的实力，把忠于他的人同那些准备在西安炸死他的投机分子区别开来。西安事变真如蒋夫人所说，“因祸得福”。而且不止在一个方面。

二月十日，共产党中央委员会向南京的国民党政府和国民党中执会三次全会发了一个历史性的电报，[①]向政府祝贺和平解决西安事件和“即将和平统一”全国。它向中执会全会提出在政策方面作四项重大修改：停止内战；保证言论、出版、集会自由和释放政治犯；制订全国抵抗日本侵略计划；恢复实行孙中山遗嘱中的“三大原则”。

如果不论在形式上或实质上，这些建议得到采纳，共产党为了“加速全国统一和抗日”，准备停止一切推翻政府的尝试，采纳下列政策：（一）红军改名为“国民革命军”，隶属军事委员会指挥；（二）苏维埃政府改名为“中华民国边区政府”；（三）在苏区内实行“完全民主的”政体；（四）停止没收土地政策，集中人民力量用在救国——即抗日——的任务上。

但是全会在二月十五日召开时没有正式理会这封匪电。还有更加重要的事情需要处理。蒋介石在他第一次发言中再一次重述了他在西安被扣的整个过程，

① 见苏维埃刊物《新中国》，一九三七年三月十五日延安。

【阅读纪实作品】

作者记录了蒋介石在全会讲话的真实场景，在真实记录的基础上捕捉了其中的细节并加以文学化的表达，这些细节深嵌于历史发展的整体脉络中，需要作者具有敏锐的察觉力，体现出纪实性与文学性的统一。

（对他来说）感情激动。他有声有色地叙述他拒绝书面保证履行叛军要求。他也谈到叛军怎么转变过来同意他的观点，看到他被抄去的日记中爱国感情的流露而感动得下泪。在说了这一切以后，他最后才十分不经意和轻蔑地把叛军的八点要求向全会提出。[3]全会重申对总司令的完全信任，拒绝了他的第三次辞呈，谴责了张学良，也同样不经意和轻蔑地拒绝了这八点荒唐的要求。

3- 考点　重点词语赏析

"有声有色""爱国感情的流露"表明蒋介石已经把自己美化成大公无私、正义凛然之人，"十分不经意""轻蔑"生动形象地写出了蒋介石当时的神情，虚伪嘴脸暴露无遗。

但是且慢，好戏还在后头。与此同时，中央执行委员会却有条不紊地根据自己的安排采取了一些措施。最有意义的也许是在领导集团中地位仅次于蒋介石的汪精卫的开幕词。自从反共战争以来这位汪同志第一次发言中没有说到"安内"（即剿共）是全国头等大事，没有重复他的名言"抗战必先统一"。他说，现在全国"首要问题"是"收复失土"。此外，全会还真的通过决议要先收复冀东和察北，取消"自治性"的冀察委员会。当然，这并不是说南京要同日本开战。它的意义仅仅是，日本如继续对中国进行军事侵略将会遭到南京方面的武装抵抗。但是这已是向前跃进了一大步。

接着，中执会又在行政院长的建议下，决定在一九三七年十一月十二日召开长期拖延未开的"国民大会"，在中国实行"民主"。这次是决定要召开了，不再进行拖延。更重要的是，常会受权修改国大组织法，增加"各界"的代表名额。总司令——又是通过汪精卫——宣布全国的第二个大问题是加速实现民主。

最后，在全会的最后一天，蒋介石发了言，保证除了卖国贼以外给大家更大的言论自由，而且他没有提到“文匪”—— 这还是大家第一次听到总司令要维护新闻自由。他并且答应“释放悔改的政治犯”。另外不声不响地向报界发了一道命令，不再用“赤匪”和“共匪”的字样。少数监狱开始放出一些不太重要的受害者。

然后，好像事后才想到的一样，在这次有历史意义的全会的最后一天，即二月二十一日，发表了一个长篇宣言，表面上是为了要谴责共产党。宣言概述了十年烧杀破坏的罪行史。这当然是国民党对这十年的观点。宣言问道，这些人曾经是体面的公民，甚至是德行操守无懈可击的国民党的盟友，怎么会堕落至此？要同匪徒、小偷、凶手“和解”是根本谈不上的，这一点岂不明显？但是结果是，这一切空话实际上不过是为宣言末尾提出的和平条件作准备，这使得那些仍旧不惜一切代价反对和平的保守派感到极为反感。

这些建议是什么？全会向共产党提供了一个“改过自新”的机会，不过有四个条件：(一) 取消红军，改编为国军；(二) 解散“苏维埃共和国”；(三) 共产党停止与孙中山的三民主义唱反调的宣传；(四) 放弃阶级斗争。[4]这样，虽然是用“投降”而不是用“合作”的字眼，国民党接受了共产党提出的“和解”谈判的基础。请注意，这些条件仍把共产党的小小自治国、他们的军队、他们的组织、他们的党、他们的将来“最高纲领”留在共产党的手里。或者说，至少共产党可以这样希望。而实际上他们就是这样希望的。因为在三月十五日，共产党、苏维埃政府和红军发表了一个长篇宣言，要求与南京方面**重开谈判**[5]。

4- 考点 重点词语赏析

在蒋介石的自我美化下，用“改过自新”来形容统一抗日的合作条件，比起直白讲述两党合作都更为有力，语气更为强烈，情感更为充沛，表达出作者对蒋介石玩弄政治话语的否定、讽刺以及嘲弄。

5- 拓展知识

重开谈判：在1937年2月至8月，国共两党在西安、杭州、庐山等地进行了多次关于合作抗日的谈判。蒋介石企图限制中国共产党、红军以及革命根据地的发展，前几次谈判未有实质性进展，但在合作抗日的大前提下，中国共产党同意红军主力改编为国民革命军第八路军。

6- 考点　修辞手法赏析

运用设问的修辞手法，故意先提出蒋介石玩弄政治手腕的问题，引人注意、启发思考，然后再给出回答，这样更能传达出作者想表达的内容。

【阅读纪实作品】

通过对蒋介石西安事变之后种种行为的记录，可以看出他始终忙于内部的权力斗争，没有站在民族高度去积极抗日。

蒋介石的这一切复杂的手腕，为了什么目的？显然，这么巧妙地搞这一套手法是为了要既不降低他本人或南京的威望而又能同反对派和解。6他的命令和讲话，全会的决议，按其正确的顺序来读一下，就可以看出，他满足了所有各反对派别的政治要求的一部分 —— 刚好使他们不至于团结起来坚决反对他，但又不足在国民党内部引起反叛。内战停止了，很明显，南京终于承担起武装抗日的任务。他答应了扩大政治自由，并为实现“民主”定了一个具体日期。最后，还提出了一个方案，国共可以据此武装休战共处，如果还谈不上“合作”的话。同时，政府在名义上拒绝了叛军的要求和共方的“合作”建议。这都是好得不能再好了。

我们一定会注意到，这些和解措施是蒋介石在南京面临很大敌对意见的情况下强行通过的，而且当时他个人刚刚经历了一场巨变，险遭不测，换了一个不如他有远见的人，很可能怀恨在心，失去理智，轻率采取报复行动 —— 实际上，蒋介石在南京的一些愤愤不平的部下就是这样要求的。但是蒋介石比他们精明。他安然脱险时受到人民极大的欢迎，这不仅是对他个人的拥护，而且也是人民要求和平反对内战，要求团结抗日的有力表示。对此，蒋介石是完全理解的，他也知道他如果对西北方面采取任何惩戒行动都会在一夜之间丧失民心。

更重要的是，西安事变暴露了他自己权力结构中的深刻裂痕。他明白这种裂痕很容易扩大为致命的破裂，使整个结构四分五裂。他现在清楚地看到和平对他有极大的好处，可以把这些裂痕一一消除殆尽。他没有收回在西安做出的诺言，他没有对扣留他的人马上进行公开的报复，他软硬兼施，既作了恰如其分的威胁，又做了必要的让步，真不愧是玩弄政治手腕的天才。这样，他终于分裂了西北集团（这是他第一个目标），**把东北军安然无事地从陕西调到安徽和河南**7，把杨虎城将军的西北军整编后划归中央指挥。二月间，南京军队就能够安然无事地未遭任何抵抗占领了西安和西安近郊，到下一月，开始同共产党谈判。

7- 拓展知识

张学良被软禁后，东北军内部出现“主战派”与“妥协派”两大阵营，并发生“二二事件”，内部矛盾激化。蒋介石趁机分化东北军，将其缩编后调往豫、皖、苏各地。被编入国军战斗序列的东北军在抗战中发挥了巨大作用。

阅读思考

基础测评

❶ **斯诺自1936年6月至10月，在我国西北革命根据地进行实地采访，在这期间他可能会报道的是(　　)。**

A. 工农红军在会宁会师
B. 刘邓大军千里跃进大别山
C. 台儿庄战役胜利
D. 西安事变和平解决

❷ **下列对于西安事变的表述中，不正确的一项是(　　)。**

A. 事变发生于1936年12月12日，由张学良和杨虎城秘密发动的。
B. 蒋介石在事变后被迫接受停止内战、联共抗日的主张。
C. 西安事变的和平解决有利于维护全民族的利益。
D. 西安事变的和平解决标志着抗日民族统一战线最终形成。

❸ **共产党在1927年确定开展土地革命和武装反对国民党反动派的方针，但到1937年又主动寻求与国民党合作，这主要说明(　　)。**

A. 国共矛盾是同一阶级的兄弟之争
B. 民族矛盾始终大于阶级矛盾
C. 中共从广大人民的利益出发
D. 国内斗争服从于国际斗争

专题探究

本册中，斯诺对西安事变进行了非常详细的记录，请你简述西安事变的过程及意义。

参考答案

阅读思考

基础测评

1.A　2.D　3.C

专题探究

【**示例**】过程：在劝说蒋介石联共抗日遭到拒绝的情况下，张学良、杨虎城两位将军于1936年12月12日，在西安扣押蒋介石，实行“兵谏”，并通电全国，要求停止内战，联共抗日。中国共产党从民族的利益出发，派周恩来赴西安参加谈判，与各方面进行协商，迫使蒋介石接受联共抗日的条件，最终西安事变得以和平解决。

意义：西安事变的和平解决，揭开了国共两党由内战到联合抗日的序幕，成为扭转时局的关键。从此，十年内战基本结束，抗日民族统一战线初步形成。

初中名著
高分计划

同步阅读测评手册

八年级

名著导读
×
模拟练习
×
中考真题

赠品

人民文学出版社

目录

《红星照耀中国》

整本书导读

内容简介

《红星照耀中国》是一部文笔优美的经典纪实文学作品。作者曾于1936年6月至10月间在中国西北地区的陕甘宁苏区进行实地采访，这部作品真实记录他的所见所闻。作者以中立的政治立场，客观公正的态度，向全世界报道了红色中国的真实情况，使全世界第一次了解了中国共产党和红军。

作者简介

埃德加·斯诺(1905—1972)，美国著名记者、作家。于1928年来到中国，1936年6月访问陕北革命根据地，写了大量通讯报道，成为第一个在红色中国进行采访的西方新闻记者。

主要作品有《红星照耀中国》(《西行漫记》)、《活的中国》、《今日红色中国》等。

《西行漫记》与《红星照耀中国》

1938年2月，《红星照耀中国》一书在中国出版时，出版者考虑到当时的政治环境，将中文版书名更换为《西行漫记》。后来在董乐山的译本中恢复英文版原名《红星照耀中国》。

模拟练习

1. 作者为什么想去红区进行实地采访？ 下列说法不正确的一项是(　　)

A. 国民党对苏区进行新闻封锁，没有人确切了解那里的情况。

B. 作为一个记者，作者有着天生的新闻敏感性，他认为采访苏区是一件很有价值的事情。

C. 他对苏区感到好奇，想把真正的苏区展示给世人。

D.国民党政府派遣他去苏区进行考察。

2.下列关于周恩来的表述，不正确的一项是(   )

A.周恩来出身于大官僚家庭，很小就表现出了突出的文学天赋。他在南开大学读书，曾经留学法国、英国和德国。

B.周恩来给斯诺的印象是，头脑冷静，谈吐缓慢安详，善于分析推理，态度温和，既有个人的魅力，也有领袖的自信。

C.周恩来曾任黄埔军校政治部主任。第一次国共合作期间，他曾在上海先后组织过两次大规模的工人罢工，均获得成功。

D.周恩来是斯诺来到陕北后见到的第一位红军高级将领，为他安排了参观红区的旅行计划，告知他见到什么都可报道。

3.斯诺说长征是“历史上最盛大的武装巡回宣传”，这里的“武装巡回宣传”是什么意思？(   )

A.打击了以蒋介石为代表的反动势力

B.在沿途开辟了新的革命根据地

C.红一、红二、红四方面军胜利会师

D.在国内广大地区播撒了革命的种子

4.关于《红星照耀中国》是一部史料性与文学性相统一的优秀纪实作品，下列对其描述不正确的一项是(   )

A.作品注意人物形象的真实性，红军领导也和普通人一样，如斯诺如实地记录了徐海东掉了两个门牙，尽管他声名显赫。

B.斯诺的记录是出于记者职业道德的客观记述，他将所见所闻都如实地记录在书中，让读者自己去了解历史的真相。

C.作品善于多层次立体化地表现人物，他写了徐海东作为一个领袖人物的气质与历史意义，也写了他爱吃辣等个人生活习惯。

D.作品善于点面结合的还原历史，如斯诺采访彭德怀时，既有对其彭德怀经历的简要记录，也详细记述了他讲述游击战术的内容。

5.下列对于共产党和红军领袖朱德的表述，正确的一项是(   )

A.朱德将长征途中缴获的降落伞做成了背心，并感觉到很得意。

B.朱德在法国巴黎留学了一年，在那里遇到了周恩来与其他的党内同志。

C.朱德在留学期间也时刻关注国内命运，他曾因声援五四运动被捕。

D.朱德曾任南昌公安局局长，并利用这个身份策划和组织了南昌起义。

6.斯诺离开保安之前，对一位红军领导人进行了采访，请你帮助斯诺完成他的采访提纲。

时间、地点	一九三六年十月，保安
采访对象	①________
采访目的	②________
③________	深度访谈、照片拍摄
采访问题	④________
	⑤________
	⑥________

7.《红星照耀中国》是一部纪实文学，强调真实性和准确性，但是在“关于朱德”的章节里，却记录了很多关于朱德的民间传说，这是否矛盾？为什么？

中考真题

1.【2019浙江湖州】《红星照耀中国》中写道：“四川军队大概从来没有见过这样的战士——这些人当兵不只是为了有个饭碗，这些青年为了胜利而甘于送命。他们是人，是疯子，还是神？迷信的四川军队这样嘀咕。”你认为红军是人，是疯子，还是神？请结合整本书阅读，阐述你的观点与理由。

2.【2020四川德阳】你怎样理解著名新闻记者白修德对《红星照耀中国》的书评“斯诺对中国共产党的发现和描述，与哥伦布对新大陆的发现一样，是震撼世界的成就”？

3.【2019浙江湖州】

内容呈现	问题探究
①连续三夜，红军把部队分成西、南两个纵队。第四天晚上他们出其不意地进发了，几乎同时攻打湖南和广东的碉堡线。他们攻克了这些碉堡，敌军惊惶奔逃。红军猛攻不停，一直到占领了南线的全部碉堡工事封锁网，这就给他们打开了通向西方和南方的道路，红军的先锋部队就开始了他们轰动一时的长征。 ②据红军告诉我，成千上万支步枪和机枪，大量机器和弹药，甚至还有大量银洋都埋在他们从南方出发的长征途上。他们说，现在遭到成千上万警备部队包围的红区农民有朝一日会把它们从地下挖出来，恢复他们的苏区。他们只等着信号——抗日战争也许就是那个信号。 （选自《红星照耀中国》，人民文学出版社，董乐山译）	任选一项作答。 A. 结合“内容呈现”中加点的部分，简析纪实作品的特点。 B. 结合“内容呈现”的第①段，写出作者隐含的立场或态度。

4.【2020吉林长春】阅读下面选文，根据要求回答问题。

（甲）我在宁夏和甘肃所看到的红军部队，住在窑洞里，富有地主原来的马厩里，用泥土和木料草率建成的营房里，以前的官吏或驻军丢弃的场地和房子里。他们睡在硬炕上，甚至没有草垫，每人只有一条棉毯……

（乙）红军战士一个个站出来愿意冒生命危险……红军机枪向敌军碉堡开火，子弹都飞迸在桥头堡上。敌军也以机枪回报，狙击手向着在河流上空摇晃地向他们慢慢爬行前进的红军射击。第一个战士中了弹，掉到了下面的急流中，接着又有第二个、第三个。

（摘自《红星照耀中国》，人民文学出版社）

埃德加·斯诺看到的中国工农红军是一支怎样的队伍？请简要概括。

5.【2019湖北孝感】阅读下面的名著选段，完成下列小题。

片段一：我和驻扎在这里的交通部的一部分人员吃饭，遇见了十几个屯宿在白家坪的青年。我们吃的有煮熟的小鸡、不发酵的荞麦馒头、白菜、小米和我最爱吃的土豆。可是除了白开水以外，没有其他喝的。而白开水热得不能进口。因此我口渴得要命。

吃饭时是由两个态度坦然的孩子侍候的，他们穿着大而无当的制服，戴着鸭舌尖式的红帽子。他们最初不愉快的注视着我，可是在几分钟后，我就想法惹起了其中一个孩子友谊的微笑。我胆大起来，其中一个从我身边走过时，我招呼他："喂，拿点冷水来。"可是他毫不理睬。几分钟后，我又招呼另一个孩子，结果也是一样。

片段二：苏区少年先锋队的职责之一是在后方检查路上的旅客，看他们有没有通行证。……彭德怀告诉我，有一次几个少年先锋队队员叫他停步，要他通行证，声言没有通行证就要逮捕他。

"我是彭德怀，"他说，"通行证就是我写的。"

"即使你是朱德司令，我们也不管，"年轻的怀疑者说，"你总得有一张通行证。"

（节选自《红星照耀中国》）

（1）［片段一］中，两个孩子为什么对"我"的招呼毫不理睬？

（2）［片段二］中，少年先锋队队员后来是在什么情况下才放行彭德怀的？这体现了他们什么形象特点？

参考答案

模拟练习

1.D　2.C　3.D　4.C　5.D

6.① 毛泽东

② 了解提出新政策的原因及实施情况（或了解新政策的相关情况）

③ 采访方式

④ 请问您为什么要提出与国民党联合抗日的新政策呢?

⑤ 您倡导建立的新政府的法律也会在苏区实施吗?

⑥ 您提出这样的新政策的当前原因是什么呢?

7.不矛盾。理由：①这些传说也是作者采访得来的，是对自己采访内容的真实记录；②通过这些传说，可以看出朱德的威望之高，同时也可以看出他对敌人的威慑力之大；③这些传说情节离奇，使人物形象更加具体可感。

中考真题

1.示例:“人”的角度示例:我认为红军是人，他们有平常人的喜怒哀乐，也有平常人的爱好。比如有的红军战士喜欢打乒乓球，有的喜欢唱歌，有的特别爱马等等。“疯子”的角度示例：我认为红军是“疯子”，他们面对困难，顽强不屈，勇敢无畏，有时采取异乎寻常的甚至极端的方式，将个人生死置之度外。“神”的角度示例：我认为红军是神，红军创造了人类历史上的奇迹。他们翻越数座大雪山，渡过几十条河流，穿过遍布沼泽的草地，徒步二万五千里，最终突破敌军的重重包围!

2.示例：白修德用“哥伦布对新大陆的发现”作比，生动形象地肯定了《红星照耀中国》作为纪实作品的伟大成就。《红星照耀中国》真实记录了外国记者斯诺的所见所闻，向全世界报道了当时的中国共产党和红军的真实情况。斯诺通过采访、对话和实地考察得来的事实资料，多方位展现了中国共产党和红军的信念与成长。

3.示例：A.说明信息来源的真实性和可靠性，体现出纪实文学作品“用事实说话”的特点。B.用“惊惶奔逃”形容敌军，“猛攻不停”形容红军，两组词语一贬一褒，表达了作者对敌军的讽刺和对红军的赞扬。

4.示例：中国工农红军是一支乐观向上又甘于奉献，在艰苦卓绝的环境中奋力拼搏、敢于吃苦、不怕牺牲的一支队伍。

5.示例:(1)因为他们认为“我”不应该喊他们“喂”，而应该称呼“同志”(或“小鬼”“红小鬼”)。(2)彭德怀不得不写了一张通行证，自己签了字，他们才肯放行。这体现了他们在工作中忠于职守、一视同仁的形象特点。

《昆虫记》

整本书导读

内容简介

《昆虫记》是法国昆虫学家法布尔创作的一部生物学著作，共十卷，从昆虫的种类、特征、本能、习性、劳动、婚恋、繁衍、死亡等多个角度详细记录了昆虫的真实生活，字里行间都洋溢着对生命的热爱和对人性的思考。

法布尔用生动活泼、诙谐幽默的语言，让蝉、螳螂、蝈蝈、蝴蝶、金步甲、蚂蚱、食粪虫、蝎子等一个个鲜活的生命跃然纸上。它们的一举一动全都被赋予了人的思想和情感，体现了作者宽厚而博大的人文情怀。这本书将科普作品的科学思维和文学作品的艺术趣味完美结合，让人为之惊叹。

作者简介

法布尔，法国著名昆虫学家、科学家、科普作家，被誉为“科学界的诗人”“昆虫界的维吉尔”。雨果称他为“昆虫世界的荷马”，罗曼·罗兰称他为“掌握田野无数小虫子秘密的语言大师”。法布尔的代表作品《昆虫记》，是科学与文学完美结合的典范，有“昆虫的史诗”之美誉。

法布尔与“法布尔精神”

法布尔出生在法国的一个普通农民家庭，一生勤奋好学，锐意进取，没有向贫穷和偏见屈服，历经十二年自学，先后取得业士、双学士和博士学位。他将一生的热情都投入到了对自然界科学真理的探索当中，始终坚持一丝不苟的态度，通过生动的笔触为世人展现出一个别样的昆虫世界。

法布尔的成功并非是一蹴而就的，在他九十二年的生命中，几十年如一日不知疲倦地从事独具特色的昆虫研究，即使不断遭到“正统”势力的责难，即使生活总是陷入拮据，也始终坚持“求真”的信念，将研究成果精心写成《昆虫记》。这种敢于求真、专注务实的精神，凝聚成了“法布尔精神”的内核。

模拟练习

1.在现实中，蚂蚁做的事不包括(　　)

A.撕扯蝉的身体　　B.抢占蝉的“树井”

C.给蝉食物，帮助蝉过冬　　D.贮藏蝉的尸体

2.毛刺砂泥蜂被作者称作(　　)

A.修女　　B.园丁　　C.侏儒　　D.外科手术者

3.下列关于红蚂蚁的描述，错误的一项是(　　)

A.红蚂蚁是蚂蚁界的强盗。

B.法布尔让小女儿充当监视红蚂蚁的小助手。

C.红蚂蚁是有精确记忆力的。

D.返回的路线即使艰险万分，也要原路返回。

4.阅读文章我们知道，大孔雀蝶是(　　)最大的蝴蝶

A.南美　　B.亚洲　　C.欧洲　　D.澳大利亚

5.圣甲虫一般会把粪球储藏在(　　)

A.笼子里　　B.树枝上　　C.地窖里　　D.草丛里

6.昆虫的装死行为中，下列说法错误的是(　　)

A.大头黑步甲被称作是凶狠的剖腹杀手

B.烟黑吉丁一旦移到光线暗的地方就会恢复活力

C.抛光金龟不喜欢装死

D.大头黑步甲遇到苍蝇、天牛会立刻逃命

7.关于萤火虫，下列说法不正确的是(　　)

A.是发光的蠕虫　　B.是肉食动物

C.发出的光呈白色　　D.雌性可以用灯光召唤情郎

8.你从圣甲虫身上学习到了哪些优秀的品质？请举例说明。

9.结合《昆虫记》中相关内容，你想对隧蜂门卫说些什么？

中考真题

1.【2018四川凉山】阅读填空。

有这样一只不知危险、无所畏惧的灰颜色的蝗虫，朝着那只螳螂迎面跳了过去。后者，也就是那只螳螂，立刻表现出异常愤怒的态度。接着，反

应十分迅速地做出了一种让人感到特别诧异的姿势，使得那只本来什么也不怕的小蝗虫，此时此刻也充满了恐惧感。

以上文字节选自____________（国籍）____________（人名）的《____________》，该书被誉为“____________”。

2.【2021江苏盐城】下列表述错误的一项是（　　）

A.《红星照耀中国》通过一个外国人的见闻，客观地向全世界报道了中国共产党和中国红军的真实情况，使西方人全面地了解到中国共产党人的真实生活。

B.《昆虫记》是英国昆虫学家法布尔创作的文学巨著，它行文活泼，语言诙谐，常以拟人的手法表现昆虫世界，读来情趣盎然。

C.《简·爱》采用第一人称的写法，作者以手写心，句句发自肺腑，字里行间燃烧着她热情的火焰，情真意切，感人至深。

D.《二十四孝图》写鲁迅儿时就不喜欢“老莱娱亲”和“郭巨埋儿”的故事，进而引发了对那种不顾人情甚至灭绝人性的所谓“孝道”的批判。

3.【2020四川成都】下面是一位同学读完《昆虫记》后写给法布尔笔下昆虫的小诗，请根据你的阅读体验，在代表昆虫的字母后填上恰当的选项。

A.蚂蚁　　　a.身后那条黑色的细线，其实是我刚刚狼吞虎咽下的美餐。

B.萤火虫　　b.为什么与自己的姐妹同类相残？为什么当妈妈前性情大变？

C.圣甲虫　　c.前人的寓言迷惑了我的眼，你真实的身份原来是疯狂抢劫犯。

D.螳螂　　　d.早知你要将我吮吸进肚中，我就该拒绝你带着麻醉的亲吻。

A________　B________　C________　D________

4.【2020新疆】《昆虫记》是一部引人入胜的书。作者对昆虫的形态、习性、劳动、繁衍和死亡的描述，处处洋溢着对生命的尊重，对自然万物的赞美。阅读《昆虫记》时我们能发现，整本书的章节在内容安排上有一个明显的特点是（　　）

A.绝大多数章节主要写同类多种昆虫，突出一种昆虫。

B.绝大多数章节只写一种昆虫，从各个角度展开描述。

C.绝大多数章节写两种不同类的昆虫，进行对比分析。

D.绝大多数章节写同类的多种昆虫，归纳它们的共性。

5.【2022山东滨州】名著阅读。

【片段一】有螳螂以这种奇特姿态一动不动地待着，目光死死地盯住大蝗虫，对方移动，它的脑袋也跟着悄悄转动。…… 蝗虫本是个长腿的蹦跳者，善于高跳，轻而易举地就能跳出对方利爪的范围，可它却偏偏傻乎乎地待在原地，甚至还慢慢地向对方靠近。

【片段二】我放眼四周，只见一片废墟，唯有一堵断壁残垣危立其间。它就是我对科学真理的热爱与执着追求的真实写照。啊，我心灵手巧的膜翅目昆虫们，我的这份热爱能否让我有资格给你们的故事追加一些描述呀？我既然心存这份担忧，为何又把你们抛弃了这么长时间呢？有一些朋友已经因此而责备我了。啊，请你们去告诉他们，告诉那些既是你们的也是我的朋友：告诉他们我并不是因为懒惰和健忘才抛弃了你们的，告诉他们我一直惦记着你们，告诉他们我始终深信节腹泥蜂的秘密洞穴中还有许多尚待我们去探索的有趣的秘密，告诉他们飞蝗泥蜂的猎食活动还会向我们提供许多有趣的故事。

（1）以上文段选自《____________》，作者是法国的昆虫学家____________（人名）。

（2）阅读科普作品要关注艺术趣味，体会科学精神。鲁迅先生认为它是“一部很有趣，也很有益的书”，请任选一个片段，谈谈对“有趣”或“有益”的理解。

6.【2021青海西宁】阅读选段，完成下面小题。

选段【一】我通常都看见A在梧桐树的柔枝上，排成一列，歌唱者和它的伴侣比肩而坐。吸管插到树皮里，动也不动地狂饮。夕阳西下，它们就沿着树枝用慢而且稳的脚步，寻找温暖的地方。无论在饮水还是行动时，它们从未停止过歌唱。

选段【二】B是大家都很熟悉的一种昆虫，即使你没有亲眼见过，也至少听说过它的名字。它的肚子顶端会发出微弱的光亮，就好像是挂了一盏小灯。在宁静的夏夜，你经常会看到它们在草丛中游荡。

（1）以上选段出自法国昆虫学家____________（人名）的《昆虫记》，他通过野外观察和实验揭开了昆虫鲜为人知的奥秘，如选段【一】写出了____________的生活习性，选段【二】写出了____________的形态特征，处处洋溢着对生命的尊重。

（2）请结合选段内容分析这部著作的语言特色。

7.【2021四川宜宾】鲁迅评价法国昆虫学家法布尔的科学巨著《昆虫记》是“一部很有趣，也很有益的书”。请结合自己的阅读体验，简述这本书在“有趣、有益”方面的特点。（限60字内）

8.【2021江苏扬州】《昆虫记》既有科学性，又有文学性。请根据下面选段，简要分析。

蜜蜂来了，它心平气和……不一会儿，它就沉浸在采蜜的工作中了。潜伏在花下窥伺的强盗——蟹蛛，便从隐藏之处现身，它绕到忙碌的蜜蜂身后，偷偷向它接近，然后猛冲上去突然咬住它的脑后根……这一咬瞬间致命，因为它破坏了蜜蜂颈部的神经节。不多时，可怜的小蜜蜂便蹬着腿死去了。这时，凶手便舒舒服服地吸起受害者的血来。

参考答案

模拟练习

1.C　2.D　3.B　4.C　5.C　6.B　7.A

8.示例：我从圣甲虫身上学到了坚持不懈、持之以恒的优秀品质。圣甲虫在推着比自身大好几倍的粪球爬坡时，即使粪球一次又一次地滚落下去，它依然一步一步地不停坚持着。

9.示例：告别了年轻时辛勤采蜜的工作，年事已高的你仍然担负着驱赶入侵者的重责，忠于职守，从不午睡。“鞠躬尽瘁，死而后已”便是你们一生的写照。

中考真题

1.法国　法布尔　昆虫记　昆虫的史诗

2.B　3.A–c　B–d　C–a　D–b　4.B

5.(1)昆虫记　法布尔

(2)示例一：片段一中作者通过捕食者与被捕食者动作的对比——螳螂“一动不动地待着”“目光死死地盯住大蝗虫”“对方移动，它的脑袋也跟着悄悄转动”，而大蝗虫却“傻乎乎地待在原地”“甚至还慢慢地向对方靠近”，十分生动形象地记录了螳螂捕食蝗虫的过程，为读者展现了微小的昆虫世界中的一幕，富有画面感，十分有趣。

示例二：从片段二“我心灵手巧的膜翅目昆虫们”“为何又把你们抛弃了这么长时间呢”等句可知，法布尔把昆虫当成自己的朋友，在研究中时刻关注昆虫活生生的生命过程，处处洋溢着对生命的尊重，体现出敬畏生命的情怀，这也启发了我们如何看待生命，所以是有益的。

6.(1)法布尔　　蝉　　萤火虫

(2)示例:选段一“歌唱者和它的伴侣比肩而坐”“狂欢”等词句，运用了拟人的修辞手法。在描写蝉的过程中将蝉拟人化，生动形象地展现出了蝉饮树汁、夏日长鸣的生活习性。

选段二运用比喻的修辞手法，“就好像是挂了一盏小灯”将萤火虫的发光器比作一盏灯，生动形象地写出了萤火虫的形态特征，使人印象深刻。

7.示例一:①有趣:法布尔用人性去看待昆虫，在描写昆虫的生命活动时融入自己的人生感悟，详细观察和描写了各种昆虫的外部形态、生物习性以及为了种族繁衍所进行的斗争，十分有趣。②有益:《昆虫记》处处洋溢着对生命的敬畏之情，蕴含追求真理探寻真相的精神，这种深刻内涵唤起人们对自然、对人类自身的深刻省思，激发起人们的人文和科学探究精神。

示例二:①有趣:《昆虫记》不仅是科学经典，也是文学经典，使用了很多比喻、拟人等修辞手法，语言生动形象，极具表达效果。如把蝉比作“矿工”，说蟋蟀情人间会打情骂俏，把西班牙蜣螂称为“面包师”等。②有益:《昆虫记》是科普作品，是作者法布尔毕生研究的记录，把昆虫世界的各个方面都展现在读者面前。它向我们介绍的自然界那些昆虫的有趣科学知识，及探究过程中所运用的田野实验式方法，都令人眼界大开，激发起人们的科学探究精神。

8.示例:选段中用严谨的语词，如“猛冲”“瞬间致命”“颈部的神经节”等，描写了昆虫的行为。这些真实客观的描写，展现了《昆虫记》作为科学著作的严谨的科学性。“心平气和”“潜伏”“舒舒服服”等词语运用比喻、拟人等修辞手法进行叙述，生动形象地展现了昆虫世界的画面，非常富有文学性。

《经典常谈》

整本书导读

内 容 简 介

《经典常谈》是著名散文家、诗人、学者朱自清为中学生编撰的介绍我国传统文化经典的入门书，也是一本精彩的学术散文集。本书按照经、史、子、集的脉络，梳理了《说文解字》、《周易》、《尚书》、《诗经》、三礼、“春秋三传”、“四书”、《战国策》、《史记》、《汉书》等经典内容。作者秉持着严谨、务实的学术态度，用流畅、生动的语言化解知识的艰深与繁复，创作了这本引导广大中学生通向经典之路的书。

作 者 简 介

朱自清（1898—1948），字佩弦，号秋实，江苏扬州人，我国著名的散文家、诗人、学者。朱自清毕业于北京大学哲学系，毕业后曾执教于江苏、浙江的几所著名中学和中师，后来任清华大学中文系教授，并游学英国。回国后，朱自清先后担任清华大学中文系主任、西南联合大学中文系主任等职务。抗日战争结束后，朱自清在身患重病的同时坚持研究和创作，并积极从事爱国民主运动。1948年，朱自清在《抗议美国扶日政策并拒绝领取美援面粉宣言》上签字，后因病去世。朱自清一生致力于诗歌、散文创作，著有抒情长诗《毁灭》、诗文集《踪迹》、散文集《背影》、游记《欧洲杂记》、学术论著《诗言志辨》《新诗杂话》《经典常谈》等。

朱自清的散文成就

朱自清的散文成就最高，他凭借对生活的细致观察、细腻而丰富的情感以及对诗歌意境的把握与运用，把白话、诗词意境、生活哲理完美地融合在一起，创造出了独树一帜的散文风格。

朱自清的散文长于写景与抒情。其写景散文《绿》《桨声灯影里的秦淮河》《荷塘月色》都体现出他对周围环境的留心观察；其抒情散文，从朴素真实的《背影》到诚挚动人的《儿女》，都饱含着朱自清为人的温情。

无论是人格还是文风，朱自清都秉承了中国“温柔敦厚”的诗教传统，表现出一种“哀而不伤，怨而不怒”的美学风格。朱自清的散文是抒情的至文，但其中的情绪却不是强烈的、偏激的，而多是沉痛隐忧的；即便是写到喜悦，或也还流露出隐约的苦涩。

模拟练习

1. 下列关于《说文解字》的说法中，有误的一项是(　　)

A.《说文解字》的编撰者是西汉的文字学家许慎。

B.《说文解字》以小篆为字头，同时收录了一定数量的古文。

C.《说文解字》将汉字按照部首进行排序。

D.《说文解字》共有十五卷。其中第十五卷为叙目。

2. 下列关于汉字字形演变的说法中，正确的一项是(　　)

A. 在商代，只有甲骨文，没有金文。

B. 笔与纸发明于同一朝代。

C. 汉字形体演变的趋势，大致是由繁而简的。

D. 草书在宋代被改称为“真书”。

3. 下列关于《经典常谈》一书的说法中，错误的一项是(　　)

A.《经典常谈》的作者是我国著名诗人、散文家、学者朱自清。

B.《经典常谈》可以被看做一本精彩的学术散文集。

C.《经典常谈》的第一章介绍了《说文解字》，这是我国首部按部首编排的字书。

D.《经典常谈》的第三章介绍了《尚书》，这是我国首部纪传体史书。

4. 下列说法错误的一项是(　　)

A. 诗的起源是歌谣。

B.《诗经》中常使用重章叠句的表现形式。

C. 毛氏《诗传》和郑玄《诗笺》都采用了孟子“知人论世”和“以意逆志”的方法，从全篇大意、时代背景出发进行注解，较好地反映了诗人的情感态度。

D.“大序”对风、雅、颂按着教化作用解释，而近人的研究表明这三个字大概都是从音乐得名的。

5. 下面哪本不属于“四书”(　　)

A.《孟子》　　B.《礼记》　　C.《中庸》　　D.《论语》

6. 下列关于《史记》和《汉书》的说法错误的一项是(　　)

A.《史记》是中国第一部纪传体通史，从黄帝时期写到汉武帝元狩元年。

B.《汉书》又称《后汉书》，主要由东汉史学家班固编撰。

C.《汉书》相对来说比《史记》更繁复一些。

D.《史记》有十二本纪，十表，八书，三十世家，七十列传。

7. 下列关于“诸子”的说法错误的一项是(　　)

A. 孟子主张“性善论”，认为君主应当施行“仁政”。

B. 老子是道家代表人物，著有《道德经》，主张无为而治。

C. 庄子的学说比老子更进一步，主张绝对自由，认为“人定胜天”。

D. 阴阳家的代表人物是驺衍，这一学派的学说对“今文经学”产生了重要影响。

8. 关于《离骚》的说法错误的是(　　)

A.《离骚》是屈原被放逐时所作的。

B.“离骚”是别愁、忧愁的意思。

C.“国风”好色而不淫，“小雅”怨诽而不发，是对《离骚》的评价。

D.《离骚》和《九歌》《天问》《招魂》一起被收录在《楚辞》中。

9. 关于汉乐府下面说法不正确的是(　　)

A.《乐府诗集》：汉代郭茂倩所编，是现存乐府诗最完备的总集。

B. 乐府诗以叙事见长，多为抒情。

C. 汉乐府的声调有两种“楚声”和“新声”。

D. 汉乐府的题材多样，有离别相思，人生慨叹等。

10. 魏代真正奠定了五言诗的基础，也是第一个用全力作五言诗的诗人是(　　)

A. 曹操　　B. 曹植　　C. 曹丕　　D. 阮籍

11. 我国古代开私人讲学风气的是(　　)

A. 老子　　B. 孔子　　C. 韩非子　　D. 庄子

12. 拥有“天下文章在桐城”美称的桐城派开山祖师是(　　)

A. 方苞　　B. 姚鼐　　C. 曾国藩　　D. 刘大櫆

13.“小学”是文字学、训诂学、________的专称。

14.“六艺”指周朝学生需要掌握的六种技艺，具体包括__________。

15.秦国与六国对峙时期，劝说六国联和起来抗秦的策士叫________派，代表人物是________；劝说六国联和起来亲秦的策士叫________派，代表人物是________。他们都是诸子百家中的________。

16.《战国策》的底本出自说客________，后经汉代________编定。

17.司马迁在______中说《史记》：“欲以究天人之际，__________，__________。”

18.《汉书》中的纪和传以班彪的《________》为底本，“志”中增加的《________》以刘歆的《________》为底本。

19.唐代以前的文士大多偏爱《汉书》，唐代以后才开始提倡《史记》，这是为什么？

20.《墨子》里只讲守的器械和方法，特意不讲攻的方面，这是________主义。

《墨子》中认为天下人都该视人如己，互相帮助，这是________主义。

21.法家有________、________、________三派，集大成者是________。

22.请将诸子百家与其对旧文化、制度的态度一一对应。

拥护旧制度	法家
批评旧制度	儒家
修正部分旧制度	道家
除旧立新	墨家
反对一切文化制度	阴阳家

23.他的文“时杂以俚语、韵语及外国语法，纵笔所至不检束，学者竞效之”，而“条理明晰，笔锋常带情感，对于读者，别有一种魔力焉”。

阅读上面选段，请问“他”指的是________。

24.下面是四位同学读完《经典常谈》后的发言，请找出说法错误的，并帮他修改。

甲：《尚书》是我国议论文的源头，成书于周商之间。现存最早的“文”是商代的卜辞，被刀笔刻在甲骨上。

乙：唐代有两种新文体，一种是语录，一种是传奇，都受到了佛家的影响。

丙：第一部有系统的书是《左传》，有十二纪、八览、六论，其中十二代表十二个国家，八是卦数、六是秦代的圣数。

丁：梁昭明太子在《文选》中第一次提出“文”的标准，成为骈体发展的指路牌。

25.《经典常谈》中，朱自清先生对文字的起源和发展进行了客观而细致的介绍。请结合原文和批注，梳理汉字字体的发展史，尝试总结其发展演变的规律。

26.董仲舒“罢黜百家”的建议使天下思想统一于儒家，这是否不利于多元学说的发展？请结合你对这段历史的了解，对此进行探讨。

27.读完《经典常谈》一书，请你结合本书的内容，简单说说中学生了解中国古代经典的意义。

参考答案

1.A　2.C　3.D　4.C　5.B　6.B

7.C　8.C　9.A　10.D　11.B　12.A

13.音韵学　14.礼乐射御书数

15.合纵　苏秦　连横　张仪　纵横家　16.蒯通　刘向

17.《报任安书》　通古今之变　成一家之言

18.后传　艺文志　七略

19.示例：《汉书》行文风格偏向辞赋，多用排偶，《史记》则以散行为主，因此《汉书》比《史记》更弘丽精整。而唐代以前的文人崇尚骈文，唐代以后则散文渐成正统，所以唐前后，人们对于《史记》和《汉书》的态度有所不同。

20.“非攻”“兼爱”　21.重势　重术　重法　韩非子

22.

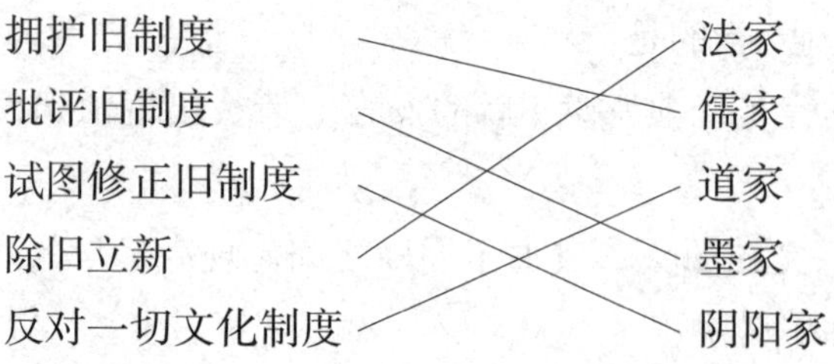

23.梁启超

24.丙错误；第一部有系统的书是《吕氏春秋》，其中十二指代十二个月

25.示例：汉字字体发展史梳理：汉字不是一人一时所创，而是众多先

民生存生活的产物、社会实践的结晶。现存的最古老的古文字资料是刀刻在龟甲兽骨上的甲骨文和铸刻在青铜器上的金文。小篆是秦代官方正式的文字，而后被便于使用的隶书取代，隶书之后是书写规范化的楷书，与楷书并行的是行书、草书两种书体，由于书写较为随意，所以更加方便。

汉字字体的发展规律：1.象形性不断减弱；2.书写规范性增强；3.总体而言，字形由繁而简。

26.示例：我认为“罢黜百家”对于思想的多元发展是弊大于利的。一方面，压制其他学说，导致战国至汉代“百家争鸣”、文化繁荣的局面被破坏，除儒家外的其他学说遭受的打击是巨大的。另一方面，汉武帝“罢黜百家”，并非是真的为了推动儒家学说的发展，而是为了钳制民众思想，利用儒家文化加强皇权，后来历代君王也承袭这种做法，到了明清时期，更是用“八股取士”的形式，将儒学文化彻底禁锢为中央集权的工具。最后，各家思想只有相互刺激，才能共同发展，儒学在缺乏其他思想补充、对抗的前提下，被完善的概率会降低，进步的速度也可能减慢。

27.示例：朱自清的《经典常谈》，以历史的顺序，将中国最有名的经典著作“四书五经”、史、诸子、辞赋、诗、文展现在我们眼前，阅读这本书的意义首先在于可以扩展我们的眼界，让我们对传统文化的发展和脉络有一个大致的了解，从中可以选择自己喜欢的部分作为切入点进一步学习深究；其次可以扩充我们的知识，如在汉字的起源和发展，我们可以了解象形、指事、会意、形声、转注的造字法和各个朝代的书体演变；再次这本书可以充实我们的精神，书中忍辱著书的司马迁和忠犯人主之怒、道济天下之溺的韩愈，他们的精神都值得我们学习；最后这本书还可以提升我们对于传统文化的兴趣，将中华民族智慧结晶更好地继承发展。

《钢铁是怎样炼成的》

整本书导读

内 容 简 介

《钢铁是怎样炼成的》是苏联作家尼古拉·奥斯特洛夫斯基所著的一部长篇小说，真实而深刻地描绘了俄国十月革命前后广袤的生活画卷，塑造了以保尔·柯察金为代表的一代无产阶级英雄形象。小说以主人公保尔·柯察金的生活经历为线索，以1915年到1930年前后俄苏广阔的历史画面和人民艰苦卓绝的斗争生活为背景，描写了主人公保尔从一个普通工人子弟成长为无产阶级革命英雄的历程。小说闪烁着崇高的理想主义光芒，为我们展现了保尔敢于战胜任何艰难困苦的刚毅性格，让我们明白了什么是共产主义理想，如何为共产主义理想而奋斗。小说用钢铁般的笔触深深敲击着我们的灵魂，让我们思考我们这一生究竟该如何度过。

作 者 简 介

尼古拉·阿列克谢耶维奇·奥斯特洛夫斯基(1904—1936)，苏联革命家、作家，代表作品为长篇小说《钢铁是怎样炼成的》。

小说中鲜明的时代特色

文学作品的产生往往都带有鲜明而深刻的时代烙印，《钢铁是怎样炼成的》也反映了当时苏联的社会风貌。20世纪30年代，苏联社会主义建设在广袤的国土上如火如荼地开展，苏联人怀揣着对未来社会主义的美好期望掀起了社会主义建设的热潮，一大批具有奉献精神和牺牲精神的无产阶级英雄人物登上了历史舞台，奥斯特洛夫斯基正是其中一员。

满怀着对革命和建设的热情与向往，作者保持着朴素的阶级情感，把自己对革命战士的美好想象倾注到保尔·柯察金这一人物之中，让他具备了自我牺牲的精神、顽强坚忍的意志、坚定不移的信念，这都深深体现了当时苏联的时代要求与社会风尚。

模拟练习

1. 下列对名著《钢铁是怎样炼成的》的表述有错误的一项是(　　)

A. 冬妮亚是保尔少年时代的爱人，也始终是他革命道路上的忠实伴侣。

B. 谢廖沙是保尔童年时的朋友。苏维埃政权成立后，他加入红军，后在一次战斗中不幸中弹身亡。

C. 得知师长列图诺夫牺牲后，保尔奋勇杀敌，却意外被炮弹炸伤，差一点失去了生命。

D. 谢廖沙的姐姐瓦莉亚被波兰白军用绞刑残忍杀害了。

2. 下面是《钢铁是怎样炼成的》有关情节，按照先后顺序排列，正确的一项是(　　)

①保尔遇见已经结婚的冬妮亚　　②保尔初见丽达

③保尔参加筑路队　　④保尔因伤寒和肺炎晕倒

A. ①②③④　　B. ②①③④

C. ①④②③　　D. ②③①④

3. 筑路队遇到的困难不包括(　　)

A. 秋雨、暴风雪等恶劣的天气

B. 匪徒袭击筑路工地

C. 没有枕木、运输工具

D. 肺结核的侵袭

4. “人最宝贵的是生命。生命每个人只有一次。人的一生应当这样度过：…… 为人类的解放而斗争”这段名言出现在原著中的什么场景(　　)

A. 保尔在与波兰白军的战斗中头部受伤后，写下的内心独白。

B. 保尔去了瓦莉亚和她的同志们被绞死的广场和烈士公墓时的感悟。

C. 保尔在共青团省委会全体会议上发表的激动人心的演讲。

D. 保尔因伤寒病在家里静养的时候和母亲的谈话。

5. 朱赫来在保尔的成长历程中充当了什么样的角色？请结合小说内容简要分析。

6. 保尔在战争过程中表现得异常顽强且有牺牲精神，正是有许多像他一样的革命志士，社会主义革命才能取得最终的成功。你觉得支撑保尔英勇战斗的原因有哪些？请具体分析。

中考真题

1.【2018山东滨州】阅读下面的文字，回答问题。

“好姑娘，你别担心，我可不会这么容易就进棺材的。我还要活下去，哪怕有意跟那些医学权威的预言捣捣蛋也好嘛。他们对我病情的诊断完全正确，但是写个证明，说我百分之百失去了劳动能力，那就大错特错了。我们走着瞧吧！”

这段文字出自《__________》，文中的“好姑娘”是指__________。

2.【2019山东烟台】名著阅读。

他献出了他拥有的一切，到了二十四岁，风华正茂之时，正当胜利的浪潮把他推上创造幸福生活的顶峰，他却被击中了。他没有马上倒下，而是像一个魁伟的战士，咬紧牙关，追随着胜利进击的无产阶级的钢铁大军。在耗尽全部精力以前，他没有离开过战斗的队伍。现在他身体垮了，再也不能在前线坚持战斗。唯一能做的事是进后方医院。

“他”是《__________》中的__________（人物名）。

3.【2017山东临沂】阅读下面名著选段，根据要求填空。

他慢慢地掏出了手枪，枪口轻蔑地望着他的眼睛。他把枪放在膝盖上，狠狠地骂了起来：“老弟，这是冒牌的英雄主义！干掉自己，任何一个笨蛋，任何时候都可以做到。这是摆脱困境的最懦弱最容易的一种办法。生活不下去，就一死了之。你有没有试试去战胜这种生活呢？为了挣脱这个铁环，你已经竭尽全力了吗？你是不是已经忘了，在沃伦斯基新城附近，一天发起十七次冲锋，不是终于排除万难攻克了那座城市吗？手枪收起来吧，这件事永远也不要告诉任何人。即使生活到了难以忍受的地步，也要善于生活，并使生活有意义而充实。”

（节选自《钢铁是怎样炼成的》）

文中的“他”是指________，他在疾病缠身、丧失战斗能力的艰难处境下，内心经历了严峻的考验。节选部分表现了他由绝望、动摇到________________心理历程。

4.【2019安徽】请运用所积累的知识，完成各题。

阿基姆明白，这个直到不久前还生龙活虎的年轻人，此刻内心激荡着怎样的情感。他了解保尔的悲剧……

“阿基姆，难道你真的以为生活能把我逼进死角，把我压成一张薄饼吗？只要我的心脏还在跳动，”他突然使劲抓住阿基姆的手紧压着他的胸脯，“只要它还在跳动，就别想叫我离开党。只有死，才能让我离开战斗行列。老兄，请你千万记住这一点。”

阿基姆沉默不语。他知道这绝不是漂亮话，而是一个身负重伤的战士的呐喊。他明白，像保尔这样的人不可能说出另外的话，表达出另外的情感。

（1）以上文段选自《＿＿＿＿＿＿＿＿》，作者是＿＿＿＿＿＿＿＿。

（2）“生龙活虎”在句子中的意思是：

（3）请把文中画线的句子改为反问句。

（4）请结合原著回答：①文段中“悲剧”指什么？②“呐喊”表达了保尔怎样的心声？

5.【2021湖南永州】晓轩同学在毕业赠言中引用了下面的语段，请你阅读后完成下面的问题。

人最宝贵的是生命。生命每个人只有一次。人的一生应当这样度过：当回忆往事的时候，他不会因为虚度年华而悔恨，也不会因为碌碌无为而羞愧；在临死的时候，他能够说：“我的整个生命和全部精力，都已经献给了世界上最壮丽的事业——为人类的解放而斗争。”

（1）这段文字摘自苏联作家＿＿＿＿＿＿＿＿（填人名）的名著《钢铁是怎样炼成的》，文中的主人公保尔·柯察金在病床上克服困难，计划写一部中篇小说，并给它命名为《＿＿＿＿＿＿＿＿》。

（2）保尔·柯察金身上凝聚着那个时代最美好的精神品质。

6.【2021贵州黔西南】这一夜，保尔翻来覆去睡不着，第一次参加斗争就很不顺利，刚一开头，就像老鼠一样被捉住，关在铁笼子里了。

以上文字出自《钢铁是怎样炼成的》，选文中“第一次斗争”具体指哪件事情？

7.【2015江苏徐州】根据提供的材料，回答问题。

“你怎么这么粗心大意呢？别生气了，现在骂也没用了，重新开始吧。”

“哪能不气愤呢，英诺肯季·帕夫洛维奇！六个月心血的结晶一下子给偷去了。我每天都紧张地劳动八个小时啊！这帮寄生虫，真该死！”

列杰尼奥夫极力安慰他。

一切不得不重新开始。列杰尼奥夫给他弄到一些纸，帮助他把写好的稿子用打字机打出来。一个半月之后，第一章又脱稿了。

“列杰尼奥夫极力安慰他”中的“他”是谁？“他”有怎样的性格特征？“六个月心血的结晶一下子给偷去了”指的是什么事件？

参考答案

模拟练习

1.A　　2.D　　3.D　　4.B

5.示例：朱赫来是保尔的精神导师和参加革命的领路人。朱赫来是一位坚强、勇敢、具有反抗精神的布尔什维克。他关心保尔的生活，教会了保尔英式拳击，与保尔谈心，培养了保尔朴素的革命热情。借宿在保尔家的日子里，朱赫来给保尔讲述布尔什维克党人的故事，给保尔传递革命思想和知识，引导保尔走上革命道路。朱赫来是一个关爱、培养青年，并有坚定革命信念的导师。

6.示例：保尔积极参与革命战斗的主要原因有以下几点：①对贫苦大众的同情以及对权贵的憎恨是保尔走向革命道路的根本原因，正是因为自己经历了穷苦的折磨，保尔才能如此坚定；②朱赫来的引导以及阶级伙伴的帮助，先进的理念和书籍让保尔有了精神的武器武装自己，这也是他获得强大精神动力的原因。

中考真题

1.钢铁是怎样炼成的　达雅

2.钢铁是怎样炼成的　保尔（保尔·柯察金）

3.保尔（保尔·柯察金）　战胜自我（战胜懦弱、摆脱困境、坚定信念）

4.（1）钢铁是怎样炼成的　奥斯特洛夫斯基

（2）形容很有生气和活力。

（3）像保尔这样的人怎么可能说出另外的话，表达出另外的情感？

（4）①“悲剧”指完全瘫痪、双目失明。②“呐喊”是指为解放全人类而斗争。

5.（1）奥斯特洛夫斯基　　暴风雨所诞生的

（2）示例：为理想而献身的崇高信念，钢铁般的意志和顽强奋斗的拼搏精神。

6.保尔奋不顾身去救朱赫来。

7.示例：保尔。

为理想而献身的精神、钢铁般的意志和顽强奋斗的高贵品质。

邮局弄丢了保尔花了六个月时间写的中篇小说《暴风雨所诞生的》前三章的手稿。

红星照耀中国

〔美〕埃德加·斯诺 著

董乐山 译

11

人民文学出版社

目录

本册导读

本册基本信息

本册是整本书的第十一分册——《又是白色世界》（二），共包含《友谊地久天长？》《红色的天际》，以及书后的附录部分。在本册中，斯诺记录了国共两党合作之后的一系列改变，重点介绍了红军和苏区的变化。并阐述了当时中国革命的任务、历程、特点等，对局势做了分析，得出了红色中国必将取得胜利的结论。

扫码听名师说书

阅读计划自检

开始阅读时间

______年______月______日

实际结束时间

______年______月______日

阅读所用时长
（建议时长：1 周）

_____天

阅读感受

- ☐ 轻轻松松读完，无压力，意犹未尽
- ☐ 能在建议时长内读完，并且读懂了
- ☐ 稍有些拖沓，理解起来不是很顺利
- ☐ 时间太短了，没有读完而且没看懂

第十一篇 又是白色世界

友谊地久天长[①]？

内容速览

斯诺记录了国共两党合作之后的一系列改变，重点介绍了红军和苏区的变化。红军占领了虽经济贫乏但有重要战略意义的渭河以北广大地区；重新开放邮件和电报、长途汽车等，越来越多的年轻人加入红军大学等一系列改变；同时南京方面态度也发生了很大的改变。

① 用著名诗人彭斯的诗句谱写的苏格兰著名民歌，一译《美好的昔日》，一般在惜别或旧友重逢时歌唱，此处喻国共重新合作。—— 译注

阅读指南

- **章节阅读属性：**【细读】
- **阅读方法落实：**【阅读纪实作品】作者对苏区各方面的改变以及年轻人涌入苏区等现象进行了非常细致的表述。阅读时要跟着作者的客观记录，联系当今社会发展与个人成长进行分析和思考。
- **核心内容感知：**【梳理情节，感悟启示】关注作者对苏区改变的细致描述，思考从中获得的感悟与启示。

章节图解

- **友谊地久天长？**
  - **苏区的变化**
    - **范围变化**：占领渭河以北广大地区，虽然经济贫乏但战略意义重要
    - **恢复交流**
      - 开放部分邮件和电报、长途汽车等，运进各种必需的技术材料
      - 延安建立鲁迅纪念图书馆，全国各地的共产党寄来新书
      - 两千名学员进了红军大学，五百名进了党校
      - 不少前来考察的非共产党知识分子留在了苏区
  - **南京政策改变**
    - **停战抗日**：对日态度开始强硬，不再进行内战
    - **解除封锁**：经济封锁解除，建立贸易关系，悄悄恢复交通
    - **参观苏区**：秘密派一个半官方性质的团体，邵华带队，参观延安
    - **改善态度**
      - 放松共产党拥护者管控，允许共产党扩大组织和影响
      - 持续不断地少量释放政治犯
      - 严厉侦查“亲日汉奸”
    - **拨发经费**：蒋介石第一笔经费给苏区发了五十万元
  - **共产党的改变**
    - **肖像并立**：中俄共产党领导人和蒋介石、孙中山的画像并排挂着
    - **编入国军**：将红军编入“国民革命军”，共同抗日
    - **坚持纲领**：保留在主义上和纲领上的基本内容
    - **土地政策**：新控制的地区停止没收地主土地
    - **对外宣传**：停止反对南京、反对国民党的宣传

原文阅读

蒋介石的友好姿态、他的撤销剿匪总部、取消新闻围剿计划以及上述各种其他命令和决议，共产党也有很深刻的印象。一切战斗都已停止。国共两军实际上共同和平占领着好几个边界地区。蒋介石本人表示愿意容忍（至少暂时）红军的存在，只要他们遵守三月十日电报中提出的诺言。

在西安事变期间，红军占领了大批新扩展的地方。在陕西省，它现在占了一半以上的面积，包括渭河以北的几乎所有地方。在他们五十来个县份里——面积在六万到七万平方英里之间，大体上等于奥地利面积的两倍——共产党所控制的领域是他们有史以来最大的一块地方。但在经济上这个地方很穷，发展前途极为有限，人口稀少，大约不到二百万。

但这个地区战略上极为重要。共产党可以从这里出发封锁中亚的贸易通道，或者打通同新疆或外蒙古的直接联系。假如与日开战，这个边境线的有机价值是很明显的。这是日本无法封锁的仅有的两条中国边境线之一，也是供应来源之一。新疆有一半以上，面积约五十五万平方英里，已在一个同情中共、半独立于南京、半从属于苏联的半社会主义政体的统治下。在它东北的外蒙古自治共和国，另一个面积达九十万平方英里的前中国附属国——中国对它的宗主权至今仍得到名义上的承认，即使俄国也是承认的——现在则肯定是在红旗的统治下，这是一九三六年与苏联缔结军事同盟（共同防御条约）的结果。

在现在仍可称为“大中华”的这个地方，共产党控制下的这三个地区加起来大约占前中华帝国三分之一的面积。把它们三者相互隔开来而没有实际接触的，只是一些政治上态度暧昧的缓冲地区，住的是蒙古人、回民和同南京关系脆弱的边境部落，日本侵略的威胁对他们来说倒是日益现实的。这些地区后来很可能被纳入“抗日统一战线”的圈子，在苏联的影响之下。这样就会形成一个未来的庞大共产党根据地，从中亚和蒙古延伸到中国的西北腹地。但是这一片地方都很落后，有些部分是贫瘠的草原和沙漠，交通不便，人口稀少。它要在东方政治中起决定性的作用，必须同苏联或华中，或者两者的先进工业军事基地结成紧密的同盟。

中共的当前收获限于这几个方面：停止了内战，南京的对内政策有了一定程度的自由化和容忍，对日态度趋于强硬，苏区不完全地脱离了长期孤立状态。总司令派赴西安的使者张冲将军和共方在西安的代表周恩来谈判的结果，在四、五、六月发生了一些重要的变化。经济封锁取消了。红区和外界建立了贸易关系。更重要的是，双方悄悄地恢复了交通联系。[1]在边界上，红星旗和国民党的青天白日旗象征性地交叉挂在一起。

邮件和电报开放了一部分。共产党在西安买了一批美国卡车，在自己区内的各主要地方之间开办了长途汽车。各种各样必需的技术材料开始运了进来。对共产党来说最珍贵的是书籍。延安新开了一家鲁迅纪念图书馆，全国各地的共产党同志都寄了成吨成吨的新书来。成百上千的中国年轻的共产党人从大城市来到陕北红色新首都延安。到五月间，已有两千名学员进了红军大学（改名为“**抗日大学**”[2]），五百名进了党校。其中有蒙古族、回族、藏族、台湾人、苗族、彝族。还有好几十人在一些技术训练班学习。

除了党的久经考验的工作者以外，还有热情的年轻激进分子从全国各地前来，有的长途跋涉，步行而来。到七月间，尽管学习生活很艰苦，伙食是小米白菜，吃不饱肚子是有名的，仍有许多人申请入学，容纳不下。[3]许多人只好请他们回去等下一届，共产党打算再接受五千名。许多有训练的技术人员也来了，或者当教员，或者从事现已开始的“建设计划”。这也许是和平所带来的最大的眼前利益：有了一个可以自由地为革命和抗战训练、装备、培养新干部的根据地。

当然，国民党仍继续严密监视共产党同外界的联

老师有话说

1-考点 重点词语赏析

“悄悄”一词表露出双方的试探性，刚刚恢复交通联系的国共双方还存有一定的顾虑，开始了试探性的接触，另一方面照应下文“国民党仍继续严密监视共产党同外界的联系。现在对共产党的行动已不是那么有限制了”的局势。

【阅读纪实作品】

在遭受长期封锁、物资匮乏的苏区，共产党感到最珍贵的却是书籍，这表明共产党与红军对知识的渴望、对人才的尊重，他们有着崇高的精神追求。这里表达出作者的赞扬与钦佩。

2-拓展知识

抗日大学（红军大学）：一般指中国人民抗日红军大学。长征结束后红军的战士和军队干部损失颇大，为培养补充抗日军政干部，提高红军自身的战略技术水平，建立了此学校，1937年1月，改名为中国人民抗日军事政治大学。

3- 考点　内容理解分析

苏区条件虽然十分艰苦，但还是有很多人申请入学，表明共产主义已成为当时很多年轻人的信仰、理想与追求，大家愿意克服生活上的困难，投奔革命。

系。现在对共产党的行动已不是那么有限制了，但是还没有公开承认这个事实。许多非共产党的知识分子团体也到红色中国来考察那里的情况，许多人来了以后就留下工作不走了。六月间，国民党自己也秘密派了一个半官方的代表团，以邵华为首①，参观红色首都。他们游历了苏区，在盛大的群众大会上发表了相当红色的抗日演说。他们欢迎国共恢复反帝统一战线。不过，国民党报纸是不准刊登这些情况的。

对列宁的拥护者来说，国民党地区的情况也改善了。共产党在名义上仍属非法，但可以扩大影响，扩大组织，因为压迫已有所减弱。监牢里不断放出少量的政治犯。特别宪兵（蓝衣社）仍继续侦查共产党，但是不再绑架和拷打了。还传出消息来说，今后蓝衣社的活动主要集中对付“亲日汉奸”。后者有一些遭到逮捕，有几个领日本津贴的中国特务第一次真的已被处决。

到五月间，作为让步的交换，苏区准备改名为“边区政府”，红军已申请作为国民革命军编入国防部队。党和红军的全国代表大会五月和六月间分别召开了。会上做出了决定，要采取实现同国民党合作的新政策。在这些大会上，列宁、马克思、斯大林、毛泽东、朱德和共产党其他领导人的画像同蒋介石和孙中山的画像挂在一起。

这些现象反映了共产党方面总的来说愿意在形式上和名称上作必要的让步，同时又保留他们在主义上和纲领上的基本内容，和他们的在自治条件下的存

① 该代表团团长为在顾祝同手下任职多年的陆军少将涂思宗，副团长为西安行营高级参谋萧致平、国民党中央党部成员邵华。—— 编者注

在。国民党口头唱得好听的孙中山的三民主义，像在大革命时期一样又受到共产党的尊重。4这不是蒋介石的三民主义，因为共产党给了三民主义他们自己的马克思主义的解释。很明显，马克思主义，还有社会革命的基本原则，他们是决不会放弃的。他们所采取的每一新步骤、所做的每一变化，都是从马克思主义的角度来进行检查、辩论、决定和结合的，而且也是从无产阶级革命的角度，共产党并没有放弃无产阶级革命，这仍是他们的最终目标。

4-考点 重点词语赏析

作者用“口头唱得好听”来形容国民党对待“三民主义”的态度，暗指蒋介石统治下的国民党打着“三民主义”之名，行专制独裁之实。

共产党政策的最重大变化是停止实行没收地主土地，停止反对南京和反对国民党的宣传，答应给一切公民平等权利和选举权，不论他们阶级成分如何。其中最直接影响到红色经济的，自然是停止没收土地。这并不意味着在已重新分配土地的地方把土地还给地主，而是同意在共产党新控制的地区放弃这种做法。

为了补偿由于这种让步而造成经费的短缺，蒋总司令同意——尽管不是正式地——把苏区视作“国防地区”的一部分，并且按这种地位拨给经费。第一笔经费（五十万元）是在蒋介石回南京后不久付给共产党的。国民党的货币有一部分用来收回苏区货币，还有一部分购买制成品给合作社（现在存货充沛）和购买必要的装备。这些钱没有一文浪费在薪水上。财政人民委员仍靠五元钱一月生活！南京每月经费的确切数字在本书写作时仍在谈判中——事实上，未来合作的具体工作协议也还在谈判中。

六月间，蒋介石派私人座机到西安接共方首席代表周恩来到中国夏都牯岭①。周恩来在那里同蒋介石及

① 牯岭位于江西省九江市境内，今庐山风景区的中心。——编者注

其内阁作进一步谈判。讨论的问题有共产党要求参加定于十一月召开并通过“民主”宪法的国民大会。据报道，已经达成协议，“边区”可以作为一个地区派九名代表。

但是，极有可能，这些代表不会称为“共产党人”的。南京还没有公开承认这次所谓“复婚”。它宁可把这关系看成是纳妾，她行为是否端正还有待证明，而且为了外交的缘故，这种关系在家庭圈子外面还是少谈为妙。但是即使这种偷偷摸摸的“结合”，也是令人震惊地公开反抗日本，这在几个月以前是不可想象的。同时，日本自己的（通过媒人广田）与南京体面地结成“反共”婚姻的要求，终于被拒。这也许是南京外交政策终于有了根本变化的最后的明确迹象。

【阅读纪实作品】

作者运用精妙的比喻，充分刻画了国民党的心态：一方面向外界传达合作抗日的态度，另一方面又强调自己的领导和正统地位。可见国共两党的联手存在合作与斗争共存的局面。

对于不熟悉中国政治的天真的西方观察家来说，这个结局似乎是完全不可理解的，因此在分析它的意义时可能犯严重的判断错误。当然除了中国以外世上别的地方是不可能发生这种事情的。在经过了十年的最激烈内战以后，红军和白军忽然携手合唱《友谊地久天长》。这是什么意思？是不是红军变白了，白军变红了？谁都没有变。但是总得有人得了利，有人失了利？是的，中国得了利，日本失了利。因为看来似乎是，由于第三方面因素——日本帝国主义——的插手，极其复杂的两方之争，再一次推迟了决战。

【阅读纪实作品】

“谁都没有变”写出了国民党内部依然暗潮涌动，但从结果来看，国共合作抗日对中国的好处是显而易见的。

因此要大略知道红色的天际上出现的前途，我们必须看一看帝国主义在中国革命中所饰的角色。

第十一篇 又是白色世界

红色的天际

11

内容速览

斯诺阐述了当时中国的革命任务及发展历程、各阶级的革命特点，回顾了国共两党十年政治斗争的过程，并分析了即将面临的复杂形势和挑战等，总结形成了自己的观点，发现了产生中国社会革命运动的基本条件本身包含着必胜的有力因素，得出了“中国社会革命运动可能遭受挫折，但最后终于会获得胜利”的论断。

阅读指南

- **章节阅读属性：**【细读】
- **阅读方法落实：**【阅读纪实作品】斯诺客观分析了中国进行革命的复杂社会背景，点明了当时革命者面临的困难。我们在阅读时，要从广大革命者、中国共产党和红军为国家民族的命运浴血奋战的历史中汲取精神营养，并联系当今的社会实际进行分析和思考。
- **核心内容感知：**【梳理情节，感悟启示】关注作者对中国革命在曲折艰难中前进的分析与思考，获得成长的感悟与启迪。

章节图解

- **红色的天际**
  - **中国革命分析**
    - **革命目的**
      - 推翻在中国的帝国主义势力，完成民族独立
      - 推翻地主与豪绅的政权，完成民主
    - **取胜条件**
      - 无产阶级领导下的工农民主专政
      - 肃清一切帝国主义，建立苏维埃
    - **社会背景**
      - 中俄两国革命有许多差异
      - 半殖民地国家，“被压迫民族”
    - **阶级特点**
      - 城市发展不均衡，工人力量薄弱，动员所有工人困难
      - 农村广泛，国民党势力发展缓慢，农民对土地的需求
  - **国共两党分析**
    - **共产党**
      - 群众普遍地支持
      - 能够领导争取民主自由的运动，有军事和政治的战斗力量
      - 联合一切可以联合的力量反帝斗争，暂时放下阶级分歧
    - **国民党**
      - 会寻找一切可能的妥协道路
      - 会充分利用共产党对自己实行新政策的好处
  - **未来中国展望**
    - **日本侵华**
      - 日本侵华不会停下来，会愈演愈烈，卢沟桥事变即是证据
      - 侵略行为必将引起全国范围的抵抗
      - 共产党将尽一切可能来实现对日战争的决定性胜利
    - **未来展望**
      - 需要一场帝国主义大战，削弱帝国主义势力
      - 中国成千上万的青年为民主社会主义思想捐躯牺牲的思想动力不容摧毁
      - 中国社会革命运动可能遭受挫折，但最后终会获得胜利

原文阅读

要“解释”中国的革命，要探勘它的社会政治经验的丰富矿藏，不是本书的任务，需要写一部完全不同的著作。但是即使在这剩下的几页篇幅，仍可能为在这部渠道纵横的历史急流中的航行者，提供一幅总航图。

有一个很有造就的社会科学家名叫列宁。他曾写道:“一般历史，特别是革命的历史，总是比最优秀的政党、最先进阶级的最觉悟的先锋队所想象的更富有内容，更多种多样，更生动活泼，‘更巧妙’。这是不言而喻的，因为最优秀的先锋队也只能表达几万人的意识、意志、热情和想象；而革命却是在人的一切才能特别高度和集中地表现出来的时候，由千百万被最尖锐的阶级斗争所激励的人的意识、意志、热情和想象来实现的。”[①] 这段话用于中国是很恰当的。列宁所承认的，在某种意义上简单地来说，就是共产党的预言难免有错，共产党人往往很容易把他自己的感情上的主观愿望同现实混为一谈，患有把“几万人”的“意识”看成是“千百万人”的“想象”的错觉。这固然不一定是辩证唯物主义方法的弱点的证据，却是辩证法论者的弱点的证据。这说明了为什么共产国际的喉舌《国际通讯》或《新群众》有时在分析一定的历史可能性时会像《泰晤士报》或《意大利人民报》一样是错误的。

中国的历史在哪些方面证明了是比共产党理论家在十年左右以前预见到的“更富有内容，更多种多样，更生动活泼，‘更巧妙’”呢？具体地来说，为什么红军尽管作了英勇卓绝的斗争，仍没有能够在中国赢得

① 列宁:《共产主义运动中的“左派”幼稚病》，见《列宁选集》第四卷，第249页。

老师有话说

【阅读纪实作品】

作者运用设问的方式引导读者思考，从这里可以看出纪实文学并不是单纯地罗列史实、堆砌资料。斯诺不仅熟悉他采访了四个月的共产党和红军的这段事实，还对更广阔的历史面貌和更深层的历史逻辑有着清晰的把握。

政权？要回答这一问题，我们必须再回顾一下，而且要明确地记住，共产党的中国革命概念及其主要目标。

关于中国的共产主义运动，普遍有一种看法始终没有消除，那就是它是反资本主义的，因为它认为并不需要有一个资产阶级或资本主义经济阶段，而是要马上宣布实行社会主义。这完全是胡说八道。共产党人的每次声明都清楚地表明，他们承认目前革命的“资产阶级性质”。斗争的焦点不是革命的性质，而是领导的性质。共产党人承认，革命的领导的责任是尽快实现两项主要历史任务：一是推翻外国帝国主义和实现民族独立（那就是把中国从半殖民地的地位解放出来）；二是推翻地主豪绅权力，实现民主（那就是把群众从“半封建”中解放出来）。共产党人认为，只有实现了这两项任务以后，才有可能转入社会主义。

但怎么能够实现这种胜利呢？共产党人有一段时间里希望同资产阶级一起来争取这种胜利。但一九二七年发生反革命，国民党（地主资产阶级的政党）放弃对帝国主义和“封建主义”采取革命的方法时，共产党人相信“只有在无产阶级领导下的工农民主专政”才能领导资产阶级革命——在中国，资产阶级革命在推翻帝制后并没有立即具有肯定的形式，而是在一九二五年到一九二七年的大革命时才具有肯定的形式。

对于不熟悉马克思主义逻辑的精确范畴的人来说，这些话听来可能有些吃力。当然，如果读者对此有研究兴趣，这整个理论有一大套书（初学者可以看看斯大林的《论反对派》）。我在这里只简单地说明一下这个论点。上面的意思换其他的话来说，共产党人的革命观念是这样的：中国不可避免地要有一个民族资本主义时期，但这只有同时在城市里消灭外国殖民势力，在农村里解放农民，把土地给他们，摧毁大庄园和地主在农村的经济、政治、社会权力才能达到。

共产党认为，中国的资本家阶级不是一个真正的资产阶级，而是一个“殖民地资产阶级”。这是一个“买办资产阶级”，是它主要服务对象外国金融和垄断资本的寄生物。它无力领导革命，只有通过完成反帝运动，消灭外国统治，它才能求得本身的自由。只有工人和农民能够领导这样一场革命一直到最后胜利。共产党要做到使工人和农民不会把胜利的果实拱手让给他们通过革命而解放出来的新资本家，像法国、德国、意大利所发生的那样，事实上除了俄国以外，到处都是这样。相反，工人和农民要在一种“新经济政策”时期，一个短短的“有控制的资本主义”历史时期，然后在一个国家资本主义时期，保持政权，在这以后才最后迅速过渡到社会主义建设——在苏联的帮助下。所有这一切都很清楚地在《中华苏维埃共和国的基本法律》一书中有所说明。①

毛泽东在一九三四年重复说：“驱逐帝国主义，打垮国民党的目的是要统一中国，实现资产阶级民主革命，使得有可能把这一革命转到社会主义革命的更高阶段。这就是苏维埃的任务。”②

但是，考虑到他们一定也充分认识到的不可逾越的障碍，有什么理由会使中国共产党人在一九二七年认为他们能够在历史的大峡谷上完成这个大跳跃呢？大概主要是十月革命的榜样。[1]那次大跳跃把俄国人民从封建帝制一下子带到了社会主义阶段。据说，这是在两个条件下做到的，而这两个条件在中国也可能实现。托洛茨基说得极为简明扼要：“属于完全不同的两个历史范畴的两种因素相互结合和相互渗透，那就是资产阶级发展初期才有的一种运动——农民战争，和资产阶级发展衰亡的标志——无产阶级起义。”③

在中国大革命高潮，在农民群众和无产阶级中间存在着必要的革命情绪。但是同产生俄国革命的情况有许多差异。其中有一种差异十分大。封建主义残余在俄国甚至比中国还要明显，但是中国是一个半殖民地国家，一个“被压迫民族”，而俄国是一个帝国主

① 马丁·劳伦斯书局，一九三四年伦敦。

②《红色中国：毛泽东主席……》（一九三四年伦敦）。

③ 托洛茨基：《俄国革命史》，第一卷，第70页（一九三二年伦敦）。

1- 考点 修辞手法赏析

运用设问的修辞手法，抛出四一二反革命政变的问题，让读者跟着作者的思路思考，再给出失败的原因，强调了十月革命对中国革命进程的影响，进一步表明前进的道路是曲折的，写出了共产党人为寻求革命道路不懈探求的精神。

【阅读纪实作品】

作者将中俄两国革命背景进行比对，旨在说明中国革命的道路是中国共产党立足于中国国情，经过艰苦探索、付出巨大牺牲才开辟出来的。

义国家，是一个“压迫民族”。在俄国革命中，无产阶级只需打败一个阶级，它本国的资产阶级兼帝国主义阶级，而中国革命却要对付一个有双重人格的本国敌人 —— 它本国的新生资产阶级和外国帝国主义的既得利益。理论上来说，在开始的时候，中国共产党人以为他们敌人的这种双重性质会被他们自己的进攻的双重性质所抵消，那就是他们的进攻会得到他们在世界上的“无产阶级盟友”和“苏联劳动者”的援助。

共产党人在一九二七年后没有能够夺取政权的原因基本上很简单。最重要的一个原因是中国产业无产阶级所存在的条件和性格。这个阶级人数很少 —— 中国只有四百万产业工人 —— 没有经验，文化水平低，疾病丛生，营养不良，饱受恐怖，中间又有童工和女工占多数，力量遭到进一步削弱，还受到本国和外国资本的非笔墨所能形容的双重剥削，这样的一个阶级即使在独立的中国也很难发挥它的政治意志。但是它受奴役的最不利的一个条件还在于中国现代工业集中在外国控制的地区，这些地区里的工人是相互隔绝的。

中国产业工人几乎有三分之一集中在上海，在六七个世界强国的炮舰瞄准之下。在天津、青岛、上海、汉口、香港、九龙以及帝国主义的其他势力范围中，大概集中了中国产业工人的四分之三！上海是个最典型的样本。这里有英国、美国、法国、日本、意大利和中国的士兵、水兵、警察，所有国际帝国主义的势力同本地的土匪流氓和买办资产阶级这些中国社会最腐化堕落的成分结合起来，一起“合作”，对赤手空拳的千千万万工人挥舞棍棒。

这些工人被剥夺了言论、集会、组织自由。只要本国的和外国的警察力量的双重制度存在一天，要动员中国产业无产阶级采取政治行动，是完全不可想象的。历史上只有一次 —— 在一九二七年 —— 打破过这种制度，当时在短短的几天里，蒋介石利用工人取得了对北洋军阀的胜利。但是他们马上遭到镇压，这是历史上最使人丧气的一次流血事件，得到了外国列强的认可和外国资本家的财政援助。

因此，要在城市中举行起义，这种尝试总是注定要失败的。南京政权能够而且事实上也的确依靠外国列强在通商口岸据有的工业基地，依靠他们的军队、大炮、巡洋舰、内陆警察、内河炮艇，依靠他们的财富、报纸、宣传、特务。尽管这些强国直接参与反红军的战争的事例不多，这一点无关紧要。在必要的时候，这种行动确实发生。但是他们的主要贡献是镇压产业工人，为南京提供军火飞机，串通一气，把共产党概称为“土匪”，若无其事地否认内战的存在，使得“**不干涉委员会**”2（像今天在西班牙那样）这个令人为难的问题根本不会出现。

由于工人从一开始就处于这种无力状态，由于在城市中没有能力赢得一个重要的工业基地，无产阶级的先进领导人不得不依靠农村地区，那里的共产主义运动一方面保持着社会主义的目标和思想，在实践中却有了一种土地革命的经济性质。在农村地区，共产党希望最后终于能积聚足够的力量可以先在一些外国势力不那么牢固的城市基地进攻南京政权①，然后希望在世界无产阶级的帮助下进攻外国势力在通商口岸的堡垒。

但是帝国主义强国是南京反对共产主义的客观盟友，而共产党希望从世界无产阶级那里得到的援助却没有实现。3 虽然在《共产国际纲领》② 中明确地承认，像中国那样的半殖民地国家，无产阶级运动要胜利，“只有从已建立无产阶级专政的国家（即苏联）得到直接援助才有可能”，可是苏联事实上并没有给予中国同志这里所保证的“无产阶级专政的援助和支持”，在程度上与其需要相符。相反，在一九二七年以前苏联给予蒋介石的相当于干涉程度的庞大援助，却有援

① 但是即使在一九三〇年，红军攻占长沙这样一个对外国帝国主义并不十分重要的内陆战争，他们也在英、美、日炮舰的猛烈炮轰下被迫放弃。

② 一九二九年伦敦。

2- 拓展知识

不干涉委员会：西班牙内战时，若干欧洲国家成立的一个国际机构。二十多个国家接受了英法两国关于相互承担义务、不向西班牙或其属地输出武器及军事物资的建议（《不干涉协议》），并成立“不干涉委员会”监督《不干涉协议》的执行。

3- 考点 句子作用分析

内容上写出南京政府得到大量外国援助而共产党需要自力更生的客观事实，表达了作者对共产党的敬佩和同情。结构上具有过渡作用，总结了上文无产阶级面临的困难局面，并引出下文对国际援助“缺位”的探讨。

助国民党中最反动的分子上台的客观效果。当然，在一九二七年以后，直接援助中国共产党与苏联所采取的立场是不相容的——这是苏联国家政策的眼前需要同世界革命眼前需要发生矛盾的著名例子，因为这有引起国际战争、危及在一国建设社会主义的整个纲领的危险。尽管如此，必须指出，这个因素影响中国革命至巨。

中国共产党人被剥夺了外国盟友，继续孤军奋战，要争取“资产阶级革命的领导权”，相信国内外政治的深刻变化会带来有利于他们的新力量。他们完全弄错了。结果是引起一场长期的大动乱，为中国人民大众带来了政治分娩的一切痛楚，最后却没有生产子嗣。

南京的力量在大城市中仍相对牢固，原因已如上述，但在农村中，发展却很慢。矛盾的是——其实也是辩证的——资产阶级的农村贫血症的来源也可以推溯到南京在城市中的力量——即外国帝国主义。因为虽然帝国主义很急于要“进行合作”，防止或镇压城市暴动，或城市暴动的可能性，但同时它却在客观上——主要通过日本，远东这个制度的最大表面张力的焦点——为这种服务勒索高昂的代价，其形式就是并吞新的领土（东北、热河、察哈尔、冀东），胁迫作出新的让步，劫夺属于中国的新的财富。帝国主义侵略的这个最新阶段压在南京政府身上的负担，使国民党不可能在农村地区进行必要的资本主义“改革”——商业信贷、改进交通、集中税收和警察力量等等——其速度可以对付农村不满和农民暴动的扩散。而共产党由于执行土地革命的政策，可以满足很大一部分农民群众的要求，掌握中国一部分农村的领

【阅读纪实作品】

分析了共产党的困难后，作者也客观分析了国民党的困境，国民党对帝国主义的依附，使其无法完成资本主义改革，照应了前文共产党认为中国的资本家阶级是“买办资产阶级”的论断。

导权，甚至在一种几乎纯农业经济的基础上建立好几个有力的根据地。但是同时，他们在城市中却不得发展，而他们的敌人则继续以城市为根据地。

在这种情况下，共产党认为，国民党进攻苏区妨碍中国人民实现他们要驱逐日本人的“民族解放”的使命，国民党自己不愿保卫祖国证明资产阶级领导的破产。共产党的革命论点由此可见是言之有理的。但国民党恼羞成怒，反唇相讥说，共产党企图推翻政府，才使他们不能抗日，而在严重的民族危机的前面继续在内地采取“赤匪”行径，妨碍了国内改革的实现。有趣的是，而且也是辩证的是，这两种说法都是对的，也都是错的。中国革命现阶段的这个奇特的僵局，这个根本的软弱性，基本上就在这里。

在过去这十年内，帝国主义压力日益严重，帝国主义为了在城市中保护中国买办阶级利益所索取的代价这么高昂，颇有冲淡资产阶级和地主的政党国民党与工人和农民的政党共产党之间的阶级矛盾之势。正是由于这一原因——也因为本书前章所述及的当前形势——国民党和共产党因此在十年不停内战后，能够重新联合起来，这表现在共同抵抗日本帝国主义这个更高的基础上的必要团结。这种团结由于它的内在矛盾，不是稳定的、不是永久的；只要国内的矛盾超过了目前对外的矛盾，它就可能破裂。但是这种团结的实现，肯定结束了革命战争的时代，而揭开了一个新的时代。

这十年政治经验的主要意义是什么？从理论上来说显然是：共产党不得不暂时放弃他们的“只有在无产阶级领导下”资产阶级民主运动才可能发展起来

【阅读纪实作品】

通过对中国革命和不同阶级发展的探讨，斯诺得出了国共合作的团结是不稳定与非永久的的结论，而抗日战争胜利之后的国共合作破裂，也证实了斯诺论断的正确性，可见作者的前瞻性。

的论点。今天，它承认，只有“一个各阶级的联合”才能实现这些目标。其实际意义是，它清楚地承认国民党在民族革命中的目前领导——在这里与政权是同义词。对共产党来说，这当然可以认为是从江西时代的“一个大后退”，就像毛泽东坦率地承认的那样，因为在江西时代，他们努力要“巩固工农专政，把它扩大到全国，动员、组织、武装苏维埃和群众打这一场革命战争。”[①] 马上夺取政权的斗争是停止了。今天共产党的口号改为：拥护中央政府，在南京领导下加速和平统一，实现资产阶级民主，组织全国人民抗日。

但是在这种时期里，列宁写道，“有必要把对共产主义思想的严格忠实同作一切必要的妥协、‘转变航向’、达成协议、迂回、后退等等的能力结合起来”。因此，虽然在中国共产党人中间发生了这种战略大转变，他们仍相信，现在他们有可能在一种比以前更加有利的气氛中进行竞赛。正如毛泽东所说，双方“互相作了让步”，这种交换是“有具体限度”的。

他继续说：

“共产党在苏区和红军问题上保持领导权，在同国民党关系中保持独立性和批评自由。在这些问题上是不能作让步的。……共产党永不放弃社会主义和共产主义目标，它们将通过资产阶级民主革命阶段达到社会主义和共产主义阶段。共产党保持自己的纲领和自己的政策。”[②]

这种让步所带来的实际好处，前文已有述及。但是要保持这些好处，共产党有什么保证呢？维持国内和平，实现民主诺言，执行抗日政策有什么保证呢？

显然国民党也会充分利用共产党对自己实行新政策的好处。由于南京的权威得到中国唯一能够与之抗衡的政党的承认，蒋介石可以继续在一些军阀势力很强大的边缘地区，例如广西、云南、贵州、四川，扩大自己的军事和经济权力。他在共产党周围改善了自己的军事地位以后，就可以同时从共产党那里得到政治上的让步作为他暂时容忍的交换条件。最后，他希望靠巧妙地兼而采取政治和经济策略，在政治上削弱他们，在时机成熟可以最后要求他们完全投降（他无疑仍希望做到这一点）时，他可以把红军孤立起来，利用他们的内部政治分歧来

① 《红色中国：毛泽东主席……》第11页（一九三四年伦敦）。

② 向共产党作的报告（一九三七年四月十日延安）。

分化他们，把顽固的残部作为纯粹地方军事问题来加以解决。

对此，共产党丝毫不抱幻想。他们同样地也并不以为自己如不积极争取，“民主”的诺言或者反帝运动就会实现。他们决不会放弃实现充分民主和反帝的口号，他们在维护这两个口号时，不惜作出政治上的小让步，因为他们相信，他们的根本政治基础是摧毁不了的。当然，历史上从来没有一个独裁政党出让过一点点政治权力给人民，除非是在极大的压力之下，国民党也不会是例外。如果不是由于这十年来存在着共产党反对派，要实现现在快要在望的那种程度的“民主”也是不可能的。的确，如果没有这种反对派，“民主”就没有必要，现在中国出现的那种程度的中央集权的国家政权也是不可想象的。因为民主政体的发展，就像现代国家本身的成长一样，是一种需要获得权力和体制的表现，以便在这种权力和体制之内调和资本主义社会的基本上不可调和的矛盾——基本阶级对立。这就是资产阶级民主的最简单的说明。

这种矛盾在中国并没有消退，而是在迅速增长，只要这种矛盾保持尖锐化，国家就不能忽视。国内和平的实现本身就不可避免地使得南京方面要更广泛地有各社会阶层的代表，如果这种国内和平要继续保持的话。这并不是说国民党可能真诚地实现资产阶级民主，允许共产党在公开竞选中同自己竞争，这样签发自己的死刑判决书（因为到处都承认，单单农民的选票就可以使共产党获得压倒优势的多数），尽管这是共产党和其他政党的要求，他们并且会继续这么进行宣传鼓动。但是这的确意味着，一小撮垄断国家经济和警察力量的少数人不得不承认大多数人的一些要求。同意苏区代表作为一个地区的代表出席国民大会就是一个迹象。

经济、政治、社会利益的向心发展，所谓“统一”的过程——产生这个制度的一些措施本身——为了本身的存在，同时也要求越来越多的集团把注意力集中于中央，以解决不可解决的难题——阶级利益的日益加深的冲突。南京越是具有代表全国不同的更加广泛的阶级利益的倾向——它越是接近于实现民主——它越是要被迫寻求一种通过恢复国家主权以求自保的办法。

因此，共产党扩大影响、防止将来受到围剿的保证，在共产党人看来，是中国的经济、社会、政治有机关系中所固有的——正是这种关系才造成了目前这样的形势。这些保证首先是在武装的和非武装的群众中间普遍地要求继续保持国内和平，改善生活，实现民主，争取民族自由。其次，共产党的“保证”在于它能够对全国争取实现这种要求的运动继续提供领导，在于共产党的实际军事和政治的战斗力量。第三，它依靠中国人民这十年来的政治经验，这经验证明，在资产阶级和无产阶级联合起来的反帝斗争中需要从历史上暂时埋葬阶级分歧。

一九三七年春，日本对南京压力稍减，侵略内蒙暂停，英日开始会商“在华合作”，英国政府希望调停中日争执和在远东导致“基本和平”，这使有些人寻思，共产党对政局估计是否错误。把整个战略建筑在中日马上必战中心前提上，是否太冒险了？他们认为，现在中国既有国内和平，共产党既已停止企图推翻国民党，日本也就真的向南京表示和解了。日本帝国主义者已认识到，他们要中国资产阶级走上投降道路操之过急，推之过远了，结果中国的内争已消灭于普遍仇日之中。他们现在已经认识到为了使中国资产阶级可以再次放手去搞国内冲突，对它实行友好新政策是明智得策的。东京和南京这样修好就能消除共产党的政治影响，因为后者是过于依靠抗战了。

但是根据力学原理，历史的洪水必须找到排泄口。它是不能强制倒流到发洪水前的渠道上去的。日本要关上闸门为时已太迟了。共产党人了解即使日本最能干的领导人认识到暂停的必要性，日本也不能在中国转而采取静止政策。共产党的这一预见，在七月八日似乎已得到卢沟桥事变的充分证实。因为在这里，日本改变心意的暂时假面具给戳破了。日本军队在北京以西十英里处的宛平县中国领土上进行“午夜演习”（这是完全非法的），自称受到中国铁路警卫人员的枪击。这一事件给了日本军队借口，它再一次表示了它的真正必要。到七月中，日本已赶调一万名左右的军队到了京津一带，并且提出了新的帝国主义要求，如予同意，等于是接受在华北成立日本的一个保护国。

共产党对这一形势的看法，对这一形势所必然引起的一触即发的事件的看法是，全国日益要求不仅在这里进行抵抗，而且在所有发生新侵略的地方进行抵抗的压力，都会逼使蒋介石政权采取除了战争没有别的出路的立场，如果日本不改变政策、改正过去错误的话。这意味着除了战争没有别的出路。请记住，共产党认为这样一场战争不仅是争取民族独立的斗争，而且是一种革命运动，

“因为在中国打败帝国主义意味着摧毁它的一个最强大的根据地”，而且因为中国革命本身的胜利“与中国人民反对日本侵略的胜利是一致的”（毛泽东语）。战争可能明天就开始。也可能一两年内还打不起来。但不会拖得太长了，根据共产党人对日本、中国和全世界政治经济上达到爆发点的紧张形势的分析，他们认为人类命运不可能再长期拖延不解决了。

共产党的预见是，在这场战争中，将有必要武装、装备、训练、动员千百万人民参加一场能够起到一举而割除帝国主义外瘤和阶级压迫内癌这一双重外科手术作用的斗争。照他们的看法，只有最广泛地动员群众，发展一支高度政治化的军队，才能进行这样一场战争。而且这样一场战争只有在最先进的革命领导之下才能获胜。它可以由资产阶级来发动，但只有革命的工农才能完成。一旦人民真正大规模武装和组织起来，共产党将尽一切可能来实现对日战争的决定性胜利。只要资产阶级领导抗战，他们就同资产阶级并肩前进。但是只要资产阶级发生动摇，变成“失败主义”，或有愿意屈服于日本的表现 —— 这种倾向他们认为战争一开始遭受重大损失以后一定会马上出现的 —— 他们就准备把领导权接过来。

南京政权当然也充分了解共产党的这些目标，就像中国一切有权有势的人一样，因此他们会寻求一切可能的妥协道路；只要能避免在国内产生后果，他们就会向日本作进一步的让步，至少在暂时是如此，除非条件十分有利，南京政权不仅能有力量开战，而且在战后仍能保持这一力量完整无损，而国内革命仍遭压制。但是共产党充分相信他们自己对于历史发展的分析，认为他们为未来航程所选择的航道是正确的，将来的事件会迫使南京为求自己的生存而战。他们预料南京可能继续动摇，日本可能继续多方玩弄各种手段，视当时情况需要，软硬兼施，一直到从外部来说是日本帝国主义的利益与中国的民族利益之间，从内部来说是中国和日本的群众与他们豪绅地主统治者之间的对立达到了极其尖锐的程度，一直到所有实际的克制和压迫都到了绝对不能容忍的地步，历史的障碍终于被冲垮，帝国主义所哺育的巨灾大祸，像科学怪人弗兰肯斯坦①一样，

① 英诗人雪莱的妻子玛丽·雪莱于一八一八年所著同名小说中的一个科学家，他制造了一个怪物而毁灭了自己。—— 译注

终于冲了出来摧毁帝国主义，像洪水般滚滚向前，一发不可收拾。

因此，只有帝国主义会摧毁帝国主义，因为只有一场帝国主义大战——这场大战几乎肯定具有世界大战的性质——才会把力量解放出来，使得亚洲的各国群众得到他们的武装、训练、政治经验、组织自由、国内警察力量的致命削弱，这都是他们为了要在较近的将来革命成功取得政权所必要的条件。即使到了那个时候，“武装起来的群众”是否会跟随共产党的领导走向最后胜利也取决于许多可变的不可预料的因素——首先是国内的因素，但是也有像美、英、法、德、意等国的东方政策这样的因素。

但胜利也在极大程度上取决于苏联是否参战，在战争的各个阶段中，它的无产阶级政权力量投在哪一边。这就是说，中国革命的胜利可能要决定于苏联（在它当前立场极度紧张和极为矛盾的时候）是否能够把一国建设社会主义的纲领过渡到所有国家建设社会主义，过渡到世界革命，而又不致在它目前的国界之内发生自我毁灭的反革命。

这，我认为就是共产党对未来局势的看法。人们不一定会全部同意这种看法，但是至少有一点是肯定的，那就是列宁在二十多年以前写过的话仍是有效的：“不论伟大的中国革命——各种各样的‘文明的’鬣狗都在磨牙——的命运如何，世界上没有力量能够在亚洲恢复以前的农奴制度，也不能够在地球的表面上抹去亚洲和半亚洲国家人民群众的英勇的民主政体。”

还有一点看来也是肯定的。中国已有成千上万的

【阅读纪实作品】

通过对中国革命的任务及主要目标、国共两党的发展脉络、国外局势对中国革命的影响等方面的综合分析，得出了“中国社会革命运动可能遭受挫折，但最后终于会获得胜利”的结论，表现出作者对共产党的赞扬和对中国革命的信心。

青年为了民主社会主义思想捐躯牺牲，这种思想或者这种思想的背后动力，都是不容摧毁的。中国社会革命运动可能遭受挫折，可能暂时退却，可能有一个时候看来好像奄奄一息，可能为了适应当前的需要和目标而在策略上作重大的修改，可能甚至有一个时期隐没无闻，被迫转入地下，但它不仅一定会继续成长，而且在一起一伏之中，最后终于会获得胜利，原因很简单（正如本书所证明的一样，如果说它证明了什么的话），产生中国社会革命运动的基本条件本身包含着这个运动必胜的有力因素。而且这种胜利一旦实现，将是极其有力的，它所释放出来的分解代谢的能量将是无法抗拒的，必然会把目前奴役东方世界的帝国主义的最后野蛮暴政投入历史的深渊。

但是在这里如果有读者认为这个结论太“令人惊惶”，笔者欢迎他不妨重读一下本章开始部分的引语，从中可能找到辩证的安慰 —— 这是不能拒绝的 —— 因为在预测的领域里，主观力量自然是十分活跃的。

附一：《西行漫记》新译本译后缀语

董乐山

我译书没有写前言或后记的习惯。但是出版界似乎有这样的传统。有一阵子尤其流行"出版者说明"，仿佛每一本书（特别是翻译的书）都非有这么一篇"说明"不可，其中毫无例外地以这么一句收尾："本书的作者是个资产阶级作家，书中有不少资产阶级的观点，请读者在阅读时注意分析批判。"如今大家的思想解放了，这种生怕有人抓辫子说你"贩卖资产阶级私货"的顾虑似乎可以消除了，但是"出版者说明"却被"作者评介"所代替。当然在介绍一部作品的时候，从译者的感觉出发，写好一篇"作者评介"，对于读者来说未始不是一件有益的事。但是在很多的情况下，这种"作者评介"不过是变相的"出版者说明"，只是字数长一些而已，其逃避"罪责"的用意则一样，因为到末了还是以上面这一句套话收尾。

按我个人的脾气，我是宁可不出书也不愿写那样的"说明"的。这倒并不是因为我的胆子有多大，骨头有多硬，不怕承担"罪责"，而是觉得这是对读者的侮辱。因为书的内容就是最好不过的说明，读者自有能力分析鉴别，无需别人代劳。可是我们之中总是有人喜欢把读者当阿斗，仿佛没有他的"指导"，读者就会变成迷途的羔羊似的。其实历史上的迷途，多半是在错误的指导下发生的。至于要想凭这短短的一篇“说明”逃脱“罪责”，则完全是自欺欺人的梦想。凡是经历过历次运动的人心里都很明白，运动一来，在劫难逃，任何“金蝉脱壳”之计都是不能奏效的。

既然如此，那么我为什么还要写《西行漫记》新译本的这篇“译后缀语”呢？而且是在此书出版的五年之后？

这是因为在出版后的这段时间里发生了一些有意思的事情，不妨记下来做个历史的注脚。

其实，这篇“译后缀语”我早在出版后的次年即一九八〇年就写成了。当时寄给了香港《大公报》的潘际坰兄，供他在该报副刊《大公园》中采用。接着我就去了美国，几个月后回来时，翻阅家中积压的信件，并没有发现寄来的剪报，以为是丢失了，一时没有在意，也没有写信去问。直到这次编集出书，才想起这篇文章来，托了几位朋友遍查有关单位的书库里的旧报，却无论如何找不到这篇文章了，看来是我寄稿途中丢失的。

事隔五年，我已无法详尽确切地回忆那篇文章的内容，再把它重写出来。不过我记得当时写那篇文章的目的，并不是想逃避“罪责”，或者是倚老卖老以“指导者”自居，而是因为此书出版以后收到了一些读者来信，需要作一些名副其实的说明。

首先是此书所记述的事件或人物的历史评价问题。这个问题在开始翻译时就遇到了。当时有两种处理意见，一是在译文中根据现在的“定评”，对原文作个别的修改；二是一切悉照原文，不加改动，只有在必要的地方添个译注附在页尾。我是坚持第二种办法的，理由是什么，我想现在已不言自明，不用多说了。可是在当时（要知道那还是在一九七六年）要坚持这一办法，还是费了一番唇舌的。幸而三联书店的几位领导都是开明之士（否则，他们是不会在阴霾未散的日子就来约我这个名列另册的人译这本书的），他们欣然同意了我的意见。

但是有些顾虑不是没有根据的。书出之后，果然接到读者来信，有的还是过来人，或者与当事人后来有了接触，指出书中有些叙述不符事实，甚至指摘译者译错了，要求更正。这才使我终于理解到，出版者坚持要写一篇“出版者说明”的苦心和必要，只是为时晚矣。

我在寄给《大公报》的文章中大概是这么说的：任何高手译书，都难免有错，我不是高手，更不例外，因此欢迎读者指正和批评（事实上有些译错和不妥的地方，后来我已在新华出版社的《斯诺文集》版中逐一作了更正）。但是若是作者误记或写错，则除非征得作者同意，译者无权改动。读者若有不同意见，尽可以发表文章，详加考证，立此存照。因为斯诺毕竟是个记者，他在当时那么艰难的条件下进行采访，全凭口授笔录，没有档案可查，离开苏区后成书时也无法找人核实，因此记述不免有所失误，我们不能过于苛求。何况他写的终究是新闻报道，我们大可不必把它当作正式党史来读。如果要出党史，我想也不会请一位外国记者来写的，不管这位记者对中国人民的革命事业抱着如何同情的态度。

《西行漫记》新译本竟会引起这样的指责和反响，确是我始料所不及的。尤其是后来又有几件事情，更加说明了我们长期不出斯诺的著作（以及推而广之，其他一切应出的书）所造成的愚昧的后果。要是他的书早就都译成中文公开出版，有些同志的无妄之灾，本来是可以避免的。这里我想只举书中“王牧师”一人后来的遭遇就行了。

另外一个后果是，许多历史事实，由于长期湮没，甚至在当事人还在世的时候，就发生了穿凿附会。比如有些小报竟把我同初版中译文译者胡愈之同志并列为主持初版翻译的人，实在叫我愧不敢当。胡老是我国翻译、出版界的前辈，而我当初读到刚出的《西行漫记》时还是个中学生。如果说我还可以同这本书的译者套近乎的话，我很高兴地指出，其中有一位译者是我当时中学教师。我还记得他在课堂上撇开正课不讲，忍不住要评论抗战时局，这对我的政治启蒙是起了很大作用的。

附二：斯诺在西北苏区的摄影采访活动

董乐山

中国人民的伟大朋友埃德加·斯诺不仅是一位闻名世界的作家、新闻记者，而且是一位拍摄了许多珍贵历史文献照片的摄影记者。他在二十二岁的时候，即来远东采访，在上海担任《密勒氏评论报》的助编，后又任英美各大报纸的常驻记者，前后七年，采访过当时历经天灾人祸兵燹的旧中国人民的苦难。一九三六年六月，他为了要打破国民党的新闻封锁，向全世界人民报道中国红军和苏区的真相，只身冒险前往陕北苏区采访。他在陕北保安（今志丹县）见到了毛泽东、周恩来、彭德怀等同志，回来以后，写了震动世界的名著《红星照耀中国》。（当时为在国统区出版方便，易名为《西行漫记》）

斯诺当初去陕北，是通过当时在华北做地下工作的徐冰同志，得到了华北局批准的用隐色墨水写的给苏区政府毛主席的介绍信。当时要到西北去不是一件容易的事。国民党的封锁暂且不谈，仅是时疫，在西北就有五六种之多：天花、伤寒、霍乱、斑疹伤寒、鼠疫等等。斯诺没有顾虑这些，他打了几针预防针，带着笔记本、照相机、胶卷等新闻记者必备的装备就出发了。

到了西安以后，他住在旅馆里等待一位王牧师（后来在红十字会工作的王化人同志）的来访。王化人同志以牧师身份在西安做统战工作。王化人同志把斯诺介绍给当时在西安做张学良工作的邓发同志，安排了去陕北的路程。

斯诺越过两军之间的无人地带进入苏区以后，跟随他的只有一个带路的骡夫，负责把他和他的简单行李 —— 铺盖卷、一点吃的、两架照相机和二十四卷胶卷送到红军的第一个前哨。

谁知一进入苏区，就被白匪 —— 民团 —— 尾随上了。一个少年先锋队队员侦知以后，误以为斯诺是白匪头子，跑了好几里路，筋疲力尽地到了安塞，报告赤卫队长。赤卫队长马上率领一队骑兵，抄了近路，在一个山谷中把这帮民团打退，当时他们离斯诺只有两里地！ 经过了这场险遭不测的插曲，斯诺在白家坪见到了周恩来同志，安排了在苏区采访的旅程。原来初步定为九十二天，斯诺还嫌太长，但实际上后来却长达四个月。离开苏区时他还依依不舍，心里感到很难过，觉得不是在回家，而是在离家！

斯诺在苏区的采访活动，《西行漫记》已有详尽的记载，这里只想大致介绍一下他的摄影活动。斯诺一共带了两架照相机和二十四卷胶卷到苏区。他拍了不少关于苏区和红军生活的照片，尤其难得的是一些领导人的照片，为当时的历史留下了生动的记载，具有伟大的历史意义。

他所摄的照片，大致可以分成这几类：

（一）一些领导人的照片，如毛泽东、周恩来、彭德怀、徐海东等同志。最脍炙人口的一张，当推毛泽东同志的半侧身像，在抗日期间流传国内外。毛泽东同志戴的八角红星帽还是斯诺自己临时从头上摘下来的，后来在斯诺逝世后，又由斯诺夫人送回来留念；

（二）苏区生活的照片，如邮政局、供销合作社、书店等；

（三）红军的照片，有行军、集会、骑兵生活等；

（四）苏区文化生活和少先队的照片，这在《西行漫记》一九三七年英文初版中最多。《西行漫记》中译本在上海出版时，斯诺又增添了不少照片。

另外，斯诺还寄了两批照片给当时美国销路最大的《生活》画报，这对于对外宣传红军的抗日主张是起了很大的作用的。

斯诺临走的时候，曾经跟杨尚昆同志开玩笑地约定，出去把照片的稿费所得为红军购置航空队。所以他在保安城外同送行的人告别时，一边给徐特立和谢觉哉两位老人拍照，一边还听到杨尚昆同志再三叮咛："我们等待着你的航空队！"

到了边界以后，斯诺就把他的一架照相机和剩余的一些胶卷交给交通员捎回给陆定一同志，这是他事先同陆定一同志约定的，条件是要陆定一同志把有新闻价值的照片寄给他。

但是到了西安以后，又遇到了一件意外事件，几乎使他的采访活动的成果前功尽弃。

原来斯诺到当时东北军的防线后面的洛川以后，搭东北军的卡车回西安。到西安鼓楼下车以后，却发现他的行李包不在车上。这个包里有他十几本笔记和全部的胶卷！

斯诺在鼓楼下面惊呆了，交通警就在不远的地方好奇地看着。后来终于清楚，为了怕受到搜查，他的行李包被司机塞在东北军待修的枪械包中，一起卸在二十英里外渭河以北的咸阳了！

天已黑了，司机表示到明天早上再去取。可是斯诺的新闻记者的敏锐直觉告诉他，到明天不知会发生什么事情。他坚持要司机当晚去。他想：要是行李包被国民党宪兵发现打开，不仅他的一切采访成果付诸东流，而且那辆东北军的卡车和有关的人也都完了。

斯诺一夜没有合眼。笔记本和胶卷终于安然无恙全部找回来了。第二天早上卡车一回西安，果然街上就停止一切交通，城门口都遍布军宪岗哨：蒋介石突临西安，全城戒严。

今天我们看到的这些珍贵的历史照片，就是这样经历了许多意想不到的艰难险阻才拍摄保留下来的。

一九七九年二月

附三：斯诺的客厅和一二·九学生运动

董乐山

重译斯诺的《西行漫记》，翻阅了一些有关材料，发现斯诺与一二·九学生运动的一段因缘，是中国近代史上一件饶有趣味的事。

根据斯诺自己的说法（见其自传体著作《复始之旅》）—— 关于这本书的书名，不免又要插上一两句话。原书名直译是《走向起点的旅行》，取意于庄子："道无终始。消息盈虚。终则有始。"有人把这本书译为《方生之旅》，显然没有找到这个出处，但这是闲话，不提也罢 —— 一二·九学生运动就是在他北京寓所的客厅里酝酿的。甚至游行之议，也是他的夫人海伦·福斯特（笔名尼姆·韦尔斯，《续西行漫记》作者）首先提出来的。

斯诺夫妇当时寄寓北京内城东南隅苏州胡同里，靠近城墙根一个叫盔甲厂的小胡同。他们是一九三三年离开上海到北京的。斯诺在燕京大学新闻系教"特写"课，到一九三五年夏因为专任纽约《太阳报》和伦敦《每日论坛报》自由投稿记者，辞去了燕大的教席，从海淀搬到了城里。但是由于他和燕大的某些其他美国教授不一样，没有洋大人的架子，又关心中国人民的疾苦，因此深得同学的爱戴，即使离开了大学，许多进步学生，不论听过没有听过他的课，常常出入他的客厅，同他谈论天下大势、中国时局。他们发现他同他们一样“忧国忧民”。他是外国记者，对于形势比较了解，又同情中国人民，因此很自然地在他的周围形成了一个中国进步学生的圈子，一方面从他那里了解时局的发展，比如当时闹华北“特殊化”，宋哲元态度暧昧，日本特务头子土肥原活动频繁，甚至红军到达陕北的消息，在他的客厅里也能听到。在当时灰色的北京城，他的小客厅成了一个小小的“世外桃源”，不，应该说是个自由天地。

同他接近的进步学生，也不仅限于燕大的，也有北大、清华的。比如北大有哲学系的学生大卫·俞（即后来的天津市长黄敬），清华有经济系的学生姚克广（即后来的副总理姚依林），燕大的则有王汝梅（即后来的外交部长黄华）、陈翰伯、龚普生和龚澎姊妹。其中当时有些已是共产党员了。因此究竟是斯诺影响到这些进步学生，还是这些进步学生在影响斯诺夫妇，把他们争取到同情和支援中国人民这方面来，这就很难说了。

不过有一点是肯定的，那就是斯诺为他们做了不少事情。把自己的客厅自觉地或不自觉地让出来作他们碰头聚会的地方是一桩；在他们为今后“怎么办”感到苦闷的时候，介绍他们写信给宋庆龄女士向她请教又是一桩。宋庆龄女士通过斯诺，亲笔写信对他们发出“你们要有所表示”的期望。也就是在这个时候，斯诺夫人激动地对他们说：“你们要游行，用稻草扎一个假人，写上华北两字，抬棺游行，表示华北即将灭亡。”

这个办法在西方是屡见不鲜的，但在中国，而且在国家存亡这样一个危急关头，毕竟有点不够严肃。他们当然没有采纳这个建议，但是却连续用“平津十校”和“北平各校”名义联合发了两个通电，要求抗日。当时北京的报纸当然没有登，但是斯诺夫妇立即译成英语，发到国外。接下来的就是一二·九和一二·一六两次游行，斯诺夫妇不但参加了采访（他登上前门箭楼，拍了游行的照片），帮助学生在燕京临湖轩开外国记者招待会，并且向纽约《太阳报》发了电报。当时在北京的外国记者，只有他一人发了独家新闻。

不管一二·九学生运动的背景如何，斯诺夫妇起了什么作用，但是有一点是肯定的，他们的功劳不能抹杀吧。

一九七九年十一月

阅读思考

基础测评

❶ 下列不属于“西安事变”后共产党政策重大变化的是(　　)。

A. 停止实行没收地主土地。

B. 停止反对南京和反对国民党的宣传。

C. 答应给一切公民平等权利和选举权，不论他们阶级成分如何。

D. 在重新分配土地的地方把土地还给地主。

❷ 共产党人承认的革命的领导的责任是尽快实现两项主要历史任务：一是____________________；二是____________________。

专题探究

本册中提到，对共产党人最珍贵的是书籍，几千名学员进入红军大学进行学习，尽管生活艰苦，伙食是小米白菜，吃不饱肚子是有名的，仍有很多从全国各地来的人申请入学。这些内容给你带来了什么启示？

参考答案

阅读思考

基础测评

1．D

2．推翻外国帝国主义和实现民族独立
推翻地主豪绅权力，实现民主

专题探究

【示例】革命先辈们在当时那么艰苦卓绝的情况下仍然积极踊跃地读书学习，在吃不饱的情况下依然保持对知识和书籍的强烈渴求，而我们现在的生活条件有了翻天覆地的变化和进步，活在这个美好时代的我们有什么资格不学习不读书不努力呢？我们每个人都应该像革命先辈们一样，用功读书、学习奋进，怀抱梦想、脚踏实地，立志做有理想、敢担当、能吃苦、肯奋斗的新时代有为青年，让青春绽放出绚丽的花朵。